DIANA
VERLAG

Chitra Banerjee Divakaruni

# *Die Prinzessin im Schlangenpalast*

ROMAN

Aus dem Amerikanischen
von Angelika Naujokat

Diana Verlag
München Zürich

Titel der Originalausgabe: Sister of My Heart
Originalverlag: Doubleday / Random House, Inc. New York

Die Übersetzerin bedankt sich bei Saeed Choudhry
für die Überarbeitung des Glossars.


Umschlaggestaltung: Hauptmann und Kampa
Werbeagentur, CH-Zug
Satz: Filmsatz Schröter, München
Druck und Bindung: Wiener Verlag, Himberg
Printed in Austria



ISBN 3-8284-0031-0

*Für alle die, die mir Geschichten erzählt haben,*
*und für die, denen ich sie nun erzähle:*
*für meinen Großvater, Nibaran Chandra Ghosh,*
*meine Mutter, Tatini Banerjee, und*
*meine drei Männer Murthy, Anand und Abhay*

Die Geschichte … bewahrt unsere Nachfahren davor, wie blinde Bettler in die Stacheln des Kaktuszaunes zu fallen.

Chinua Achebe
Termitenhügel in der Savanne

ERSTES BUCH

# *Die Prinzessin im Schlangenpalast*

I

# *Sudha*

In den alten Sagen heißt es, daß in der ersten Nacht, nachdem ein Kind geboren wurde, der Bidhata Purush selbst auf die Erde herunterkommt, um über dessen Schicksal zu entscheiden. Daher badet man die Babys in Sandelholzwasser und wickelt sie in weiche, rote *malmal*, rot – die Farbe des Glücks. Und aus eben diesem Grund hinterläßt man auch Süßigkeiten neben der Wiege. Silberblättriges *sandesh*, dunkle *pantuas*, die in goldenem Sirup schwimmen, *jilipis*, orangefarben wie das Herz des Feuers und mit einer Honigschicht überzogen. Wenn das Kind ausgesprochenes Glück hat, sind all die Schleckereien am Morgen verschwunden.

»Das liegt daran, daß sich die Dienstboten in der Nacht hereinschleichen und sie aufessen«, sagt Anju und schüttelt ungeduldig den Kopf, während ihr Abha Pishi das Haar einölt. So ist sie, meine Cousine, immer muß sie spotten, und sie weigert sich, an etwas zu glauben. Aber sie weiß genausogut wie ich, daß kein Dienstbote in ganz Kalkutta sich trauen würde, Süßigkeiten zu essen, die für einen Gott bestimmt sind.

Und in den alten Sagen heißt es weiter, daß im Gefolge von Bidhata Purush die Dämonen kommen, denn das liegt in der Natur der Dinge: Gutes und Böses treten immer gemeinsam auf. Das ist auch der Grund, warum man eine Öllampe brennen läßt. Und ein geweihtes *tulsi*-Blatt zum Schutz unter das Kopfkissen des Kindes legt. In reicheren Haushalten wie dem, in dem meine Mutter aufwuchs, heuert man einen Brahmanen an, der die ganze Nacht im Korridor sitzt und verheißungsvolle Gebete spricht – so hat es mir meine Mutter erzählt.

»Was für ein Nonsens«, behauptet Anju. »Es gibt keine Dämonen.«

Da bin ich mir nicht so sicher. Möglicherweise haben sie keine riesigen Zähne, keine gebogenen, bluttriefenden Klauen und hervorquellende rote Augen wie in unseren Kinder-Rayamana-Bilderbüchern, aber irgendwie habe ich das Gefühl, als würden sie tatsächlich existieren. Habe ich denn nicht schon ihren Atem gespürt, wie schleimschwarze Finger, die über mein Rückgrat hinwegstreichen? Später, wenn wir allein sind, werde ich Anju davon erzählen.

Aber in der Gegenwart anderer verhalte ich mich ihr gegenüber immer loyal. Daher antworte ich tapfer: »Das stimmt. Das sind nichts weiter als Märchen.«

Es ist früher Abend, und wir sitzen auf unserer Terrasse, deren Ziegelsteine mit Moos überwachsen sind. Es ist die Zeit, wenn die Sonne ganz tief am Horizont steht, halb verdeckt von den *pipal*-Bäumen, die entlang unserer hohen Mauern laufen und die Auffahrt bis zu dem verriegelten gußeisernen Tor hinunter säumen. Unser Urgroßvater hat sie vor hundert Jahren pflanzen lassen, um die Frauen seines Hauses vor den Blicken Fremder zu schützen. Abha Pishi, eine unserer drei Mütter, hat uns dies erzählt.

Ja, wir haben drei Mütter – möglicherweise um den Umstand auszugleichen, daß wir keine Väter haben.

Da wäre Pishi, unsere Witwe-Tante, die sich Hals über Kopf in den Haushalt ihres jüngeren Bruders gestürzt hat, als sie im Alter von achtzehn Jahren ihren Mann verlor. Sie ist immer in karges Weiß gekleidet, und ihr ergrauendes Haar ist im orthodoxen Stil ganz nah am Schädel abgeschnitten, so daß die stoppeligen Enden meine Handflächen kitzeln, wenn ich mit den Händen darüber streiche. Pishi ist die einzige, die darauf achtet, daß wir für die Schule angemessen gekleidet sind und unsere zweieinhalb Zentimeter unterhalb der Knie endenden Uniformen tragen, auf die die Nonnen bestehen. Sie stöbert immer wieder unsere verlorengegangenen Füllhalter und Tintenfäßchen und fehlenden Hausaufgabenseiten auf – wie sie das anstellt, ist mir ein Rätsel – und bereitet unsere Lieblingsgerichte zu: *luchis*, die ausgerollt und dann zu einem aufgeblähten Goldbraun fritiert werden, Kartoffel- und Blumenkohlcurry, das sie für uns ohne Chilis kocht, und zähflüssiges, süßes *paesh*, hergestellt aus der Milch der Budhi-Kuh, deren Besitzer sie jeden Morgen zu unserem Haus bringt, damit sie unter Pishis strengem Blick, dem nichts entgeht, gemolken werden kann. In den Ferien flicht sie Jasmin in unser Haar. Aber vor allem ist Pishi für uns eine echte Quelle von Informationen, sie ist diejenige, die uns die Geschichten erzählt, die unsere Mütter nicht verraten, die geheimen, herrlichen, verbotenen Geschichten über unsere Vergangenheit.

Dann wäre da Anjus Mutter, die ich Gouri Ma nenne, und deren feine Wangenknochen und königliche Stirn auf Generationen vornehmer Abstammung schließen lassen, denn sie kommt aus einer Familie, die so alt und respektiert ist wie die der Chatterjees, in die sie hineingeheiratet hat. Ihr Gesicht ist nicht im traditionellen Sinne schön – selbst ich, die ich noch so jung bin, weiß das. Tiefe Falten haben sich um ihren Mund und auf ihrer Stirn eingegraben, denn sie war diejenige, die nach jenem Tag vor zwölf Jahren, als der Donnerschlag ertönte und sie vom Tode unserer Väter erfuhr, die Last auf sich genommen hat, für die Sicherheit der Familie zu sorgen. Aber ihre Augen, diese dunklen Augen mit der unendlichen Tiefe – sie bringen mich dazu, an Kalodighi zu denken, den riesigen See hinter dem Landhaus, das vor Anjus und meiner Geburt einmal unserer Familie gehört hatte. Wenn Gouri Ma mich mit ihren Augen anlächelt, setze ich mich gerader hin. Ich möchte ebenso vornehm und tapfer sein wie sie.

Und schließlich (ich benutze dieses Wort mit leicht schlechtem Gewissen) wäre da noch meine eigene Mutter, Nalini. Ihre Haut besitzt immer noch einen Goldton, denn obwohl Mutter Witwe ist, trägt sie doch jeden Tag etwas Gelbwurzpaste auf ihr Gesicht auf. Ihre perfekt geformten Lippen glitzern rot von den *paan*, die sie so gern kaut – wohl hauptsächlich wegen der Farbe, die sie auf ihrem Mund hinterlassen, denke ich. Sie lacht sehr oft, meine Mutter, ganz besonders, wenn ihre Freundinnen auf einen Tee und einen kleinen Plausch vorbeikommen. Ihr Lachen hat einen funkelnden, klingelnden Ton wie die Glöckchen an ihren Fußgelenkkettchen, sagen die Leute, obgleich ich es mehr wie dünnes Glas empfinde, gegen das ein

Löffel schlägt. Ihre Wange fühlt sich bei den seltenen Gelegenheiten, wenn sie ihr Gesicht gegen das meine preßt, so sanft an wie die Lotusblume, nach der sie genannt ist. Aber wenn sie mich anschaut, zerklüftet für gewöhnlich ein Runzeln ihre Stirn zwischen den Augenbrauen, die so schön wie Flügel sind. Ob es aus Sorge oder aus Mißfallen geschieht, das weiß ich nie. Dann fällt ihr ein, daß Stirnrunzeln zu Altersfalten führt, und sie glättet die Haut rasch mit dem Finger.

Pishi hört auf, Anjus Haar einzuölen und wirft uns ein wissendes Lächeln zu. Ihre Stimme nimmt einen tiefen und zittrigen Klang an, ganz so, wie wenn sie uns Geistergeschichten erzählt. »Sie lauschen, müßt ihr wissen. Die Dämonen lauschen. Und sie mögen es gar nicht, wenn kleine, achtjährige Mädchen so reden. Wartet nur bis heute abend ...«

Verängstigt unterbreche ich sie mit dem ersten Gedanken, der mir in den Sinn kommt. »Pishi-*ma*, sag, sind die Süßigkeiten bei uns verschwunden gewesen?«

Der Kummer legt sich wie Rauchschwaden über Pishis Gesicht. Ich merke ihr an, daß sie gern eine dieser unglaublichen Geschichten erfinden würde, die sie mit solcher Begeisterung erzählt, Geschichten voller magischer Schimmer und Hoffnung. Aber schließlich erwidert sie mit ausdrucksloser Stimme: »Nein, Sudha. Ein solches Glück hattet ihr nicht.«

Soviel weiß ich bereits. Anju und ich haben das Getuschel gehört. Trotzdem muß ich noch einmal nachfragen.

»Hast du in jener Nacht *irgend etwas* gesehen?« erkundige ich mich. Denn sie ist diejenige gewesen, die in der Nacht unserer Geburt bei uns blieb, während unsere Mütter im Bett lagen und immer noch unter dem Schock standen, den das schreckliche Telegramm, das bei beiden am Morgen zu früh die Wehen in Gang setzte, ausgelöst hatte. Unsere Mütter, die in Betten lagen, die sie niemals wieder mit ihren Ehemännern teilen würden. Meine Mutter weinte. Ihr wundervolles Haar hing wirr um ihr geschwollenes Gesicht, und sie schlug mit der Faust auf ein Kissen ein, bis es platzte und die ganze Baumwollfüllung, weiß wie die Trauer, hervorquoll. Gouri Ma dagegen lag still und schweigsam da und starrte in die Dunkelheit, die sich genauso erdrückend um sie legte wie all die Verantwortung. Sie wußte, daß niemand sonst in der Familie imstande sein würde, sie auf sich zu nehmen.

Um sie aus meinem Kopf zu verbannen frage ich mit dringlicher Stimme: »Hast du wenigstens etwas gehört?«

Pishi schüttelt bedauernd den Kopf. »Vielleicht kommt der Bidhata Purush nicht für Mädchen.« In ihrer Freundlichkeit läßt sie den Rest unausgesprochen, aber ich habe das Getuschel oft genug gehört, um den Satz in meinem Kopf vervollständigen zu können. *Für Mädchen, die ein solches Unglück bringen, daß sie ihren Vätern schon vor ihrer Geburt den Tod einhandeln.*

Anju schaut finster drein, und ich weiß, daß sie wie immer mit dem Röntgenblick ihrer wilden, liebevoll dreinschauenden Augen in meinen Kopf hineinsieht und meine Gedanken liest. »Vielleicht gibt es ja auch keinen Bidhata Purush«, bemerkt sie und zieht ihr Haar unter Pishis Händen fort, obwohl es erst halb fertiggeflochten ist. Sie ignoriert Pishis Schimpfen und stolziert zu ihrem Zimmer, wo sie die Tür hinter sich zuknallen wird.

Doch ich sitze ganz still da, während Pishis Finger das Hibiskusöl in meine Kopfhaut massieren und sie die Knoten mit diesem langen, beruhigenden Rhythmus auskämmt, den ich kenne, so lange ich mich erinnern kann. Die Sonne trägt ein tiefes, trauriges Rot, und ich rieche Holzrauch. Er liegt ganz leicht in der Abendluft. Die Obdachlosen, die auf dem Gehsteig hausen, entzünden ihre Kochfeuer. Ich habe sie schon viele Male gesehen, wenn Singhji, unser Chauffeur, uns zur Schule fährt: eine Mutter in einem abgetragenen, grünen Sari, die sich über einen Gewürzmahlstein beugt, die Tochter, die auf das Baby aufpaßt, damit es nicht in den Rinnstein fällt. Der Vater ist niemals da. Möglicherweise läuft er in seinem roten Turban auf einem Bahnsteig der Howrah Station auf und ab, die Schultern ganz knotig von all den Jahren, in denen er Kisten und zusammengerolltes Bettzeug geschleppt hat, und er ruft: »*Coolie chahiye*, brauchen Sie einen *coolie, memsaab*?« Oder vielleicht ist er auch tot, wie mein eigener Vater.

Wann immer mir dieser Gedanke kam, begannen meine Augen vor Mitleid zu brennen, und wenn Ramur Ma, das säuerliche alte Dienstmädchen, das uns überall beaufsichtigt, zufällig nicht mit im Wagen saß, bat ich Singhji anzuhalten, damit ich dem Mädchen eine Süßigkeit aus meiner Butterbrotdose geben konnte. Und das tat er auch.

Von all unseren Dienstboten mag ich Singhji am liebsten – nein, das stimmt nicht ganz, denn eigentlich ist er für mich gar kein richtiger Dienstbote. Das liegt wohl daran, daß ich ihm vertrauen kann und er mich nicht an die Mütter verrät, wie es Ramur Ma immer tut. Vielleicht hat dies seinen Grund darin, daß es sich bei ihm um einen Mann des Schweigens handelt, der nur spricht, wenn es absolut nötig ist – eine Eigenschaft, die ich in einem Haus, in dem so viele Frauen klatschen und tratschen, sehr zu schätzen weiß. Möglicherweise ist es aber auch der Schleier des Mysteriums, der ihn umgibt.

Als Anju und ich ungefähr fünf Jahre alt waren, tauchte Singhji eines Morgens an unserem Tor auf – ein Geschenk des Himmels, wie Pishi immer sagt. Er war auf der Suche nach einer Chauffeurstelle. Unser alter Chauffeur hatte sich gerade zur Ruhe gesetzt, und die Mütter benötigten dringend einen neuen, konnten es sich aber eigentlich nicht leisten. Seit dem Tod der Väter war das Geld knapp. In seinem gebrochenen Bengali erklärte Singhji Gouri Ma, daß sie ihm für seine Arbeit nur das geben sollte, was sie erübrigen konnte. Die Mütter waren ein wenig mißtrauisch, doch sie vermuteten, daß er wegen seines bedauerlichen Aussehens so willig war. Es ist wohl wahr, daß sein Gesicht auf den ersten Blick scheußlich wirkt – es macht mich immer noch verlegen, wenn ich mich daran erinnere, daß ich als kleines Mädchen schreiend vor ihm weggerannt bin, wenn ich ihn sah. Er ist wohl vor Jahren in ein schreckliches Feuer geraten, denn die Haut der gesamten oberen Gesichtshälfte, bis zu seinem Turban hinauf, besteht aus dem nackten, runzeligen Rosa einer alten Verbrennung. Das Feuer hatte auch seine Augenbrauen weggeschmort und seine Augenlider zu schmalen Schlitzen verzogen, was ihm einen seltsam orientalischen Ausdruck verleiht, der so gar nicht zu dem dichten, schwarzen Schnäuzer und dem Bart paßt, der den Rest seines Gesichts bedeckt.

»Er hatte Glück, daß wir ihn überhaupt angestellt haben«, sagt Mutter immer wieder gern. »Die meisten Leute hätten das gar nicht getan, denn diese verbrannte Stirn ist ein sicheres Zeichen für lebenslanges Mißgeschick. Außerdem ist er häßlich.«

Ich stimme ihr da nicht zu. Schon so manches Mal, wenn er nicht weiß, daß ich ihn beobachte, habe ich in Singhjis Augen einen Ausdruck des Erinnerns entdeckt, entrückt und eindringlich zugleich – jene Art von Blick, den ein verbannter König wohl haben mag, wenn er an das Land denkt, das er zurücklassen mußte. In solchen Momenten ist sein Gesicht überhaupt nicht häßlich, eher wie eine Bergspitze, die einem heftigen Eissturm widerstanden hat. Und irgendwie habe ich das Gefühl, als ob das Glück auf unserer Seite war, als er sich entschieden hat, zu uns zu kommen.

Einmal hörte ich, wie die Dienstboten untereinander darüber klatschten, daß Singhji irgendwo im Punjab Bauer gewesen sei, bis seine Familie bei einer Choleraepidemie den Tod fand und er begann, durch die Lande zu ziehen. Das machte mich furchtbar traurig. Und obwohl Mutter mir strikt untersagt hatte, mich mit einem der Dienstboten über persönliche Belange zu unterhalten, lief ich zum Wagen hinaus und sagte ihm, wie traurig ich über den Verlust sei, den er erlitten hatte. Er nickte nur stumm. Die verbrannte Mauer seines Gesichts ließ keine weitere Erwiderung zu. Doch einige Tage später erzählte er mir, daß er einmal ein Kind gehabt habe.

Auch wenn Singhji nichts weiter über dieses Kind sagte, stellte ich mir sofort vor, daß es sich um ein kleines Mädchen meines Alters gehandelt hatte. Ich mußte einfach ständig an sie denken. Wie sie wohl ausgesehen haben mochte? Ob sie die gleichen Lieblingsgerichte gehabt hatte wie wir? Welche Spielsachen mochte Singhji ihr wohl vom Dorfbasar mitgebracht haben? Wochenlang wachte ich mitten in der Nacht weinend auf, weil ich von einem Mädchen geträumt hatte, das sich auf einer Matte herumwarf, ganz rasend vor Schmerz. In dem Traum hatte sie mein Gesicht.

»Also wirklich, Sudha!« mahnte Anju mich voller Sorge und Ärger zugleich; denn wir teilten uns ein Schlafzimmer, und so fiel es oft ihr zu, mich zu trösten. »Wie kannst du dich nur derart in Dinge hineinsteigern, die nur in deiner Phantasie vorkommen?«

Das würde sie auch sagen, wenn sie jetzt gerade bei mir wäre. Denn es will mir scheinen, als ob ich mich zurückziehe, weg von Pishis fähigen Händen, weg von der Festigkeit der sonnenwarmen Ziegelsteine unter meinen Beinen, als ob ich zurückfalle in jene erste Nacht meiner Existenz, als Anju und ich zusammen in einer behelfsmäßigen Wiege in einem Haushalt liegen, der noch nicht für uns bereit ist, und wo wir an gezuckerten Schnullern saugen, die uns jemand in den Mund gesteckt hat, damit wir ruhig sind. Anjali und Basudha – auch wenn in dem Durcheinander, das um uns herrscht, noch niemand daran gedacht hat, uns einen Namen zu geben. Anjali – das bedeutet Opfer, denn eine gute Frau sollte ihr Leben anderen opfern. Und Basudha, damit ich so geduldig sein werde wie die Erdgöttin, nach der ich benannt bin. Pishi ist unter uns nichts weiter als eine dunkle Gestalt, die ausgestreckt auf dem Boden liegt. Sie ist in einen erschöpften Schlaf gefallen, und das trockene Salz der Tränen hat ihre Wangen überkrustet.

Der Bidhata Purush ist groß, und er hat einen langen Schappseidenbart wie der Astrologe, den Mutter jeden Monat besucht, um herauszufinden, was die Planeten für sie bereithalten. Er trägt eine Robe aus feinster weißer Baumwolle, aus seinen Fingern tropft Licht, und seine Füße schweben über dem Boden, während er auf uns zukommt. Als er sich über unsere Wiege beugt, ist sein Gesicht so blendend-hell, daß ich nicht sagen kann, was für Züge es trägt. Er berührt erst Anjus Stirn und dann die meine mit dem Zeigefinger seiner rechten Hand. Es ist ein kribbeliges Gefühl, ganz so, wie wenn uns Pishi Tigerbalsam auf die Schläfen reibt. Ich glaube, ich weiß, was er für Anju schreibt. *Du wirst tapfer und klug sein, du wirst gegen Ungerechtigkeit kämpfen, du wirst nicht nachgeben. Du wirst einen guten Mann heiraten und die Welt bereisen und viele Söhne haben. Du wirst glücklich sein.*

Es ist schon schwieriger sich vorzustellen, was er für mich schreibt. Vielleicht lautet das Wort *Schönheit*, denn auch wenn ich mich selbst nicht so empfinde, so sagen die Leute doch, daß ich schön sei – sogar schöner noch als meine Mutter es in den ersten Jahren ihrer Ehe war. Vielleicht schreibt er *Güte*, denn auch wenn ich nicht so gehorsam bin, wie Mutter es gern sehen würde, so bemühe ich mich doch sehr, gut zu sein. Er schreibt noch ein drittes Wort, dessen harte Winkel wie Feuer brennen und mich zum Wimmern bringen, so daß sich Pishi aufrichtet und die Augen reibt. Aber der Bidhata Purush ist bereits fort, und alles, was sie sieht, ist ein Wirbel draußen vor dem Fenster – eine Wolke oder rieselnder Staub – ein verblassender Schimmer, wie Glühwürmchen.

Jahre später werde ich mich fragen, wie wohl das letzte Wort gelautet haben mochte, das er schrieb – war es *Kummer*?

2

# *Anju*

AN MANCHEN TAGEN hasse ich alles und jeden.

Ich hasse Tante Nalini, weil sie Sudha und mir andauernd erklärt, wie sich brave Mädchen benehmen sollten, was das genaue Gegenteil von dem ist, was wir im Moment tun. Ich hasse die endlosen Geschichten, die sie uns immer und immer wieder über ihre Kindheit erzählt. Ich weiß, daß diese Geschichten nicht der Wahrheit entsprechen – niemand kann so tugendhaft sein, ganz besonders nicht *sie*. Am schlimmsten ist es, wenn sie kleine Verse erfindet, an die sich eine Moral knüpft. *Gute Töchter gleichen hellen Lampen, sie erleuchten der Mütter Namen; böse Töchter gleichen brennenden Holzscheiten, sie versengen der Familie guten Ruf.*

Ich hasse ihre Freundinnen, all diese taillenlosen Frauen, die ihr Haar zu öligen Knoten zurückgekämmt haben, sich jeden Nachmittag in unserem Salon versammeln, um literweise Tee zu trinken, zu viele Süßigkeiten zu verzehren und ihren Schmuck und ihre gestrickten Pullover mit den komplizierten, häßlichen Mustern zur Schau zu stellen. Und um zu tratschen, denn aus diesem Grunde sind sie eigentlich gekommen.

Ich hasse Pishi, wenn sie ihr geduldiges Lächeln aufsetzt und an Festtagen an der Rückseite der Eingangshalle Platz nimmt ohne teilzuhaben, denn Witwen ist dies nicht erlaubt. Und wenn ich ihr sage, daß das Blödsinn ist, sieh dir doch nur Tante N oder meine Mutter an, dann tätschelt sie mir die Wange und sagt: Das ist lieb von dir, meine kleine Anju, aber du bist zu jung, um diese Dinge zu verstehen.

Ab und an hasse ich sogar meine Mutter, weil sie so sehr an mich glaubt. Es ist wie ein Stein mitten in meiner Brust – diese Gewißheit ihrerseits, daß ich etwas Besonderes bin. Daß ich etwas Wundervolles, Großartiges aus meinem Leben machen und den erlauchten Chatterjees eine angemessene Tochter sein werde.

Aber am meisten von allen hasse ich meinen Vater – wenn ich mir erlaube, über ihn nachzudenken. Ich hasse die Tatsache, daß er sich so auf der Suche nach einem Abenteuer einfach davonmachen konnte, ohne einen einzigen Gedanken daran zu verschwenden, was mit uns anderen passieren würde. Ihm gebe ich die Schuld an den dunklen Ringen unter Mutters Augen, an dem Spott der Kinder in der Schule, die mich hänseln, weil ich keinen Vater habe. Nichts davon wäre geschehen, wenn er nicht so leichtsinnig in den Tod gegangen wäre.

Aber bei Sudha ist es etwas anderes. Sudha könnte ich niemals hassen. Denn sie ist meine andere Hälfte. Meine Herzensschwester.

Sudha kann ich all das erzählen, was ich empfinde, ohne es erklären zu müssen. Sie schaut mich dann mit ihren großen, eindringlichen Augen an, und ein kleines Lächeln umspielt ihre Lippen, und ich weiß, daß sie mich vollkommen versteht.

Wie das niemand sonst auf der ganzen Welt tut. Wie das niemand sonst auf der ganzen Welt jemals tun wird.

Schon früh in meinem Leben wurde mir etwas bewußt: Die Leute waren eifersüchtig auf Sudha und mich.

Anfangs dachte ich, es läge daran, daß unsere Familie so alt und respektabel ist. Aber das allein konnte es nicht sein, denn jeder weiß, daß wir schwere Zeiten durchmachen, und daß der Buchladen der Familie, den Mutter leitet, unsere letzte Einkommensquelle ist. Tante N lamentiert in ihrer melodramatischen Art ständig, daß sie auf der Schwelle zur Armut stehe und es ein Segen sei, daß ihre lieben Eltern schon verstorben sind und nicht mitansehen müssen, wie ihre Tochter leidet. An unseren Besitztümern konnte es auch nicht liegen – Sudha und ich haben nicht viele. Dafür ist gar nicht genug Geld da, trotz all der Stunden, die Mutter im Laden verbringt, und ihrer Entschlossenheit, uns das zu verschaffen, was immer eine Tochter der Chatterjees haben muß. (Das ist auch wieder etwas, das ich nicht verstehe. Mutter ist der intelligenteste Mensch, den ich kenne, und auch der tüchtigste. Und dennoch scheint der Laden niemals Gewinn abzuwerfen, denn sie überprüft jede Woche in ihrer sorgfältigen, stirnrunzelnden Art die Haushaltsausgaben und bemüht sich, noch mehr Kosten einzusparen.)

Doch schließlich habe ich es herausgefunden. Die Leute hassen die Art und Weise, wie glücklich Sudha und ich sind, weil wir einander haben. Hassen die Tatsache, daß wir niemanden sonst brauchen.

So war es schon immer, seit unserer Geburt. Schon bevor ich überhaupt laufen konnte – so hat Pishi es mir erzählt –, bin ich auf der Suche nach Sudha durch das Labyrinth von Korridoren gekrabbelt, und wir haben beide vor Freude gekreischt, wenn ich sie endlich fand. Wir amüsierten uns stundenlang miteinander, spielten mit den Zehen und Fingern und den Haaren der anderen, und wenn Tante N kam, um Sudha mitzunehmen, veranstalteten wir einen solchen Aufstand, daß sie sich zurückzog und sich bei Pishi bitterlich beschwerte. Warum hatte sie sich überhaupt all die Mühe mit den Wehen und der Geburt gemacht? Im Grunde war es doch so, als besitze sie überhaupt keine Tochter.

Während unserer ganzen Kindheit badeten und aßen wir gemeinsam, oft vom selben Teller. Wir fütterten uns gegenseitig unsere Lieblingsbissen: knusprige, braune *parothas*-Dreiecke, gebratene Auberginen, schwammig-süße *rasogollah*. Unser Lieblingsspiel bestand darin, die Märchen darzustellen, die Pishi uns erzählte. Sudha war immer die Prinzessin und ich der Prinz, der sie rettete. Abends lagen wir in meinem Zimmer, in dem zwei Betten standen, obwohl Sudha offiziell ein eigenes Zimmer neben dem ihrer Mutter hatte: ein düsteres, häßliches Mausoleum mit alten Ölgemälden und schweren Mahagonimöbeln. Wir flüsterten und kicherten, bis Pishi kam und uns zu trennen drohte. Und wenn wir Alpträume hatten, quetschten wir uns in ein Bett und hielten einander umschlungen, statt zu unseren Müttern zu gehen und dort Trost zu suchen.

Als wir älter wurden, machten sich die Nonnen, die unsere

Klosterschule leiteten, Gedanken über unsere enge Freundschaft. Das sei nicht normal, sagten sie. Das würde unsere Entwicklung hemmen. Sie steckten uns in verschiedene Klassen, aber das hatte nur zur Folge, daß ich schmollte. Und Sudha weinte. In der Pause eilte ich los, um mich mit ihr auf dem Spielplatz zu treffen. Und es wollte mir so vorkommen, als sei der Morgen wie ein Kissen gewesen, das man mir auf das Gesicht gepreßt hatte. Als ich ihre verweinten Augen sah, brannte meine Haut vor Wut, als sei sie mit Chilipulver eingerieben worden, und ich hätte am liebsten jemanden umgebracht. Zu jener Zeit machten wir immer wieder neue Pläne, wie wir uns vor der Schule drücken könnten. Anfangs klagten wir über Magenschmerzen oder Kopfschmerzen, damit wir zu Hause bleiben konnten. Als Pishi nicht darauf hereinfiel, schlichen wir uns zur Mittagszeit mit jenen Mädchen vom Schulhof, die zum Essen nach Hause gingen, und verbrachten den Nachmittag irgendwo anders, nur, damit wir zusammensein konnten. Wir aßen Erdnüsse am See, spazierten über den Tiermarkt und bewunderten die Hühnerküken oder fuhren mit der Straßenbahn bis zur letzten Station und wieder zurück – gerade noch rechtzeitig, um Singhji mit unserem treuherzigsten Lächeln am Schultor zu empfangen.

Aus irgendeinem Grund dachten wir, daß wir damit davonkommen würden. Aber natürlich beschwerten sich unsere Lehrerinnen, und unsere Mütter riefen uns ins Arbeitszimmer – ein feuchter Raum, angefüllt mit eselsohrigen Hauptbüchern und dem Geruch von Schimmel – in den wir nur zitiert wurden, wenn wir etwas wirklich Schlimmes angestellt hatten. Tante N beharrte darauf, daß wir eine anständige Tracht Prügel verdient hätten und sogar Mutter, die für gewöhnlich so vernünftig ist, war kreidebleich vor Wut. Doch als ich alles erklärte, schlich sich ein seltsamer, trauriger Ausdruck in ihre Augen. Und obwohl sie uns mitteilte, daß unsere Lehrerinnen recht hätten und unsere Ausbildung zu wichtig sei, um auf diese Weise ruiniert zu werden, wich die Strenge aus ihrer Stimme, und sie streckte eine Hand aus, um meine Schulter zu berühren.

Später hörte ich zufällig mit an, wie sie Pishi gegenüber bemerkte, daß sie sich um uns Sorgen mache. Es sei gefährlich, jemanden derart intensiv zu lieben. Es mache uns zu verletzlich. Und Pishi seufzte und erwiderte: »Ja, das wissen wir beide nur zu gut, nicht wahr?«

Am nächsten Morgen ging Mutter nicht in den Buchladen – was nur äußerst selten vorkam. Statt dessen brachte sie uns zur Schule, winkte uns zum Abschied zu und verschwand im Büro der Direktorin. Sie redete nie mit uns darüber, was dort gesprochen worden war. Aber vom nächsten Tag an durften wir wieder in dieselbe Klasse gehen.

Das alles machte uns in der Schule oder bei unseren Nachbarn – als sich die Neuigkeit erst einmal verbreitet hatte, und das tut sie in Kalkutta immer – nicht gerade beliebt. »Oh, diese Chatterjee-Mädchen«, sagten die Leute. »Sie benehmen sich immer, als seien sie zu gut für unsere Töchter. Und was hat sich Anjus Mutter nur dabei gedacht, ihren Launen auf diese Weise nachzugeben? Nalini hatte schon recht, eine anständige Tracht Prügel hätte sie gelehrt, wie man sich richtig benimmt, daß man gewissen Regeln gehorchen muß. Wartet nur ab, das ist noch nicht das Ende vom Lied. Jeder weiß doch, was mit Mädchen geschieht, die solch hochnäsiges Verhalten an den Tag legen.«

Sie verstanden nicht, daß Sudha und ich niemals das Gefühl hatten, besser zu sein als andere Leute. Es war nur so, daß wir alles, was wir benötigten, aneinander fanden. Wie sagt Pishi noch immer: Warum zum See gehen, um Wasser zu holen, wenn man einen Brunnen im eigenen Haus hat?

Einmal sprach mich eine Nachbarin an: »Du solltest nicht deine ganze Zeit mit dieser Sudha verschwenden. Schließ Freundschaft mit anderen Mädchen aus wichtigen Familien, ganz besonders mit solchen, die akzeptable, ältere Brüder haben, mit denen deine Mutter eine gute Partie für dich vereinbaren könnte.« Dann fügte sie mit leiser, vertraulicher Stimme hinzu: »Wieso gibst du dich überhaupt mit einem Mädchen ab, das soviel hübscher ist als du? Weißt du denn nicht, daß die Leute in ihrer Gegenwart deine knochigen Beine und deine

Zahnspange noch viel mehr bemerken, als sie es sonst tun würden?«

Ich war so wütend, daß ich mich nicht beherrschen konnte und erwiderte, daß sie das gar nichts anginge. Außerdem scherte es mich überhaupt nicht, ob ein Haufen alberner Leute, die nichts Besseres zu tun hatten, unser Aussehen verglichen. Ich wußte bereits, daß Sudha schöner war. Sollte ich sie deshalb etwa weniger lieben?

»Du bist ja so tugendhaft, nicht wahr, Fräulein Hochnäsig?« entgegnete die Nachbarsfrau. »Paß nur auf! Eines Tages wird die Eifersucht noch an dir nagen.« Sie ging eingeschnappt davon, und ich wußte genau, was sie überall herumerzählen würde: was für eine *junglee* dieses Chatterjee-Mädchen doch geworden ist, *baap re*, aber was kann man schon erwarten, wenn kein Mann im Haus ist.

Aber gestern war es ganz besonders schlimm.

Gestern beobachtete Tantchen Sarita, eine von Tante Ns fetten Teefreundinnen, die sich ob ihrer Freimütigkeit brüstet, wie wir Hand in Hand das Haus betraten. Sofort zogen sich ihre Augenbrauen zu einem entsetzlichen Stirnrunzeln zusammen. »Grundgütiger«, sagte sie, »tut ihr Mädchen denn gar nichts ohne einander? Ich schwöre, ihr seht wie diese Zwillinge aus – wie nennt man sie noch? – die, die bei der Geburt zusammenhängen.«

Ich wollte schon erwidern: Na und? Aber Sudha, die die höfliche von uns beiden ist, drückte warnend meine Hand. Dann überraschte sie mich, indem sie antwortete: »Wußtest du das denn noch nicht, Tantchen? Wir *sind* doch Zwillinge!«

Tantchen Saritas Nasenflügel zitterten wie die eines überreizten Büffels. »Ei, Mädchen, gib keine neunmalklugen Antworten«, entgegnete sie. »Denkst du denn, ich wüßte nicht, was los ist? Ihr seid nicht einmal erste Cousinen, und Schwestern schon gar nicht. Dein Vater war nichts weiter als ein entfernter Verwandter von Anjus Vater, nicht etwa ein echter Bruder.«

Ist es nicht seltsam, welches Vergnügen manche Leute darin finden, andere zu verletzen?

Ich versuchte, etwas Beleidigendes zu sagen, um sie zum Schweigen zu bringen, doch ich bekam kein Wort heraus. Wäre Mutter dagewesen, wäre sie mir mit einer ihrer kühlen, ruhigen Äußerungen zu Hilfe gekommen. *Wer sind wir denn, daß wir Beziehungen berurteilen können, Sarita? Sind wir in Gottes Augen nicht alle verwandt?* Doch sie war im Buchladen, und die Worte *Ihr seid nicht einmal erste Cousinen, und Schwestern schon gar nicht*, pochten wie ein verrückt gewordener Hammer in meinem Kopf.

Tante N sah so aus, als hätte sie in eine Zitrone gebissen. Sie ist diejenige, die ständig erzählt, um wie vieles besser die Dinge im Haus ihres Vaters gewesen seien – Dienstboten und artige Kinder, sogar die Kühe gaben gehorsam mehr Milch als irgendein Tier der Nachbarherde –, bis man beinahe glaubte, sie wünschte sich, nicht mit uns verwandt zu sein. Aber sie kann es überhaupt nicht leiden, wenn andere sie an ihre dürftige Verbindung zu den Chatterjees erinnern.

Tantchen Sarita fuhr triumphierend fort: »Ihr beiden seid nicht einmal zur selben Zeit geboren, nicht einmal unter demselben Stern. Das stimmt doch, Nalini-*di*?«

Für einen Moment benahm sich Tante N, als hätte sie die Frage nicht gehört. Aber dann vermochte sie dieser Gelegenheit zu einem melodramatischen Auftritt doch nicht widerstehen. Sie gab ein Seufzen von sich, das eines Märtyrers würdig gewesen wäre, und sagte: »Du hast schon recht, denn Anju wurde zur Mittagszeit geboren, während Sudha« – und hierbei blickte sie meine Cousine strafend an – »erst gegen Mitternacht kam. Wie habe ich mit ihr in den Wehen gelegen! Der Schmerz glich tausend Messerstichen! Ich schrie und schrie und verlor eine Menge Blut. Die Hebamme, eine junge Frau, die nicht so erfahren war wie die bei den Niederkünften meiner Mutter, war so ängstlich, daß sie in Erwägung zog, nach dem englischen Doktor zu schicken, obwohl doch jeder wußte, daß er immer die Bäuche der Mütter aufschnitt, und nicht wenige danach an Fieber starben.«

Das alles hatten wir schon hundert Mal gehört. Aber Sudha blickte mit aufgerissenen Augen hoch und fragte, als handele es sich um eine völlig neue Geschichte: »Aber das mußte er bei dir doch nicht tun, oder?«

»Nein ...«

»Weil Anju dich gerettet hat, nicht wahr?«

Tante N warf ihrer Tochter einen wütenden Blick zu. Sie mochte es gar nicht, wenn man sie mitten in einer aufregenden Geschichte unterbrach, ganz besonders, wenn sie die leidende Heldin war.

»Ich denke, es lag wohl mehr an dem Glücksbringer für die Niederkunft, diesem Amulett, das ich mir vorausschauenderweise einen Monat zuvor bei einem herumreisenden *roja* gekauft hatte –«

»Erzähl uns, was als nächstes passiert ist«, unterbrach Sudha sie und überraschte mich damit aufs neue. Für gewöhnlich ist sie in Gesellschaft ihrer Mutter sehr still. »Erzähl von Gouri Ma.«

Tante N schnalzte verärgert mit der Zunge und tat so, als wolle sie aufhören. Doch nach einem kurzen Moment fuhr sie fort, denn im Grunde liebt sie gute Geschichten ebensosehr wie wir.

»Als Tantchen Gouri hörte, was vor sich ging, kletterte sie aus dem Bett. Die Hebamme riet ihr, es nicht zu tun, denn auch sie hatte eine Menge Blut verloren, aber sie beachtete sie gar nicht. Irgendwie schaffte sie es, mit Anju in den Armen die ganze Eingangshalle zu durchqueren und legte sie mit dem Gesicht nach unten auf meinen Bauch. Anju blieb einen Moment lang dort liegen, ausgestreckt auf meinem mächtigen Leib – er war riesig, obwohl ich erst am Ende des achten Monats war. Wißt ihr« – und hier gab Tante N einen weiteren, dramatischen Seufzer von sich – »hinterher habe ich nie wieder meine Figur zurückbekommen. Nun ja, jedenfalls hat es Anju dort wohl nicht gefallen, denn plötzlich stieß sie einen lauten Schrei aus, und da spürte ich plötzlich eine so starke Wehe, daß ich das Gefühl hatte, mein Rückgrat würde zerbrechen. Und im nächsten Moment reichte mir die Hebamme auch schon Sudha und verkündete, es sei auch ein Mädchen.«

»Und deshalb ist Anju meine Zwillingsschwester«, sagte

Sudha, und es kam mir so vor, als wende sie sich nicht nur an Tantchen Sarita, sondern auch an ihre Mutter. »Denn sie hat mich in die Welt herausgerufen.« Und meine sonst so ruhige Cousine legte mir einen Arm um den Hals und lächelte so strahlend, daß die beiden Frauen verstummten.

Ich selbst hätte es nicht besser machen können.

Es gibt noch andere Gründe, warum ich Sudha niemals hassen könnte. Einmal habe ich eine Liste angefertigt:

Weil sie der schönste Mensch ist, den ich kenne, genau wie die Prinzessinnen in den Märchen, die Pishi uns erzählt. Ihre Haut hat das warme Braun von Mandelmilch, ihr Haar fällt weich wie Monsunwolken über ihren Rücken herab, und ihre Augen sind unvergleichlich sanft.

Weil sie ihre Hand auf meinen Arm legt, wenn ich wieder einmal soweit bin, die Welt ob ihrer Dummheit zu treten. Es fühlt sich dann an wie ein Glas klares, kaltes Wasser an einem heißen Tag.

Weil sie in einer Weise an Zauberei glaubt, wie ich es niemals könnte, an Dämonen und Götter und an Wünsche, die beim Betrachten von Sternschnuppen in Erfüllung gehen.

Weil sie die beste Geschichtenerzählerin ist, besser noch als Pishi. Sie nimmt die alten Märchen und schafft daraus etwas Neues, indem sie uns darin vorkommen läßt. Uns, Anju und Sudha, mitten zwischen Dämonenköniginnen und Märchenprinzen und sprechenden Bestien.

Weil ich sie in die Welt herausgerufen habe und deshalb alles tun muß, um sicherzustellen, daß sie glücklich ist.

# 3

## *Sudha*

ANJU REGT SICH immer auf, wenn ich Pishi über den Tag ausfrage, als unsere Väter starben. Warum kannst du das nicht vergessen, sagt sie. Warum kannst du es nicht einfach ruhen lassen? Wenn du immer nur zurückschaust, wirst du es im Leben niemals zu etwas bringen. Was gibt es im übrigen schon über zwei Männer zu erzählen, die nicht genug Verstand besaßen, um zu Hause zu bleiben, wo sie sicher waren, und die sich statt dessen auf der Suche nach einem dummen Abenteuer herumgetrieben haben?

Ich muß zugeben, daß etwas Wahrheit in dem liegt, was sie sagt. Und ausnahmsweise sind die Mütter einmal auf ihrer Seite. Meine Mutter glaubt, daß es Unglück bringt, über jenen Tag zu reden. Gouri Ma findet, daß es besser für uns sei, unsere Gedanken auf positivere Dinge zu richten. Und Pishi, unsere unermüdliche Informantin, was Dinge aus der Vergangenheit angeht, nennt uns nur widerstrebend einige wenige Details, ehe sie das Thema wechselt.

Ich vertraue Pishi. Ich weiß, daß sie für ihr Schweigen einen Grund haben muß. Und dennoch zieht es mich seltsamerweise immer wieder zu jenem Tag vor zwölf Jahren zurück, dem Tag, an dem mein Vater sein Ende fand, dem Tag, der für mich der Anfang war. Als sich unsere Seelen vielleicht mitten in der Luft begegneten – seine auf dem Weg zum Himmel und meine unterwegs gen Erde. Dieser Drang, mehr zu erfahren, ist in letzter Zeit stärker geworden. Denn Anju und ich, wir werden schon bald unser kindliches Selbst hinter uns lassen und zu Frauen werden. Und wie sollen wir dieses neue Kapitel unserer Geschichte beginnen, wenn wir nichts darüber wissen, was vorher geschah?

Allein schon um Mutters willen möchte ich wissen, was an

jenem Tag geschah – und wie es dazu kommen konnte. Möglicherweise hilft mir dies zu verstehen, warum ihr Herz so gallenbitter ist, warum sie nur vorwurfsvolle, strafende Worte für mich findet. Möglicherweise würde es mir dabei helfen, mich ihr gegenüber mehr wie eine Tochter zu verhalten.

Daher mache ich mich am Sonntag morgen, als Anju mit einem neuen amerikanischen Roman beschäftigt ist, den sie sich aus dem Buchladen geliehen hat, auf die Suche nach Pishi. Ich finde sie auf der Terrasse, wo sie Tabletts voller gesalzener Mangos zum Trocknen auslegt. Pishi stellt hervorragende Pickles her, und das weiß sie auch. Seit sie in das Haus ihres Vaters zurückgekehrt ist, so hat sie uns voller Stolz erzählt, mußten die Chatterjees ihre Lippen niemals mehr mit gekauftem *achar* beflecken. In drei Tagen, wenn die Mangoscheiben durch die Sonne knusprig dünn geworden sind, wird sie sie in gewürztem Senföl einlegen, Chilipulver hinzufügen und in flachen Gläsern verschließen, damit wir sie das ganze Jahr über genießen können. Aber im Moment muß sie hier oben bleiben, um die Mangoscheiben vor den schwarzgesichtigen Affen zu schützen, die in der Einmachzeit wie durch ein Wunder auftauchen – denn Affen kommen hier, im Herzen Kalkuttas, für gewöhnlich nicht vor. Anju glaubt, daß sie aus dem Alipur-Zoo ausbrechen, aber Ramdin-mudi, der den Lebensmittelladen an der Ecke besitzt, beharrt darauf, daß sie die Abkömmlinge des Gottes Hanuman seien, von dem er ein Bild in seinem Laden hängen hat, auf dem sich der mächtige Schweif über den Büchsen mit *atta* und Öl zusammenrollt.

Pishi macht einen unglücklichen Eindruck. Heute nachmittag wird es im Tempel unseres Viertels eine große *kirtan* geben, mit *dholak*-Spielern, die den weiten Weg von Nabadwip auf sich genommen haben, und alle Frauen, die sie kennt, werden hingehen. *Kirtans* gehören zu den wenigen Vergnügungen, die Pishi für eine Witwe als angemessen hält und die sie sich daher zugesteht. Aber Mangos zu trocknen ist eine wichtige Arbeit, die sie keinem Dienstmädchen anvertrauen würde, denn jeder weiß doch, daß sich ein pelziger Schimmelbelag über die Scheiben legt, wenn sie von einer Frau berührt werden, die nicht gebadet hat oder an jenem Tag mit einem Mann zusammen war oder die gerade menstruiert.

Ich würde gern für sie auf die Mangos aufpassen, biete ich ihr an. Ich bin sauber und werde ganz vorsichtig sein und sie genau zum richtigen Zeitpunkt umdrehen, damit beide Seiten gleichmäßig viel Sonne abbekommen. Wenn sie mir dafür eine ganz besondere Geschichte erzählt, eine Geschichte, die ich schon mein ganzes Leben lang hören möchte.

Pishi weiß sofort, um welche Geschichte es mir geht. Ihr Gesicht nimmt einen dunklen Ausdruck an und ist ganz verkniffen vor Mißbilligung. Erblicke ich da aber auch so etwas wie Verständnis in ihren Augen? Sie befiehlt mir, wieder nach unten zu gehen. Doch es liegt ein Anflug von Unsicherheit in ihrer Stimme, der mir den Mut verleiht, mich ihrer Aufforderung zu widersetzen.

»Warum willst du es mir denn nicht erzählen?« rufe ich. »Ich habe das Recht, etwas über meinen Vater zu erfahren. Hast du uns denn nicht selbst beigebracht, daß wir so lange nicht wirklich wissen, wer wir sind, ehe wir nicht etwas über unsere Vergangenheit erfahren haben?«

Pishi starrt an mir vorbei zum leeren Himmel hinauf. Schließlich sagt sie: »Im Herzen der Geschichte, die du gern hören möchtest, liegt ein Geheimnis vergraben. Ich bin die einzige noch lebende Person, die darüber Bescheid weiß, auch wenn ich manchmal das Gefühl habe, daß Tante Gouri einen Verdacht hat. Aber sie ist eine intelligente Frau – sie weiß, daß es Zeiten gibt, in denen man nach Antworten suchen sollte, und Zeiten, in denen man die Dinge besser ruhen läßt.

Ich habe immer daran geglaubt, daß es wichtig ist, euch Mädchen von eurer Vergangenheit zu erzählen – das weißt du. Aber dieses Geheimnis ist so schrecklich, daß ich mich gleichzeitig dagegen gesträubt habe, euch damit zu belasten. Ich fürchte, es wird euch die Kindheit rauben und die Liebe vernichten, die euch am teuersten ist. Und ich fürchte, es wird euch dazu bringen, mich zu hassen.«

»Pishi-*ma*«, rufe ich, und meine Stimme versagt beinahe vor Aufregung. »Du *mußt* es mir erzählen! Ich muß es einfach wissen. Und nichts könnte mich jemals dazu bringen, dich zu hassen.«

»Ich hoffe, daß das der Wahrheit entspricht«, erwidert Pishi, »denn du und Anju, ihr seid die Töchter, die mir leider nicht vergönnt waren. Durch euch hat mir der Bidhata Purush erlaubt, die Segnungen der Mutterliebe zu erfahren, und dafür werde ich ihm immer dankbar sein. Aber ich mache mir keine Sorgen um mich, sondern um dich. Und um deine Beziehung zu ...«

An dieser Stelle verstummt Pishi, und in der Stille, die sich um uns erhebt, bemerke ich, wie sich ihre Stimme verändert hat, wie dunkel und tief sie geworden ist, seltsam grobkörnig, wie niemals zuvor. Und in meiner ängstlichen Benommenheit weiß ich, daß dies eine gefährliche Geschichte ist, eine Geschichte, die mich in ihrer plötzlich auflodernden Flammenglut verzehren kann.

»Bist du dir sicher, daß du dieses Geheimnis wirklich wissen willst?«

Pishi beobachtet mich. Sollte ich auch nur den kleinsten Anflug von Furcht zeigen, wird sie aufhören, das weiß ich. Die Sonne wird mich nicht länger weißglühend umfangen halten, und ich werde mein altes, sicheres Leben zurückerhalten.

Ich bringe meinen Körper dazu, starr zu werden und sich gegen die Versuchung zu sträuben. »Ganz sicher«, erwidere ich.

»Nun gut«, sagt Pishi, und ihr Atem klingt abgerissen und ergeben. »Komm her, setz dich hier neben mich, dann werde ich es dir erzählen. Schließlich ist es dein Recht, diese Geschichte über deinen Vater zu vernehmen. Und über deine Mutter, ja, denn es ist ebenso ihre Geschichte. Und sollte deine Liebe diese Erzählung überstehen, dann weißt du, daß sie wahrhaftig ist und nichts sie jemals zerstören kann.«

Und so erfahre ich endlich die Wahrheit über Vaters Leben und über seinen Tod.

Dein Vater kam im heißen Monat *Sraban* in dieses Haus«, sagt Pishi. »Es war ein Dürrejahr, die Ernten begannen zu vertrocknen, und es gab mehr Bettler als gewöhnlich vor unserem Tor. Selbst Bijoy, Anjus Vater, trug unter seinen Augen die Sorgen tief und schwarz eingegraben, denn in jenen Tagen kam ein Großteil unseres Geldes von den Reisfeldern unserer Vorfahren. Seine Angst schmerzte mich, denn mehr als alles andere in meinem Leben wünschte ich mir, er möge glücklich sein, mein jüngerer Bruder, der mich in seinem Heim aufgenommen hatte, als das meine in Trümmern lag und der mir nicht einen einzigen Augenblick lang das Gefühl gegeben hatte, eine Last zu sein.

Dein Vater, Sudha, brachte eine verschlossene, blaue Kiste mit, einen langen, schmalen Instrumentenkasten, der mit roter Seide bestickt war, eine frisch angetraute Ehefrau, und er brachte auch den Regen mit. Denn an jenem Abend, als er kam, füllte sich der Himmel mit dickbauchigen Wolken, die die Farbe von Stahl hatten, und ein kühler Wind frischte auf, der nach feuchter Erde von weither roch und nach *champak*-Blumen – ein Duft, der mein altes Witwenherz selbst jetzt noch schneller schlagen läßt, wenn ich mich daran erinnere. Und die Monsunregen begannen. Wenn wir in unseren Betten lagen, konnten wir das Pochen der Regentropfen auf dem Dach hören, konnten hören, wie die Kokosnußpalmen vor Freude raschelten. Der Regen hielt den ganzen Monat mit der richtigen Heftigkeit an, und zwischendurch kam ab und zu einmal die Sonne heraus und hielt uns davon ab, müde zu werden. Als die Tropfen versiegten, prangten in unserem Garten mehr Blumen, als ich jemals zuvor gesehen hatte, *bel* und *jui* und die weiße Königsblume, *gandharaj*, die einen mit ihrem süßen Duft trunken macht – und die Ernten waren gerettet.

Vielleicht war dies der Grund, warum Bijoy deinen Vater so sehr in sein Herz schloß. Er dachte wohl, er bringe Glück. Aber ich denke, er hätte es auch sonst getan. Denn dein Vater war ein Mann mit großem Charme, und ein Teil seines Charmes lag in seiner Unbekümmertheit, seinem Glauben, daß jeder Tag ein neuer war, unberührt von den Taten des Vortages, und daß er für den Preis eines Lächelns mit allem davonkommen könne.

All dies gefiel Bijoy, denn es unterschied sich so sehr von der Art, wie er selbst war – immer korrekt, immer verantwortungsbewußt. Wie man es ihm als dem einzigen Sohn der Chatterjees beigebracht hatte. Doch etwas von dieser Ernsthaftigkeit fiel von ihm ab, wenn er mit deinem Vater zusammen war, und er lachte jungenhafter, offenherziger, als in all den Jahren zuvor. Dafür liebte auch ich deinen Vater.

Er sagte, sein Name laute Gopal, und er sei der einzige Sohn unseres jüngsten Onkels. Von diesem Onkel wußten wir nicht mehr, als daß er vor langer Zeit nach einem heftigen Streit mit unserem Großvater seinen Teil des Familienerbes genommen und von zu Hause fortgegangen war. Nun erzählte uns Gopal, daß sein Vater sich auf der anderen Seite der Grenze in der Stadt Khulna niedergelassen hatte, wo er bis zur Teilung ein erfolgreicher Händler gewesen war. Aber während der folgenden Unruhen hatte er alles verloren – Geschäft, Haus, Ersparnisse – und war kurze Zeit später an gebrochenem Herzen gestorben. Mit seinen letzten Worten an Gopal hatte er diesem aufgetragen, in das Haus seiner Vorväter zurückzukehren und seiner Familie seine Geschichte zu erzählen.

Wir haben unseren verlorenen Cousin mit Freuden aufgenommen und fühlten uns geehrt, daß er sich entschieden hatte, zu uns zu kommen. Er war so gutaussehend und hellhäutig, so offensichtlich von vornehmer Herkunft, und er lachte so fröhlich, als er uns die Widrigkeiten seiner Reise nach Kalkutta schilderte! Oft begann er, ohne erkennbaren Grund, lauthals zu singen. Und er spielte die Flöte – denn eine solche war es, die er in dem rotbestickten Seidenkasten bei sich getragen hatte – auf so wundervolle Weise, wie es sein Namenspatron Gopal, der Gott Krishna, wohl getan haben mußte, als er die Milchmädchen von Brindaban bezauberte und sie dazu brachte, Heim und Ehemann zu verlassen und ihm zu folgen.

Es gab vieles, was er uns über sich und deine Mutter *nicht* erzählte. Einiges sollte ich mit der Zeit aus Bemerkungen erfahren, die Nalini beiläufig fallenließ, und einiges bei deiner

Geburt, als ich mir den Sinn der delirierenden Worte zusammenreimte, die sie in ihrem Fieber und Kummer und Geburtsschmerz von sich gab: daß er seine zukünftige Frau getroffen hatte, als sie am Fluß in der Nähe eines der Dörfer, wo sein Boot anlegte, Kleider wusch. Daß er ihr Reichtümer und Ehre und die Heirat in eine der ältesten Familien Kalkuttas versprach und außerdem – mit einer so süßen Stimme, daß sie überzeugt war, er würde ihr die Sterne vom Himmel holen – ewige Liebe. Diese Stimme brachte sie dazu, die jahrelangen Warnungen von Müttern und Tanten und den alten Frauen des Dorfes zu vergessen. Im Morgengrauen schlich sie aus dem elterlichen Haus. Sie ließ es zu, daß dein Vater ihre Hand ergriff und sie auf das klapperige Boot zog, voll mit Männern wie er selbst, die darauf hofften, in der großen Stadt ihr Glück zu machen.«

Ich verspüre den Drang, Pishi zu unterbrechen. Sie irrt sich ganz offenbar. Wie kann diese abenteuerlustige Ausreißerin meine Mutter sein, die nur aus Seufzern und Klagen besteht und stets den Anstand wahrt, als handele es sich um ein zerbrechliches, kristallenes Erbstück, das sich in ihrer persönlichen Obhut befindet. Meine Mutter, die nicht müde wird, darauf hinzuweisen, daß die Nachlässigkeit in unserem Haushalt in dem perfekt organisierten ihres Vaters niemals toleriert worden wäre – wieso sollte sie Kleider gewaschen haben wie ein gewöhnliches Dorfmädchen? Doch je klarer sich die Szene vor meinem inneren Auge abzeichnet, desto bewußter wird mir, daß es wahr sein muß.

In dieser Szene ist meine Mutter schlank und verängstigt. Die heißen, starrenden Blicke der Männer auf dem Boot lassen sie erröten, und sie zieht sich den Saum ihres Saris halb über das Gesicht. Als sie den Geruch der ungewaschenen Körper einatmet, fragt sie sich voller Angst, ob sie einen schrecklichen Fehler begangen hat, ob ihr Widerwillen gegen die endlose Plackerei bei der Hausarbeit sie womöglich in den Ruin geführt hat: das Töpfescheuern, von dem ihre Nägel schwarz wurden und abbrachen, das Anzünden der Kohlefeuer, das ihre Augen brennend rot werden ließ, das Verputzen der Hüttenwände mit Kuhdung, die zu jeder Monsunzeit Wasser durchließen. Als die Nacht hereinbricht und sich der Himmel mit fremden Sternen füllt, wischt sie sich schweigend die Tränen aus den Augen. Und als mein Vater versucht, sie hinter einem Heuballen heimlich zu küssen, da schubst sie ihn mit einer ungewohnten Kraft von sich weg.

Glücklicherweise ist mein Vater kein ehrloser Mann. Als sie schließlich, nachdem sie in immer neuen Booten und Zügen gefahren sind, in Kalkutta eintreffen, führt er sie zum Kali-Tempel. Dort murmelt ein Priester einige Mantras und bedeutet ihnen ungeduldig, Blumenketten zu tauschen. Dann steckt er sich die Münzen, die ihm mein Vater gegeben hat, in den Bund und wendet sich dem nächsten Paar zu, denn Kalighat ist bei Liebenden, die durchgebrannt sind, sehr beliebt. Und so ist die Trauung vollzogen.

Es ist nicht das, was meine Mutter sich all die Jahre erträumt hat, während sie den Lehmboden ihres Elternhauses mit einem Kokospalmenblatt-*jhata* fegte und rote Paprika zu Paste für Currys zerdrückte und die triefenden Nasen ihrer jüngeren Brüder und Schwestern abwischte. Wo ist ihr roter Benarasi, der mit *zari*-Fäden glitzert? Wo ist ihr Hochzeitsschmuck, die goldenen Armreifen mit den Alligatorenköpfen? Die dicke, siebenreihige Kette, die, wenn man sie abwickelt, von ihrem Kopf bis zu ihren Füßen reichen würde? Wo sind die Reifenohrringe, die so groß sind, daß sie ihr gegen die Wangen schlagen, wenn sie den Kopf dreht? Wo der winzige Diamant, der ihre wohlgeformte Nase ziert? (Denn meine Mutter ist hübsch, das weiß sie, hübsch genug, um ein besseres Leben zu verdienen.) Wo sind all die Freundinnen ihrer Kindheit, mit denen sie ihre Träume geteilt hat, die ihr eifersüchtig zusehen und hinter vorgehaltener Hand zuflüstern, während die Schale der Seemuschel ihren verheißungsvollen Klang ertönen läßt? Und dennoch erlaubt sie sich ein winziges Lächeln, als ihr Ehemann ihr Zinnober auf die Stelle reibt, wo sich ihr Haar scheitelt. Zinnober, das Glücks-*sindur*, das der Welt verkündet, daß sie eine verheiratete Frau ist, die ein neues Leben vor sich hat.

Als sie sich der weißen Villa näherten, die in der Nachmittagssonne erstrahlte, muß meine Mutter geglaubt haben, daß dieses neue Leben gut werden würde. Die Backsteine waren gestrichen, der Marmor blankgeputzt, die gußeisernen Tore mit aufbäumenden Löwen gekrönt. Der Fahrer hupte großspurig – denn auch wenn sie den größten Teil des Weges einen Rollkarren gemietet hatten, der ihr Gepäck transportierte, so hatte ihr Mann doch kurz vor dem Haus ein Taxi herangewunken. Es gehöre sich nicht, vor dem Haus seines Cousins vorzufahren, als besäßen sie keinen Penny, hatte er gesagt. Im übrigen hätte er sicher für den ganzen Weg ein Taxi angeheuert, wenn er nicht zu Beginn seiner Reise von Räubern überfallen worden wäre.

Ob meine Mutter wohl die Geschichte von den Räubern glaubte? Sie hatte keine andere Wahl. Die Aussagen ihres Mannes in Zweifel zu ziehen hätte bedeutet, sich selbst in Zweifel zu ziehen, dieser heimtückischen Stimme in den Tiefen ihres Schädels zu erlauben, wieder laut zu werden: *Das hättest du nicht tun sollen, das hättest du nicht tun sollen!* Daher beschloß sie, den grellen Ton in der Stimme ihres Mannes zu überhören, mit der er den Torwächter aufforderte, seine Ankunft dem *barababu*, dem Herrn des Hauses, zu verkünden. *Ja, ich bin sein Cousin-Bruder, sehr richtig, aus Khulna. Was ist los, stimmt mit deinen Ohren etwas nicht?* Und als der *barababu* mit einem etwas verwirrten Ausdruck auf dem Gesicht erschien, da bemühte meine Mutter sich, die gespannten Linien an den Mundwinkeln ihres Mannes, während er lächelte, zu übersehen, und auch, wie er sich hielt, zu sehr bedacht auf die Falten seines *dhoti*, ganz so, als müsse er etwas beweisen. Es schmerzte sie, daß sie all dies über ihren Ehemann bereits erkennen konnte, obwohl sie doch erst seit einem Tag seine Braut war. Irgendwie machte es den Schmerz noch schlimmer, mitansehen zu müssen, wie der *barababu*, ein echter Gentleman – das ließ sich aus der Art erschließen, wie er niemals seine Stimme erhob, es in seinem Leben noch niemals nötig gehabt hatte –, jedes seiner Worte glaubte. Und so war sie froh, als die Witwe, die Schwester des *barababu*, ihre Hand ergriff und sagte: Komm nur, meine Liebe, du mußt sehr müde sein nach einer so langen Reise, und auch sehr verängstigt nach diesem Angriff der Räuber.

(Denn das war Gopals Erklärung für die nackten Arme seiner Frau, ihren schmucklosen Hals, die schmucklosen Ohren. Und Mutter, die schuldbewußt ihren erstaunten Blick senkte, wurde bewußt, daß es nicht das zeremonielle Zusammenknoten von Gewändern war, das eine Frau an ihren Mann bindet, sondern eine solche Kette von Schwindeleien.) Glücklicherweise bemerkte die Witwe nicht, wie Mutter vor Scham errötete. Wohin soll das nur alles führen, fügte sie hinzu. Es ist wohl *kaliyug*, kein Zweifel. Komm nur, überlassen wir die Männer ihren Gesprächen. Ich werde dir ein Glas süßes *michri*-Wasser bringen lassen und dir das Zimmer zeigen, in dem du schlafen wirst.

»Oh, deine Mutter war wunderschön«, fuhr Pishi fort. »Vielleicht die schönste Frau, die ich jemals gesehen habe, obwohl mir in letzter Zeit scheint, daß du sie noch übertriffst. Selbst an jenem Tag, da der Staub von Kalkutta wie ein Schleier über ihrem Gesicht lag und sie dahingewelkt war wie eine Lotusblume, die man gepflückt und zu lange in der Sonne hatte liegen lassen, vermochte sie dennoch, die Aufmerksamkeit der Männer auf sich zu ziehen. Und doch wirkte sie so fügsam, als sie mir folgte, fügsam und ein wenig abwesend. So voller jugendlichem Erstaunen, als ich ihr das Zimmer zeigte und erklärte, wie der Schalter für den Deckenventilator und die Toilettenspülung funktioniert. Aber das sollte sich bald ändern.«

Ich stelle mir vor, wie die Jahre an Mutter vorüberziehen, während sie auf dem hohen Himmelbett sitzt und durch die Fenstergitter zu den vorüberziehenden Straßenhändlern hinausstarrt, die ihre Waren draußen vor ihrem Zimmer anpreisen. Aber es ist ja nicht wirklich ihr Zimmer, genausowenig wie die pfauenblaue, seidene Bettdecke ihr gehört oder die Saris, die sie trägt, oder auch der Schmuck. Sie kann nicht einmal die Speisen, die sie zu sich nimmt, rechtmäßig als die ihren beanspruchen. Sie lebt von der Wohltätigkeit anderer, ist eine arme angeheiratete Cousine. Und obwohl der *barababu* und seine Frau aufrichtig freundlich sind und sie herzlich aufnehmen, obwohl die Witwen-Dame, seine Schwester, sie überallhin mitnimmt – auf den Markt, zum Tempel, zu den *jatras* über

Geschichten aus dem Mahabharata –, nagt die Wahrheit über ihre Situation unablässig an ihr. Sie kommt sich betrogen vor, und jedesmal, wenn ein Jahr wie das Eisenrad des Karma seinem Ende entgegenstrebt, überziehen die Falten der Unzufriedenheit ihr Gesicht wie Spinnweben ein verlassenes Haus. Sie beginnt immer öfter, an ihrem Mann herumzunörgeln. *Wirst du jemals Geld verdienen, wann werden wir in unser eigenes Haus ziehen, was ist mit all deinen schönen Versprechungen,* hai *Mutter Kali, das ist meine Strafe, weil ich diesem Mann gefolgt bin, weil ich das Gesicht meiner Vorfahren mit Schwärze beschmiert habe.*

»Dein Vater war ein liebenswerter Mann«, sagt Pishi, »aber er hatte in Geldangelegenheiten kein Glück. Es war ganz so, als ob der Bidhata Purush ihm sein gutes Aussehen und genug Charme für zwei gegeben hatte und dann der Ansicht gewesen war, er habe seinen gebührenden Anteil erhalten. Oh, er hatte großartige Ideen, der gute Gopal, aber sie waren wie ungebrannte Tontöpfe. Du gingst damit los, um Wasser zu holen, hieltst sie in den See – und das einzige, was übrigblieb, war Lehm in deinen Händen. So war es mit der Fabrik, in der er Parfüm zu produzieren gedachte, und der radikalen Zeitung, die er herausgeben wollte. Er wandte sich wegen des notwendigen Kapitals an Bijoy und versprach ihm große Dinge. *Dieses Mal wird es funktionieren, das weiß ich, Biju*-da, *ich werde dein Geld innerhalb von zwei Monaten verdoppeln.* Bijoy half ihm immer gern aus. Er war ein großzügiger Mann, mein Bruder. Zu großzügig manchmal, mahnten wir ihn, deine Gouri Ma und ich, aber er wollte einfach nicht hören. Er entgegnete nur: ›Was nützt mir schon all das Geld, *didi*, wenn ich es nicht dazu verwenden kann, meinen eigenen Bruder‹- so empfand er für deinen Vater – ›glücklich zu machen. Bei der Gnade Gottes, haben wir denn nicht genug davon?‹

›Im Grunde nicht‹, pflegte Gouri zu erwidern. ›Hast du diesen Monat die Bücher gesehen?‹ Selbst damals schon war sie die Klarsichtige, die sich von kaum etwas täuschen ließ. Sie wies darauf hin, daß der Buchladen Verluste schrieb und Harihar, der *nayeb*, nicht die gesamten Erträge des Dorfes geschickt hatte und behauptete, daß der Reispreis wieder gefallen sei. ›Du mußt einmal hingehen und ihn überprüfen‹, sagte sie. ›Er bestiehlt uns mit beiden Händen.‹

Aber Bijoy lächelte nur sein sanftes Lächeln und erwiderte: ›Gouri, wo ist nur dein Vertrauen? *Hari-kaku* ist schon seit dreißig Jahren bei unserer Familie, er hat mich auf seinen Schultern umhergetragen, als ich noch ein kleiner Junge war und das Dorf besucht habe. Er würde so etwas niemals tun.‹

›Wenn er so ehrlich ist‹, entgegnete Gouri daraufhin –und ihr Gesicht rötete sich, denn sie haßte den Gedanken, daß jemand das großzügige Herz ihres Mannes ausnutzen könnte – ›dann wird es ihm nichts ausmachen, wenn du ihm ein paar Fragen stellst und seine Fakten und Zahlen mit anderen Leuten durchsprichst.‹

Bijoy schüttelte dazu nur den Kopf. ›Ich kann nicht wegen ein paar Rupien herumschnüffeln, Gouri‹, sagte er. ›Das wäre eine Beleidigung für *hari-kaku*. Wir Chatterjees haben so etwas nie getan.‹ Seine Stimme war immer noch sanft, aber auch fest, so daß deine Tante wußte, daß es ihr nichts bringen würde, sich weiter mit ihm darüber zu streiten. Wie auch immer, sie glaubte daran, daß es die erste Pflicht der Frau sei, ihren Mann zu unterstützen.

Sie war die perfekte Ehefrau, deine Tante Gouri, und ihre Perfektion war wundervoll, weil sie der Quelle der Güte entsprang, die tief in ihrem Herzen verborgen liegt. Ich bewunderte sie sehr dafür und war auch ein wenig neidisch auf sie. Aber später sollte ich mir noch wünschen, daß es nicht so wäre. Hätte sie nämlich mit Bijoy gerungen, hätte sie geweint und geschmollt, ihm gedroht, ihn betört, wie es Frauen gewöhnlich mit den Männern tun, die sie lieben, dann wäre er heute vielleicht noch am Leben.

Tief in seinem Innersten mußte Bijoy gewußt haben, daß Gouri recht hatte. Daß das Geschick der Familie Chatterjee dem Mond glich, der sich einer Finsternis nähert. Ich denke, das ist auch der Grund, warum er deinem Vater bei der Idee mit der Rubinenmine zugestimmt hat.

Doch zuerst kamen die Schwangerschaften.

Wir alle nahmen freudig zur Kenntnis, daß Gouri und Nalini mit nur wenigen Wochen Abstand schwanger wurden, aber Bijoy war überglücklich. Er hatte sich seit seiner Heirat sieben Jahre zuvor ein Kind gewünscht, und er deutete diese doppelte Schwangerschaft als eine Art Wunder, als weiteres Zeichen des Glücks, das Gopal über das Haus gebracht hatte. Er überhäufte die beiden Frauen mit Geschenken – von gleichem Wert, das war typisch für ihn – und stellte sicher, daß die *baidya* jeden Monat kam, um sich von ihren Fortschritten zu überzeugen. Besondere Mahlzeiten wurden für sie zubereitet, sie bekamen, was immer ihre Herzen begehrten. Als deine Mutter, der es nicht allzu gut ging, mitten im Winter eine Vorliebe für Mangos entwickelte, ließ Bijoy ein Dutzend Früchte zu einem maßlos übertriebenen Preis den ganzen Weg vom Hogg's Market kommen, wo die *sahebs* einkauften. Er wollte, daß sie glücklich war.«

Aber meine Mutter war nicht glücklich, und sie versuchte es nicht länger zu verbergen, wie sie es zu Beginn ihrer Ehe noch getan hatte. Und sie scherte sich auch nicht um die Redensart, wonach eine unglückliche Mutter ihren Kummer auf das Kind in ihrem Bauch überträgt. Denn mit dem Beginn ihrer Schwangerschaft hatte sich eine seltsame Verzweiflung über sie gelegt. Als ihre Taille auseinanderging und ihre Füße anschwollen, als ihr einziger Schatz, ihre Schönheit, in jenem aufgedunsenen Sack verschwand, als den sie ihren Körper ansah, da hatte sie das Gefühl, als sei ihre einzige Chance auf ein gutes Leben dahingegangen. Von nun an konnten die Dinge nur noch schlimmer werden. Sie war dazu verdammt, in diesem geborgten Zimmer, in dem sie die letzten drei Jahre verbracht hatte, alt zu werden und zu sterben. Und so wurden ihre Tiraden schlimmer. *Bist du ein Mann oder ein dahinkriechendes Insekt?* schrie sie meinen Vater an. *Wie lange willst du noch deinen Bruder um deine täglichen Mahlzeiten anbetteln, nur, weil er ein gütiger Mann ist? Und Plänen hinterherjagen, die nichts taugen, wie ein Hund, der seinen eigenen Schatten verfolgt? Warum kannst du keine Arbeit in einem Büro bekommen, wie all die anderen Männer?* Chee chee, *merkst du denn nicht, wie uns selbst die Dienstboten ohne Respekt in den Augen ansehen, wie sie über uns in der Küche flüstern?* Und schließlich: *Wenn das Baby wüßte, was es für einen Vater hat, würde es sich auch schämen. Es würde lieber sterben, als einem solchen Vater geboren zu werden.*

Mein Vater mag eine Weile lang versucht haben, sie zu ignorieren. Sie meinte ja nicht wirklich, was sie sagte. Jeder wußte doch, wie schwangere Frauen waren. Ohne Grund ergossen sich Wasserbäche aus ihren Augen, und Flammen stiegen von ihren Zungen auf. So saß er wohl nach dem Abendessen auf der Terrasse und spielte auf seiner Flöte, während Bijoy ihm zuhörte und sich die Dunkelheit kühl gegen seine Haut schmiegte, so kühl und ruhig und tief wie das Wasser eines schwarzen Sees, der sich ewig weit erstreckt, und die hohen Töne der Flöte waren wie vollendete, kleine Kräuselungen auf seiner Satinoberfläche.

Aber die Bemerkung über das Baby – oh, die schmerzte, als habe ihn jemand immer wieder in giftigen *bichuti*-Pflanzen hin und her gewälzt. Und so verschwand er eines Morgens, sehr früh, bevor überhaupt die Dienstboten aufgestanden waren, und kehrte drei Tage lang nicht zurück. Und gerade als ein außer sich geratener Bijoy den Inspektor-*saheb* auf der Polizeiwache darüber informieren wollte, daß sein Bruder vermißt wurde, tauchte er wieder auf. Mit dem Rubin.

»Die Sonne ging gerade unter, als er das Tor aufstieß und über die Kiesauffahrt heraufgeeilt kam«, erzählt Pishi. »Die letzten Strahlen der Sonne umfingen sein zerzaustes Haar in einem braunen Lichtring. Zwei Tage alte Bartstoppeln bedeckten sein Gesicht, und seine Kleider – dieselben, die er getragen hatte, als er das Haus verließ – waren zerknittert und lehmig. Aber seine Augen, die strahlten mit einer solchen Intensität, als sei er ein Prophet oder ein Irrer. Lachend rief er nach uns und bat alle, herzukommen und sich anzuschauen, was er da mitgebracht hatte.«

Der Rubin mußte wie Feuer und Eis zugleich gefunkelt haben, als er ihn über seine Handfläche rollen ließ, wie eine von Jatayu, dem mystischen Drachenvogel, geweinte Träne. Er war so groß, daß alle, die ihn sahen, verblüfft den Atem anhielten, und selbst Mutter schwieg, während er den Anwesenden von der Höhle erzählte.

»Er habe einen Mann getroffen, erzählte Gopal – doch er wollte uns nicht sagen, wo, und wie dessen Name lautete –, einen Mann, der von einer Höhle tief in den Dschungeln Sundarbans wußte, wo eine Million solcher Rubine von den Wänden wuchsen. Der Urgroßvater dieses Mannes hatte von einem *sannyasi*, den er auf einer Pilgerfahrt getroffen hatte, von dieser Höhle erfahren. Es war ihm gelungen, den Ort zu finden, und er hatte drei Steine dort herausgemeißelt und sie auf dem Rückweg bei dem besten Juwelier in Kalkutta polieren lassen. Ja, dieser Stein, den wir da in stummer Verblüffung herumreichten, war einer davon.

›Warum drei?‹ erkundigte sich Gouri stirnrunzelnd.

›Der *sannyasi* hatte die Warnung ausgesprochen, daß die Dämonen, die die Höhle bewachen, nicht mehr erlauben‹, erwiderte Gopal, und aus seinem Lachen ließ sich schließen, was er von solchen Warnungen hielt. Er erzählte uns weiter, daß der Familie des Finders der Edelsteine über die Jahre hinweg ein Mißgeschick nach dem anderen zugestoßen sei, so daß sie die beiden anderen Rubine verkaufen mußten – aber an diesem hier, dem schönsten von allen, hatten sie festgehalten. Doch nun standen sie vor einer weiteren Katastrophe, die sie zwingen würde, auch diesen letzten Stein zu verkaufen – es sei denn, dem Urenkel würde es gelingen, diese Höhle noch einmal wiederzufinden.

›Und wird er das?‹ erkundigte sich Bijoy eifrig, als glaube er diese Geschichte wirklich, die sich für mich anhörte, als stamme sie aus einem alten Märchenbuch.

›Er denkt, ja‹, erwiderte Gopal. ›Sein Urgroßvater hat eine Wegbeschreibung hinterlassen, aber er hat die Familie auch gewarnt, daß die Höhlen verflucht seien und der Zorn der Bewacher schnell entfacht werden könne. Sie sollten eine solche Reise nur unternehmen, wenn sich die Familie in einer ernsten Notlage befände. Das ist nun der Fall, und so ist der Urenkel entschlossen, das Risiko einzugehen. Er benötigt dabei allerdings einen Partner, einen ehrenwerten und abenteuerlustigen Mann, einen Mann, der das Geld aufbringen kann, das für die Expedition benötigt wird.‹

›Wieviel?‹ erkundigte sich Bijoy.

Ich war überrascht, daß er einen solch verrückten Plan auch nur in Erwägung zog, und als ich Gouri anblickte, sah ich, daß es ihr ebenso erging. Aber da war noch etwas anderes in ihren Augen, das ich bisher nur selten bei ihr gesehen hatte: Angst. Sie kreuzte die Hände über ihrem Bauch – sie war im achten Monat – und preßte ihre Lippen aufeinander, um all die Dinge für sich zu behalten, von denen ich wußte, daß sie sie gern gesagt hätte.

›Hunderttausend Rupien‹, sagte Gopal mit der Stimme eines Kindes, das den ganzen Weg bis nach Hause gerannt ist.

›Hunderttausend Rupien?‹ platzte Gouri ungläubig heraus.

›Ja. Ich weiß, daß das viel ist‹, erwiderte Gopal. ›Das liegt daran, daß er die Träger extra bezahlen muß, damit sie in diesen Wald gehen – sie glauben, dort spuke es. Er ist bereit, den Rubin als Sicherheit bei uns zu lassen – wir können ihn bei jedem Juwelier unserer Wahl schätzen lassen. Er versichert, daß er mehr wert sei als das, was wir ihm leihen. Bei seiner Rückkehr wird er uns das Geld doppelt zurückzahlen.

Ich habe ihm gesagt, daß ich das Geld wahrscheinlich aufbringen könnte – aber nur, wenn er mir erlaubt, ihn zu begleiten. Wenn ich mir meine eigenen Rubine holen darf. Dann sei er mir nichts schuldig.

Wir haben ein wenig miteinander gezankt, doch schließlich hat er sich bereit erklärt, mich mitzunehmen. Ich werde mir auf dem letzten Teil der Reise die Augen verbinden lassen, und ich darf auch nur einen einzigen Rubin mitnehmen. Aber selbst dann, Bruder … Ein Rubin wie dieser hier – vermagst du dir vorzustellen, was er wert sein würde? Genug, daß ich dir alles zurückzahlen kann, was du für mich getan hast, während all der Jahre, in denen du dich um mich gekümmert hast – wobei ich dir lediglich das Materielle erstatten könnte, wie ich wohl weiß. Genug, damit Nalini und ich ein neues Leben in einem eigenen Heim beginnen können. Bitte Bruder, sag, daß du mir das Geld leihen wirst.‹

Und Bijoy, mein sanfter, gewissenhafter Bruder, der sich nie weiter als hundert Meilen von Kalkutta entfernt hatte und auch niemals das Verlangen geäußert hatte, es zu tun, entgegnete: ›Das werde ich, wenn ich mit dir gehen kann. Wenn ich auch einen Rubin mit zurückbringen darf.‹

Oh, und da brach das Chaos los. Gouri und ich, wir riefen: *Bist du verrückt geworden? Es ist nichts weiter als ein Trick, seht ihr das denn nicht? Und selbst wenn es keiner wäre, so klingt es doch schrecklich gefährlich.* Und dann: *Wo willst du überhaupt soviel Geld herbekommen?* Und: *Wie könnt ihr zu solch einer Zeit überhaupt daran denken, wegzugehen, wo doch in kaum einem Monat die Babys kommen?* Erst später wurde mir bewußt, daß Nalini kein einziges Wort gesagt hatte.

›Bitte, *didi*, Gouri, beruhigt euch‹, hatte Bijoy uns gemahnt, und als ich seine Stimme vernahm, da wußte ich, daß sein Entschluß feststand. Gouri mußte es auch gehört haben, denn sie verließ an dieser Stelle weinend den Raum, obwohl sie gar nicht der Mensch ist, der zu Tränen neigt. Sie legte sich in ihr Bett und kam nicht einmal mehr zum Abendessen wieder herunter. Aber Nalinis Augen glänzten, wie sie es schon lange nicht mehr getan hatten, und sie aß gut, und während sie aß, stellte sie viele Fragen.

Die Neuigkeiten verbreiteten sich wie Flammen im Wind – mit Dienstboten ist das immer so. In den Erzählungen wuchs der Rubin zu der Größe eines Taubeneis an, die Höhle wurde zu einem Schatzhaus der *jinns*, und der Fremde zu einem Zauberer, einem *jadukar*, der die beiden Brüder in seinen Bann gezogen haben mußte, denn auch wenn Gopal *babu* immer schon verrückt gewesen war, so besaß Bijoy *babu* doch zuviel Verstand, um an solche Dinge zu glauben. Und doch, und doch – die Augen der Erzähler nahmen an dieser Stelle gewöhnlich einen entrückten Ausdruck an – was, wenn es eine solche Höhle wirklich gab, was, wenn die Brüder tatsächlich mit diesen Rubinen zurückkommen würden – und jeder konnte sehen, daß sie sich wünschten, auch mitgehen zu können.«

Ich glaube, daß ich verstehe, wie sich mein Vater fühlte und auch mein Onkel. Und sogar meine Mutter mit ihren plötzlich strahlenden Augen (obwohl ich immer das Gefühl habe, sie am wenigsten zu kennen, weniger sogar, als die beiden Männer, denen ich nie begegnet bin). Für sie alle war es auf jeweils unterschiedliche Art eine letzte Chance.

Die Rubinenhöhle würde meinem Vater die Gelegenheit geben, jedwede Schuld gegenüber seiner Frau und seinem Bruder abzutragen – ja, er mußte überrascht feststellen, daß auch er Bijoy als Bruder empfand und nicht nur als den reichen Cousin, dem er verpflichtet war. Ach, wann hatte sich diese Veränderung, die er niemals beabsichtigt hatte, nur vollzogen? Wann hatte er begonnen, sie beide zu lieben, sich zu wünschen, daß sie ihn mit bewundernden Blicken betrachteten?

Für meinen Onkel wiederum, den einzigen Sohn der Chatterjees, der seit seiner Geburt im Käfig der Schicklichkeit gefangen saß, stellte dies die einmalige Chance auf ein Abenteuer dar. Auf ein Leben, das ihm bisher so unerreichbar und unmöglich und so heilig – ja, das war das richtige Wort – wie das eines Märchenprinzen erschienen war, der sich auf einer magischen Suche befand. Wie konnte er sich dies entgehen lassen? Seine Hand war ruhig, als er die Dokumente unterzeichnete, mit denen er die Ländereien der Familie – selbst das Landhaus – verpfändete, um das nötige Geld aufzubringen. Als Gouri Ma protestierte und ihn daran erinnerte, daß dieses Haus sich schon seit mehr Generationen im Besitz der Chatterjees befinde, als sie zurückdenken könne, hielt er ihre Hände ganz fest und versicherte ihr, daß er es zurückbekommen würde, bevor das Jahr vergangen sei. Der Hunger in seinen Augen hielt sie davon ab, mehr zu sagen. Sie wußte, was er sich in Gedanken ausmalte: wie er in einigen Jahren im purpurnen Dämmerlicht Kalkuttas dasitzen und all dies seinen Söhnen – die auch die ihren wären – erzählen würde. Dieser erstaunte Blick auf ihren jungen Gesichtern, diese Bewunderung, wie er sie sich niemals zu erhoffen gewagt hatte.

Und Mutter? Vielleicht sehnte sie sich danach, daß mein Vater einmal bei *irgend etwas* Erfolg haben würde, damit sie ihn wieder so sehen konnte, wie sie es, für kurze Zeit, an jenem ersten Abend am glitzernden Fluß getan hatte. Vielleicht sehnte sich ein Teil von ihr danach, ihn zu lieben – denn gewiß sehnen sich alle Frauen danach, ihre Männer zu lieben –, selbst wenn ein anderer Teil ihn als ihrer Liebe unwürdig verdammte. Vielleicht wünschte sie sich einen Held als Vater ihres ungeborenen Sohnes. Vielleicht würde dieser – so lange ersehnte – Sieg über das Schicksal, das sie zu solcher Abhängigkeit verdammt hatte, die Dinge endlich richtig rücken. Diese Entscheidung zurechtrücken, die sie an einem frühen Morgen getroffen und die sie veranlaßt hatte, sich aus ihrem Bett zu schleichen und den Schutz des elterlichen Hauses gegen den Himmel einzutauschen, der gähnend und düster über einem knarrenden Flußboot hing.

Aber möglicherweise irre ich mich. Vielleicht dachte sie nur an die Rubine. Rubine, die aufgezogen auf Ketten um ihren Hals hingen, die ihre Ohren schmückten, an rubinbesetzte Armreifen und an Rubine, die ihre schlanken Fesseln umfingen wie das Lachen des Feuers und die all die Nachbarsfrauen zu einem neidischen Gemurmel veranlaßten, wenn sie vorüberschritt.

»Eine Woche später reisten sie in ihrer Abenteuerkleidung ab«, sagt Pishi. »Khakihosen, kräftige Lederstiefel, die keiner von ihnen jemals zuvor in seinem Leben getragen hatte, runde Safari-Hüte, die Gopal wohl einmal in einem Kinofilm gesehen haben mußte. Sie nahmen statt des Wagens ein Taxi zur Howrah Station, denn ihr mysteriöser Partner bestand darauf, daß niemand ihn sehen dürfe. Nicht ein einziges Gerücht dürfe entstehen, dies sei eine Frage der Ehre. Er teilte ihnen mit, daß seine eigene Familie auch nichts von Gopal und Bijoy wisse.

Nach der Zugfahrt mußten sie ein Boot nehmen, das sie den Fluß entlang in die Sümpfe bringen würde. Und danach stand ihnen eine Wanderung ins Herz des Dschungels bevor. Der Partner hatte alles besorgt: eine entsprechende Ausrüstung, Zelte, *adibasi*-Coolies, die für sie kochen und die Lasten tragen sollten. Was danach folgte, wußten sie nicht, außer, daß sie sicher waren, in zwei Wochen wieder zurück zu sein, lange, bevor die Babys kamen. Der Rubin, der in der Tat echt war, wurde sicher im Tresorraum der Bank eingeschlossen.

Wir warteten und warteten wochenlang gereizt auf Neuigkeiten. Dann traf eines Morgens ein Telegramm ein. Darin hieß es, daß die Polizei von Sundarban zwei Leichen und die verkohlten Überreste einer Barkasse im Sumpf gefunden hatte. Nein, nur zwei Leichen erklärte man uns, als wir die Polizei anriefen, obgleich es natürlich noch weitere gegeben haben mochte, die den Krokodilen zum Opfer gefallen waren. Man sei schließlich nur eine kleine Polizeitruppe dort draußen in den toten Gewässern und für ein großes Gebiet verantwortlich. Nein, es habe sich nicht um einen Überfall gehandelt, einer der Männer trage immer noch seine goldene Uhr und die Manschettenknöpfe. In den Taschen des anderen befanden sich zwei mit Plastik umwickelte Geldbeutel. Möglicherweise hatte Bijoy sie Gopal zum Verwahren gegeben – so ein Verhalten sah ihm ähnlich. In den Beuteln waren einige Rupien und Papiere mit unserer Adresse darauf. Daher sei die Polizei in der Lage gewesen, uns aufzuspüren.

Viele Wochen lang wachte ich mitten in der Nacht auf, und meine Brust schmerzte vor Kummer. Kummer, der so tief war, daß ich ihn körperlich spürte – als zerstampfe jemand mein Herz mit einem Kornstößel. Aber selbst in meiner Trauer war mir klar, daß mein Verlust klein war im Vergleich zu dem der beiden Ehefrauen. Ach, ich vermochte ihnen nicht ins Gesicht zu schauen, als sie ihren Schmuck abnahmen, Witwenweiß anlegten und sich das Ehe-*sindur* von der Stirn wischten, wie ich es einst getan hatte. Ganz besonders deine Tante Gouri. Ich kannte sie, seit sie als eine Braut von siebzehn Jahren in dieses Haus gekommen war. Ich hatte sie in ihren ersten Tagen des Heimwehs in den Armen gehalten und sie getröstet, als sie nach ihren Eltern weinte, genau so, wie sie mich einige Jahre später, nach dem Tod meines Mannes, halten und trösten sollte. Ich mußte immer wieder an jenen Morgen denken, an dem diese unglückselige Reise begann. Als sie Bijoy noch einmal darum bat, nicht zu gehen. Und dann, als er ihr mitteilte, daß er gehen müsse, hatte sie gefragt: ›Und was ist, wenn du nicht wiederkehrst?‹ Er lachte und berührte ihre Wange und sagte: ›Sei nicht albern. Ich werde schneller zurück sein, als du glaubst.‹ Aber Gouri lächelte nicht. Statt dessen beharrte sie: ›Aber was ist, wenn es nicht so sein sollte?‹ Und Bijoy erwiderte plötzlich voller Ernst: ›Dann erwarte ich von dir, mein Kind so aufzuziehen, wie es einem Nachfahren der Chatterjees geziemt. Wirst du mir das versprechen?‹ Und Gouri sah ihn mit einer Traurigkeit in den Augen an, als wüßte sie bereits, was kommen würde und antwortete: ›Ich verspreche es.‹

Sie hat diese Worte niemals vergessen. In den Tagen nach dem Begräbnis erlaubte sie sich nicht, zusammenzubrechen, wie es deine Mutter getan hat. Wenn ich versuchte, sie zum Weinen zu bringen, den Kummer aus ihrem Herzen herauszulocken, dann erwiderte sie nur: ›Diesen Luxus kann ich mir nicht gestatten. Ich habe ein Versprechen gegeben, und ich muß all meine Energie dazu einsetzen, es zu halten.‹ Das war die Zeit, als sie begann, jeden Tag in den Buchladen zu gehen – die verpfändeten Ländereien waren bereits verloren –, und als die Leute, selbst ihre eigenen Verwandten, dies als Skandal bezeichneten und sagten, daß keine Frau der Chatterjees jemals so etwas getan habe: Da blickte sie sie mit harten Augen an und teilte ihnen mit, daß sie alles Nötige zu tun gedenke, um die Zukunft ihrer Tochter sicherzustellen.«

Wir sitzen schweigend da, grübeln über das Rätsel der beiden Todesfälle nach und spüren aufs neue, wie weit und tragisch sie in unsere Leben hineinragen. Schließlich erhebt sich Pishi seufzend. Der *kirtan* wird bald beginnen, und sie muß sich auf den Weg machen. Die Vergangenheit bleibt vergangen, und Bedauern, so hat es der Priester letzte Woche im Tempel in seiner *katha* formuliert, läßt auf einen Mangel an Mitleid schließen, einen Widerstand gegen den Willen Gottes.

»Warte«, rufe ich, als sie schon am Rande der Treppe angekommen ist. »Du hast mir das Geheimnis ja noch gar nicht erzählt!«

»Es lag in der Geschichte verborgen«, erwidert Pishi. »Zumindest eines. Wenn du es nicht gehört hast, dann ist es vielleicht besser so.« Und sie beginnt mit langsamen, unsicheren Schritten die Treppe hinabzusteigen, wobei sie sich voller Schmerzen auf das Geländer stützt, denn in der letzten Zeit macht ihr die Arthritis wieder sehr zu schaffen. Doch ausnahmsweise schere ich mich nicht um ihre Schmerzen.

»Das ist nicht fair«, rufe ich. »Du hast mich reingelegt!« Wut bohrt in meinem Inneren wie eine gebrochene Speerspitze. Ach, wie hilflos wir Kinder doch sind, wie abhängig von den Launen der Erwachsenen! Ich bin erschüttert über diese ganze Ungerechtigkeit, über mein Leben. Und so schleudere ich meiner Tante die schmerzlichsten Worte hinterher, die mir einfallen. »Du hast dein Versprechen gebrochen! Ich hasse dich. Ich werde dir nie wieder vertrauen.«

Die Schritte verharren.

»Nun gut, meine arme Sudha, die du so eifrig darauf bedacht bist, deine Unschuld zu verlieren«, sagt Pishi von der Stelle aus, wo die Treppe einen Bogen beschreibt, »ich werde dir erzählen, was du hören willst. Nicht etwa wegen deiner kindischen Drohungen, sondern weil ich an das Versprechen gebunden bin, das ich gegeben habe.« Und während sie so im düsteren Licht dasitzt, das Gesicht von mir abgewandt und ihre Stimme unheimlich die Treppe heraufhallt, erzählt sie mir den Rest der Geschichte.

»Es war in der Nacht, bevor Bijoy und Gopal sich auf den Weg zur Rubinhöhle machten. Ich überprüfte die Türen des Hauses, um sicherzugehen, daß alle abgeschlossen waren, als ich das Licht in Bijoys Arbeitszimmer bemerkte. Ich sah nach – und dort war er und hielt einen Brief in der Hand. Als er mich entdeckte, wollte er ihn erst weglegen, seufzte dann aber und reichte ihn mir. Er war von einem Mann, den ich nicht kannte, einem gewissen Narayan Bose. Aus dem Briefkopf konnte ich ersehen, daß er Anwalt war. Der Poststempel stammte aus Khulna, in Bangladesch.

Khulna, das weißt du sicher noch, war die Stadt, in die unser Onkel, Gopals Vater, nach jenem fürchterlichen Streit mit unserem Großvater gegangen war. Gopal war dort aufgewachsen – er sprach oft voller Sehnsucht von dem wunderschönen

Haus seines Vaters, das während der Krawalle infolge der Teilung von den Aufrührern samt dem restlichen Besitz beschlagnahmt worden war.

›Ich hatte Narayan Bose geschrieben, um zu erfragen, ob wir das Haus meines Onkels in Khulna zurückkaufen können‹, sagte Bijoy, und während er sprach, stellte ich fest, wie betroffen er aussah. ›Ich dachte, das würde Gopal freuen.‹

Narayan Bose hatte ihm in seinem Brief jedoch mitgeteilt, daß es nicht möglich sei, das fragliche Haus zu erwerben. Die Tochter des ursprünglichen Eigentümers – und hier nannte er den Namen unseres Onkels – wohne derzeit mit ihrem Mann und ihren Kindern darin. Sie hatte den Besitz nach dem Tod ihres Vaters vor zehn Jahren geerbt, da es keine männlichen Erben gegeben hatte.«

»Was meinst du damit, keine männlichen Erben?« unterbreche ich Pishi von der Terrasse aus. »Aber mein Vater …«

»Keine männlichen Erben«, wiederholt Pishi und starrt versteinert an die Wand. »Und die Tochter, die das einzige Kind war, hatte nicht die Absicht, das Haus zu verkaufen. Das sei wahrscheinlich auch gut so, schrieb Narayan Bose. Während der Unruhen war in das Haus eingebrochen worden, und es befand sich in einem schlechten Zustand. Es gebe viele, weit bessere Häuser, die Bijoy zum gleichen Preis erwerben könne.

›Also ist er überhaupt nicht mit uns verwandt‹, sagte ich zu meinem Bruder. Meine Stimme und meine Hände zitterten vor Wut, als mir bewußt wurde, wie ich Gopal vertraut hatte – aber möglicherweise war sogar dieser Name eine Lüge, lediglich eine Erfindung für seine leichtgläubigen ›Cousins‹. Aber ich spürte nicht nur Wut. Auch Schmerz. Ich hatte deinen Vater immer geliebt, mochte die Art, wie er mich um eine Tasse Tee bat: Didi, *du machst den besten* cha, *den ich jemals gekostet habe*, oder auch, wie er mir auf dem Paush-Jahrmarkt den klebrig-süßen *nolen gur* kaufte, den ich so gern mag. Und ich liebte es, wenn – aber was nutzt es, darüber nachzudenken, wenn doch alles nur eine Lüge war.

›Dieser Schwindler, dieser Betrüger!‹ schrie ich. ›Er sollte morgen als erstes aus dem Haus gepeitscht werden. Ich selbst werde es dem Torwächter ausrichten. Nein. Wir übergeben ihn besser der Polizei. Er hat es verdient, im Gefängnis zu verfaulen.‹

Ich hätte noch mehr gesagt, aber der Ausdruck auf Bijoys Gesicht ließ mich verstummen. Ich hatte nicht gewußt, daß das Gesicht eines Mannes ein solches Herzeleid widerspiegeln kann. Und mir wurde bewußt, daß, egal wie sehr ich deinen Vater auch geliebt haben mochte, Bijoy ihn noch viel mehr geliebt hatte.

Wir standen lange Zeit schweigend da. Als die Uhr Mitternacht schlug, zuckten wir zusammen, als seien wir die Schuldigen.

›Was wirst du nun tun?‹ fragte ich ihn, und Bijoy preßte die Finger gegen seine Schläfen und sagte: ›Ich weiß es nicht, ich weiß es nicht, ich kann nicht denken.‹

›Du darfst morgen nicht mit ihm gehen‹, sagte ich. ›Man kann ihm nicht trauen.‹

Doch Bijoy ballte seine Hände zu Fäusten und erwiderte: ›Ich muß die Rubinenhöhle finden – für mich selbst viel mehr als für sonst irgend jemanden.‹ Und dann fügte er hinzu: ›Vielleicht werde ich mit ihm reden, wenn wir allein auf dem Fluß sind.‹

›Das wäre nicht klug‹, entgegnete ich. ›Möglicherweise verzweifelt er dann und weiß nicht mehr, was er tut. Und du kannst nicht einmal schwimmen.‹ Doch während ich dies sagte, kam es mir auch schon sehr melodramatisch vor.

Bijoy mußte es wohl ebenso ergangen sein, denn er schüttelte mit einem kleinen Lächeln den Kopf. ›Oh, *Didi*!« sagte er. »Wir sind doch hier nicht im Kino! Was denkst du nur? Daß Gopal mich über Bord werfen wird, um zuzusehen, wie ich ertrinke?‹

Er hatte recht. Gopal mochte ein Lügner sein, ein Mitgiftjäger, aber er war kein Mörder. Außerdem war Bijoy das Familienoberhaupt. Ich mußte darauf vertrauen, daß er diese Situation richtig zu handhaben wußte.

Wir verloren kein Wort mehr über die Angelegenheit.

Bijoy erwies mir *pranam*, bevor er ging, und bat mich, eine

Lampe vor den Göttern im *puja*-Zimmer erleuchtet zu halten. Ich umarmte ihn und flüsterte Gebete in sein Haar, und für einen Moment tauchte eine vergessene Erinnerung an die Oberfläche, woher sie kam, weiß ich nicht. Ich sah mich, wie ich Bijoy immer in meinen Armen gewiegt hatte, bevor ich in das Haus meines Ehemannes zog – er war damals erst wenige Jahre alt –, sah, wie sein kleiner Körper in den Schlaf sank, roch den Duft seines Haares, der an geschmolzenen Zucker erinnerte.

Ich sorgte also jeden Tag dafür, daß die Lampe weiterbrannte, betete jeden Morgen und jeden Abend zu Ganesh, der Hindernisse aus dem Weg räumt, und zu Kali, die gegen das Böse schützt. Aber ich vermochte die Ankunft des todbringenden Telegramms nicht zu verhindern.«

Wieviel Zeit ist wohl vergangen, bevor ich bemerke, daß Pishi fort ist und ich allein auf der Terrasse sitze? Nur vage erinnere ich mich daran, daß sie nach Beendigung der Geschichte noch einmal mit Tränen in den Augen die Treppe heraufgekommen ist. Daß sie versucht hat, mich zu trösten, und wie ich meinen Körper hart und steif machte und sie von mir wegschob.

*Verstehst du nun, warum ich es dir nicht erzählen wollte, Sudha?*

*Geh weg, laß mich allein.*

Wie lange habe ich wohl geweint, und wann sind die Tränen versiegt? Nun ergießt sich in großen, bitteren Ausbrüchen Lachen aus meinem Mund, weil die Vergangenheit nicht verläßlich und solide ist, nicht wie die Wurzeln eines großen *banyan*, wie Pishi es mich immer glauben machen wollte. Die Vergangenheit ist ein Riesenrad, wie das auf dem Maidan-Jahrmarkt. Ein machtiges Riesenrad, das von meinem Vater immer schneller und schneller gedreht worden war, bis es schließlich außer Kontrolle geriet. Bis es aus der Erde gerissen und in die Leere des heißen, gelben Himmels geschleudert wurde.

Mein Vater, der gutaussehende Schurke, der Maskierte mit dem gefährlichen, diamant-funkelnden Lächeln, der auf einem Unglück bringenden Wind dahergetragen wurde. Der die Leben in diesem Haushalt in seine Hände nahm und sie mit seinen gedankenlosen Wünschen zerbrach, wie verwittertes Trokkenholz.

Und meine Mutter, die, das wird mir nun bewußt, mein anderes Geheimnis ist.

Meine schöne Mutter, die immer diesen hochmütigen Ausdruck auf dem Gesicht trägt. Meine Mutter, die durch ein Zurückwerfen ihres Kopfes, ein Biegen ihres eleganten Halses zu verstehen geben kann, um wie vieles besser die Situation im Haushalt ihrer Eltern gewesen ist. Meine Mutter, die in Wahrheit die Tochter von Bauern ist, die dreckige Kleider in einem lehmigen Fluß gewaschen hat, die dachte, sie könne ihre Herkunft mit einer gewandten Zunge auslöschen.

Die Scham über ihre Lügen überzieht meinen Kopf mit einem kräftigen Karmesinrot. Scham und noch mehr Scham, denn andere hatten ihrer Maskerade zugesehen – anfangs mit Mißtrauen und später mit gesichertem Wissen. Pishi, und wenn es Pishi wußte, dann gewiß auch Gouri Ma. Sie hatten meine Eltern beobachtet und auch mich, hatten längst erkannt, was wir waren, lange bevor ich es tat.

Da ist ein Stechen in meinem Bauch, immer und immer wieder, so daß ich mich krümme vor Schmerz. Ein Krampf verrenkt meinen ganzen Körper. Vielleicht kann man wirklich vor Scham sterben, wie es in den alten Geschichten immer heißt.

Dann spüre ich das heiße Tröpfeln zwischen meinen Oberschenkeln und weiß Bescheid. Wird das Blut die gleiche Farbe haben wie die Rubine, auf die meine Eltern so sehnsüchtig hofften und mit dieser Sehnsucht die Katastrophe über die Familie Chatterjee hereinbrechen ließen?

*Ach, meine süße Anju mit deinen Augen, in denen sich eine Welt voller Liebe spiegelt, was würdest du nur sagen, wenn du es wüßtest?*

Dieser Gedanke ist eine Welle, in der ich ertrinken könnte. Ich halte meinen Atem dagegen, während ich auf die dunkel werdenden Mangostreifen zugehe. Die Sonne ist herabgerutscht, bis sie von den stacheligen Wedeln der Kokospalmen aufgespießt wurde. Ich hätte die Mangos schon längst einmal umdrehen müssen, wie ich es Pishi versprochen hatte. Ich beuge mich darüber und beginne mit meiner Aufgabe, während ich spüre, wie meine Unterwäsche das Blut aufsaugt. Dabei ist mir vollkommen bewußt, was das Resultat meiner Handlung sein wird. Aber ich schere mich nicht darum. Ich will, daß meine Berührung alles verfaulen läßt, daß alles in dieser unehrlichen Welt mit schwarzem Pilz überzogen wird.

Ich versuche, mich auf die vom Salz grobkörnig gewordenen Streifen vor mir zu konzentrieren, aber ein letzter Gedanke bricht über mich herein, nimmt mir den Atem. Er bringt mich dazu, vor und zurück zu schaukeln vor Schmerz oder Angst, ich weiß nicht genau was von beidem. Und der Gedanke formt sich zu einem Wehklagen, das spiralförmig wie ein Tornado durch die alte Villa der Chatterjees schneidet, jeden einzelnen Stein erschüttert: Mich, Sudha, verbindet nichts mit Anju. Bin nicht Zwilling, nicht Schwester, nicht Cousine. Bin nichts weiter als die Tochter des Mannes, der ihren Vater mit seinen albernen Träumen in den Tod geführt hat.

Als ich wieder zu mir komme – ist in der Zwischenzeit ein Zeitalter vergangen? –, verdunkelt sich die Terrasse wie verglühende Kohlen um mich her, und ich vernehme Anjus Stimme, die mich ungeduldig von unten ruft, mich zum Schein ausschimpft, und als ich meine eigene Stimme erwidernd erhebe, auf die gleiche scherzhafte Weise antworte, da weiß ich eins: Etwas zwischen uns hat sich verändert, eine Unschuld ist verblaßt wie frühestes Morgenlicht. Die Luft, die wir atmen, riecht nun nach Salz und Seetang, als würde, wie die Fischer auf dem Ganges sagen, ein Sturm vom Ozean heraufziehen.

# 4

## *Anju*

Heute ist ein ganz besonderer Tag, unser dreizehnter Geburtstag. Als Sudha und ich von der Schule nach Hause kommen, gibt Mutter jeder von uns ein flaches Bündel Rupienscheine, und wir erhalten die Erlaubnis, uns davon zu kaufen, was immer wir wollen. Meine Schädeldecke kribbelt vor Aufregung, denn wir haben noch niemals zuvor Geld erhalten.

Tante N runzelt die Stirn. »Ich finde, du solltest den Kindern nicht einfach so Geld in die Hand geben, *Didi*«, wendet sie ein. »Wer weiß, was sie damit anstellen.«

»Nalini«, erwidert meine Mutter lächelnd, »du vergißt, daß sie nun keine Kinder mehr sind, sondern Frauen. Es ist an der Zeit, daß wir ihnen vertrauen.«

Tante murmelt finster vor sich hin, was passiert, wenn eine Mutter es zuläßt, daß ihr die Töchter auf dem Kopf herumtanzen.

Ich wünschte, Mutter würde eine scharfe, treffende Entgegnung machen, doch erneut lächelt sie nur.

»Mach dir nicht zu viele Sorgen«, sagt sie. »Es sind gute Mädchen. Sie wissen, was ihnen erlaubt ist.«

»Ich hoffe nur, daß du recht hast«, entgegnet Tante N, aber aus dem Blick, den sie mir zuwirft, schließe ich, daß sie überhaupt keine Hoffnung hat.

Sudha und ich sind gerade dabei, unsere Hausaufgaben fertig zu machen, als Ramur Ma zu uns kommt, um auszurichten, daß Mutter mich in ihrem Schlafzimmer sprechen möchte. Allein. Nein, sie wisse nicht weshalb.

Ich bin darüber so erfreut, daß ich die ganzen Treppenstufen hinaufrenne. Mutter ist für gewöhnlich so damit beschäftigt, den Haushalt und den Buchladen zu führen, daß ich sie kaum einmal für mich habe. Ich liebe diese seltenen Momente, wenn ich in ihrem Zimmer neben ihr auf dem breiten Sessel sitzen darf und sie mich fragt, was ich in der Schule gelernt habe. In solchen Augenblicken ist sie mal nicht so streng, so besorgt, und wenn sie mein Gesicht mit ihren Händen umfaßt und mir sagt, wie stolz sie auf meine Erfolge ist, dann spüre ich, wie mein Körper vor Freude ganz weich wird und alles Rebellische hinausschmilzt. Vielleicht wird sie heute noch einmal das alte, lederne Photoalbum aus ihrem *almirah* nehmen und mir meine verschiedenen Vorfahren zeigen. Im Grunde mache ich mir gar nichts aus diesen verblichenen Gesichtern mit ihren Kneifern, ihren Spazierstöcken mit den silbernen Spitzen und ihren gekräuselten *dhotis*. Aber ich gebe vor, ein brennendes Interesse zu haben, damit ich mich gegen ihren Arm lehnen und den Sandelholzduft einatmen kann, der wie der Geruch von Güte von ihrer Haut aufsteigt.

Aber als ich in ihrem Zimmer angekommen bin, bittet Mutter mich, meine Augen zu schließen. Dann legt sie mir etwas Hartes und Samtiges in die Hand. Es ist ein altes Schmuckkästchen, und nachdem ich es geöffnet habe, stockt mir der Atem, denn ich erblicke darin ein Paar Ohrringe, die wie Vögel geformt sind und funkelnd auf der blauen Seide liegen. Sie sind wunderschön, diese Ohrringe, selbst ich vermag das zu erkennen. Gewöhnlich interessiere ich mich kein bißchen für Schmuck. Ich ziehe ein gutes Buch vor, das habe ich all meinen Verwandten mitgeteilt. Nicht etwa, daß sie auf mich hören würden. Doch diese Ohrringe – ich verliebe mich sofort in sie. Es ist eine Filigranarbeit, das Gold so fein wie ein Netz, und sie sind mit winzigen Diamanten besetzt. Ehe Mutter überhaupt etwas sagen kann, weiß ich, daß sie einen Teil meiner Aussteuer bilden sollen, wie sie einmal ein Teil der ihren gewesen sind. Von nun an, fügt sie hinzu, wird sie mir zu jedem Geburtstag ein passendes Schmuckstück schenken: Armreifen, Ring, Zierkamm, genau so, wie es ihre Mutter getan hat.

»Sie stehen dir sehr gut, mein Kind«, sagt sie, als ich sie anprobiere. »Aber ich will sie noch für eine Weile in den Tresor zurücklegen. Du bist zu jung, um sie zu tragen.«

»Warte, ich möchte sie zuerst Sudha zeigen«, erwidere ich. »Du weißt doch, wie sehr sie Schmuck mag. Ich wette, sie würde sie auch gern einmal anprobieren.« Ich sehe bereits ihr vergnügtes Gesicht vor mir, wenn sie mit ihren Fingern über die goldene Wölbung des Vogelhalses streicht. Sie wird jeden Ohrring mit einem konzentrierten Stirnrunzeln anlegen. Und dann setzt sie gewiß ein kleines, zufriedenes Lächeln auf, denn mit den Ohrringen wird sie noch hübscher aussehen.

Ich will dieses Lächeln unbedingt sehen. Denn in letzter Zeit stimmt irgend etwas nicht mit Sudha. Sie spricht kaum mit mir, und sie meidet auch die Mütter – ganz besonders Pishi, von der ich immer dachte, daß sie ihr Liebling wäre. Noch verwirrender will es mir vorkommen, daß Pishi sie bislang weder darauf angesprochen noch für ihre Verdrossenheit gescholten hat, wie sie es gewöhnlich tut. Sie hat Sudha nur mit einem Ausdruck betrachtet, den ich nicht entschlüsseln kann, und mir zusätzliche Arbeiten aufgetragen, beinahe so, als wolle sie mich von ihr fernhalten.

Wann immer Sudha glaubt, sie sei allein, blickt sie mit ihren großen, dunklen Augen in die Ferne, und Traurigkeit ergießt sich wie ein Fleck über ihr Gesicht. Ich habe sie wohl schon hundert Mal gefragt: Sudha, was ist mit dir, was ist los? Doch sie erwidert immer nur: Nichts. Dann schiebt sie irgendeine Entschuldigung vor und geht in ihr Zimmer, und wenn ich ihr folge, sagt sie, sie habe Kopfschmerzen und wolle sich hinlegen.

Ich möchte meine Sudha wiederhaben. Ich möchte sehen, wie sie ihren Kopf dreht, so daß die Diamanten in der Sonne funkeln, möchte sie sagen hören: Die muß ich unbedingt am ersten Tag des Durga Puja anziehen – leihst du sie mir dann? Ich möchte, daß sie mich beschwatzt, all das anzuprobieren, was sie von ihrer Mutter bekommen hat – ein Paar *chappals*, einen Sari –, daß sie die Schnallen poliert, den *anchal* über meine Schulter drapiert, die Knöpfe schließt und lacht, wenn ich mich beschwere, daß mir die Bluse nicht genau paßt. Das ist unser ganz besonderes Geburtstagsritual, es geht bis in die Zeit zurück, als ich ihr meine Puppen brachte, welche die Augen auf und zu machen konnten, und sie mir mein Haar mit Seidenbändern zurückband oder ein glänzendes *bindi* aus der Schachtel nahm, in der sie ihren wenigen Zierat aufbewahrte, um es mir sorgfältig mitten auf die Stirn zu kleben.

Es machte uns nie etwas aus, daß ich viel mehr Geschenke bekam als sie oder daß ihre weniger kostspielig waren. Wir betrachteten sie als gemeinsamen Besitz und hatten keine Hemmungen, im *almirah* der anderen nach dem zu kramen, was immer wir begehrten. Den Müttern schien das auch nichts auszumachen, auch wenn Tante N ab und zu einmal etwas in sich hineinbrummte, wenn sie einen Lehmfleck oder einen Riß in einem vom Sudhas Röcken entdeckte, den ich getragen hatte – ich würde es nie lernen, so vorsichtig zu sein wie meine Cousine.

Aber heute, als ich mich gleich auf den Weg zu Sudhas Zimmer machen möchte, sagt Mutter: »Anju, das solltest du besser nicht tun.«

»Was denn?« erkundige ich mich überrascht.

»Ihr deine Ohrringe zeigen.«

»Warum denn nicht?«

»Es würde sie vielleicht unglücklich machen.«

»Warum?« will ich wissen. »Warum sollte sie das unglücklich machen?« Ich spüre, daß die Wut wie ein Feuerfunke in meinem Schädel aufzuflackern beginnt, bevor Mutter auch nur ein weiteres Wort sagen kann.

Ich habe Mutter noch nie zuvor verlegen gesehen. »Weil ihre Mutter ihr nicht solch kostspielige Dinge geben kann«, sagt sie schließlich. »Und von nun an wird es immer schlimmer werden ... je älter du wirst, und sobald ich beginne, deinen Mitgiftsschmuck zusammenzustellen. Ich liebe Sudha, und ich werde versuchen, ihr jedes Jahr auch etwas zu kaufen, aber ich habe einfach nicht das Geld, um ihr ein solches Geschenk wie dieses hier zukommen zu lassen.« Sie blickt auf ihre Hände hinab, und ich frage mich, ob ihr gerade einfällt, wie sie mir gegenüber immer darauf beharrt hat, daß Menschen viel wichtiger seien als Besitztümer, oder behauptete, daß es zwischen Sudha und mir keinen Unterschied gebe, soweit es sie anging.

Während ich meine Mutter beobachte, sehe ich noch etwas, das ich in meiner Geschäftigkeit oder Gedankenlosigkeit bisher nicht bemerkt habe. Oder vielleicht liegt es auch daran, daß sie sehr gut darin ist, all das zu verbergen, was sie uns nicht sehen lassen will. Ihr Gesicht ist blaß, und ihre Haut, die für gewöhnlich einen warmen Braunton trägt, sieht fleckig aus, wie eine erfrorene Blume. Mir fällt ein, daß sie in der letzten Woche abends immer sehr lange aufgeblieben ist, weil es irgendein Problem bei der Arbeit gab. Was genau, weiß ich nicht, Mutter behält diese Dinge gern für sich. Als ich in ihr müdes Gesicht blicke, schäme ich mich all der Momente, in denen ich mich gefragt habe, warum sie mit ihrem Laden nicht erfolgreicher ist. Ich würde sie gern in die Arme schließen und ihr sagen, daß es in Ordnung ist, daß weder Sudha noch ich teure Dinge brauchen, daß sie sich deshalb nicht so abmühen muß. Die Zeiten haben sich geändert. Eine Mitgift wird für uns nicht nötig sein. Schließlich werden wir beide das College besuchen. Und wenn ich ein wenig älter bin, kann ich ihr im Laden helfen.

Aber Mutters nächste Worte verwandeln all mein Mitleid in Zorn.

»Von einem gewissen Punkt an«, sagt sie, »wird Sudha beginnen, sich mit dir zu vergleichen und Unzufriedenheit empfinden.«

»Wie kannst du nur so etwas sagen!« entgegne ich aufgebracht. »Du weißt doch, daß Sudha nicht so ist. Sie kennt keinen Funken Eifersucht –«

»Und das wird Tante Nalini noch unzufriedener machen –«

»Tante Nalini ist ständig unzufrieden. Und im übrigen werde ich nicht *ihr* die Ohrringe zeigen, sondern Sudha.« Und bevor Mutter noch etwas sagen kann, eile ich aus dem Zimmer.

Ich finde Sudha auf der Terrasse, was mich überrascht. Tante N mag es gar nicht, wenn sie tagsüber dort oben ist, denn sie mahnt, die viele Sonne würde sie dunkel machen, und für gewöhnlich ist Sudha gehorsam. Und seit sie die ganzen Mangos ruiniert hat, meidet sie die Terrasse eigentlich. Sie sträubt sich sogar dagegen, abends mit mir hier hochzukommen, wenn Ramur Ma die Ziegelsteine abgespritzt hat und die kühle Brise den Geruch von Jasmin mit sich bringt. Ich vermisse das. Das war immer unsere ganz private Zeit gewesen, in der wir uns ohne Furcht vor Lauschern unterhalten konnten.

Sudha lehnt gegen die Balustrade und starrt ins Nichts – jede Rundung ihres zusammengesunkenen Körpers signalisiert Niedergeschlagenheit. Als ich ihren Namen rufe, zuckt sie zusammen, und als ich ihr die Ohrringe zeige, schenkt sie mir die Andeutung eines Lächelns und sagt, daß sie hübsch seien.

»Möchtest du sie denn nicht anprobieren? Sie nicht einmal in der Hand halten?«

Sudha schüttelt den Kopf – eine Geste, die Gleichgültigkeit demonstrieren soll und doch nur Traurigkeit widerspiegelt.

»Was hast du denn noch zu deinem Geburtstag bekommen?« erkundige ich mich, aber insgeheim stelle ich mir die Frage, ob Tante N wohl etwas gesagt haben mag, was sie durcheinandergebracht hat. Tante hat eine Tamarinde-Chili-Zunge und scheut sich nicht, sie meiner Cousine gegenüber zu benutzen.

Sudha erzählt mir, daß Tante N ihr eine Bettdecke mit einem komplizierten vorgegebenen Muster geschenkt hat und dazu eine Schachtel mit seidenem Stickgarn.

»Sag nichts – sie soll ein Teil deiner Aussteuer werden, genau wie die Ohrringe hier einmal zu meiner gehören werden, stimmt's?«

Wenn ich solche Dinge sage, verdreht Sudha meist die Augen und bricht in verschwörerisches Kichern aus. Doch heute blickt sie mich nur an. Dann erwidert sie: »Anju, vergleiche uns doch nicht immer. Wir sind nun einmal nicht gleich.«

Ihre Stimme ist so bar jeder Emotion, daß sie mich zum Zittern bringt. »Warum sagst du so etwas?« frage ich. »Was ist denn los? Nein, sag lieber *nichts*.«

Sudha schweigt für so lange Zeit, daß ich mich zu fragen beginne, ob Mutter nicht doch recht hat. Möglicherweise haben sich wirklich Dinge, *Objekte*, zwischen uns gestellt.

»Sudha«, beginne ich, ergreife ihre Hand. »Wirst du mir einen Gefallen tun? Nimm sie, ja?« Ich lege die Ohrringe auf ihre Handfläche und schließe ihre Finger darüber. »Ich würde sie dir gern zum Geburtstag schenken.« Ich bin mir nicht sicher, was ich Mutter sagen werde, wie wütend sie sein wird. Darüber werde ich mir später Gedanken machen. Im Moment muß ich mich um Sudha kümmern. Denn ihre Augen erwecken den Eindruck, als sei sie am Ertrinken, als würde sie in der nächsten Minute so tief unter Wasser sein, daß ich sie nicht mehr erreichen kann.

Ich rechne damit, daß Sudha mich in die Arme schließt, wie sie das immer tut, wenn ich ihr etwas schenke, doch statt dessen sagt sie mit einer kalten, neuen Erwachsenenstimme: »Ich möchte deine Geschenke nicht. Und auch nicht dein Mitleid. Mutter und ich mögen nicht viel unser eigen nennen, aber zumindest besitzen wir Selbstachtung.«

Mir stockt der Atem. Die Worte sind wie ein harter Schlag, von dem die Haut eine Minute lang wie betäubt ist. Ein kupferner Geschmack kommt in meinem Mund, und eine kranke Wut, die in mir das Verlangen weckt, meine Cousine zu verletzen – wirklich zu verletzen –, macht meine Handflächen feucht. Ich höre, daß ich hervorstoße: »Wenn du so voller Selbstachtung bist, wie kommt es dann, daß du und deine Mutter in den letzten dreizehn Jahren unseren Reis gegessen und in einem Zimmer in unserem Haus gelebt habt? Wenn du so voller Selbstachtung bist, warum gehst du nicht und suchst dir mit deiner Mutter ein neues Heim?«

Aus der plötzlichen, schmerzlichen Röte, die Sudhas Gesicht überzieht, erkenne ich, daß diese spöttische Bemerkung sie getroffen hat.

Und dann schluchze ich auf, verabscheue mich. Seit wir alt genug sind, um solche Dinge zu verstehen, weiß ich, wie sehr sich Sudha dafür schämt, daß Tante N herumspaziert und so tut, als habe sie ein Anrecht auf alles in diesem Haus, wo wir doch alle wissen, daß ihr gar nichts gehört. Dieses Thema haben wir bisher immer sorgfältig vermieden.

Ich taste weinend nach ihren Händen.

»Sudha, es war nicht so gemeint, bestimmt nicht, ich schwöre es dir! Das hier ist genauso dein Haus wie das meine, das weißt du. Sudha, es tut mir leid, ich habe das nur gesagt, weil ich so wütend war, nur, weil ich dich so sehr liebe!«

Ich erwarte, daß sie von mir abrückt oder die Ohrringe über das Sims auf die geschäftige Straße hinunterwirft, wo sie unter den Reifen eines Lastwagens zerquetscht oder von Straßenkindern weggeholt würden. Das hätte *ich* getan. Aber Sudha erwidert nur in einer kühlen, eigenartig nachdenklichen Stimme, die mich trotz meiner Tränen erstaunt: »Anju, warum liebst du mich?«

»Was ist denn das für eine Frage?«

»Sag es mir, Anju.«

»Ich liebe dich, weil du meine Schwester bist, das weißt du.«

Sudha dreht die Ohrringe immer und immer wieder in ihrer Hand. Es ist leicht zu erkennen, daß sie sie nicht einmal wahrnimmt. »Nehmen wir einmal an, ich bin nicht die, von der ich immer glaubte, daß ich es sei, nehmen wir an ...« Sie beißt sich auf die Lippe. Dann erkundigt sie sich mit unsicherer Stimme: »Würdest du mich dann immer noch lieben?«

Ich werde schon wieder wütend. Dieses Mal, weil ich mich fürchte. Da liegt ein Unterton in ihrer Stimme, als wisse sie etwas, das ich nicht weiß. »So etwas anzunehmen ist doch dumm«, entgegne ich.

»Bitte«, drängt Sudha. Ihre Augen sind pechschwarz geworden, und ich erkenne, daß ihr die Beantwortung dieser Frage wirklich wichtig ist.

Ich versuche, mir eine Sudha vorzustellen, die anders ist, eine fremde Sudha, die vielleicht zufällig in mein Leben getreten ist und die es ähnlich willkürlich wieder verlassen wird. Ich bemühe mich, abzuschätzen, ob ich einen solchen Menschen lieben könnte. Aber mein ganzes Sein ist so eng mit meiner

Cousine verknüpft, daß ich es mir nicht einmal vorzustellen vermag.

»Anju ...« Sudhas Stimme zittert qualvoll. Was konnte nur Schreckliches geschehen sein, das den Glauben an unsere Beziehung auf so schreckliche Weise zu erschüttern vermochte? Die Angst sitzt nun wie ein großer Felsbrocken in meiner Brust, läßt keinen Raum zum Atmen, und obwohl ich für gewöhnlich entschlossen bin, eine Frage bis zum bitteren Ende zu verfolgen, möchte ich es dieses Mal ausnahmsweise gar nicht erfahren.

Aber ich weiß, was sie hören muß.

»Ich würde dich lieben«, sage ich, »egal, wer du bist. Ich würde dich lieben, weil du mich liebst. Ich würde dich lieben, weil niemand sonst uns so gut kennt, wie wir einander kennen.«

»Würdest du das wirklich?« erkundigt sich Sudha, und ihre Stimme löst sich vor Erleichterung.

»Das würde ich«, beharre ich. Gleichzeitig läuft ein seltsames Kribbeln – wie eine Vorahnung? – an meinem Rückgrat entlang. Selbst in meinen eigenen Ohren klingt meine Stimme unreif und unerfahren, zu jung, um das Versprechen zu stützen, das sie gerade macht.

Was für ein Nonsens! Ich werde schon genauso abergläubisch wie Sudha.

Ich nehme einen tiefen Atemzug. »Weil gleichgültig, was auch passieren mag, ich immer noch diejenige bin, die dich in die Welt herausgerufen hat«, sage ich mit fester Stimme.

Sudha lehnt ihren Kopf gegen meine Schulter und stößt einen so tiefen Seufzer aus, daß ich weiß, er trägt das ganze Gewicht ihres Herzens in sich. »Das bist du, Anju«, erwidert sie. Sie setzt an, noch etwas anderes zu sagen, überlegt es sich dann und küßt mich statt dessen auf die Wangen. Ihre Finger streichen über meine Handfläche, wie die Spitzen eines Vogelflügels, als sie mir die Ohrringe wieder in die Hand legt. »Bewahre sie für mich auf. Ich werde dich darum bitten, wann immer ich sie tragen möchte.«

Und ich weiß, daß sie das tun wird.

Wir gehen Hand in Hand die Stufen hinunter und überlegen, was wir mit dem Geld, das wir als Geschenk erhalten haben, anfangen sollen. Es ist nicht sehr viel, aber zum ersten Mal besitzen wir Geld, über das wir keine Rechenschaft ablegen müssen. Das gibt uns das Gefühl, reich und verwegen zu sein.

»Ich werde mir von meinem etwas zum Anziehen kaufen«, sagt Sudha verträumt. »*Salwaar kameezez*, so weich wie Babyhaut, in der Farbe des Morgengrauens. Saris von feinster, durchscheinender Seide, die man durch einen Ring ziehen kann. Tücher, so buntschimmernd wie die Kehle eines Pfaus. Ich werde Satin kaufen und ihn zu puffärmeligen Sariblusen nähen, mit winzigen, eingestickten Spiegeln darin, und weiße Spitzennachthemden, leicht wie feine Gaze, für die Sommernächte, und alles soll sich möglichst stark von den langweiligen, anständigen Kleidern unterscheiden, die wir immer tragen müssen ...«

Die Sehnsucht in ihrer Stimme verblüfft mich. Sudha kam mir immer so ruhig vor, so bereit, alles hinzunehmen. Ich hatte ja keine Ahnung, daß sie unsere Kleider – die zugegebenerweise nicht sehr aufregend sind – so sehr haßt! Was für andere Überraschungen mag meine Cousine noch für mich bereit halten?

»Du dürftest solche Sachen nicht einmal anprobieren«, entgegne ich traurig. »Du weißt doch, wie kompromißlos die Mütter sind, wenn es darum geht, wie eine Tochter der Chatterjees in der Öffentlichkeit auszusehen hat.«

Sudha lächelt. »Das ist mir egal. Ich werde sie in meinem Zimmer anziehen. Ich trage sie für dich. Aber was wirst du dir kaufen?«

»Bücher! Ich werde mir Bücher schicken lassen, die in diesem Land nur schwer zu bekommen sind. Bücher von Schriftstellerinnen, die die Nonnen voller Mißbilligung erwähnen. Kate Chopin. Sylvia Plath. Bücher, in denen Frauen alle möglichen verrückten, tapferen, wundervollen Dinge tun. Ich möchte die neuesten Romane lesen, um einen Geschmack von London und New York und Amsterdam zu bekommen. Bücher, die mich im Geiste in die Cafés und Nachtclubs von Paris versetzen, auf die Plantagen von Louisiana, in den amazonischen Regenwald und das australische Outback. All jene Orte« – und an dieser Stelle nimmt meine Stimme einen leicht bitteren Tonfall an – »die ich niemals werde besuchen können, weil die Mütter es mir nicht erlauben werden.«

Sudha schließt mich kurz in die Arme. »Oh, Anju, ich bin sicher, daß du ganz viele dieser Orte sehen wirst! Vielleicht kannst du nach deiner Heirat –«

»Aber gewiß! Warte nur ab, ich lande bestimmt bei irgendeinem schwerfälligen, alten Kerl, der keinen Schritt aus Kalkutta hinaussetzen will, einer, dessen Vorstellung von guter Unterhaltung darin besteht, auf einem Diwan zu liegen, *paan* zu kauen und sich *filmi*-Lieder anzuhören. Einer, der –«

»Na, wer steigert sich denn jetzt in irgendwelche Phantasien hinein?« unterbricht Sudha mich lachend. »Keine Sorge, ich werde mir für dich wünschen, daß du durch die ganze Welt reist. Aber, oh, ich werde dich so vermissen, wenn du gehst!«

»Ich glaube nicht an Wunschträume«, erwidere ich brummig. Aber insgeheim hoffe ich, daß meine Cousine recht hat.

Wir verbringen den Rest des Nachmittags in Sudhas Zimmer und unterziehen ihre neue Bettdecke einer genauen Betrachtung. Es ist ein anspruchsvolles Muster, das eine selbst so fleißige Stickerin wie meine Cousine viele Monate beschäftigen wird. In der Mitte ist eine große Sonnenblume zu erkennen, und der Rand besteht aus tanzenden Pfauen. Zwischen ihnen windet sich in einer altmodischen Schrift eine Redewendung, die zu entziffern wir eine ganze Weile benötigen. Dann brechen wir beide in Lachen aus, denn die Buchstaben setzen sich zusammen zu: *Pati Param Guru – der Ehemann ist der oberste Gebieter.*

»Wo um Himmels willen hat Tante N denn die nur aufgetrieben?« frage ich und ziehe eine Grimasse.

»Vielleicht hat sie sie extra in Auftrag gegeben«, erwidert Sudha und wischt sich die Augen.

»Sie muß dem Bettdeckenmacher gesagt haben, sie wolle etwas, das ihre ach so wilde und ungezogene Tochter anständige, weibliche Tugenden lehrt«, füge ich hinzu, »und der Bettdeckenmacher wird entgegnet haben: Madam, seien Sie versichert, wenn sie ihr hundertstes Param Guru zu Ende gestickt hat, wird sie die perfekte Ehefrau sein.«

Wir lachen erneut, mit zitternden, hohen Stimmen, so wie man lacht, wenn man zu nahe am Abgrund gestanden hat. Wir kommen zu dem Schluß, daß Sudha den Pfauen nur extralange Schwänze verpassen muß, um die Schrift zu überdecken, ohne daß jemand einen Unterschied merkt, und besiegeln unsere Verschwörung mit einem Kuß.

Aber in dieser Nacht, als ich in der heißen Dunkelheit in einem Gewirr feuchter Bettücher daliege, schmerzt mein Herz immer noch, als hätte es jemand entzweigerissen und die gezackten Enden mit einer jener dicken Nadeln, die die Straßen-*muchis* benutzen, um unsere Sandalen zu reparieren, nur flüchtig zusammengenäht. Ich muß immer noch darüber nachdenken, warum Sudha diese seltsame Bemerkung gemacht hat, nicht die zu sein, die sie bisher zu sein glaubte. Was hatte nur ihren Glauben an sich selbst, an uns beide, derart erschüttert? Und warum hat sie sich zum ersten Mal in unseren Leben dazu entschlossen, mir etwas so Wichtiges vorzuenthalten?

# 5

# *Sudha*

DER NEUE KINOFILM hatte Kalkutta im Sturm erobert. Überall hingen überdimensionale Reklametafeln, auf denen der Held und die Heldin zu sehen waren. Sie in ihrem wunderschönen Tanzrock und ihrem *dupatta*, die unschuldige Jungfrau inmitten eines korrupten Hofes. Oder weinend in den Fängen des bösen *nabab*, während ihr Prinz zu Pferde zu ihrer Rettung herbeieilt. In der Schule flüsterten sich die Mädchen zu, wie romantisch der Film sei – Liebende, die von ewigwährender Leidenschaft singen, während sie auf einem vom Mondlicht erleuchteten Fluß dahinsegeln. Und dann, als sie gerade heiraten wollen, prangert sie sein strenger, aristokratischer Vater öffentlich an, weil sie nur ein Tanzmädchen ist. Ihre hübschen Augen füllen sich mit Tränen, und sie beschließt, fortzugehen, um den guten Namen des geliebten Mannes nicht zu ruinieren. Jeder *paan*-Laden in der Stadt spielte die Lieder: *Chalo dildaar chalo, Komm mit mir, Herz meines Herzens, auf die andere Seite des Mondes.* Und *Saari raat chalte chalte, Die ganze Nacht gereist, und nun habe ich dich, o Wunder, gefunden*. Das Herz jeder jungen Frau schlug schneller, wenn sie den Klängen lauschte, und sie summte die Worte leise mit. Und das Herz jedes jungen Mannes muß wohl ebenfalls schneller geschlagen haben. Aber da war ich mir nicht sicher. Dank der Wachsamkeit der Mütter kannten Anju und ich keine jungen Männer.

Meine Cousine und ich, wir bewegten uns in einer Welt der Frauen – daheim und auch außerhalb des Hauses. Es war eine Welt aus gefiltertem, unterseeischem Licht, aus trägen Bewegungen, Augen, die hinter einem Fries hervorschauten. Aus kleinen, gedämpften Geräuschen: dem Klimpern von Armreifen, Frauenlachen. In unserem Haus kamen die wenigen männlichen Dienstboten nicht über das Erdgeschoß hinaus. Und Singhji betrat niemals das Haus – obwohl ihm seine Verunstaltung scheinbar einen Platz in einer separaten, androgynen Zone zuwies.

In der Klosterschule für Mädchen, die wir besuchten, ließ der *darwan*, der das Tor bewachte, keine Männer hinein, wirbelte diensteifrig seinen mit einer Metallspitze versehenen *lathi* herum und wies selbst die Väter an, auf der Straße zu warten. Bei den wenigen gesellschaftlichen Anlässen wie Hochzeiten oder *pujas*, an denen wir teilnahmen, saßen wir bei den weiblichen Verwandten, umringt von Klatsch und Liedern und alten Geschichten. Vielleicht lag es daran, daß wir keine Väter hatten und uns deshalb diese andere Welt – voller Schweiß und Sonnenlicht und Männergeruch, einer lauten, tiefen Stimme, die einem vorbeieilenden Dienstboten einen Befehl zuruft – so fern und rätselhaft erschien wie das abgeschwächte Gebrüll eines Ozeans, den man durch ein Teleskop betrachtet.

Unser Dasein hatte seine Beschränkungen, ja. Aber ich empfand es auch als seltsam tröstlich.

Ich wußte wohl, daß die meisten sechzehnjährigen Mädchen in Kalkutta nicht so lebten wie wir. Ich sah sie auf dem Weg zur Schule, sah, wie sie sich in überfüllte Busse drängten, lauthals mit den Gemüsehändlern am Straßenrand feilschten, wenn sie für ihre Mütter einkauften, unverfroren *lau* und *karala* befingerten, in die *sheem*-Bohnen kniffen, um ihre Frische zu überprüfen. Gruppen von Teenagern, lebhaft wie Schmetterlinge, riefen den Qwality-Mann zu sich, um Orangeneis zu kaufen, kicherten und wischten sich über ihre leuchtenden Münder, wenn sie aufgegessen hatten. Frauen, jung und alt, winkten Taxen heran und stiegen ein, um sich auf den Weg zum New Market oder zu Dalhausie zu machen. Einige manövrierten ihre Motorroller auf dem Weg zur Arbeit durch Straßen voller Busse und Fußgänger und umherstreunender Kühe und hupten gebieterisch. Und ab und an erblickte ich in den düsteren Gassen, wo die Blumenhändler ihre Läden hatten, ein Mädchen, das mit einem jungen Mann Händchen hielt und den schüchternen Blick senkte, wenn er ihr einen Blumenkranz ins Haar steckte.

Und ihre Kleidung. *Salwaar kameezes* durchwebt von metallisch glänzendem Garn, gazeähnliche *dupattas*, die kunstvoll über Schultern hinabglitten. Die Verwestlichten in Jeans oder schmalgeschnittenen Röcken, die ihre rundlichen Hüften, ihre schmalen Fußgelenke zeigten. Und wenn sie doch Saris trugen, dann waren sie den neuesten *filmi*-Entwürfen nachempfunden und nicht wie die traditionell gesäumten, handgewebten Saris, die unsere Mütter uns kauften. Ihre Sommerblusen, großzügig ärmellos und hinten im Rücken tief ausgeschnitten, zogen die Pfiffe der Straßenromeos auf sich, die endlos an den Häuserecken lehnten, und ließen mich erröten.

Wie kühn und faszinierend diese Frauen waren! Wie wenig sie sich um die zerbrechliche Glasblume scherten, die da Reputation hieß und das Herzstück von Anjus und meinem Leben bildete. Sie verkörperten all das, was wir, als die Töchter der Chatterjees, uns ersehnten, und von dem wir wußten, daß wir es nie erreichen konnten. Wären unsere Väter noch am Leben, so hätten sich die Mütter uns gegenüber vielleicht nachsichtiger verhalten. Aber Gouri Mas Versprechen, das sie ihrem toten Ehemann gegeben hatte, schien unseren gesamten Haushalt eingefroren zu haben, wie der Zauberbann in Pishis Märchen, der ganze Paläste mit einem zeitlosen Schlaf einhüllte.

Ich akzeptierte dies, aber Anju hörte nie auf zu kämpfen. »Warum muß Ramur Ma jedes Mal mit uns gehen, wenn wir das Haus verlassen, selbst dann, wenn wir nur Bücher aus der Bibliothek in der Nachbarschaft holen?« schimpfte sie zum Beispiel. »Warum können wir nicht zu Sushmitas Geburtstagsparty gehen, wo doch alle anderen Mädchen in der Klasse hingehen? Warum müssen wir Singhji ein Geschenk hinbringen lassen? Kein Wunder, daß jeder uns für hochnäsig hält!« Und: »Ich bin diese Alte-Frauen-Saris leid, die wir tragen müssen. Man könnte ja meinen, wir lebten im Mittelalter statt in den Achtzigern! Ich wette, es gibt kein einziges Mädchen meines Alters in ganz Kalkutta – außer der armen Sudha natürlich –, das gezwungen wird, sich so anzuziehen. Warum darf ich keine Hosen tragen oder einen Maxi oder wenigstens ab und zu *kurtas*?«

»*Warum, warum, warum*«, entgegnete meine Mutter daraufhin für gewöhnlich. »Uff, mein Kopf schmerzt bei so vielen Fragen! Warum kannst du nicht ruhig sein und es den Älteren, die mehr von der Welt kennen als du, überlassen, die wichtigen Entscheidungen zu treffen?«

»Wir würden genausoviel von der Welt kennen wie du«, erwiderte Anju, »wenn du uns nicht die ganze Zeit im Haus einsperren würdest wie – wie ein paar kostbare Kühe!«

»Hast du das gehört, *Didi*?« rief Mutter und wandte sich Gouri Ma zu. Ihre Stimme war so laut vor Wut, daß sie in meinen Ohren schmerzte und sich meine Bauchmuskeln zusammenzogen. »Hast du gehört, wie deine Tochter mir Widerworte gibt? In all den Jahren in meinem Elternhaus habe ich niemals gehört, daß ein Kind so flegelhaft redet. Willst du ihr ein solches Verhalten etwa durchgehen lassen? Kein Wunder, daß meine Sudha in letzter Zeit so dickköpfig geworden ist. Jetzt sehe ich ja, woher sie das hat.«

Und dann sprachen plötzlich alle durcheinander. Anju rief: »Laß Sudha da raus, sie sagt nie etwas, du kritisierst sie immer ohne jeden Grund!« Und meine Mutter: »Siehst du, *Didi*? Siehst du, was ich meine?« Und Pishi, beruhigend: »Kümmer dich nicht um das, was das Mädchen sagt, Nalini, du weißt doch, wie sie ist, geboren im Zeichen des Stiers, denkt nie darüber nach, was sie sagen soll und was nicht, bevor ihr die Worte aus dem Mund purzeln.« Bis schließlich Gouri Ma von ihren Geschäftsbüchern aufblickte, die sie jeden Abend mit nach Hause brachte. Sorgen waren wie Lampenruß in die Falten ihres Gesichts geschmiert.

»Bitte seid ruhig, alle miteinander. Ruhe!«

Und in die widerstrebende Stille hinein, die folgte, teilte sie Anju mit: »Das letzte Versprechen, das ich deinem Vater gegeben habe, war, daß ich dich auf eine Weise erziehen würde, die in seinem Sinne ist, falls ihm etwas zustoßen sollte. Auf eine Weise, wie eine Tochter der Familie Chatterjee erzogen werden sollte. Das weißt du doch.«

Diese Worte hätten ausgereicht, um mich zum Schweigen zu bringen. Und dazu ihre Stimme, so nüchtern und ein wenig entrückt – die Art von Stimme, wie sie in meiner Vorstellung die Königinnen in Pishis Märchen haben.

Aber Anju gab nicht auf. »Was ist denn wichtiger: das Glück einer Tochter, die lebt, oder ein Versprechen, das man einem Toten gegeben hat? Einem Mann, der gestorben ist, weil er uns verlassen hat, um irgendeinem dummen Abenteuer nachzulaufen?«

»Rede nicht so über deinen Vater!«, rief Pishi mit scharfer Stimme. »Du undankbares, respektloses Mädchen!«

»Oder liegt es daran, daß ich eine Tochter bin, und mein Glück keine Rolle spielt?« Anjus Atem kam in kurzen Stößen, und ihre Stimme zitterte, wie sie es immer tut, kurz bevor sie in Tränen ausbricht. »Wenn ich ein Junge wäre, würdet ihr bestimmt nicht die ganze Zeit nein sagen, jede Wette nicht!«

»*Hai bhagaban!*« entfuhr es meiner Mutter und sie verdrehte ihre reizvollen Augen gen Himmel, »jetzt verlangt sie auch noch, wie ein Sohn behandelt zu werden!«

»Ich denke sehr wohl an dein Glück und halte Türen zu Häusern offen, die du eines Tages vielleicht einmal betreten möchtest«, erwiderte Gouri Ma. »Aber ich erwarte nicht, daß du das heute schon verstehst.« Es schien, als läge eine Wehmut, zart wie das ausklingende Ende einer *raga,* in ihrer sonst so sachlichen Stimme. Aber möglicherweise bildete ich mir das auch wieder nur ein, denn im nächsten Moment schon schickte sie uns in unsere Zimmer, damit wir unsere Hausaufgaben machten.

Sie hatte mich überzeugt. Aber es gelang ihr nie, meine eigensinnige Anju zu überzeugen, die auf dem Weg die Treppe hinauf gegen das marmorne Geländer mit seinen eingeschnitzten Löwen trat.

Und so flüstert mir Anju heute morgen in der Schule, als sich die älteren Mädchen zum Gebet versammeln, zu: »Laß uns heute Nachmittag den Unterricht schwänzen und den neuen Film ansehen, ja?«

»Bist du verrückt?« entgegne ich. Vor lauter Schreck vergesse ich zu flüstern, und Schwester Baptista, die Aufsicht hat, dreht sich zu mir um, und ihre stahlumrandeten Brillengläser funkeln vor Mißfallen.

»Nun sei kein Feigling«, sagt Anju, ohne ihre Lippen zu bewegen – eine Leistung, die mich immer wieder beeindruckt –, während sie der Schwester ein engelsgleiches, unschuldiges Lächeln schenkt. »Wir sind doch früher schon mal abgehauen, weißt du denn nicht mehr?«

»Und erwischt worden, was du offenbar vergessen hast! Erinnerst du dich denn nicht mehr, wie aufgeregt Gouri Ma war?« Ich flüstere so leise ich kann, doch eine Welle von Zischlauten muß wohl von meinen Lippen geplätschert sein, denn die Schwester blickt mich mit einem furchteinflößenden Stirnrunzeln an.

»Damals waren wir noch um etliches jünger«, sagt Anju, »und wußten noch nicht, wie man es anstellt, nicht erwischt zu werden.« Sie ignoriert den letzten Teil meiner Antwort.

»Aber wir haben Gouri Ma doch versprochen«, beginne ich. Ich sehe ihr Gesicht vor mir, so streng wie das einer Bodhisattva-Statue, die ich einmal im Museum von Kalkutta gesehen habe. Sie hatte mich und Anju so vorwurfsvoll angeblickt – oder stelle ich mir da schon die Zukunft vor? Seit jenem schrecklichen Nachmittag, an dem ich lernte, daß Mütter lügen und Väter betrügen können, rollt sich die Zeit zu meiner Verwirrung ab und zu zusammen.

»Ich hätte es besser wissen sollen, als dich zu fragen, Fräulein Heiligkeit«, sagt Anju eingeschnappt. »Du bist immer nur darauf bedacht, es Mutter recht zu machen. Wahrscheinlich wartest du schon ungeduldig darauf, nach Hause laufen zu können, um ihr von meinem Plan zu berichten. Aber das ist mir egal! Ich werde auf jeden Fall gehen, ob du mitkommst oder nicht.«

Aus irgendeinem Grund gelingt es mir nicht, mich über Anju aufzuregen, wenn sie in einer solchen Stimmung ist, denn ich sehe, daß ihre Augen hinter der Wut vor Tränen glänzen, doch daß Anju sie mit Macht zurückdrängt. Die gute Anju, für die Liebe bedeutet, immer das gleiche tun zu wollen. Gleich zu sein. Sie hat noch nicht gelernt, daß letztlich alle Menschen – selbst Anjali und Basudha – verschieden sind, daß jeder für sich ist. Daß wir am Ende allein sind.

Dieser Gedanke überrascht mich. Wann ist mir das eigentlich klargeworden? War es an jenem Nachmittag voller Geheimnisse, dem Nachmittag mit frischem Blut und alten Tränen? War es am Tag der diamantenen Ohrringe, als ich Anju fragte, warum sie mich liebt, und sie mir die Antwort gab, die süßer war als ein plötzlicher Frühling in der Wüste meines Herzens? Wann hatte ich die Entscheidung getroffen, sie nicht mit dem schrecklichen Wissen zu belasten, das an mir fraß wie eine Schädlingsraupe? Wann hatte ich mir vorgenommen, den Rest meines Lebens damit zu verbringen, wiedergutzumachen, was mein Vater ihrem Vater angetan hatte? Die Tatsache, daß er ihn in den Tod gelockt hatte?

Ach, wie viel älter als Anju kam ich mir durch dieses Versprechen vor!

»Sudha«, zischt Anju, und ich drehe mich um, um ihr zu sagen – ja, was eigentlich? Welche Worte kann ich durch meine Kehle hervorbringen, die sich durch das Gift, das ich geschluckt habe, damit Anju weiterhin lachen und lieben und streiten und Dinge erfinden kann, blau verfärbt hat, wie die Shivas, des Herrn? Damit sie weiterhin diese Intimität zwischen uns auf eine Weise für selbstverständlich nehmen kann, wie ich selbst es nicht mehr vermag?

Aber Schwester Baptista rettet mich. Sie verkündet allen im Raum mit strengem Ton, daß Basudha Chatterjee sich umgehend nach vorn in die Reihe der Unruhestifter zu begeben hat, weil sie trotz ihres Verbots geredet hat.

Als ich mich auf den Weg nach vorn mache und die stechenden Blicke aus fünfzig Augenpaaren spüre, das hämische Grinsen, das besagt: Ah, endlich bekommt eines der Chatterjee-Mädchen einmal, was es verdient, da höre ich, wie Anju ganz leise sagt: »Wenn du wirklich meine Schwester wärst, würdest du mitkommen.«

Auf den Straßen ist es so heiß, daß das geschmolzene Pech an unseren Sandalen klebt. Die Getränkeverkäufer mit ihren Karren voller leuchtend orangefarbener Fantas und hellgelber Juslas und den Eisplatten, die unter Jutesäcken schwitzen, sind nach Hause gegangen, haben alles verkauft. Aber die kühle Dunkelheit des Kinos ist ein Zauberland, nicht weniger wundervoll als die Bilder, die wie Juwelen auf der Leinwand funkeln. Brisen der Klimaanlage ergießen sich wie ein Segen über uns, und das langsame Schwirren der Deckenventilatoren ist so tröstlich wie ein geflüstertes Wiegenlied.

Nicht etwa, daß ich auch nur im entferntesten an Schlaf denken kann.

Ich bin schon einige Male im Kino gewesen, um mir mit Gouri Ma englische Lehrfilme und mit Mutter diese sentimentalen bengalischen Filme anzusehen, die sie immer zum Weinen bringen. Aber ich habe noch niemals zuvor eine solche Aufregung verspürt, dieses Kribbeln, das in meinen Zehen und Fingerspitzen beginnt und mit zunehmender Intensität in meinen Körper aufsteigt, bis zu meiner Kehle, meinen Wangen. Zu den Lippen, die sich plötzlich geschwollen und angenehm wund anfühlen, als seien sie von dem rauhen Mund eines Mannes geküßt worden (wobei ich mich vollkommen auf meine Phantasie verlassen muß).

Das liegt zum Teil an unserer neuen Kleidung. Anju hat bei dem Bazar neben dem Kino haltgemacht und jeder von uns eine der verbotenen *kurtas* gekauft. »Wir können uns den Film doch nicht in unseren Schuluniformen ansehen«, sagte sie, aufgeweckt wie immer. »Dann wüßte doch jeder, daß wir die Schule schwänzen. Jeder würde uns anstarren, und dann könnte uns jemand erkennen.«

»Woher hast du denn das Geld?« erkundigte ich mich und starrte auf den Haufen Geldscheine, der plötzlich, wie hergezaubert, in ihrer Hand aufgetaucht war.

»Das ist mein Geburtstagsgeld«, erwiderte sie lachend. »Dieses Jahr habe ich mir keine Bücher dafür gekauft. Mir war so, als würde ich es für etwas anderes benötigen.«

Und so zogen wir uns in der feuchten, düsteren *jenana*-Toilette um und schlüpften in unsere leuchtenden *kurtas*, die so leicht wie Flügel auf unserer Haut lagen. Ich blickte an meinen Beinen in der eng anliegenden *churidar* hinab und bewunderte ihre Wohlgeformtheit. Ich vermochte meine Augen nicht von meinen Brüsten zu wenden, die sich unter dem dünnen Stoff, der die Farbe von Granatapfelblüten hat, hoben und senkten. Wie rasch doch der Puls in der Mulde meiner Kehle über dem ovalen Ausschnitt der *kurta* pochte.

»Letzter Schliff«, sagte Anju, während sie einen schwarzen Kajalstift und – ja, wirklich – einen Lippenstift aus ihrer Schultasche nahm. *Woher hat sie den nur?* Aber ich fragte nicht. Ich begann zu begreifen, daß auch meine Cousine ihre Geheimnisse hatte.

Wir zogen mit unerfahrenen Fingern die Augen der anderen nach und umrahmten unsere Münder mit Lippenstift, in einem kräftigen Braun, das für junge Mädchen sehr unpassend ist. Aber inzwischen waren wir verwegen geworden, kicherten, während wir unser geflochtenes Haar lösten und es in Wellen um unsere geröteten Gesichter fallen ließen. Als wir uns dem Spiegel zuwandten, um uns zu bewundern, war ich schockiert, wie erwachsen wir aussahen – als hätten wir die Schwelle zum Haus des Erwachsenseins überschritten. Als gäbe es kein Zurück mehr.

»Oh, Sudha«, hauchte Anju. »Du siehst atemberaubend aus. Die Leute werden *dich* anschauen statt der Schauspielerinnen auf der Leinwand.«

»Sei nicht albern«, erwiderte ich und versetze ihr einen kleinen Schubser. Aber es gefiel mir. Wir stopften unsere Uniformen in die Schultaschen und zogen los, um die Eintrittskarten zu kaufen.

Wir haben Glück: die Sitzplätze sind gut, der Blick auf die Leinwand ist frei, und obwohl das Kino voll ist, bleibt der Sitz neben mir leer, und ich lege meine Schultasche dankbar darauf ab. Ich hatte mich gefragt, wer wohl neben mir sitzen würde und war deswegen etwas nervös gewesen. Wann immer wir mit den Müttern ins Kino gingen, saßen sie am Rande, Puffer zwischen uns und der Welt. Einen Herzschlag lang vermißte ich ihre schützende Anwesenheit.

Aber der Saal mit den hohen Decken und Kranzleisten, die mit Gipsblumenreliefs verziert sind, mit dem dunkelroten, samtenen Bühnenvorhang und den Sitzreihen, von denen ein süßlicher Geruch aufsteigt, der an *zarda* erinnert, fasziniert mich. Und die Leute. Selbst nach Beginn des Films, der wunderbar romantisch und traurig ist, genau so, wie ich es mir vorgestellt habe, kann ich nicht aufhören, sie zu beobachten. Das Licht von der Leinwand wirft ein unheimliches Glühen auf ihre gebannten Gesichter, wischt Falten fort, verscheucht die Jahre. Wenn sie lächeln oder sich mit einem Taschentuch die Augen betupfen, erscheinen sie herzergreifend unschuldig. Und dennoch auch mysteriös. Selbst Anju, die auf dem Platz neben mir sitzt und über deren Gesicht die Emotionen huschen wie vom Mondlicht erleuchtete Wolken, erscheint mir wie jemand, den ich überhaupt nicht kenne.

Dann sagt eine männliche Stimme: »Entschuldigung, ist dieser Platz noch frei?«

Ausgerechnet! Das letzte, was ich mir wünsche, ist, daß ein fremder Mann neben mir sitzt und mir das Vergnügen an dem Film kaputtmacht, weil er während der romantischen Szenen pfeift oder geschmacklose Kußgeräusche von sich gibt. Ich habe gehört, wie sich Schulkameradinnen über solche Dinge beschwert haben. Vielleicht sollte ich ihm besser sagen, daß eine Freundin dort sitzt, die nur für einen Moment hinausgegangen ist?

Doch als ich ihn ansehe, weiß ich, daß ich mir keine Sorgen machen muß.

»Woher wolltest du das denn so genau wissen, Madam mit der großen Erfahrung? Mit wie vielen Männern hast du jemals in deinem Leben gesprochen?« würde Anju später fragen. »So, wie es aussieht, hat er uns eine Menge Ärger eingebrockt.«

Manchmal weiß man es eben, würde ich ihr erwidern. Und daß wir Ärger bekamen, war nicht seine Schuld.

Im perlenblauen Licht des Kinos schimmern die Augen des Mannes – im Grunde war er kaum mehr als ein Junge – abwechselnd dunkel und strahlendhell. Sein Lächeln ist gleichzeitig offen und entschuldigend. Das Haar fällt ihm in die Stirn. Bezaubernd, finde ich.

»Es tut mir sehr leid, Sie zu stören, aber ich glaube, das hier ist mein Platz.« Er hält mir seine Eintrittskarte hin und deutet auf die Nummer. Die Kerbe in seinem Kinn wirkt unglaublich attraktiv.

Ich hebe meine Schultasche vom Sitz. Um zu verhindern, daß ich lächle, starre ich mit strengem Gesichtsausdruck und wie gebannt auf die Leinwand, wo der Held gerade in einen Nachtzug gestiegen ist. Im nächsten Moment wird er die schlafende Heldin erblicken und sich eindeutig, unwiderruflich, in wahrer Leidenschaft, einer Welt ohne Ende, in sie verlieben.

Aber ich kann es mir nicht verkneifen, hinzuschauen. Nur ein einziges Mal. Lediglich aus dem Augenwinkel.

Er ist intelligent, das drückt seine Haltung aus: Sein Körper ist entspannt und doch wachsam. Wahrscheinlich ein Collegestudent, möglicherweise vom St. Xaviers. Oder dem Presidency. Sein weißes Hemd, das er oben am Kragen offen trägt, ist sehr sauber und riecht nach Minze. Und als ich meine Augen mit klopfendem Herzen ein wenig hebe, da lächeln seine Lippen. Für mich.

Wie lange schauen wir uns wohl in diesem Kinosaal an, der sich weder in der Welt noch außerhalb befindet? Wie lange verharren wir in der Schwebe, in diesem zeitlosen, opalblauen Licht, das uns die seltsame Erlaubnis erteilt? Ich weiß es nicht. Ich muß wohl ab und an auf die Leinwand geschaut haben, obwohl ich schon längst den Faden der Geschichte verloren hatte. (Die Heldin weint, als sie einen Brief liest. Dann tanzt sie – ob es wohl bei der Hochzeitsfeier ihres Geliebten ist? Sie wirft ein Glas zu Boden, das zerspringt, und tanzt weiter. Ihre Füße sind blutverschmiert, aber dieser Schmerz ist weniger schlimm als der, der an ihrem Herzen zerrt. Und dann ist der Film zu Ende, und er hält sie in den Armen – wie hat sich *das* nur zugetragen?) Mir kommt es so vor, als hätte ich meinen Blick nicht einen Moment von seinen Augen gelöst, als sei ich gar nicht imstande dazu, selbst als die Lichter angehen und die Leute sich hastig durch die Reihen drängen, um die Busse zu erwischen, bevor sie zu sehr überfüllt sind.

An diesem Abend werde ich im Bett über den Zufall nachdenken, der Anju dazu gebracht hat, mich ausgerechnet an dem Tag zu überreden, ins Kino zu gehen, und der diesen jungen Mann in einem Saal mit so vielen hundert Plätzen neben mich gesetzt hat. Aber selbst dann werde ich wissen, daß es sich nicht um Zufall, sondern um die unerbittliche Macht des Schicksals gehandelt hat – lautlos und ungeheuerlich, wie das Wirbeln der Planeten –, die uns zusammenbrachte. Und als unsere Blicke sich trafen, wie die des Prinzen und der Prinzessin in der Geschichte des Schlangenpalastes, da fiel mir das letzte Wort ein, das der Bidhata Purush auf meine Stirn geschrieben hatte. Aber dafür hatten wir keine Augen.

In den alten Geschichten heißt es, daß, wenn ein Mann und eine Frau Blicke tauschen, wie wir es getan haben, ihre Seelen miteinander verschmelzen. Dieses Ineinanderversinken ist ein goldenes Tau, das den einen an den anderen bindet. Selbst wenn sie sich niemals wieder begegnen sollten, tragen sie doch von nun an einen kleinen Teil des anderen immer mit sich. Sie vermögen niemals zu vergessen und können nicht mehr vollkommen glücklich sein.

Aus diesem Grund war es den Mädchen jener Familien, die die alten Traditionen aufrechterhielten, nicht erlaubt, Männer zu treffen bis zu dem Moment der verheißungsvollen Begegnung, *shubho drishti*, wenn Braut und Bräutigam sich einander mit den Augen hingaben. Der Sinn des Ganzen war nicht, wie Anju immer behauptete, die Frauen unwissend und unter Kontrolle zu halten. Die Älteren taten es in ihrer Weisheit, um Herzeleid zu verhindern.

»Sudha«, Anjus rüttelt mich heftig am Arm. »Sudha, was ist denn nur los mit dir? Laß uns gehen!«

Ich versuche, mich auf ihre Worte zu konzentrieren, aber ihre Stimme kommt von ganz weit weg. Ich will etwas sagen, um sie zu beruhigen, aber statt dessen spüre ich, wie ich meinen – ja, es ist wohl albern und besitzergreifend, aber so denke ich nun einmal von ihm –, meinen jungen Mann anlächele.

»Nun komm endlich«, fordert Anju mich auf, und da erkenne ich, daß ihr Gesicht vor Sorge ganz angespannt ist. Welch eine Ironie, daß sie, die Mutige, die dieses Abenteuer initiiert hat, Angst bekommt, während meine eigene Schüchternheit verschwunden ist! »Laß uns gehen, wir müssen uns noch die Uniformen anziehen. Wenn wir uns nicht beeilen, schaffen wir es nie, vor Singhji am Schultor zu sein.«

»In Ordnung«, erwidere ich. Aber sie alle, Singhji, die Nonnen in der Schule, selbst die Mütter mit ihrem unvermeidlichen Zorn, gehören einem anderen Universum an. Einem Universum, das nichts mit mir zu tun hat.

Die Stimme des jungen Mannes klingt gedankenverloren, nachdenklich. »Sudha«, sagt er, und in seinem Mund erhält mein Name eine Süße, eine Glätte, von der ich nie geglaubt habe, daß er sie besitzen könnte.

Anju erhebt sich. »Bitte machen Sie Platz, damit wir durchkönnen«, fordert sie den jungen Mann mit ihrer besten Erwachsenenstimme auf.

»Aber gewiß«, erwidert dieser höflich, doch ohne entschuldigenden Tonfall. Während Anju sich an ihm vorbeischiebt, wendet er sich an mich: »Sudha, ich bin Ashok, Ashok Ghosh. Wie lautet Ihr vollständiger Name?«

*Ghosh*. Das Wort schrillt in meinem Kopf wie eine Alarmglocke. Ich höre Mutter schon in ihrer mißbilligenden, aristokratischsten Stimme sagen: *Was? Ein Mann aus einer niedrigeren Kaste?* Ich presse die Lider zusammen und verscheuche ihre Stimme mit all meiner Willenskraft.

»Sudha, nein, antworte nicht!« ruft Anju, vergißt jegliche Kultiviertheit. »Wir wissen nicht, wer dieser Mann ist, was er womöglich vorhat, wem er es weitererzählen könnte.« Sie legt mir die Hand auf den Mund, aber ich weiche zurück. *Ashok. Der, der den Kummer vertreibt*. Ich bin mir sicher, daß er das

Wissen um meinen Namen niemals gegen mich verwenden wird.

»Ich bin Basudha Chatterjee«, erwidere ich und schenke ihm mein bezauberndstes Lächeln.

Anju bemüht sich, mich zur Tür zu zerren. Der Saal ist beinahe leer, und ihre Stimme hallt durch den Raum: »Nun komm schon, Sudha. Gott, warum habe ich nur jemals vorgeschlagen, ins Kino zu gehen!«

»Es ist alles in Ordnung, Anju, mach dir keine Sorgen«, beruhige ich sie. Eine große Zärtlichkeit erfüllt mich. Weil sie meine Schwester ist. Weil sie mich vor Schaden bewahren will. Weil sie diejenige ist, die Ashok und mich zusammengebracht hat.

»Keine *Sorgen*!« Anjus Stimme klingt brüchig vor Verzweiflung. »Ich soll mir keine Sorgen machen, sagt sie. Wie kann ich das, während du hier stehst, als hättest du nur Kuhmist im Kopf statt Hirn? Irgend jemand wird bestimmt beobachten, wie du mit einem fremden Mann sprichst, und was sollen wir dann tun?« Sie zerrt mich weiter.

»Warten Sie.« Ashok streckt den Arm aus, als wolle er mich aufhalten. Ich frage mich, wie sich seine Berührung wohl anfühlen mag, seine Fingerspitzen elektrisierend, aber dennoch warm, wie ein Sommerregen. Doch er hat die Anstandsformen nicht vollkommen vergessen. Im letzten Moment ballt er seine Hand zu einer Faust und stopft sie in seine Hosentasche. »Gehen Sie noch nicht. Darf ich Ihnen etwas zu trinken kaufen? Können wir uns unterhalten? Nur ein paar Minuten –«

»Nein«, erwidert Anju wütend. »Haben Sie auch nichts anderes als Kuhmist im Kopf? Haben Sie denn nicht gehört, was ich gesagt habe? Wir bekommen schreckliche Schwierigkeiten zu Hause, wenn uns hier jemand mit Ihnen sieht. Bitte gehen Sie, und lassen Sie uns in Ruhe.«

»Darf ich Ihnen wenigstens ein Taxi rufen –«

»Wir nehmen den Bus«, entgegnet Anju entschlossen und schiebt mich zur Tür der *jenana*-Toiletten. Ich blicke über die Schulter zurück in Ashoks enttäuschtes Gesicht. Ich wünschte, ich könnte ihn trösten, könnte ihm begreiflich machen, daß wir uns wiedersehen werden. Aber die Zeit reicht nur, um zu sagen: »Wir wohnen in Baliganj«, und dann hat Anju auch schon die Tür zu den Toiletten zugeschlagen.

»Wie kannst du nur so dumm sein?« platzt sie heraus, bevor das Echo der Tür ganz verstummt ist. »Du benimmst dich wie eines dieser liebeskranken Mädchen im Film! Den ersten Fremden, den du triffst, nur weil er zufällig neben dir sitzt –«

»Nicht zufällig, Anju. Nichts geschieht *zufällig*. Ich weiß, daß –«

Aber bevor ich fortfahren kann, schwingt die Tür von einer der Toiletten auf.

»Mädchen«, ertönt eine vertraute Stimme. »Mädchen, seid ihr das? Ich dachte mir doch, daß das eure Stimmen sind, aber dann habe ich mir gesagt, nein, das kann doch nicht sein! Was *tun* sie denn nur hier? Sie sollten doch in der Schule sein, nicht wahr? Und was höre ich da? Ein Mann? Er hat neben dir gesessen?« Die große, wogende Gestalt von Tantchen Sarita taucht aus der Kabine auf. Sie schüttelt ihre Sarifalten und glotzt uns an. »Was *tragt* ihr denn da? Und was habt ihr für ein *Zeug* auf den Lippen! Wie Frauen von der Straße. Gott, ich bringe euch besser sofort nach Hause. Oh, wartet nur, bis eure Mütter davon erfahren!«

Und Tantchen Sarita packt mit einer unglaublichen Hochstimmung unsere Arme und läßt sie nicht wieder los, als habe sie Angst, wir könnten uns mit Hilfe von Zauberei in der Ammoniakluft der Damentoilette auflösen und sie um die beste Klatschgeschichte der Saison bringen. Ihre stahlähnlichen Finger graben sich auf dem ganzen Nachhauseweg in unser Fleisch.

# 6

# Anju

MAN HAT UNS mit Schimpf und Schande in unsere Zimmer geschickt, wo wir warten sollen, bis die Mütter über eine angemessene Strafe entschieden haben. Ich liege auf meinem Bett und starre zur Decke hinauf. Die Wasserflecken, die der durchsickernde Regen im Laufe der Jahre dort hinterlassen hat, lenken mich gewöhnlich ab, denn sie besitzen viele phantastische Formen: Wälder und Festungen und geflügelte Bestien, die die Märchen bevölkern, die Sudha und ich immer nachspielten. In diesem Bett haben wir nebeneinandergelegen und von unserer Zukunft geträumt. Ich hatte mir immer eine großartige Karriere am College vorgestellt, die mich in die Lage versetzen würde, all die Länder zu bereisen, die ich zu sehen wünschte. Und Sudha wollte eine wundervolle Ehe führen und jeden Tag Seidensaris tragen, wenn sie es wünschte. Ihre Kinder sollten so wunderschön sein wie Mondstrahlen. Doch heute vermag ich an nichts anderes zu denken als daran, wieviel Schwierigkeiten ich über uns gebracht habe.

Es will mir schrecklich lang erscheinen, bis Ramur Ma kommt, um mich ins Arbeitszimmer zu führen. All mein Übermut ist inzwischen verschwunden. Aber ich bin froh, daß ich zumindest nicht den Tränen nachgegeben habe, denn sonst hätte Ramur Ma die Spuren entdeckt, und der Klatsch wäre schneller durch die Dienstboten-*mahals* der alten Häuser Kalkuttas gerauscht als Diarrhö-Erreger im Hochsommer: ich *frage mich, was für schreckliche Dinge die Chatterjee-Mädchen nun schon wieder angestellt haben, daß Anju*-didi *so zusammengebrochen ist!*

Ich stehe vor der Tür des Arbeitszimmers und nehme all meinen Mut zusammen, um zu klopfen. Dann vernehme ich

Sudhas leisen Schritt hinter mir. Ihre Hand umklammert die meine, feucht und doch fest. Sie bedeutet mir damit, daß wir dies gemeinsam durchstehen werden. Als wir eintreten, hallen unsere Schritte auf dem kalten Mosaikboden wider. Schatten senken sich schwankend wie ängstliche Fledermäuse gegen die Bücherregale, und das Porträt unseres Urgroßvaters, das in den zu seiner Zeit so beliebten, düsteren Ölfarben gemalt ist, blickt finster auf uns herab.

Die Mütter sitzen so still auf dem alten Samtsofa unter dem Porträt, daß auch sie wie gemalt scheinen. Pishi starrt in die trübe Luft hinter unseren Schultern, den Mund zu einer dünnen, schmerzlichen Linie verzogen. Sie haßt solche Szenen, ebenso wie Tante N sie genießt. Tante hat sich bereits in Stimmung gebracht. Ich kann fühlen, wie Selbstgerechtigkeit dem Schwefelgas gleich aus ihren Poren aufsteigt, bereit zu explodieren. Und meine Mutter – ihre Augen liegen im Schatten, und ich vermag ihren Mund nicht zu deuten. Aber als ich ihre Silhouette sehe, den gebeugten Kopf, der zu schwer für ihren Hals zu sein scheint, da wünsche ich mir mit plötzlichem Schmerz, daß ich auf Sudha gehört hätte.

»Da sind sie ja«, sagt Tante N. »Seht nur, wie sie Hand in Hand hereingeschlendert kommen, die schamlosen Flittchen! Geben sie etwas darum, daß ganz Kalkutta über ihre Eskapaden redet? Natürlich nicht. Geben sie etwas darum, daß sie unsere Gesichter mit schwärzestem *kali* besudelt haben? Natürlich nicht. Geben sie etwas darum, daß sie an diesem einen Nachmittag all das zugrunde gerichtet haben, was wir uns seit Jahren aufzubauen bemühen? All die vielen Stunden harter Arbeit, die du in den Laden gesteckt hast, Gouri-*di*« – an dieser Stelle spüre ich, wie ein Zittern durch Sudhas Hand fährt, aber Tante, die es nicht bemerkt oder die sich nicht darum schert, fährt fort – »und all mein Füßescharren und Buckeln vor Frauen aus den wichtigen Familien der Stadt? Natürlich nicht. Geben Sie etwas ...«

Um Himmels willen, hätte ich am liebsten gesagt. Wir sind doch nur ins Kino gegangen. Bei dir klingt es ja so, als hätten wir uns schwängern lassen.

Aber ich bin es meiner Cousine nun zumindest schuldig, die Sache nicht noch zu verschlimmern.

Dann erhebt Pishi ihre Stimme, was mich überascht, denn gewöhnlich ist sie die stille Beobachterin bei Tantes Schimpfsitzungen. »Sie haben sich schlecht benommen, da stimme ich dir zu«, sagt sie. »Aber mußt du denn so hart mit ihnen ins Gericht gehen, Nalini? Sieh dir doch nur ihre Gesichter an, es tut ihnen ganz offensichtlich leid, daß sie –«

»Bei allem Respekt, *didi*«, Tantes Stimme ist kühl und schwarz, wie die Tiefe eines Kohlenkellers. »Du hast bereits genug Schaden angerichtet, hast ihre Köpfe mit alten, romantischen Geschichten gefüllt. Bitte misch dich nicht in diese Sache zwischen Mutter und Tochter ein.«

Wie gut Tante doch unsere Schwächen kennt! Wie skrupellos sie sich ihrer bedient! Die Augen meiner kinderlosen Pishi glänzen vor Schmerz wie zerbrochenes Glas, bevor sie ihren Blick senkt. Doch Sudha blickt plötzlich zu Tante auf, ihr Körper angespannt und gefährlich wie ein Bogen. Sie zuckt nicht zusammen, als Tante einen Satz nach vorne macht, sie bei den Ellbogen packt, schüttelt und schreit: »Habe ich dir nicht immer und immer wieder erklärt, daß man Männern nicht trauen kann? Und dennoch tust du so etwas! Sag mir, wer ist er? Wer ist dieser Mann, mit dem du ins Kino gegangen bist? Wie hast du ihn kennengelernt? Raus damit, sag es mir! Glaub nur nicht, daß dich dein Schweigen rettet. Und du solltest besser keine dieser Lügengeschichten erfinden, wie du es so gern tust!«

Tante schüttelt Sudha so heftig, daß deren Kopf vor- und zurückschnellt, und meine Mutter wütend ruft: »Nalini! Hör damit auf! Anju hat bereits gesagt, daß sie nur zufällig neben ihm gesessen haben.« Aber Tante ist nicht aufzuhalten.

»Ogo«, schreit sie und hebt ihre Augen gen Himmel, um sich meinem toten Onkel zuzuwenden, »warum bist du fortgegangen und hast mich mit diesem sündhaften Mädchen allein gelassen? Wärst du doch nur noch am Leben und könntest mein Leid und meine Schande sehen, wärst du doch nur –«

»Er wäre noch am Leben«, fällt Sudha ihr ins Wort. Sie spricht langsam, jedes Wort fällt so deutlich aus ihrem Mund, wie ein scharf geschnittener Stein. »Wenn du ihn mit deinem andauernden Nörgeln nicht zur Verzweiflung getrieben hättest.«

Das Zimmer schweigt mit der absoluten Stille des Schocks. Selbst meine Tante verharrt mit offenem Mund mitten im Satz. Aber was uns erstaunt, ist nicht so sehr Sudhas Dreistigkeit. Es ist die absolute Autorität, mit der sie spricht.

Als wüßte sie es wirklich.

Ich bin mir nicht ganz sicher, was als nächstes geschieht. Dann schreit Tante Nalini: »Seht nur, wie sich meine Tochter, die ich selbst geboren habe, gegen mich gewendet hat! Wo doch alles, was ich tue, nur zu ihrem Glück geschieht!« Die Trauer in ihrer Stimme ist roh und grobkörnig, und mit einem Schlag wird mir bewußt, daß sie ausnahmsweise einmal glaubt, was sie sagt.

Doch als Sudha erneut spricht, ist es so, als hätte sie ihre Mutter gar nicht gehört.

»Und was Lügengeschichten angeht, hast du nicht selbst deinen Teil erzählt?« Sie sagt dies mit einer solchen Verachtung, daß es mich fröstelt. Was meint sie nur damit?

Von irgendwoher legt sich Pishis Hand über Sudhas Mund: »Schsch, Mädchen, schsch.« Und dann beginnt Mutter mit hocherhobenen Armen und mit einer Stimme, die so zittrig klingt, als hätte sie gerade den langen Aufstieg zu einem mächtigen Hügel hinter sich gebracht: »Genug, wir sind alle überreizt, laßt uns die Sache beenden, bevor wir Dinge sagen, die wir bis an unser Lebensende bedauern werden. Sudha und Anju, da man euch offenbar nicht vertrauen kann, erhaltet ihr kein Taschengeld mehr, bis ihr euer Studium am College aufnehmt. Gebt die Kleider, die ihr gekauft habt, Ramur Ma. Sie wird sie beseitigen. Ich werde den Nonnen mitteilen, daß ihr von nun an während der Pausen in euren Klassenzimmern zu verbleiben habt.«

Die Strafe ist gerecht, das muß ich zugeben. Mutters kühle Strenge hat mich bereits mehr beschämt als tausend geschriene Worte. Schweigend folge ich Sudha zur Tür, dankbar, daß der Abend vorüber ist.

Doch Tante N ruft: »Halt! Ist das etwa alles, was du ihnen sagen willst?«

»Ich denke, es ist ausreichend«, erwidert Mutter. Auf ihren Wangen liegt ein hektisches Rot – ich vermag nicht zu sagen, ob vor Wut oder Kummer –, und sie atmet schwer.

»Dann habe ich noch etwas hinzuzufügen«, fährt Tante fort. »Deine Anju hat einen schlechten Einfluß auf meine Tochter. All diese Ideen aus den englischen Romanen, die du ihr zu lesen erlaubst, gibt sie an Sudha weiter. Sudha hätte sich allein niemals eine solche Eskapade wie die heutige erlaubt. Ich kann mich nicht einmischen, wie du mit Anju umgehst – sie ist schließlich deine Tochter, und ihre Situation eine völlig andere als die von Sudha. Sie ist die einzige Erbin der Chatterjees, während Sudha lediglich eine arme Cousine von irgendwoher ist. O ja, glaub nur nicht, ich wüßte nicht, was die Leute hinter meinem Rücken reden. Anjus Stellung wird viele Klatschmäuler stopfen. Aber meine arme Sudha – was hat sie denn schon? Nur ihre Mutter, die über ihre Reputation wacht, welche sie mit solcher Entschlossenheit zu ruinieren gedenkt. Daher habe ich beschlossen, daß sie das Haus nur noch in Begleitung von Ramur Ma verlassen wird – selbst, wenn sie zur Schule geht.«

Oh, welch eine Beleidigung! Als sei Sudha zwölf Jahre alt!

Aber was Tante als nächstes sagt, gibt mir das Gefühl, als hätte mich jemand in einen kalten, dunklen Brunnen gestoßen.

»Zudem bin ich zu der Entscheidung gelangt, sie früh zu verheiraten. Sobald sie mit der Klosterschule fertig ist, werde ich beginnen, mich nach einem geeigneten Jungen umzusehen.«

»Aber dann wäre sie noch nicht einmal achtzehn«, wendet Mutter von irgendwo hoch über mir ein, und in ihrer Stimme hallt der Schock nach. »Das ist viel zu früh ...«

»Wenn sie alt genug ist, um mit Männern im Kino herumzualbern«, erwidert Tante, »dann ist sie auch alt genug, um für die Familie ihres Ehemannes zu sorgen.«

Es fällt mir schwer, durch die vielen Meter eisigkalten Wassers über mir zu sprechen, aber schließlich gelingt es mir doch. »Was ist mit dem College? Soll Sudha denn nicht aufs College gehen?«

»Was sollte das denn bringen?« fragt Tante zurück. »Das wird ihr nur noch mehr eigensinnige Ideen in den Kopf setzen. Statt dessen werde ich eine Lehrerin ins Haus kommen lassen, die ihr Kochunterricht erteilt. Ich werde sie die Schule nur aus Respekt vor deiner Mutter beenden lassen, die so viel von ihrem Geld hineingesteckt hat.« Sie neigt ihren Kopf in Mutters Richtung, als tue sie ihr einen Gefallen.

Das Wasser riecht finster und muffig. Es preßt sich auf meine Brust, bis sie zu platzen droht. »Wie kannst du so etwas tun«, schreie ich, doch ich bringe nur ein feuchtes Flüstern hervor. »Wie kannst du nur Sudhas Zukunft ruinieren –«

»Das reicht, Anju!« warnt Mutter mich – aber es ist das Mitleid in ihren Augen, das mich verstummen läßt. »Wir werden dies später besprechen, wenn unsere Köpfe ein wenig klarer sind. Sudha und Anju, ab in eure Zimmer. Sofort! Ramur Ma, begleite sie hinauf.«

Wir steigen die trostlose Treppe hinauf. Kein Wort ist mehr in uns, wir sind von Leere erfüllt. Mein Herz fühlt sich an, als sei alles Licht hinausgesickert. Sudhas Augen sind weit aufgerissen und fiebrig. Ein kleiner, neuer Muskel zuckt in ihrem Kiefer.

Oh, warum war ich nur so ungestüm? Warum habe ich nicht an die Konsequenzen gedacht?

Wenn ich an Wünsche glauben würde, dann würde ich mir jetzt wünschen, den Abend in den unschuldigen Morgen zurückverwandeln zu können. Und ganz wie in den Märchen wäre ich bereit, jeden Preis dafür zu zahlen.

Aber wünschen hilft nichts, genausowenig wie wehklagen. Ich muß einen anderen Weg finden, um den Schaden, den ich angerichtet habe, wiedergutzumachen.

An der Tür umarme ich Sudha und drücke sie fest an mich. Ramur Ma beobachtet uns mit gespitzten Ohren, so daß ich meiner Cousine nicht einmal mitteilen kann, wie leid es mir tut. Aber Sudha weiß es. Und aus der Art und Weise, wie sie ihre heiße Wange gegen die meine preßt, schließe ich, daß sie mir bereits vergeben hat.

»Keine Sorge, hier ist noch nicht das letzte Wort gesprochen«, flüstere ich. »Wir werden mit allen Mitteln dagegen ankämpfen.« Ich denke mir bereits Strategien aus, Dinge, die ich Mutter sagen werde, von der ich glaube, daß sie auf unserer Seite steht. »Und was auch geschieht, es wird uns beide treffen. Das verspreche ich.«

Ich warte auf Sudhas Zustimmung, doch statt dessen weicht sie ein wenig zurück und blickt mich mit einem kleinen, ironischen Lächeln an. Als wisse sie bereits, wofür ich noch Jahre benötigen werde: Versprechen mögen sich erfüllen, das ist wohl wahr, aber nicht immer in der Weise, wie wir es uns erhoffen.

# 7

# *Sudha*

Im bett überkommt mich inmitten meiner erstickenden Wut seltsamerweise der Gedanke an Herkules. Vielleicht liegt es daran, daß wir in der Schule gerade die griechischen und römischen Sagen durchgenommen haben. Auch wenn uns die Nonnen vor den heidnischen Helden und Heldinnen warnten, bin ich doch von ihnen fasziniert. Sie scheinen mir näher zu stehen als die meisten Menschen in meinem Leben. Ich habe die blaue Luft unter Ikarus' Flügeln gespürt, das unheilverkündende Tröpfeln des Wachses entlang seiner Arme. Ich habe mit Persephone geweint, als sich die schwarzen Gewölbe über ihr schlossen, und aufs neue mit ihr Tränen vergossen, als Ceres sie in ihre Arme schloß, wie es meine Mutter mit mir niemals tut.

Heute nacht weiß ich, wie Herkules sich gefühlt haben muß, gefangen im vergifteten Gewand, das ihm von jemandem gesandt worden war, von dem er geglaubt hatte, daß er nur sein Wohlergehen im Sinn habe. Mein Körper ist durchstochen von Feuernadeln – Wut gegen meine Mutter, Wut über meine eigene Machtlosigkeit in ihren Händen. Was gibt ihr das Recht, mein Leben zu kontrollieren, mich im Namen ihrer mütterlichen Pflicht einzuschließen? Wie unrecht hat diese Gesellschaft, die zuläßt, daß sie, nur weil ich ihr geboren wurde, meine Gefängniswärterin sein darf!

Vorhin, als sie verkündete, daß ich zu Hause bleiben müsse, während Anju das College besuchen wird, überkam mich eine seltsame Empfindung. Ich hatte das Gefühl, mich in einem dunklen, sich windenden Tunnel zu befinden, der mich zu erdrücken drohte. Es dauerte einen Moment, ehe ich ihn erkannte: den Geburtskanal, eng, erstickend. Doch ich wich darin zurück, befand mich auf dem Rückweg in den Schoß, wo mich meine Mutter für immer halten würde, bis in alle Ewigkeit und vollkommen verschlungen.

Anju, rette mich.

Meine Bettlaken brennen auf der Haut. Mein Kopfkissen ist ein Röststein. Wenn ich mir etwas Wasser holen und dann zu Anju gehen würde, mich neben sie legen, ihrem schlafenden Atem lauschen würde, könnte diese Nacht möglicherweise irgendwie ein Ende finden.

Auf meinem zehenspitzenleisen Weg zum Tonkrug, der auf dem Gang steht, sehe ich, daß die Tür zum Zimmer meiner Mutter offensteht. Lichterstreifen vom Mond auf der anderen Seite des vergitterten Fensters fallen über den Boden. Dann erblicke ich eine Silhouette.

Anju. Ich muß zu Anju gehen.

Doch gegen meinen Willen schreiten meine Füße zu Mutters Tür. Ich stehe dort, Schatten unter Schatten, und betrachte sie. Sie hält die Gitterstangen des Fensters umklammert, den Körper angespannt, die Stirn gegen das rostige Eisen gepreßt. Sie weint, doch nicht auf die gewöhnliche Art und Weise – jammervolles, theatralisches Schluchzen, laute, flehentliche Einwürfe, die an alle Gottheiten gerichtet sind. Mutter weint lautlos, und nur die zitternde Linie ihres Rückens sagt mir, was vor sich geht. Dann hebt sie das Gesicht und schaut den Mond an.

Und plötzlich fällt mir ein altes Kinderlied ein. *Chander Pane cheye cheye raat keteche kato*. Ich hatte ganz vergessen, daß sie es immer sang, als ich noch klein war. Während sie meine Wiege schaukelte und lächelnd auf mich herabblickte.

*So viele Nächte habe ich verbracht, den Mond zu*
*bestaunen.*
*Daher bist wohl du zu mir gekommen, mein vollmond-*
*gesichtiges Kind.*
*Laß uns in den Wald gehen, nur du und ich. Du und ich,*
*damit ich still dort sitzen und deine Schönheit*
*genießen kann.*

Meiner Mutter muß ihr eigenes Leben wohl wie eine List des Mondlichts erscheinen. Einen Moment lang waren ihre Arme gefüllt mit silbernen Versprechen, und im nächsten schon war sie verwitwet und besaß nicht einen Penny mehr. War allein in einer Welt voller finsterer Wolken, hatte nur noch ihre Tochter. Stunde um Stunde krochen die Wolken näher, preßten eine weitere Falte in ihr Gesicht. Sie besaß nichts weiter als Worte, um sich und ihr Kind zu retten. Sie wählte die gescheitesten und flocht sie sorgfältig zu einer Kette um ihren Hals. Durch sie war sie für eine Weile imstande, das zu sein, was sie sich an jenem weit zurückliegenden Morgen am Fluß so sehnlich gewünscht hatte.

Doch in letzter Zeit fühlte sie, wie sich ihr Duft verlor, die Blüten die Köpfe hängen ließen. Eine einzelne, kräftige Windbö konnte sie in Nichts verwandeln und sie selbst grausam entblößt zurücklassen. Und nun breitete sogar ihre eigene Tochter, doch gewiß der einzige Mensch, auf den sich eine Mutter verlassen darf, der einzige Mensch, für den sie all dies getan hatte, die Flügel aus und ließ sich von anderen Liedern fortrufen.

»Sudha«, flüstert Mutter gegen die Gitterstäbe, »Sudha, Sudha, Sudha.« Sie reibt sich mit der Hand über die Stirn, als habe sie dort Schmerzen. Welches Wort mochte der Bidhata Purush wohl auf die ihre geschrieben haben, daß sie sich so leicht vom Traum der Liebe verführen ließ? Und welches andere Wort hatte er geschrieben, daß sie so entschlossen war, mich vor dem gleichen Schicksal zu retten? Ob sie wohl glaubt – wie es möglicherweise alle Mütter tun –, daß sie ihr eigenes Leben durch das ihrer Tochter wiedergutmachen kann?

Draußen rascheln die *pipal*-Bäume, obwohl kein Wind geht. Sie flüstern meinen Namen mit dem gleichen sehnsüchtigen Klang, als seien sie vertraut mit ihrem Kummer, Mutters Angst, erneut alleingelassen zu werden.

Ein Vogel mag imstande sein, aus einem Käfig zu flüchten, der aus Haß, aus Machtgier erbaut wurde. Aber aus einem Käfig, der entstanden ist aus Bedürftigkeit? Aus der Dunkelheit der Liebe?

Ich gehe nicht weiter bis zum kühlen Wasser-*sarai*, der im Gang steht. Ich gehe nicht zu Anju, flüchte mich nicht in ihre süße Umarmung, in den Trost unserer geteilten Wut und Rebellion. Ich kehre in mein Zimmer zurück, zu den brennenden Laken, die sich um mich schlingen wie eine Nabelschnur. Die ganze Nacht liege ich wach und denke über vieles nach.

Als die ersten Krähen mit ihren harschen, bestürzt klingenden Schreien den Morgen verkünden, da weiß ich, daß ich nicht gegen Mutters Willen ankämpfen werde.

Zumindest nicht in dieser Angelegenheit.

# 8

## *Anju*

Ich bin wütend auf Sudha.

»Du darfst einfach nicht zulassen, daß deine Mutter ihren Kopf durchsetzt, nicht in *dieser* Sache!« schreie ich, während ich in ihrem Zimmer auf und ab laufe. »Was für ein Leben wirst du ohne College-Ausbildung haben? Du könntest dir genausogut sofort einen Eimer um den Hals binden und in einen Brunnen springen. Du könntest dir Scheuklappen aufsetzen und dich unter die Ochsen reihen, die um die Senfmühle im Kreis laufen. Denn das ist alles, was du jemals sein wirst: ein Lasttier für irgendeinen Mann.«

»Anju, bitte, setz dich hin«, fordert Sudha mich auf. »Du machst mich ganz schwindlig.« Als ich widerwillig auf dem Bett Platz nehme, schenkt sie mir ein kleines, gezwungenes Lächeln. Sie hat die ganze Nacht nicht geschlafen – das sagen mir die Ringe unter ihren Augen. Sudha hat Schlafmangel noch nie gut vertragen. Wenn ich nicht aufpasse, wird sie noch krank werden.

»Aber wir waren uns doch gestern abend einig«, schäume ich und lasse meine Faust auf die häßliche, braune Bettdecke herabsausen, die – wie könnte es anders sein – Tante N ausgesucht hat. »Wir wollten doch gemeinsam dagegen ankämpfen! Ich habe sogar eine Liste von Argumenten aufgesetzt, die wir benutzen können, um Mutter auf unsere Seite zu ziehen. Wie kannst du nur so schnell deine Meinung ändern? Wie kannst du nur ein solcher Feigling sein?«

Sudha schaut mich an, ihre wunderschönen Augen blicken bekümmert. Und sofort weiß ich, daß nicht die Furcht sie dazu treibt, so zu handeln.

»Hat Tante dir gestern abend noch etwas gesagt?« erkundige ich mich mißtrauisch.

Sudha schüttelt den Kopf. »Ich möchte Mutter nicht das Herz brechen, das ist alles.«

»Deine Mutter *hat* kein Herz, schon gar keins, das du ihr brechen könntest.«

»Anju!« erwidert Sudha vorwurfsvoll. »Jeder Mensch hat ein Herz, aber wir sind nicht immer in der glücklichen Lage, einen Blick darauf erhaschen zu können. Und jedes Herz, selbst das härteste, hat einen verwundbaren Punkt. Wenn du es dort triffst, zerbricht es. Meine Mutter hat nur noch mich. Ich möchte ihr einfach nicht das Gefühl geben, als hätte auch ich mich gegen sie gewandt.«

»Schön. Also ruinierst du lieber dein Leben für sie? Nach all den Plänen, die wir geschmiedet haben, Shakespeare und Tagore zusammen zu lesen, etwas über den Aufstieg und den Fall der Zivilisation zu lernen und die großen Erfindungen der modernen Wissenschaften zu studieren ...«

»Ich werde trotzdem noch wichtige, nützliche Dinge lernen, Anju.«

»Aber ja, wie man *pantua* zubereitet und auch Zitronenpickles!«

»Es wird eine ganze Menge mehr sein als das. Und außerdem magst du Zitronenpickles!«

»Mach keine Witze darüber. Du wirst deine Talente verschwenden ...«

Sudha beugt sich zu mir herüber, so daß ich den frischen *neem*-Duft ihrer Seife riechen kann. »Liebste Anju, sei nicht so wütend. So viel gebe ich doch gar nicht auf. Nein, wirklich! Ich habe die ganze Nacht darüber nachgedacht, und mir ist klar geworden, daß mir das College nicht so viel bedeutet wie dir. Für mich sind andere Dinge wichtiger.«

Als ich sie wenig überzeugt anblicke, fügt sie hinzu: »Ich werde es dir beweisen. Sag mir, was du werden willst, wenn du groß bist.«

Sie benutzt die alte Wendung aus unserer Kindheit, obwohl wir mit beinahe siebzehn Jahren doch gewiß fast »groß« sind. Aber ich weiß, was sie damit meint. Unser Leben nach der Heirat. Doch keine von uns beiden ist schon bereit, diesen erheiternden und zugleich erschreckenden Zustand – das Frausein – beim Namen zu nennen.

»Ich möchte den Buchladen leiten«, erwidere ich. Ich schließe die Augen, während ich spreche, und rieche den Ort, den rätselhaften, staubigen Duft von Pappe und altem Papier, den chemischen Geruch frischgedruckter Farbe, der mir beinahe seit meiner Geburt in Fleisch und Blut übergegangen ist. »Es mag nicht leicht sein, Mutter davon zu überzeugen, aber ich bin sicher, daß es mir gelingen wird. Schließlich bin ich ihre einzige Tochter, ohne konkurrierende Brüder. Deshalb beabsichtige ich, am College Literatur zu studieren, damit ich bei den neuesten Schriftstellern auf dem laufenden bin und die besten Bücher führe.«

»Was ich mir am sehnlichsten wünsche«, sagt Sudha, »ist eine eigene, glückliche Familie. Erinnerst du dich denn nicht mehr an die Bilder?«

Und plötzlich fällt es mir wieder ein. Als Kinder zeichneten wir jede Woche Bilder von unserem zukünftigen Leben. Meine waren jedes Mal anders: eine Dschungelforscherin, die an Lianen schwingt, eine Pilotin mit Schutzbrille, die ein stupsnäsiges Flugzeug fliegt, eine Wissenschaftlerin, die dampfende Flüssigkeiten von einem Reagenzglas ins andere gießt. Aber Sudhas waren immer gleich. Sie zeigten Strichmännchenfiguren: eine Frau in einem traditionell rotgesäumten Sari, an deren *anchal* ein großer Schlüsselbund geknotet war. Sie trug ein rotes Ehe-*bindi* mitten auf der Stirn und stand neben einem Mann mit einem Schnäuzer, der eine Aktentasche in der Hand hielt. Sie waren umgeben von mehreren Strichmännchenkindern, deren Geschlecht durch unförmige Shorts und dreieckige Röcke angedeutet wurde. Insgeheim fand ich das alles schrecklich langweilig.

»Ja, ja«, sage ich nun, ein wenig ungeduldig. »Ich wünsche mir auch eine glückliche Familie. Aber da gibt es doch gewiß noch etwas anderes, was du tun möchtest – etwas für dich selbst.«

Sudha zögert. Eine verträumte Schüchternheit schleicht sich in ihre Augen. Ich seufze, denn ich weiß, daß sie mir antworten wird, daß sie Ashok heiraten möchte. Mit einem Mal überfällt mich der Gedanke, daß möglicherweise *er* der Grund ist, warum sie so schnell nachgegeben hat – um Tante N zu beschwichtigen, während sie insgeheim ihre Kräfte für den wohl größten aller Kämpfe sammelt.

Doch dann überrascht mich meine Cousine aufs neue.

»Ich würde gern Kleider entwerfen«, erwidert sie. »*Salwaar kameezes.* Plissierte Hochzeits-*ghagras* mit eingenähten Spiegeln. *Kurtas* für Männer, weiße Stickereien auf weißer Seide. Babysachen aus Satin und Lochspitze. Ich hätte gern eine eigene Firma. Mit eigenen Schneiderinnen und meinem eigenen Label, so daß sich die Kunden in den besten Läden nach der Basudha-Marke erkundigen. Leute in Bombay und Delhi und Madras sollen sich um meine Sachen reißen.«

Ich betrachte ihr Gesicht, das plötzlich so leidenschaftlich und strahlend ist, und weiß nicht, was ich sagen soll. Ich hatte keine Ahnung, daß sie so empfindet. Sie hat noch nie darüber gesprochen – und das mit gutem Grund. Ich höre schon Tante N's schrille Stimme: »Eine Schneiderin! Du willst eine gewöhnliche Schneiderin werden und *kali* auf die Gesichter deiner Vorfahren reiben!«

Allein der Gedanke macht mich wahnsinnig. Warum sollte Sudha nicht das tun, was sie glücklich macht? Warum sollte sie nicht wenigstens davon träumen dürfen? Daher vervollständige ich ihren Traum für sie. »Und eines Tages wirst du an die Filmstudios verkaufen. Stars wie Rakhee und Amitabh werden sich weigern, etwas anderes zu tragen als deine Entwürfe!«

Sudhas Augen glänzen wie die Spiegel, die sie in ihre Kleider einnähen will. »Und vergiß nicht die Diplomaten! Sie werden meine *kurtas* und Nehru-Jacken und bestickten Saris in England und Afrika und Japan tragen.«

»Und in Amerika, vergiß Amerika nicht!«

»Und in Amerika, aber natürlich!« Nun lachen wir beide ausgelassen. Unsere gegenwärtigen Probleme sind vergessen, während wir in diesem herrlichen Raum zwischen Glauben und Zweifel dahinschweben.

Sollte da ein spöttisches Lachen von den geißblattschweren Gesimsen erklungen sein, wo die Wärter des Bidhata Purush lauschen oder vielleicht auch die Dämonen, so haben wir dies nicht vernommen.

# 9

# *Sudha*

UND SO VERGEHT das Jahr. Manchmal sind die Tage glasig und unbeweglich, als sei ich in einem Koma gefangen und warte darauf, daß mein richtiges Leben beginnt. Manchmal machen sie einen Satz vorwärts, stotternd und holperig, und erinnern mich daran, daß die kurze Zeit meiner Freiheit bald vorüber sein wird. Bald schon wird meine Welt von diesen Mauern, diesen *pipal*-Bäumen eingeschlossen sein. Während Anju – oh, wie weit wird sie weggehen und mich allein zurücklassen! Wie langweilig werde ich ihr vorkommen, wenn sie von jedem draußen verbrachten Tag zurückkehrt, strahlend wie eine Sonnenblume, die Licht tanken durfte. Wenn für mich die Zeit gekommen ist, aus meinem Gefängnis auszubrechen, werde ich da wohl die Kraft besitzen? Oder werde ich mich wie ein allzu zahmer Hausvogel benehmen, der seinen Käfig dem furchteinflößenden weiten Blau des Himmels vorzieht?

Wenn mir diese Gedanken durch den Kopf gehen, erfüllt mich eine Schwere. Habe ich zu rasch nachgegeben? Die überschwengliche Freundlichkeit, die Mutter über mich ergießt, seit ich mich ihrer Verfügung gebeugt habe, ist kein Trost. All die Abende, an denen sie mich lehrt, mein Haar nach der neuesten Mode zu flechten, meine Augenbrauen zu perfekten Bogen zu formen, ersticken mich ebenso wie die Nachmittage, an denen sie mich zum Tee in die Häuser ihrer Freundinnen mitnimmt, damit ich erfahre, wie man sich in Gesellschaft benimmt. Sie ermahnt mich, ihren Gesprächen zu lauschen, die mich den Lauf der Dinge lehren sollen. Aber ich bin diese immergleichen Geschichten leid, über die Untreue von Ehemännern und über die Finessen, die Ehefrauen einsetzen müssen, um ihre Männer zu halten. Gott sei Dank ist Ashok nicht so, denke ich, während ich einen versunkenen Gesichtsausdruck aufsetze.

Auch wenn ich seit unserem Zusammentreffen im Kino nicht mehr mit ihm geredet habe, so habe ich ihn dennoch gesehen. Das erste Mal auf unserem Nachhauseweg von der Schule. Singhji lenkte den Wagen, während Ramur Ma kerzengerade ob ihrer neuen Wichtigkeit neben ihm saß. Wir hockten auf dem Rücksitz und unterhielten uns oberflächlich – wir wußten, daß alles, was wir sagten, meiner Mutter zu Ohren kommen würde. Es war einer dieser hitzeumhüllten Tage, wenn alles in der Luftlosigkeit flimmert: Gehwege, Busse, selbst das Gesicht des Verkehrspolizisten, der seine Hand hob und unseren Wagen, kurz bevor wir in unsere Straße abbogen, zum Halten veranlaßte. Und so kam es, daß ich Ashok für ein Produkt meiner Einbildung hielt, als er nicht weit von unserem Wagenfenster entfernt auftauchte – mit dem gleichen weißen Hemd bekleidet, in dem ich ihn das letzte Mal gesehen hatte. Dennoch erstarrte ich mitten im Satz, und als Anju sich umdrehte, um zu sehen, was mich so verblüfft hatte, da erstarrte auch sie. Aber meine Cousine ist aufgeweckt, und einen Moment später erzählte sie rasch eine erfundene Geschichte über einen Skandal in der Schule, bei dem man ein Mädchen während einer Prüfung beim Pfuschen erwischt hatte und die Nonnen nach ihren Eltern schickten, um ihnen mitzuteilen, daß sie ihre Tochter noch am selben Tag von der Schule nehmen müßten. Ramur Ma lauschte ihr fasziniert, mit offenstehendem Mund, und so war ich in der Lage, mich zum Fenster zu wenden und Ashok anzulächeln. Er erwiderte mein Lächeln. Ich bemerkte, daß einer seiner Vorderzähne ein wenig schief stand, und daraufhin wallte in mir ein plötzliches, unlogisches Gefühl der Liebe zu ihm auf. Dann zog er einen Umschlag aus seiner Tasche. Ein Brief! Ich sehnte mich mehr danach, als ich mich je in meinem Leben nach etwas gesehnt hatte. Doch ich schloß die Augen, um ihm zu bedeuten, es nicht zu tun. Ich glaube, er verstand, wie ich mich fühlte, denn als der Polizist auf seiner Pfeife blies und unser Wagen losfuhr, da drückte er den Umschlag an sein Herz. Ich legte meine eigene Hand auf mein Herz, spürte, wie es unter meiner Handfläche vor Aufregung und Frustration und Angst hämmerte, und dann hob ich, schockiert über meine eigene Dreistigkeit, die Finger an die Lippen. Der Wagen beschleunigte. Ob Singhji wohl etwas bemerkt hatte? Im Rückspiegel leuchtete Ashoks Hemd wie eine kleine, weiße Flamme, ehe es verschwand. Ich spürte einen Schmerz hinter meinen Augen, Tränen, die ich nicht vergießen durfte. Dann ließ ich meine Hand in Anjus gleiten, und obwohl sie über das Risiko, das ich gerade eingegangen war, verärgert gewesen sein mußte, hielt sie sie fest, bis wir zu Hause waren.

Danach sah ich Ashok noch einige Male, jedes Mal an einer anderen Stelle auf unserem Weg zur Schule. Er trank Kokosnußwasser von einem Straßenhändler oder ließ sich an einem *muchi*-Stand seine *chappal* reparieren oder stand in einer Schlange und wartete auf den Bus, die Büchertasche über die Schulter gehängt. Aber ich wußte, daß er in Wahrheit auf mich wartete. Es gab nie die Möglichkeit, sich zu unterhalten. Nur unsere Blicke trafen sich für einen Moment, eine Art Elektrizität zitterte an meinem Rückgrat entlang, dann hupte Singhji einen Rikschafahrer an oder schlängelte sich an einem Früchteverkäufer vorbei, der die Straße an der falschen Stelle überquerte, und Ashok war fort.

So wenig. Doch für mein hungriges Herz so viel.

Anju und ich redeten niemals über diese Augenblicke. Sie mußte Ashok auch sehen. Und selbst wenn sie es nicht tat, so mußte ihr mein abwesendes Verhalten auffallen, die Tatsache, daß sie eine Frage wiederholen mußte, oft zwei oder drei Mal, ehe ich antwortete. Vielleicht wollte sie diese Blitzbegegnungen nicht noch wirklicher machen, indem sie sich darüber äußerte. Vielleicht glaubte Anju, daß sie sich in der abgaserfüllten Luft Kalkuttas auflösen würden, wenn sie sie nur ignorierte, bis ich mich nur noch so an sie erinnerte, wie man an einen schönen Traum zurückdenkt: mit Verwunderung und Resignation und einem leichten, schmerzlosen Bedauern über das, was niemals sein kann.

## 10

# *Anju*

SCHLIESSLICH ist er da, in einem Wirbel aus Mangoblättern und heißem Aprilstaub: der Tag unserer Schulabschlußfeier. Nach dem Aufwachen renne ich sofort auf die Terrasse hinauf. Der Himmel trägt ein wunderschönes, wolkenloses Blau – wie durch einen Zauber ist der Smog, der gewöhnlich über Kalkutta hängt, verschwunden. Ich breite meine Arme aus und wirbele herum, singe: »Freiheit, Freiheit, Freiheit!« Im allgemeinen benehme ich mich nicht derart kindisch, doch heute kann ich einfach nicht anders. Endlich will es mir real erscheinen, daß ich in weniger als drei Monaten – sobald die Sommerferien vorüber sind – am Lady Brabourne College mit meinem Englischstudium beginnen werde. Eine unserer älteren Cousinen, die dort studiert hat, hat mir erzählt, daß wir mit dem Studium des alten Epos Beowulf beginnen werden. Ich habe es mir bereits aus der Bibliothek geliehen und es gelesen. Manchmal flüstere ich die Namen vor mich hin: Grendel, Hrothgar, die tapfere und schöne Königin Wealhtheow in der Met-Halle. Und die kleinen Härchen auf meinen Armen richten sich vor Freude auf.

Als ich schließlich innehalte, atemlos und verschwitzt, höre ich jemanden klatschen. Es ist ein trostloser, unrhythmischer Klang. Ich fahre herum und erblicke Sudha, die im Schatten des Wassertanks sitzt, sie muß sogar noch früher hier heraufgekommen sein. Ihr Gesicht trägt einen eigenartigen Ausdruck. Aber natürlich. Für sie bedeutet der heutige Tag genau das Gegenteil von dem, was er für mich ist. Jede Stunde, die verstreicht, wird ein weiterer Nagel sein, der die Tür zu ihrem Gefängnis verschließt.

Während die heißen Terrassensteine unter meinen Fußsohlen brennen, schwöre ich mir eins: Von nun an werde ich

Sudhas Augen und Ohren sein. Ich werde ihr alles beibringen, was ich lerne. Die Welt, die Tante N ihr vorenthält – ich werde sie zu ihr tragen.

Aber ich habe keine Gelegenheit, ihr dies auch nur zu verraten, denn Pishi ruft uns nach unten, damit wir unsere Bäder nehmen. Es wird eine spezielle *puja* für uns geben, um die neun Planeten zufriedenzustellen, damit sie uns mit Erfolg und angenehmen Überraschungen segnen.

~

Ramur Ma sitzt heute nicht mit im Wagen, als wir zur Schule fahren, denn die Mütter benötigen ihre Hilfe bei den Vorbereitungen für das Abendessen, das sie zur Feier unseres Abschlusses geben werden. Es kommen lediglich einige enge Freunde der Familie, aber wie bei allem bei uns zu Hause, muß auch dies nach Plan ablaufen. Solch komplizierte Vorbereitungen machen mich für gewöhnlich ungeduldig, aber dieses Mal muß ich gestehen, daß ich aufgeregt bin. Die goldumrandeten Einladungen sind schon vor Wochen verschickt worden, und die goldumrandeten Antworten wurden sorgfältig gezählt. Der Festsaal wurde vom Staub befreit, gelüftet, und es wurden neue Kerzen in die Kronleuchter gesteckt. Tante N hat das schwere Silbergeschirr aus Urgroßvaters Zeiten polieren lassen und Pishi Bouquets aus *kena*-Blumen in riesigen Messingvasen am vorderen Eingang arrangiert. Eine Stunde vor dem Eintreffen der Gäste wird Ramur Ma Sandelholzpulver auf eine entzündete Kohlenpfanne streuen und damit durch das ganze Haus gehen, damit jeder Raum mit Duft erfüllt ist. Meine Mutter muß die härteste Aufgabe von allen meistern: ein Geschenk für jeden Gast kaufen, eine Kleinigkeit nur (denn mehr erlaubt unser Familienbudget nicht) und doch etwas Elegantes – denn so danken die Chatterjees für gewöhnlich jedem Gast für seine guten Wünsche.

Allein die Tatsache, daß Ramur Ma, unser Wachhund, einmal nicht mitfährt, erfüllt mich mit einer schwindelerregenden Fröhlichkeit. »Laß uns eine Liste aufstellen, was so großartig daran ist, mit der Schule fertig zu sein«, schlage ich Sudha vor.

»In Ordnung. Du fängst an.«

»Wir müssen uns nicht mehr mit Schwester Baptista abgeben und uns anhören, wie sie sagt: ›Meine Damen, meine *Damen*, das ist *höchst* ungehörig‹, wann immer wir eine Meinung äußern, die von der ihren abweicht. Jetzt bist du dran.«

Doch Sudhas Blick ist starr nach vorn gerichtet, ihre Hände umklammern die Rückseite von Singhjis Sitz.

Da ist er, wieder einmal in einem seiner höllisch weißen Hemden. Er steht in der Nähe des Buchstands, seine Augen blicken suchend über die Straße.

Warum muß das ausgerechnet heute passieren?

Bevor ich es verhindern kann, beugt Sudha sich vor und sagt: »Singhji, halte bitte am Bordstein.«

Ich bin mir nicht sicher, was Singhji tun wird, ob er dem flehentlichen Ton ihrer Stimme nachgeben oder den Wagen wenden und uns geradewegs zu den Müttern zurückbringen wird. Das hier ist etwas anderes, als Pausensüßigkeiten an Straßenkinder zu verschenken. Wegen dieser Geschichte könnte er seine Arbeit verlieren.

Singhji reagiert weder mit Ja noch mit Nein. Ich versuche herauszufinden, was er denkt, aber dieses bärtige, vernarbte Gesicht ist wie ein Haus, dessen Fensterläden verschlossen sind. Nach einem kurzen Moment blicke ich zur Seite. Er strahlt eine gewisse Würde aus, die mir das Gefühl gibt, es sei vulgär, ihn anzustarren.

Wir sind fast schon an Ashok vorbeigefahren – Sudha beißt sich auf die Lippe, doch auch sie besitzt Würde und äußert ihre Bitte kein zweites Mal –, als Singhji den Wagen mit einer schnellen Drehung des Steuers an den Rand lenkt. »Aber machen Sie nicht zu lange, *Missybaba*«, sagt er. Er lächelt nicht, doch seine Augen begegnen den unseren einen Atemzug lang im Rückspiegel. Wie kommt es nur, daß mir in all den Jahren niemals aufgefallen ist, wie gütig sie blicken?

Sudha ist bereits am offenen Fenster, streckt die Hände hinaus, und Ashok kommt herübergeeilt, um sie zu ergreifen. Ich bin überrascht, wie schnell dies geschieht, daß keiner von beiden auch nur im geringsten zögert. Es ist ganz so, als ob sie sich bereits seit Jahren kennen würden. Sie erinnern mich an die Geschichten, die Pishi uns über die großen Liebenden der Mythen erzählt hat: Shakuntala und Dushmanta, Nala und Damayanti, Radha und Krishna, und wie sie einander in Träumen erschienen und ihre verborgensten Geheimnisse miteinander teilten. Das ist natürlich unmöglich. Und doch, wenn ich mir Ashoks und Sudhas Gesichter betrachte, so erscheinen sie mir verändert. Ashoks Gesicht ist älter und schmaler, als sei durch sein Sehnen all das Knabenhafte fortgebrannt. Und Sudha – ich erkenne meine Cousine in dieser strahlenden Frau beinahe nicht wieder. Sie kommt mir so ruhig, so gelassen vor, als sei sie bereits seit langer Zeit auf dieses Treffen vorbereitet. Als hätte sie gewußt, daß es stattfinden wird.

Sie sprechen wie Vertraute miteinander, als würden sie die Fäden einer erst kürzlich unterbrochenen Unterhaltung wieder aufnehmen.

»Wir werden uns lange nicht mehr sehen können«, sagt Sudha. »Jetzt, wo ich mit der Schule fertig bin, werde ich nicht mehr oft die Erlaubnis erhalten, aus dem Haus zu gehen. Mutter beginnt, sich nach passenden Partien für mich umzusehen.«

»So bald schon?« Ashok macht einen erstaunten Eindruck. »Ich hätte nicht gedacht, daß –«

»Bevor ich in weitere Schwierigkeiten gerate, sagt sie!«

Wie erträgt sie es nur, darüber zu scherzen?

»Mein Vater ist geschäftlich unterwegs, aber ich werde mit ihm sprechen, sobald er zurückkommt«, sagt Ashok mit entschlossener Stimme. »Meine Eltern wollten sich eigentlich erst nach meinem College-Abschluß mit meinen Hochzeitsplänen befassen, aber wenn ich ihnen die Sache erkläre, werden sie es sicher verstehen.«

Meint er das wohl ernst? Seine Eltern müssen Heilige sein. Und Zauberer dazu, wenn sie Tante N davon überzeugen wollen, daß ihr Sohn, der schwarzherzige Schurke, der das Herz ihrer kleinen Tochter gestohlen hat, eine geeignete Partie für ihre Sudha ist.

»Bitte beeil dich«, drängt Sudha ihn. »Ich weiß nicht, wie lange ich meine Mutter noch hinhalten kann. Aber glaubst du wirklich, daß sie zustimmen werden? Sie kennen mich doch gar nicht –«

»Das werden sie gewiß, wenn ich ihnen erst einmal erzählt habe –«

»Und ich bin mir nicht sicher, ob *du* mich überhaupt kennst.« Doch nun lächelt sie.

Er hebt ihre Hand an seine Wange – hier, mitten in Kalkutta, wo die ganze Welt zusieht. Ist er nun unglaublich mutig oder nur dumm? »Es gibt eben die unterschiedlichsten Wege des Wissens.« Er lächelt ebenfalls.

Singhji räuspert sich.

»Ich muß weiter«, sagt Sudha.

»Warte, ich wußte nicht, daß du gerade die Schule abgeschlossen hast. Was kann ich dir nur geben? Ah …« Er dreht an seinem Finger und zieht einen Ring ab. Er flackert wie ein Feuerauge auf seiner Handfläche.

Diamanten? Aus seiner einfachen Kleidung und der Leichtigkeit, mit der er sich auf den Straßen Kalkuttas bewegt, hatte ich geschlossen, daß Ashok aus einer Mittelklassefamilie stammt. Er benahm sich ganz gewiß nicht wie diese hochnäsigen reichen Jungen, die ich ab und zu auf Geburtstagen oder Hochzeiten kennengelernt hatte. Doch später würde Sudha mir zu meiner Überraschung erzählen, daß sein Vater – ein Selfmade-Mann – der Besitzer einer der größeren Reedereien Kalkuttas ist.

»Nein, nein«, wehrt Sudha ab. »Er sieht sehr teuer aus.«

»Das ist er auch«, erwidert Ashok, doch ohne jegliche Arroganz. »Ich würde dir niemals etwas geben, das nicht erstklassig ist.« Die nüchterne Stimme, mit der er den Ring über den Finger meiner Cousine streift, läßt mich rätseln, wie reich seine Familie wohl tatsächlich sein mag.

»Aber wie willst du das denn erklären? Wie soll ich –«

»Ich kann mit meinen Sachen tun und lassen, was ich will. Und was dich angeht – es kann ja ein Geheimnis bleiben, bis es soweit ist.«

»Bis es soweit ist!« Sudha wiederholt die Worte, als handele es sich um einen Zauberspruch.

Singhji startet den Wagen. Die Liebenden – ja, so wenig ich mich auch mit dem Gedanken anfreunden mag, so muß ich doch akzeptieren, daß sie genau das sind – lösen widerstrebend die Hände, Finger berühren sich bis zum letzten Augenblick. Sie winken nicht, sondern schauen einander mit tiefer Konzentration an, bis der Wagen um eine Ecke biegt. Ich blicke meine Cousine verstohlen an. Ich fürchte, daß sie weinen wird, doch als sie den Ring an die Lippen führt, macht sie einen gelassenen und gefaßten Eindruck.

Meine arme Sudha. Glaubt sie wirklich, daß Tante N ihr erlauben wird, einen Jungen aus einer niedrigeren Kaste zu heiraten, aus einer Familie, die ihr Geld mit Handel gemacht hat? Jemand, den Sudha selbst ausgesucht und damit Tantes Autorität angefochten hat?

Sonnenlicht fängt sich in dem Ring, als wir vor der Schule halten, und die Steine funkeln kurz auf. Sudha zieht ihn vom Finger und läßt ihn in ihre Bluse gleiten. »Schau nicht so besorgt drein, Anju!« fordert sie mich auf. »Ich werde ihn dir zur Aufbewahrung geben, wenn wir zu Hause sind. So wird Mutter ihn selbst dann nicht finden, wenn sie wieder einmal meine Schubladen durchsucht, wie sie es von Zeit zu Zeit tut. Es ist ja nur für eine kleine Weile, bis ich heirate.«

Vielleicht hofft sie mit Recht. Vielleicht vermögen Liebe und Sehnen sie wirklich in einem Zauber zu umfangen. Man muß sich doch nur das Zusammentreffen am heutigen Morgen ansehen. Vielleicht sind Ashoks Entschlossenheit und der Reichtum seiner Eltern groß genug, um Tante N's Meinung ins Wanken zu bringen.

Falls nicht – doch ich vermag den Gedanken nicht zu ertragen, was dies für Sudha bedeuten könnte. Noch nicht.

~

Der Sturm beginnt am späten Abend. Nach den Feierlichkeiten in der Schule, der letzten Versammlung, in der Schwester

Baptista uns alle damit überrascht, daß sie in Tränen ausbricht. Nach dem Abendessen daheim, das ganz wundervoll verläuft, ohne irgendwelche Haken, wie Tante N sie düster vorausgesagt hat. Die Gäste treffen pünktlich ein, beladen mit Geschenken und guten Wünschen. Sie behaupten, daß das Blumenkohl-*korma* unvergleichlich sei und die *rasogollahs* so weich wie Wolken. Sie bewundern uns überschwenglich, als wir in unseren passenden Benarasi Saris hereinspaziert kommen, die Mutter uns für diese Gelegenheit gekauft hat. Selbst die Teezeit-Tantchen haben nur freundliche Worte für uns. Die Mütter sind, jede auf ihre Weise, ausgelassen. Pishi wischt sich immer und immer wieder über die Augen und erzählt jedem, der es hören möchte, wie großartig Gott doch ist, und wer hätte wohl gedacht, daß nach all den großen Tragödien, die hinter ihnen liegen, dem Hause der Chatterjees noch so viel Glück vergönnt sein würde? Tante N belegt Gäste mit Beschlag und gibt stolz mit unseren Zeugnissen an. Ich gebe mir große Mühe, ein unbewegtes Gesicht zu machen, als sie proklamiert: »Sudha ist so fleißig und Anju so klug! Wir könnten uns keine besseren Mädchen wünschen!«

Mutter ist die ruhigste von allen und doch die glücklichste, denn sie ist diejenige, die sich die meiste Mühe gegeben hat, die Familie während der düsteren Zeiten über Wasser zu halten. Ob sie sich wohl an all die Tage erinnert, an denen sie morgens, in aller Frühe, zum Buchladen aufgebrochen ist, erst am späten Abend todmüde zurückkehrte, um sich dann den Haufen von Problemen anzuhören, der sich im Laufe des Tages angesammelt hatte? Sie hat für unseren Erfolg mit Sorgenfalten und grauen Haaren und chronischem Sodbrennen bezahlen müssen, und seit kurzem ist noch eine Atemnot hinzugekommen, so heftig, daß sie auf halbem Weg die Treppe hinauf stehenbleiben und sich ausruhen muß. Aber heute abend ist sie äußerst elegant in ihrer cremefarbenen *tussar*-Seide und der Perlenbrosche, die sie sich an die Schulter gesteckt hat. Als sie mir bedeutet, mich zu ihr zu setzen, und sie mir ihre Hand sanft auf den Kopf legt, da verspüre ich ein heftiges Aufwallen von Liebe in meinem Herzen. Ich verstehe, warum Sudha so viel geopfert hat, um ihre Mutter glücklich zu machen. Ich bin gewillt, das gleiche zu tun, doch glücklicherweise wird meine Mutter dies nicht von mir erwarten.

Der Sturm beginnt richtig, nachdem die Gäste gegangen sind, und Sudha und ich uns in meinem Zimmer ausziehen. Wir schalten das Licht aus und öffnen das große Fenster, denn wir beide lieben Stürme, den staubigen, elektrischen Geruch, die dunklen, sich ausbreitenden Flügel der Wolken, das ekstatische Trommeln des Regens. Wir sind zu aufgedreht, um schlafen zu können, daher nehmen wir uns viel Zeit, unsere Saris zu falten und unser Haar auszukämmen, uns die *bindis* von der Stirn zu wischen und den *kajol* von den Augen zu entfernen. Sudha schiebt sich Ashoks Ring auf den Zeigefinger und dreht ihre Hand, so daß die Diamanten im plötzlichen Licht eines Blitzes funkeln, verschwinden und vor dem nächsten Donnerschlag erneut auffunkeln.

»Aber wie kannst du jemanden so sehr lieben, mit dem du erst zweimal gesprochen hast?« erkundige ich mich. »Warum bist du bereit, ihn zu heiraten?«

»So etwas passiert eben«, erwidert Sudha verträumt. Nur mit ihrem Unterrock bekleidet und dem geöffneten Haar, das sich wie schwarzes Wasser über ihre nackten Brüste ergießt, geht sie zum Fenster hinüber. Ein *pipal*-Zweig bricht mit einem lauten Krachen ab. Der Wind bläst eine Regenbö herein, und als Sudha sich umdreht, sehe ich Tropfen wie Perlen in ihrem Haar glänzen. »Ich weiß, warum Pfauen im Regen tanzen. Weißt du es auch?« fragt mich meine herzzerreißend schöne Cousine. Ashok, denke ich, wenn du sie nur so sehen könntest! In meiner Eifersucht bin ich froh, daß er es nicht tut.

»Warum, Sudha?« beharre ich. Ich muß diese gefährliche Strömung verstehen, die sie von der sicheren Küste wegtreibt, an der ich einsam und allein zurückbleibe.

»Ich kann es nicht erklären.« Sudhas Stirn verzieht sich verwirrt in Falten, und ich erkenne, daß diese Liebe für sie beinahe ein ebenso großes Rätsel ist wie für mich. Dann hellt sich ihr Gesicht auf. »Aber ich kann dir eine Geschichte darüber erzählen, vielleicht verstehst du es dann.«

»Was für eine Geschichte?«

»Die Geschichte von der Prinzessin im Schlangenpalast.«

Es handelt sich um ein Märchen, das Pishi uns schon viele Male erzählt hat, doch Sudha hat eine Art, Dinge zu erzählen, die sie magisch und neu erscheinen läßt. Womöglich werden mir ihre Stimme und die Worte, verwoben mit der Regennacht, dabei helfen, diese Liebe zu begreifen, die so ganz anders ist als das, was sie und ich unser ganzes Leben füreinander empfunden haben.

»Es war einmal eine Prinzessin«, beginnt Sudha, »die lebte in einem Unterwasserpalast voller Schlangen. Niemand weiß, wer ihre Eltern waren oder wie sie an diesen Ort gelangte.«

»War sie unglücklich?« erkundige ich mich. Meine Aufgabe bei diesen Märchenstunden besteht darin, Aussagen zu hinterfragen und Antworten zu interpretieren.

»Nein, recht glücklich«, entgegnet Sudha. »Die Schlangen waren wunderschön – grün und gelb und gold – und sehr sanft. Sie gaben ihr zu essen und spielten mit ihr und sangen sie in den Schlaf. Sie flochten sich wie Blumengewinde in ihr Haar.«

»Wurde sie des Palastes denn nie überdrüssig? Sehnte sie sich nicht danach, die Welt draußen zu sehen?«

»Nein. Vergiß nicht, daß sie gar nicht wußte, daß das Leben noch aus mehr bestand als aus diesem düsteren, grünlichen Unterwasserlicht, diesem kühlen Palast, der aus Korallen und Seegestein erbaut war.«

»Aber dann –«

» – kam der Prinz. Er trug ein Juwel bei sich, das die Wasser des Sees zu teilen vermochte, und so erreichte er den Unterwasserpalast. Eigentlich war es ein Zufall. Er befand sich nicht gerade auf der Suche nach einer Prinzessin. Sie schlief, als er eintraf. Und als er sie weckte, vermochte sie ihren Augen nicht zu trauen. Als er sprach, da wußte sie, daß sie der wortlose Gesang ihrer Schlangenfreunde niemals wieder zufriedenstellen würde.«

»Und sie hat sich einfach so in ihn verliebt?« erkundige ich mich ein wenig spöttisch.

»Einfach so.«

»Warum?«

»Weil er sie aufgeweckt und ihr von dem magischen Universum der Menschen erzählt hat: diamantenes Licht auf schlanken Mangoblättern, *kokils*, die ihren Gefährten von den Kokospalmen aus zurufen. Er rettete sie vor der Eintönigkeit, vor zu viel Sicherheit. Im Palast hatte es keine Spiegel gegeben. Als sie in seine Augen blickte, in ihre dunkle Mitte, da sah sie sich selbst zum ersten Mal, winzig und doppelt und wunderschön. Ich glaube, deshalb liebte sie ihn am meisten. Ohne ihn hätte sie niemals erfahren, wer sie war.« Sudha lächelt dieses zärtliche, nach innen gerichtete Lächeln, und für einen Moment ist es so, als hätte sie den Sturm, das Zimmer und selbst mich vergessen. Alles und jeden außer Ashok.

Wieder ertönt draußen der Donner. Es klingt, als sei ein ganzer Baum umgefallen. Der Aufprall erschüttert das Zimmer, und zum ersten Mal durchzuckt mich Angst. Ich möchte, daß Sudha mit der Geschichte fortfährt, mir erzählt, wie der böse König die Prinzessin gefangennimmt und darauf besteht, daß sie ihn heiratet. Wie die Prinzessin nach vielen Prüfungen mit ihrer wahrer Liebe vereint wird. Doch draußen ertönt jetzt eine Serie dumpfer Schläge, wie von gigantischen Fäusten.

Dann wird mir klar, daß es sich wirklich um Fäuste handelt. Jemand pocht laut an unsere Tür.

»Mädchen, was um Himmels willen tut ihr denn? Ich klopfe schon eine Ewigkeit!« Pishis Stimme klingt gereizt. »Zieht euch an und kommt sofort mit.« Ihre Augen sind von Tränen verquollen, ihre Lippen schmal vor Sorge. Im flackernden, sandigen Licht bläht sich der weiße Sari um sie auf wie das Gewand eines Geistes. Als wir ihr den düsteren Korridor entlang folgen, fügt sie so leise hinzu, daß wir Mühe haben, sie zu verstehen: »Gouri ist sehr krank.«

II

# *Sudha*

VON ALL DEN RÄUMEN dieser Villa, die unter dem Ansturm der Zeit und alter Erinnerungen langsam zu bröckeln begannen, kannte ich Gouri Mas Zimmer am wenigsten. Es ist immer ihr Hafen gewesen, der einzige Ort, an den sie sich begeben konnte, wenn sie unsere Zankereien, die hitzigen Auseinandersetzungen der anderen Mütter, den endlosen Strom von Rechnungen leid war. In einem Leben, das zum größten Teil dem Wohl anderer gewidmet war, stellte ihr Zimmer den einzigen Ort dar, der allein ihr gehörte. Spät am Abend ertönten manchmal die Klänge von Sitar-Musik hinter der geschlossenen Tür, oder es erhob sich ein schwacher Duft von Rosen, so rein und süß, daß ich mich am liebsten darin zusammengerollt hätte. Doch auch wenn Gouri Ma es nie ausdrücklich sagte, so wußten wir doch alle, daß der Zutritt zu ihrem Zimmer für uns verboten war, es sei denn, sie lud uns ein. Selbst meine Mutter respektierte dies. Daher fühle ich mich heute, als wir uns alle hineinzwängen, wie ein Eindringling.

Alle sind sie da: meine Mutter, Pishi, Ramur Ma, zwei der älteren Dienstbotinnen, die schon vor unserer Geburt bei der Familie gewesen waren. Selbst Singhji, den ich noch niemals zuvor hier oben gesehen habe, trägt zwei Arzttaschen hinter einem dünnen Mann zur Tür herein, den wir nicht kennen und der einen durchdringenden Blick hat. Der alte Dr. Ganguly, unser Hausarzt, hat es wohl durch den Sturm nicht bis zu uns geschafft. Der neue Doktor bereitet schon eine Injektion vor. Es liegt ein Krankenhausgeruch aus Desinfektionsmittel und Furcht in der Luft, als er sagt: »Machen Sie bitte Platz, die Patientin muß atmen können.« Doch niemand hört ihm zu.

Gouri Ma liegt auf der Seite, die Beine an den Körper gezogen. Ihr Atem kommt geräuschvoll irgendwo tief aus ihrer

Brust. Ab und zu umklammert sie die Bettdecke mit ihren Fäusten, als wolle sie den Schmerz selbst hinausquetschen. Sie hält ihre Augen fest geschlossen. Schlimmer noch als der Schmerz muß ihre eigene Hilflosigkeit sein, die sie gewiß empfindet, während sie so daliegt und wir alle zusehen – meine stolze Tante, die ihre Schwächen, ihre Verzweiflung immer für sich behalten hat, genauso wie die vielen Nächte des privaten Schmerzes, die wohl diesem öffentlichen vorausgegangen sein müssen.

»Würde bitte jemand dafür sorgen, daß all diese Leute hier verschwinden?« sagt der Doktor verärgert, während er ein Stethoskop auf Gouri Mas Brust legt. Ich wende mich Pishi zu, aber sie umklammert vollkommen erstarrt den Bettpfosten, als handele es sich um den Mast eines sinkenden Schiffes. Singhji ist derjenige, der uns hinausführt, der die Dienstboten nach unten schickt und meiner weinenden Mutter mitteilt, daß die Memsaab sich zusammennehmen soll, wenigstens der Mädchen zuliebe. In seinem verbrannten, zerstörten Gesicht verleiht eine unerwartete Autorität seinen tiefliegenden Augen einen strengen Ausdruck. Unter diesem Blick klingt Mutters Wehklagen langsam zu einem Schluchzen ab. Er bringt uns Stühle, damit wir im Korridor warten können, schließt das Fenster im Gang, durch das der Regen hereinströmt, wischt den Boden mit einem alten Tuch auf, das er sich irgendwo beschafft hat, und setzt sich in respektvollem Abstand auf den Boden, für den Fall, daß der Doktor ihn benötigen sollte.

Die Nacht schleicht voran. Die Standuhr unten schlägt, und das hohle Echo erfüllt meinen Schädel. Am Fenster sind flatternde Geräusche zu vernehmen. Ein Vogel, der Unterschlupf sucht. Oder ist es etwas anderes? Ich kenne die alten Geschichten: Wenn jemand sehr krank ist, kommen die Seelen, die diesem Menschen im Leben nahe standen, zur Erde zurück, um ihn mit sich zu nehmen. Bei Gouri Ma wäre dies ihr Mann, mein Onkel Bijoy, dieser sanftmütige, vertrauensvolle Mann, der ein so frühes Ende im Wasser gefunden hat. Ob seine Seele, sein Geist wohl aussähe wie sein Körper zum Zeitpunkt des Todes, aufgedunsen und in einem Gewirr von Wasserschlingpflanzen verheddert? Würde er mich mit anklagendem Blick anstarren? Ich schaue schuldbewußt zu Anju hinüber, um zu sehen, ob sie weiß, was ich denke. Aber ihr Gesicht ist so hölzern wie der Stuhl, auf dem sie sitzt, und ihre Augen gleichen schwarzen Löchern, die in ihr Gesicht gemeißelt sind. Ich habe Angst, sie zu berühren, sie von dem Ort, wo immer sie sich gerade aufhalten mag, in diesen furchterfüllten Korridor zurückzuzerren.

Die flatternden Geräusche sind ohrenbetäubend geworden. Ich vermag es nicht länger auszuhalten, obwohl niemand sonst sie zu hören scheint. Zitternd stolpere ich zum Fenster und reiße es auf. *Bitte*, flüstere ich, obwohl ich unter all den Anwesenden hier das geringste Recht dazu habe. *Bitte nimm sie uns noch nicht. Wir brauchen sie so sehr.* Ein Geräusch ertönt, das an einen Schrei erinnert. Ein feuchter Wind schlägt gegen mein Gesicht, oder ist es der Geist, unzufrieden darüber, daß die Tochter des Mannes, dessen verrückter Plan sie beide in den Tod geführt hat, es wagt, zu ihm zu sprechen? Ist da ein sumpfiger Geruch in der Luft, ein phosphoreszierender Strahl im Umriß der Hände, die in die Dunkelheit davonwirbeln?

Anju bemerkt es nicht – sie ist zu weit fort –, aber meine Mutter sagt mit gereiztem Tonfall: »Sudha, was ist denn mit dir los? Sieh nur, was du getan hast! Jetzt ist der Korridor wieder naß. Mach sofort das Fenster zu!«

War dies der Augenblick, in dem sich die Tür zu Gouri Mas Zimmer knarrend öffnete, oder geschah es erst Stunden später? Ich vernehme die leise Stimme des Arztes, der Pishi Anweisungen erteilt. Ernährung, sagt er. Temperatur. Tests, die morgen beginnen sollen. Geben Sie ihr diese Tabletten hier, wenn sie Schmerzen hat. Rufen Sie mich, wenn es eine plötzliche Veränderung geben sollte.

Pishi wendet sich Anju zu. »Deine Mutter möchte mit dir reden.«

»Sehen Sie zu, daß Sie sie nicht aufregen«, ermahnt der Arzt meine Cousine, während er Singhji seine Taschen reicht. »Ihr Zustand ist besorgniserregend. Mir wäre es lieber, wenn sie im Augenblick keinen Besuch empfängt, aber sie hat darauf bestanden.«

Anjus Augen blicken mich flehentlich an. Ich spüre ihre Angst in dem salzigen Geschmack meines eigenen Mundes. Doch als ich mich erhebe, um ihr zu folgen, hält Pishi mich zurück. »Allein, hat Gouri gesagt.«

So ist es wohl manchmal, wenn wir in den Tiefen unseres Lebens versinken. Niemand kann uns begleiten, nicht einmal diejenigen, die ihre Herzen für unser Glück zu geben bereit wären.

Anju öffnet die Tür zum Zimmer ihrer Mutter. Der Geruch von Phenol und Urin dringt in den Korridor, der herzzerreißende Geruch eines schamerfüllten, hilflosen Körpers, und meine Cousine tritt über die Schwelle.

Ich liege wach in Anjus hohem, weißen Bett und warte auf sie. Nachdem der Doktor gegangen war, hat Mutter mir befohlen, mich in mein Zimmer zu begeben, doch ich habe mich wieder hinausgeschlichen, nachdem sie eingeschlafen war. Ich vermochte den Gedanken daran, daß Anju den Rest der Nacht allein verbringen sollte, nicht zu ertragen.

Ich stelle mir das Krankenzimmer vor: die Nachttischlampe, die ein wenig Licht auf die vier Pfosten des Mahagonibetts wirft, so daß sie rot-schwarz schimmern, Gouri Mas unregelmäßiger Puls, der in ihrem Hals schlägt, während sie in die Kissen gesunken daliegt. Sie wird sich nicht bemühen, sich aufzusetzen. Und auch nicht weinen. Als intelligente Frau spart sie sicherlich ihre Energie für die wichtigen Dinge auf. Ihre Stimme klingt sanft wie reißende Seide.

Welche Worte mag meine Tante benutzen, um Fehler und Furcht einzugestehen, um die Träume zu entwirren, mit denen sie Anju seit deren Geburt umhüllt hat? Ich weiß es nicht. Als Anju schließlich ins Zimmer gestolpert kommt und ich sie frage, ob es ihr gut geht, da überkommt sie ein Lachen, ein hysterisches Lachen, das nicht verstummen will und sich spiralenförmig in die Höhe schraubt, und ich habe Angst, daß jemand kommt, um nach ihr zu sehen, daher lege ich ihr die Hand über den Mund.

Anju schweigt jetzt. Nur ein kleines Zittern erfaßt ab und zu ihren Körper. Ich bringe sie dazu, sich hinzulegen. Sie dreht sich auf die Seite, um mir Platz zu machen, und ich lege mich neben sie, wie ich es schon unzählige Male getan habe. Ich breite die Bettdecke über uns und streichle ihr übers Haar, bis die Anspannung ein wenig aus ihren Beinen weicht. Kurz bevor sie einschläft, stößt sie einen tiefen Seufzer aus. »Weißt du noch, wie ich immer über Pishis Redensarten gelacht habe? Nun, ich habe gerade gelernt, es nicht mehr zu tun.«

»Was meinst du damit?« erkundige ich mich, und meine Kehle ist wie zugeschnürt vor Furcht.

»Weißt du noch, wie sie uns immer ermahnte, wir sollten vorsichtig mit dem sein, was wir sagen, denn es könnte wahr werden? Und weißt du noch, wie ich dir an jenem Abend, als deine Mutter sich entschloß, dich im Haus einzusperren, sagte, ich würde dafür sorgen, daß mit uns beiden das gleiche passiert? Nun, jetzt ist es geschehen.«

»Was meinst du damit?« wiederhole ich verständnislos. Die Worte meiner Cousine ergeben keinen Sinn.

»Frag mich heute nacht nicht mehr danach. Ich bringe es nicht über mich, darüber zu reden.«

Ich halte meine Cousine im Arm, während sie schläft, grüble über ihre Worte nach und versuche vergeblich, sie zu enträtseln. Aber ich vermag mir nicht vorzustellen, daß Gouri Ma – nicht einmal eine kranke Gouri Ma – wie meine Mutter redet. Schließlich gebe ich auf. Es ist spät und ich bin müde. Oder vielleicht hat die Angst auch einen Kurzschluß in meinem Gehirn verursacht. Anjus Kopf paßt genau in die Wölbung meiner Schulter, als sei sie ein Kind. Ihre Augen wandern unter den Lidern unruhig hin und her. Ich bete, daß Anju, deren Leben im Wachzustand in Scherben zerbricht, süße Träume hat. Der Sturm zieht über uns hinweg, der Wind verwandelt sich in eine Morgenbrise, die *ghu-ghu* beginnen mit ihrem Gurren. Langsam umgeben uns, seltsam beruhigend, die Geräusche des erwachenden Haushalts. Ein kehrender Besen, Wasser, das aus dem Brunnen geschöpft wird, das Geklapper von Milchkannen. Nach einer Weile falle auch ich in einen

Schlummer, obwohl ich nicht geglaubt hätte, Schlaf finden zu können.

Und so bewahren mich noch ein paar Stunden vor der Nachricht, daß Gouri Ma in der letzten Nacht einen leichten Herzinfarkt erlitten hat. Und als der Doktor sie warnte, daß der nächste schlimmer ausfallen könnte, beschloß sie, Anju so bald wie möglich zu verheiraten.

12

# *Anju*

DIE BRAUTVORBEREITUNGEN sind in vollem Gange, und da Mutter zu krank ist, hat sie Tante N die Angelegenheit übertragen.

Tante hat unser Leben strengen Regeln unterworfen. Jeden Morgen essen wir als erstes Mandeln, die über Nacht in Milch eingeweicht werden. (Das, so behauptet Tante, soll unseren Organismus kühlen, den Verstand beruhigen und sowohl unsere Stimmungen als auch unsere Haut verbessern.) Dann müssen wir eine halbe Stunde Yoga und Freiübungen hinter uns bringen (für unsere Ausdauer, die wir als Ehefrauen sicherlich benötigen werden, und um das Absacken verschiedener Körperteile zu verhindern, was unsere zukünftigen Ehemänner als anstößig erachten könnten). Schließlich streichen wir uns Gelbwurzpaste auf das Gesicht (zur weiteren Verbesserung des Teints) und lassen diese stinkende, juckende Maske eine halbe Stunde lang auf der Haut, während uns Ramur Ma warmes Kokosnußöl ins Haar reibt. (Langes, gutgeöltes, gebändigtes Haar symbolisiert die Tugendhaftigkeit einer Frau.)

Wenn wir baden, reiben wir uns überall mit Bimsstein ab. (»Nichts weckt eine tiefere Zuneigung des Ehemannes als seidenweiche Haut«, sagt Tante. Sie hat es sich zur Gewohnheit gemacht, uns mit diesen Brocken von Kamasutra-ähnlichem Wissen zu überraschen. Früher hätten Sudha und ich uns darüber lustig gemacht. Aber heute bin ich zu unglücklich.) Nach dem Essen liegen wir mit in Eau-de-Cologne getränkten Tüchern über den Augen im Bett. Manchmal vermag ich gar nicht zu glauben, daß dies alles mit mir geschieht. Es muß eher in einem Traum vor sich gehen: dieser leichte, feuchte Druck auf meinen Lidern, der süßliche Geruch, der sich in meiner

Kleidung festsetzt. Diese betäubende Mattigkeit, die mich davon abhält, aufzubegehren.

Bald schon ist es an der Zeit für unseren nachmittäglichen Unterricht. Ein Kerosinofen ist auf dem oberen Balkon aufgebaut worden, und eine Brahmanin mittleren Alters, die Tante für uns angeheuert hat, führt uns die Zubereitung komplizierter Nachspeisen wie *gopal-bhog* und *pati-shapta* vor, von denen ich weiß, daß ich niemals imstande sein werde, sie nachzukochen. Wir helfen bei den Vorbereitungen, halten uns aber vom Ofen fern: Eine von Tantes Freundinnen hat ihr die Geschichte einer Braut erzählt, die sich eine Woche vor der Hochzeit verbrannte, woraufhin die ganze Sache natürlich sofort abgesagt wurde. Die Brahmanin erteilt uns außerdem Unterricht in den Gesetzen der orthodoxen Hindi-Küche: Milch und Fleischprodukte dürfen nicht gemischt werden. Nicht-vegetarische Gerichte müssen in separaten Gefäßen zubereitet werden. Die linke Hand darf nicht zum Servieren von Essen benutzt werden. Ich habe sie einmal gefragt, welchen Sinn all diese Regeln haben, doch sie hat mich nur verständnislos angeschaut.

Wenn die Näherin kommt, um Sudha Nähunterricht zu geben, habe ich endlich eine Stunde frei. Ich würde gern auf die Terrasse gehen, doch Tante hat uns strikt verboten, uns der Sonne auszusetzen. Und wir dürfen auch nicht weinen – rotgeränderte Augen mit Säcken darunter würden ihre Bemühungen eines ganzen Monats zunichte machen. Daher versuche ich, mich auf ein Buch zu konzentrieren und nicht an meine Mutter zu denken.

Der Arzt hat Mutter empfohlen, sich einer Bypass-Operation zu unterziehen, doch dies hat sie abgelehnt. Sie behauptet, zu viele Leute zu kennen, die hinterher an einer Infektion gestorben seien. Und solch einem Risiko will sie sich nicht aussetzen – nicht, bis Sudha und ich verheiratet sind. Sie tut alles andere, was der Doktor von ihr verlangt: unternimmt Spaziergänge, arbeitet weniger, ißt weniger Fett. Aber das hat bisher nur dazu geführt, daß sie viel Gewicht verloren hat und ihre Wangenknochen nun so scharf wie Bergkämme unter ihrer Haut hervortreten.

Mutter ist in letzter Zeit häufig wütend, meist, weil die Müdigkeit sie zwingt, im Bett zu bleiben, wo es doch so viel zu tun gibt. Sie ist nach unten, in ein Nebengebäude gezogen, das vom Hauptkorridor abgeht, weil sie das Treppensteigen nicht mehr bewältigen kann. Ich frage mich, ob sie manchmal mitten in der Nacht aufwacht, um sich nach dreißig Jahren orientierungslos in einem neuen Bett wiederzufinden. Ob ihre Hand sich wohl nach dem vertrauten Bettpfosten mit den eingeschnitzten Weinblättern ausstreckt und nur in die dunkle Leere greift?

Sie hat sich außerdem dazu entschlossen, den Buchladen zu verkaufen. Ansonsten, so erklärt sie mir, hätten wir nicht genug Geld für zwei Hochzeiten. Zwei Mitgiften. Ich habe gelernt, daß eine Mitgift eine sehr delikate Angelegenheit ist. Eine gute Familie wird niemals einen bestimmten Geldbetrag fordern oder eine bestimmte Liste mit Dingen. Das wäre zu taktlos. Und so müssen die Angehörigen der Braut ihre Wünsche erahnen und sie übertreffen, denn wenn sie dies nicht tun, könnte es einen entscheidenden Einfluß auf die Zukunft der Tochter haben.

Ich kann mir einfach nicht vorstellen, daß uns der Buchladen nicht mehr gehören soll. Vielleicht geht es Mutter genauso. Vielleicht ist dies ein weiterer Grund, warum sie so wütend ist. Sie hat sich all die Jahre mit einer solchen Aufopferung um diesen Laden gekümmert, hat mehr Zeit mit ihm verbracht als mit mir. Es muß schrecklich schwer für sie sein, daß schon bald irgendein Fremder an ihrem kleinen Schreibtisch im Hinterzimmer sitzen wird, um billige Liebesromane und Bestseller zu ordern, die die Regale füllen sollen.

Anfangs habe ich versucht, sie umzustimmen. »Ich kann dir doch dabei helfen, den Laden zu führen, während ich aufs College gehe«, bettelte ich. »Ich werde mich um all die vielen Kleinigkeiten kümmern – viele kenne ich doch schon, und Manager *babu* kann mir den Rest beibringen.«

Mutter schüttelte entschlossen den Kopf, als ob die Papiere bereits unterzeichnet seien. Ich machte ein langes Gesicht, und sie ergriff meine Hände und sagte: »Es tut mir leid, Anju, ich habe dich enttäuscht, nicht wahr? Deine Pläne fürs College und nun der Buchladen. Ich wollte ihn dir hinterlassen – auf deinen Namen, nicht auf den deines Mannes –, damit du ihn nach deinen Wünschen führen kannst. Ich fürchte, man erhofft sich vieles im Leben, was nicht eintrifft.« Sie verstummte, um Atem zu schöpfen, und fuhr fort: »Aber ich werde dir eins versprechen, Anju Ma. Ich werde für dich eine Hochzeit mit einem Mann arrangieren, der dir erlauben wird, das College zu besuchen und der dir zugesteht, zu arbeiten, wenn es dein Wunsch ist.«

»Aber *warum* muß ich so schnell heiraten?« rief ich wütend. »Warum kannst du nicht statt dessen diese Operation machen lassen? Warum hast du solche Angst? Der Arzt hat gesagt, es sei heutzutage nicht mehr so gefährlich …«

Aus der Art und Weise, wie Mutter ihre Lippen zusammenpreßte, bis sie weiß waren, schloß ich, daß ich sie verärgert hatte. Aber sie erwiderte nur: »Ich kann ein solches Risiko nicht eingehen. Was ist, wenn ich sterbe? Wer soll sich dann um dich und Sudha kümmern? Wer soll sicherstellen, daß du eine gute Partie machst?« Dann lehnte sie sich zurück, schloß die Augen, und Pishi kam mit einem Glas Limonen-*sharbat* herein und bedeutete mir besorgt, zu gehen.

An den Abenden, wenn die schreckliche Junihitze ein wenig nachgelassen hat, versammeln wir uns um Mutter und geben uns besondere Mühe, fröhlich zu sein. Pishi stellt das Radio an, damit Mutter sich die Lieder von Tagore anhören kann, die sie so gern mag. Ramur Ma kommt mit einem Teetablett zur Tür herein, und Tante Nalini füllt die Tassen. An jenen Abenden benutzen wir das gute Porzellan. Zuerst hat Mutter protestiert. Doch als Pishi sagte: »Wozu bewahren wir es denn eigentlich auf? Welche Gelegenheit könnte besser sein als diese, wo die Familie noch zusammen ist, bevor die Mädchen ins Heim ihrer Männer fortgehen?« da hat sie sich nicht weiter gewehrt. Vielleicht dachte sie, daß sie selbst schon bald fort sein würde.

Die Tassen sind wirklich sehr schön. Auf den Innenseiten sind Drachen hineingemalt, so daß man mit jedem Schluck ein wenig mehr ihrer grünen, glänzenden Schuppen freilegt.

»Ein reisender chinesischer Prinz hat sie einmal deinem Großvater geschenkt«, erklärt Pishi. »Er sagte, die Drachen besäßen besondere Kräfte, und wenn man sie zufriedenstellt, dann erfüllen sie einem einen Wunsch.«

»Aber wie kann man sie denn zufriedenstellen?« erkundigt sich Sudha. Nach all den Jahren ist sie immer noch das Mädchen, das an Sternschnuppen und Dämonen glaubt.

»Das wollte er uns nicht erzählen. Das müsse jeder für sich selbst herausfinden, sagte er. Sonst würde der Wunsch nicht in Erfüllung gehen.«

»Netter Trick!« murmle ich in mich hinein. Aber als meine Tasse leer ist, starre ich den Drachen an. Daran läßt sich erkennen, wie albern ich in meiner Verzweiflung geworden bin. Die Drachenflügel scheinen zu flattern, zumindest ein kleines bißchen. Sein Rubinauge glänzt. Womöglich ist er ja ein Cousin der Zauberschlangen aus Sudhas Märchen? Mach meine Mutter gesund, befehle ich ihm. Aber ich treffe nicht den richtigen Tonfall. Der Drache peitscht beleidigt mit seinem Schwanz und verwandelt sich wieder in Porzellan.

Zum Abschluß des Abends sprechen die Mütter über potentielle Ehemänner. Bei diesen Gesprächen ist es uns nicht erlaubt, dabei zu sein. Die Mütter wollen unsere Köpfe nicht mit romantischen Ideen füllen, aus denen dann möglicherweise doch nichts wird. Sobald die Männer aussortiert und erste Gespräche geführt worden sind, werden wir Details über die Glücklichen erfahren, die man in die engere Wahl genommen hat.

Daher fordert uns Tante, als die Liederstunde vorüber ist, mit einer gekünstelt jovialen Stimme auf: »Und nun lauft nur, Kinder!« Pishi öffnet den Godrej-Safe, der in der Ecke steht, und nimmt mehrere dicke, gelbe Umschläge heraus, die die schmale Handschrift der Ehestifterin tragen. Die Mütter rükken zusammen, um die Angebote ein weiteres Mal durchzusehen.

»Ich finde, wir sollten sie auch sehen dürfen«, hatte ich einmal gesagt. »Möglicherweise sind die, die ihr auswählt, nicht die, die *uns* gefallen.«

Pishi blickte unentschlossen drein, doch Tante erwiderte: »Genau. Euch würden all die Ungeeigneten gefallen, und dann stünden uns wochenlange Diskussionen bevor.«

»Vertrau uns nur, Anju«, bittet Mutter mich. »Wir wünschen uns mehr noch als ihr, daß ihr glücklich werdet.«

Was blieb mir darauf noch zu erwidern?

Aus dem, was Tante N bisher bei ihren Teenachmittagen gegenüber den Tantchen geäußert hat, läßt sich entnehmen, daß die Angebote enttäuschend sind. Möglicherweise haben die Mütter ihre Ansprüche zu hoch angesetzt. Oder vielleicht wollen die klugen Männer heutzutage auch keine Ehe mehr, die von irgendeiner verknöcherten, alten Frau vermittelt worden ist. Mir persönlich ist es egal, ob sich dieser ganze Prozeß noch Jahre hinzieht. Womöglich könnte ich die Mütter überreden, mich in der Zwischenzeit das College besuchen zu lassen. Doch dann höre ich, wie Mutter ängstlich hustet, ein dünner, reißender Laut. Ich sehe die Falten der Anstrengung um ihren Mund, wie Risse in Porzellan, und ich schäme mich für meine Selbstsucht.

Auch Sudha ist ängstlich. Sie redet nicht darüber, doch ich weiß, daß sie sich fragt, ob Ashoks Heiratsantrag wohl in einem dieser gelben Umschläge im *almirah* liegt. Die Mütter würden ihn doch wohl nicht einfach beiseite legen, ohne uns etwas darüber zu sagen, oder? Oder haben sich seine Eltern vielleicht entschlossen, gar kein Angebot zu machen?

Während die Monate vergehen und ich beobachte, wie Sudhas Augen gequält und stumpf blicken, da beginnt meine Sympathie für Ashok nachzulassen. Ich frage mich wütend, ob er seinen Eltern überhaupt von ihr erzählt hat. Womöglich war er nur in die Vorstellung des Verliebtseins verliebt. Und es hat ihm ausgereicht, den bleichen Helden zu spielen, der an der Straße wartet, um das Gefährt mit seiner Geliebten vorüberfahren zu sehen. Vielleicht kam eine Heirat in diesem Spiel nie vor.

Heute abend sitzt Sudha auf meinem Fensterbrett und starrt in die Septembernacht hinaus, wo weiße Wolken wie sorgenfreie Schwäne vorüberziehen. Wir haben einige halbherzige Versuche unternommen, eine Unterhaltung zu beginnen, sind dann jedoch beide geistesabwesend verstummt.

Bald schon kommt der Monat des Durga Puja, der als ungeeignet für Hochzeiten gilt, und für eine Weile werden die Beratungen aufhören. Bisher hat uns Mutter erst zwei Angebotsbriefe gezeigt. Einer stammte aus einer alten *zamindar*-Familie wie der unsrigen. Die andere Familie hatte vor fünfzig Jahren einmal einen Titel von den Briten erhalten. Beide Familien waren sich ihrer Wichtigkeit und der makellosen Ehe-Empfehlungsschreiben ihrer Söhne sehr bewußt. Sie waren in Wahrheit aufgeblasene Dummköpfe. Mutter mußte ebenso empfunden haben, denn als wir sie baten, nein zu sagen, da widersprach sie uns nicht. Selbst Tante N schloß sich der Entscheidung an, auch wenn sie uns auf ihre typische Art daran erinnerte, daß Kalkutta voller alter Jungfern sei, die jede Nacht in ihre Kissen weinten und ihr früheres Zieren bitter bereuten.

Wenn ich sehe, wie dünn Mutter geworden ist, wie sie vornübergebeugt auf den Stock gestützt geht, den sie seit kurzem benutzt, dann spüre ich, wie eine zusammengeknüllte Wut in meiner Kehle aufsteigt, bis ich glaube, daran ersticken zu müssen. Sie hat sich sehr bemüht, das Geheimnis ihrer Krankheit zu wahren, aber das ist in dieser Stadt mit ihren Millionen von aufmerksamen Augen unmöglich. Vielleicht bekommen wir deshalb keine Angebote für den Buchladen. Sie warten wie Geier darauf, daß wir verzweifeln. Und womöglich ist dies auch der

Grund, warum wir keine guten Heiratsanträge erhalten. Ehefrauen müssen für die Fortpflanzung geeignet sein, und die Leute wollen nichts mit Erbkrankheiten zu tun haben.

Der Klang von Sudhas leisem Weinen zerrt mich in die Gegenwart zurück. Ich gehe zu ihr hinüber und streiche ihr über den Rücken. Ich wünschte nur, ich könnte etwas tun, damit es ihr besser geht. Hilflose Wut treibt mich dazu, in Klischees zu denken. *Dieser Vollidiot*, kommt mir in den Sinn. *Dieser verdammte Feigling. Was zum Teufel hat er da nur getan?* Als mir einfällt, daß ich der Grund war, warum sie sich überhaupt kennengelernt haben, macht mich das nur noch wütender.

»Hör zu«, fordere ich Sudha auf. »Ich werde zu Mutter gehen und ihr von dir und Ashok erzählen. Wie sehr du ihn magst, und daß du nicht glücklich werden könntest, wenn du einen anderen heiraten mußt. Sollte sie Bedenken haben, weil er aus einer anderen Kaste stammt, so werde ich sie an Tantchen Priyas Sohn erinnern, der nach Oxford gegangen ist und sich eine britische Ehefrau mitgebracht hat, die jeder anbetet.«

Sudha hört auf zu weinen. Ihre Augen werden kugelrund. Sie hört mir andächtig zu.

»Ich werde mich erkundigen, ob Ashoks Familie ein Angebot gemacht hat, und falls nicht, so werde ich Mutter bitten, an sie heranzutreten. Und falls sie kein Interesse an unserem Angebot haben sollten, dann können wir die ganze Sache vergessen und in dem Bewußtsein weiterleben, daß wir –«

»Nein!« fällt mir Sudha mit erstaunlicher Energie ins Wort. »Ich möchte nicht, daß du Gouri Ma irgend etwas sagst.«

»Aber warum denn nicht? Du liebst ihn doch, oder? Und diese ganze Warterei macht dich verrückt, stimmt's? Warum sollte ich sie dann nicht fragen? Warum sollen wir Frauen immer warten, bis irgendwelche Dinge mit uns geschehen?«

»Nein, Anju! Falls mich Ashok wirklich liebt, falls er mich wirklich heiraten möchte, dann muß er den ersten Schritt tun.«

Also wirklich, Sudha kann ein solcher Dickkopf sein! »Das hier ist nicht der richtige Augenblick für falschen Stolz«, ermahne ich sie. »Und wie willst du außerdem wissen, ob er nicht schon den ersten Schritt getan hat?«

»Nun, wenn sie sein Angebot abgelehnt haben, muß er sich einen neuen Plan ausdenken. Und das wird er. Wenn er mich wirklich liebt, tut er das.«

Ich starre Sudha ins Gesicht, sehe die Flecken fiebriger Röte auf ihren Wangen, sehe den geistesabwesenden, verträumten Blick in ihren Augen. Woran erinnert er mich nur?

Und dann weiß ich es. Wenn wir als Kinder die Märchen nachspielten, war Sudha immer die gefangene Prinzessin, die ich retten mußte – und dann trug sie genau diesen tranceähnlichen Ausdruck auf dem Gesicht. Im Verlauf meiner Rettungsaktionen geriet ich immer in Schwierigkeiten – das gehörte mit zum Spiel –, mein königliches Pferd stolperte, während ich den Hügel aus menschlichen Schädeln hinaufkletterte, oder eine Seeschlange umschlang mich und drohte mich zu erdrücken, doch sie unternahm nie einen Versuch, mir zu Hilfe zu kommen. Statt dessen saß sie mit gefalteten Händen und einem konzentrierten Gesichtsausdruck auf dem Bett, während ich mich auf dem Boden wälzte und mit den Monstern kämpfte, die ihrer Phantasie entsprungen waren. Einmal hatte ich sie aufgebracht gefragt – denn es machte nicht sehr viel Spaß, so zu spielen –, warum dies so sein müsse.

Sie hatte mich überrascht angesehen. »Aber es ist doch *deine* Aufgabe, Hindernisse zu überwinden und dich zu beweisen«, erwiderte sie. »Das müssen Prinzen nun einmal tun. Wenn ich dir helfen würde, wäre es nicht mehr dasselbe.«

Ich bin mir nicht sicher, wann Sudha begann, sich in dem Zaubernetz der Geschichten zu verfangen, die sie so sehr liebte und so wundervoll erzählte. Wann sie irgendwo tief in ihrem Inneren, an einem der Logik unzugänglichen Ort, begonnen hatte, Ashok in den Prinzen zu verwandeln, der sie aus den Fängen des bösen Königs befreien muß. Sobald er es geschafft hatte, sie auf sein milchweißes Roß zu setzen, würde sie ihm treu ergeben bis ans Ende der Welt folgen. Doch bis dahin erlaubten es die Regeln der Geschichte weder ihr noch mir, ihm irgendwelche Hilfe angedeihen zu lassen.

»Bitte, Sudha«, versuche ich es erneut. »Hier geht es um dein Leben, nicht um irgendein dummes Märchen in einem

Buch. Im wirklichen Leben verlaufen die Dinge anders als in diesen Geschichten. Und selbst wenn es so wäre, bin ich mir sicher, daß die Prinzessin nicht einfach herumsitzen würde und –«

»Versprich mir, daß du dich nicht einmischen wirst, daß du Gouri Ma nichts von Ashok verrätst«, verlangt Sudha. Ob sie überhaupt ein einziges Wort von dem, was ich gesagt habe, gehört hat? Im milchigen Licht des Mondes hat ihr Gesicht ein phosphoreszierendes, fanatisches Glühen angenommen. »Versprich es!« Ihr Blick bohrt sich in meinen, bis ich widerwillig meine Zustimmung brumme.

»Danke, Anju«, ruft sie und schließt mich überschwenglich in die Arme. »Ich wußte, daß du es verstehen würdest. Und jetzt gehen wir wohl besser zu Bett. Sollte Mutter morgen dunkle Ringe unter unseren Augen entdecken, wird sie uns das noch wochenlang vorhalten.«

Doch ich bleibe noch lange, nachdem Sudha gegangen ist, am Fenster stehen. Die Nachtluft, die inzwischen neblig geworden ist, umhüllt mich wie ein feuchter, moderiger Schleier. Ich kann nicht sehen. Ich kann nicht atmen. Ich habe Angst, daß Sudha einen schrecklichen Fehler begeht, und ich, deren Aufgabe es ist, sie aufzuhalten, weiß nicht, wie ich dies anstellen soll.

13

# *Sudha*

ICH BIN VERZWEIFELT.
Es ist ein Heiratsantrag für mich eingetroffen, bei dem sich die Mütter einig sind, daß es sich um ein ganz wundervolles Angebot handelt. Er stammt von einer Familie aus Bardhaman, einer Stadt, die weder zu klein noch zu weit entfernt ist. Die Familie Sanyal – so lautet ihr Name – ist vornehm und reich, aber nicht *zu* vornehm und nicht *zu* reich. Der Bräutigam, Ramesh, ist auch vaterlos aufgewachsen. Nach Mr. Sanyals Tod haben habgierige Verwandte versucht, Rameshs Mutter aus dem Familiengeschäft zu drängen. »Aber sie war zu klug für sie«, erzählt Pishi. »Sie hat ihre hinterhältigen Pläne durchkreuzt und das Geschäft sehr erfolgreich geleitet – ganz wie deine Tante Gouri –, so daß es den drei Söhnen an nichts fehlte.«

Außerdem war sie am Telefon ausgesprochen charmant. Und freimütig. »Ich sage es Ihnen ganz offen: Trotz seines Namens ist mein Sohn kein Gott der Schönheit«, hatte sie Gouri Ma mit einem Lachen anvertraut. »Deshalb suche ich eine schöne Braut für ihn. Meine Motive sind recht egoistisch, das gebe ich zu: Ich wünsche mir gutaussehende Enkelkinder!«

Der Sohn, der kein Gott der Schönheit ist, bekleidet einen hohen Posten bei der Eisenbahngesellschaft Indian Railways und ist viel geschäftlich auf Reisen. Ich solle mir keine Sorgen machen, sagt meine potentielle Schwiegermutter. Ich muß nicht mit ihm zu all diesen gottverlassenen Orten reisen, wo neue Bahngleise gelegt werden. Ich darf zu Hause, bei ihr bleiben und ihr die Tochter sein, die ihr niemals vergönnt war. Sie freut sich darauf, den Haushalt in meine Obhut zu übergeben und ihre Zeit mit den Gebetsperlen verbringen zu können. Und, oh ja, eine Mitgift sei nicht so wichtig, bei dem Gehalt ihres Sohnes und den Erträgen aus dem kürzlich erfolgten Verkauf des Geschäfts hätten sie mehr als genug zum Leben.

»Stellt euch nur vor, keine Mitgiftforderungen!« sagt Mutter beeindruckt. »Natürlich werden wir Sudha eine prächtige Aussteuer mitgeben. Wir wollen doch nicht, daß die Leute später einmal sagen, die Chatterjees hätten sich bei der Hochzeit ihrer Tochter wie Geizhälse aufgeführt.«

Pishi betrachtet forschend das Photo des Bräutigams, den langen, schlanken Körper, die dunkle Haut, das unscheinbare Gesicht, das ein wenig zurückweichende Kinn. »Er ist doch nicht zu häßlich für unsere Sudha, oder?« erkundigt sie sich.

»Nonsens«, erwidert meine Mutter. »Ich habe schon viel Schlimmeres gesehen.«

»Seine Augen blicken freundlich und intelligent«, sagt Gouri Ma. »Er wird Sudha zu schätzen wissen. Das ist das Wichtigste. Sie werden sich über ihre liebenswerte Natur und ihr Pflichtbewußtsein freuen.«

Wenn sie nur wüßte, wie verbittert ich bin, wie mir nach Ungehorsam zumute ist. Meine Brust steht in Flammen, als hätte ich ein ganzes Nest roter Ameisen verschluckt. Ich habe Angst, verrückt zu werden.

Ashok, wo bist du? Hast du mich vergessen?

~

Da ich nicht weiß, was ich sonst tun könnte, mache ich mich auf die Suche nach Singhji. Er hat mir schon einmal geholfen. Vielleicht ist er bereit, es wieder zu tun.

Nach dem Mittagessen, als alle anderen schlafen, werfe ich das in Eau de Cologne getauchte Tuch beiseite und klettere aus dem Bett. Ich schleiche auf Zehenspitzen durch die leisen Schnarchgeräusche und das Dröhnen der Deckenventilatoren. Im Korridor unten erstarre ich für einen Moment, als ich ein Husten vernehme. Doch dann bin ich draußen, renne über die Kiesauffahrt zu dem kleinen Pförtnerhaus hinüber, wo einst unser Pförtner wohnte, als wir noch einen hatten. An den Nachmittagen, an denen Singhji nicht benötigt wird – und es werden immer mehr, da Gouri Ma nur noch selten in den Buchladen fährt –, ruht er sich hier aus. Gouri Ma hat ihm angeboten, dort einzuziehen, doch Singhji hat auf jene höfliche, wortkarge Weise abgelehnt, die ihm zu eigen ist. Vielleicht fand er Gefallen an der Distanz, an der Möglichkeit, uns und unsere Sorgen aus seinem Kopf zu verbannen, wenn er abends nach Hause ging.

Ich klopfe an die Tür. Mein Herz pocht heftig, unrhythmisch. Es gehört sich ganz und gar nicht für die Tochter des Hauses, an die Tür des Chauffeurs zu klopfen, selbst wenn er alt genug ist, um ihr Vater zu sein.

Als Singhji die Tür öffnet, spiegeln sich auf seinem schokkierten Gesicht meine Gedanken wider. »Sudha *Missybaba*, Sie sollten nicht hier herkommen, besonders nicht, da Ihre Heirat nun arrangiert ist«, sagt er, während er versucht, mit leicht zittrigen Fingern die Enden seines Turbans festzustecken. Ich bemerke die Furchen, die seine fleckige, vom Feuer geglättete Stirn durchziehen, sehe, wie er sich für einen Moment an der Tür festhält, als sei ihm schwindelig. »Jemand könnte etwas Schlechtes sagen.«

Wie hatte ich nur glauben können, daß mir dieser arme, alternde Mann, dessen kurze Ruhepause ich gestört habe, helfen könnte?

Der Nachmittag riecht nach dem Honigduft der Trompetenblumen, die sich über die Mauer des Pförtnerhauses ergießen. Wie ungerecht ist es doch, daß es so viel Schönheit in der Welt gibt, während mein Herz zerbricht! Ich vermag die Tränen, die ich so lange zurückgehalten habe, nicht mehr zu kontrollieren.

Ein gepeinigter Ausdruck überzieht Singhjis für gewöhnlich so ausdrucksloses Gesicht, und er streckt seine Hand aus, als wolle er am liebsten meinen Arm berühren. »Nicht weinen, *beti*«, sagt er schließlich. »Weinen hilft nicht. Das habe ich gelernt, als ich meine Familie verloren habe.« Er blickt an mir vorbei in die Luft, und ich frage mich, ob er sich an das Kind erinnert, das er einst hatte. Möglicherweise hat er mich deshalb *beti* genannt.

»Nein, weinen hilft nicht«, sagt Singhji noch einmal. »Wir müssen uns einen Plan ausdenken.«

# 14

# *Anju*

HEUTE WAREN die Sanyals hier, um sich Sudha anzusehen.

Ich hatte Angst, weil ich nicht wußte, wie sie es aufnehmen würde. Seit dem Eintreffen des Angebots verhält sie sich seltsam. Manchmal liegt sie mit dem Gesicht in ihr Kissen vergraben so still da, daß man sie für tot halten könnte. Manchmal starrt sie eine geschlagene Stunde wie hypnotisiert auf die *pipal*-Bäume hinaus. Sie will mir immer noch nicht erlauben, mit Mutter über Ashok zu reden. In den seltenen Nächten, wenn ich sie überreden kann, in meinem Zimmer zu schlafen, erwache ich oft und beobachte, wie sie auf und ab läuft und den Saum ihres Sari zu einem Tau verdreht. Als ich ihr einmal sagte, daß sie noch durchdrehen wird, wenn sie so weitermacht, stieß sie mich ungeduldig zur Seite. »Ich wünschte nur, es wäre so!« erwiderte sie mit einer bitteren Stimme, die nicht ihre eigene war.

Der Besuch von Sudhas zukünftiger Schwiegermutter wurde recht kurzfristig angekündigt. Sie rief am Abend vorher an und teilte uns mit, daß sie geschäftlich nach Kalkutta müßten und gern am Nachmittag für ein paar Minuten vorbeikommen würden. Wir sollten keine Gedanken an ein Mahl verschwenden und uns auch sonst keine Umstände machen. Sie wollten sich nur das Mädchen anschauen.

Aber natürlich wollte Tante N nichts davon hören. »Es ist ein Test!« behauptete sie. »Ich habe schon von solchen Sachen gehört! Und später werden sie sich dann beschweren, daß wir ihnen keinen Respekt erwiesen haben. Das wird ihnen als Entschuldigung dienen, meine arme Sudha schlecht zu behandeln – oder auch die Hochzeit abzusagen.« Ich hätte am liebsten gesagt, daß wir in einem solchen Fall Sudha vielleicht besser nicht in diese Familie einheiraten lassen sollten, doch seit Mutters Krankheit bemühe ich mich, keinen Ärger zu produzieren.

Tante gab keine Ruhe, bis Mutter die Sanyals zurückrief und diese sich nach langem Hin und Her bereit erklärten, zum Tee zu bleiben. Für den Rest des Abends war der Haushalt in Aufruhr. Tante wies die Dienstboten an, alles zu säubern, für den Fall, daß Mrs. Sanyal sich entschied, einen kleinen Spaziergang durch das Haus zu machen. Nachdem sie sich endlich mit Pishi darüber geeinigt hatte, was zum Tee serviert werden sollte, schickte sie Singhji auf den Abendbasar, um ganz frische Zutaten zu besorgen.

Dann mußte überlegt werden, was Sudha anziehen sollte. Tante wünschte sich etwas Ausgefallenes, mit viel Goldstickereien, während Mutter fand, daß etwas Schlichtes empfehlenswert sei. Sie ließen Ramur Ma ganze Armladungen voller Saris herunterholen, die Tante einen nach dem anderen um Sudha drapierte. Ich hatte Angst, daß Sudha nach dem achten oder neunten Versuch explodieren würde – ich hätte es getan. Doch sie saß nur schweigsam da, mit einem verschlafenen Lächeln auf dem Gesicht. »Sieh nur«, flüsterte Tante N Pishi zu, »sie träumt schon von ihrem zukünftigen Ehemann.« Aber ich kannte meine Cousine besser, und dieses Lächeln beunruhigte mich. Doch was mich noch mehr beunruhigte war die Tatsache, daß Sudha mir nicht antworten wollte, als ich sie später unter vier Augen danach befragte. Sie umarmte mich nur und erwiderte: »Noch nicht, liebste Anju. Es könnte Unglück bringen, darüber zu reden. Ich werde es dir später erzählen.«

Die Sanyals kommen eine geschlagene Stunde zu spät.

»Das hat nichts zu bedeuten«, wird Tante später sagen. »Ich kenne Fälle, wo die Familie des Jungen beschloß, einen ganzen *Tag* später zu kommen. All das Essen war verdorben, die Familie des Mädchens drehte durch, die zukünftige Braut war in Tränen aufgelöst und jammerte, fragte sich, ob jemand sie verleumdet hatte und die Verbindung nicht zustande kommen würde. Damit wollen sie doch nur zeigen, wer die Zügel in der Hand hält.«

Wenn mir so etwas passieren würde, wäre ich so wütend, daß ich die Hochzeit selbst abblasen würde. Warum sollte die Seite des Jungen immer die Kontrolle über alles haben?

Mrs. Sanyal hat die Dinge fest in der Hand. Das schließe ich aus der Art, wie sie mit ihrem Gefolge umgeht, das aus Ramesh, seinen jüngeren Brüdern und drei oder vier weiblichen Verwandten besteht, von denen nicht genau klar ist, in welchem Verhältnis sie zur Familie stehen. Das Ganze läuft sehr subtil ab: ein Blick hier, ein Husten dort. Und plötzlich verstummen die Cousinen mitten in einem weniger feinen Witz, und die Jungen legen die *samosas* zurück, die sie auf ihren Tellern angehäuft haben. Selbst Ramesh starrt Sudha nicht länger an und beginnt eine höfliche, wenn auch etwas langweilige Unterhaltung mit Mutter.

Ich bin mir nicht sicher, was ich von Ramesh halten soll. Er muß ein sehr fähiger Mann sein – wie sonst könnte er einen solch hohen Regierungsposten bekleiden? –, aber ich finde keinen großen Gefallen an dieser dünnen, spitzen Nase, diesem Haar, das glitschig ist vor Brylcreme und zu ordentlich heruntergekämmt wurde, und auch nicht an diesem Mund, den er ständig besorgt verzieht, außer wenn er Sudha anschaut. Denn er ist hingerissen von ihr. Das ist uns allen klar.

Mich überrascht das nicht. Schon als kleines Mädchen, in einem alten Rock und mit abgeschürften Knien, hatte Sudha etwas Strahlendes an sich gehabt, so daß die Männer sich nicht anders zu helfen wußten, als sie unablässig anzustarren. Auch die Frauen schauten ihr nach, flüsterten hinter vorgehaltener Hand, und mehr als einmal wandte sich ein wohlmeinendes Tantchen an die Mütter und warnte sie, »ein Auge auf die da zu halten, denn so viel Schönheit wird sie einmal in Schwierigkeiten bringen«. Und heute ist sie in ihrem dunkelblauen *dhakai*-Sari und mit der dünnen Goldkette, die an ihrem Hals glänzt, einfach unwiderstehlich. Kleine Haarsträhnen locken sich wie ein Heiligenschein um ihr Gesicht, als sie den Tee eingießt und die Tasse zu jedem einzelnen Gast hinüberträgt. Ihre

Fußgelenke läuten wie kleine Windglöckchen. Sie beantwortet Mrs. Sanyals Fragen ohne ein Anzeichen jener Verärgerung, die ich für diese Frau empfinde: was ihr Lieblingsfach in der Schule gewesen sei (Sticken), in welchem Verhältnis Zucker und Wasser in *rasogollah*-Syrup gegeben werden müssen (eins zu zwei), was sie für die wichtigste Pflicht einer Frau halte (sich um ihre Lieben zu kümmern).

Mrs. Sanyal ist derart beeindruckt, daß sie bekennt, keine Fragen mehr zu haben, und wir entschuldigt sind. Im Hinausgehen hören wir, wie sie Tante N für all die Mühe lobt, die sie offensichtlich in die Erziehung ihrer Tochter gesteckt habe. (Ich kann mir nur schwer ein Lachen verkneifen.) Sie sehe keinen Grund, das freudige Ereignis hinauszuzögern. Der *pandit* könne ruhig einen verheißungsvollen Tag im nächsten Monat bestimmen.

Sudha muß es auch gehört haben, doch nicht einmal ein Zittern geht über ihr Gesicht. Auch nicht, als wir mein Zimmer erreichen und ich mich auf das Bett werfe und sage: »Ich hasse es, wie Frauen vor möglichen Ehemännern zur Schau gestellt werden wie Tiere auf der Kirmes. Wie hast du nur bei all diesen dummen Fragen so ruhig bleiben können?«

»Weil ich sichergehen wollte, daß Mutter mit mir zufrieden ist. Und weil ich weiß, daß ich Ramesh nicht heiraten muß«, erwidert Sudha. Sie zieht mich in die Höhe, wirbelt mich durch das Zimmer und bricht in schallendes Lachen aus, als sie den Ausdruck auf meinem Gesicht sieht. »Keine Sorge, liebe, liebe Anju. Ich bin nicht verrückt. Ich habe gerade einen Brief von Ashok erhalten –«

»Aber wie denn das?«

»Singhji hat ihm von dem Heiratsantrag erzählt. Ja, unser Singhji! Er hat herausgefunden, wo Ashok wohnt und ist hingegangen, um mit ihm zu reden. Er war mir eine solche Hilfe – ich kann Gott gar nicht genug für ihn danken. Jedenfalls hat Ashok mir geschrieben, daß er mich wirklich liebt und schon besorgt darauf gewartet hat, von uns zu hören. Ja, er hat seine Eltern überzeugen können, und sie haben uns schon vor einer ganzen Weile ein Angebot zugesandt. Aber meine Mutter«, und hier verziehen sich Sudhas Lippen vor Bitterkeit, »hat es wohl als nicht gut genug für unsere erlauchte Familie erachtet. Jedenfalls werden wir uns morgen treffen, und er wird schon eine Lösung finden.«

Ich lasse mich auf mein Bett fallen. Einerseits mache ich mir Sorgen um Sudha, und andererseits bin ich überrascht, daß sie einen solch mutigen Schritt gewagt hat. Und ich bin verwirrt, was mich wütend macht.

»Du hattest doch gesagt, wir müßten darauf warten, daß Ashok etwas unternimmt! Daß wir ihm nicht helfen dürfen!«

»Aber wir haben ihm ja auch nicht geholfen. Ich habe ihm einfach die Neuigkeiten über meine Situation zukommen lassen, genau wie es Prinzessin Rukmini mit Lord Krishna getan hat, erinnerst du dich noch an die Geschichte? Ashok wird den Rest erledigen.«

Ich kämpfe gegen die Eifersucht an, die in mir aufsteigt. Unser ganzes Leben lang hat Sudha sich immer an mich gewandt, wenn es galt, Dinge für sie zu planen. Nun hat dieser Thronräuber in seinem weißen Hemd meinen Platz eingenommen. Doch eigentlich überwiegt die Traurigkeit. Selbst wenn sie sich träfen (wo eigentlich?) und dieses große Risiko auf sich nehmen würden, welche Lösung konnten sie schon finden? Inzwischen hatte Tante wahrscheinlich schon die ganze Hochzeit bis in Detail geplant: von den Blumen über das Essen bis zum Musiker, der das *shehnai* spielen, und der Entscheidung, wer das Bräutigam-Geschenk am Tage vor der Zeremonie zu den Sanyals bringen würde.

»Wir treffen uns morgen in aller Frühe am Kalighat-Tempel. Ich werde jetzt hinuntergehen, um Mutter zu erklären, daß ich der Göttin versprochen habe, ihr vor meiner Hochzeit noch einmal allein einen Besuch abzustatten. Sie wird so guter Laune sein, daß sie es mir erlaubt.«

Strahlend vor Vertrauen in ihren Prinzen küßt mich Sudha auf beide Wangen und rennt die Treppe hinunter. Ich bleibe zurück, kreuze die Finger, um ihr Glück zu wünschen und hoffe, daß sie nicht etwas allzu Verrücktes und Gefährliches aushecken werden.

15

# *Sudha*

Wann immer ich früher einmal den Kalighat-Tempel besucht habe, war ich umgeben von einer Vielzahl von menschlichen und tierischen Lauten: schreiende Priester, die verwirrte, wie Schafe durcheinanderlaufende Tempelgänger weiterschieben, Verkäufer, die ihre Waren anpreisen, verlorengegangene, heulende Kinder, verkrüppelte Bettler, die um Almosen bitten, blökende Ziegen, die zur Opferung gezerrt werden. Daher kommt es mir heute in der Morgendämmerung seltsam still vor. Nur die Kehrer reinigen die Stufen zum Tempel, und die ersten Blumenverkäufer drapieren ihre Ketten aus leuchtend orangefarbenen Ringelblumen und Jasmin, der so weiß ist wie frischgekochter Reis. Ich kaufe eine Hibiskuskette, rot wie das *sindur*, das verheiratete Frauen tragen, und schreite hinein.

Das Steingewölbe, in dem die Gottheit untergebracht ist, ist düster von all dem Weihrauch und dem heiligen Zauber. Später am Tag wird es zum Ersticken gefüllt sein, doch im Moment ist noch alles ruhig, und so erlaubt mir der Priester, vor dem glänzenden, schwarzen Abbild zu verharren. Den ganzen Morgen schon habe ich Gebete aufgesagt, all die Dinge aufgezählt, die ich mir wünsche, doch als ich nun in die riesigen Augen der Göttin blicke, die mit Gold und Rot eingefaßt sind, vermag ich mich an kein einziges Gebet mehr zu erinnern. Die Göttin scheint ein wenig unzufrieden, sie weiß, daß ich sie als Ausrede für ein Zusammentreffen anderer Natur benutzt habe. Doch schließlich wußte auch sie, was Liebe ist. In den Puranas heißt es, daß sie ihr Heim gegen den Willen ihres Vaters verlassen hat, um Gott Shiva, ihrem Geliebten, zu folgen. Daher denke ich, daß sie mir vergeben wird. Ich lege meinen Kopf auf den silbernen Sockel am Fuße des Abbilds. Er ist kühl und riecht nach Sandelholzpaste, und ich fühle mich getröstet.

Ich erblicke Ashok, sobald ich hinaustrete. Er steht wie vereinbart am Schrein Shivas, auf der anderen Seite des Tempels. Es ist das erste Mal, daß wir uns allein treffen, und eine unerwartete Schüchternheit überkommt mich, als er meine Hand nimmt und mich zu einer Nische führt. Doch die Zeit ist knapp. Singhji, der draußen auf mich wartet, hat mich ermahnt, daß wir innerhalb einer Stunde wieder zu Hause sein müssen, daher wird meine Schüchternheit bis zu unserer Hochzeitsnacht warten müssen.

»Geht es dir gut?« erkundigt sich Ashok und blickt mir forschend ins Gesicht. »Sind sie schon zur Brautschau bei euch gewesen?«

Ich nicke wortlos. Er kommt mir trübsinnig vor, ganz so, als hätte ihn die Entscheidung, zu heiraten, ins Erwachsenendasein katapultiert. Zwischen seinen Brauen ist eine neue Falte. Ich würde sie gern fortstreichen. Ich würde ihn gern küssen. Mir ist nach lachen und weinen zugleich. Schließlich sage ich: »Sie haben den Hochzeitstermin für heute in einem Monat festgesetzt.«

Ashok denkt sorgfältig nach, zählt an seinen Fingern ab. Dann sagt er: »Deine Mutter hat mein Angebot bereits einmal abgelehnt. Sie wird unserer Heirat niemals zustimmen, wo sie nun einen ›geeigneteren‹ Antrag erhalten hat. Wir müssen durchbrennen.«

Mein Herz überschlägt sich vor Panik. *Durchbrennen.* Die Endgültigkeit des Wortes, die einer Tür gleicht, die für immer hinter mir zugeschlagen ist, macht mich ganz schwindlig. Sie werden mich enterben. Niemals wieder soll ich diese alte, marmorne Villa betreten dürfen, die immer mein Zuhause gewesen ist, niemals wieder die Mütter sehen, nie mehr meine geliebte Anju zum Trost und aus Freude in die Arme nehmen dürfen? Ob ich das ertragen kann – selbst um Ashoks willen?

»Wir werden es in zwei Wochen tun, sobald du achtzehn geworden bist«, sagt Ashok. »Dann kann dich deine Mutter nicht zwingen, zurückzukehren und auch die Heirat nicht annullieren lassen.«

»Woher weißt du denn, wann mein Geburtstag ist?« erkundige ich mich erstaunt.

Für einen Moment blickt er geheimnisvoll drein. »Ich kenne Mittel und Wege!« Doch dann lächelt er mich an – er kann bereits kein Geheimnis mehr vor mir bewahren – und fügt hinzu: »Ich habe Singhji gefragt.«

Mir war nicht bewußt gewesen, daß Singhji meine Geburtstage so genau mitzählt. Doch Ashok redet schon von Einzelheiten: Wohin wir gehen werden, wer die Trauung vornehmen wird, wie lange wir uns hinterher verstecken müssen. Singhji hat versprochen, uns zu helfen. Ich muß nichts mitbringen. Ashok ist zuversichtlich, daß mich seine Eltern aufnehmen würden – sogar schon vor der Hochzeit, wenn er sie darum bittet. Aber um sie vor den Anschuldigungen meiner Mutter zu schützen, wird er ihnen nichts von unseren Plänen erzählen, bis die Hochzeit stattgefunden hat.

»Nun sieh nicht so besorgt drein, Sudha. Vertraust du mir denn nicht?«

Ich berühre die liebenswerte Falte zwischen seinen Brauen. Seine Haut riecht nach einer Seife, deren Namen ich nicht kenne. »Ich vertraue«, sage ich und sinke gegen ihn. Und so küssen wir uns zum ersten Mal, hinter dem großen, schwarzen Shiva-*lingam*. Seine Lippen sind erschreckend heiß. Seine Fingerspitzen verharren auf meiner Kehle. Für den Rest meines Lebens wird die Leidenschaft untrennbar verbunden sein mit dem Geruch von zerdrücktem Hibiskus und *champak*-Weihrauch, mit diesem Kribbeln in meinen Handflächen, diesem feuchten, schlüpfrigen Stein unter meinen Füßen.

Dann erblicke ich aus den Augenwinkeln, wenn auch unscharf, eine junge, hübsche Frau, die einen baumwollenen Sari der Dorfbewohnerinnen trägt, ein Muster nach alter Machart, wie man es heute nicht mehr sieht. Neben ihr steht ein großer, hellhäutiger Fremder, dessen Finger immer noch rot sind von dem Ehe-*sindur*, das er gerade auf ihre Stirn gemalt hat. Er dreht sie unverfroren zu sich herum, um ihr einen Kuß zu geben – er muß ebenfalls zu denen gehören, die die Regeln brechen. Ihr Körper beginnt zu zittern wie ein blühender Baum im Frühlingswind, und über ihr Gesicht, das mir seltsam vertraut vorkommt, gleiten Freude und Bedauern und eine aufgeregte Furcht. Hastig wende ich mich ihnen zu – ich muß herausfinden, um wen es sich handelt –, aber die beiden sind verschwunden.

Macht nichts. Tief in meinem Innern weiß ich, wer sie sind: die Schatten meiner Eltern, Eindrücke, die in dieser Tempelluft an ihrem Hochzeitstag vor einundzwanzig Jahren zurückgelassen wurden. Sind sie mir erschienen, um mich an ihre Geschichte zu erinnern? Oder um mich vor der meinen zu warnen?

Tochter und Mutter, Mutter und Tochter. Auch wenn wir gern anders darüber denken würden, so hallt in dem einen Leben das Echo des anderen wider.

Als ich vom Tor des Tempels aus zurückblicke, steht Ashok immer noch nahe dem Schrein Shivas. Sein Mund formt tonlose Worte. Ich beobachte, wie seine Lippen lautlos *meine Frau* sagen, und mein Herz zerschmilzt zu Honig. Zwei Wochen. Wie soll ich nur zwei ganze Wochen ohne ihn leben?

~

Ich liege auf dem frischgeputzten Terrassenboden. Der Mattenbelag fühlt sich kühl auf meiner Haut an, und ich starre in den Nachthimmel hinauf. Die Dunkelheit wird von den Lichtern abgeschwächt, die von dieser Stadt, die niemals zur Ruhe kommt, nach oben verschwinden. Ich würde Anju gern über die Namen der Sternbilder befragen, die schwach durch den Dunst glühen, doch sie ist eingeschlafen, den Kopf auf meinem Kissen, ihr Atem, der nach Knoblauch riecht, warm und feucht an meiner Wange. Daher wiederhole ich immer wieder den Namen des einzigen, das ich kenne: Kalpurush, der schwarze Krieger mit seinem gebogenen, glitzernden Schwert.

Ich bin auch müde, doch ich zwinge mich, wach zu bleiben. Ich halte Ausschau nach Sternschnuppen. Ich benötige zwei, genau um Mitternacht, weil ich zwei Wünsche aussprechen möchte. Einen für mich selbst und einen für Anju, denn heute ist ein vielversprechender Heiratsantrag von einer angesehenen Familie aus Kalkutta eingetroffen, den Majumdars, deren einziger Sohn in Amerika arbeitet.

Nicht etwa, daß Anju an Sternschnuppen glauben würde. Sie sind nichts weiter als brennende Meteore, behauptet sie, die nicht die Macht besitzen, irgend jemandem zu helfen – nicht einmal sich selbst.

Das weiß ich. Aber ich weiß auch, daß eine Sache viele Seiten haben kann, viele Realitäten. Ein Ball aus brennendem Gas, der seinem Untergang entgegeneilt, kann, wenn man nur stark genug daran glaubt, einem den Herzenswunsch erfüllen. Der Tod eines Sterns, die Geburt neuer Freude im eigenen Leben. Ist das nicht der Weg des Universums, das Gleichgewicht wiederherzustellen?

Ich habe Anju nichts davon erzählt. Wie schwierig ist es doch, etwas Wundersames zu erklären, selbst ihr, die ich schon seit meiner Geburt liebe. Ich hoffe, daß sie das versteht, obwohl ich mich manchmal frage, ob wirkliches Verstehen zwischen zwei Menschen überhaupt möglich ist.

Ein paar Stunden zuvor, als wir uns nach dem Abendessen auf die Terrasse geschlichen hatten, und ich ihr erzählte, wozu Ashok und ich uns entschlossen haben, war ich sicher, daß sie sich für mich freuen würde. Statt dessen war sie außer sich.

»Sudha, das Risiko ist viel zu groß! Was ist, wenn nicht alles so läuft, wie er es voraussagt? Du hast doch nichts weiter als sein Wort, daß er dich heiraten wird, wenn du mit ihm wegläufst! Was ist, wenn –« sie zögerte, riskierte es dann aber doch, weiterzusprechen – »was ist, wenn er dich nur benutzt und dann seine Meinung ändert?«

»Ich *weiß*, daß er die Wahrheit sagt. Ich *weiß*, daß ich ihm vertrauen kann.« Ich spürte, wie die Wut einem Gift gleich durch meine Adern schoß. »Du weißt nicht, was Liebe ist, das ist der Grund, warum du so etwas Gemeines sagst ...«

Anju ging nicht auf meine Anschuldigung ein. »Sudha, hör mir zu«, erwiderte sie geduldig. »Selbst wenn er die Wahrheit sagt oder das, was er für die Wahrheit hält, hast du keine Garantie, daß dich seine Eltern in ihr Heim aufnehmen werden. Hätte deine Mutter ihr Angebot angenommen, lägen die Dinge anders. Aber nun wirst du nichts weiter sein als eine Ausreißerin, die ihre Reputation verloren hat. Und die einer Familie angehört, der gegenüber sie bereits einen Groll hegen. Was ist, wenn sie eure Heirat nicht anerkennen?«

Sie drückte all jene Ängste in Worten aus, die sich den ganzen Tag über schon ohne feste Gestalt in mein Inneres gedrängt hatten. Vielleicht bedeckte ich deshalb meine Ohren mit den Händen und rief: »Genug! Ich werde dir nicht erlauben, Ashok zu verleumden. Ich habe eine Entscheidung getroffen und damit Schluß!«

Da hörte Anju auf. Sie biß sich fest auf die Lippe, um die Worte zurückzuhalten, die hervorzuquellen drohten, diese wütenden, warnenden, liebevollen Worte. Denn natürlich wußte meine Schwester, die all ihr Glück für das meine gegeben hätte, was Liebe ist. »Dann wird mir wohl nichts anderes übrig bleiben, als dir zu helfen«, sagte sie.

Später sprachen wir über Anjus mögliche Heirat mit dem jungen Mann, der bald aus Amerika herüberkommen würde. Wir wußten nicht mehr von ihm als seinen Namen – Sunil – und daß er Informatiker war. Anju gestand, daß sie Angst habe. Mein Herz schmerzte, als ich dies aus dem Munde meiner tapferen Cousine vernahm, die nie zuvor in ihrem Leben vor irgend etwas Angst gehabt hat.

»Welch eine Vorstellung, mit einem Fremden leben zu müssen! Zu einem Mann zu gehören, sobald er einem eine Blumenkette um den Hals gelegt hat! Ohne ihn vorher überhaupt kennengelernt zu haben! Oh, warum kann ich nicht einfach allein weiterleben? Warum muß ich an einen Mann geschirrt werden wie ein Karren an einen Büffel?«

Ich seufzte mitleidig. Ich hätte auch Angst, wenn Ashok nicht wäre. Ich versuchte, ihr die guten Seiten der Ehe aufzuzählen. Ein Haus, das im Laufe der Zeit *sie* führen würde. Ein Mann, der sie mit Mondlichtküssen weckt, der sie über einen Raum voller Menschen hinweg mit einem Feuer in den Augen ansieht, das ihr Herz vor Freude erzittern läßt. Die Babys mit ihrem süßen Milch- und-Zimtduft, die sie an ihrer Brust in den Schlaf singt.

»Milch-und-Zimt, hah! Dreckige Windeln, die voller Pipi und Schlimmerem sind, danach riechen Babys«, entgegnete meine unmütterliche Cousine. Aber vielleicht fühlte sie sich doch ein bißchen besser, denn sie legte einen Arm um mich und schlief ein.

Ich allerdings vermochte nicht zu schlafen. Die Gedanken des Morgens sausten in meinem Kopf herum, Gedanken über all das, was ich verlieren würde, wenn ich Ashoks Liebe gewann. Anjus Arm, der weich war vom Schlaf, umfing meinen Hals. Ein Bedauern stieg in meiner Kehle auf, das so bitter war wie das Chinin, das uns Pishi immer verabreichte. Ich, die abtrünnige Tochter. Ob man mir wohl überhaupt noch erlauben würde, Anju zu sehen?

Anju runzelt im Schlaf die Stirn, kämpft gegen die Dämonen ihrer Traumwelt an, so wie sie in dem Leben, das sie im Wachzustand führt, auch immer gegen jeden ankämpft, der nicht zulassen will, daß sie sie selbst ist. Ein kleines Lächeln erscheint auf meinen Lippen, doch innerlich weine ich. Oh, meine Anju, du, die du nie gelernt hast, dich mit dem Wind zu beugen, was wird nur geschehen, wenn du den falschen Mann heiratest?

Ich vernehme Glockengeläut, welches die Nachtbrise von weit her zu mir herüberträgt. Es ist die Uhr der St. Paul's Kathedrale, die zwölf zu schlagen beginnt. Und plötzlich werden wir in völlige Dunkelheit, in einen Ozean voller Tinte geworfen. Für einen Moment bin ich entsetzt. Doch es handelt sich nur um einen der Stromausfälle, mit denen wir uns in Kalkutta mehrmals im Jahr herumschlagen müssen.

Die Dunkelheit ist eine hoch aufwogende Welle. Sie spült mich aus meinem Körper in die Höhe, bis ich inmitten der Sterne dahintreibe, zwischen diesen winzigen, hellen Poren der Himmelshaut. Könnte ich sie doch nur durchdringen, um auf der anderen Seite zu enden, der richtigen Seite, schattenlos und vollkommen erleuchtet, weit entfernt von den Sorgen dieser irdischen Welt!

Ich höre die Uhr wieder. Ihr unbarmherziges Geläut zwingt mich zurück in die einengende Begrenztheit meines Körpers. Mitternacht ist beinahe vorüber. Ich suche verzweifelt den Himmel ab. Dann, beim letzten Glockenschlag sehe ich sie – ein Blitz zu meiner Linken, eine kleine Lichtnarbe, die bereits verheilt: meine Sternschnuppe.

Doch nur die eine.

Eine Sternschnuppe für einen Wunsch.

Konkurrierende Begehren kämpfen in meinem Herzen für Anju und mich, zerren mich in die eine, dann in die andere Richtung. Doch schließlich bitte ich um eine wundervolle Hochzeit für meine Cousine, um einen Ehemann, den sie mit ihrem ganzen Sein zu lieben vermag. Ich weiß, daß ich für meinen Wunsch bezahlen werde, denn so ist es in dieser Welt auf der falschen Seite des Himmels, wo es nicht genug Glück für uns alle gibt.

*Ashok, Ashok* ruft ein verklingendes Echo in meinem Herzen.

Dennoch bin ich froh, daß ich Anju meinen Wunsch gegeben habe.

Kaum ist der Atemzug, mit dem ich diesen Wunsch ausgesprochen habe, beendet, kommt mir, gerade als die Sternschnuppe verlischt, ein verblüffender Gedanke. Könnten Anju und ich, wie die Frauen der Helden in den alten Sagen, doch nur denselben Mann heiraten, unseren Arjun, unseren Krishna, der uns beide lieben und schätzen und uns zusammenhalten würde!

Es ist ein alberner Wunsch, vielleicht ein unmoralischer dazu. Doch bevor ich ihn zurücknehmen kann, werde ich von Pishis schweren Schritten unterbrochen, welche die Treppe nach oben gekeucht kommt, uns ausschimpft, weil wir ganz allein hier oben sind, unter dem feuchten Nachttau, der uns sicherlich krank machen wird, während alle guten jungen Frauen Kalkuttas schlafend in ihren Betten liegen.

# 16

# *Anju*

Unsere sterne müssen diesen Monat wirklich gut stehen, wiederholt Tante N immer wieder. Erst wird Sudhas Hochzeit arrangiert, dann bekomme ich einen Heiratsantrag, und nun möchte jemand den Buchladen kaufen.

Ihr Optimismus ist ein wenig unangebracht. Sudhas Hochzeit ist arrangiert, ja, doch nicht auf die Weise, wie sie es sich vorstellt. Ich schüttele mich bei dem Gedanken an das, was geschehen wird, nachdem sie durchgebrannt ist, bei der Vorstellung von all den Schimpftiraden, denen ich ausgesetzt sein werde, denn natürlich wird man auch mich dafür verantwortlich machen. Doch um Sudhas willen bin ich bereit, mich mit all dem abzufinden.

Was meinen Heiratsantrag angeht, so ist die ganze Sache noch nicht weiter vorangeschritten. Meine möglichen Schwiegereltern warten darauf, daß Seine Hoheit aus Amerika eintrifft. Es hat irgendeine Krise bei seiner Computerfirma gegeben, und er muß sich um schadhafte Chips und defekte Motherboards kümmern. Sobald er hier eintrifft, so hat uns seine Familie versichert, werden wir eine Brautschau veranstalten, und sie werden uns seine Meinung mitteilen.

Ich bin nicht in Eile. Er kann meinetwegen das langsamste Schiff zurück nehmen. Und wie ich Sudha bereits gesagt habe – sie können es meinetwegen Brautschau nennen, aber ihnen sollte besser klar sein, daß es sich dabei auch um eine Bräutigamschau handelt. Und falls mir nicht gefallen sollte, was ich sehe, werde ich meine Meinung auch kundtun, da können sie alle jede Wette eingehen.

Der Buchladen wird in der Tat verkauft. Einer der anderen Buchhändler in Kalkutta hat uns ein Angebot gemacht. Es ist ein schlechtes Angebot, und er wird uns nur die Hälfte des

Geldes als Vorauszahlung geben, aber Mutter hat es akzeptiert. Ich habe sie angefleht, ihn hinzuhalten, doch die rauchgrauen Vertiefungen unter ihren Augen sagten mir, wie groß ihre Angst war, daß sie womöglich nicht mehr da ist, wenn das nächste Angebot kommt.

Der Käufer möchte, daß ein Bestandsverzeichnis erstellt wird, bevor er den Laden übernimmt, und ich frage Mutter, ob ich Manager *babu* dabei helfen darf. Das würde mir die Gelegenheit geben, den Ort, an den ich so viele Träume geknüpft hatte, noch ein letztes Mal zu sehen, bevor er das Eigentum eines anderen wird.

Aber als ich dort ankomme, bin ich mir nicht mehr sicher, ob es eine so gute Idee war. Die alten Angestellten kommen zu mir, um sich zu verabschieden. Sie nennen mich Anju-*didimoni*, kleine Schwester, kleines Juwel, und schwelgen in Erinnerungen an die Zeit, als ich noch ein kleines Mädchen mit Zöpfen war und zum ersten Mal mit Mutter in den Laden kam. Sie wischen sich die Augen an ihren *dhotis* und wünschen mir Glück mit meiner Heirat. Sie erkundigen sich verlegen nach Mutter, die sie Rani Ma nennen. Sie sagen mir, daß sie all die Jahre wie eine Mutter für sie gewesen sei. Wie sie Jiten das Geld für die Augenoperation seines Vaters gegeben hat. Wie sie Palash, als er aus dem Bus stürzte, sich das Bein brach und zwei Monate zu Hause bleiben mußte, nicht eine *paisa* seines Gehalts gekürzt hat. Und als Manager *babu* ihr vorschlug, den alten Mann Manish zu entlassen, der beinahe blind ist, da erwiderte sie, sie könne niemanden fortschicken, der dem Laden fünfzig Jahre seines Lebens geopfert habe. Während ich mir die Geschichten anhöre, beginne ich zu verstehen, warum sie all die vielen Abende bis spät über den Geschäftsbüchern gesessen und versucht hat, noch ein wenig mehr Geld aus ihnen herauszuquetschen, und ich schäme mich dafür, daß ich gedacht hatte, ich könne es besser machen als sie.

Der neue Besitzer möchte den Namen des Ladens ändern, und daher wird heute das große rot-gelbe Schild abgenommen, auf dem seit über fünfundsiebzig Jahren CHATTERJEE UND SÖHNE, GUTE BÜCHER zu lesen stand. Ich sehe zu, wie die

Arbeiter mit Seilen und Leitern hantieren. Einer verliert den Halt, und das Schild fällt zu Boden und zerbricht. Ich bemühe mich, ruhig zu bleiben, wie Mutter es tun würde. Ich sage mir, daß es sowieso zum Lager hinuntergeschafft werden sollte, um zu Feuerholz verarbeitet zu werden. Aber als das neue Schild hinaufgezogen wird, ertrage ich es nicht, zuzusehen. Ich klettere auf einen Stuhl und beginne hektisch, Bücher zu Wissenschafts- und Technologiethemen aus den Regalen zu ziehen – der Teil des Ladens, der mir am wenigsten am Herzen liegt.

Genau in diesem Moment betritt der Mann den Laden.

Er ist elegant gekleidet, trägt eine traditionelle *kurta* mit Goldknöpfen, was in einer Zeit, in der so viele junge Männer hautenge Hosen und glitzernde Diskohemden tragen, ein wohltuender Anblick ist. Seine Goldrandbrille ist entzückend altmodisch und verleiht ihm ein intellektuelles Aussehen. Als er mich fragt, ob wir auch Bücher von Virginia Woolf führen, hat er mich vollends für sich eingenommen.

Woolf ist eine meiner Lieblingsautorinnen, seit ich einmal durch Zufall hier im Laden auf eines ihrer Bücher gestoßen bin. Es war eine wunderschöne, in Leder gebundene Ausgabe, in England gedruckt, und mit einem interessanten Titel: *Ein eigenes Zimmer*. Als ich meine Nase in die dicken Seiten steckte, rochen sie völlig anders als unsere indischen Bücher mit ihrer süßlichen Reiskleberbindung. Ich sah diesen Duft als den Geruch der Entfernung, des neuen Denkens an. Er blieb mir noch lange Zeit erhalten. Er stand für etwas, nach dem ich mich sehnte, für das ich aber keinen Namen hatte.

Als ich das Buch Mutter zeigte, hielt sie es lange fest, ohne etwas zu sagen. Dann erklärte sie mir, daß mein Vater es wenige Monate vor seinem Tod bestellt habe. Ich könne es haben, wenn ich wollte.

Ich verbrachte viele Nachmittage damit, das Buch, das ein langes Essay war und nicht etwa Geschichten enthielt, wie ich sie bevorzugte, zu lesen und immer wieder aufs neue zu lesen. Ich verstand nur wenig von dem, was die Autorin sagte. Doch ich spürte ihre Traurigkeit und ihre Begeisterung. Ich sah sie vor mir, wie sie vor einem Saal voller Frauen stand – denn im

Vorwort hieß es, daß das Essay ursprünglich eine Rede gewesen sei – und sie aufforderte, ihre Scheuklappen abzunehmen und für ihre Rechte zu kämpfen. In meiner Vorstellung hob sie nicht ihre Stimme, doch die Leidenschaft darin mußte einfach die Brust jeder Frau wie einen Pfeil durchbohren, so wie sie die meine durchbohrt hatte. Es überraschte mich, daß mein Vater gewillt gewesen war, ein solches Buch zu lesen. Ich malte mir aus, wie seine Hände spät am Abend im Bett das Buch hielten, lange, nachdem Mutter schon eingeschlafen war. Ich sah das warme Lampenlicht, das auf seine Finger fiel, wenn er die Seiten umblätterte. Möglicherweise hätte er die Stirn gerunzelt, hätte sich die Ideen immer und immer wieder durch den Kopf gehen lassen, wie ich es tat. Möglicherweise hätte er aus Sympathie und Empörung scharf eingeatmet. Zum ersten Mal in meinem Leben stellte ich fest, daß ich ohne Bitterkeit an ihn denken konnte.

Als ich älter wurde, überredete ich Mutter, sämtliche Romane der Autorin zu bestellen, und wann immer sie mir erlaubte, sie zum Laden zu begleiten, setzte ich mich in eine Ecke und verschlang die Bücher. Ich hatte Angst, daß jemand eins davon kaufen würde, bevor ich es beendet hatte. Doch Virginia Woolfs Bücher waren bei unseren indischen Literaten, die Dickens und Hardy und E. M. Forster bevorzugten, nicht sehr beliebt.

Jetzt hole ich die ganze Reihe herunter und beginne, Woolfs Tugenden zu preisen. Ich rede über ihren Stil, der einem Fluß mit unerwarteten Windungen gleicht. Über ihre Scharfsichtigkeit. Über ihre Symbolik. Ihre Frauen mit den zum Untergang verurteilten Künstlerseelen, von denen keine den Frauen gleicht, die mir im Leben oder in Büchern jemals begegnet sind. Ich hoffe, daß ich für den einen oder anderen ihrer Romane ein gutes Zuhause finden kann, ehe der neue Besitzer sie in irgendein von Termiten bevölkertes Lager verbannt. Und dieser intelligente junge Mann mit den lachenden Augen würde sie zu schätzen wissen, das fühle ich.

Als ich verstumme, um Atem zu holen, tut er kund, daß ihn meine Beredsamkeit überzeugt hätte, die ganze Reihe zu kaufen!

Ich packe sie ungelenk und dennoch stolz für ihn ein. Ich gebe mir Mühe, mich kühl und professionell zu verhalten, wie eine richtige Verkäuferin, aber als er mich fragt, ob ich zu den Angestellten gehöre, pruste ich vor Lachen. Manager *babu* wirft ihm einen jener strengen Blicke zu, mit denen er die Leute immer einschüchtert, und informiert ihn, daß er mit Miss Anjali, der Tochter der Besitzerin des Ladens, gesprochen habe.

Der Mann erscheint in keiner Weise eingeschüchtert. »Ah, Miss Anjali, kein Wunder, daß Sie so belesen sind«, sagt er. »Besuchen Sie das College, studieren Sie vielleicht sogar Literatur?«

Manager *babus* Gesichtsausdruck macht mir deutlich, daß er eine solche Frage für schrecklich vorwitzig hält. Er würde nur zu gern den Rücken des jungen Mannes sehen, doch in dem Moment ruft jemand, daß das neue Schild gefährlich wackele, und er ist gezwungen, nach draußen zu eilen.

Ich erwidere dem jungen Mann, daß ich nicht zum College gehe, daß ich mir aber nichts Schöneres auf der Welt vorstellen könne. Ich bemühe mich, die Traurigkeit aus meiner Stimme herauszuhalten, doch ich glaube, er vernimmt sie dennoch.

»Schöner noch als zu heiraten? Ich dachte, davon würden die meisten jungen Frauen in Ihrem Alter träumen.«

»Ich muß nicht davon träumen«, entgegne ich eisig. »Es könnte von nun an jeden Tag geschehen – sicherlich, sobald Mr. Amerika eintrifft.«

»Mr. Amerika?« Er zieht eine Augenbraue in die Höhe.

Ich erzähle ihm von Sunil und seinen defekten Motherboards. Ich weiß, daß ich das nicht tun sollte, doch es liegt ein gewisses Verständnis in seinem Blick, das in mir den Wunsch weckt, mich ihm anzuvertrauen, wie ich mich noch niemals zuvor einem Mann anvertraut habe.

»O je«, entgegnet er. »Das klingt nach einem schrecklich langweiligen Menschen.«

Ein alberner Drang überkommt mich, den Ärmel seiner *kurta* zu packen und ihn zu bitten: »Gehen Sie nicht!« Oder – noch schamloser: »Heiraten Sie mich!« Denn ein Mann wie er würde mir gewiß erlauben, meine Ausbildung fortzusetzen.

Ich könnte eines dieser Frauen-Colleges besuchen. Das wäre schicklich, selbst wenn ich verheiratet wäre. Vielleicht könnten wir sogar Woolf zusammen lesen!

Aber gewiß, Anju. Und vielleicht verwandelt sich der Mond in einen Affen, und Fische fliegen über den Himmel.

Ich schiebe das Päckchen über die Theke zu ihm hinüber. Doch anstatt es zu nehmen, legt er seine Hand über die meine. Ich bin schockiert. Ob er meine Gedanken gelesen hat? Was ist, falls uns jemand sieht? Aber auf seinen Lippen liegt ein so offenes, freundliches Lächeln, daß ich meine Hand nicht wegziehe.

»Ich kenne Ihren Namen, Miss Anjali«, sagt er. »Wollen Sie denn den meinen nicht wissen?«

Ich starre ihn an. Ein Verdacht bringt mein Herz zum Hüpfen. Aber das kann unmöglich sein. Soviel Glück habe ich gewiß nicht.

»Er lautet Sunil. Ja, Mr. Amerika höchstpersönlich! Nein, das muß Ihnen nicht peinlich sein.« Er deutet auf seine Kleidung. »Vergeben Sie mir diesen Aufzug, aber ich mußte Sie einmal mit eigenen Augen sehen. Sie, wie Sie wirklich sind, nicht bei irgendeiner unnatürlichen Brautschauzeremonie, wo Sie schweigend mit gesenktem Kopf dasitzen, eingehüllt in Seide und Schmuck. Aber jetzt, wo ich Sie kennengelernt habe, glaube ich nicht, daß Sie überhaupt schweigend und mit gesenktem Kopf dasitzen können, habe ich recht?«

Ich stimme in sein Lachen ein, doch mir ist nicht wohl dabei. Ich bin mir nicht sicher, ob er es als Kompliment gemeint hat.

»Ich möchte Ihnen gern sagen«, fährt Sunil mit einer lustigen, förmlichen, kleinen Verbeugung fort, »wie entzückt ich über Ihre Lebhaftigkeit bin. Sie haben jeden einzelnen Ihrer Träume verdient. Wenn Sie mir die Ehre erweisen würden, mich zu heiraten, werde ich mich bemühen, Sie Ihnen alle zu erfüllen.«

Das Blut pocht mit freudiger Erregung in meinem Schädel. Mir fällt keine Antwort ein. Und das mir, die mich die Mütter immer ausschimpfen, weil ich ein solches Plappermaul bin!

»Lassen Sie es uns mit einem Handschlag besiegeln, ja?« bittet mich mein zukünftiger amerikanischer Ehemann. Doch es ist eher eine Erklärung denn eine Frage. Seine Stimme ist so weich wie frische Melasse. Und selbstsicher, als habe ihn noch nie eine Frau abgewiesen.

Ich kann verstehen, warum dies so ist.

Ich umfasse seine Hand so fest ich kann – denn sonst wäre ich sicherlich davongeschwebt, so leicht ist mein Herz. Nun, da er seine Brille abgenommen hat, entdecke ich kleine goldene Sprenkel in seinen Augen. Ich bewundere seine gekrümmten Augenbrauen. Ich freue mich schon auf die Abende, an denen wir *Die Fahrt zum Leuchtturm* zusammen lesen werden.

Sobald ich zu Hause bin, werde ich mich bei Sudha entschuldigen, denn sie hatte absolut und vollkommen recht. Liebe geschieht einfach, genau wie Wunder.

17

# *Sudha*

Anjus Schwiegereltern sind gekommen, um die Details der Hochzeit zu besprechen. Es ist keine wirkliche Brautschau, denn jeder weiß, daß sich Braut und Bräutigam bereits kennengelernt haben. Der Klatsch darüber hat den ganzen Dienstboten-*mahal* zum Brummen gebracht, und das nicht nur in unserem Haus.

Sunils Mutter, eine nette, harmlose Frau, die viel mit ihren Händen gestikuliert, entschuldigt sich überschwenglich. »Unser Sunil mußte die Sache unbedingt selbst in die Hand nehmen! Er hat uns nicht einmal vorher darüber informiert, sonst hätte ich ihn natürlich gebeten, es nicht zu tun. Aber er hat sich einfach umgehört und herausgefunden, wo der Buchladen ist. Das passiert wohl, wenn man zu viele Jahre in Amerika lebt! Ich sollte dankbar sein, daß er überhaupt zugestimmt hat, ein Mädchen aus Kalkutta zu heiraten.« Ihrem Tonfall entnehme ich, daß sie trotz seiner Eskapaden, oder vielleicht gerade wegen dieser, unglaublich stolz auf ihren Sohn ist.

»Er wußte sehr wohl, daß wir ihn nicht mehr ins Haus gelassen hätten, wenn er mit einer amerikanischen *memsaheb*-Ehefrau zurückgekommen wäre«, fügt Sunils Vater hinzu, der offensichtlich hier die Fäden in der Hand hält. Er kreuzt seine scherendünnen Beine, die mit einer dunklen, fremd aussehenden Hose bedeckt sind, die Sunil ihm mitgebracht haben muß, und beäugt mißbilligend die muschelförmigen *sandeshes*, für deren Zubereitung Pishi den ganzen Morgen benötigt hat. Er lehnt die mit gewürzten Erbsen gefüllten heißen *kachuris* mit einer Handbewegung ab und schüttelt verneinend den Kopf angesichts des dampfenden Milchtees. Er erklärt sich wohl bereit, ein Glas *michri*-Wasser zu trinken, doch erst, nachdem man ihm versichert hat, daß der Kandiszucker aus einem angesehenen Laden stammt und das Wasser gekocht wurde. Ich bin froh, daß Anju nur ein Jahr mit ihm zusammenleben muß, bis ihr Visum eintrifft, und nicht etwa für den Rest ihres Lebens.

Sunil scheint mir allerdings ein freundlicher und aufmerksamer Mann zu sein. Er hilft Anju, die Teetassen herumzureichen. In Amerika verhalten sich die Männer wohl so. Dann beginnt er eine leise Unterhaltung mit Gouri Ma. *Das verspreche ich*, dringt an mein Ohr, und: *soviel studieren wie sie möchte*. Ich beobachte, wie sich Gouri Mas schmales Gesicht aufhellt. Mein Herz erwärmt sich mehr und mehr für meinen zukünftigen Schwager, und als er aufblickt, schenke ich ihm mein strahlendstes Lächeln.

Sunils Vater, Mr. Majumdar, mag es nicht, wenn er nicht im Mittelpunkt der Unterhaltung steht. Er räuspert sich laut und erkundigt sich bei Gouri Ma nach ihrer Krankheit. Aus Gouri Mas Gesichtsausdruck schließe ich, daß sie eine solche Frage für unpassend hält, doch sie erwidert ihm recht höflich, daß sie in letzter Zeit mehr Energie verspüre.

»Vielleicht ist es nur die Erleichterung zu wissen, daß unsere beiden Mädchen wohlversorgt sein werden«, sagt sie lächelnd. Sie nickt mir zu. »Sunil, ich würde Ihnen gern Sudha vorstellen. Sie ist meine andere Tochter, das liebenswerteste Kind, das man sich vorstellen kann, und Sie glauben nicht, wie gut sie mit Nadel und Faden umgehen kann.«

Ich erröte. Ein Lob von Gouri Ma hat mir immer schon viel bedeutet. Ich lege meine Handflächen zusammen, um ein *namaskar* in Sunils Richtung auszuführen, doch er streckt seine Hand aus und sagt: »O nein, kein Grund so formell zu sein. Schließlich sind wir bald Verwandte.« Ich bin verlegen, aber wahrscheinlich benimmt man sich in Amerika so, also lege ich meine Hand in die seine.

Mr. Majumdar räuspert sich erneut. Es wäre ihm lieber, wenn sich sein Sohn etwas würdiger benehmen würde, wie es sich für einen Bräutigam geziemt, und sagt: »Nun, da wären nur noch ein paar Kleinigkeiten zu klären. Da unser Sohn ein solches Gefallen an Ihrer Tochter gefunden hat, haben wir uns für diese Verbindung entschlossen. Auch wenn uns, offen gesagt, zwei der anderen Familien – zum Beispiel die Bhaduris aus Bowbajar – eine nicht unerhebliche Mitgift geboten hatten.«

»Vater!« ruft Sunil. »Wir waren uns doch einig, daß es keine Diskussionen über eine Aussteuer geben würde!«

»Bitte unterbrich mich nicht«, erwidert sein Vater. »Ich habe gesagt, daß ich nicht um eine Mitgift bitten werde, und das werde ich auch nicht tun. Zweifellos weiß Mrs. Chatterjee, die aus einer feinen Familie stammt, was sich in dieser Hinsicht geziemt. Außerdem hat mir eine gute Reputation immer schon mehr bedeutet als alles Geld der Welt. Daher habe ich auch die Gespräche mit den Bhaduris abgebrochen. Wir haben herausgefunden, daß es früher einen Skandal in der Familie gegeben hat, eine unverheiratete Tante, die Selbstmord beging – Sie können sich wohl vorstellen, warum! Ich wollte mit *so etwas* nicht in Verbindung gebracht werden. Lieber ein armes, häßliches Mädchen, habe ich meiner Frau gesagt, als eine, deren Familie mit dem Makel der Sittenlosigkeit befleckt ist. Und von diesen Familien gibt es viel zu viele. Sie wären erstaunt, Mrs. Chatterjee, was wir herausgefunden haben: heimliche Beziehungen, Schwangerschaften, Mädchen, die davongelaufen und mit Gewalt zurückgebracht worden sind ...«

Ich starre auf seine Lippen, die Art, wie sie sich verziehen, während er spricht. Entsetzen öffnet sich in meinem Inneren, einem Abgrund gleich, in dem meine Seele in jedem Moment zu verschwinden droht. Ich wende mich Anju zu, doch Sunil flüstert ihr gerade etwas ins Ohr. Ein kleines, seliges Lächeln liegt auf ihren Lippen, als sie beginnt, ihm ihre Antwort zurückzuflüstern. Mir ist klar, daß sie nicht ein einziges Wort von dem gehört hat, was Sunils Vater sagte.

Oh, Anju, wenn du dich nur nicht so verliebt hättest! Was wird nun mit dir geschehen, wenn ich mit Ashok weglaufe?

»Unsere Gespräche mit den Bhaduris«, fährt Sunils Vater fort, »waren ehrlich gesagt schon ziemlich weit vorangeschritten. Aber wie ich meiner Frau bereits erklärte, auch wenn es die beste Partie sein mag, ich sage die Hochzeit ab. Auch noch im letzten Moment. Es ist schließlich eine Frage der Familien-

*ijjat*. Selbst nach der Hochzeit wäre ich imstande, das Mädchen wieder zu ihren Eltern zurückzuschicken, sollte ich etwas Häßliches entdecken, wie zum Beispiel –«

»Bitte, Majumdar *babu*«, unterbricht ihn Gouri Ma. »Nicht vor den Kindern! Anju und Sudha, wollt ihr Sunil nicht den Garten zeigen? Anju? Hörst du mir zu, Anju?«

Wir gehen hinaus. Ich hätte mich gern an den Wänden festgehalten, doch sie wogen hin und her wie Wellen. Als wir im Garten ankommen, ist die Sonne eine ausgedörrte Leere am Himmel, denn Sunils Vater wird niemals zulassen, daß sein Sohn ein Mädchen heiratet, deren Cousine mit einem Mann durchgebrannt ist, den sie in einem Kino kennengelernt hat.

»Ich bin in einer Minute wieder da, Sunil. Ich möchte dir gern die Woolf-Ausgabe meines Vaters zeigen«, sagt Anju. Sie legt ihre Hand auf seinen Arm. Dies ist bereits eine intime Geste. »Sudha, wir treffen uns dann bei der Jasminlaube.«

Ihre Schritte fliegen über den Kies. Ihre Stimme klingt so glücklich wie das Lied eines Vogels. Ich hatte schon Angst, sie würde mich fragen, warum mein Gesicht so gerötet ist, doch dazu ist sie zu verliebt.

Aber Sunil ist es aufgefallen. »Geht es Ihnen nicht gut?« fragt er mich, während wir auf die Laube zugehen. »Das ist bestimmt die Hitze.« Er hat eine freundliche Stimme. »Hier, stützen Sie sich auf mich.« Er führt mich zu der Bank unter der gewölbten Jasminlaube, ein Ort, den ich immer schon gemocht habe. Aber heute erscheint mir der Duft der Blumen zu süß, geradezu schwindelerregend. Der Boden besteht aus schwarzen, pockennarbigen Mündern, die sich öffnen, um mich zu verschlingen. Gleichgültig, was ich auch tue, ich werde Schmerz verursachen. Wenn ich weglaufe, breche ich damit Anjus Herz. Wenn nicht, breche ich Ashoks. Ich schließe die Augen und stolpere. »Vorsicht«, mahnt Sunil mich und ergreift meinen Arm.

Welches böse Karma habe ich nur auf mich geladen, daß ich vor eine solch peinigende Entscheidung gestellt werde?

Dann verstehe ich plötzlich. Es ist nicht mein Karma, das ich hier abbüße, es ist das meines Vaters. Mein charmanter, gedankenloser Vater, der schon einmal Leid über den Haushalt der Chatterjees gebracht hat.

Es geschieht nur zu recht, daß es dieses Mal das Herz seiner Tochter ist, das zerbricht.

Wir sitzen inzwischen auf der Bank. Ich hole tief Luft und versuche, meine Augen zu öffnen. Mein Kopf ist ein wenig klarer. Ich bin ausgesprochen verlegen. Dann bemerke ich, daß Sunils Hand immer noch auf meinem Arm liegt. Sein Gesicht ist dem meinen zu nah, und er starrt mich mit einem tiefen, betäubten Blick an.

»Sie sind wunderschön«, sagt er mit einer veränderten, schläfrigen Stimme. »Ich habe noch nie so jemanden wie Sie gesehen, weder in Indien noch in Amerika. Hätte ich Sie doch nur vor Ihrer Cousine kennengelernt –«

Und plötzlich überkommt mich die Angst auf eine völlig neue Weise. »Bitte lassen Sie mich los«, erwidere ich. Die Worte kommen kratzig und heiser hervor, beinahe unhörbar.

In Zeitlupe, als befinde er sich unter Wasser, läßt er meine Hand fallen und rückt an die andere Seite der Bank. Eine feine Schweißschicht befindet sich auf seiner Stirn. Seine Brust hebt und senkt sich wie bei einem Läufer. »Das war unverzeihlich«, sagt er, preßt sich die Fingerspitzen in die Augen, »ich weiß nicht, was über mich gekommen ist.«

Ich erkenne, daß er es ernst meint, daß er über seine Handlungsweise ebenso bestürzt ist wie ich. Irgendwie fühle ich mich dadurch noch schlechter, als träfe mich die Schuld.

Meine Lungen schmerzen, als ich zu atmen versuche. Meine Kehle ist zu trocken zum Reden. Was sollte ich auch sagen? Und dann höre ich Anjus leichte, schnelle Schritte. »Tut mir leid, daß es so lang gedauert hat«, ruft sie atemlos. »Ich hatte das Buch verlegt. Hey, Sudha, erzähl mir nur nicht, daß ihr die ganze Zeit so dagesessen und kein Wort miteinander gesprochen habt!« Und an Sunil gewandt: »Sie ist am Anfang immer schüchtern, aber wenn sie Sie erst einmal kennengelernt hat, werden Sie sie nicht mehr zum Verstummen bringen!«

Ich höre, wie Sunil förmlich erwidert: »Ich freue mich darauf.« Bin nur ich es, die das Stocken in seiner Stimme vernimmt? Ich habe Angst, seinem Blick zu begegnen, zu sehen, ob seine Augen immer noch diesen ertrinkenden Ausdruck tragen. Ich komme mir unsinnigerweise schuldig vor, als ich Anju mitteile, ich hätte schlimme Kopfschmerzen und würde mich gern hinlegen.

»Schaffst du es allein?« erkundigt sie sich. »Oder soll ich mit dir gehen?« Aber sie hat bereits neben Sunil Platz genommen – ihre Schulter berührt die seine – und das Buch aufgeschlagen. Ich kann es ihr nicht verübeln. Ich weiß, wie es ist, wenn das eigene Blut genau Schritt hält mit dem Herzschlag des Mannes, wenn man an nichts anderes denken kann als an die Tatsache, daß er da ist, direkt neben einem. Man möchte nichts weiter, als für immer mit ihm allein sein. Die einzigen Erinnerungen gelten seinen satinheißen Lippen, seinen Händen, die über einen hinwegschwärmen wie Amseln, dem wilden, dornigen Geruch seines Körpers, der keinem anderen gleicht. Hast du überhaupt ein Leben vor ihm gehabt? Du weißt es nicht. Das einzige, was du weißt, ist, daß du sterben wirst, wenn du ihn nicht wiedersiehst.

Ich freue mich für Anju. Wirklich.

»Ich schaffe es schon«, erwidere ich. »Mach dir um mich keine Sorgen.«

Ich gehe in mein Zimmer, die Brust gefüllt mit Glassplittern.

Mit jedem Schritt, *AshokAshokAshok*, lerne ich die Landschaft des Verlustes kennen.

~

Am Abend schreibe ich den Brief, in dem ich Ashok erkläre, warum ich nicht mit ihm davonlaufen kann, nicht einmal, *nachdem* Anju geheiratet hat. Am nächsten Morgen übergebe ich ihn Singhji zusammen mit seinem Ring, den ich ohne Anjus Wissen aus ihrer Schublade genommen habe.

»Sind Sie sicher?« erkundigt sich Singhji. Er macht einen unglücklichen Eindruck.

Ich nicke und spüre, wie die Tränen erneut auf meinen Wangen zu brennen beginnen. Ich bin dankbar, daß ich sie zumindest vor Singhji nicht verbergen muß.

»Aber warum nur, *beti*? Sie müssen keine Angst haben, Ashok *babu* hat alles bis ins Kleinste geplant. Er ist ein Mann, dem man vertrauen kann, eine wahre Perle, wie wir im Punjab sagen ...«

*Ich vertraue ihm von ganzem Herzen*, möchte ich am liebsten schreien. Aber es ist besser, wenn Singhji glaubt, daß ich dies aus Angst um mich selbst tue. Es darf keinen Hinweis geben, nicht einmal ein Flüstern, das zu Anju dringen und sie den wahren Grund vermuten lassen könnte.

»Bitte geh jetzt«, dränge ich ihn. »Und bring keine Antwort zurück. Mein Entschluß steht fest.«

Als ich an jenem Abend ihr Zimmer betrete, sitzt Anju am Fenster und blickt in die Dunkelheit hinaus. Den ganzen Tag über bin ich an der Klippe dieses dünnen Lachens entlanggewankt, dessen anderer Name Tränen lautet, und als ich sie hier so sitzen sehe, da taumele ich beinahe in den Abgrund.

Ich muß sie zweimal bei ihrem Namen rufen. Sie wendet sich mir mit einem abwesenden Lächeln zu. Ich muß nicht erst fragen, an wen sie denkt. Sie greift nach meinen Händen, ihre Bewegungen sind langsam, wie im Traum. Als ich ihre Finger ergreife, zwinge ich mich zu einem Lächeln.

»Wie strahlend doch die Sterne heute abend leuchten, Sudha«, sagt sie. »Ich habe das Gefühl, als hätte ich mein ganzes Leben lang unter Wasser geschlafen, wie die Prinzessin im Schlangenpalast. Ich wäre wohl für immer so geblieben – etwa so lebendig wie eine Molluske! –, wenn mir das Schicksal nicht Sunil gesandt hätte. Und sich vorzustellen, daß er mich liebt! *Mich*! Ist das nicht das größte Wunder überhaupt?«

»Ja«, entgegne ich. Welch andere Antwort bleibt mir? Dann füge ich hinzu: »Ich habe beschlossen, nicht mit Ashok wegzulaufen. Ich werde statt dessen Ramesh heiraten.«

»Was sagst du da?« Anjus ganzer Körper erstarrt vor Bestürzung. Ihre Augenbrauen ziehen sich zusammen wie die pelzigen Raupen, die wir immer im Garten sammelten, als wir noch Kinder waren. »Du *liebst* Ashok! Wie kannst du überhaupt nur daran denken, ohne ihn zu leben?«

Süße Anju mit den Raupenaugenbrauen, die du gerade erst erfahren hast, was Leidenschaft ist, deine Worte verbrühen mich wie Lava. Nun kommt der schwerste Teil, denn du darfst die Wahrheit nicht erfahren. Du, die du, wie ich fürchte, ein schwieriges Leben haben wirst mit diesem Schwiegervater, dessen Bluthundnase jeglichen Fehltritt aufzuspüren imstande ist, und diesem Ehemann, der mich für die schönste Frau hält, die er jemals gesehen hat. Du, die du mir niemals erlauben würdest, Ashok aufzugeben, wenn du wüßtest, daß ich es um deinetwillen tue.

»Ich habe darüber nachgedacht, was du mir gesagt hast«, erkläre ich ihr. »Du hast recht. Das Risiko ist zu groß. Was ist, wenn sich die Dinge nicht so entwickeln, wie Ashok sagt? Mein Leben wäre ruiniert. Es ist besser, den Mann zu heiraten, den die Mütter für mich ausgesucht haben.«

»Wie kannst du nur einen anderen Mann heiraten wollen, wo du doch Ashok liebst. Allein der Gedanke, daß er dich berührt, muß doch –« Anjus ganzer Körper schüttelt sich. »Wenn ich an deiner Stelle wäre, würde ich das nie im Leben tun!«

Ihre Worte sind wie Kugeln, die in meiner Brust explodieren. Nur unter Aufbietung all meiner Willenskraft gelingt mir ein Lächeln. »Vielleicht lerne ich ja, praktischer zu denken, wie du es mir immer geraten hast!« Was ich wirklich lerne, ist die Kunst der Täuschung, wie man scherzt und gleichzeitig ein Loch gräbt, das tief genug ist, um das eigene Herz darin vergraben zu können. »Hast du dich nicht immer beschwert, daß ich eine Träumerin sei?«

Anju blickt mir fragend ins Gesicht, und meine Eingeweide erzittern. Ob sie meine Lüge erkennen wird, wie sie es schon so oft in der Vergangenheit getan hat? Doch die Falten auf ihrer Stirn verschwinden langsam. Ihre Verliebtheit hat ihr den Verstand getrübt, so daß er sich heute auf nichts anderes konzentrieren kann als auf Sunil: diese überraschende Wärme, die unter seiner Haut aufsteigt, wenn sie seinen Arm berührt, die Art und Weise, wie unter den Wölbungen seiner Wangenknochen abwechselnd hell und dunkel wird. Sie streicht sich abwesend mit der Hand durchs Haar und sagt: »Ich weiß nicht so recht, Sudha. Als ich dir riet, nicht durchzubrennen, war ich selbst noch nicht verliebt. Nun, da ich es bin, sehe ich die Dinge ein wenig anders. Wenn du bleibst, ist es wohl sicherer für dich, aber wirst du auch glücklich sein?«

Ich nicke. *Es wird mich glücklich machen, dich glücklich zu sehen, liebste Anju.*

»Bist du dir auch sicher, daß du das Richtige tust?« fragt Anju mich ein letztes Mal.

»Das bin ich«, entgegne ich. *Ich mache die Fehler meines Vaters wieder gut.*

Stunden zuvor war Singhji mit einer Nachricht von Ashok zurückgekehrt.

Ich war wütend, doch Singhji erwiderte mit ungewöhnlicher Heftigkeit: »Ich habe es nicht fertiggebracht, dem Jungen Ihren Brief auszuhändigen und ihm dann den Rücken zuzukehren. Nicht, wo er ganz offensichtlich jemanden zum Reden brauchte.«

Ich wußte, daß ich die Frage nicht stellen sollte, doch ich vermochte sie nicht zu unterdrücken. »Was hat er gesagt?«

»Er sagte: ›Das kann doch nicht ihr Ernst sein. Sie kann doch nicht derart mit meinem Leben und auch mit dem ihrem spielen.‹ Dann hat er mir den Brief vor die Füße geworfen und geschrien: ›Sag ihr, daß sie damit in ihrer Großzügigkeit für ihre Cousine zu weit geht.‹ Er schritt eine Weile auf und ab und fügte dann hinzu: ›Was glaubt sie, wie ich ohne sie leben soll? Ist sie etwa der Meinung, daß die Liebe wie ein Zapfhahn ist, den man auf- und zudrehen kann, wie man es gerade wünscht?‹

Ich sah sein Gesicht vor mir. Wie er sich die Fäuste gegen die Augen gepreßt haben muß, während er sprach. Nein, Ashok.

Liebe ist kein Zapfhahn. Sie fließt und fließt wie Blut aus einer Wunde, und man kann daran sterben.

»Schließlich sagte er mit einem rauhen Lachen: ›Ich hätte niemals gedacht, daß Sudhas Cousine meine Rivalin um ihre Liebe werden würde. Und noch weniger hätte ich gedacht, daß sie gewinnen würde, wenn dies geschieht.‹ Dann hat er Ihnen diese Nachricht geschrieben. *Beti*, wenn Sie nur hätten sehen können, wie verletzt er war, dann würden Sie Ihre Meinung ändern. Und das können Sie auch immer noch. Es ist noch nicht zu spät. Ich bin sicher, daß auch für Anju *Missybaba* alles gut verlaufen wird.«

»Nein, Singhji, du hast nicht gehört, was Sunils Vater gesagt hat. Er wird die Heirat absagen, wenn es jetzt irgendeinen Skandal gibt. Er hat es schon einmal getan, bei einem anderen Mädchen. Er würde Anju selbst nach der Hochzeit noch zurückschicken – dazu ist er imstande. Und Sunil – wer weiß, ob er stark genug ist, sich gegen seinen Vater zu behaupten? Nein, Anju liebt Sunil zu sehr, als daß ich dieses Risiko eingehen könnte. Vielleicht reicht, was ich tue, als Wiedergutmachung –«

»Eine Wiedergutmachung *wofür?*«

»Für Dinge, die ihr vor ihrer Geburt angetan worden sind«, erwiderte ich und seufzte dann, plötzlich erschöpft. Es war zu kompliziert, es zu erklären, selbst einem so verständnisvollen Zuhörer wie Singhji. Und so teilte ich ihm mit, daß es mir nicht gut gehe und ich mich hinlegen müsse, obwohl ich aus seinem verwirrten Gesicht schloß, daß er sich gern noch weiter unterhalten hätte.

Nun hole ich Ashoks Brief hervor, obwohl das gar nicht nötig ist. Ich kenne ihn bereits auswendig.

*Sudha -*

*Hast Du gedacht, ich würde mich edelmütig verhalten, wie die Liebhaber in den alten Mythen? Hast Du erwartet, daß ich Dir vergeben und Dir viel Glück mit Deinem neuen Ehemann wünschen würde? Nun, da hast Du Dich geirrt. Ich werde Dir folgendes wünschen: daß auch Du von dem Menschen, den Du am meisten liebst, einmal im Stich gelassen wirst. Daß auch Du wegen eines anderen Menschen einmal zurückgewiesen wirst. Sich auch Dein Herz einmal anfühlen wird, als habe jemand den Absatz seines Stiefels hineingebohrt.*

Ich zerreiße die Nachricht langsam in winzige Stücke. Ich halte meine hohlen Handflächen aus meinem Fenster, bis der Wind die Schnipsel in die Dunkelheit hinausträgt, wie die Flocken abgelöster Haut von den Füßen des Bidhata Purush.

Dann konzentriere ich mich mit aller Kraft auf den Himmel. Manchmal sitzt der Schmerz so tief, daß die einzige Möglichkeit zu überleben darin besteht, die Aufmerksamkeit auf etwas Unermeßliches zu richten, das jenseits von menschlichem Leid liegt.

Könnte ich in diesem Moment eine Sternschnuppe sehen, dann wüßte ich, was ich mir wünschen würde: eine neue Liebe für Ashok. Eine Liebe ohne Schmerz. Falls es so etwas überhaupt geben sollte.

18

# *Anju*

DIE VERRÜCKTE Liebe hat mein Leben auf den Kopf gestellt.

Nun, da ich in zwei Wochen eine verheiratete Frau sein werde, verhalten sich die Mütter nachsichtig. Ich habe die Erlaubnis, Sunil zu schreiben – jeden Tag, wenn ich es wünsche. Ich habe mir parfümiertes Papier und einen Füller mit purpurfarbener Tinte gekauft. Wie hätte ich mich über solche Dinge früher lustig gemacht! Für den Augenblick habe ich Virginia Woolf gegen Elizabeth Barrett Browning eingetauscht. *Wie ich dich liebe?* schreibe ich sorgfältig ab, in meiner besten Handschrift, geblendeter von der Liebe, als Sudha es jemals war. Oder habe ich auf irgendeine seltsame Weise einen Teil ihrer Natur übernommen? Ich blättere durch Tagores Gedichte auf der Suche nach Zeilen, die das Taumeln meines Herzens ausdrücken: *Aaji … mane haiteche sukh ati sahaj saral. Heute spüre ich, wie simpel das Glück ist.* Jeden Tag laufe ich zum Tor, wenn der Briefträger kommt. Sunil ist kein großer Briefeschreiber. Aber wenn die Post mir dann doch einen Brief mit seiner eckigen Handschrift bringt, dann ist es so, als würden schillernde Blasen in meiner Brust zerplatzen. Für gewöhnlich schreibt er über die Orte, von denen er glaubt, daß ich sie einmal sehen sollte. Das mag daran liegen, daß ich ihm so oft erzählt habe, wie sehr ich mir wünsche, in der Welt herumzureisen: Lake Tahoe, Kings Canyon, Baja. Ich flüstere die Namen am Abend, vor dem Einschlafen. Sie purzeln wie rätselhafte, fremde Juwelen von meiner Zunge.

Doch selbst in meinem überglücklichen Zustand mache ich mir Sorgen um Sudha. Sie ist recht fröhlich, wenn sie mit den Müttern durch den Trubel der Tage schreitet, Geschenke für ihre Schwiegereltern aussucht, sich Schmuckmuster ansieht, sich die Handflächen mit *mehendi* bemalen läßt. Doch ab und an klingt ihr Lachen brüchig und zu laut. Es liegt etwas Verzweifeltes in der Art, wie sie sich vor einem Spiegel dreht, wenn sie ein golddurchwirktes Tuch ausprobiert. Und dann wünsche ich mir mit schlechtem Gewissen, daß ich nicht auf sie gehört hätte. Daß ich zu Mutter gegangen wäre und ihr von Ashok erzählt hätte.

Einmal habe ich versucht, mit ihr darüber zu reden.

»In Ordnung«, sagte ich. »Ich verstehe, daß du nicht alles riskieren und weglaufen wolltest. Aber Ramesh ist nicht der richtige Mann für dich. Du magst ihn nicht einmal.« Das spüre ich.

Sudha erwiderte nichts.

»Warum wartest du nicht noch eine Weile?« flehte ich sie an. »Ich werde Mutter bitten, dir einen anderen Mann zu suchen. Du *mußt* doch nicht unbedingt zur gleichen Zeit heiraten wie ich –«

Sudha fiel mir heftig ins Wort. »Es ist mir egal, wen ich heirate – für mich sind sie sowieso alle gleich. Ich möchte nur nicht mehr in diesem Haus mit all seinen Erinnerungen leben müssen, wenn du fort bist.« Während sie sich hastig umdrehte, um zu gehen, flüsterte sie einige Worte in sich hinein, deren Sinn ich nicht ganz verstand: »Wie könnte ich es hier ohne dich aushalten, Anju, wo du doch der einzige Grund bist, warum ich hier bleibe?«

Zwei Tage vor der Hochzeit ruft Mutter uns in ihr Zimmer. Ich weiß, daß es sich um etwas Wichtiges handelt, denn Pishi und Tante N sind auch dort und machen einen angespannten Eindruck. Niemand spricht, als wir eintreten, und Pishi zieht die Fenster zu und schließt die Tür hinter uns ab. Der schwere Holzriegel gibt dabei ein unheilvolles Knarren von sich, als er zugeschoben wird. Mutter richtet sich mühsam im Bett auf. Auf dem Nachttisch steht eine kleine Flasche mit Nitroglyzerintabletten – sie muß sich übernommen haben und wird wohl wieder von Brustschmerzen geplagt. Ich stelle mir das Brennen vor, die rotglühenden Finger, die ihre Lungen umklammern. Meine sonst so vernünftige Mutter – oh, warum nur ist sie so dickköpfig und weigert sich, diese Operation vornehmen zu lassen, die sie offensichtlich dringend nötig hat? Ich würde ihr gern den Rücken mit dem Wurzel-und-Kräuter-Öl einreiben, das ihr gegen die Schmerzen zu helfen scheint, doch ich weiß, wie sehr sie es haßt, wenn man sie bemuttert.

»Kinder«, sagt sie, »ich möchte euch etwas zeigen.« Sie nimmt eine abgenutzt aussehende Schmuckschachtel vom Nachttisch. Wahrscheinlich geht es wieder einmal um eins dieser häßlichen Erbstücke aus Großmutters Zeiten – vielleicht ein klotziges Armband oder einen dicken, mondförmigen Kamm – das Mutter zum Juwelier hat bringen und es zu etwas Feinerem hat umarbeiten lassen, etwas, das eher unserem Geschmack entspricht. Dann fügt sie hinzu: »Vielleicht könnt ihr uns bei der Entscheidung helfen, was damit geschehen soll.«

Es amüsiert mich, daß sie uns überhaupt fragt, denn für gewöhnlich treffen die Mütter solche Entscheidungen allein. Halten sie uns nun wohl für weiser, nur weil wir heiraten werden? Sehen sie denn nicht, daß ich in meinem gegenwärtigen liebesseligen Zustand kaum in der Lage bin, einen vernünftigen Gedanken zu fassen? Ich blicke zu Sudha hinüber, ob auch sie das Amüsante an der Situation erkennt, doch sie starrt mit aufgerissenen und, ja, mit furchterfüllten Augen auf die Schachtel.

Als Mutter sie öffnet, werden auch meine Augen kugelrund. Denn darin befindet sich der größte Rubin, den ich jemals gesehen habe. Selbst in diesem düsteren Licht leuchtet der Edelstein rot, mit einer wütenden Kraft.

Sudha gibt einen kleinen Laut, wie ein Stöhnen, von sich. Sie preßt ihre Knöchel gegen den Mund, um es zu ersticken.

»Dies haben eure Väter hinterlassen, als sie fortgingen«, sagt Mutter.

Ich fühle mich schwindelig, aus dem Gleichgewicht gebracht, als hätte man mich in der Zeit zurückgestoßen. Schmerz sticht hinten in meiner Kehle wie alter Sand. Schmerz und Zorn. Der Zorn, der mich dazu brachte, gegen die Wände meines Zimmers zu schlagen, weil ich nichts zu erwidern vermochte, wenn meine Schulkameradinnen mich verhöhnten, weil ich keinen Vater hatte. Ich höre mich mit der Stimme eines verlorenen Kindes sagen: »Wie konnte er uns nur einfach verlassen?« Wie viele Male schon hatte ich Mutter dies gefragt, und jedes Mal hatte sie mich ohne eine Antwort fortgeschickt. Heute endlich wird sie mir es sagen, wenn ich es wünsche. Das weiß ich.

Doch dann wird mir etwas bewußt. Ich möchte es gar nicht mehr wissen. Selbst die Wahrheit kann zu spät kommen. Die Motive meines Vaters bedeuten mir nichts mehr. Ich habe jetzt Sunil. Mein eigener Mann, kostbarer als jeder Rubin, der mich niemals verlassen wird.

Pishi und Tante beobachten Mutter, die nicht mehr ein noch aus zu wissen scheint. Es hat den Anschein, als würden sie darauf warten, was sie zu sagen hat. Ich frage mich, ob jede eine andere Geschichte über das zu erzählen weiß, was geschehen ist, und welche davon und ob überhaupt eine die wahre ist. Gibt es denn jemals eine Geschichte, die in der Lage ist, die ganze Wahrheit einzufangen? Ich glaube, wenn ich diese hier meinen Kindern erzähle, wird sie sich schon wieder in etwas Neues verwandelt haben.

Aber ich werde sie nicht erzählen. Ich habe kein Interesse daran, die Geschichte zweier Männer weiterzugeben, die sich wie kleine Jungs aufführten und in ein Abenteuer zogen, ohne einen einzigen Gedanken daran zu verschwenden, was mit den Frauen passieren könnte, die sie zurückließen. Die der Ansicht waren, daß eine solche Aufregung süßer schmecken würde als all die Freuden daheim. Wenn wir diejenigen, die dahingegangen sind, durch Geschichtenerzählen am Leben erhalten, dann verdamme ich meinen Vater und meinen Onkel mit Nachdruck zum Vergessenwerden.

Doch Sudha spricht in die schattenumhüllte Stille des Zimmers. »Sie sind gegangen, weil sie, wie alle Männer, etwas Besonderes erreichen wollten, etwas, von dem sie hofften, dafür von allen bewundert zu werden.« Ihre dunklen Augen erinnern an ein stürmisches Gewässer, doch ihr Gesicht ist völlig ausdruckslos geworden, wie ein Raum, in dem jemand das Licht ausgeschaltet hat. »Dann ist also alles wahr«, fügt sie mit einer seltsam verzweifelten Stimme hinzu.

Mutter erweckt den Eindruck, als wolle sie Sudha fragen, was sie damit meine, doch schließlich seufzt sie nur und reibt sich über die Brust. »Es ist vor langer Zeit geschehen. Wenn es nicht darum ginge, zu entscheiden, was wir mit dem Rubin anfangen sollen, hätte ich ihn euch in einer solch verheißungsvollen Zeit gar nicht gezeigt.«

»Dieser Stein hat uns nichts als Pech gebracht, seit dem Tag, als er in diesem Haus aufgetaucht ist«, platzt Pishi heraus. »Ich bin dafür, daß wir ihn loswerden. Das habe ich all die Jahre gesagt, aber keine von euch wollte auf mich hören. Wir sollten ihn verkaufen und das Geld für die Hochzeitskosten verwenden – Gott weiß, wir könnten es gebrauchen –«

»Aber *Didi*«, unterbricht sie Tante N aufgeregt. »Du weißt doch, daß wir niemals einen fairen Preis dafür bekommen würden. Sobald diese Juweliere uns Frauen sehen, wissen sie, daß sie uns nach Strich und Faden betrügen können. Ich bin dafür, den Rubin zu behalten. Es ist doch nur ein Stein. Wie kann er da Pech bringen?«

Ich hätte nicht geglaubt, daß Tante mit all ihren Amuletten und Wahrsagerinnen und wöchentlichen *pujas*, die den Planeten Shani davon abhalten sollen, seinen bösen Blick auf uns zu richten, sich plötzlich in eine solch pragmatisch denkende Frau verwandeln würde. Offenbar will sie diesen Rubin wohl um jeden Preis haben.

Mutter sagt unvoreingenommen wie immer: »Meine Vorstellung war es, den Rubin in zwei Hälften zu zerschneiden und daraus Schmuckanhänger für die Mädchen machen zu lassen.«

»Aber das würde seine Schönheit ruinieren – und seinen Wert«, protestiert Tante.

»Wie sähe dann deine Lösung aus?« Mutters Stimme klingt gereizt. Mir wird klar, daß sie nicht zum ersten Mal in dieser Sackgasse gelandet sind.

Zu meiner Überraschung senkt Tante den Blick. Ihre Wangen röten sich wie die eines schüchternen Mädchens. Für einen

Moment erkenne ich, wie schön sie einmal gewesen sein muß, ehe der Schock über den Tod ihres Mannes sie in eine habgierige, zänkische, ängstliche Frau verwandelt hat. Sie atmet tief ein, und dann sprudeln die Worte aus ihr hervor. »Ich finde, Sudha sollte den Rubin bekommen, da Anju bereits so viel mehr besitzt. Außerdem war es ihr Vater, der ihn zu uns gebracht hat –«

»Das ist nicht fair, Nalini«, erwidert Pishi mit scharfem Tonfall, »und das weißt du auch. Wenn eines der Mädchen ihn haben sollte, dann Anju. Denn wenn dein Mann Bijoy nicht all diese abwegigen Ideen in den Kopf gesetzt hätte, dann wäre er heute noch bei uns.«

Die nackte Feindseligkeit in Pishis Stimme verblüfft mich. Es ist wohl wahr, daß die Mütter während unserer Kindheit des öfteren Meinungsverschiedenheiten darüber gehabt hatten, wie Dinge gehandhabt werden sollten, und daß manche hitzige Diskussion geführt wurde. Doch am nächsten Tag waren sie immer wieder die besten Verbündeten gewesen, wenn nicht sogar Freundinnen, die sich gegen uns verschworen. Sudha und ich machten Scherze darüber, daß sie wie die heilige Dreieinigkeit, Brahma, Vishnu und Shiva waren und so unsere kleine, häusliche Welt in Gang hielten. War dies die ganze Zeit über nur eine sorgfältig errichtete Fassade gewesen, mit dem Ziel, uns davon abzuhalten, darüber nachzudenken, wie brüchig das Fundament unseres Haushalts in Wahrheit war? Nun, da wir beinahe verheiratet waren und nicht mehr behütet werden mußten, weiteten sich die Risse unter den Füßen, und der Boden begann zu wanken.

Sudha hatte den Stein angestarrt, als befänden sich unsichtbare Buchstaben auf der feuerroten Oberfläche, die nur sie zu lesen imstande sei. Nun sagt sie mit entschiedener Stimme: »Pishi hat recht. Ich möchte, daß Anju den Stein bekommt.«

»Du dummes Mädchen«, ruft Tante N. »Du weißt doch gar nicht, was du da sagst!« Sie wendet sich aufgeregt Mutter zu. »Hör nicht auf sie, Gouri-*di*!«

Mutter öffnet den Mund, um etwas zu sagen, doch ich unterbreche sie. Von irgendwoher ist mir ganz plötzlich ein Gedanke gekommen, so messerscharf und so ganz offensichtlich nicht mein *eigener*, daß ich weiß, daß es sich um die richtige Anwort handeln muß.

»Der Rubin sollte morgen wieder in den Tresor der Bank zurückgelegt werden.« Ich klinge sogar anders. Meine Stimme ist so voll wie ein Tempelgong. »Er gehört in Wahrheit gar nicht uns. Keine von uns hat ein Recht darauf. Nicht, bis –«

»Bis *was*?« fragt Pishi. Doch ich schüttele den Kopf.

»Sie hat recht«, sagt Mutter. Sie klingt erstaunt. Die anderen Mütter nicken ebenfalls. Sie machen einen erleichterten Eindruck. Mutter reicht mir die Schachtel und bittet mich, den Stein morgen zur Bank zurückzubringen.

Als ich allein den Korridor entlanggehe, fühle ich mich sehr erwachsen. Es ist ein wenig unheimlich. Die Schachtel in meinen Händen ist leichter, als ich gedacht habe. Sudha ist in ihr Zimmer gegangen. Sie sagte, sie wolle ein wenig schlafen. Ich werde warten müssen, bis ich ihr jene Worte wiedergeben kann, die ich zurückgehalten habe. Teile der Worte, die mir gesandt worden waren – anders vermag ich es nicht auszudrücken. *Nicht, bis wir noch mehr gelitten haben, bis das Haus der Chatterjees zu einem staubigen Schutthaufen zerfallen ist.*

Als wäre es lediglich eine Frage der Zeit.

19

# *Sudha*

Es ist der Tag vor unseren Hochzeiten, und das Haus ist erfüllt von hektischer Betriebsamkeit. Ganze Horden von Männern sind damit beschäftigt, Lampen aufzuhängen und ein riesiges Zelt auf dem Rasen zu errichten. Im Hof hinter der Küche laufen extra eingestellte Köchinnen geschäftig um riesige Ton-*ununs* herum, die für diesen Anlaß errichtet worden sind, wo Currys und *dals* vor sich hinköcheln. Die Luft ist erfüllt mit dem pikanten Aroma von Senffisch und Tomatenchutney, denn viele unserer Verwandten von außerhalb sind bereits eingetroffen und müssen beköstigt werden. Pishi hat uns heute morgen bereits voller Stolz zwei Batisttaschentücher überreicht. Sie hat sie mit glücksbringenden Lotusblumen bestickt, die sich in rotem Seidengarn durch unsere Initialen winden. Nun ist sie in ihrem Zimmer verschwunden, um unsere Hochzeitsblumenketten anzufertigen. Auch die anderen Mütter sind mit letzten Vorbereitungen beschäftigt.

Nur wir Bräute haben nichts zu tun. Wir haben Pishi gefragt, ob wir ihr helfen können, doch sie hat uns aus ihrem Zimmer gescheucht. Offenbar bringt es Unglück, wenn die Bräute ihre Blumenketten vor dem angemessenen Augenblick berühren. Dann sind wir für eine Weile durch das Chaos unten gewandert, doch es war beunruhigend festzustellen, wie die Leute – selbst die Dienstboten, die wir seit unserer Geburt kennen – uns mit Ehrfurcht und einer gewissen respektvollen Förmlichkeit beobachteten, als hätte uns der Brautstatus in gesalbte Wesen verwandelt.

Also halten wir uns nun wieder in unseren Zimmern auf, wo wir ruhen sollen – als ob das mitten in diesem *hallah* überhaupt möglich wäre. Anju liegt auf meinem Bett und liest ein Buch. Versucht ein Buch zu lesen, sollte ich wohl besser sagen, denn während der letzten halben Stunde hat sie nicht eine einzige Seite umgeblättert. Ich sitze neben ihr und drehe ihre Haarsträhnen um meinen Finger, wie ich es schon als Kind gern getan habe. So viel Traurigkeit wirbelt durch meinen Kopf. Bilder von dem Leben, das mir all die Jahre vertraut war, das Gefühl, daß ich dies alles unwiderruflich hinter mir lasse. Wenn ich das nächste Mal wiederkomme, wird es nicht als eine Tochter der Chatterjees sein, sondern als eine Schwiegertochter, die zu ihrer neuen Familie gehört.

Meine verräterische Erinnerung bringt mir noch ein anderes Bild: ein junger Mann, der in der brüllenden Hitze neben der Straße wartet, seine Lippen auf den meinen in der düsteren Nische eines Tempels, wo es nach Weihrauch und törichter Hoffnung riecht, jene kurze, berauschende Zeit, als ich glaubte, daß ich die seine werden würde. Unerträglich nun, daher wende ich mich meiner Cousine zu und sage: »Erinnerst du dich, als wir noch klein waren und einmal verstecken gespielt haben und du dich in den *almirah* eingeschlossen hast, wo Pishi ihre Kleider aufbewahrt?«

»Ja«, erwidert Anju lachend. »Und wie mich die Angst überkam, daß ich dort drin ersticken würde, aber du bist mir natürlich zu Hilfe gekommen und hast mich gerettet!«

»Und weißt du noch, als wir *panipuris* von dem Straßenhändler vor der Schule gegessen haben und krank wurden?«

»Und ob ich das noch weiß! Und das köstliche *jeera*-Wasser, das uns der Mann hinterher zu trinken gab. Das war schon einen verdorbenen Magen wert!« Anju setzt sich munter auf. »Erinnerst du dich denn noch an unsere Märchenspiele? Wie du immer darauf bestanden hast, die Prinzessin zu spielen?«

»Aber nur, weil du lieber der Prinz sein wolltest!« erwidere ich.

»Und erinnerst du dich noch an das alte Haus in der Nähe des Ganges, wo dieser Mann – ich glaube, er war so eine Art Großonkel – lebte? Wir waren nur einmal dort, zu einer Hochzeitsfeier.«

Ich schließe die Augen und sehe das Haus vor mir, der gelbe

Putz, aus dem ganze Stücke fehlen, ein Dach, das mit moosigem Bewuchs überzogen ist. »Wir sind über eine dieser alten, spiralförmigen Treppen, die außen am Haus nach oben gehen, auf die Terrasse hinaufgestiegen – ich war mir sicher, daß wir hinunterfallen würden, aber du hast mir nicht erlaubt, anzuhalten.«

»Wie albern«, sagt Anju lachend. »Du weißt doch, daß ich es niemals zugelassen hätte, daß du fällst!« Dann nehmen ihre Augen einen entrückten Ausdruck an. »Gab es auf der Terrasse nicht einen Raum, einen verschlossenen Raum? War da nicht ein Junge?«

Anfangs vermag ich mich nicht zu erinnern, doch dann sehe ich ihn vor mir, diesen Jungen, nicht älter als wir, hinter einem vergitterten Fenster, wie er zu uns herüberwinkt, die Augen seltsam geschlitzt, die Finger fett und blaß wie Regenwürmer. Er gab grunzende Laute von sich, die wir nicht verstehen konnten, und als wir voller Angst wegliefen, schlug er gegen das Gitter und weinte.

»Erinnerst du dich, wie alle Frauen mit uns schimpften, als wir herunterkamen und ihnen erzählten, was wir entdeckt hatten? Daß uns Pishi später erklärte, daß der arme Junge mit irgendeinem Gehirnschaden geboren worden sei?«

Ich nicke. Die Erinnerung daran jagt mir einen Schauer über den Rücken. Was würde Anjus Schwiegervater wohl sagen, wenn er von dem versteckten Jungen erführe? Würde das in seinen Augen als Skandal gelten?

»Weißt du, Sudha«, sagt Anju und spielt mit den gläsernen Hochzeitsreifen an meinem Arm. »Es wird niemals wieder jemanden geben, mit dem ich mich so unterhalten kann, der weiß, was ich meine, ohne daß ich es erklären muß.« Ihre Augen sind voller Tränen. Und plötzlich schneidet die Tatsache, daß wir einander verlassen, wie ein Peitschenschlag in mein Fleisch – wie Wahrheiten, von denen man seinen Blick absichtlich abgewendet hat, es früher oder später tun. Aber ich darf nicht weinen. Denn wenn ich erst einmal anfange, wäre ich nicht mehr in der Lage aufzuhören. Es gibt so viel, um das ich weinen müßte. Daher erwidere ich mit gespielter Fröhlichkeit: »Du wirst Sunil haben! Er wird dir schon bald mehr bedeuten als jede Cousine!«

»Mach keine Scherze darüber«, entgegnet Anju, und aus ihrer förmlichen Stimme schließe ich, daß sie tief beleidigt ist. »Meine Liebe für dich ist vollkommen anders.« Sie läßt meine Hand fallen. »Ich werde mal nachschauen, ob Mutter zurück ist. Ich möchte sichergehen, daß sie ihre Kräfte nicht überstrapaziert.«

Ich sollte Anju folgen und sie beruhigen, ihr sagen, daß ich es nicht so gemeint habe, aber ich bin von einer Schwere erfüllt, die mich davon abhält, mich zu bewegen. Ob es wahr ist, daß nichts den Platz einer wahren Liebe einnehmen kann, nicht einmal eine andere Liebe? Ein Teil von mir sehnt sich danach, das zu glauben. Aber wenn es tatsächlich wahr ist, wie sollte ich für den Rest meiner Zeit mit diesem Loch leben, das in meine Brust gerissen wurde? Und dennoch möchte ich meinen Entschluß nicht ändern. Oh, wenn die Hochzeiten doch nur schon vorbei wären und alle Entscheidungen für immer hinter mir lägen.

Es klopft an meiner Tür. Es ist Singhji mit einem Haufen Briefe und Päckchen. Ich bin ein wenig verblüfft. Außer in jener Nacht, in der Gouri Ma ihren Herzanfall hatte, war er noch nie hier oben. Zudem ist es Ramur Mas Aufgabe, die Post heraufzubringen. Doch vielleicht hat sie an diesem Tag, an dem alles drunter und drüber geht, anderes zu tun und ist nicht aufzufinden. Als ich ihn hereinbitte, schüttelt er verneinend den Kopf, blickt sich aber mit schüchterner Neugier um. Ich frage mich, was er wohl von den schweren Möbeln und den Ölgemälden mit ihren dunklen Farben halten mag, die sich schon vor meiner Geburt in diesem Zimmer befanden. Wie ich sie gehaßt habe, als ich noch jünger war. Doch Mutter war der Meinung, es sei den Seelen der Vorfahren der Chatterjees gegenüber respektlos, irgend etwas zu ändern. Womöglich war es ihr auch zu peinlich, zuzugeben, daß sie nicht das Geld für eine neue Einrichtung besaß. Ich tröstete mich immer mit dem Gedanken, daß ich, wenn ich erst einmal verheiratet war, ein Zimmer nach meinen Vorstellungen haben würde: hell und luftig, mit einer oleander-rosafarbenen Bettdecke und Blumen in einer schlanken Silbervase. Doch nun, da dies endlich bevorsteht, da ist die Aussicht darauf bar jeder Freude.

Ich blättere ohne große Begeisterung durch die Briefe. Seit Wochen schon schicken uns die Leute, die nicht in der Lage sind, zur Hochzeit zu kommen, kleine Segensgeschenke. Ich will Singhji gerade bitten, den ganzen Stapel mit hinunter zu Gouri Ma zu nehmen, da bemerke ich ein kleines, dickes Päckchen ohne Absender.

Später werden Pishi und ich immer und immer wieder den Umschlag untersuchen – einfaches, braunes Papier mit einem Poststempel aus dem Zentrum Kalkuttas, mein Name darauf mit Blockbuchstaben geschrieben –, doch in diesem Moment, als ich ihn aufreiße, widme ich ihm wenig Aufmerksamkeit. Und plötzlich ist mein Schoß voller Geld, Hundertrupienscheine ergießen sich in riesigen Mengen, wie mir scheinen will, aus dem Päckchen. Vor Schreck verschlägt es mir den Atem. Selbst Singhji, der immer so gelassen ist, legt eine Hand vor den Mund. *Von wem nur?* Ich taste in dem Umschlag nach einem Brief, aber da ist keiner. Doch als ich durch die Geldscheine wühle, sehe ich es, ein kleines Blatt Papier, auf dem in fließenden bengalischen Schriftzeichen geschrieben steht: *Für Sudha – möge dein Leben in einem Maße von Freude erfüllt sein wie das meine mit Kummer. Dein Vater.*

Mein Gehirn scheint einen Kurzschluß erlitten zu haben, mein Herz zuckt, als würde der letzte Blutstropfen herausgewrungen. Wenn das Geld nicht gewesen wäre, hätte ich die Sache für einen grausamen Scherz gehalten, aber da liegt es, ein ganzer Schoß voll, mehr Geld, als ich jemals gesehen habe.

Mein Vater, am Leben?

»Aber, *beti*«, flüstert Singhji ehrfürchtig, »davon könnten Sie und Ashok-*babu* jahrelang leben!«

Die Versuchung schießt wie ein elektrischer Schock durch mich hindurch. Doch am Ende schüttele ich verneinend den Kopf. Alles Geld der Welt würde mir nichts nutzen, wenn Anjus Hochzeit abgesagt werden sollte.

Ich reiche Singhji die anderen Päckchen und Briefe und bedeute ihm, zu gehen. Ich weiß, daß er sieht, wie meine Finger zittern. Ich weiß, daß ich ihm vertrauen kann, kein Wort über das zu verlieren, was er in diesem Zimmer gesehen hat. Dafür verspüre ich ein kurzes Gefühl der Dankbarkeit – doch dann zerfetzt mir der gezackte Stein, der mein Herz ist, die Eingeweide. *All die Jahre war er am Leben und ist nie zu uns gekommen. Nicht, als wir so dringend Hilfe benötigten, nicht, um mich, seine Tochter, zu sehen, um mich in seine Arme zu schließen …*

Während Singhji mir den Poststapel aus den Händen nimmt, sind seine Augen voller verwunderter Traurigkeit. Selbst nachdem er gegangen ist, spüre ich noch, wie seine Emotionen um mich herumwirbeln, mitleidig wie ein regenbringender Wind. Er würde gern etwas tun, um mir zu helfen. Aber das kann er nicht. Genausowenig wie mein Vater. Dafür ist es zu spät. Achtzehn Jahre zu spät.

~

Ich schließe die Tür von Pishis Zimmer und lehne mich dagegen. Der Blumenduft, so feucht, kühl, so tempelgleich, überfällt mich. *Rajani gandha, bel, jui.* Weiß wie gebleckte Zähne. Weiß wie der Blitz eines nächtlichen Sturms. Weiß wie die Witwenkleidung, die meine Mutter nun schon seit so vielen unnötigen Jahren voller Bitterkeit trägt. Die Tür fühlt sich in meinem Rücken fröstelnd-kalt an. Ich schließe ganz fest die Augen und wünsche mir, wie ich es als Kind immer getan habe, daß sich die Zeit zurückdrehen ließe, daß sie mein Leben so zurückgeben könnte, wie es noch vor einer halben Stunde war. Die Gelassenheit der Unkenntnis. Die Unschuld. Doch das Gewicht des vollgestopften *anchal* meines Saris will mir keine Flucht zugestehen.

»Was ist denn los?« Pishi erhebt sich besorgt. Sie hält eine prächtige Kreation aus Jasmin und weißen Rosen mit eingewobenen Silberfäden in der Hand. Es ist meine Hochzeitsblumenkette – sie hat das Muster schon vor Wochen entworfen. »Bist du krank?«

Ich kann mir vorstellen, wie ich aussehe: das Gesicht blutleer vor dem dunklen Mahagoniholz der Tür, die sich atemlos hebende und senkende Brust.

»Soll ich den Doktor rufen?« fragt Pishi. Sie streckt die Hand aus, um meine Stirn zu fühlen. Ich möchte mich am liebsten gegen sie sinken lassen, wie ich es als Kind immer getan habe, möchte von ihr zum Bett geführt werden, um im Schlaf zu vergessen, was gerade wie in einem Fiebertraum geschehen ist. Doch ich bin jetzt eine Frau. Daher reiche ich ihr stumm den Brief.

Als Pishi von dem Zettel aufschaut, ist ihr Gesicht so kreidebleich wie das meine. Sie sagt nicht, wonach ich mich so verzweifelt sehne: daß es sich hier um einen herzlosen Streich handeln muß. Und als ich das Ende meines Saris loslasse und die Geldscheine, die ich darin aufbewahrt habe, zu Boden fallen, da atmet sie zischend ein. Aber das Geräusch entspringt nicht so sehr dem Schock, sondern vielmehr einer Befürchtung, die sich erfüllt hat. Wir starren auf den Geldhaufen. Plötzlich wird er von einem Sonnenstrahl erleuchtet, der sich zwischen den Fensterläden hindurchgezwängt hat, die geschlossen sind, um die Blumen frisch zu halten. Mir kommt der Gedanke, daß mein Vater – *aber er ist doch tot!* – reich sein muß. Dies erfüllt mich mit großer Wut, weil ich an all die Jahre des Knauserns und Zusammenkratzens zurückdenke, an die endlosen Klagen meiner Mutter, an Gouri Ma, die sich schweigend weiter vorantreibt, bis schließlich die Sorge ihre Tentakeln durch all ihre Adern ausgebreitet hat.

Pishi beugt sich vor, um die Geldscheine zu berühren, die vergessene Blumenkette zerdrückt in ihrer Hand. Die Scheine geben ein trockenes, scharrendes Geräusch von sich, als würde jemand über abgestorbene Blätter gehen. Nur langsam und quälend richtet sie sich wieder auf, so, als sei sie innerhalb von Minuten unglaublich gealtert. Die Blumenkette in ihrer Faust besteht nur noch aus einem Strang zerdrückter weißer und roter Blumen.

Rot?

Ich reiße ihre Finger auf und entdecke die Nadel, die sich in ihre Handfläche gebohrt hat. »Pishi!« schreie ich. Sie blickt hinab, doch es ist ganz so, als würde sie es nicht sehen, den Schmerz nicht fühlen. Ich atme tief ein, ziehe die Nadel heraus und presse die Wunde zu, um die Blutung zu stoppen. Die Blumenkette, die eigentlich für mich gedacht war, liegt jetzt zerdrückt und blutbeschmutzt auf dem Boden. Ich frage mich, ob das wohl Unglück zu bedeuten hat, und hätte am liebsten gelacht. Welches Unglück sollte mir denn noch zustoßen?

Ich versuche mich zu erinnern, wo Pishi das Jod aufbewahrt, mit dem sie immer unsere abgeschabten Knie säuberte. Ich krame in ihrer Kommode herum, und nach einer Weile entdecke ich die Flasche. Ich finde keine Watte, also tunke ich einen Zipfel meines Saris in die braune Flüssigkeit und drücke ihn gegen ihre Handfläche.

»Wir haben die Leichen nie identifiziert.« Pishis Worte klingen undeutlich, als sei sie in Glas eingeschlossen. »Deine Mütter waren nicht in der Verfassung, zu reisen, und ich mußte mich um sie kümmern – und auch um Anju und dich. Außerdem sagte die Polizei, es sei sinnlos. Die Leichen hatten eine Weile im Wasser gelegen, und die Fische hatten sich über die Gesichter hergemacht. Die Polizei war im Besitz der Geldbeutel, die einer der Männer in der Tasche gehabt hatte, und sie sagten, das reiche zur Identifizierung aus. Daher schickten sie die Leichen in verschlossenen Särgen zurück, und wir ließen sie einäschern. Aber wenn ich jetzt darüber nachdenke – wie leicht hätte jemand ...«

»Was willst du damit sagen?« flüstere ich. Das Jod hat meinen Sari mit einem Braun verschmutzt, das verbranntem Papier gleicht und niemals wieder herauszuwaschen sein wird. Ich schmecke das ekelerregende Gelb von Gallenflüssigkeit in meinem Mund. So viele Male in meinem Leben glaubte ich schon, Angst zu haben. Nun wird mir klar, daß ich bis zu diesem Moment nicht wußte, was Angst wirklich ist.

Pishi blickt zur Seite. »Sie waren zu dritt, erinnerst du dich? Einer von ihnen hätte leicht seinen Geldsack in die Tasche des anderen Mannes stecken können, nachdem er ihn ...«

Ich presse mir die Hände gegen die Ohren, doch der Satz hämmert bereits seinen Rhythmus in meinem Schädel.

*Ermordet hat. Ermordet hat. Ermordet hat.*

»Mein Vater!« – das Wort klebt in meiner Kehle, das abscheulichste Wort der Welt. »Nein!«

Doch die Bilder blitzen bereits durch den Donner, der in meinem Kopf tobt, durch die sich mischenden Gerüche von Jod und Hochzeitsblumen und Blut.

Ich sehe ein schaukelndes Boot auf einem Fluß vor mir, der sich entlang der Sümpfe von Sundarban windet. Die Affen veranstalten oben in den von Kletterpflanzen erstickten Bäumen ein schreckliches Gekreische, und in der Ferne hört man das Heulen der Hyänen. Moskitos summen und summen, und die Stimmung ist gereizt. Es ist zu heiß, der Wind ist nicht stark genug, um das Segel zu führen, und die drei Männer sind es leid, zu rudern und sich ihre Mahlzeiten selbst zu kochen – was sie nun, da sie die Träger aus Sicherheitsgründen fortgeschickt haben, tun müssen. Anstelle der Hochstimmung, die sie bei der Entdeckung der Höhle empfunden hatten – denn sie haben sie tatsächlich gefunden, haben ihre Rubine eingesammelt und diese sorgfältig in ihre Gürtel gebunden –, ist eine seltsame Depression getreten. Vermutlich weil sie dieses Abenteuer gesucht und es bestanden haben und doch noch immer dieselben Männer sind, die das unbeschwerte Leben verlassen hatten, das sie in Kalkutta führten. Und in dieser Stimmung beginnt Onkel Bijou eines Abends einen Streit mit meinem Vater, während ihr Partner sich am anderen Ende des Bootes aufhält und das Abendessen zubereitet. Er enthüllt Vater, was er weiß, und beschuldigt ihn, ein Hochstapler, ein Lügner, ein Betrüger zu sein, der die Güte der Chatterjees ausgenutzt hat.

Und mein Vater? Leugnet er es? Fleht er um Vergebung? Ich glaube nicht. Ein dunkler Zorn breitet sich auf seinem Gesicht aus, weil Bijoy alles verdirbt, jetzt, da ihm das Glück doch endlich einmal hold ist. Zorn, der mit Scham vermischt und damit der schlimmste von allen ist. Bevor er weiß, was er tut, hat er nach einem Ruder gegriffen und es meinem Onkel über den Kopf geschlagen. Das Krachen von Holz auf Schädel hallt durch den Wald. Der Körper sinkt, einem Sack gleich, in eine Ecke des Bootes. Und als der Partner schreiend angelaufen kommt – *was war das?* – da bleibt keine andere Möglichkeit, als noch ein weiteres Mal mit dem Ruder auszuholen.

Weint mein Vater daraufhin? Kniet er neben dem Mann nieder, der ihn wie den Bruder geliebt hat, der er nie war? Nein. Ich gestehe ihm keine Tränen zu. Mit trockenen Augen und gefletschten Zähnen hebt er erst den einen, dann den anderen Körper – wie sehr ähneln sie doch schlafenden Kindern, mit schweren Gliedern vertrauen sie auf die Kraft seiner Arme –, um sie seitlich über Bord zu werfen. Doch vorher zieht er noch ihre Hemden in die Höhe, um die Beutel aufzuknüpfen. Fällt es ihm schwer, ihre noch warme Haut zu berühren? Seinen Geldbeutel in jene Tasche zu schieben, von der er weiß, daß Bijoy den seinen dort aufbewahrt, und dabei unter seinen Fingern das noch schlagende Herz zu spüren? Überkommt ihn ein Zittern, als er das erste Platschen vernimmt, und dann, wie ein Echo, das zweite? Springt er erschrocken zurück, als er vom Ufer das jaulende Mißfallen eines Rudels Schakale vernimmt?

Und fürchtet sich mein Vater in jener Nacht, als der weiße Mond in den tintenfarbenen Himmel aufsteigt und ein Nachtvogel-Paar den Mast umkreist, schreiend wie die Seelen der Toten? Wünscht er sich, seine Tat rückgängig machen zu können, diese Tat, die ihn für immer von seiner Frau und seinem ungeborenen Kind getrennt hat? Diese Tat, die ihn zwingen wird, seinen Namen zu ändern und, nur in Gesellschaft des unheilvollen roten Glühens der Rubine, in irgendeine weit entfernt gelegene Stadt zu ziehen? Aber nein, der Poststempel auf dem Umschlag stammt aus Kalkutta. Ein Zittern überfällt mich, als mir klar wird, daß er seit Jahren am Rande unseres Lebens existiert und uns beobachtet hat. Vielleicht saß er in einem Taxi auf der anderen Straßenseite, wenn die Schule zu Ende war und Anju und ich herausspazierten. Vielleicht hat er mich gestreift, als wir in den überfüllten Gängen des New Market einkaufen gingen. Vielleicht hielt er spät in der Nacht vor unserem Tor und sah zu, wie die Lichter eines nach dem anderen ausgingen, und stellte sich vor, wie Mutter und ich im Bett liegen. Welche Gedanken mögen einem solchen Mann wohl durch den Kopf gehen? Immer und immer und immer wieder, bis er an einem Tag, achtzehn Jahre später, einen Edelstein verkauft, die Geldscheine zu einem Haufen stapelt, nach einem Stift greift und schreibt: *Für Sudha*.

Ah, Mr. Majumdar, was würden Sie wohl davon halten? Von diesem Skandal, der alle anderen in den Schatten zu stellen vermag?

»Sudha«, sagt Pishi mahnend. »Reiß dich zusammen. Niemand darf wissen, daß dein Vater seinen Arm aus der Dunkelheit der Todeswelt nach dir ausgestreckt hat.«

Ein Korkenzieher aus Gelächter bohrt sich seinen Weg durch meinen Körper. Was glaubt sie denn, was ich tun würde – es von den Dächern hinabschreien?

»Du mußt entscheiden, was mit dem Geld geschehen soll.« Pishis Stimme ist angsterfüllt.

Es fällt mir schwer, mich auf Einzelheiten zu konzentrieren. Schließlich erwidere ich: »Bring es für mich zum Kalighat-Tempel. Gib es den Bettlern. Und laß eine *puja* für die Seele meines Onkels ausrichten.«

»Ich bin so froh, daß du das gesagt hast.« Pishi stößt erleichtert den Atem aus. »Es ist Blutgeld, dazu bestimmt, Unglück zu bringen.«

»Ich muß gehen«, entgegne ich. Ich will allein sein, muß herausbekommen, was mit dem heutigen Tag aus mir geworden ist.

»Sudha«, sagt Pishi und streckt ihre Hand aus, als ich auf die Tür zustolpere. »Was immer dein Vater getan hat, ist nicht deine Schuld.«

Aber ich weiche zitternd zurück. Worte besitzen nicht die Macht, mich zu trösten. Mich zu berühren kommt einer Verunreinigung gleich. Denn es war einmal ein Mann, der ein Ruder hob und es einem anderen Mann auf den Kopf schlug. Sein

Zorn ist ein Fluß, der durch meinen Körper fließt, und das Wasser ist mein Blut. Dies ist das Segensgeschenk, das mir mein Vater gesandt hat.

20

# *Anju*

Es ist schrecklich heiß im Hochzeitszelt. Ich ersticke unter dem erdrückenden Gewicht des Weihrauchs und dem Jammern der Seemuscheln und dem Geschnatter der Hochzeitsgäste. Der schwere, goldfarben und rote *benarasi*, den ich trage, ist auch nicht gerade hilfreich. Ich stehe Sunil direkt gegenüber, doch ich kann sein Gesicht nicht sehen, denn die Frauen halten ein Seidenlaken zwischen uns in die Höhe. Sie werden es erst senken, nachdem der Priester sein Mantra beendet hat, das uns Glück bringen soll. Es ist ein tausend Jahre altes Mantra aus den Veden und bezeichnet Glück als Vieh und Pferde und Vasallen – und als einhundert Söhne, die ich Sunil gebären soll. Ein ungezogenes Lachen beginnt hinten in meiner Kehle aufzusprudeln, während ich ihm lausche. Ich muß es kontrollieren, bis Sunil und ich allein sind. Unglücklicherweise wird dies erst nach der Feuerzeremonie und der Puffreiszeremonie und der Hochzeitsblumenbettzeremonie und hunderten von weiteren Zeremonien der Fall sein. Doch wenn es schließlich soweit ist, werden wir gemeinsam lachen, und das wird ein besserer Anfang unseres Ehelebens sein als hundert Mantras.

Das Mantra ist sehr lang, und der Priester trägt es in einem Singsang vor, der mich zum Gähnen verlockt. Doch es gehört sich nicht für eine Braut, zu gähnen, daher betrachte ich die Füße meines Mannes – der einzige sichtbare Teil von ihm, der unter dem Saum des Seidenlakens hervorschaut –, um mich abzulenken. Ich bewundere die Krümmung seiner Riste, die sauber geschnittenen Fußnägel. Gott sei Dank wachsen aus seinen Zehen nicht diese steifen, schwarzen Haare, wie es bei vielen Männern der Fall ist. (Ich bin eine Spezialistin, was Männerfüße angeht – in den letzten Tagen habe ich mindestens einhundert berührt, die älteren Verwandten gehörten, denen ich meinen Respekt zu erweisen hatte.) Am Ende der Hochzeitsfeier soll ich auch Sunils berühren, um ihn als Oberhaupt des Haushalts anzuerkennen. Vielleicht werde ich sie, falls niemand zu genau hinsieht – oder auch doch – statt dessen kitzeln.

Irgendwo seitlich von mir durchlaufen Sudha und ihr Mann die gleiche Zeremonie. Ich weiß, daß ich mich eigentlich auf das Seidenlaken konzentrieren müßte – meine Augen sollen Sunils begegnen, sobald es fallengelassen wird, denn das ist der Augenblick des verheißungsvollen ersten Blicks –, doch ich verrenke mir den Hals, um nach Sudha Ausschau zu halten. Erfolglos. Das einzige, was ich sehe, ist das Aufblitzen und Glitzern von Armreifen und Ohrringen, die leuchtenden Farbtupfer von hundert Seidensaris. Es scheint, als habe sich ganz Kalkutta in den Raum zwischen uns gedrängt.

Wenn ich doch nur Sudhas Gesicht sehen könnte! Dann würde ich mich gleich besser fühlen. Irgend etwas ist gestern nachmittag, nachdem ich in Wut geraten und davongestürmt bin, geschehen. Hätte ich mich doch nur anders verhalten! Denn als ich zurückkam, lag sie auf dem Bett, die Decke bis über das Gesicht gezogen, obwohl es ein heißer Tag war. Ich wußte, daß sie nicht schlief, daher zog ich die Decke herunter. Sie bewegte sich nicht. Ihr Gesicht war mit einer Schweißschicht überzogen, und sie hielt ihre Augen geschlossen, bis ich sie schüttelte und ihren Namen rief. Da blickte sie mich an, als wüßte sie nicht, wer ich bin. Das erinnerte mich an den Vorfall, als eines der Dienstmädchen sich einen Topf mit kochendem *dal* übergegossen hatte. Riesige Blasen waren auf ihrem Arm erschienen, und Pishi hatte sie gezwungen, ihn in einen Eimer voller Wasser zu halten, bis der Doktor kam. »Geht es etwas besser?« hatte sie nach einer Weile gefragt. Das Mädchen hatte keine Antwort gegeben und Pishi nur mit dem gleichen animalischen Blick verwirrten Entsetzens angeschaut wie Sudha mich.

Früher einmal hätte ich gewußt, wo das Problem liegt, ohne daß Sudha mir irgend etwas sagen mußte. Doch in letzter Zeit ist es so, als sei ein Nebel heraufgezogen und habe sich zwischen unsere Herzen gelegt. Anfangs habe ich Sudha die Schuld dafür gegeben. Ich redete mir ein, sie distanziere sich mit Absicht von mir, damit es ihr nicht so weh tun würde, wenn wir Abschied voneinander nehmen mußten. Doch nun, während ich auf die Füße meines Mannes starre, frage ich mich, ob es nicht vielleicht ebensosehr mein Fehler war, denn ich war zu trunken gewesen vor neugefundenem Verlangen und hatte ihrem stillen Kummer keine Aufmerksamkeit geschenkt.

»Anju! Anju!« Die Frauen haben das Tuch fallengelassen und rufen meinen Namen.

»Da steht ihr Mann, direkt vor ihrer Nase, und sie träumt von einem anderen!« ruft eine scherzend.

Ich erröte und blicke in Sunils Augen. Er lächelt mit hochgezogenen Brauen. Wahrscheinlich wird er mich später damit aufziehen. *An wen hast du denn so angestrengt gedacht, daß du beinahe den Moment des verheißungsvollen ersten Blicks verpaßt hättest?* Doch wenn ich ihm meine Sorgen um Sudha schildere, wird er sicherlich Verständnis haben. Das darf ich wohl von einem Mann erwarten, der eine Vorliebe für Virginia Woolf hat. Nun tauschen wir die Blumenketten, die Pishi für uns angefertigt hat. Jasmin und Rosen und Gardenien, die ihre Blüten nur nachts öffnen. Ich werde ihren Duft wohl nie wieder wahrnehmen, ohne jedes Mal Sunils Fingerspitzen zu spüren, die wie eine Flamme an meinem Hals entlangstreichen. Die Säume unserer Kleidung werden miteinander verknüpft, und wir gehen sieben Mal um ein heiliges Feuer. Meine Hand fühlt sich gut an in Sunils starkem, warmem Griff, wie ein nistender Vogel, der sein Heim gefunden hat. »Mein Herz gehört dir, wie das deine mir gehört«, spreche ich dem Priester nach und artikuliere dabei jedes Wort so deutlich wie nur eben möglich. »Sieben Leben lang will ich dir bis ans Ende der Welt folgen.« Sunils Hand schließt sich fester um die meine, und ich weiß, daß er die Überzeugung vernommen hat, die durch meine Stimme pulsiert.

Die Zeremonie wird noch lange dauern – das *sindur* muß an der Stirn der Braut angebracht und weitere Mantras müssen gesprochen werden, die offizielle Übergabe der Braut muß vonstatten gehen, und abermals müssen Mantras gesprochen werden. Aber soweit es mich betrifft, ist es vorüber, denn ich fühle mich mit Sunil auf immer und ewig verbunden.

Wir sollten uns nun eigentlich für das nächste Ritual zu einer anderen Stelle im Zelt begeben, doch ich bitte Sunil, einen Augenblick zu warten. Ich möchte sehen, wie Sudha ihre sieben Kreise um das Feuer abschreitet. Wie wunderschön sie aussieht! Schöner als jemals zuvor in ihrem Leben, höre ich die Gäste flüstern, die die *chandan*-Male auf ihrer Stirn bewundern, die durchscheinende Röte ihrer Wangen, die Art und Weise, wie sie züchtig ihre dichten Wimpern senkt, um Ramesh zu folgen. Aber sie haben sie ja auch noch nie barbusig in einer stürmischen Nacht erlebt, wenn die Seele in ihren Augen funkelt.

Plötzlich stolpert Sudha über den Saum ihres Saris. Ramesh dreht sich schnell um, um sie vor einem Sturz zu bewahren. Doch sie hat sich bereits wieder gefangen und weicht nur ein winziges Stück zurück, damit sein Arm sie nicht berührt. Ihr Gesicht ist eine leere Hülle, aus der alles Lebendige herausgekratzt worden ist. Das macht mir angst. Es kommt mir so vor, als würde das alte Märchen aufs neue aufgeführt: die Schlangenprinzessin, die ihren Geliebten verloren hat und von dem fremden König gefangengenommen wird. Und nun bleibt ihr keine andere Wahl, als ihm in sein ödes Königreich zu folgen.

Ein großer Seufzer erschüttert mich bis in die Tiefe meines Herzens. O Sudha, warum hast du dir das angetan? Und ich, die ich zu sehr mit meinem eigenen, unverzeihlichen Vergnügen beschäftigt war, warum habe ich dich nicht aufgehalten?

Sunil faßt mein Seufzen falsch auf.

»Ja, sie ist reizend, wirklich reizend«, sagt er.

An seinen Worten ist nichts Besonderes. Ich habe mein Leben lang gehört, wie Männer – und auch Frauen – Sudha bewundert haben, oft noch weitaus überschwenglicher. Doch etwas in Sunils Stimme bringt mich dazu, ihm einen scharfen Blick zuzuwerfen. »Die schönste aller Frauen …« murmelt er ganz leise und verstummt dann. Er starrt Sudha weiterhin an, als sei er nicht imstande, seinen Blick von ihr zu nehmen. Sein Gesicht ist nackt und liegt offen da, wie ein Haus ohne Vorhänge. Und da ich selbst so sehr verliebt bin, vermag ich genau zu erkennen, was ich dort sehe.

Vor langer Zeit habe ich in der Schule einmal einen Film über einen kalifornischen Rotholzbaum gesehen, der vom Blitz getroffen worden war. Er war nicht verbrannt, wie man es eigentlich erwartet hätte, und auch nicht verkohlt. Von außen sah er beinahe wie die anderen Bäume aus. Doch eines Tages lehnte sich ein Mann gegen ihn, und der Baum stürzte krachend zu Boden. Als man hineinschaute, entdeckte man, daß sein gesamtes Inneres hohl und mit Asche gefüllt war.

Ich komme mir vor wie dieser Baum.

Die restlichen Zeremonien bringe ich mechanisch hinter mich. Sunil kennzeichnet meine Stirn mit *sindur*. Ich schiebe einen Ring auf seinen Finger. Wir singen weitere Gebete für den ehelichen Segen. Als Sudha an uns vorübergeht, ihrem Mann mit teilnahmslosen Schritten folgt, da gerät Sunils Stimme ins Stocken, als er sagt: »Und ich werde dich beschützen und in Ehren halten und dich als meine Lakshmi lieben, meine Göttin des Glücks.«

Wie kommt es nur, daß niemand sonst es bemerkt?

Aber natürlich bin ich überreizt. Schwindelig von dem Hochzeitstagfasten. Ich lese zuviel in einen kurzen Blick hinein. In eine Atempause. Und selbst wenn es wahr sein sollte, welche Rolle spielt es noch? Sudha wird hierbleiben, während Sunil und ich nach Amerika gehen. Wenn der heutige Abend vorüber ist, wird er wahrscheinlich nie wieder die Gelegenheit haben, sie zu sehen. Und selbst wenn, so würde sie mich niemals betrügen, nie im Leben. Doch trotz aller logischen Begründungen ist mein Mund wie ausgedörrt, meine Finger zittern und verschütten alles, und als ich aufstehe, da gerate ich auch ins Stolpern, und Sunil muß mich am Ellbogen stützen.

Im Festsaal drängen sich alle um uns, um zu gratulieren. Die Mütter weinen ein wenig, als sie die Bräutigame segnen und Sudha und mich küssen. Dann müssen wir am Hochzeitstisch am hinteren Ende des Saals Platz nehmen, die Gesichter den Gästen zugewandt. Zuerst Ramesh, dann Sudha, dann Sunil und ich. Ach, welch eine Komödie der Irrungen, welch ein betrügerisches Liebesviereck! Ramesh, der einzige, der gut gelaunt ist, stellt Sunil tausend Fragen über Amerika. Sudha starrt auf den traditionellen Bananenblattteller vor sich hinab, als habe sie ihn noch nie zuvor gesehen. Eine leichte Schweißschicht verleiht ihrem Gesicht ein tauartiges Glänzen. Ich beobachte, wie mein Mann sich bemüht, Rameshs Fragen zu beantworten, ohne dabei Rameshs Frau anzusehen. Ich beobachte, wie er sich bemüht, mir gegenüber aufmerksam zu sein, mir ein wenig geistesabwesend rät, etwas zu essen, vielleicht einen Happen Bratfisch. Sich erkundigt, ob es mir gut geht. Ich spüre, daß ihn die Emotionen, die ihn wie ein plötzliches Feuer überfallen haben, peinigen. Daß er sich gern ehrenhaft benehmen würde. Und ich – ich bin so erfüllt von Wut und hilfloser Liebe und Eifersucht, daß ich meiner Stimme nicht zutraue, eine höfliche Bemerkung zu machen. Ja, zum ersten Mal in meinem Leben vergehe ich vor Eifersucht auf Sudha, Schwester meines Herzens.

Nach dem Essen erheben wir uns, um den Tisch zu verlassen, erst Ramesh, dann Sudha, Sunil und schließlich ich, ganz zum Schluß. Sudha zieht ihr Taschentuch aus dem Bund, um sich das Gesicht abzuwischen, und als sie es zurückstecken will, fällt es hinter dem Tisch zu Boden. Es ist das besondere Taschentuch, das Pishi mit glücksbringenden Lotusblüten bestickt hat, und ich trage ein beinahe identisches in meiner Bluse. Ich will sie gerade darauf hinweisen, als Sunil sich vorbeugt, um es aufzuheben. Mir fällt als einziger auf, daß er es beiläufig in seine *kurta*-Tasche steckt.

Das hat nichts zu bedeuten, rede ich mir ein. Er will nur den richtigen Moment abpassen, um es ihr zurückzugeben. Doch für den Rest des Abends werden meine Beine von einem kalten Zittern erfaßt, und das Blut, das in meinen Ohren pocht, scheint mit höhnischem Lachen zu heulen: *Du Närrin, du Närrin, du Närrin*.

Wie doch ein einziger Moment ein ganzes Leben zerstören,

einem all das Glück aus dem Herzen pressen kann, wenn man es zuläßt! Aber ich werde es nicht zulassen! Das würde mich zugrunde richten, denn ich habe Sunil so viel von mir geschenkt.

Als Sudha und ich für einige Minuten in dem Raum allein sind, in den die Frauen kommen werden, um uns die *bashar*-Kleidung für die lange Nacht voller Gesang und Scherze überzuziehen, die der Hochzeit folgt, da frage ich sie: »Nun, wie fühlt es sich an?«

»Was?« entgegnet Sudha, während sie sich erschöpft die schwere Blumenkette vom Hals zieht und sie zu Boden fallen läßt. »Verheiratet zu sein?«

»Nein. Daß mein Mann sich unsterblich in dich verliebt hat«, erwidere ich verbittert. Doch gleich darauf bedauere ich meine Worte. Warum mache ich meine unschuldige Cousine für etwas verantwortlich, wozu sie nichts kann?

»Was redest du denn da, Anju?« fragt Sudha mit gepeinigter Stimme. Ich trete einen Schritt auf sie zu. Ich will gerade meine Arme um ihren Hals legen und mich entschuldigen, da weicht sie zurück und hält abwehrend ihre Hände in die Höhe, als wolle sie vermeiden, daß ich sie berühre. Der Ausdruck, der in ihren Augen aufblitzt, ist durch eine Gefühlsregung hervorgerufen, die sich mit keiner anderen verwechseln läßt – ganz besonders, wenn man sie selbst schon des öfteren empfunden hat. Ich erkenne das schlechte Gewissen im zauberhaften Gesicht meiner Cousine.

Die Worte drängen sich wie Schotter in meinem Mund. Ich muß sie ausspucken. »Sudha, wie konntest du mir das nur antun?«

»Nein, Anju, warte«, ruft Sudha. Doch ich verlasse das Zimmer, taumele unter dem Gewicht der Lektion, die ich, kaum eine Stunde verheiratet, als Ehefrau gelernt habe: Wie schnell die süßeste Liebe doch ranzig wird, wenn sie unbeantwortet bleibt. Wenn der, den man liebt, sein Herz an eine andere verloren hat.

# ZWEITES BUCH

## *Die Königin der Schwerter*

I

# *Sudha*

IM HAUS IN BARDHAMAN geht unten das Fest laut vonstatten, doch hier oben, wo ich allein warte, ist es ruhig genug, daß ich den dumpfen, stockenden Schlag meines Herzens vernehmen kann. Ich sitze in dem Zimmer, das von heute abend an das meine sein soll, auf dem hohen, mit Blumenketten geschmückten Bett, das einmal den Eltern und vor ihnen den Großeltern meines Mannes gehört hat. Da ich immer noch in der schweren, purpurfarbenen Seide gekleidet bin, die ich zum Hochzeitsfest getragen habe, schwitze ich ein wenig, doch grundsätzlich bin ich kalt vor Angst. Die Warnungen der Teezeit-Tantchen hallen in meinen Ohren wider. Jemand hat fürsorglich meinen Sari für die Nacht – ein durchscheinendes Ding mit viel Spitze – auf dem Bett ausgebreitet. Doch ich vermag den Gedanken, mich auszukleiden, nicht zu ertragen, vermag mich mit der Vorstellung von dem, was folgen wird, nicht abzufinden – mit den Händen eines Fremden, die mich besitzergreifend und voller Lust begrapschen.

Ich habe die Hochzeitszeremonie in einem Nebel der Betäubung durchlaufen. Ich hüllte mich dankbar darin ein, als handele es sich um ein Zaubertuch, das mich vor meinem Leben beschützen könne. Ich erhob mich und setzte mich, erhob mich erneut, wiederholte Mantras, lächelte. Ich redete mir ein, daß all dies nicht Wirklichkeit werden würde, falls es mir nur gelänge, bei allem, was mit mir geschah, nichts zu empfinden. An irgendeinem Punkt würde ich aufwachen und feststellen, daß alles nur ein Traum gewesen war. Doch dieses Zaubertuch der Betäubung riß, als Anju mich mit einem angewiderten Blick betrachtete und mir vorwarf, ihr ihren Mann wegschnappen zu wollen. Nun gibt es nichts mehr, das mich vor der vollen, frostigen Last meiner Verzweiflung bewahren könnte.

Meine Hochzeitsnacht. Wie oft habe ich im letzten Jahr in Tagträumen daran gedacht! An die Zärtlichkeit, mit der mein Mann meinen Schleier lüften würde, an seine Lippen auf meinen scheuen Lidern, einer Einladung gleich. Die Koseworte, mit denen er meinem Körper seine Geheimnisse entlocken würde. Nun graut es mir vor eben diesen Dingen.

Ashok, welche Gifte mögen sich heute nacht durch deinen Kopf brennen? Wenn ich an deinen Brief denke, *daß auch Du von dem Menschen, den Du am meisten liebst, einmal im Stich gelassen wirst*, will schwarzes Lachen aus meinem Herzen hervorbrechen. Dein Fluch ist bereits wahr geworden, denn hat mich nicht meine Cousine, die ich über alles liebe und für die ich dich aufgegeben habe, auf eine Weise im Stich gelassen, wie sie grausamer nicht sein könnte, als sie mich mit diesem Haß in ihren Augen ansah?

Ich höre Schritte auf der Treppe, das rauhe Lachen der jungen Männer, die Ramesh bis vor das Schlafzimmer eskortieren. Er verabschiedet sich von ihnen, tritt ein und schließt die Tür. Das Geräusch des Riegels ist wie ein Schuß. Als er auf mich zukommt, vermag ich ein Zittern nicht zu unterdrücken. Ich verschränke meine Hände ganz fest – ich möchte ihm nicht den Vorteil verschaffen, zu erkennen, wie ängstlich ich bin. Er setzt sich auch auf das Bett, doch ganz vorsichtig und nicht zu nah. Wir schweigen – ich bin nicht imstande zu einer nichtssagenden Unterhaltung, und er scheint kein Interesse daran zu haben. Als er sich herüberbeugt, um meine Hand zu ergreifen, zucke ich zurück. Ramesh will etwas sagen, schweigt dann aber. Er schiebt seine Finger zwischen meine starren Finger und blickt auf sie hinab: dunkel und hell, einem Gitterwerk gleich miteinander verbunden. »Findest du mich so häßlich?« erkundigt er sich schließlich.

Verwundert hebe ich meinen Blick und schaue ihm in die Augen. Das ist nicht die Frage, die ich von meinem selbstbewußten Ehemann erwartet habe, denn so ist er mir während der ganzen Zeremonien vorgekommen. Ich höre die Enttäuschung aus seiner Stimme und auch die Verletztheit. Irgendwie läßt dies meine Furcht ein wenig abklingen.

Vielleicht ist sich Ramesh seines reizlosen Aussehens immer schon bewußt gewesen, doch die letzten Wochen, in denen die Verwandten ständig Bemerkungen über mein hübsches Äußeres machten, müssen hart für ihn gewesen sein. Viele Männer hätten verärgert reagiert, daß ihren Ehefrauen soviel Aufmerksamkeit geschenkt wird, während man sie selbst kaum beachtet, aber er ist recht geduldig gewesen. Selbst als ein alter Gentleman mich als »Göttin Lakshmi, die auf die Erde gekommen ist« bezeichnete, war das Lächeln nicht von Rameshs Gesicht gewichen.

Doch nun erinnert mich die Traurigkeit in seinen Worten an etwas. Als Tochter meiner Mutter kenne ich das Gefühl der Unzulänglichkeit. Ich möchte nicht der Grund dafür sein, daß ein anderer Mensch dies empfinden muß.

Wäre Ramesh eine Frau, hätte ich meine Arme um ihn gelegt und ihm versichert, daß nicht er der Grund für meine Zurückhaltung sei, sondern die unerträgliche Situation, in der ich mich gefangen sehe – und wen außer mich selbst kann ich dafür verantwortlich machen? Doch er könnte eine solche Geste falsch verstehen, und das Risiko darf ich nicht eingehen. Daher richte ich den Blick auf meine silbernen Zehenringe, auf ihr kleines, weit entferntes Glitzern, und zwinge mich zu reden. »Es ist alles so neu – ich kann einfach nicht – es tut mir leid …« Die geflüsterten Worte klingen wenig überzeugend.

Doch Ramesh lacht erleichtert. »Das verstehe ich vollkommen. Ich glaube nicht, daß man solche Dinge erzwingen sollte. Es macht mir nichts aus, dir – uns – etwas Zeit zu geben, damit wir uns kennenlernen können.«

Nachdem wir die Lampe ausgeschaltet haben, liegen wir nebeneinander, vorsichtig darauf bedacht, uns nicht zu berühren. Ich bin ganz verkrampft, weiß nicht, ob ich ihm trauen kann. Ich habe zu viele Geschichten von den Tantchen gehört. Doch Ramesh spricht mit langsamer, sanfter Stimme, verstummt nur manchmal höflich, um mir die Möglichkeit zu einer Antwort zu geben. Er erzählt mir von seiner Arbeit als Ingenieur. Wieviel Spaß sie ihm macht. Wie aufregend er es findet, mit einem Problem konfrontiert zu werden, das es zu lösen gilt. Wie er sich Projekte in Gedanken vorstellt, lange bevor sie realisiert werden. Die schmalen, glänzenden Linien neuer Gleise, die durch ein Gebiet führen, dessen Erschließung jeder sonst als zu schwierig erachtet. Der makellose Bogen einer Eisenbahnbrücke über eine Schlucht, die im Nebel versinkt.

»Das Geräusch, das ein Zug verursacht, wenn er eine solche Brücke überquert, dieses mächtige, hohle, hallende Geräusch ist unvergleichlich. Vielleicht werde ich dich einmal mitnehmen, dann kannst du es selbst hören«, sagt Ramesh.

Ich nicke. In dem düsteren Licht, das vom Hof unten nach oben dringt, erscheinen seine Augen ruhig und glänzend. Sie sind auf mein Gesicht gerichtet.

»Übrigens«, fügt er bewußt beiläufig hinzu, »wir sollten niemandem von dieser Entscheidung, die wir heute nacht getroffen haben, erzählen, in Ordnung?«

Ich hätte am liebsten gelacht. Es ist nicht gerade so, als ob ich ein Gefolge von Vertrauten um mich herum hätte. Aber ich weiß, was er in Wahrheit damit sagen will: Wenn meine Schwiegermutter von unserem platonischen Arrangement erführe, bekämen wir beide eine Menge Schwierigkeiten. Ich mußte bereits zufällig mitanhören, wie sie bei unserer Hochzeit mehreren bewundernden Verwandten von ihren Hoffnungen auf die schnelle Geburt des hübschesten Kindes sprach, das die Familie Sanyal jemals gesehen hat.

»In Ordnung«, erwidere ich. Ich werde Ramesh niemals lieben – dieses zerrende, wirbelwindartige Gefühl, das einen zugleich gen Himmel trägt und in die Hölle hinabstürzt, vermag ich nur einem Mann gegenüber zu empfinden. Doch unsere kleine Verschwörung verleiht mir das Gefühl, daß wir Freunde werden könnten.

2

# *Anju*

SOLANGE ICH NICHT zuviel darüber nachdenke, gefällt es mir, verheiratet zu sein. Es ist so, als würde man auf einem riesigen Bett aus Zuckerwatte dahintreiben, unglaublich leicht und rosafarben und süß, doch mit unerwarteten Löchern, in die man jede Sekunde stürzen kann. Und dann wird man von dieser Klebrigkeit erfaßt und kann nicht mehr nach oben gelangen.

Das Verheiratetsein ist so, wie ich mir das Weintrinken vorstelle: Man legt den Kopf zurück, läßt die kühle Flüßigkeit in den Mund gleiten, und ein bißchen davon tropft am Kinn herab. Und solange man weitertrinkt, läuft man nicht Gefahr, einen Kater zu bekommen.

Aber warum projiziere ich Schatten in eine Landschaft voller Sonnenschein? Sunil ist ein äußerst aufmerksamer Ehemann. Und er nimmt mich fast jeden Tag an einen Ort mit, wo wir allein sein können, damit wir uns besser kennenlernen, sagt er, bevor er wieder nach Amerika zurückkehrt und mich zurücklassen muß, bis mein Visum eintrifft. Wir spazieren um das Victoria Memorial. Wir sitzen am Rande des Rabindra Sarobar und werfen Blüten ins Wasser. Wenn er mir von Amerika erzählt, kommt es mir beinahe ebenso unglaublich vor wie die Königreiche in Pishis Märchen. »In Amerika kannst du alles sein, mein Engel« – so nennt er mich jetzt. »Du kannst alles sein, was du willst.« Und wie ich so unter den duftenden *hasnahana*-Büschen sitze, meinen Kopf an seine Schulter gelehnt, während das Sonnenlicht goldene Kräuselwellen auf den See zaubert, glaube ich ihm.

Die Ehe hat mich auf unerwartete Weise verändert. Wenn ich mit Sunil zusammen bin, verhalte ich mich wie ein Hund mit einem frischen Wurf. Ich wehre alle Eindringlinge ab – und jeder ist für mich ein Eindringling. Als wir meine Mutter zwei Wochen nach der Hochzeit besuchten, wie Braut und Bräutigam dies traditionsgemäß tun, hatte ich Mühe, so muß ich zu meiner Schande gestehen, meine Ungeduld zu verbergen. Das Haus, das ich immer imposant gefunden hatte, kam mir plötzlich baufällig vor. Es war ganz so, als könne ich hören, wie Marmor und Mörtel um mich herum zerbröckelten. Und die Mütter kamen mir kleiner vor, geschrumpft, als würden sie innerlich zusammensinken, in diese Leere hinein, die Sudha und ich hinterlassen haben. Als Pishi Sunil unter dem Vorwand wegführte, ihm das Haus zeigen zu wollen, damit Mutter mich fragen konnte, ob er mich gut behandelt, war ich verärgert und antwortete in mürrischer Einsilbigkeit. Wie schnell sich doch meine Loyalität verlagert hat! Selbst wenn ich Probleme mit Sunil hätte, würde ich es nicht mit ihr besprechen. Deshalb antwortete ich auch so schnell mit Ja, als sie sich erkundigte, ob ich meine Schwiegereltern mag.

Sunils Mutter mag ich in der Tat. Sie hat wirklich ein gutes Herz und mag Sunil sehr. Ich weiß, daß sie während seines kurzen Besuchs gern mehr Zeit mit ihm verbracht hätte, aber sie beklagt sich nie, wenn Sunil für einen ganzen Tag mit mir verschwindet und erst kurz bevor sein Vater aus dem Büro heimkehrt wieder zurückkommt. Sie bereitet uns freundlich eine Tasse Tee zu und erzählt mir Geschichten aus Sunils Kindheit, lacht, als sie sich daran erinnert, wie er mit seinem Experiment für den Chemieunterricht beinahe die Küche in Brand gesteckt hätte, oder wie sehr er sich vor Spinnen gefürchtet hat. Bei solchen Gelegenheiten sieht sie richtig schön aus.

Doch wenn Sunils Vater anwesend ist, verwandelt sich seine Mutter in eine andere Frau. Sie beugt den Kopf und spricht mit einem wäßrigen Flüstern, oder sie zieht die Schultern entschuldigend in die Höhe und eilt davon, um das zu holen, wonach er schreit. Er schreit viel, Sunils Vater. Ich glaube, es macht ihm Spaß. Genauso, wie es ihm Spaß macht, Passagen aus den Hindu-Schriften zu zitieren, in denen Frauen herabgesetzt werden. Ich bin noch immer zu neu in der Familie, um zum Ziel seiner Ausbrüche zu werden, aber ich habe schon bemerkt, daß er mich das eine oder andere Mal beäugte, wenn er Dinge von sich gab wie: »Frauen und Gold sind die Wurzel alles Bösen.«

Ich sitze an meiner Frisierkommode, trage einen steifgestärkten bengalischen Sari mit einer Menge Goldstickerei und versuche, den Saum in einem Schleier über meinen Kopf zu arrangieren. Der Schleier rutscht aber immer wieder herunter, so daß ich ihn mit Haarnadeln feststecken muß. Einmal bin ich zum Abendessen mit einer geblümten *kurta* erschienen, die Sunil mir geschenkt hatte, doch seine Mutter war auf mich zugeeilt und hatte mich angefleht, mich umzuziehen, bevor sein Vater mich so sah. Sie machte einen so ängstlichen Eindruck, daß ich nicht das Herz besaß, mich mit ihr zu streiten. Tyrann, schießt mir durch den Kopf, während ich eine dicke, mit Edelsteinen besetzte Kette um meinen Hals lege. Aber wie sagt Sunil immer: Was soll's? Ich muß ihn ja höchstens ein Jahr ertragen, bis mein Visum eintrifft. Und um Sunils willen werde ich es tun. Ich lächle meinem Spiegelbild zu und stelle mir vor, wie Sunil mir später am Abend die Kleider ausziehen wird, wie mich seine verweilenden Hände nicht in die alte, vertraute Anju, sondern in eine wilde und zauberhafte Frau verwandeln.

Genau das ist die Ehe: die Verwandlung in ein wunderbares und zugleich furchterregendes Selbst, das wir uns nie hätten ausmalen können.

Im Eßzimmer hat Sunils Vater bereits am Kopf des Mahagonitisches Platz genommen. Ich helfe Sunils Mutter dabei, die Gerichte hereinzutragen. Wir bedienen zuerst Sunils Vater und dann Sunil, der am anderen Ende sitzt. Dann essen wir, aber Sunils Mutter springt immer und immer wieder auf, um zu sehen, ob sie den Männern noch das eine oder andere nachreichen soll.

Sie ist eine leidenschaftliche Köchin. Wie so viele Frauen drückt sie durch das Kochen ihre Liebe aus. Ihre Aufgabe würde sich ein wenig leichter gestalten, wenn Sunils Vater nicht so wählerisch wäre. Dennoch gelingt es ihr, Mahlzeiten zu schaffen, die Kunstwerken gleichen. Heute abend hat sie ein *musoor dal* mit grünen Mangos zubereitet, von dem Sunils Vater behauptet, daß es hervorragend geeignet sei, das Temperament zu kühlen – nicht etwa, daß es bei ihm Wirkung zeigen würde. Es gibt gereiften Basmatireis (leicht verdaulich), gestampfte Kartoffeln mit gedämpftem, bitteren Flaschenkürbis (um das Blut zu reinigen) und ein Curry aus Okraschoten mit sautiertem Ingwer (zur Anregung der Verdauungsorgane). Außerdem habe ich einen *raita* mit Gurken hereingetragen (ein Verjüngungsmittel) und zudem noch eine große Platte mit *tangra*-Fischen, die so knusprig gebraten sind, daß man sie ganz essen kann (mehr Kalzium). Während ich all dies auf dem Teller von Sunils Vaters anrichte, eilt meine Schwiegermutter mit einer kleinen, bedeckten Schüssel herein, die sie neben Sunil abstellt. Dann macht sie sich mit einem lächerlich schuldbewußten Gesichtsausdruck daran, Sunil zu bedienen.

Natürlich ist nichts davon dem Geierblick meines Schwiegervaters entgangen.

»Was ist das?« erkundigt er sich.

»Nichts«, stammelt meine Schwiegermutter. »Nur ein kleines Gericht, das ich für Sunil zubereitet habe, etwas, das du nicht gern magst, deshalb habe ich es auch zur Seite gestellt –«

»Bring es her, Anjali«, befiehlt mir Sunils Vater. Ich ziehe in Erwägung, ihm den Gehorsam zu verweigern, doch dann wird er nur meine Schwiegermutter dazu bringen, es zu tun. Ich blicke zu Sunil hinüber, um mir bei ihm Rat zu holen. Er starrt mit unbewegtem Gesicht geradeaus, daher tue ich, wie mir geheißen wurde. Sunils Vater hebt den Deckel. Wir spähen gemeinsam auf die dunkelbraune Paste hinab, die sich darin befindet – es ist ein Tamarinde-*chutney*, nahrhaft und sämig, mit kleinen glänzenden Chilistückchen. Sunils Mutter muß lange Zeit damit verbracht haben, es zuzubereiten.

Mit einer einzigen, schnellen Bewegung schleudert Sunils Vater die Schüssel quer über den Tisch zu Sunils Mutter. Es gibt einen fleischigen, dumpfen Aufprall, dann ertönt ein metallenes Klirren, als die Schüssel zu Boden fällt.

Ich starre in benommener Ungläubigkeit auf die Soße, die sich über den Tisch ergossen hat, auf die dunklen Flecken, die sich auf dem Sari von Sunils Mutter ausbreiten. Nichts in meinem Leben hat mich auf etwas Derartiges vorbereitet. Was mich am meisten aufregt, ist ihr demütiges Verhalten: Sie senkt den Blick und wischt sich nicht einmal ihre bespritzten Arme ab.

»Habe ich dir nicht gesagt, daß du dieses ungesunde Zeug nie wieder zubereiten sollst?« brüllt Sunils Vater. »Habe ich dir nicht gesagt, daß ich den Geruch nicht ertragen kann? Wer bezahlt für das Essen, das du in diesem Haus ißt? Antworte mir.«

Die Unterlippe von Sunils Mutter zittert. Wie demütigend muß es für sie sein, vor ihrer neuen Schwiegertochter auf diese Weise behandelt zu werden. Ich möchte sie am liebsten wegführen, ihr die feuchten Wangen und die beschmutzten Arme abwischen und etwas Wut in sie hineinschütteln, damit sie diesem Mann nie wieder erlaubt, ihr so etwas anzutun. Doch als ich einen Schritt in ihre Richtung mache, bringt mich die Stimme von Sunils Vaters einem harten Abprallen gleich zum Stehen.

»Setz dich, Anjali. Darf ich erfahren, wohin du gehen wolltest?«

Ich will ihm gerade sagen wohin, da stößt Sunil seinen Stuhl zurück und erhebt sich. Das Krachen seiner Faust, die auf den Tisch herabsaust, ist lauter als die Stimme seines Vaters. »Genug! Ich bin es leid, daß du ständig meine Mutter schikanierst. Bin es leid, daß wir immer das tun müssen, worauf du beharrst. Ich war derjenige, der sie gebeten hat, das Tamarinde-*chutney* zu machen ...«

Sunils Vater klappt der Unterkiefer herunter. Rebellion ist er nicht gewöhnt. Dann erhebt auch er sich. Die beiden Männer starren sich über den Tisch hinweg an, die Gesichter verzerrt vor Wut.

»Also das hast du in Amerika gelernt? Dich deinem Vater zu widersetzen? Ich würde gern einmal hören, wer dich dorthin geschickt hat. Wer hat dir das Flugticket gekauft? Wer hat all deine Ausgaben bezahlt, damit du –«

Mein gutaussehender, fröhlicher Ehemann, den ich so sehr

liebe, starrt seinen Vater mit blankem Haß in den Augen an. Sein Gesicht ist blutdürstig – wäre er mir als Fremder auf der Straße begegnet, hätte ich die Flucht ergriffen.

»Keine Sorge, es wird mir ein Vergnügen sein, dir jede *paisa* und noch mehr zurückzuzahlen«, erwidert er. »Ich möchte nicht in dem Bewußtsein leben, dir etwas schuldig zu sein und Tag für Tag daran erinnert zu werden. Wie meine arme Mutter. Und laß es dir gesagt sein, sollte ich noch ein einziges Mal erleben, daß du sie schlecht behandelst, dann –«

»Du willst hier wohl den Helden spielen, wie?« stößt Sunils Vater hervor. »Willst deine neue Frau beeindrucken, was? Ich frage mich, wie beeindruckt sie wäre, wenn sie von deinen Großtaten in Amerika hören müßte, von deinem Trinken und der Hurerei. Ja, ja, glaub nur nicht, daß mir solche Dinge nicht zugetragen werden ...«

Doch an dieser Stelle zerrt mich meine Schwiegermutter, die bis dahin vor Schreck wie erstarrt dastand, in die Küche und schließt die Tür, so daß ich nur noch das gedämpfte Gebrüll vernehmen kann, daß mich an den Kampf zweier Stiere erinnert.

Später am Abend liege ich allein im Bett. Mein Magen schmerzt vor Hunger und Sorge. Ich ertrage die Vorstellung nicht, Sunils Vater jemals wieder gegenübertreten zu müssen. Wie soll ich nur nach Sunils Abreise ein ganzes Jahr in diesem Haus leben, wie es jeder von mir erwartet, mit ihm und Sunils Mutter, dieser armen, gebrochenen Frau. Wie soll ich den zärtlichen, aufmerksamen vertrauten Sunil mit dem wutentbrannten Fremden dort unten überein bringen, der bereit war, auf das Gesicht seines Vaters einzuschlagen?

Doch am allerschlimmsten sind die Wunden, welche die geschmacklosen Anschuldigungen von Sunils Vaters mit ihren böswilligen Klauen aufreißen. *Trinken und Hurerei.* Ich wünschte nur, Sunils Mutter hätte mich nicht weggezogen, bevor ich Sunils Antwort hören konnte. Ich wünschte nur, daß der Zweifel nicht seine häßlichen Windungen in mir ausrollen würde, wie eine erwachende Schlange. Ich wünschte nur, ich hätte jemanden an meiner Seite, der in seiner kühlen, ruhigen Art wüßte, was aus diesem verrückten Abend zu machen ist. Ich wünschte, daß Sudha bei mir wäre.

Und als mir dies klar wird, beginne ich zu weinen. Meine stechenden, salzigen Tränen durchtränken mein Hochzeitskissen. Ich habe mir einen ganzen Monat lang nicht zugestanden, an Sudha zu denken – seit dem Moment, als ich mich nach unserer Hochzeit so unverzeihlich gegen sie gewendet hatte. Ich habe sie nicht angerufen, habe mich nicht einmal bei den Müttern erkundigt, wie es ihr geht. Jedes Mal, wenn ihr Name bei meinen kurzen Besuchen zu Hause zur Sprache kam, wechselte ich schnell das Thema. Tief in meinem eifersüchtigen Herzen wußte ich, daß ich sie nicht für den gebannten Ausdruck auf Sunils Gesicht verantwortlich machen konnte – ach, ich ertrage es immer noch nicht, daran zu denken. Daher habe ich mich an seinen romantischen Worten, an seinen leidenschaftlichen Berührungen berauscht.

So macht die Liebe Feiglinge aus uns.

Die Tür schwingt auf. Sunil schaltet das Licht an. Ich blinzle in dem plötzlichen, hellen Schein und wische mir rasch über die Augen, denn ich möchte nicht, daß er meine Tränen sieht. Aber natürlich bemerkt er sie.

»Mein Engel«, sagt er und setzt das Päckchen, das er trägt, ab, um mich in die Arme zu nehmen. »Was heute abend geschehen ist, tut mir leid.« Er hält mich ganz fest. Seine Hände streicheln über mein Haar. Ich vergrabe meinen Kopf an seiner Brust und rieche das amerikanische Cologne, das sich mit Schweiß vermischt hat – der beste Duft von allen. Wir halten einander fest, trösten und werden getröstet. Ich presse meine Lippen in seine Handfläche, murmele Worte, die man einem verletzten Kind sagt. Das Haus der Ehe hat viele verschlossene Zimmer. Heute abend haben wir eins geöffnet und es betreten.

Nun küßt er meine Lider. Sein Atem ist heiß auf meinem Gesicht. Ich öffne meinen Mund für ihn, streife meine Kleidung ab, zerre an der seinen. Meine Knochen formen sich neu, um sich an die seinen schmiegen zu können, unsere Haut ist nahtlos zusammengeschmolzen, bildet eine Landkarte des Verlangens. Wir bewegen uns in drängender Harmonie, schreien im Gleichklang, liegen verschwitzt und triumphierend in den Armen des anderen. Wie verletztlich er doch nach dem Liebesspiel ist, wenn er sich wie ein Säugling an meine Schulter kuschelt! Wie konnte ich nur eine solche Närrin sein, jemals an ihm zu zweifeln?

Später sitzen wir im Schneidersitz auf dem Bett und essen. Sunil hat mir *luchis* und *alu dum* mitgebracht. Den ganzen Weg bis zum Bahnhof hat er zurückgelegt, denn die Läden in der Nachbarschaft hatten bereits geschlossen, als er und sein Vater miteinander fertig waren. Ich nehme große hungrige Bissen von dem knusprigen, gebratenen Brot und den würzigen Kartoffeln. Ich sage ihm, daß es sich um das köstlichste Essen handele, das ich jemals erhalten hätte. Er ergreift meine Hand und leckt meine Finger ab, einen nach dem anderen, und ein Zittern überfällt mich.

»Du schmeckst noch besser«, sagt er lachend und zieht mich mit sich hinunter.

Ich bin nicht abgeneigt, doch es gibt etwas, das ich ihn zuerst fragen muß. »Bitte versteh mich nicht falsch«, beginne ich zögernd, »aber wenn du wieder nach Amerika fliegst, kann ich dann ins Haus meiner Mutter zurückkehren?«

Sunil starrt lange Zeit ins Leere, mit dünnen Lippen. Habe ich ihn verärgert? Doch als er mich ansieht, liegt nur Traurigkeit in seinem Blick. »Das wäre vielleicht das beste«, erwidert er. »Ich hatte zwar gehofft – aber – wirst du meine Mutter wenigstens ab und zu besuchen? Sie mag dich, und wie du siehst, gibt es nicht sehr viel Freude in ihrem Leben.«

»Aber natürlich«, entgegne ich erleichtert. Seine Sorge um die Mutter berührt mich. Wir kommen überein, daß ich sie nachmittags besuchen werde, wenn sein Vater zur Arbeit fort ist.

»So, und jetzt, wo wir den geschäftlichen Teil erledigt haben«, sagt Sunil mit einem schelmischen Lächeln, »ist es Zeit für das Vergnügen!«

Wie wechselhaft doch seine Launen sind! Aber ich bin ganz seiner Ansicht.

»Vergnügen!« Ich grinse ihn an, als er mich auf das Kissen hinunterdrückt und mich zu küssen beginnt – kleine Küsse entlang meines Schlüsselbeins, dann tiefer, bis ich vor Entzücken aufkeuche. Ekstase hat meinen Körper ergriffen. Ich bin schmelzende Zuckerwatte in seinem Mund. Bin süßer Wein, der uns beide berauscht. Ich bin die glücklichste Frau der Welt.

3

# *Sudha*

IM HAUSE meines Mannes erwache ich immer als erste. Niemand zwingt mich dazu. Weder Ramesh, der nicht die Art von Mensch ist, der irgend jemanden zu irgend etwas zwingt, auch wenn es ihm sicher lieber wäre, wenn ich unter unserer platonischen Bettdecke im Warmen bliebe, bis der Wecker läutet. Und auch nicht meine Schwiegermutter, die zufrieden ist, wenn ich mich mit ihr zum Morgentee treffe, damit wir die Tagespläne besprechen können.

Aber diese frühe Stunde ist so kostbar für mich, daß ich es nicht in Worte zu fassen vermag. Ich sitze am Schlafzimmerfenster, ein wenig zitternd in der kühlen Luft, und sehe zu, wie die Sonne über dem See aufgeht, wie der Nebel schimmernd über dem Bambushain liegt. Dies ist die einzige Zeit, in der ich in der Lage bin, über mein Leben nachzudenken. Die Form dieser neuen Frau erspüren kann, zu der ich werde. Wer ist diese Basudha, die jeden Morgen nach dem Bad eine unerschütterliche Linie aus *sindur* auf ihren Scheitel aufträgt, um den Wohlstand ihres Mannes sicherzustellen? Sie verwirrt mich, wenn sie mich mit ihrem ernsten, erwachsenen Blick aus dem Spiegel anschaut. Ein Schlüsselring zieht den Saum ihres Saris nach unten, doch sie trägt das Gewicht gut.

Hinter den Schlüsseln verbirgt sich eine Geschichte. Einige Tage nach der Hochzeit rief mich meine Schwiegermutter in ihr Zimmer. Ich ging ein wenig furchtsam, denn obwohl sie sich mir gegenüber bisher freundlich verhalten hatte, war mir bereits klar, daß es sich bei ihr um eine willensstarke Frau handelt, die gewöhnt ist, ihren Willen zu bekommen. Ich war Zeugin gewesen, wie sie Dienstmädchen mit einem einzigen Blick zum Weinen brachte. Doch sie nahm lediglich den Schlüsselring von ihrem Sari und legte ihn in meine Hand. »*Natun*

*Bau*«, sagte sie – so nennen sie mich in diesem Haus, Neue Frau – »dies ist nun dein Haus. Du mußt lernen, die Leitung zu übernehmen.« Das kühle Messing der Schlüssel in meiner Hand war eine Überraschung, ebenso der Ausdruck in ihren Augen, der eine Mischung aus Widerwillen und Entschlossenheit bezeugte. Verantwortung abzugeben war neu für sie, und es fiel ihr schwer. Doch sie war entschlossen, es zu tun. Sie muß ihre Familie mit der gleichen Entschlossenheit durch die schweren Zeiten nach dem Tod ihres Mannes geführt haben.

Ich war mit den zynischen Geschichten der Freundinnen meiner Mutter groß geworden und hatte eine Schwiegermutter immer mit Tyrannei gleichgesetzt, mit einer Frau, die sich um die Kontrolle über ihr Haus und ihre Söhne einen Kampf bis aufs Messer mit mir liefern würde. Aber meine Schwiegermutter besaß einen vielschichtigeren Charakter. Ich spürte bereits, wie die Loyalität zur Familie Sanyal fest wie eine Feuerwand von ihr ausstrahlte. Sie gab mir diese Schlüssel, diese Symbole geteilter Macht, nicht etwa, weil sie mich so gut leiden mochte – sie kannte mich ja schließlich kaum –, sondern weil ich nun zur Familie gehörte. Aber Gott möge mich beschützen, sollte ich die Sanyals enttäuschen. Das würde sie mir niemals verzeihen.

Unwillkürlich verspürte ich, wie sich eine widerstrebende Ehrfurcht rührte. Als ich Ramesh heiratete, hatte ich mir geschworen, keinem der Sanyals näher zu kommen. Ich war entschlossen, meine Pflicht zu tun und nichts weiter. Aber diese Frau war es wert, bewundert zu werden.

»Ich werde mich bemühen, gute Arbeit an deiner Stelle zu leisten, Mutter«, sagte ich und berührte mit der traditionellen Geste ihre Füße.

»Mögest du die Mutter von hundert Söhnen werden«, bediente sie sich förmlich der traditionellen Worte. Doch ihre Hand ruhte für einen zärtlichen Moment auf meinem Kopf.

Zum ersten Mal seit meiner Hochzeit lockerte ich ein wenig den Griff um den Schmerz, an den ich mich so verzweifelt klammerte, dieses Floß in meiner See sturmgepeitschter Verluste. Die große Leidenschaft der Liebe war mir genommen worden, ja, aber vielleicht war in meinem Leben noch Platz für stille Zuneigung. Vielleicht würde es mir gelingen, diese Frau als meine Mutter zu betrachten und diesen Ort als mein Heim.

Nun bin ich also die Verwalterin dieses Haushalts mit den vielen Schränken und Speisekammern, Truhen und Vorratsräumen. Nur nicht des doppelt verschließbaren Godrej-Safes, in dem das Geld und der Hochzeitsschmuck aufbewahrt werden. Diese Schlüssel sind immer noch im Besitz meiner Schwiegermutter. Das macht mir nichts aus. Ich habe genug Verantwortung. Es ist so anders, in einem Haushalt mit Männern zu leben, nicht nur mit Ramesh, sondern auch mit seinen beiden Brüdern im Teenageralter, die eine wilde, fohlenhafte Energie besitzen und die mich mit ihren unschuldigen Forderungen mit Beschlag belegen. Sie stürmen zu jeder Zeit mit ihren kleinen Krisen in mein Zimmer: ein Knopf, der angenäht werden muß, ein verlorengegangenes Schulbuch, das es zu suchen gilt. Sie halten mich jeden Nachmittag, wenn sie von der Schule heimkehren, mit ihren Bitten um den einen oder anderen Imbiß auf Trab. Sie erfreuen mich mit blutrünstigen Details über den Katzenkadaver im Biologielabor oder den neuesten Kampf auf dem Fußballfeld. Ich habe mit Vergnügen die Aufgabe übernommen, sicherzustellen, daß sie sich pünktlich auf den Weg zur Schule machen. Und obwohl ich nur wenige Jahre älter bin als sie, öffnet sich etwas Sanftes und Mütterliches in mir, wenn ich ihnen die Rockaufschläge zurechtziehe und dafür sorge, daß sie ihr Mittagessen nicht vergessen.

Doch am Morgen, bevor ich in die Verantwortung gestoßen werde, habe ich Zeit, mich an die Sudha zu erinnern, die ich einmal gewesen bin. Es erscheint mir unmöglich, daß ich einmal das Mädchen war, das keuchend auf die Terrasse hinauflief, um sich beim Anblick einer Sternschnuppe etwas zu wünschen. Das Pishi anflehte, ihr Märchen von Prinzessinnen und Dämonen zu erzählen, und das sich selbst in solchen Geschichten sah. Das einmal einen Mann so sehr geliebt hatte, daß es, als sie ihn wie einen goldenen Dorn aus ihrem Herzen zog – aber nein, ich habe mir geschworen, daß ich keinen Gedanken mehr daran verlieren werde.

Wenn ich an meine Vergangenheit zurückdenke, dann denke ich meist an Anju. So viele Bilder sind in die brüchigen Fäden meines Hirns gewoben. Anju, wie sie mit mir oben auf unserer Terrasse Himmel-und-Hölle spielt, ganz versessen auf den Sieg, und mich dann in eine feuchte, herzliche Umarmung schließt, wenn ich statt dessen gewinne. Anju, die mich mit einem schelmischen Blick, der ihre Augen verdunkelt, überredet, Zwiebel-*piajis* von einem Straßenhändler zu essen. Und später sind dieselben Augen dunkel vor Gewissensbissen, wenn sie meinen Kopf festhält, während ich mich im Badezimmer übergebe. Anju, die Wangen gerötet vor Zorn, die mich vor den Beschimpfungen meiner Mutter verteidigt. Anju, deren Traum vom College ein Ende gesetzt worden ist und die im Bett weint. Anju mit ihrem Gesicht wie eine Sternennacht, als sie mir von Sunil erzählt. Aber am Ende sehe ich sie immer bei unserem Hochzeitsfest, hinter ihrem dünnen, goldglitzernden Schleier, und ihre Augen sind aus schwarzem Marmor gehämmert, als ihre Blicke zwischen Sunil und mir hin und her wandern.

Dieser Schleier scheint sich zwischen Anju und mir in goldenes Eis verwandelt zu haben. Nachdem Sunil nach Amerika zurückkehrte und sie wieder zu den Müttern zog – warum, hat sie mir nie erzählt –, habe ich mehrere Male angerufen, um zu hören, wie es ihr geht. An ihren Pausen und abgebrochenen Antworten merkte ich, daß sie Sunil vermißt und sich danach sehnt, mit ihm zu reden. Doch wenn ich mich erkundigte, wie es ihm so ganz allein in Amerika ergeht, gab sie mir kurzangebundene Antworten, ganz so, als traue sie mir nicht genug, um irgendwelche Details über das Leben ihres Mannes zu erzählen. Am Ende unterhielten wir uns schließlich über Belanglosigkeiten – über das Wetter, Essen, Filme –, obwohl wir uns doch geschworen hatten, daß wir dies niemals tun würden. Nachdem ich aufgelegt hatte, wäre ich am liebsten in Tränen ausgebrochen. Ich hätte Sunil, der mit seinem mühelosen, amerikanischen Charme so gedankenlos wie ein Tornado in unser Leben gewirbelt war, gern gehaßt. Doch wie hätte ich dies tun sollen, wo doch das Glück meiner Cousine so eng mit dem seinen verknüpft ist? Ich wollte von Gott wissen, ob dies die Belohnung dafür sei, daß ich mein Glück um Anjus willen geopfert hatte. Aber das war eine alberne Frage. Ich habe getan, was ich tun mußte. Von einer Belohnung war niemals die Rede.

Doch als ich mich heute gegen die Fensterstäbe lehne, habe ich diesen ganzen alten Kummer beiseite geschoben. Ich bin so aufgeregt, daß ich nicht still zu sitzen vermag. Ein Lied steigt in meinem Mund auf, und ich summe leise vor mich hin, um Ramesh nicht aufzuwecken. Gestern, nach einer langen Zeit der Stille, hat mich Anju angerufen, um mir mitzuteilen, daß ihr Visum eingetroffen sei und sie in drei Wochen nach Amerika abreisen würde. Ich spürte, wie ihre Heiterkeit durch die Telefonleitung pulsierte. Ein eisiges Messer drehte sich in meinen Eingeweiden. Meine liebe Cousine, wie weit sie sich von allem, was ihr vertraut ist, entfernen wird! Wie weit sie sich von mir entfernen wird. Ich betete, daß sie mit dem, was sie auf der andere Seite der Welt vorfinden würde, zufrieden wäre.

»Bitte komm nach Bardhaman, damit wir noch ein letztes Mal zusammen sein können, bevor du gehst«, bat ich sie.

Anju zögerte. Ich konnte förmlich hören, daß sie sich eine Entschuldigung ausdachte, wie sie es bisher jedes Mal getan hatte, wenn ich sie einlud. Doch schließlich stimmte sie unsicher zu. Sie wird heute zu mir kommen. Mein Herz zittert vor Freude. Aber ich habe auch ein wenig Angst. Was wird sie wohl sehen, wenn sie meinen Haushalt mit ihrem klugen, kritischen Blick betrachtet? Wenn sie mein neues Selbst sieht?

## 4

# *Anju*

DEN GANZEN WEG im Zug nach Bardhaman schwitze ich, fühle mich unbehaglich und bin wütend auf mich selbst. Warum habe ich Sudha nicht einfach gesagt, daß ich zu beschäftigt bin? Es wird schrecklich unangenehm sein. Wir werden uns beide bemühen, über ungefährliche Themen zu sprechen und auf Zehenspitzen um Sunils Namen herumschleichen, als sei dieser Name ein See aus Treibsand, der nur darauf wartet, uns einzusaugen, genau wie in Pishis Geschichten.

Das Erste-Klasse-Abteil ist bis zum Platzen vollgestopft mit allen möglichen Leuten: Passagiere, Bettler und Händler, die alles verkaufen, von in Zucker getauchten Süßigkeiten bis zu Wunderheilkuren. Die meisten von ihnen reisen ohne eine Fahrkarte. Das widerstrebt meinem Gerechtigkeitssinn und gibt mir das Gefühl, reingelegt worden zu sein. Ich starre wütend auf die alte Frau hinab, die zu meinen Füßen hockt, neben sich einen Korb voller stinkender, gackernder Hühner. Sie kratzt sich unter der Achselhöhle und wirft mir ein betelsaftgeflecktes Grinsen zu.

Die Mütter wollten nicht, daß ich mit dem Zug reise. Sie hatten Singhji aufgetragen, mich hinunterzufahren, aber das hatte ich abgelehnt. Ich bin alt genug, um allein zu reisen, sagte ich. Es waren ja nur wenige Stunden mit dem Zug. Singhji konnte mich am Bahnhof absetzen, und Sudha würde mich am anderen Ende in Empfang nehmen. Das war doch nun wirklich sicher, oder nicht? Und hatten sie nicht all die Jahre selbst gesagt, daß sie sich, wenn ich erst einmal verheiratet war, keine Sorgen mehr um meinen guten Ruf machen müßten?

»Ich habe nur ein wenig Angst, weil du noch niemals allein irgendwohin gereist bist«, sagte Mutter. »Und die Züge sind schrecklich überfüllt«, setzte Pishi hinzu. Sie machten einen so besorgten Eindruck, daß ich beinahe bereit war, nachzugeben, als Tante N loslegte: »Da haben wir es wieder einmal, schwierig wie immer, ständig mußt du deinen Kopf durchsetzen! Was wird dein Schwiegervater wohl sagen, wenn er hört, daß wir dir einen Fahrschein gekauft und dich wie ein gewöhnliches Dienstmädchen in ein öffentliches Verkehrsmittel gesetzt haben?«

Die Erwähnung meines Schwiegervaters versetzte mich in schlechte Laune, und ich brachte Argument um Argument vor (würde ich nicht in weniger als einem Monat nach Amerika gehen? Und wie sollte ich lernen, allein zu reisen, wenn nicht, indem ich allein reiste?), bis Mutter schließlich sagte: Schön, wenn dies mein Wunsch sei, dann solle ich es tun. Also sitze ich hier, rieche nach Hühnermist und kann nur mir selbst die Schuld dafür geben.

Endlich kommt der Zug ruckend in Bardhaman zum Stehen. Die Kleider kleben mir am Rücken fest, und meine Augen sind vom Rauch der Lok gerötet. Ich klettere die Stufen hinunter, bereit, mich höchst unliebenswürdig zu benehmen. Aber als ich Sudha erblicke, deren Gesicht mit einer einfachen, großzügigen Freude strahlt, da brechen die Wände, die ich so sorgfältig errichtet habe, wie ein Kartenhaus um mich herum zusammen. In meinem Herzen fühlt es sich feucht an, wie frischgefallener Regen. Ich lasse meine Taschen zu Boden plumpsen und schließe sie in die Arme. Trotz all meiner Unsicherheiten, trotz all der Ozeane, die bald zwischen uns liegen werden, und der Männer, die bereits zwischen uns stehen, kann ich nicht aufhören, Sudha zu lieben. Es ist wie eine unumstößliche Gewohnheit, ist mein Schicksal.

Das Haus mißfällt mir, sobald ich es sehe. Dieses klotzige Steingemäuer hat etwas Drohendes an sich, so daß mir ein Schauer über den Rücken läuft, als ich vor der Eingangstür stehe, die massiv genug ist, um eine ganze Armee von Eindringlingen abzuwehren. Oder ist sie etwa dazu da, Menschen im Inneren festzuhalten? Ich vernehme das Scharren eines Riegels, die Tür schwingt auf, und ich stehe Mrs. Sanyal gegenüber.

Jahre später werde ich an dieses erste wirkliche Zusammentreffen mit ihr zurückdenken und versuchen, mir das, was ich gesehen habe, in Erinnerung zu rufen. Es wird schwierig sein, die Details nicht von dem verzerren zu lassen, was später passierte, doch soviel werde ich noch wissen: Auch wenn Mrs. Sanyal äußerst freundlich ist, so verspüre ich zugleich eine konzentrierte Intensität in ihrem Blick, wenn sie mich anschaut, wie ein Sonnenstrahl, der durch ein Vergrößerungsglas fällt – als versuche sie herauszubekommen, ob ich einen guten Einfluß auf ihre Schwiegertochter habe oder einen schlechten.

»Kommen Sie nur herein, liebe Anju«, sagt sie. Hinter ihr erhebt sich ein riesiges Wandpaneel, in das wild aussehende Gestalten mit Klauen und Waffen geschnitzt sind. Sie bemerkt, daß ich darauf starre und lächelt. »Das sind *yakshas*. Sie bewachen das Haus. Komm Sie nur herein, kommen Sie. Ich bin froh, daß Sie endlich hier sind!« Ich will ihr gerade danken, als sie hinzufügt: »Seit *Natun Bau* weiß, daß Sie kommen, ist sie so aufgeregt, daß sie sich auf gar nichts mehr konzentrieren kann!«

Der Tadel, der sich aus diesen freundlichen Worten heraushören läßt, ist ganz offensichtlich. Ich werfe Sudha einen kurzen Blick zu, um zu sehen, wie sie damit umgeht, und stelle verblüfft fest, daß sie lächelt. Ihrer Antwort entnehme ich nur eine respektvolle Zuneigung. »Ich weiß, Mutter. Ich bin dir überhaupt keine Hilfe gewesen. Aber jetzt, wo Anju wirklich hier ist, werde ich mich gewiß bessern.«

Während Sudha mich nach oben in ein bedrückend riesiges Gästezimmer führt, das mit bedrückend riesigen Möbeln vollgestopft ist, da frage ich mich, ob sie wohl gar nicht gehört hat, was ich gehört habe? Oder bin ich wegen Sunils Vater nur übertrieben empfindlich geworden?

Mrs. Sanyal ruft mit freundlicher Stimme von unten: »*Na-*

*tun Bau*, Liebes, sobald du deine Cousine untergebracht hast, solltest du nicht vergessen, daß es beinahe Zeit ist, die *rutis* für das Abendessen auszurollen.«

Während des gesamten Besuchs beißen kleine Dinge wie Ameisen an mir. Die Art und Weise, wie Sudha die Familie beim Abendessen bedient, sogar Rameshs jüngere Brüder, deren Kleckereien sie wegwischt und deren dreckiges Geschirr sie abräumt. Die Art und Weise, wie das Lächeln nicht für einen Moment von ihren Lippen weicht, als einer der Jungen seinen Teller wegschiebt und ihr sagt – das freche Balg –, daß ihr das Fischcurry nicht besonders gelungen sei. Die Art und Weise, wie Sudah, sobald Mrs. Sanyal sie ruft, immer sofort alles fallenläßt, mich sogar mitten in einer Unterhaltung mit einem entschuldigenden »Warum ruhst du dich nicht eine Weile aus, Anju« stehen läßt, um zu ihr zu eilen.

Doch was mir die meisten Sorgen bereitet ist, daß sich Sudha so entschlossen fröhlich gibt. Ich möchte natürlich nicht, daß sie unglücklich ist. Doch diese geschäftige junge Frau, die alles so gut erledigt – von der Beaufsichtigung der Magd, die die Kühe melkt, über das Auslegen der Quilts in der Sonne, bis zum Braten frischer *singaras* für Rameshs Brüder, wenn sie aus der Schule kommen –, ist nicht die Träumerin, die ich bewundert habe, die mich wütend machte, die ich liebte und die ich beschützen wollte. Ist es wirklich möglich, daß sie Ashok so ganz und gar aus ihrem Herzen geschnitten hat wie eine Krebsgeschwulst? Oder verbirgt sie etwas vor mir?

Eines Nachmittags, als wir unter dem *neem*-Baum im Hof sitzen und Sudha Rameshs Socken stopft, frage ich sie, ob sie all der Arbeit, die man ihr aufbürdet, denn gar nicht müde wird. »Warum mußt *du* es sein, die die dreckige Wäsche für den *dhobi* zählt, und welche die saubere zählt, wenn er sie zurückbringt? Warum mußt *du* es sein, die jeden Tag die Einkaufsliste für den Markt erstellt und die Gewürze zum Mahlen austeilt und die Gemüse für das Mittag- und das Abendessen schneidet? Warum mußt immer *du* es sein, die nach oben auf die Terrasse läuft, um nachzuprüfen, ob –«

»Aber Anju«, unterbricht Sudha mich mit einem amüsierten Gesichtsausdruck, »niemand bürdet mir irgend etwas auf. Ich helfe meiner Schwiegermutter gern. Schließlich wird sie alt und gebrechlich und hat ihr ganzes Leben lang hart gearbeitet …«

Meiner Ansicht nach sieht Mrs. Sanyal so zäh aus wie Krokodilshaut und gesund genug, um uns beide um Jahrzehnte zu überleben. Aber Sudha hatte immer schon das Talent, nur das zu sehen, was sie will.

»Die Dienstboten erledigen all die schweren Arbeiten, aber du weißt ja, wie es ist …« Sudha nickt weise mit dem Kopf, wie Mrs. Sanyal es wohl tun würde. »Sie sind imstande, einem die Kleider vom Leib zu stehlen, wenn man nicht aufpaßt.«

Oh, meine Prinzessin aus dem Schlangenpalast, bist du wirklich so weit hinabgesunken?

Ich versuche es erneut. »Macht es dir denn nichts aus, daß Ramesh immer irgendwo unterwegs ist und dich mit seiner Familie allein läßt?«

Sudha zuckt mit den Schultern. »Er kann doch nichts für seine Arbeit, und sie sind ja auch meine Familie. Außerdem ist er sehr freundlich, wenn er hier ist, ich kann mich nicht beschweren.«

Ich möchte ihr am liebsten die Phrasen aus dem Mund schütteln. Reicht Freundlichkeit dir denn aus, um dich zufriedenzustellen, als seist du ein herrenloser Hund? würde ich gern fragen. Vergiß Ashok, aber was ist mit deinen anderen Leidenschaften? Dein eigenes Geschäft, in dem du Kleider entwirfst? Taft und Seide und Satin und Lochspitze?

Macht das etwa eine Ehe aus, sich mit Mittelmäßigem zufriedengeben? Der Gedanke entsetzt mich.

Gesprenkeltes Sonnenlicht fällt auf Sudha, als sie eine eingerissene Hose aufhebt, die einem der Jungen gehört, und mit ihrer Näharbeit fortfährt. Ihre Stiche sind ordentlich und präzise. Ob es wohl ein Streich des staubigen Nachmittagslichts ist, daß ihr Gesicht plötzlich so weit weg scheint wie eine Seeanemone am Meeresgrund, die jeden Augenblick in einem Sandwirbel zu verschwinden droht, wenn die Strömung sich auch nur ein wenig verändert?

Es kommt mir in den Sinn, daß Sudahs Glück ebenso zerbrechlich ist.

Was gibt mir das Recht, meine Cousine für die Art, die sie für ihr Überleben gewählt hat, zu verurteilen? Was gibt mir das Recht, enttäuscht zu sein, weil sie sich nicht mehr als die Heldin einer romantischen Geschichte sieht? Wer bin ich, daß ich beurteilen kann, ob kleine Freuden weniger wert sind als eine Leidenschaft, die das eigene Leben zerstört?

Und so beschränke ich mich für den Rest meines Aufenthalts auf das, was wir haben. Wir reden über die Mütter und das alte Haus, erinnern uns an die guten Zeiten, die wir dort hatten. Ich spreche Sudha ein Kompliment für die neuen Gerichte aus, die sie zuzubereiten gelernt hat, und bitte um weitere Portionen. Als Ramesh die Stadt wieder einmal wegen einer Geschäftsreise verläßt, schlafe ich neben ihr in ihrem großen Bett, und nachdem sie eingeschlafen ist, presse ich mein Gesicht in den Haarnebel, der sich über ihr Kissen ergießt, und atme den Geruch ein, damit ich ihn mit nach Amerika nehmen kann. Als es Zeit wird abzureisen, halten wir uns lange Zeit umschlungen. Die Ehe hat unsere Leben komplizierter gemacht, unsere Loyalitäten gespalten, hat uns auf unterschiedliche frauliche Umlaufbahnen geschickt. Dinge enthüllt, die wir voreinander verbergen müssen. Niemals wieder wären wir imstande, so zusammenzuleben, wie wir es in unserer Kindheit getan haben, in dieser Zeit einfachen und unbeschränkten Entzückens. Das wäre zu gefährlich.

Doch wie weit wir auch voneinander entfernt sein werden, unsere Herzen bleiben für immer unzertrennlich.

Singhji holt mich an der Howrah Station ab. Ich lehne mich in den vertrauten, gepolsterten Sitz zurück und schließe die Augen. Die Kindheitsreisen, die ich in diesem Wagen zurückgelegt habe, waren soviel einfacher, auch wenn ich dies damals noch nicht erkannt habe. Tränen sickern unter meinen Lidern hervor. Es ist nicht allein der Abschiedskummer – ganz gewiß würde dieser nicht eine solch stechende Furcht hervorrufen. Kleine Bilder explodieren hinter meinen Lidern und geraten durcheinander. Als wir mit Ramesh einen Spaziergang machten, legte er seinen Arm um Sudha. Aber wenn Mrs. Sanyal in der Nähe war, beachtete er sie kaum. Die Schüssel mit Chutney, mit der Sunils Vater seine Mutter beworfen hatte. Wie sie in einem Bogen durch die Luft segelte und die Mutter mit einem kotähnlichen Braun befleckte. Der Tag, an dem eine Nachbarsfrau ihr kleines Enkelkind mitbrachte, und Mrs. Sanyal sie mit diesem harten Lächeln, das ihr zu eigen ist, bedachte und sagte: *Bald werde ich Ihnen auch eins zeigen können.* Sunils Augen hatten wie das Licht auf einer Messerklinge gefunkelt, als er mit seinem Vater stritt. *Trinken und Hurerei, glaub nur nicht, daß mir solche Dinge nicht zugetragen werden.* Später im Bett hatte er sich nicht die Mühe gemacht, die Anschuldigungen zu bestreiten.

»Stimmt etwas nicht mit Sudha-*didi*?« Singhjis Stimme läßt mich zusammenzucken. Ich kann mich nicht erinnern, daß er in all den Jahren jemals eine Unterhaltung begonnen hätte. Im Vergleich zu seinem dunklen Bart wirkt sein vernarbtes Gesicht noch bleicher als gewöhnlich. Aber natürlich macht er sich Sorgen! Sudha und ihn hatte schon immer ein ganz besonderes Band verknüpft, eine verschwörerische Freundschaft, die zu der Zeit begann, als er den Wagen anhielt, damit sie ihre Süßigkeiten verschenken konnte, die eigentlich für die Schulpausen bestimmt gewesen waren. Und er war einige beträchtliche Risiken eingegangen, um ihr bei der Sache mit Ashok zu helfen. Ich wünschte, ich wäre unsicherer gewesen und hätte zugestimmt, mich von ihm nach Bardhaman fahren zu lassen. Nun würde er wahrscheinlich lange Zeit keine Möglichkeit mehr haben, Sudha zu sehen, denn Mrs. Sanyal hielt nicht viel davon, *Natun Bau* allzu oft aus dem Haus zu lassen.

»Es geht ihr gut«, versichere ich ihm. »Jeder in ihrem neuen Heim mag sie.«

»Sie haben Glück, daß sie Sudah haben.« Er nickt nachdrücklich mit dem Kopf und fügt dann freundlich hinzu: »Genausoviel Glück wie ihre neue Familie.«

Aus einer plötzlichen Eingebung heraus frage ich ihn: »Singhji, denkst du, daß wir in den Häusern unserer Ehemänner glücklich werden?« Sofort ärgere ich mich über mich selbst. Was kann ich von diesem alten Mann anderes erwarten als eine bedeutungslose, traditionelle Antwort wie: *Aber gewiß* oder *Ich werde dafür beten.*

Doch ich habe mich getäuscht. »Sie müssen Ihr eigenes Glück schmieden, Anju-*didi*«, erwidert Singhji mit einer Leidenschaft, die mich erstaunt. »Sie müssen weise genug sein, es zu erkennen, wenn es kommt. Und wenn es sich trotz all Ihrer Bemühungen nicht einstellen sollte, müssen Sie auch dagegen etwas unternehmen.«

Ich hätte ihn gern gefragt, was man tun kann, um ausbleibendes Glück doch noch einzufangen, doch wir sind bereits am Tor, und am Ende der abgenutzten Auffahrt, unter dem mit Rissen durchsetzten Marmor des Eingangsbogens, sehe ich die Mütter warten, erblicke ihre gespannten, begierigen Gesichter wie flackernde Lichter in einem Sturm.

# 5

# *Sudha*

MANCHMAL, wenn mir klar wird, daß über drei Jahre vergangen sind, seit ich die Hochzeitsblumenkette um Rameshs Hals gelegt habe, mag ich es kaum glauben. Meine Tage sind von Gleichförmigkeit bestimmt, einer hypnotischen Ruhe, wie ein Teich, in den nie etwas fällt, weder Blatt noch Stein, noch menschliches Leben. Ich treibe in diesem Teich dahin. Ich weiß, daß ich gebraucht werde. Ich weiß, daß man mich mag. Und daher bin ich nicht unglücklich.

Selbst die körperliche Vereinigung mit Ramesh – denn nach einigen Monaten legte er eines Abends plötzlich seine Hand auf meine Brust, und ich ließ es zu, schließlich war es sein Recht, und er war geduldig genug gewesen – ist nur eine kleine Unannehmlichkeit. Ich habe entdeckt, daß ich, wenn ich mir nur genug Mühe gebe, meinen Verstand ausschalten kann, während diese Dinge mit meinem Körper angestellt werden.

Aus Anjus Briefen weiß ich, daß ihr Leben sich sehr von dem meinen unterscheidet, und das macht mich froh. Die ruhigen Rhythmen meines Daseins hätten sie zur Verzweiflung getrieben – das war mir schon in der kurzen Zeit ihres Besuchs klar geworden. Ihre Ruhelosigkeit, die sie wohl zu verbergen versuchte, machte auch mich ruhelos. Und sie wirkte sich auch auf die anderen aus. Die Jungen waren schwieriger als gewöhnlich und Ramesh stiller. Und meine Schwiegermutter, die sonst mit ihrer eigenen Arbeit beschäftigt ist, kam dutzende Male unter den fadenscheinigsten Vorwänden zu uns, als wolle sie ein Auge auf Anju und mich haben. Und daher kam es, daß ich mich, als die Zeit für Anjus Abreise gekommen war, traurig fühlte, aber nicht unglücklich. Auch wenn ich sie sehr liebe, so erinnerte sie mich doch an all die Dinge, die ich durch meine Entscheidung freiwillig aufgab.

Vielleicht ist es ganz gut, daß wir jetzt nur noch unsere Briefe haben. Briefe sind so viel bequemer, nicht so kompliziert wie Menschen. In ihnen kann die Welt auf ein wenige Zentimeter breites Fenster verkleinert werden, kann idealisiert werden, wie eine Photographie retuschiert werden kann. Dies trifft mehr auf meine Briefe zu als auf Anjus, die vor lauter Gefühlen und Meinungen vibrieren. Doch da sie auf die rechteckige, weiße Stille des Papiers reduziert sind, vermag ich sie zu genießen, ohne mir Sorgen darüber zu machen, wen sie mit ihrer Offenheit vor den Kopf stoßen könnten.

Selbst dabei gibt es Probleme. In Rameshs Familie ist es üblich, daß die Tagespost beim Abendessen verteilt wird. Mein Herz beginnt wie wild zu schlagen, sobald ich zwischen den Rechnungen und den Zeitschriften der Jungen und den Werbesendungen für ayurvedische Heilmittel einen blauen Luftpostbrief aus Amerika entdecke. Sobald man ihn mir reicht, überfliege ich ihn schnell, nehme nur die Hälfte in mich auf, denn ich weiß, daß meine Schwiegermutter mich in einer Minute fragen wird, wie es Anju geht. Ihrem kühlen, abgehackten Tonfall entnehme ich, daß sie der Ansicht ist, ich sollte ihr den Brief zeigen. Aber so sehr ich mich auch nach ihrer Anerkennung sehne, das kann ich nicht tun. Ich habe es Anju bei ihrem Besuch versprochen.

Nachts, wenn alle zu Bett gegangen sind, schleiche ich mich ins Badezimmer. Ich knipse die trübe Birne an und lehne mich gegen den Wassertank, um den Brief ein letztes Mal ganz langsam und genau zu lesen, um jedes Wort in meiner Erinnerung zu speichern. Durch das Rascheln der Blätter vernehme ich Anjus eifrige Stimme, die versucht, mir ihre Welt zu zeigen. Ich stelle mir das Schlafzimmer vor, das sie mit der seidenen Bettdecke dekoriert hat, die wir zusammen auf dem Maidan Basar gekauft haben. Stelle mir die Vase mit den großen Binsen vor, die sie und Sunil während einer Wanderung gepflückt haben, das chinesische Essen, das sie am letzten Wochenende abends gegessen haben. Ich probiere die köstlichen, exotischen Silben, *chow fun, mu shu, geschmorter Tofu*, und freue mich, daß sie Erfahrungen mit so vielen interessanten, neuen Dingen sammelt. In meinem Antwortbrief rede ich sie mit *Anju, Hüterin der Eßstäbchen* an. An dem Tag, an dem sie mir schreibt, daß sie begonnen hat, Kurse am örtlichen College zu besuchen und mir die seltsamen amerikanischen Stühle schildert, an denen kleine Schreibpulte befestigt sind, da weine ich vor Freude.

Am nächsten Tag, wenn ich allein in der Küche bin, nehme ich den Brief aus meiner Bluse, wo ich ihn die ganze Nacht über verwahrt habe und lasse ihn in den *unun* fallen. Während er sich zu Asche zusammenkrümmt, frage ich mich, wie Anju sich wohl meiner Briefe entledigen mag. Nicht etwa, daß sie einen besonderen Grund dazu hätte. Meine Briefe sind so bekömmlich und mild wie der Milch-Reisbrei, den man kleinen Kindern füttert. Denn ich, Sudha, die so lange die Hüterin von Geheimnissen war, habe keine Geheimnisse mehr, die zu teilen es sich lohnen würde. Dieses Leben, das ich über der Asche meiner Leidenschaft und meines Schmerzes errichtet habe, dieses Leben, in dem Glück für mich bedeutet, gebraucht zu werden – wie untadelig es doch gewesen ist, wie wenig bemerkenswert. Bis heute.

Heute ist der Haushalt in Aufregung, weil Rameshs Tante Tarini, die Schwester seines verstorbenen Vaters, aus Bahrampur zu Besuch gekommen ist. Sie hat ein Gefolge mitgebracht, das aus ihrem ältesten Sohn und seiner jungen Frau besteht, die er vor sechs Monaten geheiratet hat, aus ihrer *ayah*, ihrem Chauffeur, ihrem Arzt und verschiedenen verarmten weiblichen Verwandten, die ihr als Vertraute und Spioninnen dienen. Meine Schwiegermutter ist bis zum äußersten entschlossen, sie alle zu beeindrucken.

Es ist eine alte Rivalität, die Jahrzehnte zurückreicht, wie mir Ramesh anvertraut hat, bis in die Zeit, als meine Schwiegermutter als frischverheiratete Ehefrau in dieses Haus zog und Tante Tarini (selbst noch ein Mädchen) ihre Nase rümpfte und sagte: »O je, ist das etwa der Schmuck, den dir dein Vater zur Hochzeit geschenkt hat? Meine Güte, selbst unsere Dienstmädchen tragen Besseres!« Meine Schwiegermutter stammt nicht aus einer reichen Familie – ihr Vater war gezwungen gewesen, eine Hypothek auf das Haus aufzunehmen, um ihre Mitgift bezahlen zu können –, und Tante Tarinis Beleidigung hatte sich tief in ihrem Inneren festgesetzt und nagte an ihr. Jahre später, als Tante Tarinis Mann sich eine Mätresse nahm und in ein anderes Haus zog, hörte man von ihr die Bemerkung, daß sie vollkommen verstehen könne, warum der arme Mann so handelte. Woraufhin Tante Tarini erwiderte, daß *sie* ihren Mann zumindest nicht ins Krematorium getrieben habe.

Als ich heiratete, schenkte mir Tante Tarini einen Seidensari, der dem ähnelte, den meine Schwiegermutter mir gekauft hatte und den ich während der Zeremonien in Bardhaman trug. Nur, daß Tantes Sari mit mehr Goldstickereien versehen war. Als Vergeltungsmaßnahme machte meine Schwiegermutter Tante Tarinis Schwiegertochter bei deren Hochzeit im letzten Jahr eine unglaublich schwere, siebensträngige Halskette aus Gold zum Geschenk. Ramesh hatte auf seine ruhige Art dagegen protestiert. Das können wir uns eigentlich nicht leisten, hatte er gesagt, und außerdem, was soll das Ganze? Doch sie hatte seine Worte beiseite gefegt wie Fliegen, ganz so, wie sie es immer tat, wenn er nicht ihrer Meinung war. Und er gab nach, ganz so, wie es bei solchen Gelegenheiten seine Gewohnheit war. Diesmal brachte Tante Tarini sechs Koffer mit, die bis zum Rand mit Geschenken für unsere Familie gefüllt waren – selbst für die Dienstboten und die Nachbarn war etwas dabei. Es überläuft mich kalt, wenn ich daran denke, was meine Schwiegermutter tun wird, wenn es in einer Weile an der Zeit ist für unseren jährlichen Besuch in Bahrampur.

Ich sitze gerade auf dem Küchenboden und unterweise das Dienstmädchen, welche Gewürze zu mahlen sind – wir bereiten ein beeindruckendes Festmahl, das Tante Tarini eine Woche lang Sodbrennen verschaffen dürfte –, als meine Schwiegermutter hereingeeilt kommt. Anfangs denke ich, daß sie gekommen ist, um nach den Hummern zu sehen, die unser Fischverkäufer heute morgen geliefert hat. Es sind die riesigsten Exemplare ihrer Gattung, die ich jemals gesehen habe. Sie klappern am Boden des Stahlkübels wütend mit ihren Scheren. In Bahrampur gibt es keine anständigen Meeresfrüchte, und meine Schwiegermutter hat mir frohlockend anvertraut, daß sie es kaum erwarten kann, Tantes Gesichtsausdruck zu sehen, wenn das Hummercurry serviert wird.

Doch als ich sie genauer betrachte, erkenne ich, daß sie wutentbrannt ist. Ihre Lippen sind zusammengepreßt, und Blitze schießen durch ihre Augen. Es ist entmutigend für mich, sie so zu sehen, denn ich habe sie immer als einen großen, tief verwurzelten *banyan* betrachtet, der seinen tröstlichen Schatten über die Familie ausbreitet.

»Was ist los?« frage ich und wünschte, Tante Tarini hätte Bahrampur niemals verlassen. »Was hat sie nun schon wieder angestellt?«

Meine Schwiegermutter starrt das Dienstmädchen wütend an, worauf dieses schnell aus dem Raum flüchtet. »Es ist wegen Deepa«, sagt sie, die Stimme einem Vulkan gleich, der kurz vor einem Ausbruch steht.

Deepa ist Tante Tarinis Schwiegertochter, ein molliges Mädchen mit einem reizenden Gesicht, aber ansonsten ziemlich nichtssagend. Bei ihrer Hochzeit schien meine Schwiegermutter Gefallen an ihr zu finden. *Ist sie nicht hübsch*, hatte sie verschiedene Verwandte gefragt. *Meine Güte, sie ist beinahe so hübsch wie Sudha*. Und: *Wie gut, daß sie ein so sanftes Wesen hat, das wird sie bei Tarini brauchen können.*

Was mochte die sanfte Deepa nur getan haben, um meine Schwiegermutter in einen solch schrecklichen Zustand zu versetzen?

»Sie ist schwanger«, keucht meine Schwiegermutter giftig und schaut mit vorwurfsvollem Blick auf mich herab.

Der Betonboden der Küche kommt mir plötzlich eisig vor. Meine Knie sind ebenfalls aus Eis. Und auch meine Oberschenkel. Eisblöcke entstehen krachend in meiner Brust. Ramesh und ich haben uns in den letzten beiden Jahren sehr darum bemüht, ein Baby zu bekommen, doch ohne Erfolg.

Wie sehr wünsche ich mir ein Kind, um die Leere in meinem Inneren zu füllen! Irgendwann in diesen endlosen Nächten, als ich neben Ramesh lag und versuchte, nicht an Ashok zu denken, überkam mich die Sehnsucht nach einem Baby mit einer solchen Macht, daß sie die Liebe verdrängte, die ich hinter mir gelassen hatte. Ich weiß nicht genau, wie es geschah. Vielleicht lag es daran, daß ich das Gefühl hatte, die Mutterschaft sei meine letzte Chance, Glück zu finden. Vielleicht glaubte ich, sie würde mir wiedergeben, was mir mein Dasein als Ehefrau genommen hat. Oder vielleicht ist es auch nur so, daß das Verlangen im Herzen eines jeden menschlichen Lebens ruht. Wenn wir uns von einem Verlangen abwenden, müssen wir ein anderes finden, an dem wir mit aller Macht festhalten können – sonst sterben wir.

Gewiß hat das Verlangen nach einem Enkelkind auch den höchsten Stellenwert im Leben meiner Schwiegermutter, obwohl sie sich bemüht, ihre Ängste zurückzuhalten. Dennoch erkundigt sie sich jeden Monat eifrig, ob ich meine Periode hatte. Und wenn ich schuldbewußt nicke, dann ist die stumme Enttäuschung in ihren Augen schlimmer als alles, was sie laut sagen könnte.

Heute allerdings schweigt sie nicht. »Nachdem mir diese Frau mitgeteilt hat, daß sie Großmutter wird«, spuckt sie hervor, »hat sie mitleidig den Kopf geschüttelt. *Wie lange ist Ramesh nun schon verheiratet?* hat sie mit Unschuldsmiene gefragt, als wisse sie es nicht auf den Tag genau. *Du meine Güte, sind es wirklich schon über drei Jahre? Wenn ich du wäre, würde ich Sudha einmal von einem Arzt untersuchen lassen.* Dann wandte sie sich ihrer Schwiegertochter zu und tätschelte ihren Arm. *Geh nur und leg dich hin, Deepa Ma*, sagte sie mit einer Stimme so süß wie Zuckerwasser. *Wir wollen doch nicht, daß meinem Enkelsohn etwas passiert, nicht wahr?* Ich fragte sie, wie sie sich so sicher sein könne, daß es ein Junge wird, und sie erwiderte, sie hätten unterwegs in Kalkutta bei einer feinen Arztpraxis haltgemacht, wo sie Maschinen haben, die imstande sind, in die Bäuche der Frauen zu schauen und einem alles zu sagen.«

Meine Schwiegermutter tritt nach dem Stahleimer und löst ein frenetisches Scherengeklapper aus. All ihre Pläne, den Sieg über Tante Tarini zu erringen, sind geplatzt. Schließlich kann es nicht einmal der größte Hummer der Welt mit einem Enkelsohn aufnehmen.

Dann blickt sie mich nachdenklich an, die Augen zu Schlitzen verzogen, und mir wird klar, daß sie nicht so schnell aufgeben wird. Sie schmiedet neue Pläne, und während sie dies tut, betrachtet sie mich mit einer ungewohnten Kälte, als wäre ich ein lebloses Ding, ein Stein vielleicht, der ihr den Weg zu ihrem Ziel versperrt. Etwas, über das man hinwegsteigen muß. Oder das man aus dem Weg räumt.

# 6

## *Anju*

Ich balanciere die Tüte mit den Lebensmitteln auf meiner Hüfte und streiche mir das kurze Haar aus dem Gesicht, während ich mich bemühe, die Tür zu unserer Wohnung zu öffnen. Der Schlüssel steckt wieder einmal im Schloß fest, und ich muß daran rütteln, was ein ziemliches Kunststück ist, da ich außerdem noch Sunils frischgereinigtes Jackett festhalte. Ich spüre, wie die Tüte mit den Lebensmitteln zu rutschen beginnt. Ich fasse hektisch nach – es sind Eier darin – und lasse das Jackett fallen. Die Briefe, die ich gerade aus unserem Briefkasten genommen habe, verteilen sich auf der Fußmatte. Rechnungen, Pizza-Coupons, ein per Computer erstellter Reklamezettel, der »An den Bewohner« gerichtet ist. Unter der Ankündigung für den Memorial-Day-Sonderverkauf bei Sears erblicke ich einen wohlbekannten cremefarbenen Umschlag. Mein Herz beginnt schon unruhig zu schlagen, ehe ich überhaupt meinen Namen in der ordentlichen Handschrift meiner Mutter erblicke, denn in letzter Zeit hat es von zu Hause keine guten Neuigkeiten mehr gegeben.

»Scheiße!« sage ich und bücke mich ungelenk, um die Sachen aufzuheben. »Scheiße!« Von all den amerikanischen Begriffen, die ich in den drei Jahren, die ich nun hier bin, begeistert aufgegriffen habe, ist dies mein Lieblingswort. Seine explosive, exakte Prägnanz drückt genau aus, wie ich den überwiegenden Teil der Zeit empfinde. Doch ich bin vorsichtig darauf bedacht, es nur dann zu benutzen, wenn Sunil nicht in der Nähe ist, denn er hält es für nicht besonders damenhaft. Ich weise ihn darauf hin, daß ich viel schlimmere Dinge von ihm höre, wenn er Auto fährt. Er behauptet, daß das etwas anderes sei.

Die Tür öffnet sich endlich mit einem protestierenden Knarren, doch ich zögere, bevor ich hineingehe. Selbst heute betrete ich immer noch sehr ungern eine leere Wohnung. Die Luft hat etwas an sich, das mir ein unbehagliches Gefühl bereitet – so entvölkert und abgestanden, wie vom Grunde eines Brunnens, der schon vor langer Zeit ausgetrocknet ist. In solchen Momenten rüttelt die Sehnsucht nach dem Haus meiner Kindheit am schlimmsten an mir. Wie mich das ständige Kommen und Gehen dort verärgerte – Milchmänner, Gemüseverkäufer, Ramur Ma, die die Nachbarskatze anschrie, die sich in die Küche geschlichen hatte, Pishi, die nach mir rief, damit ich mein Bad nahm. Nun wäre ich sogar froh darüber, die Teezeit-Tantchen zu sehen!

Drinnen lasse ich alles auf den Küchentisch fallen und sinke auf das Sofa. Ich bin seit dem Morgen unterwegs: zuerst habe ich Sunil zum Bahnhof gebracht, dann meine Kurse am College besucht, anschließend in der Bibliothek an einigen Hausarbeiten gesessen, um dann noch beim Lebensmittelhändler und der Reinigung vorbeizufahren. Ich habe eine schreckliche Laune – das ist immer so, wenn ich Hunger habe. Die Tatsache, daß ich mir erst etwas kochen muß, weil es sonst nichts zu essen gibt, bessert meine Stimmung auch nicht gerade. Unter den vielen Erkenntnissen, die ich seit meiner Ankunft in Amerika gewonnen habe, ist die herausstechendste, daß ich das Kochen hasse.

Außerdem habe ich jetzt nicht mal die Zeit zum Kochen. Ich muß Sunil in dreißig Minuten vom Bahnhof abholen, und ich benötige gute fünfzehn Minuten, bis ich da bin. Also wird es wohl wieder einmal tiefgekühlte Burritos geben. Ich weiß schon, was Sunil sagen wird. Nun, er wird nicht wirklich etwas sagen, aber mir diesen Blick zuwerfen, als sei sein Leben eine einzige große Last, und ich dürfe dreimal raten, wer dafür verantwortlich ist. Dieser Blick provoziert mich immer zu einer Auseinandersetzung, und heute abend möchte ich das nicht, denn ich muß meine Energie für den Brief aus Indien aufsparen. Daher erhebe ich mich mühsam von dem Sofa und werfe ein paar Zwiebeln und Tomaten und Gewürze für eine Reiskasserole in den Topf, die wir zu den Burritos essen können. Ich lasse den Ofen auf niedriger Hitze an, obwohl mich Sunil gewarnt hat, daß das gefährlich sei, wische mir die Hände an meiner Jeans ab und nehme zwei Stufen auf einmal nach draußen. Natürlich schaltet auf dem Weg zum Bahnhof jede Ampel auf rot, und der Autofahrer hinter mir hupt und schreit »Warum bist du nicht im Iran geblieben«, weil ich nicht schnell genug war, um noch links abzubiegen, bevor die Ampel umschaltete.

So hatte ich mir mein Leben in Amerika eigentlich nicht vorgestellt.

Nach dem Abendessen – das überraschend gut geschmeckt hat, die Kasserole ein voller Erfolg, trotz meiner unbekümmerten Handhabung – machen wir es uns gemütlich. Sunil setzt sich an seinen Computer, und ich nehme mit meinen Büchern und dem Brief, dem ich mich immer noch nicht ganz gewachsen fühle, auf dem Sofa Platz. Sunil hat eine Jazzkassette in unseren alten Kassettenrecorder eingelegt. Das Zimmer füllt sich mit Tönen, die sich wie Fäden aus luftigem Gold in die Länge ziehen, melancholisch und erheiternd zugleich. Während sie in mich hineinsickern, muß ich zugeben, daß ich mich zuvor ein wenig theatralisch benommen habe. Ich tendiere dazu, wie Sunil mir schon des öfteren gesagt hat.

Sunils Schultern sind eifrig nach vorn gebeugt. Er arbeitet an einem Programm. Manchmal werde ich ärgerlich, weil er dieser Maschine mehr Aufmerksamkeit schenkt als mir, aber ab und zu beobachte ich ihn auch fasziniert. Es liegt etwas Ehrfurchtsvolles in der vollkommenen Aufmerksamkeit, die er den Zahlen widmet, die über den Neonbildschirm flackern. Wenn ich dann seine Finger betrachte, die sich mühelos über die Tastatur bewegen, habe ich das Gefühl, einen tieferen Einblick in sein Wesen zu erhalten, als wenn wir uns unterhalten würden.

Ich benötige so viele Einblicke wie möglich, denn Sunil ist der typische Mann mit den hundert Gesichtern. Selbst nach all der Zeit vermag ich immer noch nicht zu sagen, welche wirklich die seinen sind und welche nur Masken, die er um der Wirkung willen aufsetzt. Er schreibt seiner Mutter treu jede Woche. Er erwähnt seinen Vater nie, obwohl er ihm jeden Monat eine beträchtliche Zahlungsanweisung sendet, mehr als wir uns leisten können. Einmal habe ich ihn deswegen befragt, und er erwiderte kurzangebunden, daß er sich seine Freiheit zurückkaufe. Als ich letzten Winter krank wurde, blieb er die ganze Nacht auf, massierte meine Füße und hielt mir eine Schüssel hin, wenn ich mich übergeben mußte. Aber ein anderes Mal, als ich kein Briefpapier mehr hatte und in seiner Schreibtischschublade nach Blättern suchte, schrie er mich an, ich würde seine Privatsphäre nicht respektieren.

Im Gegensatz zu einigen der anderen indischen Ehemännern, die ich kenne, hat Sunil sein Bestes versucht, daß ich mich in Amerika wohl fühle. Er hat mir das Autofahren beigebracht und mich seinen Arbeitskollegen vorgestellt. Er hat mir Jeans und Wanderschuhe gekauft, und als ich sagte, ich würde gern wissen, wie ich mit kurzem Haar aussehe, hat er geantwortet: Mach nur! Er hat mich in Einkaufscenter mitgenommen und zu Theateraufführungen, in Tanzclubs und ans Meer. Und schließlich hat er sich dafür begeistert, daß ich das College besuche und einen Abschluß in Literatur mache, obwohl unser Geld knapp ist.

Doch als ich eines Abends vorschlug, gemeinsam etwas von Virginia Woolf zu lesen, da schüttelte er energisch den Kopf.

»Dieses schwer verdauliche, gekünstelte Zeug ist nichts für mich.«

»Aber du hast doch die ganze Reihe in unserem Laden gekauft«, erwiderte ich perplex und enttäuscht. »Ich dachte, ihre Bücher würden dir gefallen.«

»Ach, das war doch nur, weil deine Mutter in ihrem Vorstellungsbrief an uns erwähnte hatte, daß Woolf eine deiner Lieblingsautorinnen sei, und da fand ich, dies sei eine gute Möglichkeit, ein Gespräch zu beginnen.«

Meine Wangen brannten. Ich fühlte mich betrogen. Benutzt.

»Und als ich sah, wie sehr du dich für sie ereifertest, da fand ich, es wäre doch nett, dir die ganze Reihe zu kaufen. Sie war ja in Dollar recht billig«, sagte Sunil. Er griff nach einer seiner Computerzeitschriften und blätterte sie beiläufig durch, ohne sich meiner Qualen bewußt zu sein – oder vielleicht waren sie ihm auch gleichgültig. Ganz offensichtlich empfand er seine Vorgehensweise nicht als Täuschung. Ich dachte an den jungen Mann zurück, in den ich mich an jenem Tag verliebt hatte. Wie das Licht um seine cremefarbene Seiden-*kurta* geschimmert hatte. Nun warf die Tischleuchte verzerrte Schatten unserer Silhouetten an die vollgestopften Wände der Wohnung. Ob romantische Träume wohl immer so endeten? Ob Sunil wohl der gleiche Gedanke kam, wenn er über den Parkplatz von Caltrain hinwegschaute und die müde, gereizte junge Frau mit dem wirren Haar und der mit Gewürzflecken übersäten Jeans erblickte?

An manchen Tagen fährt Sunil mit dem Wagen zur Arbeit und kommt nicht vor Mitternacht heim. Dann werde ich verrückt vor Sorge und Wut. Ich weiß, daß er nicht im Büro ist – oder zumindest nimmt er nicht den Hörer ab –, und wenn er dann schließlich kommt und ich vor Anschuldigungen explodiere, zuckt er nur mit den Schultern und sagt, ich müsse ihn auch sein Leben leben lassen.

»Was soll das heißen?« schreie ich ihn an und umklammere dabei die Aufschläge seines Jacketts. »Was zum Teufel soll das heißen?« Immer wieder versuche ich, *nicht* nach Anzeichen zu suchen – undeutlich gesprochene Worte, der Geruch von Alkohol oder, schlimmer noch, von fremdem Parfüm. Ich hasse mich selbst für das, was er aus mir gemacht hat, daß ich an ihm rieche, wenn er nach Hause kommt, ganz die mißtrauische Hexe. Und er zieht dann meine Hände ruhig weg und geht ins Badezimmer, um sich die Zähne zu putzen.

Manchmal denke ich darüber nach, Sunil zu verlassen und nach Kalkutta zurückzukehren, aber ich weiß, daß ich das niemals tun werde. Nicht aus Angst vor dem Klatsch, dem ich ausgesetzt wäre und auch nicht, weil ich weiß, wie traurig und besorgt Mutter sein würde. Nicht einmal, weil man ein Leben, das man – ausgeätzt wie eine Wunde – hinter sich gelassen hat, nicht nach Belieben wieder betreten kann.

Ich werde es nicht tun, weil ich Sunil auf eine dunkle, komplizierte, bedürftige Weise, die ich nicht recht zu ergründen vermag, mehr liebe als jemals zuvor.

Und was ich noch weniger zu ergründen vermag, ist, was Sunil für Sudha empfindet. Wir haben ihren Namen schon eine sehr lange Zeit nicht mehr erwähnt. Ab und zu erkundigt er sich nach den Müttern – in dieser Hinsicht ist er sehr höflich –, doch er verliert kein Wort über Sudha, nicht einmal, wenn er die Post aus dem Kasten holt und ein Brief von ihr dabei ist.

Eine Zeitlang war ich froh darüber. Unser Hochzeitstag war mir immer noch zu präsent. Trotz der vielen Male, die wir uns geliebt hatten, trotz all der süßen Worte, die Sunil mir hinterher ins Haar geflüstert hatte, brauchte ich nur meine Augen zu schließen, und schon sah ich wieder den Ausdruck auf seinem Gesicht vor mir, als er hinter Sudha herstarrte, als er das Taschentuch aufhob, das ihr aus dem Bund gefallen war. Nie wieder hatte ich diese geweiteten Pupillen bei ihm gesehen, diesen unkontrollierten Blick, nicht einmal auf dem Höhepunkt unserer Liebesspiele.

Doch das Schweigen hat seine eigene, heimtückische Macht. Weil wir nicht über sie sprachen, saß Sudha zwischen uns auf dem Sofa, wenn wir fernsahen. Ihre Hand streifte am Tisch unsere Hände, wenn wir nach einem Saftkrug oder einer Weinkaraffe griffen. Wenn wir uns zu einem Wochenendausflug im Auto aufmachten, erblickten wir ihre Augen im Rückspiegel, und abends, wenn wir im Bett lagen, mußten wir über ihren Phantomkörper hinweggreifen, um uns zu berühren. Ich fürchtete mich vor dieser Sudha, die wir erschaffen hatten. Sie war nicht die Cousine, die ich liebte. Das Mädchen mit all den Ängsten und den wunderlichen Phantasien, das Mädchen, das so viel gewollt und sich mit so wenig zufriedengegeben hatte. Wie konnte ich jemals hoffen, dieser Sudha ebenbürtig zu sein – erstarrt in ihrem Brautputz, entrückt und einem Mythos gleich, wie die Prinzessin im Schlangenpalast? Wie sollte ich meinen Mann von ihr zurückfordern?

Und so begann ich zu reden, erzählte Sunil immer mal wieder ein bißchen von unserer Kindheit. Von unseren Eskapaden, von den Strafen. Sunil sagte nie etwas, doch sein ganzer Körper wurde ruhig, während ich sprach, als lausche er mit jeder Pore. Trotzdem fuhr ich fort, erzählte ihm von Sudhas widerwilliger Liebe zu ihrer Mutter, von ihren Träumen, einmal Designerin zu werden und Kleider unter einem eigenen Label zu entwerfen, und auch von ihrem Glauben an Sternschnuppen. Ich gab mir besondere Mühe, die Bilder von Sudha als Ehefrau auszumalen, wie gut sie die Rolle spielte, wie sehr sie in ihrem neuen Heim geschätzt wurde und wie glücklich sie war. Vielleicht übertrieb ich ein wenig, aber ist es nicht menschlich, das schützen zu wollen, was einem gehört?

Während ich sprach, wurde mir klar, wie sehr ich Sudha vermißte, wie sehr ich mich danach sehnte, ihr von meinen Problemen zu erzählen. In meinen Briefen schilderte ich ihr nur die besten und strahlendsten Seiten meines Lebens in Amerika. Ob dies dem Wunsch entsprang, sie vor Sorgen zu schützen, oder dem Bedürfnis, ihr deutlich zu machen, welch wundervolle Ehe Sunil und ich führten?

Sudhas Briefe waren genausowenig ehrlich wie die meinen. Manchmal erhielt ich einen mit einer wundervollen Beschreibung einer *durga puja* im Hause ihrer neuen Familie, oder sie schilderte, wie aufregend es gewesen war, als Ramesh sie alle zur Einweihung einer Brücke mitnahm, die er entworfen hatte. Aber dies waren nur oberflächliche Dinge, und wenn ich darüber las, hätte ich Sudha am liebsten geschüttelt, weil sie es mir nicht erlauben wollte, an ihnen vorbei in ihr richtiges Leben zu gelangen.

Mutters Briefe waren ein wenig besser, obwohl sie die Nachrichten, die mir möglicherweise Sorgen bereiten könnten, auf ein Minimum reduzierte, ohne sich bewußt zu sein, daß sie mir damit nur noch mehr Furcht einflößte. Sie schrieb zum Beispiel, daß sie sich eine Zeitlang nicht wohl gefühlt hatte, und schon stellte ich sie mir von Brustschmerzen gekrümmt vor. Sie schrieb, daß das Geld ein wenig knapp sei, und ich hatte prompt das Bild vor Augen, daß die Mütter sich nur von Reis und Wasser ernährten. Ich habe ihr schon hundert Mal geraten, diesen weißen Elefanten von einem Haus zu verkaufen, weil ständig Reparaturen nötig sind. Das Land, auf dem es steht, ist viel wert, doch sie schreibt mir immer zurück, daß dies undenkbar sei. Es sei das einzige Heim, das Pishi und auch Tante Nalini kannten. Sie selbst habe ihr ganzes Erwachsenenleben dort verbracht und wolle auch dort sterben.

In letzter Zeit handelten Mutters Briefe allerdings meist von Sudha, und diese bereiteten mir die meisten Sorgen. Deshalb sitze ich jetzt hier, halte den cremefarbenen Umschlag fest und fürchte mich, ihn zu öffnen.

Der erste Hinweis darauf, daß irgend etwas mit Sudha nicht in Ordnung ist, kam von einer der Teezeit-Tantchen, deren Schwester in Bahrampur lebt und Rameshs Tante Tarini kennt. Offenbar war Tante Tarini herumgelaufen und hatte den Leuten erzählt, daß mit Sudha etwas nicht stimmen könne, wo nun doch schon vier Jahre vergangen seien und sie immer noch kein einziges Baby vorzuweisen habe. Tante N nahm die Beleidigung persönlich und wollte ihr einen bösen Brief schreiben, um ihr deutlich zu machen, daß mit *ihrer Tochter* alles in Ordnung wäre, und sich zu erkundigen, was wohl mit dem *Sohn* der Familie los sei, doch Mutter erlaubte es ihr nicht. Albernen Klatsch solle man am besten ignorieren, sagte sie. Wenn es ein medizinisches Problem gäbe oder ihre neue Familie sie schlecht behandeln würde, hätte Sudha ihnen dies garantiert erzählt.

Als ich das las, seufzte ich. Die Welt meiner Mutter war so bestimmt von den einfachen, starren Linien der Redlichkeit, daß sie vergessen hatte, wie es war, zwischen gegensätzlichen Loyalitäten hin- und hergerissen zu werden.

Doch einige Monate später rief Mrs. Sanyal Mutter an, um ihr mitzuteilen, daß sie sich langsam Gedanken mache – natürlich immer noch kein Grund, besorgt zu sein, aber sie wollten Sudha zu einer Ärztin in Bardhaman bringen. Mutter bat darum, mit Sudha sprechen zu dürfen, doch Sudha antwortete einsilbig und wiederholte nur immer wieder: Mach dir keine Sorgen, es geht mir gut. Aber was hätte sie auch sonst sagen sollen, wo doch Mrs. Sanyal jedes Wort mithörte?

Am meisten beunruhigte mich dabei, daß ich während dieser ganzen Zeit auch Briefe von Sudha bekommen hatte. Sie waren heiter wie immer gewesen, und in keinem hatte sie auch nur ein einziges Wort von dieser Sache erwähnt. Ich konnte verstehen, daß sie ihre Schwiegermutter nicht schlecht machen wollte, aber warum hatte sie mir nichts darüber geschrieben, was sie dabei empfand, nicht schwanger zu werden? Wir hätten zusammen getrauert und unserer Wut freien Lauf gelassen und hätten nach einem Weg gesucht, damit fertig zu werden, so, wie wir es als Kinder immer getan hatten. Die Tatsache, daß Sudha sich nicht mehr an mich wandte, wenn sie Probleme hatte, daß sie es statt dessen vorzog, zu lügen – es gab einfach kein anderes Wort dafür –, fraß sich tiefer und tiefer in mich hinein. Wie eine abgebrochene Nadelspitze es laut Pishis Worten tun würde, die, wenn sie fest im Fleisch steckte, nicht ruhen würde, bis sie das Herz gefunden hatte.

Die Ärztin in Bardhaman, schreibt Mutter heute, hatte Sudha für völlig gesund erklärt, und für einige Wochen schien sich alles beruhigt zu haben. Doch nun möchte Sudhas Schwiegermutter eine zweite Meinung einholen. Aus diesem Grund wird sie Sudha nach Kalkutta bringen, um sie von einem führenden Gynäkologen untersuchen zu lassen.

Als ich diese Worte lese, werde ich unglaublich wütend. Ich stelle mir vor, wie Sudha auf dem Untersuchungsstuhl liegt, diese verlegene Hilflosigkeit ihrer gespreizten Beine, die schwieligen Hände des Arztes, die suchend in ihr herumdrükken. Wie geschändet sie sich fühlen muß! Ich zittere vor Abscheu. Ausnahmsweise bin ich einmal einer Meinung mit Tante N: Sudhas Mann sollte derjenige sein, der zum Arzt geht. Meine Bücher fallen mit einem dumpfen Krachen zu Boden, als ich aufstehe, um unruhig im Zimmer hin und her zu gehen.

»Was ist los?« erkundigt sich Sunil.

Ich erzähle es ihm, meine Stimme wird lauter, als die wütenden Worte aus meinem Mund hervorstürzen. »Es ist so ungerecht! Wie kommt es, daß jeder immer denkt, das Problem liege bei der Frau? Wie kommt es, daß immer die Frau schuldig ist, bis das Gegenteil bewiesen ist? Und selbst nachdem der Beweis erbracht worden ist, daß es nicht an ihr liegt, wie in Sudhas Fall, ist sie diejenige, die weiter leiden muß. Warum?«

»Es gibt so viele *Warums* in der Welt, auf die es keine Antworten gibt, Anju. So werden diese Dinge nun einmal geregelt. Sudhas Schwiegermutter ist nicht mal so schlimm wie viele andere. Du hast doch früher in Kalkutta sicherlich die Geschichten gehört über das, was kinderlosen Frauen zustößt ...«

Ich starre ihn wütend an. Es geht nicht nur darum, was er sagt – und die unterschwellige Anspielung *kinderlose Frau* setzt mir durchaus zu. Es ist auch sein Tonfall, diese aufreizende Gelassenheit, als würden wir über die alten christlichen Märtyrer diskutieren statt über das Leben meiner Cousine.

Es mag daran liegen, daß ich aufgewühlt bin, aber ich vermeine noch etwas anderes aus seiner Stimme herauszuhören. *Welch ein Glück du doch hast, in dieser freien und unkomplizierten amerikanischen Kultur zu leben, und noch dazu mit einem so großmütigen Ehemann wie mir.*

»Es ist dir wohl völlig egal, was mit Sudha passiert!« schreie ich.

»Du hast keine Ahnung, was mir egal ist und was nicht«, erwidert Sunil sehr ruhig. Seine Stimme gleicht einem Messer, das aus der Scheide gleitet. Doch ich bin zu wütend, um innezuhalten.

»Du findest wahrscheinlich gar nichts falsch daran, daß eine Frau so behandelt wird«, fahre ich fort. »Du bist wahrscheinlich mit all diesen indischen Männern einer Meinung, die glauben, eine Frau sei nichts weiter als eine Gebärmaschine.«

»Bitte schrei mich nicht an, Anjali«, erwidert Sunil kühl. Die Tatsache, daß er meinen vollen Namen gebraucht, sagt mir, daß er wirklich aufgebracht ist. »Ab und zu solltest du deinem Gegenüber wirklich zuhören, bevor du es angreifst. Wenn du einmal einen offenen Blick auf dein eigenes Leben werfen würdest, auf all die Dinge, die dir erlaubt sind, wärst du vielleicht ein wenig ...«

Er verstummt ganz plötzlich, doch natürlich weiß ich, welches Wort er ausgelassen hat. Ich wäre *dankbarer. Dankbarer. Dankbarer.*

Sunil greift nach seinen Schlüsseln, die auf der Arbeitsplatte in der Küche liegen, zieht seine Jacke an, öffnet die Wohnungstür und ist verschwunden, bevor ich überhaupt richtig begreife, was los ist. Verschwunden, ohne mich zu küssen, wie er es immer tut, wenn er geht, verschwunden, ohne mir zu sagen, wann er zurück sein wird.

Ich stehe mitten in dem leeren Zimmer, meine Lungen drohen unter den Worten, die ich nicht mehr sagen konnte, zu bersten, und ich spüre das erschreckende Stechen von Tränen. Wir hatten auch in der Vergangenheit schon größere Meinungsverschiedenheiten, doch er hat mich noch nie so zurückgelassen. Ich spüre das Prickeln einer Vorahnung, als ob mein Leben sich zu drehen beginnt, wie ein Boot in einem Sturm. Was ist, wenn er nicht zurückkommt? fragt eine leise, verängstigte Stimme in meinem Kopf.

»Aber natürlich kommt er zurück«, sage ich laut, um mich zu beruhigen. »Sieh doch, der Computer ist immer noch an.« Doch als die Stimme weiterfragt: Jetzt, da er weiß, wie leicht es ist, voller Wut mitten in einer Auseinandersetzung zu gehen – was wird sein, wenn er es wieder tut? Und wieder? Darauf habe ich keine Antwort.

Ich laufe weiter auf und ab, trete gegen die Möbel. Schließlich lande ich in der Küche, wo ich große Stücke Rocky-Road-Eiskrem direkt aus dem Karton herunterschlinge. Es ist nicht meine Schuld, daß er mit seiner Wut nicht fertig wird, murmele ich. Er hätte verstehen müssen, wie aufgebracht ich wegen Sudha war. Ich weine noch ein wenig aus Selbstmitleid. Es ist eine unfaire Welt, in der von Frauen nicht nur erwartet wird, daß sie Ehemänner haben, sondern auch, daß wir auch noch dankbar für sie sind.

Dann schäme ich mich, weil ich mich so gehen lasse. Reiß

dich zusammen, Anju, ermahne ich mich. Hier geht es nicht um dich. Benutze dein bißchen Verstand, um einen Weg zu finden, wie du Sudha helfen kannst. Denn du mußt ihr helfen, ob sie dich darum bittet oder nicht. Es ist gleichgültig, daß sie dir nicht erzählt hat, was vor sich geht. Sie ist immer noch die Schwester deines Herzens, die, die du in die Welt herausgerufen hast, die, für die du verantwortlich bist.

Ich greife nach einem Notizblock und beginne, Ideen niederzuschreiben. Ich werde Mutter bitten, darauf zu drängen, daß Sudha nach der Untersuchung einige Tage bei ihr in Kalkutta bleiben darf. Dort werde ich meine Cousine dann anrufen und sie dazu bringen, mir die Wahrheit zu erzählen. Wie schlimm die Dinge mit ihrer Schwiegermutter stehen. Welche Rolle ihr Mann bei all dem spielt. Was sie selbst möchte. Und wenn ich dies erst einmal alles herausgefunden habe, werde ich wissen, was zu tun ist.

# 7

# *Sudha*

In meiner Kindheit konnte ich mich darauf verlassen, wie die Menschen reagieren. Von allen, denen ich sehr nahe stand – Anju, Pishi, Gouri-Ma, selbst von meiner Mutter –, wußte ich genau, was sie wütend und was sie glücklich machte. Auch wenn mich das, was sie taten, machmal überraschte, so doch niemals die Motive, die ihrem Handeln zugrunde lagen. Trotz ihrer scheinbaren Komplexität waren sie tief in ihren Herzen recht einfach. Ich hatte geglaubt, daß alle Menschen so sind.

Nun, da ich meine Schwiegermutter betrachte, bin ich mir da nicht mehr sicher.

Meine Schwiegermutter ist wie ein sonnenerleuchtetes Blumenfeld. Es zieht einen bewundernd in seinen Bann, doch plötzlich ist man in dem stechenden Gewirr einer verborgenen *bichuti*-Kletterpflanze gefangen. Die Wurzeln des Gifts in ihr reichen tief, und es liegt nicht mehr in meiner Macht, sie auszugraben. Welche Rachsucht mag noch aus jener Zeit in ihr lagern, als sie eine junge Braut war und man wegen der Armut ihrer Eltern auf sie herabsah? Wie hart ist die Kruste, die sich in den frühen Tagen ihrer Witwenschaft, als sich die Verwandten ihres Mannes gegen sie stellten, über ihr Herz legte? Welch schreckliche Schwüre mag sie in jenen langen, schlaflosen Nächten und verzweifelten Tagen, die sie lehrten, daß sie sich auf niemanden verlassen konnte, gelobt haben? Wie naiv war es von mir, zu glauben, daß das, was eine solche Frau mir entgegenbrachte, etwas so Unkompliziertes sein würde wie Liebe!

Auf dem Weg zu dem Spezialisten in Kalkutta redet meine Schwiegermutter nicht viel. Die meiste Zeit über starrt sie stoisch geradeaus, über den Vordersitz hinweg, wo Ramesh neben dem Fahrer sitzt, in das staubige, helle Licht des Mittags hinaus. Die leichten Bewegungen ihrer Lippen lassen mich vermuten, daß sie den Namen ihres Lieblingsgottes aufsagt. Doch ich bin es leid, mich wegen ihr in Vermutungen zu ergehen. Zu Beginn der Fahrt, als wir an einem Bahnübergang auf einen Zug warteten, riet sie mir mit einer nicht unfreundlichen Stimme, mich auf alles gefaßt zu machen, was der Arzt sagen könnte. Die Schwiegertochter einer ihrer Freundinnen mußte sich nach einer Untersuchung wie dieser sofort einer Operation unterziehen – man hatte festgestellt, daß etwas mit ihren Eileitern nicht in Ordnung war –, doch am Ende wurde sie zweimal Mutter von Zwillingen.

Ob dies eine Warnung oder eine hoffnungsvolle Botschaft sein soll?

Eins weiß ich mit Sicherheit: Sie ist verärgert, daß Ramesh mit uns fährt und daß er und ich noch eine Weile ohne sie in Kalkutta bleiben werden. Sie hätte am liebsten die Untersuchung machen lassen, dann den Pflichtbesuch bei den Müttern so schnell wie möglich hinter sich gebracht und mich noch am selben Tag wieder mit nach Bardhaman – in ihr Territorium – genommen. Doch als Gouri Ma letzte Woche anrief, war zufällig Ramesh am Telefon. Und als sie ihm erzählte, wie sehr die Mütter mich vermißten und wie gern sie die Gelegenheit nutzen würden, uns beide bei sich zu haben, da versprach er arglos, daß wir bleiben würden.

Oh, welch eine Szene es gegeben hatte, als meine Schwiegermutter erfuhr, was er da zugesagt hatte!

»Bin ich etwa tot?« fragte sie ihn. Sie schrie nicht, nein, das war nicht ihr Stil, aber ihre Stimme war kalt und knisterte wie Schlangenhaut. »Bin ich etwa tot, daß du glaubst, Verabredungen treffen zu können, wie es dir gefällt? Einfach zustimmen kannst, wenn Leute auf etwas beharren, ohne um meine Erlaubnis zu bitten?«

Ramesh erwiderte, daß es sich nicht um irgendwelche »Leute« handele. Es sei die Tante seiner Frau gewesen, der er doch eigentlich den gleichen Respekt erweisen sollte wie seiner eigenen Mutter, oder etwa nicht?

Meine Schwiegermutter blickte ihn mit ausdruckslosem Gesicht an. Und Ramesh, der täglich hunderte von Männern herumkommandiert, schien zu schrumpfen. Wer kannte schon die Beziehung zwischen Mutter und Sohn? Wie lange mag es her sein, daß sie begonnen hatte, ihn auf diese Weise niederzustarren? Doch was immer auch in ihrem Blick gelegen haben mag, es hatte den gleichen Effekt auf meinen Mann wie ein Nagel, der sich in einen Autoreifen bohrt. Auch wenn er noch herausbrachte, daß er nichts Falsches daran finde, wenn wir einige Zeit bei den Müttern verbringen würden, so zitterte seine Stimme doch wenig überzeugend, und einige Minuten später fügte er hinzu, daß er, wenn sie wirklich nicht wolle, daß wir dort blieben, Gouri Ma anrufen und eine Entschuldigung finden könne. Während ich beobachtete, wie der Adamsapfel in seiner Kehle jedes Mal auf und ab hüpfte, wenn er schluckte, spürte ich, daß Mitleid und Verzweiflung meinen Brustkorb wie ein Paar brennender Hände zusammendrückte.

Mein Mann war ein gütiger Mensch, das wußte ich inzwischen, aber in Gegenwart seiner Mutter wurde er zu einem Blatt im Sturm. Sollte jemals die Zeit kommen, daß sie sich gegen mich stellte – und seit Tante Tarinis Besuch schien mir dies nicht mehr unmöglich –, welche Unterstützung konnte ich dann wohl von ihm erwarten?

Im Auto verlagerte ich vorsichtig meine Beine. Ich halte eine große Schachtel mit *sandesh* auf dem Schoß, eine Spezialität aus Bardhaman, mit dünner Umhüllung und süß und gefüllt mit Rosenwasser. Es ist ein Geschenk meiner Schwiegermutter für die Mütter, bei denen Ramesh und ich die Nacht und einen Teil des morgigen Tages verbringen werden. In dem Moment, in dem Ramesh nachgab, änderte meine Schwiegermutter ihre Meinung und erlaubte uns, zu bleiben. Ansonsten würden die Leute behaupten können, die Sanyals hielten ihr Wort nicht. Kontrolle, das wollte sie, die Menschen wie Marionetten an ihrer Hand herabbaumeln lassen, und es gab nichts, was Ramesh oder ich tun konnten, um das zu verhindern.

Diese Erkenntnis hatte meinen Mund mit Furcht überzogen.

Ramesh setzt uns bei dem Spezialisten ab. Er wird einige

Besorgungen für seine Mutter erledigen und uns dann hier wieder abholen. Das Herz wird mir ganz schwer, als ich sehe, wie mein einziger Verbündeter davonfährt. Er mag schwach sein, doch er hat in jener Nacht, nach der Erniedrigung der vorhergehenden Untersuchung, meine Hand gehalten und meine Tränen fortgewischt. Nicht, daß er jemals imstande sein würde, die Tiefen dieser schmerzenden Leere in meinem Inneren zu ermessen. Nicht etwa, daß er fähig wäre, sich so sehr nach einem Baby zu sehnen, wie ich es tue: Mit jeder Zelle meines Körpers verzehre ich mich nach der Mutterschaft, auch wenn ich es ablehne, daß mein Wert nur daran bemessen wird. Nun erzittere ich bei dem Gedanken an das, was der Arzt finden könnte. Ob ich mich wohl einer Operation unterziehen muß, wie meine Schwiegermutter andeutete? Oder bin ich etwa unfruchtbar, wie es die Dienstboten flüstern, und somit jenseits jeglicher Gnadenfrist?

~

Der Spezialist ist ein grauhaariger, alter Mann mit buschigen, weißen Augenbrauen und einer dröhnenden Stimme, welche die Schwestern durch die Gegend hasten läßt. Aber mit mir spricht er sehr freundlich, während er die Ergebnisse meiner Blutuntersuchung aus Bardhaman überprüft, und seine Hände sind bei der Untersuchung ganz sanft. Nachdem er fertig ist, teilt er meiner Schwiegermutter mit, daß ich vollkommen gesund sei.

»Aber das wußten Sie ja bereits«, fügt er ungeduldig hinzu. »Die Ärztin, die Sie vor mir konsultierten, muß Ihnen das gleiche gesagt haben. Haben Sie jemals in Erwägung gezogen, daß der Fehler in ihren eigenen Genen liegen könnte, anstatt dieses arme Mädchen unnötigerweise von Arzt zu Arzt zu zerren?« Er kritzelt etwas auf einen Zettel und hält ihn ihr hin. »Hier ist der Name eines meiner Kollegen, den Ihr Sohn einmal aufsuchen sollte, falls Sie wirklich an einem Enkelkind interessiert sind.«

Das Gesicht meiner Schwiegermutter verrät nichts von ihrer

Wut – nur jemand, der sie so genau studiert hat wie ich in den letzten Monaten, würde bemerken, wie heftig sich ihr Brustkorb unter den präzisen Falten ihres Saris hebt und senkt. Sie streckt die Hand mit einem höflichen Lächeln aus, um den Zettel entgegenzunehmen.

Der Arzt zieht jedoch im letzten Moment seine Hand zurück und wendet sich statt dessen mir zu. »Vielleicht wäre es besser, wenn *Sie* dies Ihrem Mann geben«, sagt er. »Männer besitzen in diesen Dingen manchmal einen albernen Stolz, und Sie sind womöglich besser in der Lage, ihn zu überzeugen, als seine Mutter es könnte.«

Ich muß mich beherrschen, um nicht zu lachen. Oh, Doktor-*babu*, Sie mögen viel über den Körper einer Frau wissen, aber Sie benötigen noch einige Lektionen, um ihre Lebenslage besser beurteilen zu können.

Doch womöglich hat er sogar etwas durchschaut. Denn während er meine Finger um den Zettel schließt und meine Hand für einen kurzen Augenblick drückt, blickt er mir geradewegs in die Augen. »Und lassen Sie sich nur von niemandem einreden, daß es Ihre Schuld sei, daß Sie nicht schwanger werden«, sagt er. »Denn das stimmt nicht.«

Ich spüre, wie sich die Mißbilligung meiner Schwiegermutter von hinten wie ein Laken aus Blei über mich legt. Ich wage es nicht, zustimmend zu nicken, doch ich hoffe, daß er die Dankbarkeit in meinen Augen sieht.

Auf dem Weg nach draußen bitte ich darum, die Toilette aufsuchen zu dürfen, und dort präge ich mir den Namen und die Telefonnummer auf dem Zettel genau ein. Ich bin froh, daß ich das getan habe, denn sobald wir das Vorzimmer der Praxis verlassen haben, reißt mir meine Schwiegermutter den Zettel aus der Hand und verkündet, daß er in ihrer Handtasche besser aufgehoben sei. Ich solle Ramesh nichts von den albernen, neumodischen Ideen des Arztes erzählen, sie kenne ihren Sohn, es würde ihm nicht gefallen. *Falls* es ihm jemand sagen würde, dann sie. Aber nicht, bevor sie nicht noch andere Dinge ausprobiert habe.

Ich nicke demütig. Ich lerne die Lektionen meiner Schwiegermutter gut, lerne die Pläne, die eifrig in meinem Kopf herumschwirren, hinter einem Gesicht zu verbergen, das so leer und süß blickt wie eine Maske aus Zucker.

An diesem Abend sitzen Ramesh und ich ausgelassen wie Kinder, die aus der Schule fortgelaufen sind, mit den Müttern beim Abendessen. Meinem Plan entsprechend, den niemand außer mir kennt, trage ich einen durchscheinenden, scharlachroten Chiffonsari und eine Bluse mit einem tiefen Ausschnitt. Kleider, die ich bis jetzt nie angezogen hatte, da sie mir zu offenherzig erschienen. Um das Urteil des Arztes zu feiern, haben die Mütter ein Festmahl mit den Lieblingsgerichten meiner Kindheit vorbereitet: gebratene *brinjals*, aufgepuffte goldene *luchis*, sautierter roter Spinat, Currys aus Shrimps und Huhn und Senffisch, Reispudding mit Rosinen und Pistazien. Als ich all dies auf dem Tisch stehen sehe, sorgfältig angerichtet in dem Geschirr aus geschliffenem Glas, das meine Familie für besondere Gelegenheiten aufhebt, muß ich beinahe weinen, so erfüllt von Liebe bin ich. Die Vorbereitungen müssen den ganzen Tag in Anspruch genommen haben, denn außer Ramur Ma sind inzwischen alle Hausdienstboten entlassen worden. Ich nehme von jedem Gericht zweimal, und während ich esse, rede und gestikuliere ich lebhaft mit meinen Händen, um die Tränen zu verscheuchen. Denn Tränen gehören heute abend nicht zu meinem Plan. Und auch nicht Traurigkeit. Daher löse ich meine Aufmerksamkeit von den Müttern, die wie verlorene Motten um uns herumflattern. Ihre Falten – so viele mehr als zuvor – sind wie die neuen Risse, die an den Wänden aufgetaucht sind, ganz so, als habe eine böse Fee einen altmachenden Staub über dem ganzen Haus ausgeschüttelt. Ich erzähle einen Witz, einen wirklich lustigen, und lege lachend den Kopf in den Nacken. Meine Goldtropfenohrringe schwingen seitlich an meinem Hals, lang und kühl und so funkelnd wie ich. Ich lasse den Saum meines Saris ein wenig von meiner Schulter herabrutschen. Hinter der Freude in den Augen der Mütter entdecke ich Überraschung – dies ist nicht die Sudha, die sie kennen. Und auch Rameshs Augen spüre ich auf mir ruhen. Er betrachtet den Saum meines Saris, sieht, wie warm mein Fleisch darunter schimmert. In seinen Augen liegt ein verwirrtes Verlangen. Denkt er darüber nach, wie anders ich bin, wenn ich am Tisch seiner Mutter sitze? Fragt er sich, wer ich wirklich bin?

Ramesh, auch ich frage mich das, angesichts dieses falschen, lachenden Selbst, das mir nicht erlaubt, all das zu empfinden, was in mir brodelt, all die Wut und den Kummer und die Angst. Schillernde Sudha, geistreiche Sudha, getrieben von der Macht meines verzweifelten Verlangens. Denn für das Baby, das ich unbedingt haben muß, das Baby, das in mir wartet wie der Traum von einem aufgerollten Blatt, werde ich heute nacht alles tun, was nötig ist, um Ramesh zu überreden, den Arzt aufzusuchen, dessen Name und Telefonnummer in mein Gedächtnis gebrannt sind.

An diesem Abend bin zum ersten Mal ich diejenige, die unser Liebesspiel beginnt. Zum ersten Mal lasse ich auch das Licht an, wie Ramesh mich so oft gebeten hat. Aber ich bereue es sofort, denn er schaut mich mit einem solch überraschten Verlangen, einer solch nackten Hoffnung in den Augen an, daß es schmerzt. Dieser Blick reißt eine alte Erinnerung auf, die ich weggeschlossen hatte. Die Erinnerung an einen anderen Mann, der mich auf die gleiche Weise angesehen hatte. Aber es gelingt mir immer besser, mich von den Dingen abzuwenden, über die nachzudenken ich nicht ertragen kann.

Wir lieben uns lange und ausdauernd, und dann, als Ramesh daliegt, mich fest gegen seine Brust gedrückt hält, und sein Atem immer noch keuchend kommt, da frage ich ihn wegen des Arztes. Er stimmt unverzüglich zu, ihn aufzusuchen.

»Das wollte ich selbst vorschlagen, sobald wir beide allein sind«, sagt er und zieht seinen Arm weg. »Aber du hast mir ja gar keine Chance gegeben.« Das Licht hat seine Augen verlassen, und in den Falten seiner Lippen lese ich einen kleinen Vorwurf. *Du hättest gar nichts heucheln müssen, hättest deinen Körper nicht auf diese Weise benutzen müssen.*

Einen Moment lang fühle ich mich beschämt, besudelt. Ich lege eine reuevolle Hand auf seine Schulter. Aber heute nacht vermag ich an meinem schlechten Gewissen nicht festzuhalten. Die Erleichterung läßt mich in einen schwerelosen Schlaf gleiten. In meinem Traum bin ich ein purpurfarbener Drachen mit einem langen, paillettenbesetzten Schweif. Der Wind zieht mich nach oben, hoch, hoch hinauf. Die Wolken küssen mich, und ich erwidere ihre Küsse. *Mein Kind*, flüstere ich in den blauen, atemlosen Himmel, *mein Kind, ich habe alles für dich vorbereitet. Komm bald.*

# 8

# Anju

DER ANRUF DAHEIM ist eine große Enttäuschung. Ich hätte es wissen müssen. So ist es immer. Ich plane und plane, fertige sogar eine Liste all der Dinge an, die ich sagen will. Dieses Mal, denke ich dann, dieses Mal werden wir ein echtes Gespräch führen. Ich werde sie dazu bringen, zu verstehen, was ich sage und warum es so wichtig ist. Aber wenn ich dann schließlich den Hörer in der Hand halte und die Stimme am anderen Ende höre – Mutters oder Pishis –, die so leise und blechern klingt, dann scheinen wir uns auf verschiedenen Planeten zu befinden. Wir reden zu schnell, denn beide Seiten sind sich der wachsenden Telefonrechnung bewußt. In unserer Eile unterbrechen wir uns gegenseitig, sprudeln unsere Bedenken und Ratschläge hervor. *Tu, was der Arzt sagt*, ermahne ich Mutter. *Fahrt einmal in Urlaub, alle drei. Sitzt nicht bloß in diesem düsteren, alten Haus herum*, unterweise ich Pishi. *Warum verkauft ihr es nicht und zieht in eine schöne, neue Wohnung? Fahr vorsichtig*, geben sie zurück. *Sag unserem Schwiegersohn, er soll abends nicht zu lange wegbleiben. Wir haben gehört, wie gefährlich die Straßen von Amerika sind.* Tante N kommt kurz ans Telefon, um mich zu ermahnen, nicht so lange zu lernen. *Davon bekommt man dunkle Ringe unter den Augen, die nicht mehr weggehen.* Nachdem wir unsere Ich-liebe-euch und die Hundert-Segnungen-für-euch-beide gesprochen und die Hörer aufgelegt haben, frage ich mich frustriert, ob wir überhaupt dieselbe Sprache gesprochen haben.

»Es ist nicht ihr Fehler«, sagt Sunil. »Du erwartest zuviel von Menschen. Du willst, daß sie sofort verstehen, um was es dir geht. Du willst, daß sie dir in allem, was du sagst, zustimmen. Aber *du* bist diejenige, die sich verändert hat, seit du hierhergekommen bist. Du siehst die Welt jetzt anders. Das kannst du nicht per Telefonleitung übermitteln, nicht, ohne ein Vermögen dafür auszugeben.«

Das ist das andere Problem mit den Anrufen nach Indien. Geld. Seit Sunil begonnen hat, seinem Vater solche astronomischen Summen zu schicken, sind wir knapp bei Kasse. Wenn ich nun daheim anrufe – und ich habe es mir zur Regel gemacht, dies zu tun, wenn Sunil anwesend ist, weil ich es nicht heimlich machen möchte –, dann höre ich förmlich, wie er insgeheim die Minuten zählt. Er würde so etwas niemals offen sagen, dazu ist er zu stolz. Und ich bin zu dickköpfig. Warum sollte *ich* aufhören, mit meiner Mutter zu reden, nur weil *er* glaubt, seinem Vater etwas beweisen zu müssen? Doch Schweigen ist niemals die Lösung für uns gewesen, und einen Tag nach meinem Anruf nach Indien finden wir meistens einen Vorwand, um uns zu streiten.

All diese Dinge gehen mir durch den Kopf, während ich mich ins Schlafzimmer begebe und die Tür schließe. Ich bin nervöser als gewöhnlich, weil ich mit Sudha reden werde, was ich bisher immer nur einmal im Jahr getan habe, seit ich Indien verlassen habe. Nämlich zu ihrem Geburtstag, aber das zählt nicht wirklich, weil man sich bei solchen Gelegenheiten, wenn ihre Schwiegermutter wie ein Habicht in der Nähe lauert, nicht wirklich unterhalten kann. Dies hier ist eine einmalige Chance, und ich darf sie nicht verderben, denn wer weiß, wann diese Hexe Sudha jemals wieder erlauben wird, nach Kalkutta zu fahren.

Es dauert eine Ewigkeit, bis die Verbindung zustande kommt, obwohl es Samstag morgen ist, und dann noch einmal eine Ewigkeit, bis Sudha am Apparat ist. Im Hintergrund höre ich, wie Mutter alle bittet, ins Wohnzimmer zu kommen. Sie habe eine neue Tagore-Kassette gekauft, die sie ihnen vorspielen wolle. Die Gute, sie weiß, wie wichtig es für mich ist, etwas Privatsphäre zu haben. Ich höre, wie sich die Tür schließt, und endlich sind Sudha und ich unter uns.

»Sudha, erzähl mir, was los ist«, beginne ich.

Sie ist ein wenig erstaunt über die Dringlichkeit in meiner

Stimme, das sagt mir ihr Schweigen. Aber sie weiß ja, daß ich immer gern sofort zum Kern einer Sache komme.

»Es ist alles in Ordnung«, sagt sie. »Der Arzt hat gesagt, ich sei gesund, ich kann Kinder bekommen –«

»Das weiß ich«, unterbreche ich sie ungeduldig. »Ma hat es mir bereits erzählt. Aber wie behandelt dich deine Schwiegermutter? Und dein Mann?«

»Ramesh war ganz wundervoll. Gestern nacht hat er mir versprochen, daß er einen Arzt aufsuchen und alles tun wird, was nötig ist, und schon heute morgen hat er einen Termin ausgemacht. Aber wir werden meiner Schwiegermutter nichts davon erzählen.«

Ich denke, damit sind meine beiden Fragen beantwortet.

»Übt sie Druck auf dich aus? Beunruhigt dich das? Möchtest du im Augenblick überhaupt ein Kind? Ich weiß, daß *ich* jetzt keins will – und glücklicherweise ist es Sunil egal.«

»Oh, Anju!« haucht Sudha in den Hörer. Ich habe diesen Tonfall in ihrer Stimme nicht mehr gehört, seit sie mir von Ashok erzählt hat – oh, wie lange das schon her zu sein scheint! »Ich wünsche mir ein Baby mehr als alles andere auf der Welt. Dein Leben ist anders. Du hast das College und Sunil. Wen habe ich schon, dem ich meine Liebe schenken und den ich mein eigen nennen kann?«

Ich höre, wie sich die Schlafzimmertür öffnet. Sunil betritt den Raum. Ich werfe ihm einen bösen Blick zu, um ihm zu bedeuten, daß ich allein sein will. Er ignoriert mich und beginnt, in einer der Schubladen der Frisierkommode herumzukramen.

»Ich wünschte allerdings, meine Schwiegermutter würde sich nicht so stark in dieser Sache engagieren. Ich sehe, wie wichtig es ihr ist, aber das macht mich so angespannt, daß ich ...«

Ich warte, doch Sudha sagt nicht mehr. Wie kann ich nur diesen Kaktuszaun alberner Loyalität durchbrechen, den sie um sich errichtet hat?

»Vielleicht solltet Ramesh und du einmal zusammen irgendwohin fahren, nur ihr beide allein, eine Art kleiner Urlaub.«

»Anju!« Sudha beginnt zu lachen, aber es ist kein fröhlicher Klang. »Du hast wirklich vergessen, wie es in einer Großfamilie zugeht, nicht wahr? Ich kann mir nicht vorstellen, daß meine Schwiegermutter Ramesh und mir mit einem gütigen Lächeln auf den Lippen nachwinken würde, während wir dem Sonnenuntergang entgegenfahren, wie in deinen amerikanischen Filmen!«

Wie dumm von mir. Sie hat natürlich recht. Aber so einfach gebe ich nicht auf.

»Könnte ich einmal kurz mit Ramesh reden? Vielleicht gelingt es mir, ihn zu überzeugen ...«

Sudha ist ganz still. Habe ich sie mit meinem Vorschlag vor den Kopf gestoßen, der ja impliziert, daß ich bei ihrem Mann dort Erfolg haben könnte, wo sie nicht weiterkommt. Doch als sie weiterspricht, redet sie über etwas so vollkommen anderes, daß ich schockiert bin.

»Anju, erinnerst du dich noch an die Bushaltestelle an der Ecke der Ranu Rashmoni Road, an der wir jeden Tag auf dem Rückweg von der Schule vorbeigekommen sind? Nun ja, heute morgen ist Singhji mit Ramesh und mir ein wenig durch die Gegend gefahren, und da dachte ich, ich hätte ihn gesehen – er trug ein weißes Hemd – genau wie –«

Ein lautes Poltern ertönt, als Sunil etwas aus der Hand fällt, und Sudha verstummt sofort.

Ich lege meine Hand über die Muschel und werfe Sunil einen wütenden Blick zu. »Würdest du mich wohl *bitte* für einen Moment allein telefonieren lassen?« flüstere ich erbost. Er starrt wütend zurück, blickt anzüglich auf seine Uhr und verläßt türenknallend das Zimmer. Oh, das wird er noch bereuen, sobald ich mit meinem Telefonat fertig bin.

»Sudha«, sage ich vorsichtig. Ich bewege mich jetzt auf unsicherem Gelände, rede über Dinge, die besser ungesagt bleiben sollten. »Bist du dir sicher, daß er es war? Hat dich das aus der Fassung gebracht? Möchtest du darüber reden?« Aber der Augenblick ist vorüber.

»Mit Ramesh werde ich schon fertig«, erwidert Sudha. Ihre Stimme ist kühl, und ein leichtes Mißfallen schwingt darin. Sie knüpft so nahtlos an unser früheres Gesprächsthema an, als hätte ich mir nur eingebildet, was sie zwischendurch gesagt hat. Dann nimmt ihre Stimme einen tiefen, besorgten Tonfall an. »Gouri Ma ist diejenige, mit der du einmal ernsthaft reden solltest. Heute morgen bin ich ihr am oberen Treppenabsatz begegnet. Sie war gerade die Treppe hinaufgestiegen, und ihr Gesicht war weiß, und sie keuchte. Das hat mir angst gemacht. Du weißt ja, daß der Arzt ihr schon vor unserer Hochzeit zu einer Operation geraten hat. Nun, ich denke, sie sollte sie nicht länger hinausschieben. Schenk ihren Ausreden keine Beachtung, obwohl ich Gouri Ma gut genug kenne, um zu wissen, daß sie einige gute vorbringen wird.«

»Sudha«, sage ich. »Warte, sag mir erst ...«

Doch Sudha, die ein neues, ausweichendes Verhalten beherrscht, ist bereits davongeschlüpft, ohne mir die dringend gewünschten Antworten zu geben. Und so verbringe ich den Rest des Anrufs damit, mich mit Mutter auseinanderzusetzen, die noch dickköpfiger ist als ich.

Es kommt nicht dazu, daß Sunil und ich uns über dieses Telefonat streiten.

Mutter sagt, sie wolle sich nicht von den Ärzten aufschneiden lassen. Sie würde lieber friedlich in ihrem eigenen Haus sterben, wenn die Zeit gekommen ist.

»Und wenn sie kommt, dann kann mich kein Arzt mehr retten. Ich glaube immer mehr daran, was in unseren heiligen Büchern geschrieben steht: daß der Bidhata Purush uns unmittelbar nach unserer Geburt den Zeitpunkt unseres Todes auf die Stirn schreibt. Warum sollen wir das bißchen Geld, das wir haben – Geld, von dem deine Pishi und deine Tante Nalini leben können –, dafür ausgeben, mein Leben zu verlängern? Ich habe lange genug gelebt und all das getan, was ich tun mußte. Jetzt, wo für dich gesorgt ist und du glücklich bist, bin ich bereit, weiterzuziehen.«

Die Endgültigkeit in ihrer Stimme macht mir angst. Sie ist

zu gelassen, zu fatalistisch. Gar nicht wie die Mutter, die mir vertraut ist. Es scheint, als hätte sie, während ich in mein amerikanisches Leben verstrickt war, die Bande gelöst, die sie mit dieser Welt verbinden. Jeden Moment kann es soweit sein, daß sie das letzte kappt und in höhere Sphären davondriftet.

Nachdem ich eingehängt habe, vergrabe ich mein Gesicht im Kissen und weine. Ich denke an meine kranke Mutter, meine vereinnahmte Cousine, an meinen Mann, der wahrscheinlich vor seinem Computer hockt, verloren im Cyberspace. Oder vielleicht hat er auch den Wagen genommen und ist in seiner Wut irgendwohin gefahren. Wie schnell ich doch von meiner Famlie fort wollte, wie begierig ich darauf war, weit wegzugehen, ohne zu wissen, was ich aufgeben und wie wenig ich im Gegenzug erhalten würde! Ich bin wie eine der Geisterfrauen in Pishis Märchen, die imstande ist, Katastrophen vorauszusehen, die ihre Lieben bedrohen, aber unfähig ist, einzuschreiten. Sie ruft ihnen warnende Worte zu, doch alles, was sie hören, ist der Wind, der im Bambus stöhnt. Sie streckt ihre Arme aus, um sie vor dem Unglück zu bewahren, doch sie gehen mitten durch sie hindurch, denn selbst in ihren Erinnerungen ist sie nur noch verschwommen wie Nebel.

Um die Mittagszeit schaut Sunil schließlich nach mir. Als er mein geschwollenes Gesicht und die roten Augen sieht, schluckt er die Worte, die er mir eigentlich sagen wollte, hinunter. Er bringt mir einen kühlen, nassen Waschlappen und zwei Aspirin. Er weiß, daß ich vom Weinen immer heftige Kopfschmerzen bekomme. Er hält mich fest, wie man ein Kind festhält, das einen Alptraum gehabt hat, und sagt, er sei für mich da, wenn ich reden wolle. Als ich den Kopf schüttele, nickt er gleichmütig. Einige Minuten später höre ich, daß er telefoniert und chinesisches Essen vom *The Golden Dragon* kommen läßt, meinem Lieblingsrestaurant. Als das Essen eintrifft, stellt er es auf ein Tablett und bringt es mir ans Bett. Duftender Dampf steigt aus den kleinen, rot-weißen Kartons mit gebratenem Reis und Chow Mein und Kung-Pao-Huhn in die Höhe. Er gibt etwas davon auf einen Teller, reicht ihn mir und beginnt, über einen lustigen Vorfall in der Firma zu erzählen.

Wie ein Kind lasse ich mich von dem Essen und der Wärme, der Stimme eines geliebten Menschen und seiner Berührung trösten. Wir setzen uns gegen die aufgerichteten Kissen zurück, und während ich esse, kuschele ich mich an Sunils Schulter. Die Monster sind nicht verschwunden. Das weiß ich. Sie warten – unter dem Bett, im Schrank. Aber ich muß mich erst wieder mit ihnen beschäftigen, wenn es dunkel ist, wenn die Einsamkeit sich wie sickernder Flußschlamm um mich legt.

# 9
# *Sudha*

MEINE KURZE Atempause vergeht in dem Seufzer eines einzigen Atemzuges, und schon ist es wieder Zeit für uns, nach Bardhaman zurückzukehren. Ich mache zum Abschluß einen Spaziergang im Garten und sehe mit Besorgnis, wie verwildert er ist: Unkraut ergießt sich auf die Kieseinfahrt, der *mansa*-Kaktus schiebt seine dornigen Blätter durch die wenigen, übriggebliebenen Rosen. Der neue Besitzer des Buchladens hat die Mütter trotz einer gerichtlichen Auseinandersetzung nie voll ausgezahlt, und seit langer Zeit ist schon nicht mehr genug Geld da, um einen *mali* einzustellen. Pishi hat mir in ihren Briefen mitgeteilt, daß Singhji hinsichtlich des Gartens sein Bestes versuche, aber ganz offensichtlich ist mehr zu tun, als er bewältigen kann.

Ich pflücke vertrocknete Blüten und gelbe Blätter von einem Jasminstrauch und denke an Singhji. Auch er ist in den letzten vier Jahren ungewöhnlich stark gealtert. Wenn er aus dem Wagen steigt, benötigt er einen Moment, um sich aufzurichten. Nachdem das Geld knapp geworden war, beschloß Gouri Ma, den Wagen zu verkaufen. Sie eröffnete Singhji die Neuigkeit so behutsam sie nur konnte. Wie sehr ihr der Gedanke auch widerstrebte, sie müsse ihn entlassen, sagte sie. Doch Singhji wollte nichts davon hören.

»Sie können versuchen, den alten Schrotthaufen zu verkaufen, ich möchte allerdings bezweifeln, daß Sie viel dafür bekommen«, erwiderte er stirnrunzelnd, »aber mich werden Sie nicht so schnell los! Seit zwanzig Jahren ist dies hier die einzige Familie für mich. Wie kann ich Sie jetzt verlassen, wo Sie doch allein sind? Und wo sollte ich schon hin? Ich bin zu alt, um in dem Haushalt irgendeines Emporkömmlings neu anzufangen und mir dort Tritte und Flüche gefallen zu lassen.«

»Aber ich habe nicht das Geld, um dich zu bezahlen, Singhji«, erwiderte Gouri Ma.

»Ich brauche kein Gehalt. Ich habe einen guten Teil des Geldes, das Sie mir im Laufe der Jahre gezahlt haben, gespart. Was hat ein alleinstehender Mann schon groß für Ausgaben? Damit kann ich durchkommen, bis Gott mich zu sich rufen wird.«

Mutter hatte freudig zugestimmt, doch Gouri Ma wollte nichts davon wissen. Sie argumentierten hin und her, bis Pishi schließlich vorschlug, daß Singhji seine Wohnung aufgeben und ins Torwächter-Cottage ziehen solle. Sie würden auch für sein Essen aufkommen. Also schaffte er seine wenigen Habseligkeiten dorthin, und Ramur Ma trug jeden Morgen und jeden Abend brummend ein abgedecktes Tablett mit Essen zu ihm hinüber. Doch tief in ihrem Inneren war sie ebenso froh wie die Mütter. Es sei eine Erleichterung, vertraute mir Pishi an, endlich wieder einen Mann im Haus zu haben – und noch dazu einen so handwerklich begabten, der immer wußte, wie man ein Leck oder eine gebrochene Fensterangel reparierte.

Ich beschließe ganz plötzlich, Singhji zu besuchen. Doch vielleicht ist es keine so plötzliche Idee. Vielleicht wächst sie schon seit dem Morgen in mir, als Singhji mit uns die alten Straßen entlang gefahren ist, durch die wir als Mädchen immer gekommen sind. Als ich dachte, ich hätte eine Gestalt in einem weißen Hemd wie aus einem Traum entdeckt und im Rückspiegel Singhjis scharfen, wissenden Augen begegnet war.

»Sudha *beti*«, begrüßt mich Singhji und öffnet die Tür so schnell, daß ich mich frage, ob er auf mein Klopfen gewartet hat. Er trägt bereits eine saubere *kurta* und eine dazu passende, weite Hose und einen makellosen weißen Turban – er wird uns in Kürze nach Bardhaman fahren –, und über seine Schulter hinweg sehe ich, daß das Zimmer sauber und spartanisch ist, ganz wie er selbst. In seinem verwüsteten Gesicht leuchten die Augen mit einer so aufrichtigen Freude auf, daß ich mich schäme, nicht früher gekommen zu sein. Und nun, da ich endlich hier bin, ist es nur, um mein eigenes, selbstsüchtiges Bedürfnis zu befriedigen.

Singhji bringt einen Stuhl. Die Sorgfältigkeit, mit der er ein kleines Tuch nimmt und ihn abwischt, bevor er mich bittet, darauf Platz zu nehmen, berührt mich. Ob es in meinem Leben immer so sein wird, daß mir Liebe und Fürsorge dort verweigert werden, wo ich sie erwarte, und sie mir entgegengebracht werden, wenn ich gar nicht damit rechne?

Ich würde ihm gern meine Dankbarkeit ausdrücken, doch für Höflichkeiten ist keine Zeit. »War er das?« frage ich frei heraus.

»Ja.« Welch kleines Wort, und doch reicht es aus, mein Herz von dem Kurs abzubringen, den ich so sorgfältig geplant hatte.

»Aber wie das?« flüstere ich.

»Er wußte, daß Sie kommen würden. Wir stehen in Kontakt. Wir treffen uns jeden Monat. Er erkundigt sich immer nach Ihnen.«

Meine Handflächen sind schweißnaß. Mein Herz schwingt einem Pendel gleich wild zwischen Glück und Bestürzung hin und her. »Was hast du ihm erzählt?«

»Alles.«

Die kurze Erwiderung läßt die Hitze in meine Wangen aufsteigen. Womöglich liegt es daran, daß Ashok offenbar all meine Demütigungen kennt. Daß er den Trost hat, sagen zu können: *Da sieht man, was ihr passiert ist, nur weil …* Dennoch fühle ich mich hintergangen. »Du hättest ihm nichts sagen sollen«, entgegne ich anschuldigend. »Warum hast du das getan?«

»Weil er auf Sie wartet.«

»Was meinst du damit?« Meine Hände zittern. Mein Magen fühlt sich an, als befände ich mich in einem führerlosen Zug.

»Er hat nicht geheiratet. Er liebt Sie immer noch. Er hat mich gebeten, daß ich Ihnen ausrichten soll, er habe das, was er in seinem wütenden, spontanen Brief geschrieben hat, nicht so gemeint. Er wünscht sich, daß sich alles für Sie zum Guten entwickelt. Doch wenn Sie ihn jemals brauchen sollten, dann wird er da sein. Oh, *beti* –« ein Seufzer erschüttert Singhji » – hätten Sie nur auf mich gehört und wären mit ihm gegangen!«

Ich schließe meine Augen vor dem scharfen Schmerz dessen, was hätte sein können. Ich möchte Singhji am liebsten fragen, wie Ashok aussieht. Ob es ihm gut geht. Ob seine Augen noch dieselben sind. Seine kurzgeschnittenen, vertrauenerwekkenden Fingernägel? Der Geruch seines Haares, diese Mischung aus Sonnenlicht und Rauch?

Doch dieser Weg führt noch tiefer ins Unglück. In die Gefahr.

Draußen höre ich Pishi rufen: »Sudha! Sudha! Wohin ist das Kind nur verschwunden?«

»Hier«, sagt Singhji und reicht mir einen Umschlag. »Der ist von ihm. Wenn Sie eine Nachricht zurückschicken möchten, werde ich sie überbringen.«

Es ist nicht mehr genug Zeit zum Lesen, daher falte ich den Umschlag zusammen und stopfe ihn in meine Bluse. So viele Worte wirbeln in meinem albernen, gierigen Herzen umher! Ich schiebe sie alle zur Seite. »Sag ihm, daß er heiraten soll«, entgegne ich. »Sag ihm, er soll mich vergessen.«

»Ebenso könnte ich dem Ozean raten, sich nicht gegen die Felsen zu werfen«, erwidert Singhji trocken.

~

Als wir die Hälfte unserer Rückreise nach Bardhaman zurückgelegt haben, ertrage ich es nicht länger. Ich bitte darum, austreten zu dürfen. In der schlecht beleuchteten, faul riechenden Toilette einer *dhaba* reiße ich den Umschlag auf. Nur eine einzige Zeile steht auf dem Blatt geschrieben. *Komm mit mir.* Mein Herz hämmert so heftig, daß ich mich an der Wand festhalten muß. Ich falte das Blatt, verstecke es in meiner Bluse und spritze mir Wasser ins Gesicht. Dennoch brennen meine Wangen, und als ich herauskomme, erkundigt sich Ramesh besorgt, ob ich krank sei. Ich halte die Augen für den Rest der Reise geschlossen und erkläre Ramesh, daß mein Kopf schmerzt. Der Wagen schlingert über Schlaglöcher. Rameshs Arm um meine Schultern wächst zu einem unerträglichen Gewicht. Ashoks Worte sengen sich in meine Augenlider. Ich gestehe mir ein kleines, prickelndes Gefühl der Hoffnung zu. Ich könnte weglaufen, ja. Meine Schwiegermutter wäre glücklich, Ramesh würde mich schon bald vergessen haben, und Anju ist so weit fort, daß selbst sie die kleinste Kräuselwelle meiner Handlungen nicht erreichen könnte. Ganz besonders, da Sunil und sein Vater, wie mir Mutter schadenfroh mitteilte, nicht mehr miteinander sprechen. Wäre meine Handlung wohl böse oder gut? Ich bin mir nicht sicher, und ich bin mir auch nicht sicher, ob ich überhaupt etwas darum gebe. *Leb dieses eine Mal für dich*, singt mein Herz. Und dieses Kind, nach dem ich mich so sehr sehne – wer sagt, daß ich dieses Kind nicht mit Ashok haben kann? Dann wäre es ein doppelt geliebtes, doppelt kostbares Kind, denn es würde sowohl ihm als auch mir gehören.

Der Wagen hält mit einem Ächzen vor dem Haus meiner Schwiegermutter. Als ich die Augen öffne, stelle ich überrascht fest, daß der Tag sich verdunkelt hat. Rostfarbene Wolken hängen über dem Ziegelsteingebäude. Die unheilvolle Schwere des Nachmittaglichts – als kündige sich ein Sturm an – betont die harten Konturen des Hauses, und es widerstrebt mir, hineinzugehen.

Ich muß Singhji noch etwas sagen, aber ich habe mich noch nicht entschieden, was. Vielleicht kann ich mit ihm reden, während Ramesh das Entladen unseres Gepäcks überwacht. Doch bevor ich überhaupt die Möglichkeit dazu habe, kommt meine Schwiegermutter geschäftig herausgelaufen. Aus dem frischgestärkten Sari, den sie trägt, schließe ich, daß sie ausgehen will. Innerlich seufze ich vor Erleichterung. Das gibt mir die Möglichkeit, Zuflucht in meinem Bett zu suchen und die Dinge zu überdenken.

»Ah, da seid ihr ja endlich!« sagt sie. »Warum kommt ihr so spät?« Sie wirft Singhji einen anschuldigenden Blick zu. »Ich habe gewartet und gewartet. Ich hatte schon Angst, die günstige Stunde würde vorübergehen, doch glücklicherweise seid ihr gerade noch rechtzeitig gekommen.«

Mein Kopf fühlt sich steif und verkrampft an, genau wie meine Beine. Wovon redet sie nur?

»Komm schon, *Natun Bau.*« Spricht es nicht für sich, denke ich, als sie nach meiner Hand greift, daß sie mich immer noch Neue Frau nennt, obwohl es nun schon fünf Jahre sind? Für sie werde ich wahrscheinlich niemals mein Neu-Sein verlieren und wirklich zu einem Teil dieses Haushalts werden. Sie zieht mich zur anderen Seite des Hofes, wo ich den Familienwagen und den wartenden Chauffeur erblicke. »Laß uns keine Zeit vertrödeln. Wir müssen sofort los.«

»Aber Mutter«, protestiert Ramesh, während er uns folgt. »Wo willst du denn mit Sudha hin? Sie fühlt sich nicht gut. Sie muß sich ausruhen ...«

Ich erröte, als ich die Sorge in seiner Stimme vernehme. Wenn er wüßte, worüber ich im Auto nachdedacht habe, während er mich so zärtlich festhielt!

»Es wird ihr schon nichts passieren!« entgegnet meine Schwiegermutter gereizt. »Hör auf mit dem Getue und trink drinnen etwas *cha*. Ich fahre mit ihr zum Schrein der Göttin Shashti in Belapur.«

»Was für ein Schrein ist das? Davon habe ich noch nie gehört!« Ramesh ist ebenfalls verärgert, und für einen Moment denke ich, er wird seine Hand ausstrecken und mich von seiner Mutter wegziehen. »Ich finde, Sudha sollte jetzt nirgendwohin gehen ...«

»Es gibt viele Dinge, von denen du noch nichts gehört hast, mein Junge. Während du deine Zeit in Kalkutta vertrödelt hast, habe ich einiges in Erfahrung gebracht. Die Göttin ist sehr mächtig. Alle möglichen Frauen haben nach einem Besuch bei ihr Kinder bekommen. Ich habe bereits mit dem Priester gesprochen, doch damit es uns überhaupt etwas nutzt, müssen wir während der günstigen Stunde, bevor die Sonne untergeht, dort ankommen.«

Und bevor ich auch nur irgend etwas zu Ramesh oder Singhji sagen kann, schiebt sie mich in den Wagen und nickt dem Fahrer zu. Der Motor erwacht zum Leben, der Wagen stottert, läßt eine Rauchwolke aufsteigen, und schon sind wir unterwegs.

Bald biegen wir in eine schlammige Straße ab, die sich zwischen Kokospalmen und Teichen, die mit Moskitopflanzen gefüllt sind, hindurchwindet. Ich kenne diese Straße nicht, sie führt uns tief in die ländliche Umgebung, an Bambuswäldern und Feldern voller Senfpflanzen und verlassenen Brunnen vorbei, die neben zerfallenden Hütten stehen, immer weiter Richtung Westen, wo die Sonne uns durch eine Träne in einer schwarzen Wolke anfunkelt.

»Bete, *Natun Bau*«, sagt meine Schwiegermutter. »Bete zur Göttin um einen Sohn.« Sie hält mich immer noch am Handgelenk fest. Ihre Nägel graben sich in mein Fleisch, und ihre Lippen bewegen sich fieberhaft während des ganzen Weges zum Schrein der Göttin der Geburt.

Ich gehe allein den dunklen, gewundenen Gang zum inneren Hof von Shashtis Schrein entlang. Nur den tatsächlichen Bittstellerinnen – den kinderlosen Ehefrauen – ist es erlaubt, diesen Raum zu betreten, wofür ich endlos dankbar bin, da es bedeutet, daß meine Schwiegermutter widerstrebend auf der Steinbank neben dem Haupttor warten muß.

Ich habe ein wenig Angst, weil ich nicht weiß, was auf mich zukommt. Ein Teil von mir wünscht sich, daß dieser Ort lediglich ein Schwindel ist, das Produkt habgieriger Priester, die Jagd auf abergläubische Gemüter machen, damit ich meiner Schwiegermutter beweisen kann, daß sie im Unrecht ist. Aber jener Teil von mir, der einmal so gern die alten Märchen hörte, möchte sehnlichst glauben, hier eine Stätte wahrer Macht vorzufinden, im Vergleich zu der das wirksamste moderne Medikament nicht mehr als Staub ist.

Der alte Priester am Tor hatte mir eine Handvoll Blumen und ein Stück Schnur in die Hand gedrückt, ohne weitere Anweisungen zu erteilen.

»Geh nur, geh«, sagte er, als ich zu fragen ansetzte. »Wenn du dort bist, wirst du wissen, was zu tun ist.«

Ich blinzele, als der Hof plötzlich mit einer Gluthitze und jammernden Geräuschen über mich hereinbricht – zu viel, um alles auf einmal in mich aufzunehmen. Ich erblicke einen schattenlosen, stickigen Platz, der mit Steinen gepflastert ist, die unter meinen nackten Füßen brennen, und als ich blinzelnd nach oben schaue, scheinen alle Wolken verschwunden zu sein. Jede Wand des Hofes ist bemalt: mit einem Auge, einem riesigen, weißen Auge, das einen mit dem ungerührten, allwissenden Blick der Göttin anstarrt. Es fällt mir schwer, wegzusehen. Ist das wohl ein flaches Becken in der Hofmitte, mit Beton umgrenzt? Darin befindet sich nicht etwa eine Gottheit, wie ich erwartet hatte, sondern ein kleines Rechteck Erde mit einem Baum, den ich nicht kenne. Alles hier tut meinen Augen weh: die harsche, weiße Farbe, das Glitzern des Wassers, die schimmernden Blätter des Baumes. Aber das sind gar keine Blätter, denn während ich genauer hinschaue, watet eine Frau durch das Becken zum Baum und bindet etwas an einen Zweig. Mir wird plötzlich bewußt, daß der ganze Hof voller Frauen ist, voller weinender, junger Frauen. Ich trete näher und sehe, daß es sich um ein Paar Goldohrringe handelt. Der Baum krümmt sich unter solchen Opfergaben: Halsketten, Armreifen, Zehenringe, Armbänder, ein ganzes Vermögen hängt dort. Es erstaunt mich, daß diese Gaben noch nicht gestohlen worden sind. Die Göttin muß wirklich große Macht haben, um eine solch ehrerbietige Furcht einzuflößen.

Die Frauen liegen über den ganzen Hof verstreut wie abgepflückte Blüten. Aus ihren staubigen, zerknitterten Saris und den welken Gesichtern schließe ich, daß sie sich wohl schon mehrere Tage hier aufhalten. Einige liegen mit den Gesichtern auf den ofenheißen Steinen und weinen leise. Andere beugen sich laut betend über das Becken, und ihre Tränen fallen ins Wasser. Wieder andere schreiben etwas auf Papierstreifen, die sie zusammen mit ihrem Schmuck an den Baum binden. Und manche sitzen wie in Trance da, den Blick nach innen gewandt, und lauschen Dingen, die ich nicht zu hören vermag. Neben mir schlägt eine Frau ihren Kopf in einem stetigen Rhythmus gegen die Betonkante des Beckens und ruft: »Mutter, Göttin, sprich zu mir, rette mein Leben!« Kummer beherrscht den Hof, die Luft ist davon bitter erfüllt wie mit Rauch und beißt in meinen Augen. Ich möchte am liebsten auch weinen. Nicht für mich, sondern für uns alle, denn ob reich oder arm, gebildet oder unwissend, in dieser Schwesternschaft der Entbehrung sind wir endlich in Gleichheit vereint.

Ich habe das Gefühl, daß ich beten sollte, daher knie ich nieder und lege meinen Kopf auf die Steine. Doch ich bin zu abgelenkt. Als ich die Augen schließe, erscheinen mir unzusammenhängende Bilder. Ramesh, der Tee trinkt, während er einen Bericht durchblättert. Eine umherstreunende Katze, die ich als Kind immer fütterte, der Shiva-Tempel, wo Ashok seine nach Ringelblumen duftenden Lippen auf die meinen preßt, Singhjis turbanbedeckter Kopf von hinten, während er Anju und mich zur Schule fährt, die Art und Weise, wie ein flüchtiger Kummer über Anjus verschleiertes Gesicht huscht, als sie Sunil und mich auf unserer Hochzeit beobachtet. So viele unerfüllte Sehnsüchte gibt es auf dieser Welt, so viele Menschen, die Hilfe benötigen! Worum – und für wen – soll ich nur beten?

Die Frau, die ihren Kopf gegen den Beton geschlagen hat, setzt sich auf und blickt sich verwirrt um. Sie ist noch ein Mädchen, vielleicht sechzehn oder siebzehn, und auf eine bäuerliche, dunkelhäutige Weise hübsch, auch wenn ihre Stirn nun voller blauer Flecken ist und blutet und ihre Augen einen verschwommenen Ausdruck tragen. Ich bin zwischen Mitleid und Abscheu hin- und hergerissen. Ich möchte sie trösten, ihr die Stirn abtupfen und ihre Hand halten. Aber ich möchte auch vor diesem furchteinflößenden Ort fliehen, der mich so sehr an das erinnert – die Bilder tanzen vor meinen Augen –, was wir einmal im letzten Schuljahr durchgenommen haben: einer der Zyklen von Dantes Inferno. Verzweifelt versuche ich, daran zu denken, daß es eine vernünftigere Welt gibt, in der Frauen studieren und arbeiten und einkaufen gehen und sich mit ihren Freundinnen Kinofilme ansehen. Eine Welt, in der es ihnen erlaubt ist, ein normales Leben zu führen, selbst wenn sie keine Mütter werden können. Ich sage im stillen die Namen der Klassenkameradinnen auf, von denen ich gehört habe, daß sie Ärztinnen und Lehrerinnen und bekannte Tänzerinnen geworden sind, aber sie sind zu weit entfernt. Die Realität besteht aus diesem blutverschmierten, weinenden Mädchen neben mir. Eine schlammige Angst verstopft mir die Kehle. Wie lange mag es noch dauern, bevor auch ich in eine solche Verzweiflung getrieben worden bin?

Aus der Kehle des Mädchens ertönt ein pfeifendes Geräusch. Wider besseres Wissen beuge ich mich weiter zu ihr hinüber, und zwischen meinen Brüsten knistert Ashoks Brief wie ein Lorbeerblatt, das man in kochendheißes Öl geworfen hat.

»Ich habe die Göttin gehört. Sie hat gesprochen. Aber ich konnte ihre Worte nicht begreifen. Sie hat gesagt –« und hier wird die Stimme des Mädchens tief und kehlig, als würde sie jemand anderem gehören » – *du mußt zwischen den beiden Lieben wählen, denn einer Frau ist nur eine Liebe erlaubt.*«

Die Worte des Mädchens lassen mich trotz der Hitze erzittern. Die Luft um mich herum ist erschreckend still. Das weiße Auge durchdringt mich.

Das Mädchen hält den Saum meines Saris mit ihren eingerissenen Fingernägeln umklammert, die Worte kommen keuchend aus ihrem Mund. »Aber ich habe doch keine zwei Lieben, nicht einmal eine! Warum wäre ich wohl sonst hier, würde seit zwei Tagen warten und fasten? Erklären Sie es mir, *Didi.* Sie sehen wie eine gebildete Frau aus. Ich werde Ihnen meine Geschichte erzählen. Sagen Sie mir, was die Göttin meint. Diesen Monsun bin ich drei Jahre verheiratet. Habe noch keine Kinder. Die Familie meines Mannes ist seit der Hochzeit böse auf mich. Sie sagen, meine Eltern hätten ihnen nicht genug gezahlt, obwohl ihnen mein armer Vater alles gegeben hat, was er besitzt. Ich habe versucht zu fliehen und bin nach Hause gelaufen, doch meine Eltern haben mich wieder zurückgeschickt. Sie können es sich nicht erlauben, meine Last auf ihren Schultern zu tragen, sagten sie. Das habe ich verstanden. Ich habe die Schläge und Flüche meiner neuen Familie akzeptiert. Doch nun planen sie etwas anderes, das weiß ich. Ich habe den geflüsterten Gesprächen am Frauensee gelauscht. Sie wollen meinen Mann aufs neue verheiraten. Das wäre ihm nur recht. Er hat sich nie etwas aus mir gemacht, fand mich von Anfang an zu dunkel.«

»Werden sie dich zu deinen Eltern zurückschicken?« frage ich.

Das Mädchen schüttelt den Kopf. Ihre Nasenflügel blähen sich auf wie bei einem Tier, das vom Feuer eingeschlossen ist. »Nach den Regeln unserer Dorfgemeinschaft müßten sie dann meine Mitgift zurückgeben. Aber wenn ich sterbe, wenn ich einen Unfall erleiden sollte, wie das vor einigen Monaten mit der Frau des Wäschers passiert ist, als sie beim Kochen war, dann ...«

Ihre Worte schlitzen mir die Haut auf, sind wie Nägel aus Rost und Eis. Ich habe von solchen »Unfällen« gehört.

»Aber wenn ich schwanger wäre, würden sie es nicht tun. Sie würden mir all meine Fehler vergeben, wenn ich ihnen einen Sohn schenke. Deshalb bin ich hier. Ich wollte erst wieder gehen, wenn die Göttin mir eine Antwort gegeben hat. Und nun, da es geschehen ist, verstehe ich ihre Worte nicht.«

*Aber ich verstehe sie*, denke ich, während ich das Mädchen beobachte, das in Schluchzen ausgebrochen ist. Wenn dies wirklich die Worte der Göttin gewesen sein sollten – und es muß so sein, denn dieses arme Mädchen wäre unfähig, sie zu erfinden –, dann bin ich, Sudha, diejenige, für die sie bestimmt sind. Ich bin diejenige, die alles will, die Leidenschaft eines Liebhabers, die innige Liebe eines Kindes. Bin die, die dumm genug war, zu glauben, daß es für eine Frau möglich ist, so viel Glück zu besitzen.

Ich lasse den Satz Goldreifen von meinem Arm gleiten, den Gouri Ma mir gegeben hat, und reiche ihn der weinenden jungne Frau. Als sie mich mit offenem Mund anstarrt, teile ich ihr mit all der Überzeugung, die ich aufzubringen vermag, mit, die Göttin wünsche, daß sie sie erhalte. Davon sollen sie und ihr Mann den Besuch im Krankenhaus von Bardhaman bezahlen, wohin sie zusammen gehen müssen, damit die Ärzte nachsehen können, ob es einen Grund gibt, warum sie nicht schwanger wird. »Sag deiner neuen Familie«, ende ich, »wenn dies nicht innerhalb eines Monats geschieht, wird ein großes Unglück über sie alle kommen.«

Sie nickt stumm. Ein Erstaunen, eine Mischung aus Furcht

und Hoffnung huscht wie ein Schwarm Schmetterlinge über ihr Gesicht. Dann ist sie verschwunden.

Ich dagegen wate durch das Becken zum Baum hinüber. Ich greife in meine Bluse und ziehe Ashoks Brief hervor. Ich sehne mich danach, ihn ein letztes Mal zu lesen, aber das tue ich nicht. Ich binde ihn an einen Zweig. Ich weine nicht, obwohl in meinem Inneren ein frischgemalter Regenbogen in Dunkelheit verschwindet. *AshokAshokAshok, noch einmal verliere ich dich.*

Anju würde mich für verrückt halten, weil ich den Worten dieses halb hysterischen Mädchens Beachtung schenke. Doch sie wiederholt lediglich eine Wahrheit, die ich schon vor langer Zeit tief in mein pessimistisches Herz aufgenommen hatte, eine Wahrheit, die nur die Leidenschaft mich für kurze Zeit vergessen ließ: ein Tod für ein Leben, eine Liebe geopfert für eine andere. Das ist der Lauf der Welt. Und was meine Wahl angeht, hatte ich sie nicht schon längst getroffen und in diesen schier endlosen Nächten in Rameshs Bett, die ich sonst nicht hätte überleben können, mit meinem jungfräulichen Blut besiegelt? Denn ein Kind gehört in einer Weise zu dir, wie es selbst der bemühteste Liebhaber nicht vermag. Aus den eigenen Knochen geschnitten, mit deinem eigenen Atem in diese Welt geboren, die Flamme, über die du deine Hand schützend gegen die heraufziehende Dunkelheit wölbst.

Ich lasse die zerdrückten Blüten aus meinen Händen in das Becken fallen. Als ich mich auf den Weg nach draußen mache, zittert die Wand neben mir in der Hitze. Doch das Auge darauf beobachtet mich regungslos und zufrieden.

Meine Schwiegermutter blickt mich mißtrauisch an, als ich das Tor erreiche. »Schon fertig, *Bau*? Aber der Priester hat mir gesagt, daß einige der Frauen bereits drei oder vier Tage hier sind.«

Ich erwidere nichts, doch der Priester blickt in mein Gesicht und sagt: »Sie ist soweit. Nun liegt es in der Hand der Göttin.« Als ich seine Füße berühre, bevor wir gehen, spricht er den alten Segen: »Mögest du die Mutter von hundert Söhnen werden.«

*Nur ein einziges Kind*, denke ich. *Das würde mir genügen.* Und als hätte er es vernommen, verzieht sich sein altes Gesicht zu einem faltigen Lächeln. »Na schön«, sagt er und bespritzt meinen Kopf mit ein wenig heiligem Wasser.

»Was meinte er mit *na schön*?« erkundigt sich meine Schwiegermutter im Wagen. Doch sie erwartet nicht, daß ich es weiß und wechselt das Thema. »Wie ich sehe, hast du deine goldenen *balas* am Schrein gelassen. Laß uns hoffen, daß die Göttin Gefallen daran findet.«

»Das wird sie. Ich weiß es«, entgegne ich und bin mir sicher. In dieser Welt der Ungewißheiten ist dies eine Sache, der ich mir tatsächlich sicher bin. Ich schließe die Augen, um weiteren Fragen auszuweichen. Der Weg zurück ist holprig, Schlagloch an Schlagloch, doch als Trost bleibt mir das hoffnungsvoll leuchtende Gesicht des Mädchens, versteckt hinter dem wunden Rot meiner Augenlider.

10

# *Anju*

Seit einigen Wochen fühle ich mich nun schon unwohl. Ich bin dauernd müde. Am liebsten würde ich mitten am Nachmittag ins Bett fallen und dort mindestens ein Jahr lang bleiben. In den eigenartigsten Momenten überkommen mich Hungerattacken, aber ich habe immer nur Appetit auf bestimmte Dinge: Mango-*achar* mit Chilis besprenkelt oder auch Pizza zum Frühstück. Mitten beim Essen muß ich mich dann plötzlich in die Küchenspüle übergeben. Glücklicherweise überkommen mich diese Brechanfälle meistens erst, wenn Sunil schon zur Arbeit fort ist, so daß ich keine Fragen beantworten muß. Meine Brüste tun die ganze Zeit weh, und wenn ich mich stoße, explodiert in ihnen ein Schmerz wie ein Feuerwerk, das nicht richtig funktioniert und in alle Richtungen schießt. Allein der Gedanke daran, das Abendessen kochen zu müssen, versetzt mich in eine schlechte Stimmung. »Mach es dir doch selbst«, brumme ich Sunil vom Sofa aus zu, wo ich in letzter Zeit den größten Teil des Tages verbringe. Und auch den größten Teil der Nächte.

»Wo ist das Problem?«

»Du wälzt dich zu viel hin und her«, erwidere ich mürrisch. »Ich bekomme kein Auge zu.«

»Ist wohl wieder *die gewisse* Zeit des Monats«, sagt er in jenem überlegenen, männlichen Tonfall, bei dem ich am liebsten schreien würde. »Du meckerst über alles.«

Das ist Teil des Problems. Es ist in der Tat *diese* Zeit des Monats, und nichts ist passiert. Aber das kann einfach nicht sein. Wir haben aufgepaßt. Ich habe dieses lästige, schleimige Diaphragma, das ich so sehr verabscheue, jedes Mal getragen, wenn wir Sex hatten, weil ich weiß, wie wichtig es ist, daß wir im Moment kein Baby bekommen. Sunil und ich können es uns nicht leisten. Und was noch viel mehr zählt: Ich muß das College beenden, das in meinen Augen das Beste an Amerika ist.

Aber die Übelkeit will einfach nicht weggehen, und schließlich kaufe ich einen Schwangerschaftstest, und natürlich ändert der Streifen die Farbe. Ich bin darüber so bestürzt, daß ich in Tränen ausbreche – ganz wie diese Schnepfen in den Soaps im Fernsehen, die ich mir ab und zu anschaue, um festzustellen, wie hirnlos amerikanisches Fernsehen sein kann. Und obwohl ich weiß, daß es klüger wäre, abzuwarten, bis er nach Hause kommt, rufe ich Sunil an.

Als ich es ihm erzähle, entsteht an seinem Ende der Leitung eine lange Stille – die Art, die man gern mit *unheilschwanger* bezeichnet, denke ich hysterisch. Dann sagt er: »Bist du dir ganz sicher?«

»Nein. Ich habe es nur erfunden. Das ist meine Vorstellung von Humor am frühen Morgen.« Doch sobald die Worte heraus sind, tun sie mir auch schon leid. Sunil reagiert nicht sehr positiv auf Sarkasmus, ganz besonders, wenn er von mir kommt, und im Augenblick brauche ich seine Unterstützung.

»Kein Grund, mich anzufahren«, entgegnet er gereizt. »Du warst doch diejenige, die aufpassen sollte, oder etwa nicht? Hatten wir uns nicht darauf geeinigt?«

»Das stimmt«, gestehe ich ein. Meine Kehle sticht vor schlechtem Gewissen, ganz so, als hätte ich gerade einen Kaktus verschluckt. »Ich habe alles getan, was in dem kleinen Heftchen stand …« Ich habe versagt, das ist mir klar. Ich bin ein Trottel, nicht einmal in der Lage, schwarz auf weiß gedruckten Anweisungen zu folgen.

Wiederum herrscht Stille. Was ist, wenn er sagt, ich solle etwas dagegen unternehmen? Entsetzen pocht mit einem unrhythmischen Hämmern in meiner Brust. *Ab-trei-bung. Ab-trei-bung.* Welch ein schreckliches, ungeheuerliches Wort. Aber wie will ich mich andererseits um ein Baby kümmern? Was soll aus all meinen Plänen für die Zukunft werden?

Dann denke ich an Sudha, die alles dafür geben würde, dieses Kind, das ich so widerwillig in mir trage, zu haben, und ich schäme mich so sehr, daß ich erneut in Tränen ausbreche.

»Schhhh, Anju«, sagt Sunil und vollführt wieder einmal eine seiner plötzlichen Hundertachtziggrad-Drehungen. Jetzt, da er glaubt, mich zum Weinen gebracht zu haben, ist seine Stimme freundlich. »Es ist keine Katastrophe. Früher oder später hätten wir sowieso ein Kind bekommen. Wir werden einfach vorsichtiger planen und haushalten müssen, als wir gedacht haben. Wir werden es schon schaffen.«

»Wirklich?« hauche ich, ganz schwindelig vor Erleichterung. »Glaubst du wirklich, daß es klappen könnte?«

»Aber natürlich. Und jetzt geh, wasch dein Gesicht und ruh dich aus. Ich komme sobald ich kann nach Hause.«

Ich wasche mein Gesicht und gönne mir zur Feier des Tages zwei große Mango-*achar*-Sandwiches. Und daß ich mich hinterher sofort wieder übergeben muß, macht mir dieses Mal nichts aus. Ich lege mich hin, bin aber viel zu aufgeregt, um zu schlafen. Zum ersten Mal, seit ich von dem Baby weiß, gestehe ich mir zu, es mir vorzustellen – es kann noch nicht größer sein als eine Weintraube. Ich stelle mir vor, wie es sich hartnäckig, geschickt in mir festklammert. Ich lege eine Hand tief unten auf meinen Bauch und bilde mir ein, eine besondere Wärme zu spüren, ein flirrendes Licht, das reine, blasse Grün einer kalifornischen Weintraube, das in meine Hand strahlt. Ein großes, albernes, sentimentales Lächeln breitet sich auf meinem Gesicht aus.

Dann fällt mir ein, daß ich es schon bald Sudha erzählen muß.

~

Nachdem Sunil sich mit der Tatsache meiner Schwangerschaft abgefunden hat, kann er nicht aufhören, von unserem Baby zu reden. Ich bin überrascht, wie jungenhaft aufgeregt er ist, ohne es vor mir verbergen zu wollen. Ich dachte, nur Frauen würden so empfinden.

Sunil kommt nun immer früher von der Arbeit nach Hause. Er hat einen Haufen Bücher über gesundes Essen aus der Bibliothek mitgebracht und kocht oft für uns, wobei er den

Eiweiß- und Kohlenhydrategehalt sorgfältig ausbalanciert und nur kaltgepreßtes Olivenöl verwendet. Jeden Tag bereitet er mir ein Getränk aus heißer Milch und gemahlenen Mandeln zu, von dem er behauptet, daß es die Gehirnleistung des Babys zu erhöhen vermag. Er bemüht sich sehr, nicht mit mir zu streiten, weil das die Persönlichkeit des Kindes beeinflussen könnte. Auf seinem Computer hat sich eine dicke Staubschicht angesammelt, denn er ist zu sehr damit beschäftigt, Namen für das Baby zu sammeln und Listen in Bangla und Englisch zu erstellen. Ab und zu nennt er mir versuchsweise einen. Gefällt dir die Bedeutung? fragt er dann mit gerunzelter Stirn. Glaubst du, amerikanische Zungen könnten das aussprechen? Besonders gern redet er über all die Dinge, die er mit dem Baby tun möchte. Das Übliche: Zoobesuche, Ballspiele im Park, wenn es ein Junge wird, Fahrten zum Tanzunterricht, wenn es ein Mädchen werden sollte, doch die Dringlichkeit, mit der er spricht, läßt mich darüber nachgrübeln, welche Entbehrungen in seiner eigenen Kindheit er damit zu füllen versucht.

Seit der Arzt die Schwangerschaft bestätigt und gesagt hat, daß es dem Baby gut gehe, brennt Sunil darauf, in Indien anzurufen und es unseren Müttern zu erzählen. Ich bin diejenige, die dies immer wieder verschiebt.

»Aber warum?« erkundigt sich Sunil, die Stirn in Falten gelegt. »Willst du denn nicht, daß sie es erfahren? Sie werden sich so freuen!«

»Gib mir noch eine Woche«, erwidere ich. »Laß es noch für eine Woche unser Geheimnis bleiben.«

Die Wahrheit ist, daß ich Angst habe, aber das kann ich Sunil unmöglich sagen. Ich habe Angst vor der Stille, die am anderen Ende der Leitung eintreten wird, wenn ich es Sudha erzähle, die es als erste wissen muß. Ich kann es ihr nicht schreiben, etwas so Wichtiges muß ausgesprochen werden, von einer menschlichen Stimme zur anderen. Man darf es nicht durch feiges, schwarzes Gekritzel auf einem Bogen Papier übermitteln. Ich höre schon, wie sie die Luft einsaugt angesichts der Ironie, daß ich, die ich doch überhaupt kein Kind wollte, derart unbedacht, mit einer solch unfairen Leichtigkeit schwanger werde, während sie … Dann wird sie sich eilig in die Sprache retten, zu schnell reden, um mir zu zeigen, daß es ihr nichts ausmacht, daß sie sich für mich freut, und das wird sie, sie wird sich *in aller Aufrichtigkeit freuen*. Denn so ist das mit uns Menschen: Wenn wir jemanden wirklich lieben, können wir uns für ihn freuen, selbst wenn dabei unser eigenes Herz zerbricht.

Ich verbringe viel Zeit damit, mit zu überlegen, was ich sagen werde, versuche, die richtigen Worte zu finden, um sie nicht zu verletzen. Als ich endlich den Mut finde, anzurufen – an einem Samstag abend, um die niedrigeren Tarife zu nutzen –, nimmt einer von Rameshs Brüdern den Hörer ab. Sudha liege noch im Bett, sagt er. Er werde sie holen. Ich bin verwirrt. In Indien ist es nach neun Uhr morgens – Sudha schläft nie so lange!

Sudha scheint eine unerträglich lange Zeit zu brauchen, um ans Telefon zu kommen. Sunil ist in der Küche, wo er uns einen heißen Kakao zubereitet. Er hört auf zu rühren, sagt aber nichts. Ich will gerade auflegen und es später noch einmal versuchen, als ich Sudha höre. Sie spricht mit einem atemlosen, kleinen Stocken in der Stimme, als sei sie den ganzen Weg gelaufen: »Anju, bist du noch da? Es tut mir leid, ich habe geschlafen. Was ist los? Ich mache mir Sorgen, du rufst doch nur ganz selten an!«

All meine sorgfältig vorbereiteten Worte fliegen davon, wie ein Taubenschwarm, der von einem Gewehrschuß aufgeschreckt wird.

»Sudha«, platze ich heraus. »Ich bekomme ein Baby. Ich mußte es dir sagen.« Ich schweige und schlucke. Die Stille ist schrecklich. Sie saugt mich wie ein Vakuum in die kleinen, schwarzen Löcher der Sprechmuschel. »Sudha«, schluchze ich. »Es tut mir so leid.«

»Liebe, alberne Anju«, erwidert Sudha. Ein Zittern ist in ihrer Stimme. Es dauert einen Moment, ehe mir klar wird, daß es nicht von Tränen verursacht ist. »Warum sollte dir das denn leid tun?« Ihr Lachen ergießt sich leuchtend wie Granatapfelsaft durch die Telefonleitung. »Ich freue mich so, daß ich tanzen könnte. Weißt du noch, wie wir uns auf der alten Terrasse bei den Händen faßten und immer und immer wieder herumwirbelten, bis alles zu einem einzigen Lichtermeer verschwamm? Ich freue mich – für uns beide! Ich wollte eigentlich noch eine Woche warten, bevor ich es dir sage, um ganz sicher zu sein, aber es gibt keinen Grund dazu, denn in meinem Inneren weiß ich es bereits sicher. Ich werde auch Mutter! Oh, Anju, wie sehr ich mir wünsche, wir könnten jetzt zusammen sein!«

Die gleiche Sehnsucht quält mich plötzlich so heftig wie eine meiner übermächtigen Hungerattacken. »Ich werde dir jede Woche schreiben, das verspreche ich«, erwidere ich, ganz schwindelig von diesem Geschenk, das meine Schwangerschaft gerade noch schöner gemacht hat. Hunderte von Fragen schwirren mir im Kopf herum. Was sagt Sudhas Schwiegermutter wohl jetzt? Ob Ramesh schließlich doch noch zum Arzt gegangen ist? Haben sie es geschafft, sich für einen kleinen Urlaub davonzustehlen, wie ich es vorgeschlagen hatte? Ich hoffe es! Denn dann könnte ich meinem kleinen Neffen oder meiner kleinen Nichte einmal erzählen: *Weißt du eigentlich, daß du gar nicht da wärst, wenn ich damals nicht eine so wundervolle Idee gehabt hätte?!* Aber dafür ist nicht mehr genug Zeit. »Ich werde dich bei allem, was geschieht, auf dem laufenden halten«, rufe ich hastig, »und dir Photos schicken, damit du weißt, wie schrecklich ich aussehe. Das mußt du auch tun.«

»Das werde ich«, entgegnet Sudha.

Nachdem ich aufgelegt habe, stehe ich am Fenster, nippe an dem kräftigen, süßen Kakao, den Sunil mir gereicht hat und blicke in die schokoladige Dunkelheit hinaus. Die Sterne hoch oben sind von Lichterringen umgeben, wie in einem Gemälde von van Gogh. Zwei Babys kommen gemeinsam zu uns! Was für eine wundervolle Welt, wundervoller, als ich es verdient habe. Und ich schwöre, für den Rest meines Lebens ein guter Mensch zu sein – sanfter und ruhiger und weniger egoistisch, ganz wie meine Cousine –, damit ich dieser Welt gewachsen bin.

## 11

# *Sudha*

Als ich aus meinem Nachmittagsschlaf erwache, hat die Sonne die Wände meines Schlafzimmers mit einem sanften Gold bemalt. Ich reibe mir die Augen und versuche, mich an meinen Traum zu erinnern – etwas Sanftes und Warmes wie die Bettdecke, unter der ich zusammengerollt liege, doch er spielt am Rande meines Bewußtseins mit mir Verstecken und läßt sich nicht einfangen. Ich strecke mich wie eine Katze – nein, eher wie eine Tigerin. Ich bin von Macht und Stärke und Wohlergehen erfüllt und auch von der Schönheit meines geschmeidigen, reifen Körpers.

Ich gehe nach unten und geselle mich zu meiner Schwiegermutter, die gerade ihren Abendtee einnimmt. »Hast du gut geschlafen?« erkundigt sie sich freundlich und ruft dann: »Oh, Dinabandhu, bring *Bau Ma* etwas *cha*!« Nun, da ich guter Hoffnung bin, hat sie sich eine liebevollere Form der Anrede angewöhnt. Sie legt sogar die Zeitung zur Seite, die sie gerade liest, um sich mit mir zu unterhalten, bis die dampfende Tasse Ingwertee gebracht wird, der für das Verdauungssystem einer Schwangeren besonders gut geeignet sein soll.

Seit Beginn der Schwangerschaft hat meine Schwiegermutter einen Großteil meiner Pflichten übernommen. Sie will nicht, daß ich mich über einen heißen *unun* beuge oder im Vorratsraum Säcke mit Reis und Linsen hebe oder zur Terrasse hinauflaufe, um nach den Pickles zu sehen, die in der Sonne ausgebreitet liegen.

»Du solltest mich wenigstens *etwas* tun lassen, Ma«, sage ich manchmal schuldbewußt. »Ich komme mir ganz unnütz vor, und mir ist so langweilig.«

»Meine Liebe!« Ihre Augen nehmen eine feuchte Sanftheit an, wie so oft in diesen Tagen. »Was redest du denn da! Du tust das Nutzvollste von allem. Und was die Langeweile angeht, warum bittest du nicht Rameshs Brüder, zu Birens Laden zu laufen und dir ein paar neue Videofilme zu holen?«

Ja. Nun, da ich schwanger bin, sind mir alle Dinge – innerhalb der Grenzen des Anstands, die der Vorstellung meiner Schwiegermutter entsprechen – erlaubt. Ich darf meine Schwäger bitten, Erledigungen für mich zu machen. Ich darf lange schlafen und mich nachmittags hinlegen, und niemand stört mich. Wenn ich allein sein möchte, kann ich auf den Balkon gehen und so lange ich mag im Schatten des *neem*-Baums sitzen. Frauen werden in diesen Zeiten oft launisch, flüstert meine Schwiegermutter den Dienstmädchen zu. Man muß ihnen ihren Willen lassen. Bei den Mahlzeiten werde ich als erste bedient, sogar noch vor Ramesh. Schließlich sei seine Arbeit getan, wie meine Schwiegermutter einmal trocken bemerkte. Ich erhalte die besten Portionen: die begehrten Fischköpfe, die mit Linsen gedünstet und mit Zitrone beträufelt worden sind, die knusprigen, gold-braunen gebratenen *binjals*, die cremige, obere Schicht des Reispuddings, den ich so liebe. Als meine Schwiegermutter in Kalkutta anrief, um den Müttern die freudige Nachricht zu übermitteln, hat sie sich bei Pishi nach meinen Lieblingsgerichten erkundigt. Nun weist sie Dinabandhu an, mindestens einmal am Tag eins davon zuzubereiten.

Manchmal versuche ich verlegen zu protestieren.

»Iß nur, *Bau Ma*, iß«, pflegt meine Schwiegermutter mich daraufhin lächelnd zu ermuntern und zählt neben meinem Teller die teuren Vitamintabletten für Schwangere ab, die sie aus Deys Laden für medizinischen Bedarf in Kalkutta hat kommen lassen. »Denk daran, daß du für meinen Enkelsohn mitißt.« Selbst die Tatsache, daß Ramesh mir von einer Reise nach Murshidabad eine ganze Kiste voller Seidensaris mitgebracht hat, für welche die Region berühmt ist, macht ihr nichts aus. Vielleicht glaubt sie, daß sie ihren Enkelsohn warmhalten werden.

Abends nach dem Essen sitzen wir alle zusammen und schauen uns Videofilme an. Meine Schwiegermutter möchte, daß ich mir Komödien ansehe oder heilige Geschichten aus dem Ramayana. Sie werden einen guten Einfluß auf die Persönlichkeit ihres Enkelsohns haben, versichert sie mir. Sie war nicht sehr erfreut, als Rameshs Brüder vor einigen Tagen ein Video über die Rani von Jhansi mitbrachten, die Witwen-Königin, die in den fünfziger Jahren des 19. Jahrhunderts eine Revolte gegen die Briten anführte und heldenhaft auf dem Schlachtfeld starb. Zu viel Blutvergießen, beschwerte sie sich. Aber ich war fasziniert. Die Rani war so außerordentlich tapfer. Als die Priester verkündeten, daß sie als kinderlose Witwe ihr Leben dem Gebet widmen solle, teilte sie ihnen unerschrocken mit, daß ihre Untertanen ihre Kinder seien und sie sich um sie kümmern müsse. Sie legte Männerkleidung an und führte ihre Soldaten mit einem Schwert in jeder Hand in den Kampf. Selbst als ihre Streitkräfte von den Gewehren der Briten überwältigt wurden, gab sie nicht auf. Selbst mit einer tödlichen Wunde auf dem Schlachtfeld liegend, versprühte sie noch eine verzweifelte, hemmungslose Freude. Ich sah mir den Film zweimal an.

»Ich denke, Königinnen dürfen sich so verhalten«, sagte meine Schwiegermutter. »Aber ich ziehe eine so weibliche und sanftmütige Frau wie unsere *Bau Ma* vor!«

Tausendfache Liebenswürdigkeiten ringsum – warum also fühle ich mich so unzufrieden? Warum ziehen sich die Innenseiten meines Mundes zusammen, als hätte ich in eine saure Pflaume gebissen? Mutter sagt, ich sollte eigentlich auf den Knien liegen, die Stirn gegen den Boden gepreßt, und dafür danken, daß die Familie meines Mannes sich so um mich kümmert. Aber wenn ich abends die vorgeschriebene Zeit auf der Terrasse herumwandere, kommt mir immer wieder der abschätzende Blick in den Augen meiner Schwiegermutter in den Sinn, als ich nicht schwanger wurde. Selbst Ramesh gegenüber bin ich mißtrauisch. Die unschuldigsten seiner Fragen – ob mir immer noch übel wird, ob er mir den Rücken einreiben soll – bringt meine Nackenhaare dazu, sich aufzurichten. Wenn er im Bett vorsichtig eine gewölbte Handfläche auf meinen Bauch legt, schüttele ich sie ungeduldig ab, auch wenn ich weiß, daß ich ihn damit verletze. All diese Liebe, all diese Besorgtheit, möchte ich am liebsten schreien, gilt sie nun Sudha oder der Trägerin des neuen Erben der Sanyals?

Dummes Kind, würde Mutter sagen. Wo ist der Unterschied?

Aber es *gibt* einen. Ich spüre es. Während ich in der plötzlich traurigen Abendstunde, wenn die Sterne sehr weit entfernt und düster scheinen, auf der Terrasse herumspaziere, wünschte ich, Anju wäre hier. Mit ihrem scharfen Verstand würde sie die richtigen Worte finden, um meinen Befürchtungen Ausdruck zu verleihen. Sie würde mir sagen, daß ich recht habe.

~

Der bedeutendste der unergründlichen Beschlüsse meiner unergründlichen Schwiegermutter ist folgender: Meine Schwangerschaft muß ein Geheimnis bleiben. Außer den Müttern und den Hausdienstboten und Anju soll niemand davon wissen. Nicht einmal Tante Tarini.

»Ich war mir so sicher, sie würde ihr als erstes ein Telegramm schicken, zusammen mit einer Schachtel Süßigkeiten, noch größer als die, die Tante uns gesandt hat«, sage ich eines Tages zu Ramesh. Er ist früher nach Hause gekommen, um mir bei meinem Terrassenspaziergang Gesellschaft zu leisten. (Solche Dinge sind ihm jetzt erlaubt.) Aber auch er versteht es nicht.

»Vielleicht hat sie Angst, daß dich neidische Leute mit dem bösen Blick bedenken könnten. Oder vielleicht hat sie auch beschlossen, sich nicht mehr auf Tantes Niveau herabzulassen«, erwidert er. »Vielleicht hat sie das der Göttin Shashti versprochen, wenn diese ihr einen Enkelsohn schenkt.«

»Das ist die andere Sache, die mich bedrückt«, entgegne ich gereizt. »Wie kann sie so sicher sein, daß es ein Junge ist? Was, wenn ich ein Mädchen bekomme?«

»Hoffen wir, daß es ein Junge wird, denn sonst dreht sie sicherlich durch«, erwidert mein Ingenieurs-Ehemann. Die Vorstellung, daß dies meiner würdevollen Schwiegermutter passieren könnte, ist so albern, daß wir beide in schuldbewußtes Lachen ausbrechen.

Als ich heute gerade den Rest meines Tees austrinke, schiebt mir meine Schwiegermutter einen Luftpostbrief über den Tisch zu.

»Von Anju«, sagt sie, als hätte ich nicht das blasse Blau erkannt, das ich inzwischen so liebe. »Ich hoffe, daß es deiner Cousine gut geht. Es muß schwer für sie sein, so ganz allein in diesem fremden, weit entfernten Land, ohne eine Mutter oder eine Schwiegermutter, die ihr in dieser Zeit zur Seite steht«, fügt sie freundlich hinzu.

Meine Schwiegermutter ist nun immer sehr freundlich.

Womöglich beurteile ich sie zu streng. Vielleicht ist *dies* ihre wahre Natur, und die andere, die sie während der Doktorbesuche und an jenem Nachmittag am Schrein offenbarte, war die Grausamkeit, die manchmal in uns aufsteigt, wenn wir verzweifelt sind.

»Wenn es dir nichts ausmacht«, sage ich und stehe auf, »werde ich ihn bei meinem Abendspaziergang lesen.«

»Aber gewiß, *Bau Ma*, geh nur«, erwidert sie. Als ich schon die Treppe hinaufsteige, ruft sie hinter mir her: »Aber stolpere nicht über irgend etwas, während du liest.«

Wie immer kann ich Anjus Stimme in ihrem Brief hören. Amüsiert, übertrieben, offen – und im Augenblick sehr, sehr glücklich. Sie erzählt mir, wie seltsam es sich anfühle, schwanger zu sein, daß es ihr einerseits unglaublich gefällt und sie es andererseits haßt. Wie sie manchmal, wenn sie allein ist, ihre Kleider auszieht und sich vor den Spiegel stellt, um die Veränderungen zu betrachten: die dunkle Linie, die vom Nabel nach unten verläuft, die Brustwarzen, dunkel und glänzend wie die Pflaumen, die sie zur Verdauung über Nacht in Wasser ziehen läßt, die üppige, obszöne Schwellung ihres Leibes. *Bin ich nun atemberaubend schön, Sudha, oder unglaublich häßlich? Ich kann mich nicht entscheiden.* Ich lächle. *Wunderschön, Anju,* flüstere ich in den Briefbogen hinein. Sie schimpft mit mir, weil ich ihr kein Photo von mir geschickt habe, wo sie mir doch letzten Monat eins von sich beigelegt hatte. Ich seufze. Ich werde ihr erklären müssen, daß meine Schwiegermutter glaubt, daß es Unglück bringe, in dieser Zeit Photos zu machen.

Als ich lese, wie Sunil sich verändert hat, freue ich mich für Anju. Möglicherweise werde ich nun dieses kaum merkliche Gefühl von Unbehagen abschütteln können, das ich seit der Hochzeit mit mir herumtrage, diese Furcht, daß Anju ihn mehr brauchen könnte als er sie. Die Vorfreude auf die Vaterschaft scheint eine beachtliche Veränderung in ihm bewirkt zu haben. Es macht ihm nichts aus, quer durch die Stadt zu Mumtaz Cuisine zu fahren, um ihr frisch zubereitete *rasogollahs* zu holen, ihre neueste Sucht. Abends massiert er ihr die geschwollenen Füße mit Pinienöl. Er hat bei seinem Kreditinstitut bereits ein Konto für das Baby eröffnet – nicht etwa, daß sie Geld übrig hätten, um es darauf einzuzahlen. *Er ist wie einer dieser hundert Jahre alten Rotholzbäume, die er mir einmal gezeigt hat,* schreibt Anju, *mit dieser nach Holz duftenden Rinde, so daß man einfach nicht widerstehen kann, sich immer wieder an sie zu lehnen.*

Am besten gefällt mir der Teil, in dem Anju über ihr Baby schreibt. Es ist inzwischen so groß wie eine Zitrone, das weiß sie aus ihrem Schwangerschaftsbuch. Als sie das letzte Mal zum Arzt gegangen ist, hat sie den Herzschlag ihres Kindes gehört. Er klang wie eine außer Kontrolle geratene Lokomotive, so voller wilder Energie. Da wurde ihr klar, wie sehr sie das kleine Geschöpf in ihrem Leib liebt, daß es bereits so sehr Teil ihres Lebens ist, wie es niemand sonst jemals sein könnte. *Ich wäre bereit, für mein Kind zu sterben, Sudha. Und zu töten.* Als ich dies lese, muß ich für einen Moment stehenbleiben, weil etwas Zähes und Heißes und Geschmolzenes wie Lava in mir aufsteigt. *Ich auch*, Anju, denke ich. *Ich auch.*

Der nächste Teil ihres Briefes ist schwer zu lesen. Sie hat das Papier beschrieben und überschrieben, mit einer Art kreidiger Korrekturfarbe beschmiert, bis es ganz klumpig geworden ist. Schließlich hat sie es ungeduldig durchgestrichen und darunter geschrieben: *Ich mache mir wirklich Sorgen über etwas, das Ma in ihrem letzten Brief erwähnte. Erinnerst du dich noch daran, daß wir einmal einen unserer Großonkel in dem alten, zerfallenen Haus in der Nähe des Flusses besucht haben? Erinnerst du dich noch an den zurückgebliebenen Jungen, der in diesem Raum auf der Terrasse eingesperrt war, und daß Pishi uns erzählte, er sei mit einem Geburtsfehler zur Welt gekommen? Niemand hat ihm besondere Aufmerksamkeit geschenkt – sie haben ihn alle für eine Mißgeburt, eine Laune der Natur gehalten. Aber eine unserer Cousinen hat kürzlich ein Baby zur Welt gebracht, das die gleichen Probleme hat. Ma schrieb, daß es wahrscheinlich nicht erblich sei, aber sie fand, ich sollte es dem Arzt sagen und jeden Test machen, den er vorschlägt. Ich habe Sunil den Brief gezeigt, und er hat bereits einen Termin für die nächste Woche vereinbart. Aber Ma wird dir dies gewiß schon mitgeteilt haben, damit du dein Baby auch untersuchen lassen kannst.*

Ich halte den Brief in meiner zusammengedrückten Faust. Ich bin atemlos, als habe mir jemand die ganze Luft aus den Lungen geboxt. Ich fühle das kalte Kribbeln von Schweiß zwischen meinen Brüsten. Gouri Ma hat mir kein Wort davon geschrieben. Gouri Ma, die mich wie eine Tochter liebt, die mir niemals etwas Böses wünschen würde. Es gibt nur eine Erklärung für ihr Schweigen: Sie wußte – wie Pishi es bereits vermutet hatte – daß mein Vater ein Betrüger war, kein Verwandter ihres Mannes. Sie wußte, daß mein Baby und ich uns nicht in Gefahr befinden, denn in unseren Adern fließt nicht das Blut der Chatterjees.

Ich presse meine Lider zusammen, um die Tränen zurückzuhalten. Die ganze Zeit über hatte ich irgendwo an jenem Ort, wo sich die blinde Hoffnung verbirgt, die Vorstellung genährt, daß sich Pishi geirrt haben mußte. Sie war alt, und die Dinge waren vor langer Zeit geschehen. Es wäre möglich, daß sie sie durcheinanderwarf und sich die Teile, die sie vergessen hatte, zusammenreimte. Nun ist dieser Trost dahin. Aber trage ich wirklich kein Risiko? Wer weiß denn schon, welche Krankheiten in den Adern meines Vaters, dieses Taugenichts, flossen? Welch mörderische Gene er in sein Enkelkind gepflanzt hat?

Ich zerreiße Anjus Brief in winzige Stückchen und gehe geradewegs in die Küche. Die Schnipsel, von ihren Kugelschreiberlinien wie mit Venen durchzogen, glühen ein letztes Mal blau auf, bevor sie zu verkohlen beginnen. Bedauere nicht, was du nicht ändern kannst, ermahne ich mich zitternd und lege meine Arme um meinen Bauch. Doch in Wahrheit denke ich: *Wenn ich doch nur meine Vergangenheit auf die gleiche Weise fortbrennen könnte.*

Heute abend, als wir beim Essen sitzen, ruft Mutter an. Sie ist ganz aufgeregt wegen des Babys meiner Cousine – Idiotenkind nennt sie es. »Ich habe mir den Jungen heute angesehen. Er lag nur so da, und mir war klar, daß er kein bißchen Hirn hinter den Wänden seines Schädels hat! Und seine Mutter, das arme Mädchen, ich glaube nicht, daß sie seit der Diagnose des Arztes auch nur für einen Moment aufgehört hat zu weinen.« Dann wird ihre Stimme schrill vor Tugendhaftigkeit. »Ich dachte mir: Nalini, das ist jetzt nicht der richtige Augenblick für falschen Familienstolz. Nicht etwa, daß Sudha um Himmels willen irgendwelche Probleme haben wird. Schließlich ist auf *meiner* Seite so etwas in vierzehn Generationen nicht vorgekommen. Aber du mußt es Sudhas Schwiegermutter sagen, damit Sudha diesen Test, dieses Amino-Dings machen lassen kann, du weißt schon, das mit der Nadel. Nein, nein, mein Kind, sag mir nicht, daß du es ihr später erklären wirst. Ich will selbst mit ihr reden.«

Müde rufe ich meine Schwiegermutter ans Telefon und kehre an den Tisch zurück. Ich starre ohne Appetit auf meinen Teller, obwohl Dinabandhu extra ein Jackbaum-Curry für mich zubereitet hat. Diese dumme Frau, denke ich verärgert. Immer muß sie sich in alles einmischen. Nun wird meine Schwiegermutter aufgewühlt sein wie ein Nest voller Hornissen. Es wird weitere Arztbesuche geben, noch mehr Leute, die an mir herumdrücken und tasten. Und das alles ohne Grund.

Aber noch etwas anderes beunruhigt mich, eine Vorahnung, die ich nicht näher zu benennen vermag.

»Aber gewiß«, höre ich meine Schwiegermutter draußen im Korridor sagen. Ich bin erstaunt, wie freundlich ihre Stimme klingt. Warum ist sie nicht aufgebrachter? »Ich stimme Ihnen vollkommen zu. Nein, ich werde sofort etwas unternehmen. Es wird Sie freuen zu hören, daß ich ebenso denke. Man darf kein Risiko mit dem Enkel einer so alten *bonédi*-Familie wie der unseren eingehen. Ich habe sowieso bereits Termine für einige Untersuchungen für Sudha ausgemacht. Sie werden nächste Woche stattfinden. Ja, aber natürlich, ich werde Sie sofort anrufen, sobald wir die Ergebnisse haben.«

12

# Anju

Das Wartezimmer des Arztes ist in hellblauen und rosafarbenen Pastelltönen gehalten, die wohl dazu dienen sollen, die nervösen, zukünftigen Eltern zu beruhigen. Aber die Farben haben keine große Wirkung auf Sunil und mich. Wir rutschen unruhig in unseren pastellfarbenen Plüschsesseln hin und her.

Ich frage mich, wie es Sudha ergehen mag – sie sollte ihre Amniozentese-Ergebnisse eigentlich gestern bekommen. Ich habe meinen Termin verschoben und mit ihrem abgestimmt, damit wir beide ungefähr um die gleiche Zeit erfahren, ob mit unseren Babys alles in Ordnung ist. Ich hoffe, daß Ramesh mit ihr zum Arzt gefahren ist und nicht ihre verknöcherte alte Schwiegermutter. Und ich hoffe, daß er ihre Hand gehalten hat, wie Sunil meine hält. Doch das bezweifle ich. In Indien tun Männer so etwas nicht – zumindest nicht die Männer, die ich kennengelernt habe. Doch das werde ich alles erfahren, wenn ich sie heute abend anrufe.

Der Arzt ist vierzig Minuten zu spät dran. Er sei mit einer Geburt beschäftigt, erklärt uns eine Schwester lächelnd. Ich werfe ihr einen bösen Blick zu. Sie kann uns viel erzählen! Ich glaube eher, daß er in diesem Augenblick in seinem Büro auf und ab läuft und sich den Schädel zermartert, wie er uns die Neuigkeiten beibringen soll. Ich blicke zu Sunil hinüber und hoffe, daß er mir eins seiner schrulligen Lächeln zuwirft. Ich wünsche mir, daß er seine Augenbrauen amüsiert hochzieht und damit sagen will: *Da hast du es wieder einmal, Anju, du und deine überschäumende Phantasie. Hat dir der Arzt nicht gesagt, daß bei Frauen in deinem Alter nur selten Probleme auftreten? Er hat diesen Test nur deshalb angesetzt, weil du darauf bestanden hast.* Aber Sunil tupft sich die Oberlippe ab, weicht meinem Blick aus, und als ich seine Handfläche berühre, da ist sie ebenso klamm wie meine eigene.

Was soll ich, was sollen wir nur tun, falls ...? Aber mein Verstand gefriert angesichts dieses Gedankens. Ich starre auf das Titelblatt der Zeitschrift, die vor mir auf dem Tisch liegt, bis ich das Gefühl habe, als sei das Gesicht von Prinzessin Di in mein Gehirn tätowiert.

Aber Sunil hat wieder einmal recht, und ich habe mich umsonst gequält. Der Doktor platzt zur Tür herein, lächelt breit und wedelt mit einem Blatt Papier. Mit unserem Baby ist alles in Ordnung, und es ist ein Junge! Wir folgen ihm mit verlegenem, erleichtertem Grinsen ins Untersuchungszimmer, wo er die Ergebnisse weiterer Tests mit uns bespricht. Mein Blutdruck und die Tatsache, daß mein Zucker zu hoch ist, bereiten ihm ein wenig Kopfzerbrechen. Er ermahnt mich, mir viel Ruhe zu gönnen, den Salzverbrauch und die Süßigkeiten einzuschränken. Ich nicke pflichtbewußt, höre ihm aber nur mit halber Aufmerksamkeit zu. Im stillen probe ich bereits, was ich Sudha heute abend sagen werde. Ich kann es kaum erwarten, ihr die Neuigkeiten mitzuteilen und die ihren zu hören!

Auf dem Nachhauseweg kehren Sunil und ich im Golden Dragon ein, um zu feiern. Wir schlagen uns den Magen mit scharf-saurer Suppe, Frühlingsrollen, Auberginen in Schwarze-Bohnen-Soße, süß-sauren Shrimps und Schweine-Chow-Mein voll. Ich esse unbekümmert eine ganze Portion extra-würziges (und extra salziges) Kung-Pao-Hühnchen. Sunil versucht, mich davon abzuhalten, aber es ist eher ein halbherziges Unterfangen. Er sieht, wie sehr ich es genieße.

»Entspann dich«, rate ich ihm. »Ich kenne meinen Körper besser als der Doktor. Ich werde nicht einmal Aufstoßen davon bekommen, du wirst schon sehen. Glück ist das beste Verdauungsmittel der Welt!« Zum Beweis zeige ich ihm den Zettel aus meinem Glückskeks. Dort steht: *Bald schon wird in Ihrem Leben etwas Wundervolles geschehen.*

»Das stimmt«, sagt Sunil. »Denn ich werde dich jetzt nach Hause bringen und mit dir schlafen.«

Und das tut er. Die Zärtlichkeit, mit der er die Rundungen

meiner Brüste und Hüften küßt, bringt mich zum Weinen. Ich kann mich nicht einmal mehr daran erinnern, was das Wort *Kummer* bedeutet. Hinterher lege ich meinen Kopf auf seine feuchte Brust, die nach frischgeschnittenem Gras duftet. Sein Atem fließt sanft und rhythmisch wie Tiefseewellen, und auch wenn es nicht meine Absicht ist, so lasse ich mich dennoch davon in den Schlaf ziehen.

Ich schrecke auf. Mein Herz pocht mit dem Gefühl, etwas Wichtiges vergessen zu haben. Es ist nach Mitternacht, lange nach der Zeit, für die ich Sudha meinen Anruf versprochen hatte. Scheiße! Ich hätte den Wecker stellen sollen. Ich werfe dem schlafenden Sunil einen bösen Blick zu – es ist alles deine Schuld, du Verführer! – und schleppe meinen Körper zum Telefon hinüber. Meine verschlafenen Finger tasten nach den Zahlen, und ich muß zweimal wieder von vorn beginnen.

Am anderen Ende nimmt einer der Schwäger ab. Als ich ihn bitte, mit Sudha sprechen zu dürfen, zögert er. Sie ruhe sich aus, erwidert er schließlich mit unsicherer Stimme. Ich bestehe darauf, mit ihr zu reden, und so bittet er mich, zu warten. Er bleibt lange weg. Ich kaue auf der Innenseite meiner Wange und betrachte das phosphoreszierende Zifferblatt der Uhr.

Als Sudhas Stimme schließlich erklingt, ist sie so monoton, daß ich sie kaum erkenne.

»Bist du krank?« erkundige ich mich voller Angst. »Soll ich ein anderes Mal anrufen?«

»Nein«, erwidert sie und fügt dann, offensichtlich mit großer Mühe, hinzu: »Wie geht es deinem Baby?« Ihre Worte fließen träge ineinander, als stehe sie unter Drogen.

»Gut«, entgegne ich. Eine lange, unangenehme Stille entsteht, gefüllt mit der Frage, die zu stellen ich mich fürchte.

»Meinem Baby – meinem Mädchen geht es auch gut«, antwortet Sudha und gibt dann einen leisen, erstickten Laut von sich. »Ich kann im Moment nicht weiterreden«, haucht sie.

Die Leitung ist tot.

Ich sitze benommen da und halte den Hörer fest. Der gedämpfte Wählton brummt noch eine Weile in meinem Ohr. Dann ertönen einige metallische Piepser, und eine amerikanische Frauenstimme fordert mich höflich auf, den Hörer aufzulegen. Ich gehorche. Meine Arme scheinen aus Holz zu sein, meine Gelenke sind steif und ungeölt. Was mag nur los sein? Wenn es Sudha und ihrem Baby gut geht, könnte dann vielleicht etwas mit Ramesh sein oder mit ihrer Schwiegermutter? Nein – wenn das der Fall wäre, hätte Rameshs Bruder aufgeregter geklungen. Ob sie Sudha wohl das Leben schwer machen, weil sie ein Mädchen bekommt? Nein, das würde sie traurig machen, ihr aber nicht derart zusetzen.

Es muß einen anderen Grund geben, einen verheerenden, einen – und bei dem Gedanken läuft es mir kalt den Rücken hinunter –, den sie mir im Beisein der Familie ihres Mannes nicht nennen konnte. Also macht es keinen Sinn, noch einmal anzurufen. Ich werde abwarten müssen, bis sie mich anruft. Aber wo – und wann – wird sie in diesem wachsamen Haushalt jemals die Ruhe dafür finden?

Ich schlinge die Arme fest um meinen Oberkörper und schaukele vor und zurück, bemühe mich, die eisige Furcht in meiner Brust zu vertreiben. Etwas Bedrohliches lauert über Sudha, breitet seine dunklen, schuppigen Flügel aus.

»Nonsens«, sagt Sunil, als ich ihn schließlich wecke und meine wirren Ängste hinausschluchze. »Wenn es ein Problem geben würde, dann wüßte deine Mutter davon. Sie hätte angerufen und mir davon erzählt, selbst wenn sie dich nicht hätte aufregen wollen. Komm wieder ins Bett. Du wirst noch krank, wenn du so weitermachst.«

Ich schluchze noch eine Weile, doch Sunils Stimme klingt zuversichtlich und gebieterisch, und so gebe ich dankbar nach. Ich kuschle mich unter meine Bettdecke und drücke mein schmerzendes Rückgrat gegen seinen Körper. Seine Hand findet meine Hüfte und streichelt über die Schwangerschaftsstreifen, die sie wie silberne Nähte durchziehen. Sein Atem versetzt die kleinen Härchen in meinem Nacken in Bewegung, macht mich schläfrig. Doch er selbst ist hellwach. Das sagt mir die Härte seiner Schultern, die Art, wie er mich ganz still festhält, genau so, wie es wohl ein wildes Tier angesichts einer Gefahr tun würde. Kurz bevor ich einschlafe, kommt mir die Idee, daß auch er sich möglicherweise Gedanken macht. Vielleicht versteckt sich hinter seiner Unbekümmertheit die Sorge darüber, was mit Sudha passiert, auch wenn er es nicht zugeben will. Und ich bin mir nicht sicher, ob mich das freuen oder beunruhigen sollte.

Am nächsten Tag bleibe ich zu Hause, obwohl ich weiß, daß ich dadurch meine Psychologiezwischenprüfung bei Professor Warner verpasse, der keine Ausreden gelten läßt. Ich habe sogar Angst, mich für den Gang zur Toilette vom Telefon zu entfernen, obwohl es in Indien inzwischen nach Mitternacht ist. Ich stelle mir vor, wie Sudha auf Zehenspitzen in dem schlafenden Haus die dunkle Treppe hinunterschleicht und mit zitternden Fingern zum Hörer greift. Ich muß für sie dasein.

Gegen Mittag halte ich es nicht länger aus. Ich rufe meine Mutter an. Aber wie ich mir schon gedacht habe, weiß sie nichts. Sie findet, daß ich überreagiere. Trotzdem verspricht sie, Sudha sofort anzurufen und mir Bescheid zu geben, falls etwas nicht in Ordnung ist. Aber ich werde das Gefühl nicht los, daß sie nicht an diesem Drachen von Schwiegermutter vorbeikommen wird, um mit meiner Cousine zu reden.

Abends bin ich vom Warten erschöpft. Meine Schultern schmerzen, als hätte ich einen riesigen Stein einen Berg hinaufgeschoben. Den ganzen Tag über habe ich nur ein paar in Milch getauchte Salzcracker herunterbekommen.

Sunils Gesicht nimmt einen ernsten Ausdruck an, als er von der Arbeit zurückkehrt und mich, immer noch im Nachthemd, zusammengerollt auf dem Wohnzimmersofa neben dem Telefon findet, umgeben von feuchten, zerknüllten Kleenex-Tüchern. »Anjali«, fährt er mich an. »Das ist doch albern. Solch ein besessenes Verhalten hilft weder dir noch deiner Cousine. Es schadet höchstens meinem Sohn.«

*Sein Sohn.* Trotz aller Sorgen fasziniert mich seine Aussage. Dieses kleine Leben in mir, das ich bisher als *mein* eigen angesehen habe, gehört bereits so vielen Menschen. Enkelsohn, Cousin, seines Vaters Sohn. Und bei Sudhas Baby ist es ebenso.

Während ich darüber nachdenke, wie allumfassend diese Ansprüche sind, schiebt Sunil mich ins Badezimmer. »Du duschst jetzt lang und heiß«, befiehlt er. »Ich werde dich rufen, wenn das Telefon läutet.« Er reicht mir ein frisches Stück Mysore-Sandelholzseife, die wir immer für besondere Gelegenheiten aufbewahren. Als ich einige Zeit später aus dem Bad komme, hat er eine Tomatensuppe und überbackene Käsesandwiches zum Abendessen zubereitet. Plötzlich bin ich unglaublich hungrig. Ich nehme einen großen Bissen von meinem Brot. »Das ist das beste überbackene Käsesandwich, das ich jemals gegessen habe«, teile ich ihm mit. Eine angenehme, lang zurückliegende Erinnerung schwingt in der Luft zwischen uns, und wir lächeln uns über die dampfende Suppe hinweg an.

Ich habe einen Alptraum. Einen von jenen, bei denen man weiß, daß man träumt, aber das macht ihn nicht weniger furchterregend. In diesem Alptraum ist mein Baby irgendwo weit weg von mir unter Wasser gefangen. Es hebt einen kleinen schwarzen Hörer, will mich um Hilfe anrufen. Ich vernehme das gedämpfte Läuten des Telefons und versuche, darauf zuzulaufen, aber meine Glieder sind wie aus Stein. Ein unterseeischer Wind beginnt zu blasen. Das Wasser, das bis dahin noch ruhig gewesen ist, drängt sich aufgewühlt um meinen Jungen, reißt ihm das Telefon aus den Fingern. Ich erkenne Gesichter in dem reißenden Strom, menschliche Gesichter: Ramesh, Sudhas Schwiegermutter, Tante N, Sunil. Aber während ich noch hinschaue, verflachen ihre Züge, die Haut wird schwarz und schuppig und ihre Zungen spalten sich. Nun sind sie Schlangen, die ihre Schwänze um mein Baby schlingen, es zu sich herüberziehen. Sein Gesicht zerfällt, als es in der sich windenden, spiralförmigen Masse ihrer Leiber zu verschwinden beginnt. *Anju*, ruft mein Junge. *Anju-Anju-Anju*. Dann ist er fort.

»Anju, wach auf«, ruft Sunil. Er hat sich über mich gebeugt und rüttelt mich sanft am Arm. Ich reiße meinen Arm mit einem erstickten Schrei weg – ich kann nicht anders, der Traum ist in meinem Kopf noch zu lebendig. »Komm schon«, sagt er ungeduldig. »Es ist Sudha.« Er drückt mir den Hörer in die erstarrte Hand und setzt sich ans Fußende des Bettes. *Bitte geh*, formt mein Mund lautlos, doch er ist damit beschäftigt, sich die Nägel zu schneiden.

Es sind viele Störungen in der Leitung. Ich kann Sudhas Stimme kaum hören, als sie mich begrüßt.

»Sprich lauter«, sage ich. »Die Verbindung ist so schlecht.« Aber dann wird mir klar, daß dem nicht so ist. Es sind die Hintergrundgeräusche irgendeines öffentlichen Ortes – Glockenläuten, Stimmengewirr, der Lärm von Maschinen, das entfernte Brüllen eines Busses. Mein Herz beginnt wie wild zu schlagen. Ihre Schwiegermutter würde Sudha niemals die Erlaubnis erteilen, sich an einen solchen Ort zu begeben – und ganz bestimmt nicht allein.

»Ich bin in der Hauptpost«, sagt Sudha. Ihre Sätze kommen kurz und stoßweise. »Konnte zu Hause nicht reden. Habe eine Fahrradrikscha hierher genommen, während sie ihren Nachmittagsschlaf hält.«

»Was ist los, Sudha? Ich bin halb tot vor Sorge! Ist Ramesh etwas zugestoßen? Oder deiner Schwiegermutter?«

»Nein«, erwidert Sudha. »Es geht ihnen ganz wunderbar«, fügt sie mit gehässigem Tonfall hinzu.

Dann sagt sie: »Sie wollen mein Baby umbringen.«

»*Was?*« Ich bin mir sicher, daß ich sie falsch verstanden habe.

»Meine Schwiegermutter will, daß ich eine Abtreibung vornehmen lasse.«

Das Bett neigt sich und schaukelt, droht, mich hinauszuwerfen. Der Raum färbt sich an den Ecken braun, wie brennendes Papier. Ich taste benommen nach Sunils Hand. Sie fühlt sich steif und kalt an.

»Aber Sudha, wieso denn?« bringe ich schließlich heraus. »Nach all dem Druck, den sie auf dich ausgeübt hat, schwanger zu werden …?« Doch ein Teil von mir kennt den Grund bereits.

Sudhas Stimme ist ein hohles Echo, als sie mir antwortet. »Als die Untersuchung ergab, daß es ein Mädchen ist, sagte meine Schwiegermutter, daß das älteste Kind der Sanyals männlich sein müsse – so sei es in den letzten fünf Generationen immer gewesen. Es gezieme sich nicht anders, es würde der Familie sonst Schande und Unglück bringen. Aber ich glaube, in Wahrheit ist es wegen Tante Tarinis Enkelsohn …«

Tante Tarinis Enkelsohn? Das wird mir Sudha ein anderes Mal in Ruhe erklären müssen.

»Hat sie denn keine Angst, daß du kein weiteres Kind mehr bekommen kannst?«

»Nein. Sie sagt, wenn die Göttin Shashti einer Frau erst einmal wohlgesonnen sei, gäbe es solche Befürchtungen nicht.«

»Und Ramesh?« frage ich, mit einer Stimme, die hoch und rissig ist vor Wut. »Was ist mit ihm? Er ist ein guter Mann, ein moderner Mann. Er kann doch unmöglich der gleichen Meinung sein wie seine …«

Sudha lacht. Es ist ein schrecklicher Klang, voller Bitterkeit und aufgegebener Hoffnung. »Er *ist* ein guter Mann. Aber er ist seiner Mutter nicht gewachsen. Als er ihr sagte, daß es nicht nötig sei, daß er sich auch über ein Mädchen freuen würde, blickte sie ihn nur mit ihren halbgeschlossenen, leidenschaftslosen Habichtaugen an, bis er zur Seite schaute. Dann sagte sie, daß ich das Baby überhaupt nicht empfangen hätte, wenn sie nicht mit mir zu Shashtis Schrein gefahren wäre. Ich habe darauf gewartet, daß er ihr von dem Arzt erzählen würde, den er aufgesucht hat, und von den speziellen Vitaminen und Spritzen, aber er hat sich wohl nicht getraut. Sie warf ihm vor, all das Elend vergessen zu haben, das sie nach dem Tod seines Vaters auf sich genommen hatte – die Zeiten, in denen sie gehungert hat, damit die Kinder essen konnten, die Nächte, in denen sie vor Sorgen wachgelegen hat, die Beleidigungen, die sie erdulden mußte. Sie fragte ihn, ob ein hübsches Gesicht all dies aufwiege. Oh, sie war so grausam! Sie wählte Worte, die ihn tief trafen, die wie Stahlhaken mit vergifteten Spitzen waren, bis er schließlich einfach aufgab.«

»Was soll das heißen?«

»Er hat die Hände über die Ohren gelegt und ist hinausgegangen. Ich bin ihm nachgelaufen – inzwischen war ich jenseits von jeglicher Scham. Du darfst nicht zulassen, daß sie mir das antut, habe ich zu ihm gesagt. Er blickte mich an, und seine Augen waren ganz seltsam, als wüßte er gar nicht, wo er war. Weißt du noch, wie unser Cousin Poltu seinen Finger in eine Steckdose gehalten hat und beinahe gestorben wäre? Erinnerst du dich noch an den Ausdruck in seinen Augen direkt danach? So sah Ramesh aus. Er erwiderte: Bitte Sudha, laß mich eine Weile in Ruhe. Ich legte meine Hände auf seine Arme und schüttelte ihn. Das kann ich nicht, schrie ich. Ich brauche deine Hilfe, brauche dich, um deine Tochter zu beschützen. Doch er zerrte meine Finger von seinem Arm, als würde ich eine fremde Sprache sprechen, die er noch nie zuvor vernommen hatte, und ging aus dem Haus. Er ist irgendwann gestern nacht wiedergekommen, wann, weiß ich nicht genau, und hat sich in der Bibliothek eingeschlossen. Seitdem habe ich nicht mehr mit ihm gesprochen. Ich kann mich nicht auf ihn verlassen, Anju! Ich weiß, daß seine Mutter den Termin für die Abtreibung bereits ausgemacht hat. Sie sagt mir aber nicht, wann er ist. Wenn ich nicht freiwillig mitgehe, wird sie einen Weg finden, mich dorthinzuschaffen. Vielleicht setzt sie mich unter Drogen, wer weiß. Sie ist zu allem fähig, wenn sie sich erst einmal etwas vorgenommen hat.«

Ich bin wie betäubt, vermag nichts zu sagen. Ich weiß davon, daß Mädchen abgetrieben werden. Ab und zu taucht einmal ein Artikel darüber in der *India West* auf. Und im letzten Monat brachte *60 Minutes* einen ausführlichen Bericht über die Abtreibungskliniken, die nun, da Amniozentese-Tests leicht durchzuführen sind, in ganz Indien wie Pilze aus dem Boden schießen. Ich war außer mir vor Wut gewesen, als ich die langen Bettenreihen an den dreckigen Wänden sah, in denen die Frauen mit abgewandten Gesichtern lagen. Doch es war eine distanzierte Wut gewesen, und diese Szenerie, so düster und grünlich, als sei sie in einem Unterwasserlicht aufgenommen worden, war etwas, das mir oder irgend jemandem, den ich liebte, niemals zustoßen könnte. Das hatte ich zumindest geglaubt.

»Ihre Sprechzeit ist vorüber, Madam«, unterbricht eine weibliche Stimme der Vermittlung mit schwerem indischen Akzent.

»Anju«, ruft Sudha verzweifelt, »was soll ich nur tun?«

Mein Kopf ist wie Stein, meine Zunge ebenso.

»Ich habe noch für drei weitere Minuten Kleingeld eingeworfen. Das ist alles, was ich habe«, sagt Sudha. »Beeil dich, Anju. Anju! Bist du noch da?«

Ich versuche verzweifelt, nachzudenken. »Hast du sonst noch etwas bei dir? Mehr Geld?« frage ich schließlich. Ich fürchte mich vor ihrer Antwort. Aus ihren Briefen weiß ich, daß ihre Schwiegermutter den Schlüssel zum Safe aufbewahrt.

Doch Sudha überrascht mich.

»Ich habe fünfhundert Rupien, ich habe sie aus Rameshs Schreibtischschublade genommen. Und dazu all meinen Schmuck, der nicht im Safe war. Für alle Fälle.«

»Für welchen Fall?« Ich will, daß sie es sagt. Ich muß hören, wie sie es sagt.

»Für den Fall, daß ich mich entschließe, nicht zurückzugehen.« Sudhas Stimme ist nun kräftiger. Ich glaube, auch sie selbst mußte hören, wie sie es ausspricht.

»Nun, das löst unser unmittelbares Problem. Nimm den nächsten Zug zur Howrah Station und dann ein Taxi nach Hause. Die Mütter werden sich um dich kümmern.«

»So einfach ist das nicht, Anju.« Und nun klingt Sudhas Stimme wieder furchtsam. »Ich habe eben schon in Kalkutta angerufen. Mutter ging an den Apparat. Als ich ihr alles erzählte, sagte sie, ich dürfe das Haus nicht verlassen. Ich würde zu meiner neuen Familie gehören, was immer auch geschieht. Sie hat Angst, daß sie mich nie wieder aufnehmen, wenn ich fortlaufe, und was würde dann aus mir? Die Leute werden denken, daß sie mich hinausgeworfen haben, weil ich etwas

Schlimmes getan habe. Sie werden denken, daß mein Baby ein Bastard ist …« Ihre Stimme versagt.

Ich bin ganz atemlos vor Ungläubigkeit. »Du hättest ihr sagen sollen, daß sie dich zu einer Abtreibung zwingen wollen«, bringe ich schließlich heraus. Selbst Tante N würde dann doch gewiß einsehen, daß Sudha gar keine andere Wahl hat, als von dort wegzugehen.

»Das habe ich ja. Sie findet, das sei das kleinere Übel.« Sudha beginnt zu schluchzen. »Meine eigene Mutter.«

»Ihre Sprechzeit ist vorüber«, ertönt die gelangweilte Stimme der Vermittlung. Für einen Moment frage ich mich, ob sie gelauscht hat und was sie wohl über unsere Notlage denken mag. Aber vielleicht hört sie Anrufe wie diesen ständig, Anrufe in denen Leben zerbrechen, Gewißheiten zerstört werden, Desillusionierung die Luft verschmutzt, wie Rauch aus einem Haus, von dem man dachte, daß es niemals in Flammen aufgehen würde.

»Eins nach dem anderen« rate ich Sudha und lege eine Zuversicht in meine Stimme, die ich gar nicht empfinde. »Es wird schon alles irgendwie gutgehen, du wirst schon sehen. Ich rufe dich in Kalkutta an.«

Dann ist die Leitung tot.

»Ich finde, du hättest ihr nicht raten sollen, zu den Müttern zurückzugehen«, sagt Sunil, bevor ich überhaupt den Hörer aufgelegt habe. »Sie hätte es vielleicht geschafft, die Sache mit ihrem Mann zu regeln, wenn sie geblieben wäre. Nun liefert sie ihrer Schwiegermutter das beste Argument, um Ramesh zu einer Scheidung zu überreden –«

Ich bin so wütend, daß mein ganzer Körper zittert. Ich beginne, Sunil zu erklären, wie dumm seine Gedanken sind, wie überaus männlich. Wie sollte ein Mann begreifen, was Sudha erleidet? Wie sollte ein Mann, der nie Leben in sich getragen hat, wissen, was es bedeutet, gezwungen zu werden, dieses Leben aufzugeben?

Und dann fühle ich es, eine kleine, aber deutliche Bewegung tief in meinem Bauch, kühl und silbern wie ein Fisch, der aus dem Wasser springt. Mein Junge! Er erinnert mich an das, was am wichtigsten ist.

Ich presse meine Lippen aufeinander. Wenn ich erst anfange, mich mit Sunil zu streiten, werde ich nicht mehr aufhören können, und im Augenblick muß ich meine positive Energie auf Sudha konzentrieren. Sudha, die eine Rikscha zum Bahnhof nimmt. Sudha, die die Sicherheit ihres Ehefrauendaseins mit nichts anderem verläßt als einer kleinen Tasche in der Hand.

Ich schnappe mir ein Kissen und gehe ins Wohnzimmer. Ich lege mich auf das Sofa und schließe die Augen. Meine Handfläche presse ich fest gegen meinen Bauch, schöpfe Wärme und Kraft aus meinem Baby. Vor dem dunklen Hintergrund meiner Lider steht Sudha auf einem staubersticken Bahnsteig, als der Zug nach Kalkutta mit seinem schrillen Pfeifen und dem heißen Dieselgeruch einläuft. Sie setzt ihren kleinen Fuß – so elegant, so zerbrechlich – auf die Stufen zum Abteil und beginnt ihre schwere Reise.

13

# *Sudha*

Als ich unter der höhlenartigen, rußbedeckten Decke der Howrah Station stehe, die jedes Geräusch zu einem unheimlichen Echo verstärkt, wird mir bewußt, daß ich in meinem ganzen Leben noch nie allein gereist bin. Die enorme Geräuschkulisse dieses Ortes schockiert mich: die riesige Wanduhr, deren Minutenzeiger sich mit widerstrebendem Rucken fortbewegt, die Schreie der Händler, die Karren voller gelber *mausambis* schieben, über denen ganze Wolken von Fliegen aufgeregt summen, die rotuniformierten *coolies*, die einen einfach beiseite drängeln, während sie die Bahnsteige entlanglaufen, und dabei dicke Gepäckstücke auf den Köpfen herumtragen. Überall riecht es nach Schweiß und Urin – und nach Hoffnungslosigkeit.

Dieser Geruch verstärkt sich noch, als ich an den obdachlosen Familien vorübergehe, die sich auf Jutematten zusammendrängen und Bettelschüsseln ausstrecken. Mitleid und Übelkeit steigen in mir auf, während ich nach einer Münze krame, und mein Körper wird von einem Zittern erfaßt, das ich nicht zu unterdrücken vermag. Würde ich mich wohl auch auf der Straße wiederfinden, wenn da nicht der gebrechliche Schutz der Mütter wäre?

Und die Männer, der Bahnhof ist voller Männer. Sie streifen mich mit voller Absicht, spucken Betelblatthäufchen neben meine Füße und entblößen ihre Zähne, wenn ich zur Seite springe. Ihre dreisten, lüsternen Blicke wandern über meinen Körper – eine Frau allein ist schließlich Freiwild –, während sie sich fragen, warum ich kein Gepäck habe. Warum niemand gekommen ist, um mich abzuholen. Ich verspüre Beklommenheit. Ist auch dies etwas, an das ich mich werde gewöhnen müssen? Für einen Moment bin ich versucht, wieder in den Zug zu steigen und in die scheinbare Sicherheit des großen Backsteinhauses in Bardhaman zurückzukehren.

Irgendwie schaffe ich es, mir einen Weg durch die Menschenmenge zum Taxistand zu bahnen. Es gibt keine Warteschlange – die gibt es nie in Kalkutta –, und die einzige Möglichkeit, ein Taxi zu ergattern, besteht darin, sich an den anderen Leuten vorbeizudrängen und hineinzuspringen. Ich sehe eine Viertelstunde lang hilflos zu, werfe mich dann verzweifelt in den Kampf, schiebe mich zwischen Fremden hindurch, ohne mich länger darum zu scheren, auf wessen Füße ich trete. Mein Haar löst sich, die Knöpfe irgendeiner *kurta* kratzen über meine Wange, ein Mann, dessen Gesicht ich in dem Getümmel nicht erkennen kann, nutzt die Situation, um meine Brust zu betatschen. Ich schlage seine Hand wütend fort und trete einem fetten Mann, der mir den Weg versperrt, gegen die Knöchel. Er dreht sich um, um etwas Gemeines zu sagen, aber sein Mund klappt lautlos auf, als er den finsteren, grimmigen Ausdruck auf meinem Gesicht erblickt. Mein Ellbogen zielt entschlossen auf seinen Wanst, und endlich finde ich mich in einem Taxi wieder und wische mir zitternd den Schweiß aus dem Nacken. Vielleicht hat sich so die Rani von Jhansi gefühlt, als sie das erste Mal in den Krieg zog. Ich gebe dem Fahrer Anweisungen, wobei ich meiner Stimme einen strengen Tonfall verleihe, damit er nicht versucht ist, einen unnötig langen Weg zu nehmen. Dann lasse ich mich in den Sitz zurücksinken.

Allein in einem Taxi zu sitzen ist ein wenig furchteinflößend. Ich erinnere mich an Geschichten, die sich Mutters Freundinnen über Mädchen zuflüsterten, die man entführt und in den Mittleren Osten geschickt hatte. Aber ich kann mir keine Furcht erlauben. Wer weiß, wie viele Orte ich in Zukunft allein besuchen muß, wo ich doch nun nicht mehr die Schwiegertochter der Sanyals bin? Dann fällt mir ein, daß ich nicht allein bin. Meine Tochter ist bei mir, meine süße Tochter, eine Flamme, die in meiner Körpermitte flackert. Als ich mich daran erinnere, daß für sie das Heim meines Mannes, bewacht von seinen Hausherren, den bewaffneten *yakshas*, der gefährlichste Ort auf dieser Welt ist, habe ich keine Zweifel mehr an dem, was ich getan habe. Ramur Ma öffnet auf mein Läuten hin die Tür. Sie gibt vor Überraschung ein Kreischen von sich und verschränkt die Hände vor ihrem Busen. Und so weiß ich, daß Mutter niemandem etwas von meinem Anruf erzählt hat. »Sudha-*didi*, du meine Güte, sind Sie es wirklich? Wo ist denn Ramesh-*dada-babu*? Sagen Sie mir nicht, daß er Sie in Ihrem Zustand allein reisen läßt! Oh, Nalini Ma, Gouri Ma, oh, Pishi Ma, kommen Sie schnell, und sehen Sie, wer hier ist!«

Ich sitze unbehaglich auf der Sofakante im Wohnzimmer, halte meine Tasche fest mit beiden Händen umklammert und fühle mich in meinem Geburtshaus wie eine Fremde. Und genau wie eine Fremde bin ich mir nicht sicher, wie man mich empfangen wird.

»Oh, mein Gott«, entfährt es Mutter, die als erste eintrifft. Ihre Hand flattert zum Mund. »Also hast du es doch getan, du dickköpfiges, hitziges Kind! Oh, mein Gott, was sollen wir jetzt nur tun?«

Es ist genau das, was ich erwartet habe, aber es schmerzt dennoch. Ich blinzle die Tränen fort, als sei ich ein Mädchen von zwölf Jahren. Merkt sie denn nie, wann ich einmal jemanden brauche, der mich in den Arm nimmt und tröstet?

»Was soll das heißen?« erkundigt sich Pishi, die ihr auf den Fersen gefolgt ist. »Und was für eine Art ist das, die eigene Tochter zu begrüßen, die nach so vielen Monaten zu Besuch kommt? Komm, Sudha Ma, laß mich sehen, wie hübsch du aussiehst, nun, da du Mutter wirst. Oh, wie ich mich freue, dich zu sehen! Aber Ramur Ma hat recht, unser Schwiegersohn hätte nicht zulassen dürfen, daß du ganz allein kommst. Du siehst sehr müde aus.« Sie streicht mir über den Rücken, und ich lasse dankbar meinen Kopf auf ihre Schulter sinken.

Nun eilt Gouri Ma herein. Ihr Willkommenslächeln wirkt ein wenig verwirrt. Ich sehe, wie ihre Augen das Zimmer nach Gepäck absuchen. Sie fragt sich, warum Rameshs Fahrer es noch nicht hereingebracht hat.

All die schäbigen Details wiederholen zu müssen ist der schmerzvollste Teil. Zu sehen, wie das Entsetzen in Gouri Mas Augen wächst, wie Pishi einen Zipfel ihres Saris in ihren Fäusten umklammert.

»Ich habe ihr gesagt, sie soll es nicht tun«, zischt Mutter. »Ich habe ihr gesagt, sie soll die Zähne zusammenbeißen und sich damit abfinden. Und die nächste Schwangerschaft abwarten. Eine Frau kann schließlich viele Kinder haben, aber ein Ehemann ist für die Ewigkeit. Aber nein, Madam muß wieder einmal ihren Kopf durchsetzen. Was sollen wir jetzt bloß unseren Verwandten sagen? O weh, sie hat die Familie Chatterjee für immer mit *kali* beschmutzt – von meinen Vorfahren einmal ganz abgesehen.«

Ich hätte gern eine bissige Bemerkung über ihre Vorfahren gemacht, doch das würde zuviel Kraft kosten. Ein dumpfer Schmerz quält meinen Rücken, und ich will nichts weiter, als mich in dem vertrauten Zimmer meiner Kindheit hinlegen und die Bettdecke über meinen Kopf ziehen.

»Es reicht, Nalini«, entgegnet Gouri Ma. Ihr Atem kommt unregelmäßig, und ich fühle mich elend, weil ich ihre Krankheit noch verschlimmere. »Sie ist alt genug, ihre eigenen Entscheidungen zu treffen, und ich kann verstehen, warum sie so gehandelt hat. Es ist an uns, sie zu unterstützen –«

»Nun ist es wieder einmal soweit, *Didi*«, unterbricht Mutter sie. »Immer mußt du sie in ihrer Dickköpfigkeit bestärken. Kein Wunder, daß sie Probleme mit ihrer Schwiegermutter hat –«

Es kommt mir vor, als würden sich Szenen aus meiner Kindheit noch einmal wiederholen. Ich würde darüber lachen, wenn es nicht so schmerzhaft wäre.

»*Bas*, *bas*, Nalini«, unterbricht Pishi sie. »Das arme Kind steht ja kurz vor einer Ohnmacht, so müde ist es. Siehst du das denn nicht? Wir sollten Sudah etwas zu essen geben und sie ins Bett schaffen. Dann kannst du immer noch weiterweinen und sämtliche Götter anrufen, die dir einfallen.« Sie nimmt mich bei der Hand und führt mich den Korridor entlang. »Hier Sudha, du kannst dich in diesem Badezimmer waschen. Es hat einige

Veränderungen im Haus gegeben. Wir mußten das obere Stockwerk schließen – zu viele undichte Stellen nach den Monsunregen. Ich werde dir morgen mehr darüber erzählen.«

Das Abendessen vergeht wie in einem Nebel. Es ist ein karges Mahl aus Reis und *dal* und sautiertem Spinat und enthüllt die traurigen finanziellen Verhältnisse der Mütter. Ich wische Pishis Entschuldigungen zur Seite. Der *unun* sei schon für die Nacht ausgemacht worden, sagt sie, sonst hätten sie Singhji zum Markt geschickt, um etwas Fisch für mich zu holen, und ihn frisch gebraten.

»So ist es ganz köstlich«, teile ich ihr mit, und das ist es auch. Mir war nicht bewußt gewesen, wie sehr ich nach einem Essen gehungert hatte, das mit Liebe serviert wird, Essen, das ich verzehren kann, ohne an den Bedingungen zu würgen, die daran geknüpft sind. Essen für Sudha und nicht für irgendein Gefäß, das den Erben der Familie Sanyal in sich trägt.

Nach dem Essen lege ich mich in das behelfsmäßige Bett, das die Mütter mir in der Vorratskammer gerichtet haben. Morgen werden sie ein Bett heruntertragen lassen, verspricht mir Gouri Ma. Sie beugt sich über mich und streicht mir übers Haar. »Wir sind alle froh, daß du hier bist, Sudha«, sagt sie lächelnd. »Selbst deine Mutter. Es ist nun einmal ihre Art, sich über alles zu beschweren, das weißt du ja.«

»Es tut mir leid, daß ich euch so viele Umstände bereite«, erwidere ich.

»Nonsens. Du bist doch unsere Tochter, und das nicht nur durch Blutsbande, sondern durch all die Jahre deines Lebens, die du mit uns verbunden bist.« Gouri Ma blickt mir fest in die Augen. Ich weiß, was sie wirklich damit sagen will. *Egal, wer dein Vater auch war, du bist du, und du gehörst hierher. Genau wie deine Tochter. Denn letztendlich ist das Blut nicht so wichtig wie die Liebe.*

Ich stoße ein tiefes, zufriedenes Seufzen aus und kuschele mich in mein Kissen. Noch lange nachdem sie das Licht ausgeschaltet hat, spüre ich Gouri Mas sanfte Berührung auf meinem Haar, wie eine Segnung. Nebenan vernehme ich die Stimmen der Mütter, die sich in einer Auseinandersetzung heben und senken, in der Beratung, was nun zu tun ist. Dieser Klang entspannt mich. Selbst ein Zornesausbruch von Gouri Ma und das übertriebene Jammern meiner Mutter sind mir mit ihrem traurigen, sorgenvollen Refrain so vertraut wie die Wiegenlieder meiner Kindheit. Ich kenne den Rhythmus, der ihnen zugrunde liegt, so gut, daß ich ihn auf meinen Knochen mitklopfen könnte.

»Es ist der Rhythmus des fürsorglichen Herzens«, flüstere ich meiner Tochter zu. Und dann schlafen wir beide beruhigt ein.

Auf Drängen meiner Mutter ruft Gouri Ma am nächsten Morgen meine Schwiegermutter an. Sie teilt ihr mit, daß ich hier bin, daß es mir gut geht und daß ich das Baby behalten möchte. Ob wohl die Möglichkeit bestehe, einen Kompromiß zu finden, damit beide Familien ihr Gesicht wahren können und zufrieden sind?

Meine Schwiegermutter reagiert wohlwollend, doch mit dem Wohlwollen eines Menschen, der sich nicht überzeugen lassen will. Wenn ich umgehend zurückkehre und den Termin für die Abtreibung wahrnehme, wird sie meinen albernen Rebellionsversuch vergessen. Falls nicht, sieht sie sich umgehend genötigt, das Scheidungsverfahren in die Wege zu leiten.

Aber was sagt Ramesh denn zu all dem? erkundigt sich Gouri Ma. Sie bittet darum, mit ihm sprechen zu dürfen.

Meine Schwiegermutter teilt ihr mit, daß er nicht erreichbar sei. Er stimme ihr natürlich zu. Sie klingt überrascht, daß überhaupt jemand auf die Idee kommt, dies in Frage zu stellen.

Nachdem sie aufgelegt hat, ergreift Gouri Ma meine Hände und hält sie fest. »Ich hatte keine großen Hoffnungen, was deine Schwiegermutter betrifft«, sagt sie, »aber Nalini hat einen solchen Wirbel veranstaltet, daß ich sie lieber angerufen habe. Wir sollten allerdings Kontakt zu Ramesh aufnehmen. Ich werde Singhji zu seinem Büro schicken –«

Ich denke eine Weile an seine sanften, seidenen Augen, seine zögernde Hand, die sich auf meinen Bauch legt. Wie sein Mund zu zittern beginnt und seine Schwäche offenbart, wenn seine Mutter ihre Stimme erhebt. Wie er seine Hände über die Ohren legt und mich anfleht: *Bitte, Sudha, laß mich in Ruhe.*

»Er weiß, wo ich bin«, sage ich schließlich. »Wenn er mit uns reden will, kann er das ganz leicht tun. Und wenn er *sie* nicht will« – ich berühre meinen Bauch –, »dann entscheidet er sich damit auch gegen mich.«

Wir hören nichts von Ramesh. In der nächsten Woche überbringt uns ein Bote die Scheidungspapiere. Unter »Grund« steht in getippten Buchstaben »böswilliges Verlassen«.

Einige Stunden später lege ich meine Hochzeitsarmreifen ab und wische mir trotz Mutters Lamentieren das *sindur*-Pulver von der Stirn.

»Oh, Göttin Durga! Was werden die Leute sagen?« schreit sie. »Eine schwangere Frau ohne *sindur* auf der Stirn! Welch beschämende Namen werden sie für dein Kind finden?«

Ich habe nur ein gleichgültiges Schulterzucken für sie übrig, doch ein Pfeil, gesandt von meinem schlechten Gewissen, durchbohrt mich. Ob meine Verwegenheit wohl meine Tochter der Verdammnis aussetzt?

Überraschenderweise ist es meine sonst so scheue Pishi, die mir zu Hilfe eilt. »Warum sollte sie sich noch um das scheren, was die Leute sagen? Was hat ihr das denn bisher genutzt? Was hat es uns allen genutzt – ein ganzes Leben voller Angst davor, was die Gesellschaft denken könnte? Ich spucke auf diese Gesellschaft, die sagt, daß es richtig ist, ein Mädchen im Mutterleib zu töten, aber falsch, wenn die Mutter davonläuft, um dieses Kind, das sie in sich trägt, zu retten.« Sie steht mit bebender Brust und rotem Gesicht da. Ich habe sie noch niemals derart leidenschaftlich gesehen. Und meiner Mutter und Gouri Ma geht es ebenso, wie ich ihren Gesichtern entnehme.

»Als ich als Witwe in das Haus meiner Eltern zurückkehrte, wie viele tyrannische Regeln der Gesellschaft habe ich befolgt! Wie alt war ich damals, Gouri? Kaum achtzehn. Ich habe all meine guten Saris weggeräumt und auch meinen Hochzeitsschmuck, habe nur eine Mahlzeit am Tag gegessen, keinen

Fisch, kein Fleisch, habe gefastet und gebetet – und wofür? Jede Nacht habe ich mein Kissen mit schuldbewußten Tränen durchtränkt, weil man mir sagte, daß ich meinem Mann Unglück gebracht und seinen Tod verursacht hätte.

Männer aber, deren Frauen sterben, können sich nach Ablauf eines Jahres wiederverheiraten. Sie müssen nicht ihre Arbeit oder ihre Ausbildung aufgeben. Niemand redet darüber, daß *sie* Unglück gebracht haben. Es gibt doch sogar die Redensart ›*Abhagar goru moré, Bhagya baner bau. Dem Mann, dem Unglück widerfährt, stirbt die Kuh, doch dem, dem das Glück hold ist, die Frau!*‹ Als ich nach drei Jahren Witwendasein meinen Vater bat, einen Privatlehrer für mich zu suchen, damit ich mich wenigstens mit meinen Studien beschäftigen konnte, gab er mir eine Ohrfeige. Ich dachte in jenen ersten Jahren oft an Selbstmord, o ja, aber ich war zu jung und hatte Angst vor dem, was die Priester sagten: diejenigen, die sich das Leben nehmen, enden im tiefsten Höllenschlund. Also lebte ich weiterhin im Haushalt meines Bruders. Was blieb mir auch anderes übrig? Doch obwohl er gut zu mir war – und du auch, Gouri –, wußte ich, daß es Almosen waren. Ich hatte keine Rechte in diesem Haus oder sonstwo. Mein Leben war vorüber, weil ich eine Frau ohne Ehemann war. Ich weigere mich, daß es Sudha ebenso ergehen soll.«

Diesem Ausbruch folgt eine erstaunte Stille. Gouri Ma wischt sich die Augen, und selbst meine Mutter beißt sich auf die Lippe und blickt zu Boden.

»Du hast recht, *Didi*«, sagt Gouri Ma schließlich. »Was sollen wir deiner Meinung nach nun tun?«

»Das Haus verkaufen«, erwidert Pishi ohne zu zögern. »Wie uns dieser Geschäftsmann aus Marwari schon die ganze Zeit drängt.«

Sowohl Gouri Ma als auch meine Mutter atmen scharf ein. Ich bin ebenso schockiert. Und das aus dem Munde von Pishi, der das Wahren der Familientradition immer so am Herzen gelegen hat!

»Es ist doch schließlich nichts weiter als ein Haufen Steine«, fährt Pishi fort. »Der wahre Geist der Chatterjees – wenn es denn so etwas überhaupt geben sollte – lebt in uns weiter. In uns, den Frauen, und in dem kleinen Wesen, für dessen Ankunft wir bereit sein müssen. Um Himmels willen, Nalini, nun schau nicht so verzweifelt drein! Du endest schon nicht auf der Straße. Allein das Geld vom Verkauf des Grundstücks wird ausreichen, daß wir uns eine nette, kleine Wohnung kaufen können, wo es uns gefällt – in Gariahat vielleicht –, und Sudhas Entbindung zu bezahlen. Wir müssen dafür sorgen, daß sie einen wirklich guten Arzt aufsucht. Und Gouri, von dir möchte ich auch keine weiteren Ausreden mehr hören. Ich will, daß du dich nächste Woche untersuchen läßt, und wenn der Arzt immer noch sagt, daß eine Operation nötig ist, dann verlange ich, daß du sie sofort durchführen läßt. Sudha und unsere Enkeltochter brauchen uns alle drei in der harten Zeit, die kommen wird – und dich am allermeisten, denn du weißt, wie man in der Welt da draußen überlebt.«

»Jawohl, *Didi*«, entgegnet Gouri Ma mit einer neuen Demut. Ein Lächeln beginnt sich auf ihren Lippen zu formen.

»Und du, mein Kind« wendet Pishi sich an mich, »du solltest ein schönes Bad nehmen und dir all das Rot von der Stirn waschen. Die Sanyals sind diejenigen, die verloren haben, nicht du. Du hast ein ganz neues Leben vor dir, und es wird von so glänzenden Erfolgen gekrönt sein, daß sie mit offenen Mündern dastehen werden.«

Ich kann mir nicht helfen, ich muß ebenfalls lächeln. Nun, da Pishi es mit einer solchen Begeisterung verkündet, beginne auch ich, an eine mögliche Zukunft zu glauben. Ich beuge mich vor, um ihre Füße zu berühren, dann die von Gouri Ma und die meiner Mutter.

»Schön, aber was für einen Segen sollen wir dir geben?« erkundigt sich Pishi mit einem sarkastischen Lächeln. »Dir zu wünschen, du sollst die Mutter von hundert Söhnen werden, scheint kaum angemessen, wo doch kein Ehemann mehr da ist, nicht wahr?«

Und plötzlich weiß ich es. »Segnet mich, daß ich wie die Rani von Jhansi werde, die Königin der Schwerter«, bitte ich. »Segnet mich, daß ich falls nötig den Mut habe, in den Kampf zu ziehen, egal, wie ausweglos die Lage auch sein mag. Segnet mich, daß ich für mich und mein Kind kämpfe, wo auch immer ich bin.«

»Wir segnen dich«, erwidern die Mütter.

In der Dusche bürste ich so lange, bis auch der letzte Rest von Rot in den Ausguß gespült ist. Ich wasche all meine Unglückseligkeit fort, so sage ich mir. Ich wasche den Stempel der Pflicht fort. Die Todesstrafe, die man über meine Tochter verhängt hat. Ich wasche all das fort, was der Bidhata Purush geschrieben hat, denn ich habe genug von einem Leben, das mir von anderen Menschen aufgezwängt wird. Wie einfach es doch scheint! Welch eine Kraft wir Frauen doch haben, wenn wir nur an uns glauben!

Mein Optimismus kann schnell vergehen, das weiß ich. Die nächsten Monate werden viele Schwierigkeiten, viele Zweifel bringen. Aber dennoch ist mein Herz von Leichtigkeit erfüllt. Ich öffne den Mund und lasse das süße, saubere Wasser hineinlaufen. Meine Tochter vollführt in meinem Leib freudige Pirouetten, als sie mich singen hört.

14

# *Anju*

Die ganze Woche schon wälze ich mich auf dem durchgelegenen Sofa herum, auf das ich mich selbst verbannt habe. Sunil kam in der ersten Nacht herüber und bat mich, wieder zu ihm ins Bett zu kommen, doch ich erwiderte ihm, er solle mich in Ruhe lassen, und so fragte er nicht wieder. Mein unruhiger Schlaf ist von Träumen durchsetzt, die Büscheln zerfetzter Wolken gleichen. Und in diesen Träumen sehe ich immer wieder Sudhas Gesicht vor mir, manchmal flehend, machmal weinend, machmal mit vor Angst weit aufgerissenen Augen. Jeden Morgen wache ich mit Rückenschmerzen und einem beklommenen Gefühl auf. Ich habe schon zweimal mit Sudha gesprochen, seit sie nach Kalkutta gezogen ist, und beide Male war sie sehr guter Laune. Dennoch kann ich nicht aufhören, an das zu denken, was Sunil gesagt hat. Habe ich wirklich die falsche Entscheidung für sie getroffen, fehlgeleitet von meinen amerikanisch-feministischen Vorstellungen von richtig und falsch? Habe ich sie zu einem Leben in Einsamkeit verdammt?

Während die Woche voranschreitet, lasse ich mich in der Überzeugung, Sudhas Leben ruiniert zu haben, immer tiefer in eine Depression sinken. Heute morgen reiche ich Sunil in launischem Schweigen seinen Kaffee und erwidere nicht einmal etwas auf seine Abschiedsworte. Als er versucht, mich zu küssen, wende ich mein Gesicht ab. »Oh, mein Engel!« sagt er und wirft die Hände in die Luft. Aber als er abends nach Hause kommt, überreicht er mir einen Strauß Schwertlilien in dem tiefen Blau, das ich so sehr liebe, und als er mich umarmt, preßt er mich für einen Moment ganz fest an sich.

All dies erinnert mich bloß an die kleinen Zärtlichkeiten, die für Sudha nun auf immer verloren sind. Trotzdem trage ich mein Kissen ins Schlafzimmer zurück.

Wir lieben uns nach einer langen Zeit wieder einmal. Es ist ganz wundervoll, doch hinterher bin ich in einer seltsamen Rastlosigkeit gefangen. Ich wälze mich herum, bis ich mich schließlich aufsetze. »Ich kann einfach nicht aufhören, an Sudha zu denken – ich hoffe nur, daß es ihr gutgeht.«

Sunil tut so, als schlafe er, doch ein verräterisches Runzeln macht sich zwischen seinen Brauen breit. Wahrscheinlich möchte er nichts mehr von Sudha hören – ich habe die ganze Woche über sie geredet –, aber ich scheine einfach nicht damit aufhören zu können.

»Ich wünschte, ich könnte mehr tun, als sie ab und zu anzurufen.«

»Du hast schon viel zu viel getan.« Auch Sunil setzt sich auf, tut nicht mehr so, als ob er schliefe. »Du hast eine Art von Entscheidung für sie getroffen, die man nie für einen anderen Menschen treffen sollte. Was ist, wenn die Sache nicht funktioniert, und sie dir in zehn Jahren die Schuld an ihren Problemen gibt?«

»So ist Sudha nicht!« Meine Stimme ist schrill, begierig darauf, zu streiten. Genau das brauche ich: die Möglichkeit, jemanden anzugreifen, wen auch immer. Vielleicht vermag das die zweifelnden Stimmen in meinem Kopf zum Verstummen zu bringen. »Du weißt nicht, wie das zwischen uns beiden ist. Ich glaube nicht, daß du jemals einen Menschen so geliebt hast, wie Sudha und ich uns lieben. Sie ist wie meine andere Hälfte, wie sollte ich mich da zurücklehnen und es zulassen, daß ihre Schwiegermutter und dieser Waschlappen von einem Ehemann sie zwingen, ihr Kind abzutreiben?«

»Reg dich nicht so auf«, erwidert Sunil mit recht gefaßter Stimme. »Das ist nicht gut für dich.«

»Ich soll mich nicht aufregen? *Nicht aufregen*? Du würdest dich auch aufregen, wenn Leute versuchten, deine kleine Nichte zu töten – nein, sie umzubringen!«

Sunil geht nicht darauf ein. Statt dessen sagt er: »Aber wovon soll sie denn nun leben? Du hast mir erzählt, daß die Mütter selbst in Geldnöten stecken. Sie will ihnen doch sicherlich keine Last sein …«

»Natürlich will sie das nicht! Sie wird sich Arbeit suchen.«

»Aber als was denn? Sie hat keine Ausbildung, keine Erfahrung.«

»Sie könnte …« Ich presse meine Finger gegen die Schläfen, erzwinge mit ganzem Willen eine Lösung. »Sie könnte die Boutiquen am Ort mit ihren Näharbeiten beliefern. Du glaubst nicht, wie talentiert sie ist.«

Sunil wirft mir einen ironischen Blick zu. »Du glaubst tatsächlich, daß es so einfach ist, nicht wahr?«

»Vielleicht nicht einfach, aber auch nicht unmöglich«, entgegne ich. Ich *muß* an eine solche Möglichkeit glauben. Wie sonst sollen wir das enorme Gewicht des Lebens ertragen?

»Aber was ist mit der gesellschaftlichen Ächtung? Tante Nalini hatte schon recht, es wird ein großes Gerede geben.«

Ich seufze. »Die Leute reden doch immer. Man muß es einfach ignorieren.«

»Du machst es dir leicht, Anju. Du bist hier in Amerika ja auch sicher. Sudha ist diejenige, die sich jeden Tag damit auseinandersetzen muß. Was wird das für ein Leben sein, allein mit ihrer Tochter bis ans Ende ihrer Tage? Denn wer wird sie nach dieser Sache schon noch heiraten wollen? Eine soziale *pariah* …« Es liegt eine seltsame Härte in Sunils Stimme. Seine grausamen Worte haben einen rauhen, krächzenden Unterton, als schmerze es ihn, sie auszusprechen. Ich presse meine Knöchel gegen die Augen – ich muß herausbekommen, was dieser Unterton zu bedeuten hat –, aber alles, was ich sehe, ist meine Cousine, die mit ihrer Tochter an der Hand eine Straße entlanggeht, während die Nachbarsfrauen auf den Veranden miteinander flüstern und ihre Kinder hinter ihr herlaufen und Schimpfwörter schreien.

»Vielleicht hatte ihre Mutter doch gar nicht so unrecht«, sagt Sunil. »Vielleicht wäre die Abtreibung wirklich das kleinere Übel gewesen.«

Ich starre meinen Mann an. Starre auf die dunklen, schweren Formen der Worte, die er gerade in den Raum zwischen uns entlassen hat. Wie wenig ich ihn doch kenne. Wie wenig wir die Männer, die zu lieben wir bereit sind, doch überhaupt kennen.

»Warum sagst du nicht geradeheraus, daß es völlig in Ordnung war, daß Mrs. Sanyal eine Abtreibung verlangt hat?« flüstere ich schließlich. »Warum sagst du nicht, daß Ramesh das richtige getan hat, als er Partei für seine Mutter ergriff? Womöglich hättest *du* ja auch gewollt, daß ich abtreibe, wenn wir in Indien gewesen wären und sich herausgestellt hätte, daß ich ein Mädchen erwarte.«

»Anjali –« setzt Sunil wütend an, aber ich warte gar nicht erst ab, daß er noch mehr sagt. Ich stolziere aus dem Zimmer und knalle die Tür hinter mir zu. Ich weiß, daß das, was ich gerade gesagt habe, unfair gewesen ist, oder vielleicht auch nicht? Tausend Fragen quälen mich, bis ich das Gefühl habe, als würden in meinem ganzen Körper Nadeln stecken. Wie kann Sunil nur angesichts Sudhas Notlage derart gefühllos reagieren? Ob er mich überhaupt liebt? Was ist, wenn unserem Kind etwas zustoßen sollte – würde er mich dann immer noch lieben? Möglicherweise sind das nur die Phantasien einer Schwangeren, solche, die uns alle heimsuchen, wenn wir allein sind, aber ich vermag mich nicht dagegen zu wehren.

Und Sudha, die all ihre Nächte allein verbringen wird – welche Einfälle mögen wie ein Schwarm verängstigter Vögel in ihrem Kopf aufsteigen? Ob sie wohl im Schlaf die Hand nach Rameshs vertrauter Gestalt ausstreckt? Ob sie vermißt, wie sich im Bett ein Körper gegen einen anderen schmiegt, genährt von Verlangen und Vertrautheit? Ob sie möglicherweise schon den Weg bedauert, den sie auf meinen Rat hin eingeschlagen hat? Wird sie wohl einst, wie Sunil es vorhergesagt hat, auf diesen Tag zurückblicken und mich verfluchen?

Ich kann nicht mehr klar denken. Ich vermag die Dinge nicht mehr im richtigen Verhältnis zu sehen.

Ich rolle mich auf dem Sofa zusammen, zittere ein wenig, weil ich meine Decken im Schlafzimmer gelassen habe. *Bitte*. Ich schließe die schmerzenden Augen und bete. *Bitte, laß mich schlafen.*

Dann überfällt mich die Erinnerung, und sie ist so intensiv, daß ich wieder das kalte, schleimige Gel fühlen kann, das mir die Schwester auf die Haut gestrichen hat. Sie läßt das Gerät über dem Hügel, der meinen Bauch darstellt, vor- und zurückgleiten, während sie die Vorbereitungen für den Ultraschall trifft, der mir mein Baby zeigen wird. Anfangs ist es nur ein unscharfer Fleck auf dem Bildschirm. Doch dann, als das Bild vergrößert wird, erkenne ich die feine Biegung seines Grätenrückgrats, die kleine Erhebung seines Penis. Es bewegt Arme und Beine in einem anmutigen Unterwassertanz, auch wenn ich davon im Augenblick noch nichts spüre. Das grüne Radiumzeichen auf dem Bildschirm, das mich an die Sterne erinnert, die Sudha und ich immer in den langen Sommernächten beobachtet haben, ist sein Herzschlag.

Dieser Ultraschall hat alles verändert, hat mein Baby auf eine ganz neue Art real gemacht.

Ich weiß, daß es Sudha ebenso ergangen sein muß.

Ich gehe zum Dielenschrank und nehme mir einen Berg Jacken heraus. Zwei lege ich unter meinen Kopf und mit dem Rest decke ich mich zu. Ich bin mir immer noch nicht sicher, ob ich Sudha den richtigen Rat gegeben habe. Und ich weiß auch nicht, welche Auswirkungen er haben wird. Doch mein Atem wird gleichmäßiger, genau wie mein Herzschlag. Und als ich spüre, wie die Idee in mir erwacht, da weiß ich, daß mein Baby sie ins Leben gerufen hat. Und genau wie mein Baby ist auch sie großartig.

Ich werde Sudha und ihre Tochter nach Amerika holen. Warum nicht? Sie kann Kleider für die vielen indischen Frauen hier nähen und vielleicht – endlich – die Boutique eröffnen, von der sie immer geträumt hat. Sie kann in einem eigenen Appartement ein Stück die Straße hinunter wohnen – auf diese Weise wird sie ihre Unabhängigkeit haben. Ich werde jeden Nachmittag mit meinem Sohn zu ihr gehen, damit er mit ihrer Tochter spielen kann, und die beiden werden zusammen aufwachsen und ebenso aneinander hängen, wie wir es als Kinder getan haben. Wir werden ihnen passende Namen geben: Prem, Gott der Liebe, und Dayita, Geliebte.

Prem und Dayita, flüsterte ich vor mich hin. Prem und Dayita, Kinder die von einer Liebe umgeben sein werden, wie noch kein Kind vor ihnen sie erfahren hat.

Morgen schon werde ich mir alle aufregenden Details ausdenken, wie ich sie hier herüberbekommen kann, welche Visa sie benötigen, wieviel dies alles kosten wird. Ich werde mir Arbeit suchen und für ihre Flugtickets sparen. Auf diese Weise muß ich Sunil nicht um einen einzigen Penny bitten. Gleich morgen werde ich zur College-Bibliothek gehen. Ich weiß, daß sie dort eine Assistentin suchen. Ich werde Sunil gar nichts davon erzählen. Es soll mein Geheimnis sein, das ich nur mit meinem Kind teile.

Morgen, sage ich mir, und lächle in die Dunkelheit.

Doch es gibt etwas, das ich vergesse, irgendein wichtiges Element in der Gleichung, ohne das sie nicht aufgehen wird. Etwas, das meinen Triumph mit bösen Ahnungen befleckt. Aber ich bin zu erschöpft, um herauszufinden, was es ist.

Das letzte, was ich sehe, bevor ich in einen zähflüssigen Schlaf falle, ist das Erstaunen auf Sunils Gesicht, als er die Flugtickets erblickt.

# 15

# *Sudha*

Ich beuge mich unbeholfen über die Stahltruhe, um zwei weitere Handtücher hineinzustopfen. Dann stütze ich mich mit all meinem schwangeren Gewicht auf den Deckel. Als er sich widerstrebend knirschend schließt, richte ich mich mit einem erleichterten Seufzen auf. Ich wische mir über das verschwitzte Gesicht und reibe über mein Kreuz, das nun schon die ganze Woche ständig schmerzt. Auch in meinem Inneren ist ein Schmerz, eine Trostlosigkeit, während ich zusehe, wie die Männer vom Umzugsunternehmen den Rest der Möbel zerlegen, die wir mitnehmen – zwei Himmelbetten, den kleineren der Eßtische, einen Schrank –, und sie in den Lkw laden. Heute ist der Tag, an dem wir in unsere Wohnung ziehen. Es ist auch der Tag, an dem die Baufirma beginnt, das Haus abzureißen – ich vermag es nicht mehr als unser Haus zu bezeichnen –, damit sie damit anfangen können, den Appartementkomplex mit den vierundzwanzig Wohnungen zu errichten, die hier entstehen sollen.

Das Ende einer Ära, eines Lebensstils. Nie mehr werde ich auf der vermoosten Dachterasse sitzen, während Pishi mir das Haar ölt und Geschichten aus der Zeit ihres Vaters erzählt. Nie mehr werde ich Jasmin von den Gartenbuschen pflücken, um Blumenketten für unseren *puja*-Altar zu binden. Nie mehr die Tür zu einem lange Zeit unbenutzten Raum öffnen und im Staub die Sehnsüchte all jener einatmen, die hier vor langer Zeit einmal gelebt haben.

Wenn *ich* schon diese Trostlosigkeit empfinde, wie muß es da erst den Müttern ergehen. Und ich, Sudha, die Zerstörerin der Heime, ich bin diejenige, die dies über ihre Leben gebracht hat.

Doch als ich auf den Korridor hinaustrete, sehe ich mich

keiner Tragödie, sondern einem Drama gegenüber. Mutter eilt die Stufen hinunter und ruft den Umzugsleuten zu, ihren Mahagoni-*almirah* nur ja gut zu polstern, bevor sie ihn einladen. »Singhji, Singhji«, höre ich sie rufen. »Bist du fertig? Ich muß in der Wohnung sein, bevor die Umzugsleute dort ankommen, sonst werden sie sicherlich alles an der falschen Stelle absetzen.« Ein Transporter von den *Wohltätigen Schwestern* fährt vor, und Pishi und Ramur Ma tragen ganze Armladungen voller Haushaltsgüter hinaus, die wir nicht mehr benötigen. Dann kommt ein Anruf für Gouri Ma. Die Auktionatoren, die unsere antiken Möbel mitgenommen hatten, haben diese erfolgreich verkauft und werden uns schon bald einen Scheck zusenden. Sie können es möglicherweise sogar bewerkstelligen, noch etwas Geld für den Wagen herauszuschlagen. Ein Gentleman bei der Auktion hat sich für Oldtimer interessiert. Ja, ja, erwidert Gouri Ma und notiert sich Zahlen. Jahre scheinen von ihrem Gesicht abgefallen zu sein. Zum Teil hat dies gewiß mit der erfolgreichen Operation zu tun, der sie sich vor zwei Monaten unterzogen hat, aber allein nach der Entscheidung, das Haus zu verkaufen, ging es ihr zunehmend besser.

»Ich glaube, wir werden in unserem neuen Heim sehr glücklich sein, nicht wahr?« wendet sie sich an mich, nachdem sie aufgelegt hat. »Ruhe dich nur heute nachmittag gut aus. Du mußt uns heute abend beim Einrichten mit deinem Rat zur Seite stehen.« Sie wedelt mit ihren Notizen durch die Luft, während sie auch schon davoneilt. »Wir werden genug Geld haben, um deinem Baby eine schöne Wiege zu kaufen, und du mußt entscheiden, wo sie hinkommen soll.«

Ist es nicht seltsam, sage ich zu meiner Tochter – denn sie und ich bestreiten in diesen Tagen lange Unterhaltungen miteinander –, daß man sich so lange an alte Lebensweisen klammert, ohne zu wissen, wie erfrischend Veränderung sein kann? Wie eine solche Wandlung, gleich dem Wind, der vom Ganges weht, all den Staub fortbläst, den wir in den Winkeln unseres Verstandes angesammelt haben?

Sie nickt klug in meinem Inneren, denn dieses Kind, dessen Leben beinahe an dem Tauziehen zwischen Veränderung und alter Lebensart zerbrochen wäre, ist bereits weiser als ich. Ist es nicht seltsam, fügt sie hinzu, daß manchmal das, was wir Jahr um Jahr am meisten fürchten, sich letztendlich als das Beste herausstellt, was uns zustoßen konnte?

Ich denke zurück an die letzte Woche, als ich vom Gericht die gültigen Scheidungspapiere erhielt. Voller Angst, wie ich darauf reagieren würde, betrachtete ich das Wachssiegel, das ironischerweise ein *sindur*-Rot trug. Dies war die größte Schande, die eine Frau erleiden kann, das größte Versagen, das einzugestehen überhaupt möglich ist. In diesem Glauben war ich erzogen worden. Ich wartete darauf, daß die Verzweiflung wie eine Flutwelle über mich hereinbrechen würde, aber nichts dergleichen geschah. Ich verspürte wohl eine große Müdigkeit, ja, und auch Traurigkeit. Ich hatte mir solche Mühe gegeben, die Familie meines Mannes zu lieben, eine gute Ehefrau zu sein. Es wollte mir so vorkommen, als hätte ich Jahre meines Lebens damit verbracht, einen Stein einen Berg hinaufzurollen – und in dem Moment, wo ich nicht mehr schob, rollte er sofort wieder ins Tal herab. Aber ich empfand auch eine große Erleichterung und ein wenig Hoffnung. Ich setzte meinen Namen schwungvoll unten auf das Formular und stellte überrascht fest, daß sich mein Mund zu einem Lächeln verzog. Meine Tochter und ich, wir standen an einem neuen Anfang, und da die Gesellschaft für uns keine Rollen entworfen hatte, konnten wir alles werden, was wir wollten.

Aus solchen Momenten wird Geschichte gemacht, teile ich meiner Tochter mit, genauso wie aus Kriegen und Staatsverträgen und dem Tod von Königen. Aber die meiste Zeit über bemerken wir es gar nicht.

Sie beginnt etwas zu erwidern, doch genau in diesem Moment ruft Ramur Ma von oben: »Oh, Sudha *didi*, Gouri Ma möchte, daß Sie ins Wohnzimmer kommen. Hier ist Besuch für Sie.«

Welch ein ungünstiger Zeitpunkt, vertraue ich meiner Tochter an und wische mir die Hände an meinem staubverdreckten Sari ab. Wo ich doch gerade ein Bad nehmen wollte. Wer kann das wohl sein, was denkst du?

Ich habe keine Ahnung, erwidert sie, und klingt angesichts dieser Unterbrechung genauso gereizt wie ich.

Nun, da alle Möbel fort sind, wird das Wohnzimmer von einer höhlenartigen Leere bestimmt und hallt unter meinen Schritten wider. Meine Augen benötigen einen Moment, ehe sie sich wegen der geschlossenen Läden an die Dunkelheit gewöhnt haben. Und dann erkenne ich, daß auf einem der Flecht-*moras*, die Ramur Ma offenbar eilig dort hingestellt hat, ein Mann sitzt. Und bevor ich sein Gesicht erkenne, das hagerer ist als früher und teilweise von einem Bart verdeckt wird, erkenne ich ihn an seinem weißen Hemd.

Der Boden unter meinen Füßen beginnt zu wanken. Ich muß mich an der Wand abstützen.

»Sudha«, sagt Ashok, und seine Stimme ist dieselbe wie vor Jahren, die Brauner-Zucker-Stimme, die ich meine ganze Ehe hindurch und auch in der Zeit, als sie zerbrach, mühsam aus meinen Träumen verbannt habe.

Ich wundere mich, daß die Mütter ihm erlaubt haben, das Haus zu betreten. Ob es daran liegen mag, daß ich keinen Ruf mehr zu verlieren habe? Oder könnte es einen anderen Grund haben? Ich vermag nicht klar zu denken. Mein Herz schlägt unruhig, als sei ich immer noch das naive Mädchen im Kinosaal, an der Schwelle zum Erwachsenwerden, die Augen vom Neonzauber geblendet. Mein albernes Herz, als hätte mir die Welt nicht seitdem hundert bittere Lektionen erteilt! Ich bin wütend auf mich selbst.

Vielleicht klingt meine Stimme deshalb auch barscher, als ich es eigentlich beabsichtigt habe. »Warum bist du hierher gekommen, Ashok? Etwa, um in dieser schwierigen Zeit auf mich hinabzusehen und zu sagen: *Hättest du doch nur auf mich gehört?* Nun, eins kann ich dir sagen: Auch wenn ich nicht erwartet habe, daß mein Leben einmal diese Wendung nehmen wird, so bedauere ich doch nicht, wie es verlaufen ist. In keiner Weise. Und ich bin auch nicht bereit, aufzugeben. Ich werde für meine Tochter und für mich kämpfen, und ich werde gewinnen.«

Ashok ist über meinen Angriff verblüfft, das sehe ich an der verletzten Überraschung in seinen Augen. »Ich bin nicht aus Schadenfreude gekommen. Wie kannst du das nur denken?«

»Auf dein Mitleid kann ich ebenfalls verzichten«, fahre ich streitlustig fort. Irgendwie wäre es noch schlimmer, in diesen Augen, die mich einmal angesehen hatten, als sei ich wahrhaftig eine Märchenprinzessin, Mitleid zu erblicken.

»Ich bin auch nicht hier, um dich zu bemitleiden.« Nun lächelt er ein wenig. Die Güte in seiner Stimme bringt mich beinahe zum Weinen. Und das wäre das Allerschlimmste: vor Ashok in Tränen auszubrechen. Ich wende mich ab, um zu gehen. Ich möchte meine Würde behalten, wenn ich schon nichts anderes mehr besitze.

»Warte, bitte!« Er sitzt nicht mehr auf dem *mora*, sondern steht vor mir, die Hände ausgestreckt. Aber er berührt mich nicht, genausowenig wie ich ihn. Das haben uns die Jahre zumindest gelehrt. »Willst du mir nicht einmal die Chance geben, dir zu sagen, warum ich gekommen bin?«

Ich schiebe mich an ihm vorbei.

»Sudha!« ruft er mir halb lachend, halb erbost nach. »Du bist noch so dickköpfig wie früher!«

Ich verlangsame den Schritt, bleibe beinahe stehen. Ich möchte ihm gern sagen, daß er sich irrt. Oder daß er mich nie richtig gekannt hat. Genausowenig wie ich ihn. Ich bin nicht dickköpfig. Ich bin ruhig, geduldig, pflichtbewußt. Das ist der Grund, warum er nicht der Vater des Kindes ist, das ich unter dem Herzen trage.

»Ich hätte dies gern in einer angemessenen Weise gesagt, wollte es dir nicht hinterherrufen, aber du läßt mir ja keine Wahl. Sudha, ich möchte dich heiraten.«

Eine ungläubige Freude durchfährt mich, doch ich will mich ihr nicht hingeben. Es muß sich um einen Fehler handeln – Ashoks Zunge hat sich geirrt, oder meine Ohren. Und selbst wenn er das wirklich gesagt haben sollte, so würde er es schon im nächsten Moment oder in einer Woche, in einem Jahr bereuen. Und wie sollte ich das dann ertragen?

»Warum solltest du mich heiraten wollen?« Ich spreche mit rauher Stimme, deute auf meinen unförmigen Leib, meine kahle Stirn. »Warum sollte dies irgend jemand tun wollen?«

»Bin ich bloß *irgend jemand*?« erkundigt sich Ashok, doch ich bemerke, daß sein Blick von meinem Bauch fortwandert. »Ich habe mich das gleiche gefragt, seit Singhji mir erzählt hat, daß du nach Hause gekommen bist. Denn ich wußte schon in jenem Augenblick, was ich tun würde. Und die Antwort lautet: Ich kann mir einfach nicht vorstellen, mit einer anderen Frau glücklich zu werden. Nach deiner Hochzeit haben meine Eltern viele Male versucht, mich zum Heiraten zu bewegen. Sie haben Treffen arrangiert, bei denen ich attraktiven Frauen begegnet bin. Sie haben mich sogar überredet, an einigen Brautschauen teilzunehmen. Ich war so wütend auf dich, daß ich beinahe einer Heirat zugestimmt hätte, nur, um dir eins auszuwischen, um dir zu beweisen, daß es mich nicht kümmert, was du getan hast. Aber Gott sei Dank kam ich noch früh genug wieder zur Besinnung, ehe ich noch ein weiteres Leben außer meinem eigenen ruinierte.

Statt dessen habe ich mich auf das Familiengeschäft gestürzt. Meine Freizeit mit sportlichen Aktivitäten gefüllt. Bergsteigen. Fallschirmspringen. Die riskantesten Dinge, die mir einfielen. Ich hoffte, sie würden mich davon abhalten, an dich zu denken. Aber nichts wirkte. Ich war besessen von dir, du warst wie eine Droge in meinem Blut.

Ich habe mich weiter gequält, indem ich mich mit Singhji traf und ihn dazu brachte, mir alles zu erzählen, was er über dein Eheleben wußte. Ich haßte deinen Mann, diesen Affen mit einer Perlenkette um den Hals. Ich konnte einfach nicht aufhören, ihn mir mit dir in kleinen, intimen Momenten vorzustellen – auch wenn ich dabei das Gefühl hatte, als ob mir jemand mit beiden Händen die Kehle zudrückt. Wie er eine Tasse Tee von dir entgegennimmt, wie er seine Hand ausstreckt, um eine lose Haarsträhne hinter dein Ohr zu stecken, als ob er ein Recht dazu hätte. Als ich hörte, daß deine Schwiegermutter Druck auf dich ausübt, weil du nicht schwanger wurdest, habe ich mir gewünscht, daß du ein Baby bekommst und glücklich bist. Aber nicht wirklich. Im Grunde wollte ich, daß deine Ehe scheitert. Ich wollte, daß du niemand anderen liebst als mich.« Er schließt die Augen und preßt die Fingerspitzen gegen seine Schläfen, und als er die Lider wieder öffnet, vermischt sich Ungewißheit mit Scham in seinen Augen. Die Anfänge von Altersfalten umklammern seinen Mund, und ein Muskel hüpft nervös in seiner Wange. Ich erkenne, daß er doch kein Prinz ist, obwohl er sich alle Mühe gegeben hat, einer zu sein, weil ich es so wünschte. Er ist ein Mensch, wie ich, besessen von denselben Dämonen, dem gleichen, verräterischen Verlangen.

Da lasse ich mich in seine Arme sinken, und es kommt mir so vor, als würde ich eine Bewegung zum Abschluß bringen, die ich vor langer Zeit im Kalighat-Tempel begonnen habe. Eine dieser komplizierten Tanzfiguren, die einen über die ganze Bühne führen, ehe man an die Stelle des Ausgangsschritts zurückkehren kann. Ich berühre seine Brust. Obwohl sie sich heftig hebt und senkt, kommt sie mir wie ein sicherer Ort vor, ein Ort, an dem man eine Zufluchtsstätte errichten kann, die ein Leben lang hält.

Wir sitzen auf den Stufen der *outram ghat* und betrachten die langen, zitternden Lichter der Fähre, die sich über die zunehmend dunkler werdenden Wasser des Ganges bewegt. Es ist Abend. Die Straßenlaternen ziehen warme, gelbe, leuchtende Kreise um uns, die *jhi-jhi* zirpen verschlafen. Ashok und ich unterhalten uns ein wenig, aber auch wenn wir schweigen, fühlen wir uns nicht unbehaglich. Es genügt mir, in seiner Nähe zu sein. Seine Hand zu berühren – die eckigen Knöchel, die kurzen, rauhen Haare –, kommt mir wie ein Wunder vor. So vieles, über das wir reden, beschäftigt sich sowieso nur mit Äußerlichkeiten. Mit zweitrangigen Dingen. Die Ereignisse in unseren Leben haben uns geprägt, das ist wohl richtig, aber sie haben nicht unser eigentliches Selbst verändert – genausowenig wie eine Lawine das Felsenherz des Berghangs verändert, über den sie ins Tal hinabdonnert.

Als in der Ferne eine Uhr acht schlägt, erheben wir uns. Ashok hilft mir vorsichtig auf die Beine. Die Mütter mögen es nicht, wenn ich mich so spät noch draußen aufhalte, obwohl sie nun, da unsere Hochzeit nur noch eine Frage der Zeit ist, keine Einwände haben, daß wir uns sehen.

Ashok schiebt sich um meinen Bauch, damit er mich umarmen kann. Ich spüre, wie meine Tochter sich in mir windet. Ihr Mißtrauen gegenüber Männern, für das sie gute Gründe hat, macht sie für die jüngste Entwicklung der Dinge nicht sehr empfänglich. *Du wirst ihn mögen*, ermuntere ich sie. *Er wird dir ein guter Vater sein*. Sie schweigt rebellisch. In gewissen Momenten wie diesem beginnt sie, mit aller Kraft zu treten.

»Uff!« entfährt es Ashok. »Nicht schon wieder! Langsam glaube ich, daß sie mich nicht in deiner Nähe haben will!«

Ich lache. Er stimmt mit ein, aber sein Lachen hat einen nervösen Klang. Auf dem Nachhauseweg berührt er mich nicht noch einmal.

~

Letzte Woche hat Ashok seine Eltern mitgebracht, damit sie mich kennenlernen. Sein Vater, an dem ich erkenne, wie Ashok einmal in zwanzig Jahren aussehen wird, hat nicht viel gesprochen, aber sein Lächeln war freundlich. Seine Mutter hat meine Hände in die ihren genommen und sie fest gedrückt. Mit einer Stimme, die so sanft war wie Regen, sagte sie, wie sehr sie sich freue, daß Ashok nun doch endlich heiraten wolle.

»Er liebt Sie schon so lange, mein Kleines. Manchmal, wenn ich nachts aufwache, dann steht er am Fenster im Flur. Ich frage ihn, was los ist, und er erwidert mir, er sei zu aufgeregt, ein heißes, perlendes Gefühl sei in seiner Brust, und die Nacht mit ihren monderleuchteten Wolken so voller Zauber, wie könne man da einfach im Bett liegen.«

»Mutter!« protestiert Ashok lachend. »Du verrätst ja all meine Geheimnisse. Da wird es ja unmöglich sein, mit Sudha zu leben!«

Ich liebe es, auf Ashoks Hände zu schauen, wenn er Auto fährt. Die geschickten, kleinen Drehungen seines Handgelenks. Die Art und Weise, wie er zwei Finger leicht auf dem Lenkrad ruhen läßt, während der Wagen vorangleitet, geschmeidig wie ein Schwan. Manchmal fährt er mit nur einer Hand und zieht die meine mit der anderen an seine Lippen. Er küßt erst jeden einzelnen Finger und dann die Vertiefung meiner Handfläche.

O Anju, wie sehr wünschte ich mir, daß du hier wärst, damit ich dir von Angesicht zu Angesicht erzählen kann, wie sich das alles anfühlt! Wer hätte gedacht, daß ich so etwas freilegen würde, als ich die Worte des Bidhata Purush von meiner Stirn scheuerte? Ein rosiges Glücksgefühl färbt meinen Körper durch und durch. Ein Glücksgefühl, das alles übersteigt. Es macht mir Angst.

»Aber wirst du denn mit mir glücklich sein?« frage ich Ashok. »Ich bin nicht mehr das sternenäugige Mädchen, in das du dich verliebt hast. Ich glaube nicht, daß ich jemals wieder imstande sein werde, jemandem so vollkommen zu vertrauen. Ich weiß nicht, ob ich imstande sein werde, außer meiner Tochter jemanden vollkommen zu lieben.« Ashok runzelte die Stirn, als ich diese Worte ausspreche, doch ich zwinge mich, fortzufahren. »Und meine Vergangenheit – sie wird immer da sein, wird dich daran erinnern, daß mein Körper zuerst einem anderen Mann gehört hat. Wirst du mit der Tatsache leben können, daß ich keine Jungfrau mehr war, als ich zu dir kam?«

»Hast du ihn geliebt?«

Ich denke über die Frage nach. Ich habe Zuneigung zu Ramesh verspürt und oft Mitleid mit ihm gehabt. Ab und zu waren wir Kameraden, vereint im Kampf gegen eine stärkere, unbarmherzigere Macht. Aber Liebe? Nein.

»Dann kann ich damit leben«, sagt Ashok. Ich würde gern der Überzeugtheit in seiner Stimme glauben. Ich *will* ihr glauben.

Unsere Küsse sind lang und ausgehungert und drängend, sie sind kräftig und herb wie wilder Fenchel. Sie sind golden wie Butter im Sonnenschein. Wir küssen uns mit einer seltsamen Dringlichkeit, so, als läge nicht ein Leben voller Küsse vor uns. Ob es daran liegt, daß wir älter sind? Daß wir wissen, wie widerstrebend die Welt ihre Geschenke verteilt, wie eifrig sie darauf bedacht ist, sie einem wieder zu entreißen?

Heute abend, als wir die Wohnung erreicht haben und ich gerade aus seinem Wagen steigen will, ergreift Ashok meine Hand und preßt sie gegen seinen Mund. Ich spüre kleine Hitzewölkchen auf meinen Fingerspitzen, spüre seinen köstlichen Atem. Dann sagt er: »Glaubst du wirklich an die Ehrlichkeit zwischen Liebenden?«

»Aber natürlich.«

»Dann muß ich dir etwas erzählen, das mich in den letzten Tagen gequält hat, und du mußt mir versprechen, daß du über meine Bitte nachdenkst.«

Ich nicke nervös. Der Wagen ist plötzlich voller Schatten, wie der Meeresgrund an einem stürmischen Tag. Was kann es nur sein? Vielleicht möchte er eine große Hochzeit? Vielleicht hat es etwas mit seiner Familie zu tun? Was auch immer es sein mag, ich kann mir nicht vorstellen, es ihm abzuschlagen.

Er blickt über die Meeresschatten hinweg, verbirgt seine Gefühle, wie Männer es gemeinhin tun, hinter seinem sich verdüsternden, distanzierten Blick.

»Ich bin kein Heiliger, das solltest du nicht vergessen, nur ein gewöhnlicher Mann mit meinen eigenen Grenzen.«

Wird er mir ein geheimes Laster gestehen? Eine Mätresse? Ein uneheliches Kind, das ich als mein eigenes aufnehmen soll? Gleichgültig. Wenn er meine Vergangenheit akzeptieren kann, werde ich auch die seine akzeptieren können.

»Deine erste Ehe spielt keine Rolle für mich.« Ashok blickt zur Seite, während er spricht. »Aber ich glaube nicht, daß ich deine Tochter in der Weise willkommen heißen kann, die sie verdient.«

Ich bin so schockiert, daß ich nicht einmal meine Hand wegzuziehen vermag. »Was soll das heißen?« Scheiben schwindelerregenden Lichts leuchten vor meinen Augen auf.

»Bitte, Sudha.« Ashok spricht mit flehender Stimme, die Worte kommen schnell. »Sei nicht böse. Es ist besser, daß ich jetzt die Wahrheit sage, statt daß es später durch hundert verschleierte Ressentiments herauskommt. Ich habe es schon mit deiner Tante Gouri besprochen, die eine sehr intelligente Frau ist. Sie hat mich vollkommen verstanden und mir zugestimmt, daß es das Beste für uns sein wird. Du und ich, wir müssen allein sein, zumindest am Anfang, damit wir eine starke Beziehung aufbauen können. Die Mütter werden sich mit Freuden um deine Tochter kümmern und sicherstellen, daß es ihr nicht an Liebe mangelt. Ich verspreche, daß ich ihr jegliche Chance bieten werde, die sich mit Geld bezahlen läßt. Du kannst sie besuchen, wann immer du möchtest. Wenn wir selbst Kinder haben, kann sie später vielleicht sogar zu uns kommen und bei uns leben wie eine geliebte, kleine Nichte. Nein, Sudha, stoß mich nicht weg. Denk darüber nach. Bitte. Rede mit deiner Mutter und deinen Tanten. Du hast mir versprochen, daß du darüber nachdenken wirst ...«

»Das werde ich«, erwidere ich tonlos. Irgendwo in meinem Inneren senkt sich ein Tornado und hebt ein Haus in einen explodierenden Himmel hinauf, als sei es aus Streichhölzern erbaut. Scherben fallen wie Regen, durchdringen meine Haut, bedecken den Boden mit Dornen. *In Träumen beginnen die Torheiten*, sagt eine Stimme wie aus einem vergessenen Gedicht. Ich suche mir vorsichtig einen Weg durch die Dornen, setze einen Fuß sorgfältig vor den anderen, ohne zurückzuschauen. Hinter mir fällt die Tür seufzend ins Schloß.

16

# *Anju*

Ich liebe meine Arbeit. Nein. Ehrlich gesagt ist die Arbeit ziemlich mäßig. Aber was ich wirklich liebe, ist die Tatsache, daß ich mein eigenes Geld verdiene. Welch ein Gefühl der Macht es mir verleiht, meinen eigenen Scheck zur Bank zu bringen und das Geld auf mein Konto überweisen zu lassen! Als ich den ersten Scheck bekam, habe ich die Frau am Schalter gebeten, mir den gesamten Betrag in Ein-Dollar-Scheinen auszuzahlen. Ich hielt den Geldhaufen eine ganze Minute lang in der Hand, atmete diesen grünen Duft, diesen Geruch nach Freiheit ein und gab ihr dann alles wieder zurück, um es auf mein Konto einzuzahlen.

»Warum haben Sie das gemacht?« fragte sie mich, offensichtlich verärgert.

»Um es Wirklichkeit werden zu lassen«, erwiderte ich. Sie starrte mich an. Ich konnte ihr ansehen, was sie dachte. *Verrückte Ausländerin.*

Ich glaube, die amerikanischen Studenten, die mit mir in der College-Bibliothek arbeiten, hätten es auch nicht verstanden. Sie beschweren sich ständig darüber, wie müde sie sind, daß ihnen die Arbeit nicht genug Zeit läßt, sich zu vergnügen. Sie machen Scherze darüber, daß sie sich einen reichen Onkel wünschen, der ihre Rechnungen bezahlt, so daß sie nicht Karren voller Bücher schieben und in die Regale einsortieren müssen. Sie würden sich wahrscheinlich kaputtlachen, wenn ich ihnen erzählte, daß ich früher in Indien *alles* für die Erlaubnis gegeben hätte, in einem Buchladen zu arbeiten. Daß es sich nicht immer gut anfühlte, alles zu bekommen, was man benötigte. Daß ich mich machmal auch danach sehnte, in der Lage zu sein, zu geben.

Seit meiner Heirat ist dieses Gefühl immer stärker geworden. Nicht etwa, daß ich Sunil des Geizes beschuldigen könnte. Wenn das Geld knapp wird, verzichtet er lieber selbst auf Dinge, als mich zu bitten, zurückzustecken. Ich spüre, welch eine Belastung das für ihn ist, doch als ich ihm das eine oder andere Mal anbot, mir Arbeit zu suchen, reagierte er ganz gekränkt und erwiderte, er sei durchaus in der Lage, seine eigene Frau zu ernähren, vielen Dank auch. Das ist mal wieder typisch für einen indischen Mann!

Aus diesem Grund mußte ich diese Arbeit so sorgfältig geheimhalten. Ich kann nur während der Woche arbeiten, auch wenn die Wochenenden besser bezahlt sind, und mußte ein Konto bei einer anderen Bank eröffnen. Ich habe sogar meine Vorgesetzte gebeten, mich nicht zu Hause anzurufen, auch wenn es mir unendlich peinlich war, dies auszusprechen. Aber meine Vorgesetzte, eine ältere Schwarze, die den Eindruck macht, als hätte sie selbst die einen oder anderen Schwierigkeiten hinter sich, hat nur verständnisvoll genickt und keine peinlichen Fragen gestellt. Mittlerweile glaube ich, daß ich Sunil sogar nichts von Sudhas Flugtickets sagen werde. Ich schicke sie ihr einfach und bitte sie, Verschwiegenheit zu wahren. Ich zittere schon jetzt, wenn ich an die Steuererklärung denke und an den Moment, wenn ich ihm mein W-2-Formular geben muß. Aber, wie sagt doch die Heldin in einem meiner Bücher so schön: Morgen ist auch noch ein Tag. Im Augenblick gibt es wirklich genug andere Dinge, um die ich mich sorgen muß.

Heute bin ich ziemlich bedrückt, denn bei meiner monatlichen Untersuchung ist der Arzt überhaupt nicht zufrieden. Mein Blutdruck sei immer noch zu hoch, sagt er, und mein Zucker sehe gar nicht gut aus. Ob ich mich an seine Diätanweisungen gehalten hätte und in regelmäßigen Abständen äße?

Ich lasse mit schlechtem Gewissen den Kopf hängen. In den Morgenstunden funktioniert eigentlich alles ganz gut. Selbst wenn ich direkt vom Unterricht zur Arbeit gehen muß, packe ich mir Äpfel oder ein Eierbrot ein, Dinge, die ich unterwegs essen kann. Aber wenn ich dann nach Hause komme, bin ich müde und abgespannt. Dann esse ich oft ein halbes Glas mit süßem *chutney* oder eine große Schüssel Eiscreme. Das habe ich mir verdient, pflege ich mich zu trösten und höre nicht auf die Stimmen in meinem Kopf, die mich ausschimpfen. Wenn Sunil dann nach Hause kommt und uns eine anständige, ausgewogene Mahlzeit mit Reis und salzarmem *dal* oder dergleichen zubereitet, dann koste ich nur ein wenig davon und beschwere mich, daß es zu langweilig und fad sei.

Vielleicht hätte ich zu großen Streß, fährt der Arzt mit strenger Stimme fort. Vielleicht sollte ich in Erwägung ziehen, ein Semester mit dem Studium auszusetzen.

»Das kann ich nicht«, erwidere ich ihm entsetzt.

»Warum nicht?«

Ich starre ihn stumm an. Wie soll ich ihm nur erklären, wie unglaublich wichtig das College für mich ist? Daß es ein neues Leben für mich bedeutet, weil mir das erste in Indien entrissen worden ist? Wie soll ich ihm erklären, wie sehr Sunil und ich an unserem Haushaltsbudget gefeilt haben, um für den Unterricht zahlen zu können? Und daß ich – und das wäre das Schlimmste von allem –, wenn ich das College verließe, keine Berechtigung mehr für die Arbeit in der Bibliothek hätte, und all meine Träume, Sudha hier ein neues Leben mit mir zu ermöglichen, zerplatzen würden?

»Nun?«

»Man wird mir die Unterrichtskosten nicht zurückerstatten, wenn ich das Studium jetzt abbreche«, platze ich heraus, obwohl ich dies eigentlich nicht hatte sagen wollen.

»Sie werden sich wohl entscheiden müssen, ob Ihnen ein paar Dollar wichtiger sind als ihr Baby«, erwidert der Doktor kühl.

Obwohl ich ihn bis jetzt gemocht habe, hasse ich den Arzt plötzlich. So ein dummer, hochmütiger Mann! Was weiß er denn schon über meine Lebensumstände? Über die meiner Cousine? Warum ich das Geld so dringend benötige, daß ich arbeiten muß, selbst wenn mir an manchen Tagen schwindelig wird, sobald ich mich vornüberbeuge, um einen Stapel Bücher aufzuheben? Glaubt er etwa, ich machte das Ganze nur zum Spaß? Dann fällt mir ein, daß er ja gar nichts von meinem Job weiß. Wahrscheinlich würde er durch die Decke gehen, wenn er davon erführe.

»Ich werde Ihnen Bettruhe verordnen müssen, wenn ich bei Ihrer nächsten Untersuchung keine Fortschritte sehe«, warnt er mich, bevor ich das Behandlungszimmer verlasse.

Ich fluche den ganzen Weg bis zum Wagen leise vor mich hin, aber er hat es geschafft, mir Angst einzujagen. In den nächsten Wochen bin ich eine vorbildliche Esserin – ich lächle über meinem gedämpften Brokkoli und trinke Gallonen von Pflaumensaft, denke daran, meine Eisentabletten zu nehmen und mache einen weiten Bogen um den Gang mit der Eiskrem, wenn ich einkaufen gehe. In meinen Pausen bei der Arbeit lege ich mich auf die Liege in der Damentoilette und übe die Lamaze-Atmung, und zu Hause lerne ich im Bett, die Füße auf Kissen hochgelegt, um die Blutzirkulation zu unterstützen. Bei meinem nächsten Besuch in der Praxis fühle ich mich viel besser, und der Arzt lächelt sogar, als er meine Untersuchungsergebnisse betrachtet.

»Ich schätze, wir werden Ihnen erlauben, noch ein bißchen länger auf den Füßen zu bleiben«, sagt er.

*Wir werden Ihnen erlauben*! Wofür hält er sich, für Königin Victoria?

Aber auf der ganzen Fahrt nach Hause, die ich nur kurz unterbreche, um meinen jüngsten Scheck bei der Bank einzulösen, singe ich Prem laut und fröhlich und – wie ich eingestehen muß – äußerst unmusikalisch bengalische Kinderlieder vor. Aber das ist egal. Sobald Sudha hier ist, wird sie ihm die richtigen Melodien beibringen.

In der Wohnung angekommen, kaue ich auf Karottensticks herum und verstecke mein Sparbuch hinten in der Schublade, in der meine Unterwäsche liegt. Und plötzlich überkommt mich, wie so oft in letzter Zeit, Traurigkeit. Wie leicht es doch ist, Sunil zu überlisten, der trotz all seiner Fehler nicht zu den Männern gehört, die in anderer Leute Schubladen herumstöbern. Auch wenn ich nichts Verbotenes tue, auch wenn ich es für Sudha jederzeit wieder tun würde, habe ich dennoch ein schlechtes Gewissen. Mit dem schlechten Gewissen kommen zwei Gedanken. Erstens: Wie wenig Eheleute doch voneinander wissen. Ich bin bereit, jeden Penny meines Sparbuchs darauf zu verwetten, daß Sunil sich nicht einmal vorstellen kann, daß ich zu solch einem falschen Spiel fähig bin. Und zweitens: Wenn es mir so leicht fällt, dies alles vor Sunil zu verbergen, der nicht nur einfallsreicher, sondern auch wesentlich vielschichtiger ist als ich, wieviel mag er möglicherweise vor mir verbergen?

17

# *Sudha*

In unserer neuen Wohnung sitze ich jeden Nachmittag, während die Mütter sich in den Schlafzimmern ausruhen und Ramur Ma auf einer Matte auf dem Küchenfußboden schnarcht, an dem kleinen Schreibtisch am Fenster und zeichne Kleiderentwürfe für die beiden Babys. Singhji, der sich nun offiziell zur Ruhe gesetzt hat, aber trotzdem jeden Tag vorbeischaut, um zu fragen, ob es Besorgungen zu machen gibt, döst in einem Sessel. Während ich zeichne, scheint das Gebimmel der Straßenbahnen und die Schreie der Händler auf der staubigen Straße unten leiser zu werden. Sonnenlicht tröpfelt durch die Blätter des Tamarindenbaums vor dem Haus auf kleine Mützen ganz aus Spitze und Seide und Borte. Auf wollene Schühchen, in die Vögel eingearbeitet sind, damit sich unsere Kinder über jedes Problem hinwegschwingen können. Hosen, die aus dem weichesten *malmal* gemacht sind. Weiße Musselinkleider mit Kreuzstich für den heißen Sommer, der Dayita erwartet. Karierte Wollhemden für Prem, dessen Name auf eine kleine Tasche gestickt wird, damit er in den verregneten, kalifornischen Wintern das richtige zum Anziehen hat. Von Zeit zu Zeit wacht Singhji auf und schnalzt über meine Zeichnungen bewundernd mit der Zunge. Natürlich bringt es Unglück, auch nur einen einzigen Stich zu tun, bevor die Babys geboren sind. Aber die Mütter haben eingeräumt, daß es nichts schaden kann, Entwürfe anzufertigen. Ich denke, sie spüren das Glücksgefühl, das meine Arbeit mir verschafft, spüren, daß sie mich an den langen, stillen Nachmittagen davon abhält, über die Ungewißheit meiner Zukunft nachzugrübeln.

Mir gefallen die Namen, die Anju unseren Kindern gegeben hat, Prem und Dayita, mir gefällt, daß sie sie Kinder der Liebe nennt. Meine Tochter benötigt einen solchen Namen ganz besonders, denn abgesehen von dieser kleinen Familie gibt es nirgendwo auf dem ganzen Kontinent jemanden, der sich um sie sorgt. Das kann ich – das *darf* ich – einfach in den kommenden Wochen nicht vergessen, die gewiß angefüllt sein werden mit endlosen, schmerzlichen Auseinandersetzungen über das, was ich Ashok sagen werde.

Meine Mutter ist absolut dagegen, daß ich Ashok einen Korb gebe. »Stimme bloß allem zu, was er im Augenblick von dir verlangt«, sagt sie. »Du kannst einen Ehemann immer noch dazu bringen, seine Meinung zu ändern, ganz besonders, wenn du ihm im Bett das gibst, was er verlangt.« Als ich sie schokkiert anblicke, fügt sie gereizt hinzu: »Also wirklich, Sudha, du bist kein Kind mehr. Denk ein bißchen praktisch. Wenn du dir zu einem früheren Zeitpunkt über diese Dinge Gedanken gemacht hättest, wärst du heute vielleicht nicht in dieser Lage.«

Und wenn du Ashoks Heiratsantrag eher zugestimmt hättest, denke ich verbittert, dann wäre ich heute ganz bestimmt nicht in dieser Lage.

»Beruhige dich, Nalini«, sagt Pishi. »Du weißt, daß es nie Sudhas Art war, egoistisch zu sein, oder das eine zu denken und etwas anderes zu sagen. Aber du hast recht, wenn du ihr rätst, Ashok zu heiraten. Er ist wirklich ein guter Mann. Nicht viele Mädchen bekommen eine zweite Chance wie diese. Wir werden uns gern um Dayita kümmern, und wir drei werden gute Arbeit leisten. Nicht wahr, Gouri?«

*Pishi, ich weiß, daß ihr das tun werdet. Aber können selbst drei Großmütter eine Mutter ersetzen?*

»Ja, ja«, erwidert Gouri Ma. Sie starrt auf die Tamarindenschoten hinaus, die wie geschwollene, schwarze Finger von den Zweigen herabhängen, und ich meine, eine gewisse Zögerlichkeit bei ihr zu spüren. Doch dann sagt sie nur: »Alles, was Ashok möchte, ist, ein paar Jahre mit dir allein zu verbringen. Das ist doch nicht zuviel verlangt, oder?«

*Führe mich nicht in Versuchung, Gouri Ma. Ich bin schon*

*schwach. Möchte schon zu gern die Hand der Liebe ergreifen, die Ashok mir hinhält.*

»Das ist es wahrlich nicht«, stimmt Mutter ihr zu. »Ich habe Männer gekannt, die darauf bestanden haben, daß Frauen ihre Kinder aus erster Ehe ins Waisenhaus schicken –«

»Ashok und ich haben uns gestern noch einmal unterhalten«, unterbricht Gouri Ma sie. »Er ist damit einverstanden, daß Dayita, sobald sie in die Schule geht, all ihre Ferien mit dir verbringen kann ...«

»Den Sommer, *puja*-Zeit, Weihnachten«, sagt Mutter und zählt sie an ihren Fingern ab. »Was willst du mehr?«

*Ich möchte, daß der Mann, der mein Ehemann werden soll, meine Tochter vorbehaltlos liebt. Womöglich ist das zuviel verlangt. Aber ich habe mich schon einmal mit zu wenig zufriedengegeben, und ich bin nicht bereit, dies abermals zu tun.*

»Wir versuchen ja nicht, dich loszuwerden, mein Kind«, fügt Pishi hinzu. »Du weißt, wie sehr wir dich lieben. Aber wir drei haben gelernt, wie schwer es ist, das Leben ohne Mann zu meistern. Leider hat sich die Welt nicht allzu sehr verändert, seit wir unsere Ehemänner verloren haben.«

»Zumindest hatten die Leute Mitleid mit uns, weil wir Witwen waren«, sagt Mutter. »Was glaubst du, was sie über dich sagen werden?«

»Dayita ist meine Tochter«, sage ich. »Sie braucht mich. Wie soll ich ihr später einmal gegenübertreten, wenn sie mich dazu befragt, daß ich sie im Stich gelassen habe, um meinen eigenen Vergnügungen nachzugehen?«

»Hört euch das nur an!« protestiert meine Mutter. »Läßt man etwa sein Kind im Stich, wenn man es in die Obhut dreier liebevoller Großmütter gibt?«

»Ich würde sie in meinem Herzen im Stich lassen«, entgegne ich und blicke Gouri Ma geradewegs in die Augen. Sie sind ganz trüb vor Traurigkeit, als wisse sie, wie steinig die Straße sein wird, die ich gewählt habe. Aber sie versteht mich.

»Quäle das arme Mädchen nicht weiter, Nalini«, sagt sie. »Warten wir ab, wie sich die Dinge entwickeln. Hoffen wir, daß Ashok seine Meinung ändern wird.«

Aber darauf hoffe ich selbst nicht mehr. An jenem Tag, als Ashok meine Träume wie ein Kartenhaus zusammenbrechen ließ, habe ich mir geschworen, meine Hoffnungen nicht länger auf ein Glück zu setzen, das in der Hand eines anderen Menschen liegt. Ich wische meine Tränen heimlich fort, und sie verbrühen mich wie geschmolzenes Eisen. Aber als ich Ashok schreibe, daß ich Dayita nicht aufgeben kann, egal, wie sehr ich ihn liebe, da tue ich es mit fester Hand.

Letzte Nacht habe ich von Prem geträumt. Er war blau wie Krishna und trieb einer Schneeflocke gleich in milchigem Licht dahin. Er streckte seine kleinen Hände nach Dayita und mir aus und sagte: *Kommt.* Ich erwachte tränenüberströmt, ohne zu wissen, warum ich weinte. Den ganzen Nachmittag über schon liegt ein Rest von Melancholie wie Schlamm auf meinem Herzen. Ich versuche, ihn wegzuschaffen, indem ich eine Bettdecke entwerfe, doch meine Muster sind irgendwie immer falsch, und der Abfalleimer füllt sich mit zerknülltem Papier.

Vielleicht lenkt mich der Brief, den ich gestern von Anju erhalten habe, zu sehr ab.

In dem Brief schrieb sie, wir sollen nach Amerika kommen. Das Leben in Amerika sei nicht unproblematisch, aber zumindest verschaffe es mir den Vorteil der Anonymität. Niemand dort würde etwas darum geben, daß ich die Tochter der Chatterjees bin oder eine Scheidung hinter mir habe. Ich könne mir eine neue Existenz aufbauen, meinen Lebensunterhalt selbst verdienen, Dayita alles geben, was sie benötigt. Und niemand würde auf mich herabblicken, denn in Amerika gebe es viele Mütter, wie ich eine bin, Mütter, die sich entschlossen hätten, daß es besser ist, allein zu leben, als mit dem falschen Mann.

Ich lese diesen Abschnitt immer und immer wieder. Was Anju da sagt, eröffnet mir eine Perspektive, die ich noch nie in Betracht gezogen habe. Auf diese Weise wäre ich keine Last mehr für die Mütter, die schon viel zu viele ihrer beschränkten Mittel für mich aufgewendet haben. Und nun, da Ashok wie ein Meteor in mein Leben eingedrungen und wieder daraus verschwunden ist, nur einen rauchigen, sengenden Schweif hinterlassen hat, gibt es nichts mehr, was mich noch in diesem Land hält.

Trotzdem zögere ich. Diese kleine Wohnung, sie ist mir schon so vertraut. Wie freudig die Mütter mich umsorgen. Dort drüben dagegen: die Lebensweise eines fremden Landes, fremde Menschen. Die Angst, einmal mehr eine Last zu sein.

Denn auch wenn Anju es nicht erwähnt hat, so war Sunil doch zwischen allen Zeilen präsent. Als Anju schrieb, ein Mann könne niemals begreifen, was ich durchleide, verstand ich, was sie damit sagen wollte. Als sie schrieb, daß sie heimlich arbeite, um das Geld für mein Flugticket bezahlen zu können, da verstand ich auch das. Sunil wollte mich nicht in Amerika haben.

Ich mache ihm keinen Vorwurf. Es ist nur natürlich, daß ein Mann sein Eigentum für die Menschen erhalten will, die zu ihm gehören: für seine Frau und seinen Sohn. Und wenn sich noch etwas anderes hinter seinem Sträuben verbirgt, dann die Scham über den Verlust seiner Kontrolle an einem schwülheißen Nachmittag in einem Garten voller betäubendem Geißblatt. Daß er nicht ständig daran erinnert werden will, verstehe ich ebenfalls.

Denn das will ich auch nicht.

Ich schloß den Brief in meine Truhe und erwähnte ihn den Müttern gegenüber nicht.

Ich bin in Kalkutta besser aufgehoben, rede ich mir ein, während ich damit beginne, ein Muster in verschiedenen Blautönen zu zeichnen. So viele Frauen überleben hier auf sich allein gestellt – warum nicht auch ich? Meine Fertigkeiten mit der Nadel müssen doch etwas wert sein! Diese Bettdecke wird ein Test sein. Ich werde sie besticken und sie dann von Singhji in die Boutique Anarkali an der Ecke der Rashbehari-Kreuzung bringen lassen. Vielleicht finden sie dort Gefallen daran und bestellen weitere.

Plötzlich weht mir eine Windbö, von der ich nicht weiß, woher sie gekommen ist, einige Sandkörner in die Augen. Als ich die Hand hebe, um sie wegzureiben, packt der Wind das Papier, auf dem ich zeichne. Ich versuche, danach zu greifen, doch er ist zu schnell. Das Blatt weht über das Fenstersims und verschwindet unter den Füßen der zahlreichen Passanten auf der Straße. Unwillkürlich erzittere ich. Ist dies der kühle, rachsüchtige Atem des Bidhata Purush, der mich warnt, keine Muster in mein Leben zu sticken, die er dort nicht vorgesehen hat?

Dickköpfig greife ich nach einem weiteren Blatt und beginne erneut zu zeichnen. Ich *werde* mich beweisen. Ich *werde* mein Schicksal selbst bestimmen. Ich *werde* ein neues Leben für mich entwerfen. Ich wedele das abergläubische Unbehagen, das wie Mücken in meinen Ohren summt, fort.

Der neue Entwurf ist sogar noch schöner als der alte. Konzentrische Kreise aus Lotusblüten, die Spirale des Todes und der Wiedergeburt, und in der Mitte eine einzige, geöffnete Blume, die die Freiheit symbolisiert, Freiheit von diesem erdgebundenen Dasein, das wir Menschen mit unseren vielschichtigen Sorgen angefüllt haben.

~

Wir haben beinahe jeden Abend Besuch. Verwandte, Freunde, ehemalige und auch neue Nachbarn. Mehr Leute, als uns jemals in dem alten Haus besucht haben. Sie kommen aus Neugier, um zu sehen, wie die Frauen der Familie Chatterjee mit ihrem geschrumpften Vermögen zurechtkommen. Sie kommen, um ihr Mitleid auszudrücken, doch sie bleiben, um verblüfft und nicht selten neidisch zu beobachten, was hier vor sich geht.

Mit dem alten Haus scheinen die Mütter auch einen Großteil der Last alter Traditionen abgeworfen zu haben. Möglicherweise habe ich – welch eine Ironie – ihnen dabei geholfen. Denn nun, da ich weder als Ehefrau noch als Witwe zurückgekommen bin, nun, da ich all das, was die Gesellschaft als wertvoll erachtet, zurückgelassen habe, wovor sollen sie sich da noch fürchten? Sie haben die Räume verlassen, in denen die patriarchalischen Stimmen widerhallten, die darauf bestanden, daß sie zuallererst Witwen der Familie Chatterjee zu sein hatten. Jetzt können sie zum ersten Mal lernen, ihr Leben mit einer mädchenhaften Leichtigkeit zu führen.

Die Mütter sind Buchgesellschaften beigetreten und belegen Strickkurse. Sie unternehmen Spaziergänge um das Victoria Denkmal. Sie arbeiten als Freiwillige bei Mutter Teresas Shishu Bhavan mit und besuchen (in Begleitung des beharrlichen Singhji) Nachtkonzerte mit klassischer Musik, von denen sie in der frühmorgendlichen Kälte mit geröteten Wangen zurückkehren und ein Lied in *bhairav raga* summen. Sie unternehmen Tagesausflüge nach Dakshineswar und baden im Ganges. Sie beten im Tempel und essen anschließend *singaras* auf den Flußstufen, während die Nachmittagssonne ihr Haar trocknet. Sie reden bereits über eine Reise nach Darjeeling im Sommer. Es würde sie nicht viel kosten – Gouri Mas Cousin-Bruder besitzt dort einen Bungalow, der er ihr schon oft angeboten hat. Es wäre schön, in den Bergen zu sein, und das kühle Wetter für Dayita genau richtig. Wir könnten den besten Tee trinken, frisch abgepackt im *cha-bagan* am Ort und uns vom Tiger Hill den Sonnenuntergang ansehen.

»Es ist nicht *recht*«, sagt Tantchen Sarita, die uns heute besucht, zwischen großen, mißbilligenden Bissen *sandesh*, die Singhji unten an der Straße vom Süßwarenladen Deys und Söhne geholt hat.

Die Mütter haben auch das Kochen reduziert. Außer einigen Gerichten, die Pishi von Zeit zu Zeit für mich zubereitet, überlassen sie die Küche meist Ramur Ma. An verregneten Abenden bestellen sie knusprige, linsengefüllte *dalpuris* bei Deys und Söhne. Und einmal habe ich sie beim *panipuri* Straßenverkäufer erwischt, wo sie direkt an der Bushaltestelle Snacks auf *shal*-Blättern zu sich nahmen.

»Aber das habt ihr Anju und mir nie erlaubt!« protestierte ich. »Das ist einfach nicht fair!«

Die Mütter lächelten milde.

»Mittlerweile könnt ihr jetzt essen, was immer ihr wollt«, erwiderte Mutter mit überschwenglichem Tonfall. »Schließlich seid ihr jetzt erwachsen.«

»Richtig«, bestätigte Pishi sie.

»Das heißt, sobald du das Baby bekommen hast«, fügte Gouri Ma hinzu.

»Es ist nicht *recht*«, wiederholt Tantchen Sarita, schluckt den Rest ihres *sarulesh* hinunter und leckt sich die Finger sauber.

»Was ist nicht recht?« erkundigt sich Mutter nun ein wenig streitlustig bei Tantchen Sarita.

»Sudha und das Baby einfach mit nach Darjeeling zu nehmen, und all das ...«

»All was?« fragt Pishi ebenso streitlustig.

»Nun«, stammelt Tantchen Sarita und tritt den Rückzug an, »das Kind ist dann noch so klein, nur ein paar Monate alt, ist es denn da vernünftig, es allen möglichen Bazillen auszusetzen?«

»Keine Sorge«, erwidert Gouri Ma mit einem freundlichen Lächeln. »Wir werden unsere Enkeltochter ebenso wie ihre Mutter vor allen Bakterienträgern schützen.«

Aber natürlich wissen wir, was Tantchen Sarita wirklich meint. *Es ist nicht recht, daß ihr so viel Freude habt, wo Sudha doch Schande über euch gebracht hat, als sie ihren Mann verließ. Wo soll das denn nur hinführen? Statt dafür zu sorgen, daß sie ihre Tat bereut, benehmt ihr euch, als wärt ihr froh darüber. Und dieses Baby – ihr mögt euch ja vornehmen, die Kleine wie eine Prinzessin zu behandeln, aber wir wissen, was sie sein wird. Ein Mädchen ohne Vater. Ein Mädchen, das niemand haben wollte, außer ihre eigensinnige Mutter.*

Nachdem Tantchen Sarita gegangen ist, sind die Mütter den ganzen Abend besonders freundlich zu mir, besonders fröhlich. Sie erzählen mir Geschichten aus meiner Kindheit. Wie ungezogen ich gewesen bin. Sie hoffen, daß meine Tochter noch ungezogener sein wird, damit ich endlich begreife, welche Unannehmlichkeiten ich ihnen bereitet habe. Sie holen das alte Grammophon hervor und spielen Platten, die ich früher gern gehört habe, Volkslieder und Kinderlieder, *Ata gache tota pakhi* und *Dol, dol, dol.*

Ich lache gehorsam über die Scherze. Ich singe zur Platte mit:

*Der Papagei fliegt zum Zimtapfelbaum*
*Die Bienen sind in den Granatäpfeln*
*Ich rufe dich immerzu, kleine Braut*
*Warum nur anwortest du nicht?*

Später allerdings, nachdem alle zu Bett gegangen sind, sitze ich am dunklen Fenster und beobachte die Glühwürmchen, die in den Büschen unten flimmern. Eine lautlose Eidechse huscht an der Nachtwand entlang, um ein Insekt zu schlucken. Irgendwo in weiter Ferne schreit eine Eule, Vogel des Kummers, mit der Stimme eines Kindes. Dayita bewegt sich verschlafen in meinem Bauch, herzzerreißend, so sicher, daß man sie beschützt.

Wie lange werden die Mütter mein Kind vor den häßlichen Worten bewahren können, den Beschimpfungen, die ihr Menschen hinterherschleudern werden, die noch weitaus grausamer sind als Tantchen Sarita? Wie lange werde *ich* es tun können? Ich bin imstande, für ihre körperlichen Bedürfnisse zu sorgen – die Besitzer der Boutique Anarkali haben mich gebeten, sie regelmäßig zu beliefern –, aber was werde ich an dem Tag anworten, an dem mich Dayita fragt, wo ihr Vater ist? Und wenn ich es ihr sage – denn wenn ich es nicht tue, werden es ihr andere nur zu gern verraten – und sie mich fragt, warum er und seine Mutter ihren Tod gewünscht haben, wie soll ich ihr das dann erklären? Wie soll ich verhindern, daß sie glaubt, nichts wert zu sein? Wie soll ich jemals diesen Schmutzfleck von ihrem Herzen wischen? Ich erhebe mich im Dunkeln und öffne meine Kiste mit tastenden Händen. Ich krame darin herum, bis ich das kühle, glatte, amerikanische Papier finde. Anjus Versprechen einer Atempause. Anonymität. Ich presse den Brief an meine Wange, bis er warm ist, bis es mir so vorkommt, als halte ich Anjus Hand, und ich beginne, von neuem zu überlegen.

18

# *Anju*

DIE GANZE letzte Woche bin ich müder gewesen als jemals zuvor in meinem Leben. Ich habe mich durch die Tage geschleppt und mich gefragt, wie ich jemals den Rest meiner Schwangerschaft überstehen soll. Aber endlich ist der Freitag da, und ich bin froh! Freitag ist mein bester Tag. Da habe ich nur ein paar Kurse am College und muß nicht arbeiten. Ich habe vor, am Nachmittag einige Stunden lang ernsthaft zu lernen – nicht in der Hauptbibliothek, wo mich meine Kollegen und Kolleginnen immer zu einer kleinen Plauderei unterbrechen, sondern im ruhigen, obersten Stockwerk einer der Seminarbibliotheken. Ich bin völlig erschöpft, nachdem ich die Treppe hinaufgestiegen bin, aber oben steht ein gemütliches altes Sofa, auf dem ich meine Füße hochlege. Und dann, bevor ich überhaupt merke, daß es passiert, bin ich eingeschlafen. Als ich mit heftig pochendem Herzen hochfahre, ist es beinahe Abend. Scheiße! Ich hatte eigentlich noch die Einkäufe erledigen wollen, bevor ich Sunil vom Bahnhof abhole. Jetzt habe ich nicht einmal an meinen Hausarbeiten weitergemacht. Doch am schlimmsten ist, daß dieser nagende Schmerz, den ich schon die ganze Woche in meinem Kreuz spüre, schlimmer geworden ist. Wahrscheinlich, weil ich so zusammengedrückt auf dem Sofa gelegen habe, das nicht einmal halb so bequem ist, wie es aussieht. Als ich mich aufrichte, ergießt sich der Schmerz auch in meinen Bauch hinein. Ich versuche, ihn fortzumassieren. Unter meinen Rippen spüre ich eine vertraute Erhebung – der Kopf meines Sohnes –, und auch wenn ich Schmerzen habe, lächle ich. Du liegst falsch, mein Schatz, flüstere ich und tätschele ihn. Aber ich mache mir keine Gedanken, er hat noch drei Monate Zeit, sich umzudrehen.

Ich schaffe es in Rekordzeit bis zum Bahnhof, steuere den

Wagen wie ein echter James Bond um die Ecken, aber von Sunil ist weit und breit nichts zu sehen. Ich warte die nächsten beiden Züge ab und werde von Minute zu Minute ängstlicher. Mein Rücken bringt mich um. In maximal fünf Minuten muß ich zur Toilette, sonst garantiere ich für nichts mehr. Schließlich gebe ich auf und fahre nach Hause. Das erste, was ich sehe, als ich die Tür öffne, ist mein lieber Mann, der behaglich in seinem Sessel sitzt, einen Bierkrug in der Hand, und fernsieht. Dabei muß doch selbst die gelassenste Seele unter die Decke gehen!

»Was zum Teufel ist passiert? Weißt du, was ich mir für Sorgen gemacht habe?« schreie ich auf dem Weg zum Badezimmer über die Schulter. Der Schmerz in meinem Bauch muß wohl von der überstrapazierten Blase herrühren, denn er läßt etwas nach, und ich kehre kampfbereit ins Wohnzimmer zurück. Als ich jedoch den Ausdruck auf Sunils Gesicht sehe, bin ich bestürzt. Er guckt nicht entschuldigend, wie ich gedacht habe, sondern wutentbrannt.

Gott! Es muß etwas Schreckliches passiert sein, daß er so früh nach Hause gekommen ist. Hat man ihm vielleicht gekündigt? Ich schäme mich meiner egoistischen Gedanken, die einer nach dem anderen in mir zu explodieren beginnen, wie die Knallfrösche an Kali Puja. Ob die Versicherung dann trotzdem für meine Geburt zahlen wird? Wovon soll ich unser Kind ernähren? Und: Jetzt werde ich Sudha niemals hier herholen können.

»Was ist los?« flüstere ich schließlich und setze mich. Ich strecke die Hand aus, um Sunil an der Schulter zu berühren, doch er stößt sie weg.

»Mit *mir* ist nichts los«, entgegnet er barsch.

»Warum bist du denn dann schon so früh so Hause?«

»Ich mußte einen Kunden ganz in der Nähe besuchen und habe deshalb ein Taxi nach Hause genommen. Ich habe versucht, dich anzurufen – da sind mehrere Nachrichten von mir drauf –« er nickt kurz mit dem Kinn Richtung Anrufbeantworter, » – aber du warst nicht da.«

»Ich bin in der Bibliothek eingeschlafen.«

»Aber natürlich!« Sunils Stimme trieft vor Sarkasmus.

Ich blicke ihn überrascht an. »Was soll denn das?«

»Und was ist hiermit?« entgegnet er und läßt den Finger mit einer ruckartigen Bewegung auf den Abspielknopf des Anrufbeantworters hinabsausen. »Das habe ich gehört, als ich meine Anrufe löschen wollte.«

»Anju«, sagt eine amerikanische Frauenstimme. »Ich hoffe, daß ich die richtige Nummer gewählt habe, denn sie stand nicht in den Unterlagen.« Ich benötige einen Moment, um zu erkennen, daß diese Frau manchmal meine Vorgesetzte vertritt. Mein Herz macht einen entsetzten Sprung. »Tut mir leid, wenn ich Sie zu Hause störe, aber wir sind hier in einer echten Notlage. Drei unserer Aushilfen haben die Grippe, und da die Examenswoche bevorsteht, geht es hier drunter und drüber. Ich weiß, daß Sie sonst nicht an den Wochenenden arbeiten, aber könnten Sie wohl ausnahmsweise morgen für ein paar Stunden kommen? Rufen Sie mich doch bitte an, sobald Sie diese Nachricht erhalten haben ...«

Wenn der Donner flüstern könnte, dann würde er wie Sunils Stimme klingen. »Wie lange geht das schon? Und warum? Was brauchst du denn so dringend, daß du dir das Geld auf diese Weise heimlich verdienen mußtest?« Unter der Wut in seinen Augen liegt ein verzweifelter Schmerz.

»Es ist für Sudha«, platze ich heraus. »Ich spare für ihr Flugticket. Ich mußte es ja so machen, weil du nicht helfen wolltest.« Jemand scheint die Knochen in meinem Kreuz mit beiden Händen auseinander zu ziehen. Wenn das doch alles endlich vorbei wäre und ich mich hinlegen könnte!

Ich erwarte einen weiteren Ausbruch von Sunil, aber er ist eigenartig schweigsam. In der zunehmenden abendlichen Dunkelheit huscht ein Ausdruck über sein Gesicht, doch er ist schon wieder verschwunden, bevor ich ihn zu deuten vermag.

»Du *mußtest* dich unbedingt einmischen, nicht wahr?« sagt er schließlich. Eine rissige Müdigkeit liegt in seiner Stimme. »Warum konntest du dich nicht zurückhalten?«

»Was soll das heißen, einmischen?« erkundige ich mich. Ich bin auch müde, zu müde, um zu streiten, zu müde für Diplomatie. »Sudha ist meine Schwester. Sie ist der Mensch, den ich am meisten auf dieser Welt liebe. Du hast mir doch selbst gesagt, wie schwer das Leben in Indien jetzt für sie sein wird, wo sie nicht mehr verheiratet ist. Wie kann ich sie dort leiden lassen?«

»Geh zu Bett, Anju«, sagt Sunil seufzend. »Du siehst schrecklich aus. Jetzt weiß ich auch, warum du in den letzten Monaten so müde und gereizt gewesen bist – du arbeitest dich zu Tode. Ich werde dir etwas heiße Suppe bringen und dann diese Frau anrufen, um ihr zu sagen, daß du kündigst.«

Ich springe mit letzter Kraft auf die Füße. »Das wirst du nicht tun!« rufe ich. »Ich kündige nicht. Es geht mir gut. Ich *werde* weiterarbeiten. Ich *werde* Sudha nach Amerika holen, ob dir das nun paßt oder nicht.«

»Bitte, Anju«, entgegnet Sunil. »Geh und leg dich hin. Du bist ja ganz aufgewühlt.«

»Behandle mich nicht wie ein Kind!« Ich schreie jetzt, keuche nach Luft. Jemand zertrümmert die Knochen in meinem Becken mit einem Stahlhammer. »Ich werde nicht zulassen, daß du mich kontrollierst, wie dein Vater es mit deiner Mutter tut. Ich werde nicht –«

Und dann ist der Schmerz so schlimm, daß ich mich zusammenkrümmen muß, doch ich sehe noch den betroffenen Blick in Sunils Augen. Eine klebrige Feuchtigkeit ist plötzlich zwischen meinen Beinen, ein dunkler Fleck beginnt sich entlang meiner Hosenbeine nach unten auszubreiten. In der Luft liegt ein Geruch wie rostiges Metall. Habe ich die Kontrolle über meine Blase verloren?

Sunil murmelt etwas, während er nach dem Telefonhörer greift.

»Nein!« schreie ich und hechte vorwärts, um ihm den Hörer aus der Hand zu schlagen.

»Hör auf, Anju«, erwidert er und versucht, mich mit der freien Hand abzuwehren. »Beruhige dich. Ich rufe nicht in der Bibliothek an. Ich rufe einen Krankenwagen.«

Die Knallfrösche explodieren ein weiteres Mal in meinem Inneren und nehmen mich mit sich.

Als ich wieder zu mir komme, ist der Schmerz durchdringend, ein heißes Licht, das mich durch den dichten Schleier der Medikamente blendet. Aber viel schlimmer ist das hohle Gefühl, das ich habe, die Empfindung, daß es zu spät ist.

Ich nehme all meinen Mut zusammen und berühre meinen Bauch. Tief unten ertaste ich einen Verband, Spuren einer Katastrophe, die ich dummerweise irgendwie verschlafen habe. Und auch, wenn mein Leib sich immer noch geschwollen anfühlt, spüre ich, daß das Baby fort ist.

Ich bin mir nicht sicher, was als nächstes geschieht. Die Tränen, die in Strömen an den Seiten meines Gesichts hinunterlaufen, bis sie wie warmes Blut Lachen in meinen Ohren bilden. Oder die Schwester in ihrer frischgestärkten Tracht, die ein unerträglich fröhliches Lächeln auf den Lippen hat und die Tatsache kommentiert, daß ich wach bin. Oder die Schreie, die mir ganz unabhängig von meinem Willen entweichen, weil tief unten in meiner Kehle eine unerschöpfliche Fontäne hervorschießt, wie in den Märchen, die Pishi immer erzählte, als ich noch zu jung war, um zu begreifen, daß das Leben grausamer sein kann als jede erdachte Geschichte. Oder die Hände, die mich hinabdrücken, die Nadel, die mein Fleisch durchdringt, das brennende Sprudeln weiterer betäubender Medikamente. Aber schließlich ist Sunil da, streicht mir übers Haar, beschwört mich, daß ich tapfer sein müsse.

»Sag es mir«, hauche ich. Meine Stimme ist ein heiseres, kratziges Ding. Nichts darin deutet auf den hilflosen Zorn, der sich in meinem Inneren zu einer Explosion aufbaut. Als Sunil zögert, packe ich seine Hand mit all der Kraft, die ich aufzubringen vermag, und grabe meine Nägel hinein. Ich will, daß er Schmerz empfindet, daß er zumindest ein blasses Echo dessen fühlt, was ich fühle. »Sag mir alles!«

Man hatte mich schwer blutend ins Krankenhaus gefahren, mich so schnell wie möglich in den OP gebracht und einen Kaiserschnitt vorgenommen. Aber da hatte sein Herz schon aufgehört zu schlagen.

»Ich möchte ihn sehen«, flüstere ich, aber Sunil schüttelt den Kopf. Der Leichnam ist bereits fortgeschafft worden.

Doch selbst wenn es anders gewesen wäre, hätten sich die Ärzte dagegen ausgesprochen. Das beste für mich sei, den ganzen Vorfall so schnell wie möglich hinter mir zu lassen – so wäre das Baby weniger real.

Oh, diese Dummheit der Männer. Ich hatte ihn sechs Monate in mir getragen. Ich hatte jeden Tag mit ihm geredet, seit ich wußte, daß es ihn gab. Er hatte mit der winzigen Helligkeit eines Sterns gegen mein Fleisch pulsiert, mich geleitet und mir Mut gemacht. Durch die dünne Schicht meiner Haut hatte ich seinen Kopf berührt. Nichts, was sie taten, vermochte die schmerzvolle Realität dessen zu vermindern, was er mir bedeutet hatte.

Ich versuche, mit Sunil zu streiten, aber meine Zunge ist schwer von den Beruhigungsmitteln, und in seinen Augen sehe ich, daß er seine Entscheidung getroffen hat.

Es ist schwer, Worte mit Lippen zu formen, die so starr sind wie Leder. Aber eins muß ich noch wissen, bevor ich wieder in den Schlaf hinabsinke. »Wie hat er ausgesehen?« frage ich. Die Worte kommen so undeutlich hervor, daß ich Angst habe, Sunil würde sie nicht verstehen, doch er tut es.

»Er war wunderschön. Kleine Hände wie Seesterne.«

Sunils Augen nehmen bei der Erinnerung einen entrückten Ausdruck an. Die Sanftheit, mit der mein sonst so unpoetischer Mann spricht, erstaunt mich. »Etwas hat mit der Nabelschnur nicht gestimmt, sie hat ihm den Sauerstoff abgeschnitten, deshalb war er blau – wie ein kleiner Krish-na.«

Seine Worte überraschen mich erneut. Aber natürlich sind sie überaus treffend. Ich kann das durchscheinende Blau der Haut meines Babys durch die Dunkelheit meiner fest geschlossenen Lider schimmern sehen.

»Er war so wunderschön«, wiederholt Sunil. Die Bitterkeit in seiner Stimme stemmt meine Lider auf. Eine leuchtende Wut flackert uber sein Gesicht, wie Elektrizität in einer Sturmwolke.

Da weiß ich, daß ich mich zuvor getäuscht habe. Herzen brechen eben auf verschiedene Weisen, das eines Vaters aber nicht weniger als das einer Mutter.

»Ich habe mein Baby umgebracht.«

Ich bin nicht sicher, ob ich die Worte laut ausgesprochen oder sie nur zwischen den heißen Stahlbändern, die mir die Kehle zudrücken, gedacht habe. Aber daran, daß Sunils Körper plötzlich in völliger Regungslosigkeit erstarrt, erkenne ich, daß er mich gehört hat.

»Sei nicht albern, Anju«, sagt er nach einer Weile.

Diese Weile – dieses unglaubliche, anschuldigende Gewicht dieser Weile bringt mich dazu, meinen Kopf in den antiseptischen Geruch des Krankenhauskissens zu drehen und meine Lider ganz, ganz fest zusammenzudrücken.

Ich werde sie nie wieder öffnen.

# 19

# *Sudha*

Sie versuchten, mir die Neuigkeit vorzuenthalten aus Angst vor dem, was ich tun könnte, aber ich hatte dennoch eine Vermutung. Ich roch es in der Wohnungsluft, die trotz der glühenden Aprilhitze draußen plötzlich kalt war. Kalt und schwer durch den Duft weißer Chrysanthemen, obwohl es gar nicht die Zeit dafür war. Weiße Chrysanthemen, wie wir sie bei Beerdigungen über die Toten streuen. Manchmal wachte ich nachts auf und glaubte, Schluchzen aus Gouri Mas Zimmer zu hören. Dann ging ich hinüber. Sie schlief mit der Bettdecke über dem Gesicht – schien besonders tief zu schlafen, da sie nicht reagierte, wenn ich sie rief. Und seit über einem Monat war kein Brief mehr von Anju eingetroffen.

»Sie muß sehr beschäftigt sein oder vielleicht auch schlecht gelaunt – du weißt ja, wie Schwangere manchmal sind«, antwortet Pishi mir, als ich ihr erzähle, daß ich mir Sorgen mache. »Du solltest dich im Augenblick nur darum kümmern, gut zu essen und dich auszuruhen, deine Übungen zu machen und dich vor allen Dingen nicht zu sorgen.«

»Aber meinst du nicht, daß wir zumindest mal anrufen sollten?«

»Oh, Sunil hat erst vor kurzem angerufen, als du gerade deinen Morgenspaziergang gemacht hast …«

»Und wie kommt es, daß du mir nichts davon erzählt hast?« erkundige ich mich verärgert.

Pishi seufzt. »Ich werde alt – ich fürchte, ab und zu vergesse ich manche Dinge einfach.« Sie sieht plötzlich wirklich alt aus – und erschöpft. Die Haut unter ihren Augen hängt lose herab und ist purpurn gefärbt. Ob ihr die Arthritis wohl wieder zu schaffen macht und sie nachts wach hält? »Jedenfalls geht es beiden gut, also hör auf, dir so viele Gedanken zu machen.«

Ich blicke ihr aufmerksam in die Augen – sind sie nicht rotgeränderter als gewöhnlich? –, doch sie meidet meinen Blick und geht davon, um ihr Bad zu nehmen.

Als eine weitere Woche vergeht, ohne daß ein Brief von Anju eintrifft, greife ich zum Telefonhörer. Ich rufe zu unserer gewöhnlichen Zeit an – Morgen in Indien, Abend in Amerika. Anju ist um diese Zeit normalerweise schon zu Hause, bereitet das Essen vor und beschwert sich darüber. Aber dieses Mal nimmt niemand ab, und obwohl ich ihr eine Nachricht hinterlasse, ruft sie mich nicht zurück.

»Das ist seltsam«, sage ich zu den Müttern, nachdem zwei Tage vergangen sind. »Anju würde sich doch gewiß melden – schließlich rufe ich sie so selten an. Es muß ihr doch klar sein, daß es wichtig ist.«

»Vielleicht sind sie in Urlaub gefahren«, erwidert Mutter.

Aber damit gebe ich mich nicht zufrieden. Ich beschließe, noch einmal anzurufen. Wenn die Mütter nicht zu Hause sind.

Den Müttern scheint es in letzter Zeit sehr zu widerstreben, mich allein zu lassen, daher muß ich warten, bis die Zeit für unseren wöchentlichen Gang zum Tempel gekommen ist. Kurz bevor wir aufbrechen wollen, teile ich ihnen mit, daß ich zu müde sei.

»Komm schon, es ist doch nicht weit«, beharrt Mutter. »Es bringt Unglück, zu sagen, man wolle zum Tempel gehen, um sich dann anders zu entscheiden.«

»Wir könnten ein Taxi nehmen«, bietet Gouri Ma an.

Ich gähne kräftig. »Ich glaube wirklich, daß ich mich ein wenig hinlegen sollte.«

»Dann bleibe ich wohl besser bei dir«, sagt Pishi.

»Nein, nein. Bitte geht nur und betet für Dayita und mich. Ich werde doch sowieso nur im Bett liegen.«

Als ich sie schließlich überzeugt habe, ohne mich aufzubrechen, ist es beinahe Mittag. Mitternacht in Kalifornien. Es tut mir leid, Anju stören zu müssen, aber auf diese Weise wird sie wenigstens mit Sicherheit zu Hause sein.

Sunil nimmt den Hörer ab. Seine Stimme klingt schläfrig verwirrt und jung. Eine Stimme, die ich nicht wiedererkannt hätte – es ist schon so lange her, daß ich sie gehört habe –, wenn ich nicht wüßte, daß er es sein muß. Für einen Moment bin ich verlegen – das letzte Mal hatten wir uns an jenem unglückseligen Nachmittag im Garten unterhalten –, aber ich schiebe das Gefühl beiseite. Ich rufe ja wegen Anju an, sage ich mir fest. Außerdem sind wir jetzt beide erwachsen und haben im Leben schon genug mitgemacht, um zu wissen, welche Dinge unsere Aufmerksamkeit verlangen, und welche wir besser ruhen lassen sollten. Als ich ihm sage, wer ich bin, schweigt er für einen Augenblick – ob auch er an die Jasminlaube denkt? –, doch dann antwortet er ein wenig abrupt, daß Anju schlafe. Er möchte sie nicht stören, denn sie schlafe in letzter Zeit nicht sehr gut. »Ich werde ihr sagen, daß du angerufen hast«, sagt er und es klingt, als wolle er auflegen.

»Warte«, rufe ich, »warte!« Und dann kommt mir plötzlich wie ein Donnerschlag eine Idee. Es ist einen Versuch wert. Zumindest werde ich auf diese Weise wissen, ob ich mir die ganze Zeit über unnötig Sorgen gemacht habe, wie die Mütter behaupten. »Geht es Anju besser?«

Ich kreuze die Finger, während ich die Worte ausspreche. Bitte, Gott, laß Sunil sagen: Wovon zum Teufel redest du?

Statt dessen erwidert er mit erstaunter Stimme: »Also haben sie es dir doch gesagt! Ich dachte, sie wollten es erst nach der Geburt tun. Nein, es geht ihr nicht besser. Im Gegenteil, sie ist in einem schlimmeren Zustand als in den ersten Tagen, nachdem sie das Baby verloren hat.«

Die Worte treffen mich wie eine Faust mitten in die Brust, boxen die Luft aus mir heraus. Als ich wieder atmen kann, ist es ein keuchender, stoßweise kommender Laut, und ich bedecke die Muschel, damit Sunil ihn nicht hören kann. Oh, Anju, Anju! Wie konnte das nur geschehen? Und ich bin nicht in deiner Nähe, um dir in dieser schrecklichen Zeit zu helfen!

»Ich habe nur Anjus Mutter gegenüber etwas erwähnt, und

auch das nur andeutungsweise – ich weiß, daß sie ein krankes Herz hat, aber ich drehe durch, wenn ich nicht bald mit jemandem darüber reden kann«, sagt Sunil. »Sie will nicht aufstehen. Sie liegt den ganzen Tag lang im Bett. Das heißt, auf dem Sofa. Da schläft sie im Moment nämlich immer. Sie weigert sich, ihre Antidepressiva zu nehmen. Ich lege ihr die Tabletten jeden Morgen, bevor ich zur Arbeit gehe, neben den Teller, und wenn ich zurückkomme, dann liegen sie immer noch da. Sie hat sehr abgenommen – wenn ich ihre Hand nehme, fühlt sie sich wie die einer alten Frau an, bei der die Haut über die Knochen gleitet. Sie ißt nur, wenn ich sie mit dem Löffel füttere.«

Die Worte ergießen sich durch das Telefon und breiten sich in einer großen Lache um mich aus. Jetzt steigen sie bereits über meine Fußknöchel, an den Waden hinauf. »Und sie redet auch nicht. Sie hat nicht ein einziges Wort gesprochen, seit ich sie nach Hause geholt habe. Ich glaube, sie gibt sich selbst die Schuld. Ich sage ihr immer wieder, daß sie das lassen soll, aber meine Worte haben gar keine Wirkung auf sie. Einmal habe ich versucht, ihr begreiflich zu machen, wie sehr auch ich leide –« an dieser Stelle verstummt Sunil für einen Augenblick und räuspert sich »– ich dachte, das würde diese Mauer zwischen uns einreißen, aber sie hat nur ihren Kopf mit dem Kissen bedeckt. Das tut sie auch, wann immer ich sie frage, ob sie ihre Mutter in Indien besuchen möchte. Der Arzt will sie für eine Weile in ein Pflegeheim einweisen, aber als er ihr dies bei unserem letzten Besuch sagte, begann ihr ganzer Körper zu zittern, und ihre Augen wurden wild und unruhig, wie die eines in die Enge getriebenen Tieres. Ich ertrage den Gedanken nicht, sie fortzuschicken. Aber ich weiß nicht, was ich sonst tun soll. Ich habe keinen Urlaub mehr, und ihr Zustand bessert sich einfach nicht.«

Ich bemerke, daß ich meinen Bauch fest umfangen halte, ganz so, als würde mir Dayita sonst entgleiten wie mein schöner, unerreichbarer Prem.

*Nicht jetzt, Sudha. Denk nun nur an Anju.*

»Vielleicht kannst du irgendwie helfen«, sagt Sunil.

Ich denke verzweifelt nach. Mein Kopf füllt sich mit einem Brüllen, wie ein entfernt tosendes Feuer, mit dem Schwirren des Staubs, aufgewirbelt durch das wütende Vorbeiziehen des Bidhata Purush. Und dann weiß ich es.

»Ist sie noch wach?« erkundige ich mich. »Dann halte ihr den Hörer ans Ohr.«

Das tut er, und ich beginne zu sprechen. Das Innere meines Mundes ist mit Staub überzogen. Staub ziert den Saum meiner Lungen. Er preßt sich auf mich wie ein nicht gehaltenes Versprechen, saugt meine Stimme auf. Aber ich zwinge mich, weiterzureden.

»Es war einmal eine Prinzessin, die ihre Kindheit in einem zerfallenen Marmorpalast verbrachte, der von Wachen umgeben war. Die Wachen erklärten ihr, was sich gehört und was nicht, und hielten ihr Speere mit vergifteten Spitzen vor das Gesicht, wenn sie versuchte, jene Grenzen zu überqueren, die sie für sie gezogen hatten. Als sie alt genug war, heiratete sie gehorsam den König, den sie für sie ausgewählt hatten. Die Knallfrösche bei der Hochzeit machten einen solchen Lärm, daß niemand hörte, wie ihr Herz zerbrach. Und als sie ins Haus ihres Mannes kam, hatte sie keine Schwierigkeiten, sich anzupassen, denn dort war alles so, wie in dem Haus, in dem sie aufgewachsen war, außer, daß die Wachen noch grimmiger und ihre Speerspitzen noch giftiger waren.

Mit der Ehe ging es gut, bis die Königin ein Kind erwartete und der Moment der Geburt kurz bevor stand. Da entdeckte ein Wahrsager, daß das Baby ein Mädchen war. Entsetzt von der Vorstellung, zukünftig von einer Herrscherin regiert zu werden, zielten die Wachen mit ihren Giftspeeren auf den Bauch der Königin, um das Kind noch vor der Geburt umzubringen. Der König, ganz versteinert vor Angst, vermochte nichts zu tun, um seine Frau zu schützen.«

Ich stolpere über die Worte. Das ist gar nicht die Geschichte, die ich Anju erzählen wollte. Aber sie hat wie durch Zwang ihre eigene Form angenommen, und ich muß ihr folgen, wohin sie auch führen mag.

»Auch die Königin war von Furcht erfüllt, doch sie legte

ihre Hände auf ihren Bauch, um durch die Hilfe ihrer ungeborenen Tochter Mut zu fassen. Und sie spürte, wie etwas durch die Hülle ihres Leibes in ihre Hände glitt. Als sie hinabblickte, sah sie, daß es ein Schwert war, ein flammendes Schwert aus Licht, und dann ein weiteres, eins für jede Hand. Die Königin ließ die Schwerter über ihrem Kopf wirbeln wie die Göttin Durga, wie die Rani von Jhansi, und ging aus dem Palast, ohne daß jemand es wagte, sie daran zu hindern.

Unterwegs traf die Königin viele Leute, doch obwohl diese sie und ihre jüngst geborene Tochter liebten, machte ihnen der Gedanke an die Wachen, die möglicherweise die Verfolgung aufgenommen hatten, zuviel Angst. Wieder andere empfanden ein unbehagliches Gefühl angesichts der unheimlichen, leuchtenden Helligkeit, die Mutter und Tochter zu dieser Zeit ausstrahlten, denn Leiden und Mut ruft eine solche Helligkeit in uns wach. Daher getraute sich niemand, ihnen Unterschlupf zu gewähren.

Die Königin suchte weiter nach einem neuen Zuhause. An manchen Tagen war ihr das Herz schwer, und sie fragte sich, ob ihre Tochter und sie wohl verdammt waren, bis ans Ende ihrer Tage rastlos umherzureisen, aber sie gab niemals auf. Bis zu dem Tag, als sie den Ozean erreichte und es keinen anderen Ort mehr gab, an den sie hätte gehen können.«

Ich verstummte. Die Worte, denen ich durch das Labyrinth der Erinnerung gefolgt war wie Theseus seinem Faden, sind versiegt. Was soll ich nun tun?

Dann vernehme ich – ganz leise – Anjus Stimme. »Doch plötzlich hörte die Königin jemanden sagen: ›Sorge dich nicht, Liebste. Nimm meine Hand.‹ Und als sie aufsah, da erblickte sie einen Regenbogen, der sich von der anderen Seite der Erde bis hin zu ihr erstreckte. Denn in all der Aufregung hatte die Königin vergessen, daß sie eine Zwillingsschwester besaß, die in einem Land auf der anderen Seite des Ozeans lebte. Die Schwester sandte ihr ihre Liebe in Form dieses Regenbogens …«

Anjus Stimme versagt, doch ich greife die Geschichte auf und erzähle sie weiter. »Die Königin hielt ihre Tochter an der einen Hand, während sie mit der anderen den Regenbogen ergriff. Und ihre Schwester zog sie über den Ozean, über die aufgerissenen Schlünde der Seemonster hinweg, in die Sicherheit.«

Anju weint jetzt. »Oh, Sudha«, sagt sie zwischen Schluchzern, »ich brauche dich. Ich brauche dich so sehr! Ich sehne mich nach dir. Ich habe mich so bemüht, das Geld für dein Flugticket zusammenzubekommen, aber ich habe alles verdorben.«

O Gott! Ob Anju deshalb die Fehlgeburt hatte? Weil sie für mich arbeitete, für mich unglückseligen Menschen? Was habe ich ihr im Leben jemals anderes eingebracht als Pech?

»Bitte komm«, sagt Anju. »Versprich mir, daß du sofort kommst.«

Ich bin zutiefst erschrocken, wie schwach ihre Stimme klingt, wie elend. Genauso hätte ich einmal geklungen, zu einer Zeit bevor ich lernte, daß eine Mutter sich keine Ängste leisten kann.

Ich bemühe mich, mit ruhiger Stimme zu sprechen. »Ich werde so schnell kommen, wie ich kann – nach Dayitas Geburt. Aber jetzt hör mir zu. Bis dahin mußt du alles tun, was der Doktor sagt, damit es dir bald besser geht. Wie willst du mir sonst dabei helfen, für Dayita zu sorgen? Schließlich ist sie ebensosehr deine Tochter wie meine.«

Anju lacht auf. Es ist ein zittriges, rostiges Lachen. »Sudha, ich kann es kaum erwarten, dich wiederzusehen! Wir beide werden viel Freude miteinander haben.«

»Wir drei«, korrigiere ich sie.

»Ich kann es gar nicht glauben, daß du hier sein wirst, Sudha, wie in den guten, alten Zeiten!« ruft Anju mit der hohen, klaren Stimme eines Kindes, als hätte sie kein Wort von dem gehört, was ich über Dayita gesagt habe.

Nachdem die Mütter zurückgekehrt und alles gehört haben, halten wir uns umschlungen und weinen. Dann schimpfen wir miteinander. »Wie konntet ihr mir nur so etwas Wichtiges vorenthalten?« frage ich. »Du hast behauptet, du könntest nicht mit zum Tempel kommen, weil du müde bist!« beschweren sie sich. Wir schütteln die Köpfe angesichts der Tatsache, daß Anju sich weigert, nach Indien zu kommen, was alles sehr vereinfacht hätte. »So dickköpfig wie immer«, sagt Mutter, aber Pishi wendet ein: »Anju konnte es noch nie aushalten, bemitleidet zu werden«, und Gouri Ma fügt hinzu: »Sie denkt über Sudhas Leben nach, darüber, wie sie ihr zu einem Neubeginn verhelfen kann.« Ich erzähle ihnen, daß Anju gar nicht reagiert hat, als ich Dayita erwähnte. Sie beruhigen mich und geben zu bedenken, daß ich Geduld haben müsse angesichts ihres Verlustes. Als ich ihnen erzähle, warum sie vor der Fehlgeburt so hart gearbeitet hat, schweigen sie. Dann ergreift Gouri Ma meine Hände und sagt, daß es jammerschade sei, ich aber nicht die Verantwortung dafür trage.

Oh, Gouri Ma, als ob Schuld so leicht abzuschütteln ist wie das Wasser von einem Lotusblatt!

Die Mütter staunen über Sunils Großzügigkeit, denn er kam noch einmal ans Telefon, nachdem Anju und ich unser Gespräch beendet hatten, um mir zu sagen, daß er die Flugtickets und Visa für Dayita und mich besorgen würde. Aber etwas verwirrt mich. Kurz bevor er auflegte, stieß er einen Seufzer aus wie jemand, der schon lange Zeit an einem Klippenrand hing, jemand, der endlich seinen Griff gelöst hat und mit einer seltsamen Erleichterung spürt, wie die Luft im Fallen um seinen Körper schwirrt. »Ich habe es versucht«, sagte er.

Ich erzähle den Müttern nichts davon. Er hatte es ganz leise gesagt, mehr zu sich selbst, und vielleicht habe ich mich auch verhört.

»Aber was hast du denn zu Anju gesagt, das sie dazu brachte, dir zuzuhören?« erkundigen sich die Mütter schließlich. »Und mit dir zu sprechen?«

»Oh, dies und das«, erwidere ich, denn plötzlich möchte ich nur ungern darüber reden. »Es war etwas Privates zwischen ihr und mir.«

»Kannst du uns nicht wenigstens einen kleinen Hinweis geben?« bettelt Mutter.

»Ich habe ihr eine Geschichte erzählt.«

»Ah, eine Geschichte«, nickt Pishi. Mehr als jede von uns weiß sie über die Kräfte Bescheid, die sich in einer Geschichte verbergen und einer Mango gleichen, die ihren Samen festhält. Es ist eine Kraft, die durch Fragen geschwächt wird, daher erkundigt sie sich lediglich mit einem seltsamen, wehmütigen Blick: »War es eine Geschichte, die ich dir einmal erzählt habe, Sudha?«

Es tut mir leid, sie enttäuschen zu müssen. »Es ist eine neue Geschichte. Eine, die ich gewissermaßen aus dem Stegreif erfunden habe.«

»Hat sie auch einen Titel?« fragt Gouri Ma.

Ich will gerade meinen Kopf schütteln. Doch dann fällt es mir ein.

»Die Königin der Schwerter«, sage ich.

Ich schreibe Anju jeden Tag, schildere ihr die genauen, weniger schönen Details meiner Schwangerschaft. Anfangs zögerte ich. Ich fürchte, es sei zu schmerzhaft für sie. Aber manchmal liegt der einzige Weg zur Heilung darin, einen Korridor des Schmerzes zu durchschreiten. Die Tatsache, daß ich ein Kind erwarte, zu verschweigen, würde keiner von uns beiden gut tun. Daher beschreibe ich ihr, wie schrecklich meine Magenverstimmung ist. Daß ich die ganze Zeit kurzatmig bin. Wie mich Dayita nächtelang mit ihren Tritten wach hält. Bevor ich ins Krankenhaus gehe, notiere ich mir, wie sich der erste Wehenschmerz anfuhlt, ein Krampf, als drängten meine Eingeweide alle auf einmal nach draußen. Und nach meiner Rückkehr versuche ich, Worte für den Moment zu finden, als sie mir meine Tochter auf den Bauch legten, ganz schlüpfrig und faltig wie eine Pflaume und unglaublich schön.

Aber irgendwie bringe ich es nicht über mich, diesen letzten Brief abzuschicken.

In den letzten Monaten war Anju damit beschäftigt, sich auf meine Ankunft vorzubereiten. Sie ißt vernünftig und macht hin und wieder kleine Spaziergänge mit Sunil, auch wenn sie immer noch schwach ist. Der Arzt hat gesagt, sie könne bald die Medikamente absetzen. Sie hat mit ihren Professoren gesprochen, und es besteht die Möglichkeit, einige Kurse im nächsten Semester aufzuholen. Sunil und sie sind übereingekommen, daß sie, sobald sie sich gesund genug fühlt, wieder arbeiten gehen sollte. Und das beste von allem: Sie hat wieder begonnen zu lesen.

Sunil ruft die Mütter vergnügt an, um zu berichten, wie erstaunt er über ihre Veränderung ist. Sagt Sudha, daß sie Wunder bewirkt hat, sagt er. Ich muß einen Weg finden, ihr dafür auf angemessene Weise zu danken, sobald sie hier ist.

Die Mütter sind wie immer entzückt über seine Höflichkeit, aber etwas an diesem letzten Satz beunruhigt mich. Mutter drängt mich, ihm eine ebenso höfliche Antwort zu schicken, aber das tue ich nicht. Was sollte ich auch schon schreiben? *Ich* bin nicht erstaunt. Anju hatte schon immer die Fähigkeit, eine Sache durchzuziehen, wenn sie sich ein Ziel gesteckt hatte. Und das Ziel – oder das Wunder – bin nicht ich. Ob Anju es zugeben mag oder nicht, es ist Dayita.

»Und was für ein hübsches Wunder du bist«, sage ich zu Dayita und lächle beim Stillen auf ihren Kopf hinab, der so schwarz und flaumig ist wie das Innere einer *kadam*-Blüte. Ich versuche, nicht daran zu denken, was ich tun würde, falls Anju sie weiterhin ignorieren sollte, wenn ich in Amerika bin. Falls sie eine große Abneigung gegen meine Tochter entwickelt. »Das kann einfach nicht sein«, flüstere ich in Dayitas Nacken, während ich sie eng an mich presse und den beruhigenden Geruch von Milch und Babypuder einatme. Meine Worte sind so inbrünstig wie ein Gebet. »Jeder liebt dich doch.«

Das trifft sicherlich auf unseren kleinen Haushalt zu, wo die Mütter sich immer darum streiten, wer sie halten und mit ihr spielen darf und wer sie in den Schlaf singt.

»*Ich* bin ihre wirkliche Großmutter«, sagt meine Mutter. »Sie sieht mir sogar ähnlich. Gib sie mir.«

»Nein, das bist du nicht«, entgegnet Pishi, die Hände in die Hüften gestemmt. »Liebe macht ebensosehr eine Beziehung aus wie Blut. Außerdem ist sie viel hübscher, als du es jemals warst. Und schließlich schaffst du es nie, sie dazu zu bringen, ein Bäuerchen zu machen. Gouri, Gouri! Hast du dich schon wieder an uns vorbeigeschlichen und Daya-*moni* mitgenommen!«

Es amüsiert mich zu sehen, wie besitzergreifend sie alle sind. Selbst Singhji nimmt sie mir recht unsanft aus den Armen und fordert mich auf, meinen Nachmittagsschlaf zu halten, während er sie hin und her wiegt und mit ihr um die Wette brabbelt. Und sie packt eine Handvoll seines Bartes und gurgelt vor Lachen, während Ramur Ma sich eifersüchtig in der Nähe aufhält, »um sicherzugehen, daß der alte Mann, der gewiß noch nie in seinem Leben ein Baby gehalten hat, unsere Daya-*moni* nicht fallen läßt.«

Daher ist das Stillen kostbar für mich, denn das sind die wenigen Momente, in denen es mir erlaubt ist, meine Tochter ganz für mich allein zu haben. Dann untersuche ich sie immer wieder, bewundere aufs neue, wie vollendet ihre Finger und Zehen bereits sind, bewundere die durchscheinenden Rundungen ihrer Ohrmuscheln. Die Löckchen, die seit neuestem an meiner Brust schimmern, das kleine Grübchen an ihrem Kinn. Ich teile ihr meinen Wunsch mit, daß sie mutig und stark werden soll – mutiger und stärker, als ich es jemals war. Ich singe ihr etwas vor und erzähle ihr Geschichten. Und sie saugt feucht, geräuschvoll, ganz so, als nehme sie nichts anderes wahr. Aber ich weiß, daß sie jedes Wort mitbekommt.

An diesem Nachmittag beschließe ich, ihr die Geschichte von Prem zu erzählen.

»Es war einmal ein Junge«, beginne ich, »der süßeste Junge, den man sich vorstellen kann, und auch der glücklichste. Als er im Bauch seiner Mutter die Größe eines Senfsamens hatte, war er bereits das klügste Kind und gab seiner Mutter Ratschläge, was zu tun war. Als er die Größe einer Zitrone hatte, wußte er, wie man singt und tanzt und Purzelbäume schlägt. Und als er schließlich die Größe einer *pomelo* hatte, war er in der Lage, die vierundzwanzig heiligen Schriften von Anfang bis Ende aufzusagen. Die Götter blickten verblüfft herab und sagten, er sei zu gut für diese unvollkommene Menschenwelt. Daher holten sie ihn aus dem Bauch seiner Mutter und verwandelten ihn in einen Stern, damit er sich niemals mit den Kummer-Dornen abgeben mußte, die uns Tag für Tag stechen. Ich werde ihn dir heute abend zeigen, wenn er mit seinen Sternenaugen auf dich herabblickt, und er wird dich lieben, denn du bist seine kleine Cousine, und du wirst immer einen Freund am Himmel haben, der dich leitet, wenn du seiner bedarfst.«

Die Tür zu meinem Zimmer öffnet sich. Ich ziehe meinen Sari zurecht und blicke verärgert über die Unterbrechung auf.

»Sudha, bist du fertig mit dem Stillen, bist du bedeckt?« erkundigt sich Mutter mit einer so gezierten Stimme, daß ich mich innerlich zusammenkrümme. »Nun, hier ist ein Besucher für dich.«

Ich wende mich um und erblicke einen etwas verlegen dreinschauenden Ashok. Er hält einen Teddybär in der Hand, der zweimal so groß ist wie meine Tochter. Auch ich bin verlegen, ganz besonders, da Mutter demonstrativ die Tür hinter sich ins Schloß zieht und uns allein läßt. Ich eile hinüber, um sie wieder zu öffnen, doch Ashok legt eine Hand auf meinen Arm, und mein Herz hüpft taumelnd in meiner Brust. Als ich zurückweiche, sagt er: »Ich schulde dir eine Entschuldigung, Sudha, und deiner Tochter auch.« Er blickt auf Dayita hinab, und sie – albernes, unkritisches Mädchen! – schenkt ihm ein breites Lächeln.

»Du schuldest mir gar nichts«, erwidere ich verärgert. Ist ihm denn nicht klar, wie schwer es mir fällt, ihn wiederzusehen? Jedes Mal, wenn ich glaube, diese Seite nun endlich umgeblättert zu haben, tritt er erneut in mein Leben, mißlich wie ein Postskriptum.

»Darf ich sie einmal halten?« erkundigt sich Ashok. Ich reiche sie ihm widerwillig, doch dann muß ich lächeln. Ich kann nicht anders, auch wenn die Erinnerung daran, wie kurz wir einmal davor standen, einander zu gehören, immer noch wie ein Splitter in meiner Brust steckt. Er macht einen so nervösen Eindruck, als habe er Angst, Dayita könne ihn beißen oder würde sich über sein blitzsauberes Hemd erbrechen. Gehässigerweise wünschte ich, sie würde es tun – das geschähe ihm ganz recht, wo er sie doch nicht haben wollte –, aber natürlich benimmt sie sich wie ein Goldstück, blickt ihn brabbelnd an und streckt ihre speckigen Grübchenarme nach seinem Gesicht aus.

»Ich kann so etwas nicht sehr gut«, sagt er. »Ich habe keine Übung – keine Nichten oder Neffen, weißt du. Aber ich könnte es lernen. Was meinst du?«

Als ich ihn mit einem düsteren Blick bedenke – ich bin nicht in der Stimmung, um Rätsel zu lösen –, fährt er fort: »Ich habe viel nachgedacht in den letzten Monaten. Es war falsch, von dir zu verlangen, zwischen deinem Kind und mir zu wählen. Und jetzt, wo ich euch beide zusammen sehe, weiß ich, daß euch niemals jemand trennen darf. Also ...« er schluckt, und mir wird klar, daß es nicht nur Dayita ist, die ihn nervös macht – »Sudha, willst du mich heiraten? Willst du mir beibringen, deine Tochter zu lieben?« Und er kitzelt Dayita unbeholfen unter dem Kinn.

Für einen Augenblick macht mein habgieriges, vergeßliches Herz einen Sprung. Ashok und ich, dieser alte, verlockende Traum, der im Kino begann, aber nein, der wirkliche Anfang lag in den Märchen. Nun ist das letzte Hindernis zusammengebrochen, ist der letzte Berg aus Schädelknochen überwunden, das letzte Monster enthauptet. Der letzte, beste Zauber hat gewirkt: Der Prinz und die Prinzessin haben sich in gewöhnliche Menschen verwandelt und finden sich dennoch der Liebe wert. Ich betrachte ihn, wie er meine Tochter hält, und ich weiß, daß er ein gewissenhafter Vater sein würde – und ein liebevoller. Denn wenn in ihm eine Zärtlichkeit verborgen liegt – und ich weiß, daß es so ist –, so würde meine Tochter sie gewiß hervorlocken.

Dann fällt mir Anju ein. Anju, die so verzweifelt auf mich wartet, Anju die ihre Übungen macht und jeden Tag Spinat ißt und wieder lernt, zu lächeln. Anju, die in Erwartung meines Touristenvisums, das jede Woche eintreffen muß, bereits begonnen hat, ihre Wohnung zu putzen. Anju, deren Vater ohne meinen Vater nicht gestorben wäre. Deren Sohn vielleicht noch leben würde, wenn –

»Ashok«, sage ich. Ich schließe ganz fest die Augen, schwindelig vom Gefühl des déjà vu. Zu spät, zu spät. Mein ganzes Leben lang haben die wichtigsten Dinge zeitlich nie zusammengepaßt. »Es tut mir leid ...«

»Das muß es nicht«, erwidert er. »Deine Gouri Ma hat mir von Anju erzählt. Ich verstehe, daß du hinfliegen und ihr helfen mußt. Das ist nicht das Problem. Du wirst mit einem Touristenvisum einreisen und in einigen Monaten wiederkommen. Ich warte auf dich. Ich habe so viele Jahre gewartet, was macht da eine kleine Weile länger schon aus?«

Mein Herzschlag beruhigt sich. Dankbarkeit erfüllt meinen Mund, süß wie Honig. Ach, zum ersten Mal in meinem Leben werde ich nicht zwischen den Menschen wählen müssen, die ich liebe! Und daher bin ich, als die Worte kommen, ebenso bestürzt wie Ashok.

»Ich bin mir nicht sicher, ob ich jemals wieder zurückkehre.«

Und plötzlich weiß ich eins: Ich gehe um Anjus und auch um Dayitas willen, ja, aber vor allem gehe ich um meinetwillen. Ich gehe in dem Bewußtsein, daß dies keine Märchenreise sein wird, daß mein geflügeltes Roß nicht mit unfehlbarer Leichtigkeit über Hindernisse hinwegspringen wird, doch ich gehe trotzdem. Möchte ich zurückkehren? Und falls ich zurückkehre, werde ich mein Glück finden, indem ich mein Leben wieder einmal an die Launen eines Mannes knüpfe, selbst wenn er ein guter Mann ist? Ich weiß es nicht. Dieses Verlangen, das von meinen Fußsohlen aus in die Höhe schießt, wenn ich an Ashok denke – ob es wohl Liebe ist? Ich bin mir nicht sicher. Es ist so ganz anderer Natur als das sehnsüchtige Ziehen in den Eingeweiden, den Muskeln, in meinem Schoß, das ich für meine Schwester und für meine Tochter empfinde.

In ihrem letzten Brief hat Anju mir von ihren Plänen berichtet, mit mir eine Boutique zu eröffnen. Wir könnten klein anfangen, sie würde die geschäftliche Seite regeln, ich wäre für die kreative zuständig. Als ich das las, hatte ich gelacht, aber nun denke ich: warum nicht? Eine Zukunft, erbaut von Frauen mit Hilfe ihres eigenen Verstandes, ihrer eigenen Hände. Eine Zukunft, in der ich mich auf mich selbst verlassen kann.

»Visa können umgewandelt werden«, sage ich zu Ashok, »genau wie die Wünsche eines Menschen sich ändern können.« Ich halte seine Hand in der meinen, und in der Erinnerung an den leidenschaftlichen Traum, den wir einst teilten, so voller Jugend und Unschuld und mit einer solchen Unbedingtheit, wie ich vermutlich nie wieder träumen werde, küsse ich ihn auf die Wange.

Es ist eine Abschiedsgeste.

## 20

# *Anju*

SUDHA KOMMT, Sudha kommt! Sie wird in einer Woche hier sein! Ich bin zwischen Freude und Panik hin und her gerissen. Es gibt noch so viel in der Wohnung zu tun, bevor sie eintrifft. Ich hatte nicht damit gerechnet, daß das Visum so schnell erteilt werden würde. Ich glaube, es liegt daran, daß Sunil meinen Arzt dazu gebracht hat, einen Brief zu schreiben, in dem steht, wie wichtig Sudhas Kommen für meine Genesung ist. Und das stimmt natürlich. Nicht nur ihr Kommen, sondern auch, daß sie hierbleiben wird. Das Visum gilt nur für ein Jahr, aber ich habe gehört, daß man solche Sachen regeln kann. Vielleicht wird Sudha hier das College besuchen. Vielleicht werden wir gemeinsam ein Geschäft aufmachen. Vielleicht wird sie jemanden kennenlernen, der in der Lage ist, das zu ersetzen, was sie aufgibt, um hierherzukommen. Aber als mir dieser Gedanke kommt, befallen mich Zweifel. Gibt es wohl in ganz Amerika einen Mann, der sie derart bedingungslos lieben könnte, wie Ashok es tut?

An dem Tag, als ich Mutters Brief erhielt, in dem sie mir von Ashoks zweitem Heiratsantrag erzählte, vermochte ich kein Auge zuzutun. Ich warf mich im Bett herum, obwohl Mutters Worte mir deutlich machten, daß Sudha ihn abgelehnt hatte. »Sudha wollte nicht, daß ich dir dies erzähle«, endete sie, »aber ich habe das Gefühl, du solltest wissen, wie sehr sie dich liebt.«

Ich habe einmal sogar Sunil aufgeweckt, als meine Sorgen übermächtig wurden. »Aber was ist, wenn Sudha sich anders entschließt?« fragte ich ihn.

»Nun komm schon, Anju!« erwiderte er gereizt. »Sie hat es dir doch versprochen, oder nicht? Sie scheint ein verläßlicher Mensch zu sein. Sie weiß, wie sehr du dich darauf freust, sie hier zu haben, und daß es auch ihr gut tun wird, hier zu sein.«

»Aber was ist, wenn Ashoks Angebot sie überwältigt? Jetzt, wo er zugestimmt hat ...«, ich schluckte kräftig, um mich zu zwingen, ihren Namen auszusprechen, »... Dayita zu akzeptieren? Er ist der Mann, den sie ihr ganzes Leben lang geliebt hat, mußt du wissen. Ich verstehe nicht, wie sie es ertragen kann, ihn aufzugeben. Und selbst wenn sie dazu imstande sein sollte, so bin ich doch nicht sicher, ob es gut für sie ist, ihn aufzugeben, egal, wie sehr ich sie brauche. Vielleicht sollte ich sie morgen anrufen und ...«

»Tu was du willst, aber laß mich jetzt um Himmels willen schlafen«, erwiderte Sunil mit recht ärgerlicher Stimme. »Falls du es vergessen haben solltest, ich muß morgen arbeiten.« Er drehte sich um und zog sich die Decke bis zu den Ohren hoch. Aber ich mußte ihn mit meiner Angst ein wenig angesteckt haben. Aus seiner Atmung schloß ich, daß er noch lange Zeit wach blieb. Möglicherweise sogar noch länger als ich, denn als ich Stunden später kurz aus einem unterbrochenen Traum erwachte, hörte ich, wie er im Badezimmerschrank herumkramte, in dem ich meine Schlaftabletten aufbewahre.

Ich setze mich schwitzend auf die Fersen zurück. Ich bin außer Atem und frustriert. Mein Herz pocht zu heftig, und ein stechender Schmerz entlang meiner Narbe erinnert mich daran, daß ich meinen Körper nicht mehr antreiben kann wie ein abgerichtetes Tier, dessen einzige Funktion darin besteht, mich dorthin zu bringen, wo ich hinmöchte.

Ich benötige endlos viel Zeit, um diesen Raum herzurichten, der einmal unser Arbeitszimmer und unsere Rumpelkammer gewesen ist. Obwohl die Operation nun schon einige Monate zurückliegt, darf ich immer noch nichts Schweres heben, und Sunil ist zu beschäftigt mit einem Projekt in der Firma, um mir mehr zu helfen, als nur den Kram aus einigen seiner Schreibtischschubladen in Kisten zu stopfen. Er hatte mir schon für letztes Wochenende versprochen, sie in dem Kabuff unter der Treppe zu verstauen, doch sie stehen immer noch mitten im

Zimmer und lauern darauf, daß ich jedesmal, wenn ich mich umdrehe, über sie stolpere.

Ich darf mich allerdings nicht zu sehr beschweren, denn immerhin hat er das Kinderbettchen besorgt. Er hat die Anzeige in einer Trödelmarktzeitung entdeckt und ist losgefahren und hat es geholt. Und er hat es sogar selbst aufgebaut. Er hätte eine helfende Hand gut gebrauchen können, doch er hat mich nicht gedrängt. Nicht etwa, daß ich nicht kräftig genug dazu gewesen wäre. Aber ich brachte es nicht fertig, das Zimmer zu betreten. Als ich ihm nur zusah, wie er die Einzelteile des Bettes hereintrug, begannen meine Hände schon zu zittern. Ich hatte das Gefühl, in jene ersten, benommenen Tage nach meiner Rückkehr aus dem Krankenhaus zurückgeschleudert zu werden, als ich mich aus Angst, davonzutreiben, an der Bettkante festhalten mußte, so leer fühlte ich mich in meinem Inneren.

Hinterher kam Sunil zu mir ans Fenster, wo ich saß und nach draußen starrte, und er berührte sanft meinen Nacken. »Ich weiß, daß du leidest, Anju. Es geht mir genauso. Aber du mußt dich zusammenreißen. Dayita wird in einigen Tagen hier sein – und zwar auf deine Einladung hin, nicht wahr?«

»*Sie* habe ich nicht eingeladen«, preßte ich zwischen steifen Lippen hervor. Ich konnte nicht anders, auch wenn ich mir dafür unendlich gemein vorkam.

Sunil warf mir einen Blick zu, eine Mischung aus Ärger und Mitleid. Ausnahmsweise war ich einmal imstande, seine Gedanken zu lesen. *Tut mir leid, mein Schatz, nun hast du keine Wahl mehr. Vielleicht ist es sogar gut für dich, wenn du dich damit auseinandersetzen mußt.*

Und ob ich eine Wahl habe, sagte ich mir. Dayita existiert für mich nicht. So wie kein anderes Baby. Sudha wird es verstehen – sie weiß, daß man mich nicht zwingen kann, nicht in dieser Angelegenheit. Denn das ist das mindeste, was ich meinem Prem schuldig bin.

Heute bin ich entschlossen, die restlichen Schreibtischschubladen auszuleeren. Wir haben keine weitere Kommode, aber Sudha kann ihre Sachen im Schreibtisch verstauen und ihren Schnickschnack oben auf der Platte ablegen. Ihre Matratze, die wir dieses Wochenende abholen, kommt in die Ecke, in die Nähe des Fensters.

Ich mache einen weiten Bogen um das Kinderbettchen. Es ist von einer düsteren, pulsierenden Energie umgeben, wie die verbotenen Orte in den Märchen. Es könnte mich in sich hineinsaugen, wenn ich ihm zu nahe komme.

Ich ziehe die Schubladen hervor, voll mit Sunils Büchern und Papieren. Ausgetrocknete Kugelschreiber kommen zum Vorschein, und College-Notizen, die mit verblaßter Tinte geschrieben sind. Ein Tacker, Briefumschläge, Mappen, alte Lehrbücher, in die er nie wieder hineinschauen wird, die ich aber nicht wegwerfen darf. Während ich hin und her laufe und Kartons fülle, halte ich mein Gesicht sorgfältig abgewendet. Ich bin in Sicherheit, solange mein Blick nicht auf die weißen Bretter des Bettchens fällt, auf das munter schwingende, rotschwarze Mickey-Maus-Mobile, das mir Sunil beschrieben hat.

Es dauert nicht lange, und ich habe keinen Platz mehr. Vielleicht sollte ich die Kisten, die Sunil letzte Woche gepackt hat, noch einmal umschichten, um mehr Sachen hineinzubekommen. Ich nehme einen Stapel alter Kontoauszüge aus einer Kiste – was für eine Packratte Sunil doch ist! –, und etwas fällt klappernd zu Boden. Es ist eine ovale Holzschachtel, klein genug, um in meine hohle Hand zu passen. Sie ist mit einer komplizierten Schnitzerei in einem Kashmiri-Muster verziert, die Blätter und Früchte darstellt. Ich habe sie noch nie gesehen. Halt – doch, Jahre zuvor, bei unserer Hochzeit, als ein Verwandter sie uns als Geschenk überreichte. Darin könnt ihr etwas Kostbares aufbewahren, hatte er gesagt. Wie die meisten unserer Hochzeitsgeschenke ist sie hübsch, aber unpraktisch, und ich war mir sicher gewesen, daß wir sie in Indien gelassen hatten. Wie um Himmels willen ist sie hierher gekommen, auf den Boden einer Kiste, die mit vergilbten Merrill Lynch-Jahresberichten gefüllt ist?

Ohne nachzudenken klappe ich den Deckel auf, in der Erwartung, daß die Schachtel leer ist, doch das ist sie nicht. Ein kleines Stoffstück flattert hervor – ein Taschentuch, mein Hochzeitstaschentuch aus dem feinen, weißen Batist, der am Rand mit Glückslotusblumen bestickt ist. Ich vergrabe mein Gesicht darin, versuche, mich an den lange zurückliegenden Tag zu erinnern. Mir kommt es so vor, als könne ich das Hochzeitsfeuer riechen, das Gelbwurzpulver, das in meine Haut gerieben worden ist, um mir Glück zu bringen, die dünne, leiernde Stimme des Priesters hören. Der Geruch eines längst zerstreuten Traums. Habe ich das Taschentuch in die Schachtel gelegt? In letzter Zeit ist mein Gedächtnis wie ein Sieb. Aber nein, ich entsinne mich sehr genau, daß ich es in die oberste Schublade der Anrichte in meinem Schlafzimmer im Hause von Sunils Vater gelegt habe. Sunil muß es dort weggenommen haben, bevor er nach Amerika ging. Wer hätte gedacht, daß er so romantisch veranlagt ist!

Ich stecke das Taschentuch in meinen Büstenhalter. Beim Abendessen werde ich es mit einer schwungvollen Geste hervorziehen und Sunil deswegen necken. Es ist schon so lange her, daß wir über etwas gelacht haben.

Doch dann erfaßt mich ein schrecklicher Zweifel. Ich breite das Taschentuch aus und untersuche den Anfangsbuchstaben in der Ecke, der dort mit Seidengarn eingestickt ist, rot wie Gefahr, rot wie Verrat und bitter wie Blut. Wie ich es in der tiefen, hoffnungslosen Grube meines Herzens erwartet habe, ist es ein B für Basudha.

Wie konnte ich es auch nur einen Atemzug lang vergessen? Liegt es daran, daß der Verstand Momente ausblendet, die uns sonst in den Irrsinn treiben würden?

Die Szene erscheint mir noch einmal, wie so oft in dem bittersüßen Monat nach meiner Hochzeit, in jenen Nächten, als ich nach unserem Liebesspiel schlaflos dalag und mich fragte, an wen Sunil wohl gedacht haben mochte, als er seine Lust zwischen meinen Brüsten hervorstöhnte.

*Das Hochzeitsessen ist vorüber. Wir erheben uns. Ramesh und Sudha gehen voraus, sein Arm unter ihrem widerstrebenden Ellenbogen. Sie zieht ein Taschentuch hervor, um sich das Gesicht abzuwischen. Sie steckt es wieder ein – doch nein, es fällt hinter den Tisch. Niemand bemerkt, daß Sunil sich vor-*

*beugt, um es aufzuheben. Und es in seine Tasche gleiten läßt, wo er seine Hand zu einer Faust darum schließt. Niemand, außer mir.*

Nun presse ich das Taschentuch gegen meine zitternden Lippen. Es duftet mit einer kaum merklichen Süße nach dem Körper meiner Cousine. Ich warte darauf, daß die alte Eifersucht ihre Fangzähne entblößt, doch das einzige, was ich empfinde, ist Verzweiflung. Wie oft hat Sunil mich davon abgehalten, Sudha nach Amerika zu holen? Wie viele Andeutungen hatte er gemacht? *Warum konntest du dich nicht zurückhalten?* Ich dachte, er benehme sich egoistisch, knauserig. Aber er hatte lediglich versucht, mich zu retten.

Ein Brausen entsteht in meinen Ohren, wie geöffnete Fluttore. *Nun hast du keine Wahl mehr*, sagt die Stimme meines Mannes, während ich fortgeschwemmt werde. Oh Sudha, nun, da du in Gedanken bereits halb in Amerika bist, was sollen wir bloß tun?

21

# *Sudha*

ALS KINDER hat Gouri Ma Anju und mich einmal auf den Maidan-Jahrmarkt mitgenommen. Alles gefiel uns dort, vom Duft der kochenden Melasse an den Süßigkeitsständen bis zu den bunten Papageien, die der Vogelverkäufer in Käfigen umhertrug, die von Stangen herabhingen. Doch am besten gefiel uns das *nagordola*, das große Riesenrad. Es startete quietschend und unerträglich langsam, so daß wir mit den Füßen auf den Boden stampften und schrien: *Schneller, schneller*! Aber bald schon sauste unsere Gondel herum, die Erde verschwand irgendwo unten, hastig öffnete sich der Himmel um uns, dann Erde, Himmel, wieder Erde, bis wir schrien, um das Rad von seinem unbarmherzigen Drehen abzuhalten. Doch wenn es dann zum Stehen gekommen war, rannten wir so schnell wir konnten, stolpernd und schwindelig, die Reihe entlang, um uns für eine weitere Fahrt hinten anzustellen.

In den letzten Wochen habe ich das Gefühl, auf diesem *nargordola* zu sein. Nachdem ich Ashok abgewiesen hatte, wie schmerzvoll schleppte die Zeit da ihren verkrüppelten Körper voran! Das Verlangen, endlich fort zu sein, baute sich wie Dampf in meinem Herzen auf, bis ich kurz davor stand, zu explodieren. *Schneller, schneller*, tobte ich, bis das gigantische Riesenrad der Tage endlich an Geschwindigkeit gewann und zu einem verrückten, verschwommenen Durcheinander aus Einkaufen-Packen-Flugtickets-Reisepaß-Impfungen wurde. Erst an diesem Morgen am Flughafen, als ich die Liebe der Mütter spüre, die wie die Strömung eines Flusses an einem zieht, kurz bevor man aus dem Wasser klettert, wird mir die bestürzende Endgültigkeit dieses Augenblicks bewußt. Meine Zeit ist vorüber, und im Gegensatz zu jenem Tag auf dem Jahrmarkt, kann ich jetzt nicht noch einmal bezahlen und aufs neue einsteigen. Was ich zurücklasse – ich vermag nicht genau in Worte zu fassen, was es ist –, werde ich niemals, zu keiner Zeit, in Amerika wiederfinden. Die Mütter küssen mich. Ihre Lippen fühlen sich feucht und kühl auf meiner Stirn an, dieser Duft aus der Kindheit nach Binaca-Zahnpasta, und ich wünschte, ich hätte meine Abreise nicht so eilig betrieben.

Am Eingang zum Sicherheitsbereich reicht mir Singhji die Tasche, die ich mit ins Flugzeug nehmen werde. Sie ist prall gefüllt mit Dayitas Sachen: Windeln und Flaschen mit Fruchtsaft und Kleidung zum Wechseln – wie viele Dinge ein so kleiner Mensch doch benötigt! –, aber in einer Ecke entdeckte ich ein Päckchen in braunem Papier, mit Bindfaden umwickelt.

»Was ist das?« erkundige ich mich.

»Oh, nichts Besonderes«, erwidern die Mütter, »aber sei vorsichtig damit, verliere es nicht.« Sie wischen sich mit dem Saum ihrer Saris über die Augen und flüstern ihre Segnungen. *Die Göttin Durga beschütze dich. Mögest du immer glücklich sein. Und so tapfer wie die Rani von Jhansi.* Als ich nach dem Päckchen greifen will, um zu sehen, was darin ist, schubsen sie meine Hand mit gespieltem Stirnrunzeln fort. »Warte damit, bis du im Flugzeug bist«, sagen sie.

Ich bin die ganze letzte Woche mit Geschenken und guten Wünschen überhäuft worden. Und so viele stammten von Menschen, von denen ich dachte, daß ich ihnen gar nichts bedeute, so viele von Menschen, deren Liebe ich gar nicht verdiene, da ich nie etwas getan habe, um ihrer würdig zu sein. Aber Liebe kann man sich schließlich nicht verdienen, nicht wahr? Genausowenig wie den Haß. *Das* habe ich von meiner Schwiegermutter gelernt. Die Teezeit-Tantchen brachten Gläser mit Zitronen-*achar* für mich vorbei und Kolikarznei für Dayita. Nachbarn, die weiter unten an der Straße wohnen, überreichten mir *filmi*-Magazine, damit ich im Flugzeug etwas zu lesen habe, und eine *churan*-Mischung für den Fall, daß ich reisekrank werden sollte. Sunils Mutter, lieb und schüchtern wie immer, kam mit einer handgestrickten Decke für Dayita und einer Botschaft vorbei. »Richte Sunil aus, daß er kein Geld mehr schicken soll«, flüsterte sie. »Sie brauchen es nötiger als wir. Sein Vater bedauert das Geschehene, aber er ist zu stolz, um es zuzugeben. Vielleicht, wenn Sunil einmal anrufen würde …? Könntest du versuchen, ihn dazu zu überreden?« Ihre verzweifelten Rehaugen halten meinen Blick fest, bis ich unbehaglich nicke.

Ramur Ma und Singhji haben mir einen silbernen Teller und eine dazu passende Schale für Dayita geschenkt, auf denen ihr Name am Rand eingraviert ist.

»Aber das ist viel zu teuer!« rief ich aus, ganz entsetzt bei dem Gedanken daran, wieviel ihrer Ersparnisse ein solches Geschenk sie gekostet haben muß.

»Oh, sei still«, erwiderte Ramur Ma. »Versprich nur, daß du uns Photos von Daya-*moni* schickst, wenn sie alt genug ist, um davon zu essen.«

Ashok versuchte, mir seinen Diamantring zurückzugeben, und als ich mich weigerte, ihn anzunehmen, überreichte er mir eine Plastikkarte, auf der mein Name eingestanzt ist.

»Das ist eine Kreditkarte«, erklärte er.

Ich wußte schon Bescheid über Kreditkarten – Anju hatte mir darüber geschrieben –, aber ich hatte keine Ahnung gehabt, daß man sie auch in Indien bekommen konnte.

»Sie werden hier gerade erst ausgeben«, sagte er. »Du kannst sie in Amerika benutzen. Die Rechnung wird dann an mich geschickt. Ich möchte nicht, daß du jemals ohne Geld dastehst oder von irgend jemandem abhängig bist.« Er verstummte für einen Moment, und ich fragte mich, ob er damit Sunil meinte, und ob er, dank der Scharfsinnigkeit, die manchen Liebenden gegeben ist, spürte, welche Zwiespältigkeit ich Sunil gegenüber empfand. Aber das war unmöglich – wie konnte es sein? Ich hatte mir schließlich große Mühe gegeben, nichts verlauten zu lassen.

»Ich möchte, daß du in der Lage bist, Dayita alles zu geben, was sie braucht, und – am wichtigsten von allem –, daß du imstande bist, ein Flugticket zu kaufen, wenn du dich entschließen solltest, wieder zurückzukommen.« Er drückte mir die Karte in die Hand. »Zurück zu mir«, fügte er hinzu.

Ich begann zu prostieren, aber er sagte: »Bitte – betrachte es einfach als einen Gefallen mir gegenüber, denn sonst würde ich mich jeden Tag um dich sorgen.«

Also nahm ich sie, doch auch wenn ich seine Besorgtheit zu schätzen weiß, so schwor ich mir doch insgeheim, diese Karte niemals zu benutzen. Ich war einmal von einem Mann abhängig gewesen, der dann seine Hände über die Ohren legte und sagte: *Bitte Sudha, laß mich in Ruhe*. Jetzt wollte ich auf eigenen Füßen stehen.

Gestern abend, nachdem die Mütter und ich all meine Sachen in die Koffer gepackt hatten, reichte mir Gouri Ma einen Brief. Der üppig geprägte Umschlag bedeutete mir, daß es sich um eine Hochzeitskarte handelte. »Der hier ist vor einigen Tagen gekommen«, sagte sie mit behutsamer Stimme. Das Glitzern in ihren Augen – ich vermochte nicht zu sagen, ob es Schmerz oder Wut war. »*Didi* und Nalini wollten, daß ich ihn sofort wegwerfe, aber ich war der Ansicht, daß ich nicht das Recht dazu habe.«

Selbst bevor ich den Bardhaman-Poststempel sah, wußte ich, worum es sich handelte. Ich wußte es mit demselben Instinkt, der einen veranlaßt, die Hand von einem Skorpion wegzuziehen, obwohl man von niemandem vor der Gefahr gewarnt worden war. Eine Hochzeitsankündigung für Ramesh. Von der Schwiegermutter gesandt. Ein letzter Schlag ihrer giftigen Klaue.

Ach, wieviel Gehässigkeit diese Frau doch mit sich herumträgt.

»Meine arme Sudha, bist du sehr betroffen?« fragte Pishi. Sie streckte eine Hand aus, um meine steifen, hochgezogenen Schultern zu massieren.

Das war ich. Nicht, weil Ramesh sich wieder verheiraten wollte. Schließlich hatte ich selbst kurz mit diesem Gedanken gespielt. Ich vermutete, daß die Heirat sowieso eher die Idee seiner Mutter war. Sie hatte ihn wahrscheinlich immer und immer wieder umkreist, wie die Mahlsteine, mit denen wir den Weizen zerdrücken. *Was ist mit deiner Pflicht der Familie Sanyal gegenüber? Was ist mit mir, ich bin zu alt, um diesen Haushalt allein zu führen?* Bis er eines Tages die Ohren bedeckte und sagte: *Gut, gut, mach, was du willst.* Aber mir diese Karte zu schicken – ich konnte ihre Stimme zwischen den wunderschön geschwungenen Schriftzeichen hören. Wie sie mich verspottet. *Siehst du, wie leicht ersetzbar du bist? Siehst du, was für ein Fang mein Sohn ist? Siehst du, was für einen unglaublichen Fehler du begangen hast, ihn zu verlassen?* Meine Haut brannte davon, wie von einem plötzlichen Schlag.

Ich atmete tief ein und aus. Ich konnte es mir nicht leisten, zu all dem, was ich bereits in mein neues Leben mit hinüberschleppte, nun auch noch das Gewicht alter Ressentiments hinzuzufügen. Mutter sagte etwas über die Frechheit dieser Frau. Man sollte doch meinen, daß sie zumindest genug Anstand besäße, um Sudhas Hochzeitsschmuck zurückzugeben, wo sie doch nun die neue, vollständige Mitgift mit ihrer neuen Schwiegertochter bekam. Es geschähe ihr nur recht, wenn sich Rameshs zweite Frau als zänkisches Weibsbild entpuppte. Ich hob erschöpft den Arm, um ihr Einhalt zu gebieten.

»Laß nur«, sagte ich. »Es spielt keine Rolle.« Auch wenn das nicht ganz der Wahrheit entsprach, denn ich empfand nicht so. Noch nicht. Doch die Worte auszusprechen verschaffte mir einen Augenblick der Erleichterung, ganz so, als hätte ich Stunden damit verbracht, eine dunkle, stickige Treppe hinaufzusteigen, um endlich einen Hauch Nachtluft auf meinem Gesicht zu spüren. Das machte mir Hoffnung, daß ich mit der Zeit in die Wahrheit dieser Worte hineinwachsen würde.

Das Flugzeug ist innen wunderschön, wie aus einem Film. Die Wände sind ganz mit plüschigem Braun bezogen, wo sich Metall befindet, glänzt es, und die Stewardessen tragen ein auflackiertes Lächeln. Dies ist der Moment, von dem ich seit Wochen geträumt habe, aber ich bin zu neugierig, um ihm große Aufmerksamkeit zu schenken. Sobald ich Dayita mit einem Schnuller beruhigt habe, reiße ich das braune Päckchen auf.

Ein in Samt eingeschlagenes Schmuckkästchen befindet sich darin und eine Notiz in Gouri Mas Handschrift. *Für unsere*

*Enkeltochter.* Ich seufze halb amüsiert, halb verärgert über das verschwendete Geld. Wahrscheinlich handelt es sich um ein Paar silberne Knöchelglöckchen, wie die Leute sie Babys für gewöhnlich schenken. Hübsch, aber äußerst unpraktisch. Sobald ich sie Dayita angelegt habe, wird sie anfangen, darauf herumzukauen.

Doch als ich die Schachtel öffne, stockt mir der Atem. Denn auf einem Kissen aus blasser, cremefarbener Seide liegt eine Halskette mit einem wunderschönen Rubinanhänger. Er leuchtet mit einem roten Licht, das ganz tief aus seinem Inneren zu kommen scheint. Ich benötige einen Moment, ehe mir klar wird, daß es sich um *den* Rubin handelt, der Rubin, der Anjus Vater und den meinen von ihren Familien weggelockt hatte – der den einen in den Tod geführt, den anderen zum Mord getrieben hatte. Als ich ihn das letzte Mal betrachtet hatte, erfüllte mich eine Vorahnung, doch nun, gebändigt von dem Goldrahmen, mit dem er wie mit Spitze eingefaßt wurde, kommt er mir nur noch wunderschön vor. Ob es sich damit begründen läßt, daß er genügend Leid von uns eingefordert hat? Das Haus der Vorfahren der Chatterjees liegt wortwörtlich in Schutt und Asche, und von seinen beiden Töchtern ist die eine kinderlos und die andere ohne Ehemann. Nur Dayita, der Sprößling, der aus den Ruinen erwächst, ist unberührt und stark, mit der Kraft eines unschuldigen Kindes.

Ohne zu zögern streife ich ihr die Kette über den Kopf.

»Das ist dein Erbe, mein Schatz«, teile ich ihr mit. »Vielleicht gelingt es dir, es von dem Belag aus Kummer und Grausamkeit und Habgier zu reinigen, der sich darauf angesammelt hat.«

Das karmesinrote Funkeln des Steins fällt Dayita ins Auge, und sie gibt ein gurgelndes Lachen von sich und zieht daran. Doch schon einen Moment später lenkt sie etwas viel Faszinierenderes ab: ihre Socken. Ich lächle, während ich beobachte, wie sie versucht, sie auszuziehen. Es liegt etwas Wunderbares darin, wie ein Edelstein, der Männer zu törichten und verzweifelten Taten getrieben hat, vergessen auf der unschuldigen Brust meiner Tochter liegt.

Aber da ist ja noch ein weiteres Päckchen in der Tasche! Eigentlich ist es mehr ein dicker Umschlag. Als ich meinen Namen in Blockschrift darauf geschrieben sehe, erfüllt ein langsam anschwellendes Pulsieren meinen Kopf. Es ist dieselbe Handschrift, die auf dem Umschlag mit dem Geld war, den ich am Vorabend meiner Hochzeit erhalten hatte. Die Handschrift meines Vaters.

Wie hat er es nur geschafft, den Brief in die Tasche zu bekommen? Hat er neben seinen Mörderkünsten auch noch die Zauberei erlernt? Oder hat er jemanden in unserem Haushalt bestochen?

Am liebsten hätte ich den Brief ungeöffnet weggeworfen, aber meine Neugier ist zu groß. Daher gebe ich Dayita die Flasche und reiße den Umschlag auf.

*Liebe Tochter*, beginnt der Brief. Es läuft mir kalt den Rücken hinunter, als ich diese Worte lese. Mein Körper spannt sich mit alter Wut an. *Er hat kein Recht dazu, mich so zu nennen.* Doch ich lese weiter.

Liebe Tochter,
wenn du dies liest, bist du bereits fort, und ich werde dich niemals wiedersehen, denn gewiß lebe ich nicht mehr, bis du aus Amerika zurückkehrst – falls du überhaupt jemals zurückkehren solltest. Dieses Wissen läßt mich den Mut aufbringen, meine Geschichte niederzuschreiben und deine Vergebung zu erbitten.

Einen Teil dieser Geschichte hast du bereits von unserer Pishi gehört, obwohl ich bezweifeln möchte, daß das Bild des Mannes, das sie gezeichnet hat, wirklich meines war. Wer kann schon einen Menschen genau kennen, der wie ich in Tarnung lebt? Aber das spielt keine Rolle.

Laß mich mit dem Teil beginnen, den niemand sonst kennt. Mit dem Tag, als wir die Rubinhöhle fanden. Der Tag, den ich für kurze Zeit als den glücklichsten meines Lebens betrachtet habe, bis die Ereignisse, die folgten, ihn zu dem unheilvollsten machten.

Zu diesem Zeitpunkt waren nur noch drei von unserer

Gruppe übriggeblieben: dein Onkel Bijoy, ich, und der Mann, dessen Urgroßvater die Höhle mit den Rubinen ursprünglich entdeckt hatte. Haldar (das war zumindest der Name, den er uns nannte), ein großgewachsener, drahtiger Mann mit durchdringenden Augen, hatte die Träger am Tag zuvor fortgeschickt. Wir waren ganz in der Nähe der Höhle, und er wollte nicht, daß sie noch weiter mitkamen. Er traue ihnen nicht, sagte er. Hätte ich genauer hingehört, hätte ich mich vielleicht gefragt, ob er uns ebensowenig Vertrauen entgegenbrachte. Aber ich war verrückt nach den Rubinen und achtete kaum auf etwas anderes.

Beim Morgengrauen dieses Tages ruderten wir das Beiboot unserer Barkasse ans Ufer eines Mangrovenbaumsumpfes und betraten den Wald. Mit jedem Schritt sanken wir in den morastigen Boden und hackten auf die Kletterpflanzen ein, die uns den Weg versperrten. Von Zeit zu Zeit konsultierte Haldar seinen Kompaß und ein kleines Notizbuch, das er bei sich trug. Es gelang mir einmal, einen kurzen Blick darauf zu werfen, doch alles mußte in einer Art Code geschrieben sein, denn ich verstand kein einziges Wort. Innerhalb einer Stunde waren wir mit Schlamm bedeckt, erschöpft und äußerst nervös, denn eine Reihe von Pflanzen hatten sich als *lau-doga*-Schlangen entpuppt, diese peitschendünnen, grünen Kreaturen, deren Biß so augenblicklich tödlich sein soll, daß man ihn nicht einmal mehr spürt. Eine Rast einzulegen stand außer Frage – wir mußten bis zur Dämmerung wieder in unserem Boot sein, weil schon kurz darauf die Tiger hervorkommen würden, sagte Haldar.

Nach einer Weile wurde der Boden fester, und Haldar zog die Augenbinden hervor und band sie uns um. Wir protestierten, wandten ein, daß uns dies nur noch langsamer machen würde, daß wir in diesem Wald bereits so verloren seien, daß wir nicht einmal den Rückweg zu unserem Boot finden würden. Aber er beharrte darauf. So hatte die Abmachung gelautet, und wenn wir sie nicht einhielten, sei er bereit, auf der Stelle kehrtzumachen. Also stolperten wir mit unseren Binden vor den Augen hinter ihm her, hielten das Ende eines Seils fest, das er sich um die Taille geschlungen hatte und fluchten, wenn wir ineinanderliefen oder über Wurzeln stolperten. Nach einer Weile erkannten wir anhand der Veränderung in der Luft, die nun kühler war, aber moderig und feucht, daß wir eine Höhle betreten hatten. Der Weg verengte sich zu einem Tunnel, durch den wir auf Händen und Füßen kriechen mußten. Unsere ganze feine Safariausstattung war inzwischen zerfetzt, und dann plötzlich stand Haldar auf und gab ein Keuchen von sich. Auch ich stand auf, riß mir die Binde von den Augen und sah, daß wir uns in einer riesigen Kalksteinhöhle befanden – so riesig, daß die Decke in der Dunkelheit verschwand. Haldar richtete seine Taschenlampe auf die Höhlenwand, die uns am nächsten war, und wir sahen die Rubine, eingebettete Brocken, die in einer dunklen, rostigen Farbe wie getrocknetes Blut auf dem Kalkweiß schimmerten. »Zehn Minuten«, flüsterte Haldar. »Und nur ein einziger Rubin.« Wir machten uns schweigend an die Arbeit. Irgendwie schien es uns nicht recht, an einem so ehrfurchtsgebietenden Ort zu reden. Sobald Bijoy und ich unsere Rubine herausgemeißelt hatten, verband uns Haldar wieder die Augen. Wir kehrten auf demselben Weg zurück, den wir gekommen waren, fielen immer wieder stolpernd zu Boden, fügten uns Prellungen am ganzen Körper zu, doch dieses Mal spürte ich nichts davon. Ich war zu sehr damit beschäftigt, daran zu denken, wie der Rubin mein Leben verändern würde. Daß ich mit seiner Hilfe deine Mutter endlich zum Lächeln bringen konnte.

An diesem Abend aßen wir gut. Haldar hatte eine Fischfalle ins Wasser gesenkt, bevor wir morgens aufgebrochen waren, und er hatte einen feinen Senffisch aus diesem Fang zubereitet. Wir sprachen fröhlich über die Pläne, die wir mit unserem neugewonnenen Vermögen in die Tat umsetzen wollten. Doch als dein Onkel und ich in unserer Kajüte lagen – Haldar schlief lieber draußen, an der frischen Luft –, da sagte Bijoy: »Gopal, wir müssen uns unterhalten.«

Ich war derart erschöpft, daß ich kaum die Augen aufhalten konnte. »Hat das nicht Zeit bis morgen?« fragte ich. »Ich bin in meinem ganzen Leben noch nie so müde gewesen.«

»Auch ich bin müde«, entgegnete er, »aber nein, wir müssen jetzt reden. Wer weiß, was morgen sein wird, ob irgendeiner von uns dann überhaupt noch am Leben ist.« Etwas lag in seiner Stimme, die ängstlich und streng zugleich klang, das mich erzittern ließ. Ich rieb mir die Augen und zündete die Kerosinlaterne an, die wir schon gelöscht hatten. In ihrem flackernden Licht konnte ich die Traurigkeit in seinem Gesicht erkennen. Da floh mein Schlaf, denn ich wußte, was er entdeckt hatte.

»Du hast uns angelogen«, sagte Bijoy. »Du bist nicht mein Cousin, nicht wahr?«

Mein Mund fühlte sich wie ein Pulverfaß an, so trocken und leicht entzündlich, daß ihn schon ein einziges Wort zu entflammen drohte.

»Ich habe dir vertraut«, fuhr Bijoy fort. Die Worte durchfuhren mich wie ein Messer. Die ganze Zeit über war mir nicht bewußt gewesen, daß ich ihn mehr liebte, als ich je einen anderen Menschen geliebt hatte. Wenn er mich *Bruder* nannte, stieg ein so wundervolles Gefühl in mir auf! Ich vermochte den Gedanken nicht zu ertragen, daß er dieses Wort mir gegenüber nie wieder aussprechen würde.

Und so erzählte ich ihm, wovon ich mir geschworen hatte, es niemals einem anderen zu erzählen: die Wahrheit über mich, auch wenn ich Angst hatte, er könne sich in Abscheu von mir wenden. Die schmachvolle Wahrheit, als Bastard im Haus meines Vaters, Bijoys Onkel, in Khulna aufzuwachsen. Wie dieser meine Mutter, eines seiner Dienstmädchen, verführt und sie dann, als sie ihm gestand, schwanger zu sein, zu ihrer Familie zurückschickte. Aber ihre Familie wollte mit der Schande, die eine unverheiratete Mutter mit sich bringen würde, nichts zu tun haben. Auch wenn sie arm waren, so genossen sie doch ein gewisses Ansehen in ihrer Dorfgemeinschaft. Also kehrte meine Mutter, halb verhungert und durch die Schläge ihrer Brüder mit blauen Flecken übersät, nach Khulna zurück.

Viele Frauen in ihrer Lage wären verzweifelt und hätten sich in einen Brunnen geworfen, doch meine Mutter war entschlossen, weiterzuleben und eine Zukunft für mich zu schaffen. Sie bestach den Torwächter des großen Hauses mit einem Paar goldener Ohrringe, die ihr der Herr gegeben hatte – die letzten wertvollen Stücke, die sie besaß – und trat vor den Herrn und seine Frau, die ebenfalls schwanger war, als diese beim Abendessen saßen. Sie drohte damit, sich umzubringen, falls sie ihre Stellung im Haushalt nicht wiedererhalten würde und keine angemessene Versorgung für ihr Kind getroffen werde. Und sie beabsichtigte nicht, in aller Stille und Heimlichkeit zu sterben. Sie wollte sich auf dem Marktplatz verbrennen und mit ihrem letzten Atemzug den Namen des Verräters hinausbrüllen. Und falls der Herr versuchen sollte, den Skandal mit Hilfe seines Geldes unter den Tisch zu kehren, würde sie als Geist zurückkehren und seine Frau heimsuchen. Und zwar so lange, bis diese eine Fehlgeburt erleiden würde – nicht nur dieses Mal, sondern bei jeder Schwangerschaft. Dies alles schwor sie beim Haupte ihres ungeborenen Kindes.

Ob ihre Drohungen den Herrn in seiner ursprünglichen Entscheidung ins Wanken gebracht hätten, ist ungewiß, denn er war als harter Mann bekannt, doch seine verängstigte junge Frau flehte ihn an, dem Dienstmädchen zu geben, was es verlangte. Sie steigerte sich in eine solche Hysterie, daß der Herr schließlich widerstrebend einwilligte, das Mädchen wiederaufzunehmen. Doch sie müsse im Kuhstall arbeiten und in den Quartieren darüber schlafen, und sie oder ihr Kind dürften ihm nie wieder unter die Augen kommen.

Auf diese Weise gelang es meiner Mutter, einen unsicheren Unterschlupf in einem Haus zu erzwingen, in dem niemand mit uns beiden etwas zu tun haben wollte. Das Leben über dem Kuhstall war nicht leicht für sie. Die anderen Dienstmädchen verhöhnten sie, und die männlichen Dienstboten schienen sie nun, da der Herr sie besessen hatte, für

Freiwild zu halten. Um sich zu schützen, eignete sie sich eine scharfe Zunge und einen Ruf als Hexe an, aber ich wußte, daß dies nicht ihrer wahren Natur entsprach. Sie schützte mich mit grimmiger Entschlossenheit, stellte sicher, daß ich Kleider am Leib und genug zu essen hatte und zur Schule geschickt wurde, und daß niemand mich dazu zwang, niedere Arbeiten zu verrichten. Die Kinder, die mich aufzogen, weil ich ein Bastard war, wagten dies nicht in ihrer Gegenwart auszusprechen. »Du bist ebenso gut wie die Tochter des Herrn, um die jeder soviel Aufhebens macht«, versicherte sie mir immer. Dennoch konnte sie mich nicht vor der heftigen Scham beschützen, die mich erfüllte, und auch nicht vor dem heißen Verlangen nach Vergeltung, ganz besonders, nachdem sie an einem Fieber starb, weil man keinen Doktor geholt hatte, um sie behandeln zu lassen.

Kurze Zeit später lief ich aus dem Kuhstall fort, bevor der Herr die Möglichkeit hatte, mich hinauszuwerfen. Wut nagte an mir, Wut, daß die Welt mich betrogen und mir das genommen hatte, worauf ich ein Recht besaß. Ich verbrachte die Tage damit, meine Rache zu planen. Ich erwog, das große Haus abzubrennen oder meine Halbschwester zu entführen und sie an die Fleischhändler zu verkaufen. Aber glücklicherweise (denn sonst hätte ich mein Leben im Gefängnis der Stadt beendet), fand die Teilung statt. Der Herr verlor während der Aufstände alles und floh mit seiner Familie. Und obwohl ich hörte, daß die Tochter wieder zurückkehrte, nachdem sich die Lage beruhigt hatte, war zu dem Zeitpunkt vom Vermögen ihres Vaters doch nichts mehr übrig als das Gerippe des Hauses, das ich gleichermaßen haßte und begehrte.

Die Teilung befreite mich von jeglichen Bindungen, die ich in Khulna hatte, und so beschloß ich, mein Glück zu suchen. Ich wollte Abenteurer werden. Warum nicht? Die Vergeltung, die ich an meinem Vater nicht hatte ausüben können, wollte ich nun an anderen ausüben. Auf irgendeine Weise sollte die Welt für das zahlen, was sie mir schuldete. Das war meine Denkweise, als ich deine Mutter verleitete, mich zu heiraten, und mir mit betrügerischen Mitteln den Weg in Bijoys Haus und in sein Herz erschlich. Doch ich hatte nicht damit gerechnet, daß auch er den Weg in mein Herz finden würde.

Als ich mit meiner Geschichte geendet hatte, schwieg Bijoy für lange Zeit. Dann legte er seinen Arm um mich. »Du bist mein Cousin, egal, was die Welt auch sagen mag«, sagte er dann. Obwohl er nichts weiter hinzufügte, so wußte ich doch, daß er für das, was in meiner Kindheit geschehen war, mit mir fühlte und mir meinen Betrug vergab. Und daß wir diese Sache niemals wieder erwähnen mußten.

Eine Veränderung ging in mir vor, als Bijoy seinen Arm um meine Schulter legte. Die große Last, vorgeben zu müssen, ein Mensch zu sein, der ich nicht war, fiel samt einer gewissen Bitterkeit von mir ab. Wenn Bijoy mich trotz all meiner Fehler zu akzeptieren vermochte, wenn er etwas Liebenswertes in mir sah, würde dies vielleicht auch mir gelingen. Das sollte der Schatz sein – wertvoller als hundert Rubine –, mit dem ich mein neues Leben beginnen wollte.

Noch während mir diese Gedanken durch den Kopf gingen, verschwand das Fieber der Unzufriedenheit, das mich so viele Jahre geplagt hatte, aus meinem Herzen, und ich fiel in einen tiefen, betäubten Schlaf.

Ich benutze das Wort *betäubt* mit voller Absicht, meine Tochter, denn heute bin ich sicher, daß Haldar genau das mit uns gemacht hat. Ich weiß nicht, warum er so lange gewartet hat, um uns etwas anzutun – wahrscheinlich, damit er unsere Rubine den dreien hinzufügen konnte, auf die er sich wegen der alten Warnung beschränkt hatte. Er muß etwas in den Senffisch gegeben haben, irgendein lähmendes Kraut vielleicht, denn obwohl ich mich über die Geräusche wunderte, die ich im Schlaf vernahm – der startende Motor, die zunehmenden Wellen, als sich die Barkasse ihren Weg in die Flußmitte suchte, der dumpfe Aufschlag, das Spritzen des Wassers, das ihm folgte –, war ich doch nicht in der Lage, die Augen zu öffnen. Selbst als ich seine Hände auf meinem Körper fühlte, die in meinem Hosenbund nach dem Säckchen mit dem Rubin suchten, konnte ich mich nicht bewegen. Erst als er mich über die Seite der Barkasse ins Wasser warf, ergoß sich Panik durch meine erstarrten Muskeln. Die Strömung war stark, und die hüpfenden Umrisse der Barkasse begannen bereits in der Ferne zu verschwinden. Ich suchte das tintendunkle Wasser verzweifelt nach Bijoy ab, vermochte jedoch nichts zu erkennen. Ich hoffte, daß das Wasser auch ihn belebt hatte – da wußte ich aber noch nicht, daß er nicht schwimmen konnte.

Schließlich wurde mir klar, daß ich, wenn ich zur Barkasse zurückkehren wollte, mit der Suche aufhören und beginnen mußte, gegen die Strömung zurückzuschwimmen. Meine müden Muskeln verkrampften sich bereits. Ich benötigte lange Zeit, um zum Boot zurückzukehren. Glücklicherweise war Haldar so sehr von der Wirkung seiner Droge überzeugt, daß er sich nicht die Mühe gemacht hatte, das Boot flußaufwärts zu steuern. Hätte er es getan, wäre dies gewiß mein Ende gewesen. Aber vielleicht ist *glücklicherweise* das falsche Wort. Möglicherweise wäre es besser für mich gewesen, ich wäre in jener Nacht ertrunken wie mein Bruder.

Ich kletterte so leise wie möglich an der Seite des Bootes hoch. Haldar stand vornübergebeugt in der Nähe einer Laterne, und zweifellos weidete er sich am Anblick der Rubine. Ich warf mich auf ihn, ehe er überhaupt die Chance hatte, aufzublicken. Ich packte ihn um die Kehle, doch er war stark und schlug mich zu Boden. Dann warf er die Laterne auf mein Gesicht. Ich konnte das zischende Geräusch hören, das mein Fleisch von sich gab, als das Glas zerbrach. Ein Schmerz explodierte in meiner Stirn, der schlimmer war, als alles, was ich jemals erlebt hatte. Das war der Moment, als meine Hand den Enterhaken zu packen bekam. Ich schwang ihn mit all der Wut über mein mißratenes, unglückseliges Leben gegen Haldar und hörte ihn schreien, als er über die Seite der Barkasse kippte.

Ich unterbreche das Lesen für einen Moment. Meine Lungen haben sich zu Stein verwandelt – ich vermag nicht zu atmen. Das Feuer, das verbrannte Gesicht. Nein, das kann einfach nicht sein. Doch ich muß weiterlesen.

Ich hatte keine Zeit, darüber nachzudenken, was ich getan hatte, aber die Sache hätte mir auch nicht leid getan, selbst wenn ich nachgedacht hätte. Durch die zersplitterte Laterne war ein Feuer an Deck ausgebrochen. Ich versuchte, es zu löschen, doch es war zu mächtig. Das Beiboot war meine einzige Chance. Als ich davonruderte, hörte ich, wie die Barkasse hinter mir explodierte, doch mir blieb keine Zeit, hinzusehen. Ich manövrierte das Boot auf die Stelle zu, wo ich Bijoy vermutete. Es ging frustrierend langsam vorwärts, ich war nicht sehr geübt im Rudern, und die Strömung war stark. Ich suchte und suchte, ruderte auf dem dunklen Wasser auf und ab, schwang eine Laterne, rief seinen Namen, kämpfte gegen den Schmerz, der über mein Gesicht tobte. Aber ich fand keinen Hinweis auf einen Körper, ob lebendig oder tot. Schließlich, nachdem die Sonne aufgegangen war und ich erkannte, wie schnell die Strömung am Bug des Bootes vorbeifloß, gab ich auf. Ich ruderte an Land und fiel bewußtlos auf den sumpfigen Boden. Ich hatte weder Geld noch Papiere – all das hatte Haldar mir und wohl auch Bijoy weggenommen. Die Rubine dagegen mußten mit der explodierten Barkasse auf den Flußgrund gesunken sein.

Ich kam in einem in der Nähe gelegenen Dorf wieder zu mir – die *adibasis* hatten mich gefunden und dorthin gebracht. Ihr *ojha* tat mit Wurzeln und Kräutern, was er konnte. Es erleicherte den Schmerz, doch als ich mich im Spiegel betrachtete und die Furchen und Grinden, das abscheuliche, leuchtende Rosa, die Ungeheuerlichkeit, zu der mein Gesicht geworden war, erblickte, da erzitterte ich und warf den Spiegel mit aller Kraft von mir fort.

Ich hätte zu diesem Zeitpunkt Kontakt mit der Polizei aufnehmen sollen, aber ich war zu verwirrt, um klar denken zu können. Ich hatte einen Menschen umgebracht, und falls mich die Polizei auch noch für Bijoys Tod verantwortlich machte, wie sollte ich da meine Unschuld beweisen? In gewisser Weise *war* ich schuldig, denn hatte ich ihm nicht den Rubin gezeigt und ihn zu diesem unglückseligen Abenteuer verleitet? Ich konnte den Gedanken nicht ertragen, mit leeren Händen zu Bijoys Haus zurückzukehren, unvorstellbar häßlich und als Überbringer der schlimmsten Nachrichten, konnte mir nicht vorstellen, die Verdammung in den Augen der drei Witwen zu lesen.

Daher verkleidete ich mich als Flüchtling – schließlich war das nicht sehr weit von der Wahrheit entfernt – und machte mich auf den Weg nach Kalkutta, indem ich in den Zügen bettelte. Ich schlief auf dem Bahnsteig der Sialdah Station und zerbrach mir den Kopf, wie ich auf die Frauen zugehen, was ich nur zu ihnen sagen sollte. Dann entdeckte ich die Todesanzeige für Bijoy und mich in der Zeitung.

Diese Anzeige verschaffte mir ein seltsames, beinahe furchterregendes Gefühl. Es war so, als hätte ich aufgehört, zu existieren. Doch sie brachte mir auch eine gewisse Erleichterung. Da ich nicht mehr Vater oder Ehemann oder Cousin war, konnte ich mir wieder eine neue Identität schaffen.

Als Feigling, der ich nun einmal war, sagte ich mir, daß die Dinge bereits für mich entschieden worden waren. Es wäre weniger schmerzhaft für die Frauen, zu glauben, daß wir beide gestorben waren. Wenn sie mich jedoch sahen, würden sie sich nur jedesmal an Bijoy erinnern und bedauern, daß nicht ich an seiner Statt vom Tod dahingerafft worden war. Und so fand ich Arbeit in einer Autowerkstatt, trug einen Turban, ließ mir einen Bart wachsen, nahm einen falschen Namen an und lernte Auto fahren. Die Bezahlung war gut, und die Arbeit schwer genug, um mich in der Nacht schlafen zu lassen. Bald schon hatte ich genug gespart, um ein Geschäft in einer neuen Stadt aufmachen zu können, um meine Vergangenheit ein für allemal zu vergessen. Ich verließ Kalkutta, und zwar mehrere Male, doch immer wieder führte mich eine Ruhelosigkeit, die ich nicht verstand, in diese Stadt zurück.

Dann hörte ich eines Tages, daß die Frauen der Familie Chatterjee einen Fahrer suchten, und so fand ich mich vor dem alten Tor wieder, das sich vor fünf Jahren hinter mir geschlossen hatte, und bot ihnen an, für das zu arbeiten, was immer sie aufbringen konnten. Und so wurde ich zu Singhji.

*Singhji*, flüstere ich. *Singhji*. Es ist ein Begriff aus einer vergessenen Sprache, dessen Bedeutung ich nicht zu entschlüsseln vermag. Doch es geht noch weiter.

Anfangs hielt ich mich von den Müttern fern und sprach so wenig wie möglich, aus Angst, enttarnt zu werden. Aber schon bald wurde mir klar, daß diese Furcht unbegründet war. Die Menschen erkennen selten etwas, das sie nicht zu sehen erwarten, selbst wenn es direkt vor ihren Augen liegt. Und in vielerlei Hinsicht war ich ja auch nicht mehr Gopal. Mein Leichtsinn war im Feuer jener Nacht verbrannt, genauso wie meine Eitelkeit und mein Bedürfnis, Ansehen zu erlangen. Übriggeblieben waren Bedauern und die Einsicht, daß meine Familie durch mein falsches Verhalten auf immer für mich verloren war. Die einzige Möglichkeit, mit ihr zusammen bleiben zu können, bestand darin, ihr Bediensteter zu sein.

Über die Jahre hinweg beobachtete ich deine Mutter und dich, die beiden Menschen, die ich am meisten in diesem Haus liebte. Die verbitterte Habgier deiner Mutter quälte mich, denn ich wußte, daß ich eine wesentliche Rolle dabei gespielt hatte, daß die hübsche, junge Frau, an die ich einst am Ufer des Flusses mein Herz verloren hatte, so verändert war. Zu sehen, wie du zu einem gütigen und schönen Mädchen heranwuchsest, erfüllte mich mit größter Freude – und auch mit Kummer, denn ich würde immer ein Fremder für dich bleiben, unfähig, dich vor den zerstörten Träumen deiner Mutter zu bewahren. Ich empfand Bewunderung und Qual angesichts der Wahl, die du trafst, damit Anju den Mann heiraten konnte, den sie liebte. Schließlich kratzte ich vor deiner Heirat all meine Ersparnisse zusammen, die ich seit deiner Geburt erworben hatte, und sandte sie dir.

Doch als ich den Schock in deinen Augen sah, als du das Päckchen öffnetest, da wußte ich, daß nur die Guten mit der Fähigkeit zu geben gesegnet sind. Wie schmerzlich es für mich war, deine Pishi zum Kalighat-Tempel zu fahren und zusehen zu müssen, wie sie jede Paisa an die Bettler verschenkte! Da erst wurde mir bewußt, daß ich, als ich meine Identität aufgab, zum Zuschauer eines Films geworden war, der um die Figuren auf der Leinwand zu weinen vermag, ihnen aber nicht helfen kann. Oder war ich etwa selbst die Figur, gefangen in der Geschichte, die ich erfunden hatte?

Auf dem Rückweg vom Tempel nahm ich all meinen Mut zusammen und fragte deine Pishi so beiläufig es eben ging, was es mit all dem Geld auf sich habe, das sie weggegeben hatte. Sie antwortete mir, es handele sich um unrechtmäßig erworbene Profite, die einem Mörder gehörten, der die Familie Chatterjee durch seine Habgier zerstört hatte. Da konnte ich mir ungefähr die Geschichte ausmalen, die sie für dich aus Halbwahrheiten zusammengesetzt hatte, und der Gedanke, wie sehr du mich hassen mußtest, erschütterte mich. An jenem Tag schwor ich mir, dir, wenn die passende Zeit gekommen war, die ganze Geschichte zu erzählen und dir die Last der Schuld und des Hasses, die du all die Jahre mit dir herumgeschleppt hattest, abzunehmen.

O Sudha, hier ist mein Geschenk, das einzige, das zu geben mir noch geblieben ist: Du bist nicht die Tochter eines Mörders – nicht in dem Sinne, in dem du es all die Jahre geglaubt hast.

Meine einzige Bitte an dich lautet, den Müttern nicht zu verraten, wer ich bin. Es ist zu spät, als daß uns eine solche Enthüllung noch Gutes tun könnte, und es würde mich des einzigen Trostes berauben, den ich noch besitze: ihnen durch die Abenddämmerung unserer Leben zu helfen. Und in Wahrheit ist Gopal ja auch vor langer Zeit, in jener Nacht des Feuers und des Wassers gestorben, und ich bin nun Singhji.

Ich wünsche meiner Enkeltochter all das Glück, das an mir vorübergegangen ist. Ich bin dankbar, daß ich sie in diesen wenigen Monaten in den Armen halten durfte. Ich hoffe, daß du ihr, wenn sie alt genug dazu ist, die Geschichte ihres Großvaters erzählen wirst, damit sie nicht die gleichen Fehler begeht wie er. Ich hoffe, sie wird nicht allzu schlecht von ihm denken.

Ich presse die Knöchel meiner Hand fest gegen meine Zähne und heiße den Schmerz willkommen. Ich bin gefangen zwischen Kummer und Erleichterung und Ungläubigkeit. Singhji – mein Vater? Ich wage mir kaum vorzustellen, wie er sich Tag für Tag gefühlt haben muß, wenn er die Mütter und sogar uns mit *salaam* begrüßte, gehorsam den Befehlen folgte, der Edelmann eines Märchens als Dienstbote verkleidet. Nur war es in seinem Fall eine Verkleidung, die er niemals wieder ablegen sollte. Die Erinnerung an Augen steigt in mir auf, wenn ich an meinen Vater denke: Augen in ihren vernarbten Höhlen, die mich im Rückspiegel ansehen, großmütige Augen, kummervolle Augen, Augen voller Rätsel – von einer Liebe erfüllt, von der er weiß, daß er sie nicht ausdrücken und ich sie nicht verstehen kann. Wenn mich seine Geschichte eins gelehrt hat, dann dies: Wenn all die Schlacken von einem menschlichen Herzen weggeschmolzen sind, bleibt nur noch Gold übrig.

Dayita gibt plötzlich ein Wimmern von sich, und ich wende mich ihr dankbar zu, um mich um sie zu kümmern. Ich rette mich in die unkomplizierten Handlungen, die die Mutterschaft mir abverlangt, und die mir erlauben, den Brief und seine Konsequenzen in jenen dunklen Winkel zu verbannen, wo ich all die Erfahrungen meines Lebens lagere, die genauer zu untersuchen ich mich bisher noch nicht getraut habe. Ich befürchte, sie würden mich bis zur Unkenntlichkeit verbrennen, wie es dem Mädchen in der Fabel geschah, die ich einmal vernommen habe: das eine verbotene Tür öffnet und dahinter den lodernden Triumphwagen des Sonnengottes entdeckt.

Doch nun kommt mir ein wunderbarer Gedanke, steigt in mir wie die Sonne nach einer stürmischen Nacht: Wenn mein

Vater Bijoy nicht umgebracht hat, muß ich nicht mehr die Schuld mit mir herumtragen, die mich schon so lange begleitet, daß ich beinahe vergessen hatte, daß sie einst kein Teil von mir war. Ich muß nicht mit meinem Leben für das verlorene Leben von Anjus Vater bezahlen. Ich untersuche diese Idee vorsichtig, ganz behutsam, wie man den frisch gebildeten Schorf auf einer Wunde untersucht, um die Heilungsfortschritte darunter zu prüfen. Und ich entdecke folgendes: Die Gefühle, die ich für Anju empfinde, haben sich nicht geändert. Sie sind höchstens noch reiner, noch intensiver geworden, denn sie werden nicht mehr von der Notwendigkeit diktiert. Ich liebe sie, weil ich sie liebe.

Inzwischen hab ich Dayitas Windel gewechselt, sie hat ihr Bäuerchen gemacht, und nun wiege ich sie hin und her, doch sie ist offenbar zu der Ansicht gelangt, daß sie keine Flugzeuge mag. Sie macht ihre Arme und Beine so steif sie nur kann – das ist ihr neuester Trick, ein äußerst effektiver – und schreit, bis sich ihr Gesicht rot verfärbt und die Passagiere sich die Hälse verrenken, um zu sehen, was ich dem armen Kind antue. Ich biete ihr meine Brust an, aber sie weigert sich, mich so einfach davonkommen zu lassen. Als mir schließlich nichts anderes mehr einfällt, beginne ich, ihr eine Geschichte ins Ohr zu flüstern. Erstaunlicherweise beruhigt sie sich daraufhin langsam. Sie weint immer noch, aber es sind jetzt nur noch leise Schluchzer. Und so erzähle ich ihr, während wir zwischen unserem neuen Leben und dem alten dahinschweben, dem Leben, das wir uns noch nicht vorstellen können, und dem, das wir bereits zu vergessen begonnen haben, eine Geschichte, um ihr Herz stark zu machen, eine Geschichte, nach der sie ihr Leben ausrichten kann. Denn mir scheint, daß Frauen von allen Dingen auf der Welt dies am dringendsten benötigen. Wieder einmal schildere ich die Geschichte der Königin der Schwerter. Doch während ich spreche, verändern sich die Worte und es ist nicht mehr die Geschichte, die ich Anju erzählt habe.

Ich erzähle ihr, daß die Königin der Schwerter als gewöhnliches Mädchen geboren wurde. Ich erzähle ihr von ihrer Heirat, ihrer Schwangerschaft und wie die Palastwachen versuchten, das Mädchen in ihrem Bauch zu töten. Wie die ungeborene Tochter ihrer Mutter den Mut verlieh, fortzugehen, ihr die flammenden Schwerter aus Licht gab, so daß sich niemand getraute, sie davon abzuhalten.

Ich erzähle ihr von der Verzweiflung der Königin der Schwerter, als nach der Geburt des Kindes niemand es wagte, ihnen Zuflucht zu gewähren. Wie sie mit ihrer Tochter durch viele Länder zog, bis sie sich schließlich am Rande des Ozeans wiederfand, und ihr kein Ort mehr blieb, an den sie hätte gehen können.

»Und da«, fahre ich fort, »hörte sie eine Stimme sagen: ›Mutter, weine nicht.‹ Sie blickte auf, und es war ihre Tochter, die die ersten Worte sprach. Das Kind kniete nieder und berührte die Schwerter, und als es dies tat, wurden sie eins und verwandelten sich in einen silbernen Vogel. Seine Augen waren aus Rubinen, und seine Flügel schimmerten wie Zwillingsregenbögen. Die Königin und ihre Tochter kletterten auf seinen Rücken, und der Vogel stieg in die Lüfte, um sie in ein neues Leben in ein fernes Land zu tragen. *Wir werden glücklich und zufrieden bis ans Ende unserer Tage leben*, hätte die Königin ihrer Tochter gern während des Fluges zugeflüstert, aber sie wußte, daß das nicht der Wahrheit entsprach. So war das Leben nun einmal nicht. Und daher hielt sie ihre Tochter lieber schweigend fest, Herz an Herz gepreßt, und während sie dahinflogen, zog ein Herz aus dem anderen Kraft, damit sie bereit waren, wenn sie ihr Ziel erreicht hatten.«

Als ich ende, ist Dayita eingeschlafen, ihre Glieder hängen schwer und vertrauensvoll herab. Wie wundervoll doch ihr Kopf in die Beuge meines Ellenbogens paßt! Ich habe einen Krampf im Arm, aber ich lege sie nicht ab. Ich halte sie lange Zeit so fest, lausche ihrem Atem. Die Hauptlichter im Flugzeug sind ausgeschaltet, und im Schatten hebt und senkt sich der Rubin auf ihrer Brust mit einem winzigen Schimmer, wie ein Vogelauge.

## 22

# Anju

Ich habe mich immer für einen ungeduldigen Menschen gehalten. Pishi hat mich deswegen als Kind oft gescholten. Aber nun wird mir klar, daß ich die ganze Zeit über nicht gewußt habe, was wirkliche Ungeduld bedeutet. Selbst jene ekstatische erste Zeit mit Sunil war nichts im Vergleich zu dem, was ich in dieser Woche mitgemacht habe. Ich vermag nicht stillzusitzen. Ich interessiere mich nicht fürs Essen. Aber zum ersten Mal in meinem Leben habe ich fieberhaft gekocht, bis der Kühlschrank vollgestopft ist mit all den Gerichten, von denen ich noch weiß, daß Sudha sie gern ißt. Was im Grunde verrückt ist, denn mir ist klar, daß sie sie zehn Mal besser kochen kann als ich. Ich habe auch einige amerikanische Gerichte ausgesucht: Spaghettisoße, Apfelpie, Kartoffelsalat. Mein Repertoire ist zugegeben recht dürftig. Dies wird ein guter Ansatz sein, Sudha etwas über das Leben in diesem Land zu erklären.

Als ich dies Sunil gegenüber erwähnte, war er ganz offensichtlich verärgert. »Um Himmels willen«, erwiderte er. »Du bist weder ihre Lehrerin noch ihre Betreuerin. Sie wird es schon von allein lernen.«

Ich hätte es gar nicht sagen sollen – er wird zunehmend nervös und gereizt, wann immer ich über Sudha rede. Und seitdem ich das Taschentuch entdeckt habe, bin auch ich verstimmt, und so kommt es, daß alles, was ich sage, gespreizt und übertrieben enthusiastisch klingt. Aber ab und zu *muß* ich einfach über sie reden, wenn mich die Sehnsucht, sie hier bei mir zu haben, wie jene Hitzewellen durchfährt, die mich in den ersten Nächten nach Prems Tod überfielen.

(Na also, ich bin in der Lage, darüber zu reden, ohne das Gefühl zu haben, in Treibsand zu versinken, den Mund voller Glimmererde und Sand.)

Die andere Sache, die ich mir auf schmerzvolle Weise einzugestehen beginne, ist die, daß ich ein Feigling bin in bezug auf die Dinge, die wirklich zählen. Ich habe es nicht fertiggebracht, Sudha zu bitten, nicht nach Amerika zu kommen, nachdem ich sie anfangs angefleht hatte, es zu tun. Doch nun habe ich Angst vor dem, was ihre Gegenwart in meinem Heim möglicherweise entfachen könnte. Und ich hatte auch nicht den Mut, meinen Mann zu fragen, ob das Taschentuch, das so sorgfältig gefaltet in der Sandelholzschachtel lag, das vergessene Überbleibsel einer alten Schwärmerei ist oder der Beweis für eine fortdauernde Besessenheit.

All diese Gedanken gehen mir immer und immer wieder im Kopf herum, wie die Ochsen, die man in den Dörfern dazu anstellt, das Wasserrad zu drehen. Ich bin kurz davor, durchzudrehen, doch glücklicherweise bleibt mir nicht mehr genug Zeit.

Das Flugzeug kommt heute morgen an, in anderthalb Stunden – wie durch ein Wunder pünktlich, trotz der schweren Regenfälle, die wir seit Tagesanbruch haben. Ich soll in zwanzig Minuten fertig zur Abfahrt sein, ruft mir Sunil aus dem anderen Zimmer zu. Ich ziehe ein Backblech mit Schokoplätzchen aus dem Ofen. Sie sind gut aufgegangen und nur ein kleines bißchen zu kräftig durchgebacken. Ich werfe einen letzten Blick auf Sudhas Zimmer. Die gräßlichen Augen der Micky Maus an dem Mobile über dem Kinderbett bohren sich in mich, bis ich die Tür schließe.

»Bist du fertig angezogen?« ruft Sunil.

»Ja!« schreie ich. Ich blicke an meiner Jeans und dem zu weiten T-Shirt hinab, frage mich kurz, ob ich mich für Sudha etwas feiner machen sollte, schüttele dann aber den Kopf. Ach was, solch alberne Dinge haben zwischen uns nie eine Rolle gespielt. Was sollte ich außerdem anziehen? Ich bin für die meisten meiner Sachen zu dünn. Ich habe immer noch Probleme damit, zu essen. Mir ist bewußt, daß dies mein Fehler ist, ich sollte mir größere Mühe geben, aber es kommt mir so vor, als hafte an allem ein leichter, antiseptischer Geruch. Vielleicht wird es besser, wenn Sudha da ist.

Auf diese Weise enden in letzter Zeit viele meiner Sätze. *Wenn Sudha da ist. Alles wird besser werden, wenn Sudha da ist.*

Am Flughafen schiebt sich Sunil durch die Menschenmenge vor dem Zollbereich – überwiegend Inder wie wir, die auf Familienmitglieder warten. Ich folge ihm mit geringem Abstand. Nirgendwo sind Passagiere zu sehen.

»Was ist los?« erkundigt sich Sunil bei einem beleibten Mann mit einem Schnäuzer, der neben ihm steht. »Das Flugzeug kann keine Verspätung haben, wir haben extra angerufen, bevor wir losfuhren.«

»Ich habe gehört, daß die Einwanderungsbehörde in letzter Zeit sehr genau ist und viele Fragen stellt«, erwidert der Mann. »Letzte Woche haben sie sogar jemandem wegen irgendwelcher Unregelmäßigkeiten beim Visum die Einreise verweigert. Das habe ich von der Schwiegermutter eines Freundes erfahren, die im selben Flugzeug saß. Sie hat uns von der armen, jungen Frau erzählt, die weinte und weinte, als sie von den Beamten abgeführt wurde. Offenbar war der Ehemann des Mädchens bereits hier, aber sie hatte das nicht angegeben, um schnell ein Touristenvisum zu erhalten.« Er schnalzt mitleidig mit der Zunge. »Was manche Leute so alles anstellen, um die legalen Wege zu umgehen.«

Mein Mund ist trocken, während ich ihm zuhöre, und mein Magen will sich schier umdrehen. Was ist, wenn die Beamten vermuten, daß auch ich plane, daß Sudha in Amerika bleibt? Würden sie wohl –? Oh, es würde mich umbringen, wenn ich ohne meine Cousine in die Wohnung zurückkehren müßte.

Die Menge drängt sich gegen mich. Die Leute riechen nach Krankenhaus. Draußen vor den Glaswänden des Flughafens ist der Himmel zu einem Stahlgrau geronnen. Ich ersticke. Ich muß allein sein. Ich wecke Sunils Aufmerksamkeit und deute auf die Toiletten, dann schiebe ich mich durch die Körperwand. Auf der Toilette schlinge ich tiefe Atemzüge hinunter und spritze mir kaltes Wasser ins Gesicht. Als das Zittern in meinen Händen ein wenig besser geworden ist, mache ich mich auf den Rückweg.

Die ersten Passagiere treten vereinzelt durch die Türen, und die Menge schiebt winkend und rufend vorwärts.

Ich schaffe es, mich hinter Sunil zu drängen. Er hat mich noch nicht bemerkt, und ich will ihm gerade die Hand auf den Arm legen, da erblicke ich Sudha. Wie hübsch sie trotz des erschöpfenden Fluges aussieht: Ihr Seidensari schmiegt sich um ihren schlanken Körper, feine Härchen haben sich aus ihrem geflochtenen Zopf befreit und ringeln sich um ihr Gesicht. Selbst die Ränder unter ihren zerbrechlichen Augen lassen sie noch bezaubernder erscheinen. Sie trägt ein Bündel und schiebt mit der anderen Hand einen Wagen, der mit zwei riesigen Koffern beladen ist, die sie allein gar nicht bewältigen kann. Auf ihrem Gesicht liegt ein verlorener Ausdruck, während sie den Kopf auf der Suche nach uns hin- und herdreht. Ich würde so gern rufen, auf sie zulaufen, um sie an mein Herz zu drücken, doch meine Kehle ist verstopft mit all den Emotionen: Liebe und Dankbarkeit und diesem alten Beschützerdrang. Jetzt erblickt sie Sunil, und ein Ausdruck der Erleichterung breitet sich auf ihrem Gesicht aus. Sie bleibt stehen, um zu winken. Sunil winkt zurück.

»Ihre Frau?« erkundigt sich der Mann mit dem Schnäuzer.

Ich warte, daß Sunil erklärt, wer sie ist, doch er erwidert nichts. Seine Stille ist ein Eisblock, in dem ich gefangen bin. Von dort aus, wo ich stehe, kann ich das kleine Lächeln auf seinem Gesicht sehen.

»Glückspilz!« sagt der Mann und klopft Sunil auf den Rücken. »Oh, da ist ja meine. Ich muß gehen.« Er eilt auf eine bebrillte Frau zu, die genauso beleibt ist wie er und drei mollige Mädchen in identischen, rosafarbenen Kleidern hinter sich herzieht.

Jemand schubst mich an, reißt mich aus meiner Starre. Ich trete ein paar Schritte zurück, Richtung Glaswand – ich könnte es nicht ertragen, wenn Sunil erführe, daß ich Zeugin seines kurzen, stillen Verrats geworden bin. Mein Gesicht ist heiß vor

Scham, und das macht mich noch wütender, denn warum sollte *ich* mich schämen? Aber nein, wütend ist nicht das richtige Wort für die Emotion, die meinen Körper niederknüppelt.

Dann küßt mich plötzlich Sudha, ihr freier Arm liegt so fest um meinem Hals, daß es weh tut. Ich heiße den Schmerz willkommen. »Anju Anju Anju«, weint sie in mein Haar. Jede Silbe tropft wie ein Zauberbalsam auf mein Herz. Das Bündel wird gegen meine Brust gedrückt, und dies paßt ihm überhaupt nicht, das sagt mir die Art und Weise, wie es sich windet und wimmert.

Ich presse mein Gesicht gegen Sudhas Gesicht und halte sie fest, will sie nie wieder loslassen. Einen unlogischen Moment lang wünsche ich mir mit aller Macht, daß die Grenzen unserer Körper sich auflösen könnten, daß unsere Haut und die Knochen und das Blut schmelzen und eins sein könnten.

Das Bündel ist zwischen uns eingequetscht und stößt ein lautes, protestierendes Jammern aus. Als ich genauer hinschaue, sehe ich, daß das Gesicht ganz fest zusammengeknautscht ist und fleckig wird.

»Halte sie doch bitte einmal für eine Minute, ja«, fordert mich Sudha auf.

Das Blut strömt krachend in meine Ohren, einer roten Flutwelle gleich. Ich schüttele den Kopf und beginne, zurückzuweichen. Ich muß die Worte finden, die Worte, mit denen ich Sudha erklären kann, daß das unmöglich ist.

»Tu mir bitte den Gefallen«, beharrt Sudha und reibt sich mit einer Grimasse das Kreuz. »Nach vierzehn Stunden mit ihr im Flugzeug brauche ich einfach einmal eine Pause.«

Nein, will ich ihr erklären. Das wäre dem Toten gegenüber unloyal. Aber sie hat mir das Bündel bereits in die Arme gedrückt. Ich bin überrascht, wie schwer es ist, für ein solch kleines Geschöpf. Aufgrund seines zerbrechlichen Aussehens hätte ich niemals auf soviel kompakte Kraft geschlossen. Wie natürlich es sich anfühlt, wenn der Kopf des Mädchens in meiner Armbeuge ruht. Ich hatte mir geschworen, nie wieder ein Baby in diesen Armen zu halten, die Prem gehörten, aber das hier, das hier fühlt sich so *richtig* an! Genauso richtig wie der

Rubin – ja, ich habe ihn sofort erkannt –, der um ihren Hals hängt. Selbst die Art und Weise, wie sie ihr Gesicht gegen meine Brust stößt – sie ist hungrig –, ist eher süß als bitter. In meinem Inneren schießt die Liebe in einem Strom durch mich hindurch, unkontrollierbar wie die Milch, wenn das eigene Kind schreit.

Irgendwo neben mir begrüßt Sudha Sunil, entschuldigt sich bei ihm, sie habe ihn nicht ignorieren wollen, aber sie habe mich nun einmal so lange nicht gesehen. Er erwidert steif, daß er dies natürlich verstehe. Aber meine Ohren registrieren ihren Wortwechsel kaum. Ich bin damit beschäftigt, zu bemerken, wie sich mein Körper entkrampft, wie sich Molekül für Molekül neu formt, wie er sich wie Blätter um ein Blütenherz um meine Nichte legt. Meine Stirn kitzelt, als würde ein neues Glück darauf geschrieben. Wer hätte gedacht, daß trotz all der Barrikaden, die ich in meinem Herzen gegen Dayita errichtet hatte, sie es innerhalb einer Minute erobern würde?

»Babys sind einfach ein unerklärliches Mysterium, nicht wahr?« flüstert Sudha mir ins Ohr. Sie hat ihren Arm wieder um mich geschlungen, und ihre Stimme ist schwer von nicht vergossenen Tränen. Ich würde ihr gern sagen, daß sie nicht traurig sein muß, denn ich bin es auch nicht. Und Prem, der irgendwo ganz in der Nähe ist, dessen Anwesenheit ich zum ersten Mal seit der Fehlgeburt spüre, der gazeartig wie der Flügel einer Libelle über mein Gesicht streicht, Prem ist auch nicht traurig. Ich würde ihr gern von der Beschaffenheit des Strahlens erzählen, davon, wie ich es flüchtig im Puls erblickte, der am Hals ihrer Tochter pocht. Doch es wird noch lange Zeit vergehen, bevor ich imstande sein werde, die richtigen Worte zu finden.

Statt dessen lege ich einen Arm um Sudha und stutze Dayita vorsichtig mit dem anderen. Sudha schiebt ihren Arm unter den meinen, so daß wir Dayita gemeinsam halten. Würde uns eine vorübergehende Passantin, die ein Auge für solche Dinge hat, betrachten, so könnte sie erkennen, daß wir ein Gemälde darstellen: zwei Frauen, die Arme ineinander verschlungen wie Lotusstiele, die auf das Baby zwischen ihnen hinablächeln.

Zwei Frauen, die das Tal des Kummers durchschritten haben, und das Baby, das sie retten wird, das sie bereits gerettet hat. Madonnen mit Kind.

Irgendwo trommelt Sunil mit den Fingerspitzen auf den Griff des Gepäckkarrens und sagt, daß wir nun wirklich gehen sollten, aber wir haben kein Ohr dafür – noch nicht. Später wird es noch genug Schwierigkeiten geben – wie ein Tier spüre ich das Prickeln hinten in meinem Nacken. Ich werde mich damit befassen, wenn es soweit ist. Doch für den Augenblick stehen wir drei gelassen da, spüren, wie wir Haut an Haut an Haut ins Leben des anderen passen. Eine regenklamme Sonne kämpft sich durch die Wolken, um uns mit ihrem zögerlichen, geweihten Licht zu umfangen.

# *Danksagung*

Mein besonderer Dank gilt:

Meiner Agentin, Sandra Dijkstra, für ihren unerschütterlichen Glauben an mich und für ihre Unterstützung.

Meinen Lektorinnen, Martha Levin, Peternelle van Arsdale und Marianne Velmans, die mich durch das Labyrinth geführt haben.

Deepika Petraglia Bahri, Amitav Ghosh, Martin Nouvelle und Susanne Pari für ihre visionäre Kraft.

Dem *California Arts Council* für die finanzielle Unterstützung.

Dem Foothill College für die geschenkte Zeit.

Meiner Familie, im besonderen meiner Mutter, Tatini Banerjee, und meiner Schwiegermutter, Sita Divakaruni, für ihren Ansporn und ihren Segen.

Meinen drei Männern Murthy, Anand und Abhay für all die Mikrowellen-Mahlzeiten, die sie, ohne zu murren, gegessen haben, und

Baba Muktananda und Gurumayi Chidvilasananda – dafür, daß sie mein Herz geöffnet haben.

# *Glossar*

**achar** scharf gewürzte und in Öl eingelegte Früchte
**adibasi** Mitglied eines einheimischen Stammes (wörtlich: Ureinwohner)
**almirah** großer Schrank
**alu dum** dampfgekochte Kartoffeln
**anchal** das Stoffende eines Kleidungsstücks
**atta** Mehl
**ayah** liebevolle Bezeichnung für Kinderfrau
**baap re** wörtlich: oh Vater; hier: oh Gott, »Ach du meine Güte«
**babu** verbreitete Anrede für europäisch gekleidete Inder; Herr, Gentleman
**baidya** Hebamme, die in Naturheilkunde (Ayurveda) bewandert ist
**bala** Reifen, Ring, Ohrring, in Gold oder Silber
**bangla** aus Bengalen stammend
**Bau Ma** liebevoller Ruf für »Schwiegertochter, die Mutter wird«
**banyan** indischer Feigenbaum, sog. Bengalische Feige
**barababu** respektvoller Kosename
**bas, bas** stop, stop! Mach' mal 'nen Punkt!
**bashar** = bash Freude, freudig
**bel** eine Ranke
**benarasi** Sari aus dem Benarasi-Stoff (dieser ursprünglich aus der Stadt Benares stammende Stoff wird mit Goldfäden bestickt bzw. verarbeitet)
**beti** liebevoller Ausruf für Tochter
**bhairav raga** raga = zyklisches Melodienmuster. Ragas stellen den höchsten Anspruch der klassischen indischen Musik dar. Bhairav: Reinkarnation Shivas als Zerstörer
**Bidhata Purush** hinduistische Gottheit
**bindi** ein punktförmiges Mal auf der Stirn, das viele indische Frauen tragen; ein roter Punkt bedeutet für gewöhnlich, daß eine Frau verheiratet ist
**brinjals** Auberginen
**cha** Tee

**cha-bagan** Teetrinkbehälter; kann aus Baumblättern hergestellt sein
**champak** süßlich duftende, goldfarbene Blume
**chandan** »Schmuck« auf der Stirn; wörtlich: strahlend wie der Mond
**chappals** Sandalen
**chee chee** Ausruf, der bedeutet: na, na, oder: Du solltest dich schämen
**churan** graue, bekömmliche Gewürzmischung zum Salzen von Snacks
**churidar** oben weite, am Unterschenkel eng anliegende Hose, die von Frauen (manchmal auch von Männern) unter einem langen Hemd (Kurta) getragen wird
**coolie** Gepäckträger (Kuli)
**coolie chahiye?** Brauchen Sie einen Gepäckträger (Kuli)?
**dalpuris** dünne Fladenbrote aus Getreide von Hülsenfrüchten
**dal** Gericht aus Hülsenfrüchten
**darwan** Torwächter
**daya-Moni** Kosename für ein kleines Mädchen (Schwesterchen)
**dhaba** Seitenstraße
**dhakai-Sari** feiner, handgewebter Sari, der in Bangladesh hergestellt wird
**dhobi** Wäscher, Angehöriger der Wäscherkaste
**dholak** Trommel
**dhoti** traditionelles männliches Kleidungsstück, das um die Taille gebunden wird und bis zum Boden reicht; wird selten auch von Frauen getragen
**didi** ältere Schwester
**didimoni** Kosename für die Schwester
**dupatta** langer Schal, der, in Kombination mit einem langen Hemd (Kameez oder Kurta), um den Hals getragen wird
**durga puja** Gebetszeremonie für Shivas Frau
**filmi** Filme betreffend; aus der Filmwelt
**gandharaj** Tuberose: aus Mexiko stammende, stark duftende Zierpflanze mit weißen Blüten an langen Stengeln
**ghagras** sehr weites Kleid
**ghu-ghu** brauner Vogel, vergleichbar mit einer Taube
**gopal-bhog** Mango-Dessert
**hai** Oh! Ach!
**hai bhagban** Oh, mein Gott!
**hallah** Massenbewegung
**hari-kaku** Kosename

**hasnahana** süßlich duftende Blume
**ijjat** familiäre Gemeinschaft
**jadukar** Zauberer
**jatra** Festival
**jeera** Kreuzkümmel
**jenana** Aufenthaltsraum für Frauen
**jhata** Bündel
**jhi-jhi** grillenähnliches Insekt, das ein summendes Geräusch von sich gibt
**jilipis** sehr süßes, mit Rosenwasser aromatisiertes, fritiertes Gebäck in Brezelform
**jinns** Geister im islamischen Volksglauben
**jui** Jasminart
**junglee** wild, ohne Kultur, ohne Manieren
**kachuris** gefüllte, würzige Teigblättchen, die ausgerollt und fritiert werden
**kadam** Baum mit duftenden, ballähnlichen Blüten, die während der Monsunzeit blühen
**kajol** schwarze Paste, die als Eyeliner benutzt wird
**kali** schwarzer Puder
**kali puja** Feuerstelle für hinduistische Gebetszeremonie (mit dem Ziel der Verwünschung)
**kaliyug** unglückliches Zeitalter (das »eiserne Zeitalter von Streit und Heuchelei« etwa war vor ca. 5000 Jahren)
**karala** bittere Melone, wird als Kochgemüse verwendet
**karma** Tat, Handlung; Konsequenzen, die sich aus den Taten für das nächste Leben ergeben
**katha** Tempelrede
**kirtan** religiöser Gesang
**kokils** schwarze Singvögel
**korma** Hackfleisch-Gericht
**kurta** langes, loses Hemd, das von Männern und Frauen gleichermaßen getragen wird
**lathi** langer Knüppel der indischen Polizei
**lau** Kürbisart
**lingam** *siehe* **shiva-lingam**
**luchis** in Öl fritiertes, handgroßes, dünnes Fladenbrot aus Auszugsmehl
**ma** Nachsilbe, an den Vornamen angehängt, bedeutet »Mutter«
**Mahabharat** altindisches Epos, dem der Vetternkrieg zwischen den nordindischen Heldengeschlechtern zugrunde liegt

**mahal** Wohnhütte
**mahals** wörtlich: Paläste, prunkvolle Unterkunft; hier als »geflügeltes Wort« gemeint
**mali** Gärtner
**malmal** weicher Baumwollstoff
**mango-achar** Mango-Stückchen in Öl eingelegt
**mausambi** kleine Mangos
**mehendi** Henna
**memsaheb** Dame des Hauses, respektvolle Anrede, die meist von den Bediensteten verwendet wird
**michri**-Wasser eine Mischung aus Zucker und Wasser, selten mit Eis
**Missybaba** Kosename ohne Bedeutung
**mora** Baum, dessen Holz für Möbel und Schiffe Verwendung findet
**muchis** Schuhreparateur am Straßenrand
**musor dal** Gericht aus Hülsenfrüchten
**nabab** moslemischer Fürstentitel in Indien
**namaskar** traditioneller Gruß der Hindus
**nayeb** Stellvertreter eines Eigentümers oder Dorfvorstehers
**neem** Baum, dessen bittere Blätter häufig in der Medizin Verwendung finden
**nehru-Jacken** Jackett mit Stehkragen, benannt nach Jawaharlal Nehru, dem ersten Ministerpräsidenten Indiens (1889–1964)
**nolen gur** Rohrzucker in Klumpenform
**ojha** Dorfarzt
**outram ghat** Badetreppe am Ganges
**paan** Betelblatt
**paan shop** Laden, in dem Betelblätter verkauft werden
**paesh** *siehe* **payesh**
**paisa** kleinste indische Währungseinheit; Münze, Pfennig
**pandit** Hindupriester, Gelehrter, Philosoph
**panipuris** beliebter Snack, der auf der Straße verkauft wird und aus knusprigen, in heißem Öl aufquellenden, mit Kartoffeln gefüllten Bällchen besteht, die mit einer würzigen Soße serviert werden
**pantua** Süßigkeit; süße Kartoffelbällchen in Sirup
**pariah** niedrigste Kaste in Indien bzw. als außerhalb des Kastensystems anzusehen, d. h. außerhalb der Gemeinschaft des Feuers, des Wassers und der Wohnung
**parothas** dünner Pfannkuchen aus Mehl, Wasser und geklärter Butter

**pati-shapta** kompliziert herzustellende Süßspeise aus gefüllten Linsencrepes in Sirup
**payesh** aus Kuhmilch hergestellte Süßigkeit
**piaji** in Mehl panierte und fritierte Zwiebeln
**pipal** großer Baum mit herzförmigen Blättern
**pomelo** exotische Zitrusfrucht
**pranam** respektvolle Beugung mit Fußberührung
**puja** hinduistische Gebetszeremonie
**puja-Zimmer** Gebetsraum der Hindus
**puranas** Textsammlung mit legendären Erzählungen
**Rabindara Sarobar** indischer Dichter
**raga** zyklisches Melodienmuster. Ragas stellen den höchsten Anspruch der klassischen indischen Musik dar
**raita** Yoghurt-Dip mit Gemüse
**rajani gandha** gelbe Blume
**rasogollah** Süßigkeit; Bällchen aus Hüttenkäse in Zuckersirup gekocht
**roja** umherziehender Straßenhändler
**ruti** Fladenbrot aus Weizenmehl
**saheb** Gentleman; verwestlichter Begriff für einen Herrn
**salaam** moslemischer Gruß
**salwaar kameez** Kleiderkombination aus langem Hemdoberteil und Pluderhose; wird von Männern und Frauen gleichermaßen getragen
**samosas** Teigtaschen, gefüllt mit Gemüse oder Fleisch, fritiert in Öl
**sanayasi** heiliger Mann der Hindus, gewöhnlich ein Asket
**sandesh** bengalische Süßigkeit aus Zucker und Hüttenkäse
**sarai** Rastplatz
**sharbat** kühles Getränk; Mischung aus Wasser, Zucker, Zitrone und Eis
**shehnai** Musikinstrument; indische Windharfe
**Shishu Bhavan** Kinderheim, das als erstes von vielen in Indien in den 50er Jahren von Mutter Teresa in Kalkutta gegründet wurde
**shiva-lingam** das in ganz Indien verehrte Sinnbild des Gottes Shiva; entsprechend dem griechischen Phallus
**shubho drishti** Zeremonie der Bewegung von Mann und Frau
**singaras** sternförmiges, schwarzes Gemüse
**sindur** gelb-orangenfarbige Schminke
**Sraban** Monat der Feuchtigkeiten im Bengalischen Kalender

**tangra** Fisch, der in Südindien gegessen wird
**tulsi** Basilienkraut, Basilikum; gilt in Indien als heilig
**tussar-Seide** beigefarbiger Seidenstoff
**ununs** Kochstellen, Tonöfen
**yakshas** männlicher mythischer Dämon; Beschützer von Haushalt und Reichtum
**zamindar** Land-, Großgrundbesitzer
**zarda** süßer, gelb gefärbter Reis mit Rosinen und Mandeln (Nachspeise)
**zari** goldener Faden, mit dem ein festlicher Stoff bearbeitet wird